# बुद्धं शरणं गच्छामि



राजेन्द्र मोहन भटनागर

राजपाल

स्थापित 1912
100 वर्षों की
श्रेष्ठ प्रकाशन परम्परा
राजपाल

₹ 435

ISBN : 9789393267382

पहला संस्करण : 2023 

BUDDHAM SHARNAM GACHHAMI (Novel)
by Rajendra Mohan Bhatnagar

**राजपाल एण्ड सन्ज़**

1590, मदरसा रोड, कश्मीरी गेट, दिल्ली–110006

फोन : 011–23869812, 23865483, 23867791

e-mail : sales@rajpalpublishing.com

www.rajpalpublishing.com

www.facebook.com/rajpalandsons

*मनीषी भाई श्री विश्वनाथ जी*

*की पावन स्मृति में*

# आमुख

– *आज सूर्य कुछ विलंब से उगा है।*

– *न उगता है, न जन्म लेता है और न मरता है।*

– *तुम यह कैसे कह सकते हो, महाकाश्यप?*

– *मुझे नहीं कहना चाहिए, आनंद।...परंतु मैं कह चुका हूँ अर्थात् वह जन्म ले चुका है। फिर मैं उसे प्रतिकूल स्थिति में लाकर विवेचन नहीं कर सकता।*

– *तुम बुद्ध के अत्यंत निकट रहे हो, महाकाश्यप।*

– *तुम भी आनंद!*

– *समीचीन हैं बंधु। परन्तु यह प्रश्न या जिज्ञासा तुम ही उनके सामने प्रकट कर सके कि अभी तक बुद्ध, आप कैसे बने, इस रहस्य को अपने तक ही बनाए हुए हो। उस पर अपने बनने पर परदा क्यों डाले रहना चाहते हैं, आनंद ने अपनी जिज्ञासा को स्पष्ट करना चाहा।*

– *हाँ, आनंद, यह सच है।*

– *तो मैंने जो सुना है, वह भी... कहते-कहते रुक गया।*

– *हाँ, आनंद, मैंने तीन माह उनके एकांत में सहयोग किया है।...उन्होंने जिज्ञासा पर से परदा उठाने का प्रयास किया है। महाकाश्यप ने सहज ही कहा।*

– *वही मैं चाहता हूँ, वह सामने आए। क्या तुम्हें नहीं लगता काश्यप?*

– *लगता है पर समय आने दो। आनंद, चिंता मत करो।*

– *वह समय कब आएगा, काश्यप। चिंता क्यों न करूँ?*

– *तो सुनो, सिद्धार्थ के गौतम से कुछ कथा लेखक जब उनकी गहराइयों में उतर कर पक्का मानस बना लेगा, तब उनके संबंध में फैली या फैलाई कथाएँ स्वतः अपने पर से परदा उठा पाएँगी...इससे आगे कुछ नहीं, आनंद।*

# 1

शुद्धोधन टहलते-टहलते खुले वातायन के पास आकर रुक गया। वह सांध्य प्रकाश को टकटकी बाँधे निहारता रह गया। इससे पूर्व उसने कभी सांध्य प्रकाश को तल्लीन होकर नहीं देखा था और न उसने बढ़ते तिमिर के प्रभाव क्षेत्र में समर्पित होते अनुपल-पल का अनुभव किया था। अनेक बार पहाड़ी के शीर्ष पर खड़े होकर लट्टू के समान घूमते सूर्य को तेज़ी से गति बदल कर डूबते हुए अवलोका था। उस समय उसका उद्विग्न मन धीरे-धीरे शांत शून्य होता चला गया था। सांध्य प्रकाश उस समय भी अपने अस्तित्व की अनुभूति कराना चाह रहा था परंतु उसका ध्यान उधर नहीं गया। लेकिन आज इन अनुपल-पलों में तिमिर-प्रकाश के अन्तर्द्वन्द्व अपने को डूबने से नहीं रोक सका। वह निश्चय नहीं कर पा रहा था कि बहता पवन किसका साथ दे रहा है ?

व्यक्ति का प्रश्न बनते जाना, समस्त अवदोषों का स्वत: हटते जाना शुद्धोधन को उस शिला के पास ला खड़ा कर रहा था, जो इस समय दूर-दूर तक दृग्गोचर नहीं हो रही थी, लेकिन अन्तर्ध्यान में अपने अस्तित्व की उपस्थिति देने से नहीं चूक रही थी। तब शुद्धोधन पिता की आज्ञा से साकेत से पलायन यात्रा पूर्व उसी शिला पर खड़ा दिग्-दिगन्त की ओर टकटकी लगाए दिशा-निर्देश पाने की प्रतीक्षा कर रहा था। वह इसी सांध्य प्रकाश के झुरमुट से आती अन्तर्ध्वनि को सुनने का प्रयास कर रहा था, जिससे साकेत उससे अन्तर्ध्यान हो सके और कोई उसका संज्ञान भी नहीं ले सके।

उसी मध्य तिमिराच्छन्न हो गया सारा वातावरण शुद्धोधन को ज्ञान नहीं हो सका। उसने अभी भी अपने को खड़ा पाया उस अचेतन सांध्य प्रकाश के सामने, जिसमें प्रकाश की कोई किरण अपने होने की उपस्थिति नहीं दे पा रही थी।

उस प्रसाद का सर्वोत्कृष्ट-अलंकरण युक्त महाकक्ष एकान्त वनवास भोग रहा था। शुद्धोधन उसमें समाता चला गया या वह शुद्धोधन में अपने अस्तित्व को खोजते हुए उसमें समा गया जैसे अभी-अभी प्रकाश तिमिर में चुपके से अन्तर्निहित हो गया था।

उस महाकक्ष में दीप प्रज्ज्वलित नहीं हुए थे। तब भी कुछ पत्थर-हीरे की किरणें उसे तिमिराच्छन्न होने से बचाए हुए थीं। शय्या थी परंतु वहाँ महामाया नहीं

थी। वह अवश्य था पर शून्य बना अकर्मक। उसने ही मना किया था अपने महाकक्ष में दीप प्रज्ज्वलित करने के लिए। तब उसे शून्य में अन्तर्लीन दीप–प्रकाश का अवबोध नहीं था। होता कैसे? कभी ऐसा हुआ नहीं था। सांध्य प्रकाश के साथ–साथ दीप प्रज्ज्वलित होते रहे थे।

हैं! एक अनुपल के लिए आश्चर्य ठिठका। तिमिर में से प्रकाश–किरणें आँखें खोलने लगी थीं। महामाया सामने थी।

''क्या हुआ, माया?''

महामाया अपने आप में खोई हुई तट से टकराती लहरों को आश्चर्य से देखे जा रही थी। वह पूर्णिमा की चाँदनी। नव कोमलांगिनी हस्तिनी ने चाँदनी से धवल और द्युतिमान शावक...गोलमटोल सा, निर्ध्वनि किए, चुपचाप उसके उदर में प्रवेश कर गया। उसने अपने पेट पर हाथ फेरा। हल्के–हल्के पेट दबाया। उस सुकोमल शावक का कहीं पता नहीं चला। वह बोली, ''क्या होना था।...स्वप्न था। आँख खुली कि अदृश्य हो गया।''

''क्या था स्वप्न, माया?'' शुद्धोधन ने पास आते हुए पूछा।

''स्वप्न स्वप्न होता है, यथार्थ से उसका कोई संबंध नहीं होता देव।'' महामाया अभी तक उस धवल शावक के सम्मोहन से अपने को अलग नहीं कर पाई। ममता के स्फुरण उसमें तरंगित हो उठे। ''माँ कितने सौभाग्य की बात है!'' उसने बड़े प्यार, धैर्य और संयम बनाए रखकर कहा था, ''देव यह मेरी आन्तरिक इच्छा है, आप दूसरा विवाह कर लें ताकि उत्तराधिकारी मिल सके और सिंहासन पर छाई कुदृष्टियाँ शमन पा सकें।''

''माया, स्वप्न बता।...यह जीवन भी स्वप्नवत् ही है। यहाँ जो कुछ दृश्यमान जगत् है, वह पलक झपकते अदृश्य हो जाता है।...तो हुआ न यह जगत् स्वप्नवत्। इसलिए, मेरी जिज्ञासा है।'' शुद्धोधन का स्वर गंभीर हो गया था। उनकी मुख–मुद्रा के सामने वह स्वप्न झाँकने लगा था: ऐसा महामाया को अनुभव होने लगा। परंतु वह स्वप्न बताने जैसा कहाँ था! हास्यास्पद था वह परिदृश्य! वह सँभल कर बोली, ''मुझे ठीक से स्मरण नहीं हो रहा है।...हथिनी और उसका शावक।''

''क्या कर रहे हैं?''

''कल्लोल कर रहे हैं।'' महामाया ने कुछ रुककर कहा, ''तभी तो...।''

''दूसरे विवाह से भी कोई संतान नहीं हुई तो...तीसरी, चौथी, पाँचवीं...।''

''नहीं...नहीं, मेरे देव। इतनी घनघोर निराशा नहीं। कदापि नहीं।'' महामाया ने बीच में बोलना शुरू कर दिया।

''माया, स्मरण रहे तुरही बजेगी, आप जननी बनेंगी।'' शुद्धोधन ने पूर्ण आत्मविश्वास से कहा।

महामाया चुप रह गई। अब हथिनी का गोलमटोल धवल शावक भी अन्तर्ध्यान हो गया।

तीन दिन पहले ही शुद्धोधन ने उससे कहा था, ''आशा कभी बंजर नहीं होती। वह तो उर्वरा भूमि को महादेव का वरदान है।''

दूसरे माह भी वह रजस्वला नहीं हुई। तब तो उसे बताना ही पड़ा। बड़े प्यार से शुद्धोधन का हाथ अपने हाथ में लेकर सहलाते हुए, क्रीड़ानत हो, धीरे से कहा, ''देव आपका विश्वास जीत गया। आज से हम ब्रह्मचारणी हो रहे हैं।''

शुद्धोधन ने गद्‌गद होते हुए कहा, ''धन्य माया। हमें भी ब्रह्मचारी होने में भरपूर आनंद मिल सकेगा।''

दोनों की आँखें सजल हो गईं। महामाया के सामने हस्तिनी का सुकोमल और गोलमटोल शावक आ ठहरा। महामाया ने रहस्य शुद्धोधन पर व्यक्त कर दिया। शुद्धोधन कह उठे, ''आपने नहीं बताया तो क्या! आपके बड़बड़ाने में हस्तिनी का सद्‌यः जन्मा शावक कई बार प्रकट हो चुका था। आज उसे डाँट रही थीं, हस्तिनी पुत्र...तू मेरा पुत्र नहीं है। जा चुपचाप अपनी माँ के पास चला जा। वह तुझे खोज रही है।''

महामाया के मास पर मास चढ़ते गए। नवाँ माह भी पार हो गया। महामाया में चिंता करवट बदलने लगी। दाई और वैद्‌यजी के मन में हल्की-सी चिंता सक्रिय हो उठी। तभी माँ का संदेश आया। पहलोठी...प्रथम प्रसव नैहर में हो। दूसरी चिंता यह भी थी कि यदि कन्या ने जन्म ले लिया तो...! इन कारणों से उसने शुद्धोधन को नैहर जाने का स्मरण कराया। वह कह उठा, ''माया दसवाँ माह शुरू हो चुका है।''

''माँ जानती हैं, देव।'' शुद्धोधन ने वैद्‌यराज से परामर्श कर लिया था। वह सहज भाव से कह उठे, ''मैं आपके जाने की व्यवस्था करवाए देता हूँ, माया।''

महामाया प्रसन्न। नैहर अर्थात्-देवदह की तैयारियाँ तत्काल शुरू।

भोर का तारा तेज़ प्रकाश से द्युतिमान हो रहा था। वैशाख शुक्ल चतुर्दशी। झुटपुटे में चल पड़ी तरंगित पवन पेड़-पौधों से महक उठी थी। आम्र मंजरी का सम्मोहन चतुर्दिक दिग्-दिगन्त को मतवाला कर रहा था।

धीरे-धीरे प्रभात ने आँखें खोलीं। तराई का छायाचित्र प्रकाशित हो उठा।

यात्रा का सुप्रारंभ होने की तैयारी पूर्ण। शुद्धोधन ने महामाया को आश्वस्त किया कि ''जहाँ जाओगी, वहाँ आप मुझे अपने साथ पाओगी।''

महामाया ने गहरी दृष्टि शुद्धोधन पर डाली और कह दिया, ''क्या छिपा रहे हैं आप, देव?''

शुद्धोधन की आँखों में गोपन का रहस्य छिप नहीं सका। वह हल्का खखार

कर मद्धिम स्वर में कह उठे, ''संशय, माया, संशय। राजा की दैनिकी का मानो तो यह मंगलाचरण है।''

''कैसा मंगलाचरण वह है जो स्वयं संशय की नींव पर खड़ा हो।'' महामाया कुछ गंभीर हो गई।

शुद्धोधन सहज होकर कह उठे। ''माया, आप अन्यथा न लेना। राजा की जन्मपत्री में लिखा है कि उसे अपने पर भी संशय होने लगता है।...आपका अचानक का यह प्रस्ताव। आपकी माँ का आग्रह। वह भी दसवें माह में।''

''तो?'' महामाया की दृष्टि उनके हृदय को भेद रही थी। शुद्धोधन ने अति मन्द्र ध्वनि में कहा ''कहीं यह आशंका तो आपको मथने नहीं लगी है कि...कहीं पुत्र के स्थान पर कन्या हो गई तो?...माया मैं आपको इस दुश्चिंता से मुक्त करना चाहता हूँ।...मेरे लिए पुत्र और पुत्री में कोई अंतर नहीं है। होगी तो वह भी उत्तराधिकारी माया।...सच महारानी। हम आपको संशय से घिरा नहीं देख सकते।''

महामाया के पाँव तले से धरती खिसक गई। उसकी आँखें छलछला आईं और वह शुद्धोधन के हृदय-प्रदेश में मुँह छिपा कर मंद कंठ से इतना ही कह पाई, ''हमारे प्राणों के स्पंदन, यह सच है।'' शुद्धोधन ने उसे बाँहों में भर लिया। महामाया का मन हल्का हो गया।

माया चल पड़ी। दासियाँ, दाई और राज वैद्य के साथ सैनिक टुकड़ी भी।

शुद्धोधन थक गए थे। आँखों में भारीपन उतर आया था। रात्रि का एक प्रहर बीत चुका था। नींद के झोंके आने लगे थे। वह शय्या पर आकर बैठे-बैठे ऐसे पसरने लगे कि ज्यों-के-त्यों गहरी निद्रा के अंक में समा गए। वातायन खुला का खुला रहा। दीप प्रज्ज्वलित नहीं कर सके।

## 2

सारा रास्ता हरियाली से लहराता और जगह-जगह जम्बू और शाल वृक्ष की कतारें अपनी मस्ती में झूम रही थीं। आम्र-मंजरी की मादक सुगंध तन-मन को उन्मादी बनाए जा रही थी। सारस शुक, सारिका, कोयल का संगीत सम्मोहित कर रहा था। महामाया का उससे पूर्व उधर ध्यान नहीं गया था। वह अपने साथ बैठी सहेली रत्ना से कह रही थी, ''प्रकृति ने इतना सौंदर्य और अमियरस बहा रखा है कि उसके सामने संपूर्ण अलंकार-अलंकरण, भव्य प्रासाद कहीं नहीं ठहर पाते हैं।''

रत्ना क्या कहती। उसके लिए ऐसी तुलना करने का कोई आधार, अनुभव नहीं था। वह हाँ-हूँ कर रह गई।

''तू और कर भी क्या सकती है, रत्ना। परंतु मेरे मन को वह उपेक्षाभाव रास

नहीं आता। प्रकृति ने कहीं असमानता नहीं बरती है, बल्कि मुक्त हृदय से उल्लास-आनंद रंगों का मेला लगा दिया है। उस रंग-रागिनी ने एक से बढ़ कर एक दृश्य-परिदृश्य को जीवंत कर दिया है।'' महामाया का छलकता अभ्यंतर बिन बादल मयूर बन नृत्य कर उठना चाहता है।

ऐसा नहीं था कि रत्ना प्रकृति के भरपूर जादुई सम्मोहन से अछूती रह रही हो। वह कपिलवस्तु की तराई के एक कोने में प्रकृति के वैभव में रह रही थी परंतु उसे इस प्रकार सोचने का अवसर नहीं मिला था। मानो मानव कृत और प्रकृतिकृत संपूर्ण वैभव पर एकमात्र मौलिक अधिकार राजघरानों, धनाढ्यों, उच्च शासनाधिकारियों आदि का हो। अँधेरे उजालों से आँख नहीं मिला सकते।

उसी समय प्रधान दासी ने आकर कहा, ''महारानी, अब आप लुम्बिनी वन क्षेत्र में प्रवेश कर रही हैं।...झरने के स्रोत आपका स्वागत-अभिनंदन कर रहे हैं। ताल-तलैये झूम उठे हैं।''

महामाया उसकी कोमल सी ध्वनि-तरंग पर प्रारंभ से रीझे हुए थी।

''तुझे अच्छा लग रहा है, क्यों?''

''बहुत अच्छा, महारानी। तालाब-सरोवर में झूमते शतदल कैसे मुस्करा रहे हैं। मानो हमें आमंत्रण दे रहे हों।...आओ वैभव-अभिलाषी कलात्मक अलंकरण के पारखी चितेरे, सुगंध रस के व्यापारियो...आओ।'' कुमोदिनी का हृदय छलछला उठा था। महामाया जानती थी कि कोकिल कंठ जब लोकगीत उठाता है, गाता है और कुछ देर में ही वह डूब जाता है, तब पेड़ पर बैठे पक्षी उड़ना भूल जाते हैं और चिड़ियाँ चहचहाना। क्या कोई उस जैसे कंठ को खरीद सकता है या कोई शक्ति उससे वह शक्ति छीन सकती है। इस कारण कुमोदिनी उसकी चहेती है और सम्मानित दासी भी। उसके क्षेत्र में कोई दूसरा नहीं है।

महामाया ने छाया व्यवस्थापक से आग्रह किया कि वह लुम्बिनी रुकना चाहती हैं। पड़ाव डाल दिया गया। जैसे ही महामाया बाहर आईं वैसे ही दाई, प्रधानदासी, रत्ना, कुमोदिनी आदि भी। शाल वृक्षों से सजी लुम्बिनी ताल-तलैया-सरोवर से अभिमंत्रित वहाँ के समूचे वातावरण को तरल-सरल हर्षोल्लास से महका रही थी। यदा-कदा गोल-मटोल पेट को सहलाती महामाया कल्पना के अंचल का अनुभव कर रही थी।

महामाया का मौन किसी पतली और लंबी सुरभिमयी आँखों में मौन चपला की द्युति सी आभासित हो रही थी। उसका पाँव भूल से ऊपर नीचे स्थान पर न पड़ जाए इसका दाई-दासियाँ विशेष ध्यान रख रही थीं।

महामाया को भुरभुरी माटी पर नंगे पाँव चलते हुए अत्यंत आनंद की अनुभूति हो रही थी। कपिल सरोवर के पास आकर, उसके निर्मल जल को देखकर महामाया का रोम-रोम तरंगित हो उठा।

मन–ही–मन महामाया नयन बंद कर प्रार्थना कर उठी कि उस रमणीक, पवित्र और निर्मल वातावरण में माँ बनने का वह आशीर्वाद पा सके...एकदम प्रकृति की गोद में निसर्गमयी होकर। माँ कृपा करो। अपनी पहली संतान की अभिलाषा का वरदान दो।...हस्तिनी ने अपने गोल–मटोल शावक को ऐसे ही मनोदय परिवेश में जन्म दिया था। उसी का आन्तरिक अंश प्रफुल्ल भाव लिए यहाँ प्रकट होना चाह रहा है, माँ?

महामाया उस निर्मल जल में अपनी परछाईं को देखकर जैसे ही झुकने लगीं, वैसे ही दासियों ने उनकी लंबी–सुडौल बाँहों को थाम लिया। दाई कहने लगी। महारानी जी, ठहरो।...आगे नहीं।...आइए, अब लौट चलें।

महामाया लौटने लगी। तभी एक दासी भागी–भागी यह सूचना देने आई कि उसकी बहन आ गई हैं।

महामाया कह उठी ''देवदह से इतनी दूर से मुझे लिवाने के लिए। पगली परंपराओं को कई बार अनदेखा करने वाली महाप्रजापति गौतमी को यह परंपरा क्यों स्मरण रही?'' अब वह कुछ तेज़ी से पाँव बढ़ाने लगी। उसी समय दाई ने उसे टोक दिया। ''संयम, महारानी, संयम।''

महामाया मुस्करा कर रह गई। फिर धीमे–धीमे क़दम बढ़ाने लगी। उन्हें भी पेट में हलचल का अनुभव हुआ। वह और धीरे चलने लगी सँभल–सँभल कर। अचानक घबरा उठी और पार्श्व के शाल वृक्ष के तने को पकड़कर खड़ी रह गई। असहनीय पीड़ा को दबाए, साहस का परिचय देते हुए अधरों को भींचे।

महामाया शाल वृक्ष के तने को थामे असहज अनुभव कर रही थी। नीचे बैठने का स्थान दाई को उपयुक्त नहीं लग रहा था। कहीं लेटाना पड़ा तो कठिनाई हो सकती थी। दासी गर्म पानी लेकर आ गई थी। हलकी चीख निकली उसी के साथ प्रसव हो गया। तीन दासियाँ उन्हें पकड़े हुए थीं। चार दासियाँ रेशमी कपड़े की ओट किए थीं।

राजवैद्य दूर खड़े निर्देश दे रहे थे। दाइयाँ कुशल, अनुभवी थीं। नाल काट दी। शिशु को कपड़े में ले लिया। पालकी में महामाया को ले लिया।

महाप्रजापति गौतमी उधर ही आ गई। दाई ने उसे देखकर अभिवादन किया और फूल से पुत्र रत्न की सूचना देकर कहा, ''बधाई है, आपको, आप उसकी मौसी बन गई हैं।''

महाप्रजापति गौतमी ने आगे बढ़कर कोमल कपड़े में लिपटे नन्हे शिशु को ले लिया। ज़रा सा एक ओर से उसे देखा। वह आँख खोल सी रहा था। घुँघराले बाल थे। उसने तत्काल उसे ढाँप लिया। वह उसे लिए शिविर तक पहुँची, जहाँ महामाया को लेटाया हुआ था। वह स्वस्थ दीख रही थी। शांत था मुखमण्डल। गहरे सन्तोष की छवि को व्यक्त कर रहा था। माया ने मन्द्र ध्वनि से पूछा, ''तू क्यों आई? मैं तो आ रही थी।''

"दीदी शांत। अब तो मैं सामने हूँ और अपने भाँजे को हृदय से चिपकाए हूँ। तब यह अवसर मुझे कहाँ मिलता।" महाप्रजापति गौतमी अपनी आँखों में उतर आए आनंद की थपथपाती उर्मियों को सहलाती कह जाती।

महामाया निःस्वन रह जाती। यह चाहते हुए वह नहीं कह पाती, "मैं भी तो देखूँ अपने लाल को।" संयम, शांति और संतोष ऐसे क्षणों में परखे जाते हैं।

महाप्रजापति गौतमी शिशु को छाती से लगाए यह निर्णय नहीं कर पा रही थी कि क्या शिशु को दीदी के पास लेटा देना चाहिए या गोद में उसे लिए अपने शिविर में चला जाना चाहिए। न ऐसी परिस्थिति पूर्व में कभी उसके सामने आई थी और न किसी दूसरे के अनुभव से वह जुड़ पाई थी।

इसी समय दाई का प्रवेश हुआ और उसने उससे शिशु को लेते हुए कहा, "आप अपने शिविर में विश्राम कीजिए। यहाँ मुझे जच्चा-बच्चा के साथ कुछ समय बिताना है। वैद्यराज की दी गई पुड़ियों का भी सेवन कराना है।"

महाप्रजापति चली गई। उसके मन में यह उथल-पुथल चल रही थी कि अब आगे क्या होगा? दीदी माँ तो बन चुकी हैं। कल सुबह तक राजज्योतिषी भी आ पहुँचेगा। निश्चय क्या होगा? क्या उसे देवदह अकेले लौटना होगा? उसकी सोच यहाँ आकर सुस्ताने लगी थी।

माता सुलक्षणा ने कितना रोका था। अपने अनुभव से समझाया था। उसकी दीदी स्वयं आ रही हैं। जी भर देख लेना। शीघ्रता कभी-कभी भारी पड़ जाती है। लेकिन वह ठहरी हठीली। मानती कैसे? पिताजी उसकी पीठ पर, फिर डर कैसा और किससे?

समय की लहरों से सुनाई पड़ने लगा गीत-संगीत। ढोलक पर थाप पड़ती। महक उठता सारा संसार। दासियों ने लोक के स्वर उठा लिए। होंठों से थाप देतीं। जंगल में मंगल हो उठता। अन्तर्ध्वनि गूँज उठती—

*बधाई है, राजा, बधाई*
*तेरे घर सुत आया*
*लेकर कंद मिठाई*
*जच्चा-बच्चा देख-देख*
*गाते गीत लोग लुगाई*

महाप्रजापति गौतमी भी बाहर आ गई। उनके बीच में आ बैठी। उनका साथ देने लगीं अपने को भूलकर। उनमें से कई दासियाँ नाच उठीं। रत्ना भी साथ दे उठी। कुमोदिनी गा उठी—आज चहकने-गाने का दिन है। मेले-ठेले मनाने का दिन है। गौतमी का मन भी हुआ कि वह मल्लहार उठा ले। यद्यपि रात पूर्ण चन्द्र की थी। ज्योत्सना भी हवा में आँचल उड़ा रही थी। कैसा रमणीक हो चला था पल भर में सारा वातावरण।

महाप्रजापति का एक मन हुआ कि दीदी से बात कर ले। वह उठकर उस ओर

चल भी दी थी कि उनके शिविर के बाहर बैठी दोनों प्रहरियों ने एक साथ कहा कि महारानी की अभी-अभी आँख लगी है। वह चुपचाप लौट पड़ी।

## 3

कपिलवस्तु दुल्हन की सजधज सा महक रहा था। राजभवन श्रृंगार सुसज्जित था। प्रत्येक द्वार फूल-पत्तियों से चमक रहा था अंदर-ही-अंदर। महाप्रजापति गौतमी महारानी महामाया के साथ नव शिशु को लिए बैठी थी। प्रजा दोनों ओर पंक्तिबद्ध पुष्पमालाएँ और सुगंधित सुमनों को सँभाले खड़ी थीं। बीच-बीच में ढोल-बाजे बज उठते थे।

इसी अन्तराल में लुम्बिनी से शोभा यात्रा के पहुँचने की सूचना मिली। सेना दल की एक टुकड़ी सामने आकर मार्ग के दोनों ओर खड़ी हो गई।

महारानी महामाया के प्रवेश के साथ जयकारों से पर्यावरण गूँज उठा। पुष्पवर्षा हो उठी। मालाएँ भी थिरक उठीं।

महाराजा शुद्धोधन ने अपने मंत्रियों, सभासदों और सेनापति के दल के साथ महारानी का स्वागत-सत्कार किया।

महाप्रजापति गौतमी इस भव्य दृश्य को अवलोक आश्चर्यचकित रह गई। स्वागत-सत्कार उसका भी हुआ।

क्या सोच कर महाप्रजापति गौतमी लुम्बिनी आई थी और वह सोच धरा-का-धरा रह गया। उसके पिता कह रहे थे, ''गौतमी तू भाग्य को नहीं मानती है और न ज्योतिष को।''

''हाँ, पिताजी यह सच है।''

''मेरा ज्योतिष कहता है, तू न जा। तू दीदी को अपने साथ नहीं ला सकेगी।''

''यह नहीं हो सकता, पिताजी। दीदी तो स्वयं आ रही हैं। तब न आने का प्रश्न ही नहीं उठता। मैं दीदी का स्वागत लुम्बिनी वन में करके उन्हें चौंका दूँगी।'' महाप्रजापति गौतमी ने आत्मविश्वास के साथ कहा था।

''मैं तो ज्योतिष गणित नहीं जानती। फिर मेरा मन कह रहा है, तू न जा।'' सुलक्षणा ने धीरे-धीरे रुक-रुक कर कहा और इसी के साथ अंत में यह कह उठकर चल दी, ''तू जाने बिना नहीं मानेगी।...तुझे कोई रोक नहीं सकता। जाकर भी देख ले कि सच क्या है और वह कैसे सामने आता है ?''

अब घर लौट कर क्या कहेगी ? उधर दीदी का आग्रह-''साथ चल। यदि संभव हुआ तो मैं तेरे साथ लौट सकूँगी। पता नहीं आगे अभी और क्या होना शेष है !''

इस समय वह महामाया के भवन में शय्या पर बैठी हुई है। महामाया वहीं लेटी हुई है। शिशु सोया हुआ है।

महाप्रजापति गौतमी भवन में हुई चित्रकारी, उकेरी गई विसर्गात्मक शिल्पकारी और एक भव्य स्वर्णिम और गहन, भावुक मनोदशा को अभिव्यक्ति देता जीवंत चित्र आँखों के सामने से हट ही नहीं रहा था। कभी वह महामाया की ओर अवलोकती और कभी उस चित्र में समाई अन्तरात्मा का अनुभव करती उसी में खो जाती।

''ये तू क्या देखे जा रही है, गौतमी?'' महामाया का शांत स्वर था।

''तूने बनाई है न, दीदी।''

''तो?''

''कितना डूबकर कि तुझे यह भी स्मरण नहीं रहा होगा कि वह युवती कोई और नहीं तू ही है।...और वह शिशु सद्य: जन्मा तेरा ये नौनिहाल ही है। कितना कष्ट पाया होगा तेरी आन्तरिक अभिलाषा ने, किस मानसिकता को लिए पथरीले रास्ते पर चल रही होगी तब...कि रंग में डूबी भूल गई होगी कि तू भी है, तेरा अपना अस्तित्व भी है, तेरे होने का अभिप्राय है...दीदी।...पर राजप्रासाद का सम्मोहक, चित्ताकर्षक कलात्मक और लोभ-लुभावन बहिर, अन्तर्पद कितना मार्मिक, संवेदनशील और कारुणिक भी हो सकता है।'' महाप्रजापति गौतमी स्वप्न-छाया की तराई में अकेली बैठी कल्पना की करुणा से मानो संवाद कर रही हो। अकेले बैठे अपने आप से अपने को विस्मृत कर।

''ये तू क्या बकझक करती जा रही है, गौतमी।''

मैंने माँ को छिपाकर रखते उस पत्र को देखा था जो तेरे हृदय की अन्तर्कथा में सिर से पाँव तक डूबा हुआ था। उसे मैंने चुराकर पढ़ा था और माँ से पूछा था, ''माँ क्या सत्य छिपाने से...या सूर्य-चंद्र से पीठ-आँखें फेरने से वह अपने होने को, अपने अस्तित्व को भूल सकता है, जिसे भूलने का दीदी प्रयत्न कर रही हैं और तू उसे छिपाने में अपना कौशल समझ रही है।...स्त्री की इस स्वत: खोजी निर्बलता की आड़ ने उसके अस्तित्व को मानो शून्य होने के लिए विवश किया है।...उत्तराधिकारी चिंता ने उसे ऐसी कष्ट कारा में जीने के लिए विवश किया है, जिसे मैं इस समय यदि एक शब्द में कहना चाहूँ तो कहूँगी शुतुरमुर्ग...या शुतुरगाय, जिसे मैंने सुना भर है और जिसे मैं इस समय अनुभव कर रही हूँ।''

महामाया की चुप्पी मानो रसातल में उतर गई। मानो हिमखण्ड सी पीड़ा पिघल कर नदी की एक लहर में उतर कर अंदर-ही-अंदर उतर गई।...यह है। स्वपीड़ा की आत्मकथा का एक अंश मात्र। नदी बनने में कितने शिलाखण्ड पिघले होंगे ऐसे में।

गौतमी महामाया की अंतरात्मा को कुछ-कुछ समझने लगी है, जब उसने माँ से यह पूछा भर, ''लड़की को ही क्यों अनजान दिशा में धकेल कर अपना परिवार जिसकी वह चैतन्य सदस्य होती है, चैन का अनुभव करता है। उस परपुरुष को अपने परिवार का अंश बनाने के लिए स्वेच्छित संस्कार की परिकल्पना को धरातल पर उतारने की चेष्टा क्यों नहीं करता?''

''तेरा वह चुलबुलापन, चोरी से दूसरों का भाग उड़ा-खाकर सीना जोरी करने का दुस्साहस एकदम कहाँ जा खोया, गौतमी ?...'' महामाया को लगा कि वह जिसके साथ खेली-कूदी, छीना-झपटी की, झूठी-अधकच्ची नींव रखी, वह गौतमी उससे नहीं बतिया रही है।

''कहाँ जाता है लड़की का बचपना, रूठना-मनाना। हाँ, जी हाँ करके मुकर जाना, झूठमूठ को रो-धोकर सामने वाले को डाँट-डपट पड़ जाना...सच दीदी, मुझे स्वयं आश्चर्य होता है यह सोचकर कि वह मैं ही थी, कोई दूसरा नहीं, जिसके बारे में सोचकर तू इस समय प्रश्न कर उठी है। मुझे लग रहा है कि तू नहीं, इसकी प्रश्नकर्ता भी मैं ही हूँ।''

सचमुच महाप्रजापति गौतमी अब वह नहीं रही है जो झूले को थामने के लिए माँ को बाजू पकड़ कर लाती थी और महामाया को झूले से उतरवा कर ही दम लेती थी। बचपन और किशोर मध्य की वयस्संधि के स्मरण से उतार-चढ़ाव के बनने वाले चलचित्र बहती नदी की लहरें आने पर ठहरते नहीं प्रवाहमय हो जाते हैं या पुनः...कुछ कहना मन को नहीं साध रहा है। वह अपने आपको समझाना चाहती है परन्तु सफल नहीं हो पाती।

''चल छोड़ भी इन बातों को जिनका निर्णय आज तक किनारा नहीं पा सका।'' महामाया का भावुक हृदय उसे उद्यान विहार की परिक्रमा करा नव स्फूर्त हो जाने की ओर संकेत दे रहा था। उसने रत्ना को बुलवा लिया था। रत्ना के आने पर वह बोली, ''हमारी बहन को उद्यानों की यात्रा करवा ला। रंगशाला भी दिखा देना। सौन्दर्य-सरोवर तक ले जाना, जहाँ लगभग सभी पक्षी वृन्द कल्लोल करते रहते हैं। लौटते हुए चित्रशाला दिखाना मत भूलना।'' महामाया सोच-सोच कर कहे जाती थी कि इस मध्य सलौने राजकुमार की नींद खुल गई। इससे पहले राजकुमार रोकर अपनी इच्छा व्यक्त करें, उसने उसे स्तनपान करवा दिया। वह चुपचाप स्तनपान करता अपने कार्य में संलग्न हो गया।

महाप्रजापति गौतमी को लेकर रत्ना आगे बढ़ गई। महामाया चकित होकर उसे निहारती रह गई। उसे आश्चर्य हो रहा था कि इतनी शीघ्रता से उसमें इतना परिवर्तन हो गया। उसके सोच में दार्शनिक, सामाजिक रंग जमाने लगा। उसे भी थकान सी अनुभव हो रही थी और आँखें भी निद्रालु हो रही थीं। उधर नन्हे राजकुमार ने चपर-चपर करना छोड़ दिया था। उसने नन्हे राजकुमार को अपने पास खींचा और वह निद्रा निमग्न हो गई।

## 4

प्रत्येक दिन रंगोल्लास, उत्सव-पर्व, नृत्य गायन का कार्यक्रम आयोजित हो रहा था। राजप्रासाद की सजावट देखते ही बनती थी। चतुर्दिक हर्षानंद चहक रहा था।

आज नामकरण संस्कार की धूम मची हुई थी। ज्योतिषि-पंडित आ चुके थे। राजा शुद्धोधन हवन में विराजमान थे। महारानी महामाया गोद में कुमार को लिए बैठी हुई थीं। बीच-बीच में महाप्रजापति गौतमी सलौने कुमार को गोद में ले लेती थी ताकि महामाया को थकान का अनुभव न हो।

उधर ज्योतिषिगण परस्पर राजकुमार के नामकरण पर चर्चा कर रहे थे।

पंडित जी मंत्रोच्चारण के मध्य राजकुमार का नाम पूछ बैठे। पंडित नेत्र नारायण ने गोस्वामी पुण्डरीक की ओर देखा। तीर्थराज वैष्णव कुछ भिन्न मत रखते थे। कौसल राष्ट्र में सम्मिलित होने के कारण शाक्यों का गोत्र आदिल होना चाहिए। वयोवृद्ध पंडित राजनाथ 'भो गोतमो सक्यकुला जितो' पर ज़ोर देकर उनका गोत्र गौतम मानते हुए-सिद्धार्थ अर्थात् सिद्धार्थ गौतम को सर्वाधिक समीचीन मान रहे थे। अंत में मतैक्य से वयोवृद्ध पंडित राजनाथ को कुमार के नाम की घोषणा करने का अधिकार दे दिया।

दीर्घ स्वर से नामकरण, घोषित हो गया। तुरही बज उठी, ढोल भी। चतुर्दिक हर्षध्वनि हो उठी। ज्योतिषियों से शुद्धोधन ने शिशु का भविष्य जानने की जिज्ञासा व्यक्त की।

गोस्वामी पुण्डरीक ने कुमार की जन्मपत्री भोजपत्र पर सामने रख दी। चक्राकार कुण्डली पर मतैक्य था।

वयोवृद्ध पंडित राजनाथ ने गुरु गंभीर वाणी में कहा, "राजन, राजयोग बन रहा है चक्रवर्ती सम्राट का।"

इतना कह पंडित राजनाथ चुप रह गए। उनके मन का द्वन्द्व शुद्धोधन ताड़ गए अत: पूछने लगे, "पंडित श्रेष्ठ, आप कुछ और भी कहना चाह रहे हैं, कृपया अवश्य कहिए।"

"राजन, चक्राकार कुंडली विधाता के संकेत की ओर अनुमान लगाने की दास्तां है।"

"कहिए, पंडित श्रेष्ठ, वह भी कह डालिए ताकि हमारे मन में संशय-शंका पाँव नहीं पसार सके।" शुद्धोधन का विनीत स्वर था।

"समझ सकता हूँ, राजन। प्रयत्न भी करता रहा हूँ। हमारे नवयुवक पंडित तीर्थराज इस क्षेत्र के अन्वेषक हैं।...उनका मत भी विचारणीय है।" कहकर पंडित राजनाथ ने पंडित तीर्थराज की ओर देखा।

तीर्थराज ने पंडित राजनाथ की ओर श्रद्धा भाव से देखा और कहा, "मैं श्रद्धेय आचार्यों में सबसे छोटा हूँ। मैं जो कुछ कहूँगा, वह श्रद्धेय आचार्य के मंथन का सार है।...अधिर्व (विरल) अधिपति निस्संदेह यह बालक सर्वगुण सम्पन्न, श्रेष्ठ, संस्कारशील एवं आलौकिक व्यक्तित्व का स्वामी है। शीर्ष पर है—चक्रवर्ती सम्राट अथवा...श्रेष्ठ शासक, अथवा धर्म का संस्थापक। समूची मानव जाति का कल्याण करने वाला दिव्य, महाज्योति का अवतार।"

तीर्थराज वैष्णव को मौन पाकर शुद्धोधन ने विनम्रता से पूछा, ''एक साथ दो विपरीत दिशाएँ, पंडित श्रेष्ठ।...एक राजा को क्या चाहिए, यह आपसे छिपा नहीं है।...इसका कोई तोड़...।''

''गोस्वामी पुण्डरीक अब आप रास्ता सुझाने का कष्ट कीजिए।''

''आज्ञा है, गुरुवर पंडित नेत्रनारायण जी।'' पंडित नेत्रनारायण ने सहमति में सिर हिला दिया। गोस्वामी पुण्डरीक ने कहा, ''राजन, हम सबके सामने ऐसी चक्राकार कुण्डली पहली बार आई है। हम सबने परस्पर गहन मंथन किया है और हमारे मध्य वयोवृद्ध राजनाथ जी, जो एक सौ पाँच वर्ष के मंत्र-संयोजक, मंत्रदाता और अनेक राज्यों के अधिपतियों के मंगलदाता हैं, का कहना है कि ऐसी कुण्डली प्रथम बार सामने आई है, जब दो ध्रुव आमने सामने हैं।...ऐसी स्थिति में संभवतया रास्ता एक यही है कि बालक में राजधर्म के प्रति निष्ठा रहे, शास्त्रों के आकर्षण से वह दूर रह सके।''

''तब तो...।'' शुद्धोधन ने शांत भाव से इतना ही कहा।

इस पर पंडित राजनाथ ने कहा, ''बहिर पक्ष की चेष्टा की अपेक्षा अन्त:करण पर ध्यान रखिए। सारे निर्णय वहीं से निर्देश पाते हैं। यहाँ राज्य का शुद्ध आकर्षण है, यह प्रभु की कृपा है।''

संवादों ने विराम पाया ही था कि शुद्धोधन को परम पूज्य आचार्य चैतन्य प्रभु के आगमन का समाचार मिला। वह पंडित एवं ज्योतिषियों को ससम्मान विदा कर चैतन्य प्रभु की अगवानी करने चल दिए।

चैतन्य प्रभु से शुद्धोधन की भेंट काशी में हुई थी, वहाँ के राजदरबार में। साकेत (अयोध्या) से निष्कासित शुद्धोधन ने वहाँ आश्रय लिया था, सैनिक टुकड़ी और धन-धान्य सहित। दूसरी बार उनसे तब भेंट हुई थी जब काशी नरेश ने उनसे काशी छोड़कर जाने के लिए कहा था। उस समय शुद्धोधन चिंतित अवस्था में नए ठिकाने के बारे में सोच रहे थे। उनका ध्यान सामने से आ रहे चैतन्य प्रभु पर नहीं गया। वह अपनी धुन में प्रवासी बने अपने को असहाय पा रहे थे। काशी में रहते हुए अभी छह मास भी पूरे नहीं हुए थे कि काशी नरेश ने उन्हें काशी छोड़ने का आदेश दे डाला। अभी तो कुछ पाँव जमाए ही थे परिचय सूत्र बने थे कि अचानक बिना ऋतु घने काले मेघ आ घिरे और बरसने लगे। चपला चमकने के साथ आ गिरी।

''राजकुमार बंधु, अपने में खोए आप कहाँ जा रहे हैं।'' चैतन्य प्रभु का भारी स्वर था। दो-चार बार मिलते भी रहे थे।

शुद्धोधन ने अभिवादन किया।

''लगता है कोई विकट चिंता है।''...आओ, हवेली तक चलो, वहीं बैठकर बात करेंगे।

शुद्धोधन उनकी बड़ी हवेली के अतिथि कक्ष में आ विराजे। सारी कथा सुना डाली। अंत में चैतन्य प्रभु ने प्रश्न किया, ''अब क्या सोचा है, राजकुमार शुद्धोधन।''

''क्या सोचूँ? जहाँ तक दृष्टि जाती है, वहाँ किसी-न-किसी का राज्य है। एक म्यान में दो तलवार की कहावत चरितार्थ हो रही है। राजपुत्र होना अभिशाप हो गया है।'' शुद्धोधन ने सहजभाव में कह डाला।

चैतन्य प्रभु विचारमग्न हो गए। क्या करें? कौन अधिपति संकट को न्योता नहीं देना चाहेगा। फिर? उनकी पहचान के राजा-महाराजा चाहे उन्हें कितना मान-सम्मान, धन-धान्य देते हों परंतु, वे बैठे-ठाले ऐसा सिर दर्द मोल नहीं लेना चाहेंगे।

''मुझे चलना चाहिए, प्रभु।''

''अतिथि सम्मान बिना...।''

''वह फिर कभी।''

''क्या लौटने का मन बनाकर जा रहे हो, राजकुमार शुद्धोधन?''

शुद्धोधन के मुख मण्डल पर व्यंग्यात्मक मुस्कान तैर गई।

''आपके पिता, साकेत के राजा उक्काक को यह क्या सूझी! साकेत की व्यवस्था डगमगाई हुई है। दूसरे छोटी रानी से तो अब संतान हुई है। अन्य तो ज्येष्ठ पुत्र हैं। उत्तराधिकारी का दायित्व वहन करने में सक्षम!...क्या आवश्यकता थी छोटी रानी को वर माँगने के लिए वचनबद्ध होने की। आगे किसको पता है जब वर्तमान में स्थिति चिंताजनक है। साकेत के भाग्य में यह दुर्भाग्य किसने लिखा है!'' चैतन्य प्रभु का अनुभव क्रांति की मुद्रा में डराने लगा था, राजनीति में वरदान के लिए कोई स्थान नहीं है, राजकुमार। वहाँ नीति-अनीति का कोई स्थान नहीं है। वहाँ तो जय ही एकमात्र लक्ष्य है।

''मुझे चलना होगा, प्रभु।''

''इन संवादों में भी मेरा पूरा ध्यान आपको संकट मुक्त करने का ही है। संकट स्वयं समाधान की ओर ले जाते हैं।''

''विराग के क्षणों पर आ टिके संकट को अब तो समाधान देना ही होगा। ठीक इसी समय मार्ग प्रशस्त हुआ। चैतन्य प्रभु के मुख मण्डल पर प्रसन्नता की लहर आमंत्रित हो उठी। वह बोले, आप भाग्यशाली हैं, राजकुमार। अन्यथा मेरी स्मृति अवस्था के चक्रव्यूह में उलझी साथ छोड़ती जा रही है।'' अल्पविराम पर ठहर, आगे कहा, ''काशी से उत्तर हिमालय की सीमा पर कपिल ऋषि की तपसाधना स्थली है कपिलवस्तु। यहाँ से कोई पचास-पचपन कोस। अत्यन्त रमणीक, हरा-भरा, निसर्ग सौंदर्य की अद्‌भुत, पवित्र और शांत स्थली है जहाँ अब कपिल ब्राह्मण बसे हुए हैं। क्या जा सकोगे वहाँ बसने के लिए?'' शुद्धोधन न कैसे करता!

''वहीं पास में वहाँ से पाँच-सात कोस पर लुम्बिनी जनपद है! कृषकों की

शरण स्थली और लोकमत की जननी। वहीं है देवदह नगर–राज्य। वहाँ का गणपति अधिपति है अंजन शाक्य वंशी और उसकी सर्वगुण सपन्न महारानी सुलक्षणा।...वहाँ लुम्बिनी–कपिलवस्तु में चाहे जहाँ बसा जा सकता निष्कंटक होकर और संभावना खोजी जा सकती सर्वथा नवीन राज्य की स्थापना की।...गणपति अंजन आपके सहयोगी, मार्गदर्शक और शुभचिंतक हो सकेंगे। मेरे मित्र हैं वे।''

कितनी बार आमंत्रित किया था शुद्धोधन ने उन्हें पर आए नहीं।...और अचानक बिना कोई संदेश दिए आ धमके इस पवित्र–उत्सव के समय! अहो भाग्य!

अभिनंदन स्वागत के साथ ससम्मान शुद्धोधन उनको अपने प्रासाद में लेकर आए।...उनका विवाह संबंध उन्होंने ही कराया था और भरपूर सहायता कर एक नया राज्य उन्होंने ही स्थापित होने दिया था।

इस समय चैतन्य प्रभु की गोद में आँख खोले, मौन धारण किए था सिद्धार्थ शिशु। उन्होंने सबको आशीर्वाद दिया और कहा, ''इस नटखट का आकर्षण मुझे यहाँ लेकर आया है, राजन।...कैसा टुकुर–टुकुर देखकर मन–ही–मन मुस्करा रहा है हृदय-कपाट खोलकर।...मैं धन्य हुआ।...कृतार्थ हुआ राजन।''

''कुछ कहना–बताना चाहेंगे, प्रभु।''

''अब कुछ बताने के लिए रहा ही क्या है! सब कुछ तो सामने है। चौड़े में।''

शुद्धोधन को यह जानकर आश्चर्य हुआ कि चैतन्य प्रभु को लौटना भी अभी है। वह कह रहे थे, ''आग्रह–निवेदन क्यों? वही सृष्टि का शंभु है। हम तो उसकी कठपुतली हैं, राजन। आप पर उसकी भरपूर कृपा–अनुकंपा है। वह बना रहेगा। आपको पिता होने का सम्मान मिलेगा और माया को आनंद की फुहार।''

चैतन्य प्रभु रुके नहीं। शुद्धोधन को संकेत देते गए कि आना–जाना रोकने के वशीभूत नहीं है। न आने का पता है किसी को और न जाने का। वह यह रहस्य किसी पर प्रकट नहीं होने देता। यही वह शक्ति है, जिसके लिए मंगलाचरण से लेकर उपसंहार तक जिज्ञासा–स्फुरण लिए व्यक्ति अपने को जी लेता है।...चला भी जाता है।...और कुछ समझ भी नहीं पाता।

अब तक चैतन्य प्रभु की खड़ाऊँ की कर्णप्रिय रम्य संगीत की सुरभि शुद्धोधन के हृदय–पटल पर छाई हुई थी। वह एकांत में अकेले बैठे सोच से पल्ला झाड़ कर बैठना चाह रहे थे। परन्तु उनको लगा कि एकांत अपेक्षाकृत समूह से अधिक असहनीय है। फिर वह उठ खड़े हुए।

## 5

महाप्रजापति गौतमी को रह–रह कर माँ सुलक्षणा की बातों का स्मरण होता तो वह भीतर–ही–भीतर छटपटाने लगती। काश! वह उसके रोके रुक पाती। ऐसा कैसे हुआ जो माँ सुलक्षणा को स्पष्ट दिखलाई पड़ रहा था। उसे वह देख नहीं पाई थी। चैतन्य

प्रभु आए, कुछ समय छाँह में बिताया और चल पड़े। क्या वास्तव में भविष्य देखा या अनुभूत किया जा सकता है?...अवश्य किया जाता होगा। वह प्रश्न संभावना के साथ छोड़ गए।

महामाया कृत्रिम नाराज़गी से कह उठती, ''छुटकी यह रोग तुमसे छूटा नहीं। एक बार ज़िद की और उसे मनवा कर ही मानी। कुछ दिन और रुक ले।''

छुटकी सुन महाप्रजापति गौतमी को अपने होने का अनुभव हुआ। प्राय: घर में वह छुटकी नाम से जानी जाती थी और महामाया बड़की से। वह कहने लगी, ''दीदी, मुझे जाने दो। एक बार मेरा हठ एक तरफ़ रख कर अपना बड़प्पन सिद्ध हो लेने दो।'' यह जानते-बूझते कि छुटकी बड़की कभी नहीं बन सकती।

''कब जाएगी?''

''कल...।''

''कल ही...। इतनी जल्दी।''

''कल तीसरा दिन है, मुझे कल कल कहते हुए, दीदी...।'' और तुझे अपने कथन को दुहराते।''

''क्या तेरा इस नन्हे-मुन्ने से इतनी जल्दी मन भर गया?'' महामाया ने उसके हृदय को छेड़ा।

''तू ऐसा सोचेगी तो हो लिया अपनी छुटकी को समझने का दावा सिद्ध।...ऐसा वैसा और बोला तो तू रुला देगी मुझे।''

''पगली कहीं की।...ऐसा कभी मत सोचना, प्यारी-प्यारी छुटकी बहना।...अब प्रसन्न हो जा, तू कल चली जाना।'' महामाया को कहना ही पड़ा।

यद्यपि शुद्धोधन का मन उसे रोकने का था परंतु महामाया ने उन्हें रोक दिया। ''उसे जाने दो। हठ की पक्की है। वह आई भी घर से हठ करके तो जाएगी भी अपनी हठ का मान मनवाकर।''

रात का दूसरा पहर बीत रहा था कि महामाया के कराहने की आवाज़ सुन महाप्रजापति गौतमी झटपट आ गई। वह चौंक पड़ी। महामाया तड़प रही थी। वह कहती रही दीदी-दीदी। उसका माथा सहलाया, तलुए में मालिश करने लगी। लेकिन उससे कुछ नहीं हुआ।

राजवैद्य आ गए। औषध दी गई। कुमार रो पड़ा। दाई ने उसे उठा लिया। परंतु वह चुप नहीं हुआ। लगातार रोता ही रहा। महाप्रजापति गौतमी घबरा उठी। उसे शिशु को चुप कराने का कोई अनुभव नहीं था।

महामाया ने आँखें खोल दीं और दाई की गोद में रोते हुए कुमार को देखकर विवश आँखों से महाप्रजापति गौतमी से कुछ कहा मानो, गौतमी को ऐसा लगा। वह ठीक से कुछ समझ नहीं पाई। उसने दाई के पास जाकर कुमार को उससे ले लिया

और उससे बात करने का प्रयत्न करने लगी। वह कम हठी नहीं था। उसने रोना बंद नहीं किया। वह उसे लेकर कमरे से बाहर आ गई–गलियारे में। उसे गोदी में लिए टहलती रही। उसे मनाने की चेष्टा करती रही। अनायास कुमार चुप हो गया। उसने गौतमी की ओर ध्यान से देखा। मानो वह उसे देख नहीं रहा हो, उससे कुछ कहना चाह रहा हो। उसने अपने पतले–पतले होंठों पर जीभ फेरी। गौतमी को ध्यान आया कि कहीं वह भूखा न हो।

जैसे ही गौतमी गलियारे से अंदर की ओर मुड़ने लगी, वैसे ही वह रोने लगा—तेज़ स्वरों में। उसे लगा स्तनपान करवा दे। वह महामाया के पास, उसे गोद में लिए बैठ गई और धीरे से उसकी चोली को ढीला कर कुमार को स्तनपान कराने का प्रयत्न किया। कुमार अपनी पर आ गया। स्तनपान करने से हट गया। फिर उसने बलात् उसके मुँह से स्तन लगाकर तनिक भींचा ही था कि दुग्ध की धारा कुमार के मुँह में क्या गई कि पचर–पचर करने लगा। गौतमी को अपने प्रयास से मिली इस सफलता पर बहुत प्रसन्नता मिली। अब ध्यान से उसने उसे देखा। वह एक हाथ उसकी छाती पर रखे जल्दी–जल्दी पचर–पचर कर रहा था। मानों कई दिन का भूखा हो। उसके मुँह से निकल गया—''शैतान कहीं का। सारे भवन को सिर पर उठा डाला।''

उसके पीछे खड़ी रत्ना मुस्करा उठी। वह अपने पार्श्व में खड़ी कुमोदिनी के कान में कह रही थी, ''महारानी की बहन अनुभव लिए हैं।...और कुछ शोध रह गया होगा तो वह यहाँ पूरा हो जाएगा।''

''चल हट परे। वह कितनी सौम्य हैं, सुशील, गुणवंती, दक्ष और निश्छल।'' रत्ना ने तनिक तेज़ स्वर में कहा।

''अरे, मैं तो मज़ाक कर रही थी। तू उसे सच मान गई।''

''नहीं, कम्मो जी, ऐसा कभी मज़ाक में भी मत कहना।''

कुमोदिनी घबरा गई। उसे कुछ नहीं सूझ रहा था। कहीं यह बात महारानी जी के पास पहुँच गई तो...। नहीं...नहीं का मन में जाप करती वह चली गई।

अब कुमार पुन: नींद लेने लगा। उसके मुखमंडल पर अद्‌भुत आकर्षण था। उसकी बड़ी आँखों में मादकता थी, क्योंकि वह खुली आँखों से नींद लेता था। उसके अरुण ओष्ठों में स्मित की उर्मियाँ विलुलित हो रही थीं। जब भी महाप्रजापति गौतमी उसकी ओर निहारती थी, तब उसे कोई शक्ति अपनी ओर खींचने लगती थी। वह अपने को रोक नहीं पाती थी। उसकी ओर खिंची चली जाती थी और अपने आप को भूलने लगती थी।

उसे लगा कि महामाया भी गहरी नींद में डूब चुकी हैं। वह बाहर आकर राजवैद्‌य से पूछती थी कि दीदी को यह अचानक क्या हुआ है?

''ओषध अपना प्रभाव दिखाने लगी है। मैं इसीलिए यहाँ बैठा प्रतीक्षा कर रहा

हूँ कि उनमें तीनेक तरह के परिवर्तन हो पाते हैं या...कुछ और दिखलाई पड़ने लगता है। कभी-कभी प्रसव पीड़ा के बाद अधिक रक्त प्रवाह या मानसिक दबाव से दीर्घ समय तक घिरे रहने के कारण...अथवा दोनों कारणों से...। लेकिन ऐसा कुछ लगता तो नहीं है। फिर भी...।'' कुछ रुककर राजवैद्य पूछने लगते, ''आप कुछ जानती हैं। तो...सहायता मिल सकती रुग्णता का उपचार सही दिशा पकड़ सकता है।''

महाप्रजापति गौतमी सोचने लगी। उसके ध्यान में माँ को मिला संदेश चक्कर काटने लगा, जिसमें वह घर आना चाह रही थी। दसवां माह और ऊपर से उत्तराधिकारी की गहरी चाह। यदि कन्या हो गई तो...। एक दीर्घ शून्यवकाश आ ठहरा रह जाता था। वह बताए या नहीं बताए चक्रावात सा घूमने लगा। उसने मन पक्का करके कहा, ''वैद्यराज, आप तो जानते हैं, राजघराने में अनेक गोपनीय ग्रंथियाँ सक्रिय रहती हैं। रहस्य दबाए रहना भी आवश्यक होता है।''

''हाँ, यह तो है ही। तो...क्या मैं जान सकूँगा। वह रहस्य मेरे आपके बीच ही रहेगा।...''

महाप्रजापति गौतमी ने आँचल सँभाला और बैठने का रुख बदला। गहरे सोच में डूबकर धीरे-धीरे ऐसे कहना प्रारंभ किया कि तीसरा न सुन सके। ''राजवैद्य जी, अपने महाराज के विवाह को लंबा समय हो रहा था। उनकी अवस्था भी बढ़ रही थी। उत्तराधिकारी का अभाव घेर रहा था। उत्तराधिकारी को तैयार करने के लिए भी समय चाहिए।...बस और क्या! कुछ नहीं।''

''आपका कहना समुचित है, गौतमी जी। मुझे भी लगता रहा था। राजा होने के संकट भी अनेक होते हैं।'' राजवैद्य इतना ही कह पाए थे कि अंदर से दाई ने आकर सूचना दी, ''महारानीजी...वैद्यराज, शीघ्र चलिए।''

राजवैद्य अंदर पहुँचे। नाड़ी देखी। देखते रहे। महारानी तड़पती हुई मूर्छित हो गईं। राज्य के दो अन्य वैद्य भी शुद्धोधन के साथ आ गए। उन्होंने भी नाड़ी देखी। आँखों की पुतली उठाकर जाना। फिर तीनों वैद्यों ने बाहर आकर परामर्श किया। औषध जो दी जा रही थी, उसकी मात्रा बढ़ा दी। दो औषध और दीं।

शुद्धोधन महामाया की बिगड़ती स्थिति देख घबरा उठा। कुमार सोया हुआ था। गौतमी भी वहाँ जा पहुँची थी। वह रात्रि को महामाया के भवन में सो रही थी।

समय बीत रहा था। महामाया बेसुध थी कदाचित। राजवैद्य दो बार स्थिति देख आया था। कल शुद्धोधन रात्रि को भी सो नहीं पाए थे। कौन सँभाले उनको। राजवैद्य और महामंत्री के आग्रह को वह यह कहकर नकार चुके थे कि नींद आती हो तो सोऊँ।

पुत्र जन्म के प्रतिदिन होने वाले सब हर्षोल्लास के कार्य बंद थे। प्रकाश से जगमगाता राजप्रासाद अँधकार में जा दुबका था। कामचलाऊ प्रकाश टिमटिमा रहा था।

महाप्रजापति गौतमी ने शांतिपूर्वक, धैर्य बना रखने के आग्रह के साथ समझाया, ''सब हैं। तीनों वैद्यराज, उपवैद्य सहित यहीं रह रहे हैं। चार दाइयाँ हैं और मैं भी हूँ, फिर आप चिंता ईश्वर पर छोड़कर अपने पर अत्याचार मत कीजिए। यही तो समय है, जब अतिविषम स्थिति में अपने को सँभालें और सहज बनकर राजधर्म को निभाएँ।''

''प्रयत्न कर रहा हूँ परंतु...कुछ समझ नहीं पा रहा हूँ कि मुझसे ऐसे उत्सव के क्षण देकर, ईश्वर क्यों छीनता रहा है? हर्ष देखते-देखते विषाद में क्यों बदलता रहा है, गौतमी? दिक् दिशाएँ मौन। कौन है मेरा! किससे अपने दु:ख को बाँटूँ?...मेरे चारों ओर सदा से दलदली अँधेरा बना रहा है। मैंने जितना ज़ोर लगाकर स्थितियों को सँभालना चाहा, वे उतनी शक्ति से मुझे दबोचती रही हैं।...समझता हूँ, चिंता साक्षात् चिता है।...फिर भी, तुम कहती हो तो आज और प्रयत्न करके, अपने उखड़े मन को समझा-बुझा कर शांत बनाए रखने का प्रयास करके देखूँगा।...वह भी इसलिए कि, गौतमी...मुझे इस समय आपका सहारा मिल रहा है। महामाया के जितने निकट आपको रहने, समझने और समझाने का अवसर मिला है, कदाचित् मुझे नहीं।'' शुद्धोधन शांत चित्त भाव से अत्यंत धीमे स्वर में मानो अपने को समझा रहे हों, गौतमी को लगा।

रात्रि का तीसरा पहर था। महामाया चुपचाप सोई हुई है। कुमार भी उसका साथ दे रहा है अपनी नन्ही-नन्ही कोमल उँगलियों को उसकी छाती से लगाकर।

समूचा राजप्रासाद मानो सोया पड़ा हो मौन ओढ़े। लेकिन महाप्रजापति गौतमी को नींद कहाँ? कैसे समझाए वह अब अपने हठी और उतावले मन को। प्रार्थना का अवलंब लेकर चल रही थी अब वह।

सब सो चुके थे। नींद भी गहरी आई थी सपने बेचकर घोड़े के सौदागर की भाँति। गौतमी के लिए यह नितांत अकेला अनुभव था...हर्ष-विषाद के साथ। माँ ने चलते समय सीख दी थी कि जय का स्वप्न वही देख सकते हैं जो पराजय पर विजय पाने का हौसला रखते हैं, क्योंकि न जय उन्माद का आग्रह है और न पराजय अवसाद का। दोनों समान हैं। सच ही सच्चे जीवन की अक्षय पगडंडी है।

रात्रि को वातायन खुले रह गए थे। शीत को अवसर मिल गया था। भोर के समय चुपके आ विराजने का। महाप्रजापति गौतमी की तभी आँख लगी थी—महामाया और कुमार को देखकर उसे यह विश्वास हो गया था कि दोनों सोए हुए हैं किसी अज्ञातलोक का स्वप्न देखते हुए।

उजाले की किरणें अँधकार को परास्त करने में लगी हुई थीं। महाप्रजापति गौतमी को आश्चर्य हुआ अपने को गहरी निद्रा में पाकर और कंधे से पाँव तक चादर ओढ़े देखकर। किसने ओढ़ाई होगी चादर? वास्तव में समीर में गुलाबी ठंडक उतर आई थी। ग्रीष्म ऋतु वैशाख शुक्ल की पूर्णिमा को गए सातवाँ दिवस है—ज्येष्ठ कृष्णा की सातें है आज और तराई अपना रंग दिखाने की तैयारी कर रही है। अवश्य कहीं

हिमखण्ड पिघले हैं। उसे छूकर वह उठा मतवाला समीर पहाड़ी नाले की तरह।

वातायन से महक आ रही है वाटिका के होने की। सुबह निस्संदेह सुहावनी होती है। उसके तन-मन में मूक वातावरण का सहयोग पाकर फुरफुरी होने लगी थी। अवश्य दीदी को आराम मिला है। अपना नटखट घोड़े बेचकर अपनी माँ से चिपटा स्वप्न देख रहा है। तभी वह चौंकी। उसकी दीदी पर दोहरी चादर पड़ी थी, जिसके एक लघु भाग को नटखट ने एक ओर सरका या ढकेल दिया है।

गौतमी ने अँगड़ाई तोड़ी। उसकी देह टूट सी रही थी। उसकी सलौनी आँखों में टेसू के पुष्प का अपना रंग देखने को मचल पड़ा। तभी उसके स्मरण ने उसे डाँट पिलाई, ''तेरा चेत कहाँ मुँह मारता रह गया है। तूने आश्वस्त किया था कि समय पर औषध देते रहने का उत्तरदायित्व मेरे पर रहा। वैद्यराज ने यह कहकर सावधान करने में रत्ती भर चूक नहीं की थी कि पुड़िया देकर उसका खोल भी वहीं पास रखना ताकि भूल-चूक का संदेह पाँव नहीं पसार सके।'' पुनः चेत मुस्कराया। वह चौंकती है। तिपाई पर दूसरी पुड़िया का खोल खुला पड़ा है।...कोई तो अवश्य आया होगा। पर कौन? दाई तो नहीं हो सकती, क्योंकि जब राजवैद्य औषध देते रहने का क्रम समझा रहे थे तब वहाँ अकेली वही थी।

गौतमी अपने भोले अरूज कपोलों पर स्नेह की थपकी देते हुए अपने आप से कह रही थी, ''एक बार यहाँ भी मुझे...मेरे स्वभाव की कमज़ोरी को उजागर किए बिना नहीं माने। औषध दी जा चुकी है। कौन हो सकता वह करुणानिधान?...मात्र वो।...नहीं...नहीं...परे नहीं...तो कौन? वह भवन के अंदर के कोने-कोने पर दृष्टि डालकर गलियारे की झाड़-टटोल करने लगी थी। अचानक तब ध्यान आया कि उसने ही तो उसे आश्वस्त किया था कि वह निश्चिंत होकर सोएँ। यह उत्तरदायित्व उसका है।''

''क्या सोच रही हो, गौतमी?''

''आप!''

''हाँ मैं गौतमी। इसमें आश्चर्य क्यों। आप दिनरात तपस्या कर रही थीं। निद्रा किसी की सगी नहीं है। मैं सो लिया था। मेरी चेतना मुझे यहाँ तक ले आई। तब तड़का था। उजाला नींद में झपझपी लेकर शांत बना रहना चाह रहा था।...आप बेसुध थीं। ठंड चुपके से पसर चुकी थी।...'' शुद्धोधन को महामाया को निद्रा-निमग्न पाकर और कुमार को उसके कुचों पर हाथ धरे देखकर सुकून मिला। वह उस सर्वशक्तिमान को, जिसे कभी देखा नहीं था और इस समय उसके होने को नमन कर रहे थे। वही है, सर्वोपरि है।

गौतमी ने एकदम पर धीरे से खड़ा होना चाहा ही था कि शुद्धोधन ने उसके कंधे पर हाथ रखकर इतना ही कहा, ''मैं जा रहा हूँ।''

शुद्धोधन चले गए। वैद्यराज का दल आकर देख गया। महारानी को गहरी निद्रा में देख नाड़ी देखने की आवश्यकता इसलिए नहीं समझी कि कहीं वे जग न जाएँ। स्वास्थ्य के लिए गहरी निद्रा स्वयं एक औषध है, जो किसी ने नहीं, उसी ने दिन-रात की भाँति सारी सृष्टि को उपहार में प्रदान की है। निद्रा न होती तो उस अनदेखे सृष्टिकार की सृष्टि कहाँ होती! उस प्रकृतिकार ने अपनी ओर से सारा प्रबंध इस प्रकार किया है कि फिर किसी के होने-करने की आवश्यकता नहीं पड़े। यदि ऐसी कोई आवश्यकता पड़ी तो उसका कारण होगा। उसकी प्रकृति से छेड़छाड़ और अपने होने के प्रकटीकरण को सिद्ध करने की कृत्रिम प्रवृत्ति!

सृष्टा ने संपूर्ण जीव जगत को अपने सृजन का कौशल भी दिया है और उसके साथ संकल्प-विकल्प के चयन का कर्तव्य, अधिकार भी। राजवैद्य महान् कपिल ऋषि की साधना से संबद्ध होकर प्रकृति को भी उतना ही महत्त्व देते थे जितना मानव की सक्रियता को। सब परस्पर गति में बँधे गति के साथ-साथ चल रहे हैं। सृष्टा बनने का प्रयत्न करना है तो उस सत्य का निर्वाह करो, उस दिशा की ओर बढ़ो, जिससे सत्यम् शिवम् सुन्दरम् की अन्तरंग अनुभूति आनंद-अनुग्रह को जीवंत कर सके।

गौतमी ने सुनी थी राजवैद्य के इस संदेश की अन्तर्ध्वनि, जो वह अपने साथी वैद्यों को दे रहे थे। उपचार का कारण उसके निदान की औषध है। महारानी के लिए भी हमारी दिशा-दृष्टि वही रहनी चाहिए। उपचार की सीमा है। सीमा आगे उस अनन्त की अनन्त सीमा है, जहाँ उपचार के लिए प्रवेश की अनुमति नहीं है।

गौतमी ने जैसे ही उनके इस विश्लेषण को सुना, वैसे उसे इस संदर्भ के हेतु उसके दृश्यपटल पर कंपायमान होने लगे। परंतु वह, गहरे मनन के पश्चात् भी किसी निष्कर्ष तक नहीं पहुँच पाई।

दोपहर का दूसरा चरण प्रारंभ हो चुका था। सब आश्वस्त थे। गौतमी अनदेखे ईश्वर से मन-ही-मन प्रार्थना कर रही थी, सच्चे मन से और सच्चे कर्म से।

कुमार रो पड़ा। उसके रोने में पीड़ा का ज्वारभाटा था, जिसने सबको जगा दिया था। महामाया कुमार को अपने से चिपकाने का प्रयत्न करते हुए कराह भरी ध्वनि में पानी...पानी...माँग रही थी। उन्हें पानी पिलाया। कुछ बंद गले के नीचे उतार कर संभल जाने पर प्रयत्न करते हुए वह स्वर में गौतमी की ओर संकेत करती हुई बोली, "अब उठा भी ले।"

तभी दाई उसे उठाने को आगे बढ़ी लेकिन महामाया ने उसे संकेत से हांकते हुए पुनः गौतमी से उसे उठा लेने को कहा। गौतमी ने उसे उठा लिया परन्तु उसका स्वर उत्पन्न नहीं हो सका...न बाँहों का झूला पाकर और न बहलाने-दुलारने से। महामाया संकेत से समझा रही थी, द्वार की ओर हाथ उठाकर कि उसे बाहर ले जाए।

गौतमी अनमने मन से बाहर तो चली आई परंतु उसका जी तड़पने लगा क्योंकि महामाया की आँखों में रहस्यमयी पीड़ा उतर आई थी और उसकी देह भीतर ही भीतर

धीरे-धीरे कंपायमान हो रही थीं। उसके मुखमण्डल पर ज्योति में निहित शाखाएँ अन्त:शाखाएँ परस्पर बेचैन होती अनुभव हुई थीं। गौतमी को जिन्हें कदाचित् अटपटा लग रहा था, उससे वह बेखबर थी। गौतमी क्या करे ऐसा कि जिससे कुमार का रोना रुक जाए और वह महामाया के पास लौट सके। कल्पना का ऐसे समय निष्ठुर हो जाना उसे असह्य प्रतीत हो रहा था। यह क्या हो रहा है जो किसी के वश में नहीं था। पर क्यों?

प्रमुख दाई आई। उसने गौतमी से कुमार को लेना चाहा। गौतमी ने मना कर दिया और कहा, जो कुछ करना है कुमार को मेरी गोदी में लिए ही करना है। वह एक ओर जा बैठी।

दाई उसके पास आई कटोरी में गाय का ताजा दूध लिए। वह बताने लगी कि राज परिसर में एक गौशाला है, जिसमें ऐसी भी अनेक गौ हैं, जिनसे दूध किसी भी समय लिया जा सकता है। राजवैद्य से पूछकर वह ताज़ा दूध लेकर आई है। हाल का निकला। स्वच्छ सूती कपड़ा है। इसे दूध में भिगोकर कुमार को चुसाया जा सकता है या निचोड़ा जा सकता। कुमार भूखा है। माँ का स्तनपान संभव नहीं हो सका है।... दूध मिलेगा तो उसका रोना बंद हो जाएगा। वह रोते-रोते थक गया है। इस कारण उसे नींद भी गहरी आएगी।

गौतमी आलथी-पालथी मार कर बैठ गई गोदी में कुमार को लिए। दाई को दूध पिलाने दिया। कुमार ने वह दूध लेने से अपना नकार होंठ कसकर बंद करके किया। दाई ने उसके होंठ को हल्का-सा खोलकर दूध उसके मुँह में जैसे ही निचोड़ा वैसे ही उसके गले में फंदा सा लग गया। वह खाँसने लगा। गौतमी ने हल्के-हल्के उसकी पीठ थपथपाई। उसने बलात् पिलाए दूध को मुँह में भर कर उलट दिया।

फिर गौतमी ने उसके कपड़े बदल कर अपनी उँगली दूध से लगाकर उसके होंठों से लगाई। कुछ-कुछ उसका सहयोग मिला। उसने दर्बी (चम्मच) में थोड़ा-थोड़ा दूध भर कर पिलाने का प्रयास किया। लेकिन अंत में खाँसते हुए उसने दूध उलट दिया। तभी वैद्यजी आ गए और उन्होंने दूध पिलाना बंद करवा एक पुड़िया पानी में मिला कर देने के लिए कहा।

थोड़े समय बाद कुमार सो गया। गौतमी महामाया के भवन की हलचल को देख-समझ रही थी। उसको चिंता लगी हुई थी। दीदी कैसी है? वह कुमार को लिए अंदर नहीं आई। तभी अंदर से परिचारिका आई और उसे कुमार को अंदर ले जाने के लिए कह गई। वह उससे चाहते हुए कुछ नहीं पूछ सकी।

धीमी गति से उसने अंदर प्रवेश किया। उसे लगा कि महामाया की स्थिति गंभीर है और वह अर्द्धचेतन अवस्था में है। शुद्धोधन का मुखमंडल सफ़ेद पड़ता जा रहा है। वह गंभीर चिंता में कहीं और खोए हुए हैं।

रह-रह कर चैतन्य प्रभु की जाने से पूर्व की यह बात उसे मथे जा रही है। वह कह रहे थे राजा-महाराजा सब सामान्य जन हैं। सामान्य जन से ऊपर उठकर चलने

का उनका अहम् है।...राज्य सच्चा सेवक चाहता है। राजा को उसी तरह सेवक बनना चाहिए, जिस तरह एक संत अपना सर्वस्व त्यागकर, घर-बार के स्थान पर अधिक से अधिक कुटज की शरण में रहता है और सर्वमंगल के कार्यों में लग जाता है।... लेकिन मैं देखता हूँ कि सामान्य जन के श्रम पर अपना सुख और सुभीताओं का भोग राजा करता है। यह अनीति है, राजन्।...मेरा यही आशीर्वाद है कि भटकाव से बचो और सृष्टा की राह का अनुसरण करो सीधे-सीधे।

शुद्धोधन वैसा नहीं कर सका। इस समय उसकी महारानी को कौन बचा सकता है-अपार धन, सुदृढ़ सैन्य व्यवस्था, भव्य प्रासाद ?...वह पश्चात्ताप कर उठा। उसके पिता के साकेत का सूर्यास्त हो चुका था। कौन बन सका उत्तराधिकारी ? वह मन-ही-मन सर्वेश्वर-सर्वशक्तिमान दुर्गा से प्रार्थना करने लगा, ''एक बार...अपनी महामाया को बचा लो, प्रभु। फिर में आपके मार्ग का ही अनुसरण, पालन करूँगा जीवन भर।''

छुटकी...छु...ट...की...रा...ज...न...छु...ट...की... ज़रा राज...कुमार...र को इधर ला...। गौतमी राजकुमार को उसकी ओर झुकाती हुई अंदर-ही-अंदर अश्रु पी रही थी। महामाया ने राजकुमार का माथा चूमा। उसके सिर पर हाथ फेरा।...फिर उखड़ी हुई साँसों को सँभालने का यत्न करते हुए...खुली मुँदी आँखों से शुद्धोधन की ओर देखा और हाथ जोड़ने का आधा-अधूरा प्रयत्न किया। शुद्धोधन का स्वर अनुगूँज उठा—राजवैद्य...कुछ तो करो...।

महामाया के अरुण अधर काँप गए। वह कुछ कहने का भरसक प्रयास कर रही थी और अपने अंदर की छटपटाहट को थामे हुए, मुँदती आँखों को बलात्-बरबस खुली रखने के लिए पूरी शक्ति लगा रही थी। लेकिन...शुद्धोधन छटपटा रहा था। यद्यपि राजवैद्य और वैद्य सब प्रयत्न कर रहे थे। कुछ क्षण-क्षणांश ऐसा नहीं था, जबकि वह सक्रिय नहीं रह पाए हों।

शुद्धोधन का उस भवन को सुन्दरतम बनाना, अलंकरन कराना, उनमें स्वर्ण-चाँदी का काम...वातायन से सदा बहती परिमल ब्यार...रिमझिम होती पायल की झंकार...वैभव के चित्ताकर्षक आयोजन-पर्व की उनकी झाँकियाँ...सब के सब मुँह चिढ़ा रहे थे और उनके स्थान पर मृत्यु का ताण्डव शंख-ध्वनि करता भयावह दृश्य-के विध्वंसक विस्फोट की गर्जना कर रहा था और उससे प्रताड़ित क्रंदन दसों दिशाओं से अन्तर्मन में अनुगूँज रहा था।

अनायास महामाया का संतुलित स्वर उभरा, ''छुटकी, ये तेरी...गोद...में हमारी धरोहर है...तेरे जीजाजी...क्या कहूँ...तुझे...सँभाल कर रखनी है...।'' महामाया ने अपना सीधा हाथ बढ़ा दिया काँपता हुआ। गौतमी ने एक हाथ से राजकुमार को सँभालते हुए, दूसरे हाथ से महामाया का हाथ थामने का प्रयास किया ही था कि महामाया अपने जूझते हाथ को नहीं सँभाल पाई। गौतमी ने उस गिरे हाथ को थाम कर उठाना ही चाहा था कि महामाया की आँखें मुँद गईं। राजवैद्य ने आगे आकर

नाड़ी देखी...उनके हृदय की धड़कन सुननी चाही। उनके मुखमंडल पर पसीने की बूँदें तड़प उठीं।

''वैद्यराज...'' शुद्धोधन का भर्राया गला, पथराई आँखें और थरथर काँपती देह अपने को नहीं सँभाल पाई, तब राजवैद्य ने अपने दो साथियों की सहायता से उन्हें सँभाला, पार्श्व के पलंग पर बैठाया। कुछ समय उनका हाथ पकड़े रह कर धीरे-धीरे कहना प्रारंभ किया पुराने प्रचलित वाक्यों को एक ओर करते हुए, ''राजन, कुमार आपकी ओर देख रहा है भौचक्का हुआ। उसने तो जन्म के सात दिन में तीन-चार दिन उसका सानिध्य पाकर, उसकी ममतामयी ऊष्मा को छूकर और उसकी दुग्धधारा का आस्वाद लेकर अपने मन को मनाए रखा परंतु आगे...आपको सोचना, करना तो यह है। बाहर चलिए, यहाँ की व्यवस्था आपके राज परिवार के अनुसार होनी हैं, उन्हें करने दीजिए।''

शुद्धोधन को उठना पड़ा। अपने आपको सँभालना पड़ा। पसरे हुए मर्म भेदक सन्नाटे को गुमसुम हो जाने दिया। उनके मस्तिष्क में एक शब्द आ ठहरता यह स्मरण करा रहा था कि सब कुछ स्वप्नवत् है। वह देखा न। उसको आँख खुलते, कुछ समय आवश्यकता अनुभव हुई तो घिरे रहकर विस्मृति के अँधे कुएँ में डाल कर हाथ झाड़ लिए। क्या इससे भिन्न उसका यह संसार, जिसको जीवंत मानकर जिजीविषा के लिए संघर्षरत रहना और जिगीषा (जीतने की इच्छा) को बनाए रखकर यह भुला देना कि यह सृष्टि भी स्वप्नवत् है।

और स्वप्न ढल गया सूर्यास्त के साथ यह विस्मृत कर। सूर्यास्त हमारी कल्पना के यथार्थ का ही एक भाग है।

देवदह से गणपति अंजन और उनकी पत्नी सुलक्षणा भी आई। महामाया उनकी पुत्री थी। गौतमी की बड़ी बहन थी महामाया। आठ वर्ष छोटी थी गौतमी। अब गौतमी अपने माता-पिता के साथ चली जाएगी। तब... ?

गौतमी की क्या इच्छा है। दाइयों को यह तथ्य उजागर होकर अन्य पारिवारिक सदस्यों को भी ज्ञात हो चुका था।

जब सब दाइयाँ हार गई थीं परंतु कुमार सिद्धार्थ का रोना बंद नहीं हुआ। गौतमी घबरा उठी। कोई अन्य उपाय सामने न देखकर वह उठी और अपने भवन के लिए प्रकोष्ठक में ले आई। अपने पर्यंक (पलंग) पर उसे लिए आ बैठी परंतु उसे छुपा नहीं सकी।

अब वह क्या करे। कदाचित् उसका मन बहल जाए। उसने कुरती को ढीला किया और स्तनपान कराना चाहा। यह जानते हुए कि बिन ब्याही के स्तन में दुग्ध की धारा नहीं फूटती। वह तो तभी फूटती है जब वह जननी बनी हो, तब नवजात शिशु को अपना स्तनपान करा कर, दुग्ध आस्वाद कराते हुए आनंद का अनुभव करती है। इस समय कुमार स्तनपान करने के लिए तैयार नहीं है। वह मचले हुए है। हाथ-पाँव

फेंक रहा है। क्या नवजात शिशु को अपनी माँ के स्तनपान की पहचान होती है?

गौतमी ने अपनी अर्द्धनंगी छाती से उसे चिपका कर सहलाना प्रारंभ किया। कुछ समय बाद वह स्तनपान करने लगा। गौतमी को डर लगा कि जब उसको दुग्ध नहीं मिलेगा और कोरे पच-पच करने पर उसे आक्रोश आएगा, तब उसका रोना अपने सिर पर सातवां आसमान उठा लेगा। उस समय...। नहीं...नहीं...उसे कुमार को यों नहीं सताना-चिढ़ाना चाहिए।

कुमार का पच-पच करना बंद नहीं हुआ। गौतमी के आश्चर्य का ठिकाना नहीं रहा। उसने यह सोचकर संतोष किया कि इस तरह उसका रोना तो बंद हुआ। उसे पच-करते, स्तन चूसते बहुत समय हो गया तो वह जाने कि यह ऐसा क्यों कर रहा है। उसे कोरे स्तन चूसने से क्या सुख मिल रहा है। लेकिन उसके मन को टटोला। यह उसका पहला-पहला ताज़ा अनुभव था। उसके कुच उसके मुलायम होंठों से जिस संगीत को जन्म दे रहे थे, उससे उसके अंग-अंग में गुदगुदी मचने लगी थी। आनंद की उमंग लहराने लगी थी। वास्तव में माँ बनना कितना सुकून देता है। उसमें अनजानी और अबूझ तरंगें मादक हो उठती हैं। उसने स्तनपान करना बंद कर दिया और एकदम शांत हो गया। उसने अपने स्तन को छूकर देखना चाहा और जानना चाहा कि पच-पच करने से उसे क्या मिला।...हैं! उसके स्तन गीले थे। उसने उनको फिर से छूकर जाना। उसकी उँगलियों ने गीलेपन में दुग्ध लगा पाया।

क्या? उसे विश्वास नहीं हो रहा था। उस दिन से वह रात को भी उसे लेकर सोने लगी। उसके नन्हे हाथ-पाँव, रेशम से। वह चिपट कर सो रहा था। निवर्चनीय आनंद बिना पंख के उसकी सारी देह को रोमांच से भर रहा था।

शुद्धोधन को चैन मिला। उसकी कल्पना फुरफुराने लगी। ऐसा हो सकता है पर गौतमी के हावभाव तटस्थ थे। उनमें लगाव के कोई लक्षण नहीं दिख रहे थे।

गौतमी अपने घर जाने के लिए तैयार दिखलाई पड़ रही थी। उसमें प्रेमांकुर के कोई चिन्ह उभरते प्रतीत नहीं हो रहे थे।

पंडित जी ने अंजन और सुलक्षणा के सामने गौतमी से विवाह का प्रस्ताव भी रख दिया। उत्तर में कोई उत्साह नहीं दिखलाई पड़ा। विशेषतया सुलक्षणा गहरी शून्यता में उतर गई। उसका मौन कठोर था। ऐसा अंजन पहली बार अनुभव कर रहे थे।

सुलक्षणा के सामने महामाया आ खड़ी हुई एकदम भोली-भाली, सीधी सच्ची, मितभाषी और एकदम शांत स्वभाव की। कर्तव्य परायण। उसका विवाह पक्का हो रहा था।

सुलक्षणा बहुत प्रसन्न थी और अंजन की प्रसन्नता या नाराज़ी का पता उसके दार्शनिक स्वभाव से कुछ नहीं चलता था।

कदाचित वह रात लगते वसंत की थी। शिशिर ऋतु प्रस्थान करने के बाद भी अपने लटके-झटके दिखाने में नहीं चूक रही थी। चैत्र कृष्ण पंचमी थी उस दिन। महामाया दबे कदमों से आई और माँ के पाँव दबाने लगी। गौतमी ने उसे आते देख लिया था।

कुछ समय बाद सुलक्षणा ने पूछा, "अच्छा रिश्ता आया है। लुम्बिनी में खेती कर रहे थे। अपने पुरुषार्थ और दिन-रात की कठोर तपस्या से कपिलवस्तु के अधिपति बन गए। तू तो प्रसन्न है न, माया।"

महामाया चुप।

"तू कुछ बोलती क्यों नहीं है, लाडो।" सुलक्षणा ने पाँव खींच कर पूछा।

"क्या बोलूँ, माँ?"

"बोल न जो तेरे मन में हो।"

"माँ और पिताजी...आप दोनों...चाचाजी और ताऊजी भी सब मिल कर बात कर रहे थे।...तब...तब ही नहीं, उससे पहले भी मैं सुनती आई हूँ लेकिन मैंने कभी ध्यान नहीं दिया। सच तो मैं इस संबंध में कुछ जानती ही नहीं हूँ।" महामाया कहे जा रही थी परंतु वह उस रहस्य को खोलने में हिचकिचा रही थी।

"तू स्पष्ट बोल, माया, क्या कहना-जानना चाहती है?" सुलक्षणा ने महामाया के मुखमंडल पर तिर्यक रेखाओं की उलझन देखी तो आगे कहा, "मेरी प्यारी, लाडली, सीधी-सादी राजकुमारी तू सीधे-सीधे कह डाल जो तेरे मन में है।"

"कन्यादान।" वह बिना सोचे-समझे कह गई एक साँस में तपाक से।

"कन्यादान...तो...वह तो होता है... हर लड़की का।"

"और उसके माता-पिता, जिसे बड़े लाड़-प्यार से पाला-पोसा...माँ कैसे उसका कन्यादान कर गंगा नहा लेते हैं?...क्या तेरे माता-पिता ने भी...।" महामाया ने रुक-रुक कर माँ के मन में झाँकने का प्रयास किया।

"कहते तो यही हैं, माया। मैंने भी सुना भर है। इस पर कभी सोचा नहीं। सोचने की आवश्यकता नहीं पड़ी।...पर तू मुझसे क्या चाहती है?"

"तेरे पास रहना, माँ। कन्यादान नहीं।...माँ दान तो वस्तु-पशु...जैसे गोदान...है न...होता है।...फिर माँ...तू मेरा कन्यादान करेगी...करवाएगी?...क्या ऐसा करके तुझे सुकून मिलेगा, सुख और आनंद मिलेगा।" महामाया का यह कहते-कहते गला भर्रा आया। सुलक्षणा ने तपाक से बैठ कर गले से लगाते हुए ममता का आँचल फैला कर कहा, "नहीं मेरी लाडो, कदापि नहीं, स्वप्न में भी नहीं।"

"तो फिर, माँ, तू मुझे अपने पास ही रहने दे। मुझे नहीं करना विवाह, माँ।" इतना कह महामाया की आँखें भर आईं।

"ना करना। पर तू यह तो बता कि कहीं इससे पहले कभी ऐसा हुआ है।"

"तो क्या हुआ, माँ। जब जागो तब सवेरा...ये तू ही कहती रही है, माँ।"

"हाँ, मेरी भोली बेटी, हाँ। पर हमारी परंपराएँ हैं।"

"किसने बनाया है उन्हें ?..."

"हमारे बड़े बूढ़ों ने...पुरखों ने...।"

"तो उन्होंने पुत्रदान की परंपरा क्यों नहीं बना डाली। क्या परंपरा डालने... डलवाने वालों में कोई स्त्री भी थी...या उनसे भी पूछा गया था क्या ?" महामाया समुद्र की गहराई नापने लगी।

सुलक्षणा हतप्रभ। चुप। पत्थर की मूर्ति बनी रह गई। उसके मन में कभी ऐसा विचार ही नहीं आया था। महामाया ने तो समुद्र ही उलट कर छानने की तैयारी कर डाली। वाह! वाह!! क्या कह डाला उसकी छुईमुई सी मितभाषी और कर्तव्यपरायण बेटी ने कि उससे दिग् दिगंत सुलगने लगे। लावा पिघल उठा। यह तो वही बात हुई कि कोई पूछने लगे, तराई के रहने वालों से कि यदि हिमालय पिघलने लगा तो तुम्हारा क्या होगा ? इस बार सुलक्षणा का हृदय समुद्र मंथन की कथा बाँचने लगा।

कितना अच्छा संबंध आया है और वह भी स्वयं गणपति की ओर से। भाग्य की विंडबना देखिए कि...। कैसे समझाए ? क्या कहकर समझाए ? उसके पिताजी कभी स्वीकार नहीं करेंगे। अन्ततोगत्वा उसका विवाह तो होना है।...आज नहीं भी हो तो कल तो होना ही है। उसके लिए अन्य कोई रास्ता भी नहीं है। सुलक्षणा की आँखों के सामने नीलांबर घूम गया।

महामाया माँ की स्थिति को बिगड़ता पाकर तुरंत बोली, "माँ, तू चिंता छोड़। निर्णय जो भी होगा मान्य होगा मुझे।" कह वह माँ से चिपट गई।

सुलक्षणा ने धरणि के विशाल और गहरे अभ्यंतर का स्मरण किया। उस समय जबकि पुन: विवाह प्रस्ताव शुद्धोधन की ओर से राजपुरोहित-पंडित लेकर आ चुका है। यही तो तब महामाया से विवाह का प्रस्ताव लेकर आया था। क्या गौतमी तैयार हो सकेगी ? गौतमी उससे अपनी दीदी का प्रश्न दोहरा चुकी थी। बता चुकी थी स्त्री-पुरुष की समता की खाई में इस तरह दरारें पड़ती गईं। आँचल भीगता रहा उसका। आँसुओं का समुद्र पीने की वह अभ्यासी बनती चली गई। इस कारण धरणि की गोलाई का बाँकापन आज तक नहीं सुधर सका। वह ज्यों-का-त्यों है। सुना गया है कि यदि वह सुधरा तो होगी यहाँ प्रलय! घटनाएँ, उनके क्रम, उनकी परंपराओं के अस्तित्व इतने गहरे हैं कि उनसे छेड़छाड़ का विचार, समस्त अनुसंधान के उपरांत अंत में स्वयं काँपता-डगमगाने लगता है। फिर सुलक्षणा कैसे किसी निर्णय को लेने को तैयार हो सकती हैं। दूजे से ब्याहने के प्रस्ताव को कैसे अपनी स्वीकृति दे देती।

कहीं-न-कहीं अंजन के मन में भी यही गुत्थी उलझन पैदा किए थी। अंत में

उन्हें यह कहने में कोई संकोच नहीं हुआ कि निर्णय एकदम व्यक्तिगत है—गौतमी पर पूरी तरह निर्भर है।

सुलक्षणा गौतमी के प्रकोष्ठक में...उसके प्रकोष्ठक में निर्मित एक लघु कक्ष में, जा पहुँची। वहाँ वह कुमार सिद्धार्थ को स्तनपान करवा रही थी। सुलक्षणा चौंक पड़ी। सिद्धार्थ पच-पच कर स्तनपान कर रहा था। गौतमी बड़े प्यार से उसे अवलोक रही थी जैसे कोई अपने लगाए पौधे पर प्रथम बार पुष्प खिल रहा हो, उसे देखने लगती है हर्ष गर्वित होकर।

गौतमी चिहुँक कर बोली, ''माँ, आप!''

''तुम्हें कम-से-कम अंदर से कमरे का द्वार तो बंद कर लेना था।'' सुलक्षणा ने चमत्कारी स्थिति अवलोक कर अपने अन्तर्भाव को छिपाते हुए सहज बने रह कर पूछा। उसे अचरज इस कारण हो रहा था कि सिद्धार्थ को वह अपना दूध पिला रही थी।

''क्या देख रही हो, माँ। मुझे ज्ञात नहीं यह कैसे हुआ। स्वत: ही हुआ। इसका यहाँ सबको आश्चर्य है। बात यहाँ तक फैल गई है कि महामाया की आत्मा मुझमें प्रवेश कर गई है।'' गौतमी ने शांत भाव से कहा।

''तूने क्या सोचा है साथ चलने के लिए।''

''इसमें सोचना क्या है, मैं चलूँगी।''

''फिर तूने यह झंझट क्यों पाल लिया?''

''तू तो ईश्वर में घनी आस्था रखती है, माँ। दीदी सिद्धार्थ को मुझे सौंप गई है।''

''वह सब मुझे यहाँ आते ही ज्ञात हो गया था,'' सुलक्षणा ने कहा।

''तब?''

''यह निर्णय तेरा है। तूने ही वचन दिया है। यह भी तुझे ही सोचना है।''

''कोई अन्य रास्ता, माँ।''

''क्या बताऊँ! मेरी कुछ समझ में नहीं आ रहा है। मात्र इसके कि मैंने तुझे लुम्बिनी जाने से रोका था।'' सुलक्षणा का स्वर उलझा हुआ सा था।

''एक उपाय है यदि तू ठीक समझे और उस पर अमल कर सके।'' महाप्रजापति गौतमी का दबा हुआ स्वर था। बहुत कुछ अपने आप में उलझा हुआ सा। अपने आप में ''क्या है यह उपाय, गौतमी।''

महाप्रजापति गौतमी ने नटखट के चपचप बंद करने के बाद चोली को ठीक किया। उसके होंठों को कपड़े से पोंछा और गोद में से उतार कर वहीं पास में लेटा लिया, तब कहा, ''दीदी की प्यारी स्मृति भुलाए नहीं भुलाई जा रही है। न सू सू और

न छी छी की गंदगी, सबका समय सुनिश्चित। छी छी दिन में एक बार और सूसू सुबह उठते ही, दोपहर में दुग्धपान करने के बाद और रात को सोने से पहले। हर बार पहले नाक फुलाना प्रारंभ करना। रात को खेलने लगना। यह है इस नौनिहाल नटखट की दिनचर्या।...मुझे बिन कहे बाँध लिया है।...इस कारण मैं इस नटखट को अपने साथ ले जाना चाहती हूँ यदि...।'' उसने कुछ रुककर आगे कहा, ''खुलकर तू बात कर सके।''

''देखती हूँ परंतु लगता नहीं है। वह भी उसकी आँखों का तारा है।...यदि वह नहीं माना तो...?'' सुलक्षणा को यह अवसर अनुकूल लगा कि...। वह धीमे स्वर में रुक-रुक कर कहने लगी, ''...तेरे जीजाजी ने राजपुरोहित...के हाथ यह प्रस्ताव भेजा है...।''

''मैं उनसे विवाह कर लूँ।'' गौतमी ने तनिक ताव में आकर कहा, ''विवाह...माँ, वह भी इतनी शीघ्रता से। उन्होंने यह सोच कैसे लिया। अभी दीदी को गए दिन कितने माह हुए हैं।...न अवसर...न ऊँच-नीच...न मेरे मन की टोह के लिए धीरज रख पाना...माँ, यह क्रूरता है...सरासर हिंसा है।...समझ रही है तू माँ।''

सुलक्षणा को दामाद का तुरंत...आनन-फानन में ऐसा प्रस्ताव कर देना उचित नहीं लगा। वह चुपचाप उठकर चल दी। गौतमी ने आगे कुछ नहीं कहा। मानों जो बात उठी थी, वह स्वत: अधर झूल में मुँह बिचका कर रह गई।

## 6

समय किस करवट अदला बदली करेगा। कथा कहाँ से और कैसे मोड़ लेगी, इसका अनुमान लगाना सहज नहीं है। जैसे न मेघ घिरे थे, न उमस थी, सूरज निकला हुआ था और बरसात होने लगी। उजाले में बरसात! इसका कौन अनुमान लगा सकता है!

शुद्धोधन को आनन-फानन में किए अपने प्रस्ताव पर क्रोध आने लगा। यह भी कोई बात उठाने का समय था। सिद्धार्थ के आते ही उसके सिर से माँ का हाथ उठ गया। ज्योतिषियों ने उसके संबंध में आश्चर्यजनक भविष्यवाणी की है। वे होंगी तो कैसे? कौन आगे आकर उसको सँभालेगा। उसने तो अपनी ओर से बात बिगाड़ने में कोई कसर नहीं छोड़ी। इस कसक ने न उसे दिन में चैन लेने दिया और न रात को।

कल वे सब चले जाएँगे...महाप्रजापति गौतमी भी। वह उससे आँख नहीं मिला पा रहे थे। कई बार आमना-सामना भी हुआ। हर बार उन्होंने अपने को अपराधी माना और आँख नीची किए निकल गया।

शुद्धोधन ने ऐसे उतार-चढ़ाव कई बार देखे थे। उस समय उसके चारों ओर तिमिर आ ठहरा था। विशाल चट्टान की तरह। उसका सोच गहरी खाई की ओर मौन संकेत दे रहा था।

शुद्धोधन अपने शयनागार में रात की परछाईं का अनुभव कर रहे थे। शय्या पर महामाया नहीं थी, फिर वह इस विश्वास से उधर ही टकटकी लगाकर देखे जा रहे थे कि वह उसे रोक देगी, "अजी वहाँ खड़े-खड़े क्या कर रहे हो? फिर कौन-सी समस्या तिल का पहाड़ बन कर आ खड़ी हुई है?...इधर आ जाओ आकर देखोगे कि पहाड़ सी समस्या कैसे छूमंतर हो गई।"

शुद्धोधन ने उधर पाँव बढ़ाए। वहाँ कौन था! भ्रम में कब तक गोते खाते रहेंगे? उन्हें अपनी इस बुद्धि-मूर्खता पर तरस आ गया।

"उदास नहीं राजन! मैं तुम्हें छोड़कर कहीं नहीं गई हूँ...तुम्हारे पास में, तुम्हारे पावन-पवित्र हृदय में ही हूँ।"

वही मधुर सांत्वना का स्वर, वही सुदृढ़ धैर्य, वही अटल विश्वास और परम शांति। "जो हो रहा है या होने वाला है, उसे होने दो। तटस्थ बने रहो। फिर पाओगे और आश्चर्यचकित रह जाओगे। जब सब द्वार बंद हो जाते हैं, तब वह द्वार खुल सकता है, यद्यपि तटस्थ बने, शांति से चुपचाप बैठ सको, शंकाओं की आँधी से मुँह फेर कर।"...

"कैसे, महामाया!"

"जैसे शंकाओं से घिर कर हाथ-पर-हाथ धरे बैठना पड़ जाता है।...तब...।"

"कल गौतमी अपने परिवार के साथ चली जाएगी।"

"जाने दो। यह उसका आज का निर्णय है, राजन।"

"कल होने में देर क्या है?"

"कल को होने तो दो।"

शुद्धोधन को हर विषम परिस्थिति में महामाया ढाढ़स इसी प्रकार बँधाती रही थी। तब बात और थी। उसकी मोम सी मुलायम उँगलियाँ उसके सिर को सहलाती होती थीं और उसे पता ही नहीं चलता कि कब सो गया। आँख खुली तो दिन था। मन में शांति थी। फिर पता नहीं कैसे विषम परिस्थितियों ने रास्ता दिया। कुछ दिनों बाद सब कुछ सामान्य हो गया। देखा दुःस्वप्न पर आँखें खुलीं तो अदृश्य स्वप्न का भय जाता रहा।

शुद्धोधन गलियारे में आ गया। टहलने लगा। प्रकोष्ठक तक जा कर लौटता रहा। तीसरी बार प्रकोष्ठक के द्वार पर खड़ा ही हुआ था कि उसे सुनाई पड़ने लगा।

"सो जा म्हारे लाला, अपनी माँ के दुलारे...सो भी जा।...प्यारे-प्यारे राजदुलारे, अब सो भी जा। क्या आज अपनी माँ को सारी रात रतजगा कराएगा!" गौतमी मंद-मंद स्वर में गा उठी—

*नींद तुझे सुलाती है*
*सपने नए दिखाती है*

*तुझे खेल खिलौने दे*
*स्वयं सो जाती है*

कितना मधुर कंठ। ममतामयी आँचल में ढाँप कुछ देर बाद सन्नाटा महक उठता, दोनों मानो सो जाते हैं। शुद्धोधन का पागल मन तड़प उठता है। वह उसे ले जाना चाहती है तो ले जाने दो। ऐसा मधुर राग-अनुराग देकर कौन उसे पालेगा।

शुद्धोधन दबे पाँव अपने शयनागार में लौट आए। शय्या पर लेट गए। आँखें बंद कीं। कदाचित् उन्हें नींद आ जाए। उनका लिया यह निर्णय उनको बहुत शांति दे रहा था। सारी विपदाएँ मानो अदृश्य हो गईं।

अभी तक गौतमी की वह लोरी...नींद तुझे सुलाती है। सपने नए दिखाती है... शुद्धोधन के मन में महामाया की मोम—सी उँगलियाँ फिसल रही थीं। उसका मन धीरे-धीरे अपने आप में डूबता जा रहा था। काश वह मान गई होती तो उसे सुकून मिल सकता। चाहे वह अलग रहती अपने अस्तित्व के साथ अकेली। लेकिन अब कोई बात नहीं है, अपना सिद्धार्थ तो कुछ बनकर ही बाहर आएगा। हलके से चादर की सलवटों में सिमटा यह संशय सिर उठाने की ओर ले जाता कि कहीं वहाँ सुख-सुभीताएँ, ऐश्वर्य वैभव मनचली-परिमल गंध और अनछुए-अनदेखे वसंत के यौवन की घटाओं से दूर रह कर वह समाधि में लीन होने की ओर अपना झुकाव न बनाने लगे।

भविष्यवाणी के दोनों छोर न केवल एक दूसरे से भिन्न हैं अपितु एक दूसरे के विरोधी भी।

इसी बीच शुद्धोधन की आँखें ऐसे भारी हुईं कि वह गहरी नींद की गुफा में जा सोया। आँख खुली तब सुबह थी। सूर्य दमदमा रहा था। पवन बह रहा था किसी सद्य: जन्मी लोल नदी सा, जो मानो बालक के प्रथम बार चलने के डगमगाते अभ्यास को दोहरा रही थी।

निश्चिंतता की नींद ऐसी होती है, जिसका जल प्रथम बार पिछले हिम सा, एकदम स्वच्छ दर्पण सा चित्ताकर्षक और महक देता अनुभव देता है और चहचहाती नन्ही-नन्ही चिड़ियाँ परस्पर गीत के बोल गुनगुनाती, अपने मनोरम पंख फड़फड़ाती कर्णप्रिय लगने लगती हैं।

जा मेरे लाडले तू जा अपनी नानी के शांति निकेतन में, अपनी प्रिय माँ की बहन की सौंदर्य-परी की छत्रछाया में। कदाचित् प्रथम प्रसव की प्रसव जो भरवाई तब नहीं हो सकी, उसे अब पूरी करने और उस निकेतन में अपनी क्रीड़ाओं के अतीन्द्रिय और अथाह सम्मोहन की प्रिय व चंचल छवि व मायावी दृश्य-अदृश्य भंगिमाओं से उस समग्र वातावरण को रोमांचित करने का अवसर मिल रहा हो। कल्पना का संक्षेपत: होकर फसल के लहलहाते यौवन सा छलक पड़ना और पूर्णिमा की यामिनी की यायावरी बन जाना वह स्मरण करा उठे थे, क्योंकि कवि हर्षदेव का यह कथन था

अपने में यशस्वी बन जी उठने का अनुभव प्राणसजा के अंकुरित होकर चंदन-गंध बन जाता है।...हे राजन, अपने क्षेत्र में झबरे बालों वाला याक का दुग्ध भी परमार्थी होकर जैसे अमृत का कार्य करता अनुभव होता है, ठीक काव्य भी आनंदमयी अवस्था में बहता हुआ हर-हर गंगे के निनाद अनुभव बनने देता है। तब भौहों का संगीत का और घुँघरुओं का नाद एकात्म होकर एक ही रस की सृष्टि: सृजन के रहस्य पर से अवगुंठन उठाने लगता है और सर्वव्यापी, सर्वदर्शी, सर्वतामुखी और सर्वस्व आलोक संपूर्ण जीव जगत को अपने वशीकरण मंत्र से मुक्त कर आह्लादित कर देता है।

कवि हर्षदेव का यह कथन तथ्य समझ में नहीं आया था शुद्धीकरण की और न उनकी काव्य मीमांसा को वे अब समझ पा रहे थे, प्रत्युत उन्हें प्रतीत हो रहा था शब्द संस्कृति से निकलकर, बाहर की छाया से कुछ समय के लिए मुक्ति पाकर किसी अन्य लोक में विचरण करने लगे हैं पहली बार। क्या नाम हे उसका!...कदाचित् अनुभव से परे का अरण्यवास।

जागरण देव, जागरण। सुबह ने सत्ता सँभाल ली है। उठो, राजन, कल्पना के प्रफुल्ल आलौकिक वन से बाहर आकर देखो आपका आज आपकी प्रतीक्षा कर रहा है।

शुद्धोधन कई बार इस ना समझने वाली अपनी मानसिकता का उल्लेख करते-करते असमंजस में पड़ चुके थे महामाया के सामने।

महामाया ने कहा भी था, ''हे खेतिहर राजन, ये आपके लुम्बिनी के संस्कार हैं जो समय-समय पर अवसर पाकर उमंगित होने लगते हैं।''

''अब तुममें भी, महामाया मुझे उसी अपरिचित सम्मोहक और अज्ञातलोक की पात्र का अनुभव हो रहा है, जिससे मुक्ति पाकर मैं स्वलोक में लौटा हूँ।''

''आप लुम्बिनी में किसान ही तो थे। जहाँ गणपति से जुड़ने का अभ्यास करते हुए बप्प मंगल (बोआई-समारोह) साधारण रूप से समभाव के मन से मनाते रहे थे एकदम लोकवासी होकर : उसे अब आप राज्य परंपरा के रूप में संपूर्ण कपिलवस्तु वासियों के साथ एक अति भव्य व विशाल स्तर पर मनाने लगे हो। सादा राजप्रासाद इस चमत्कृत कर देने वाले समारोह में सजधज कर साक्षी बनता है। राजा का खेल होता है। सात सौ निन्यानवे हलों की रज्जु (रस्सियों), बैलों की नाथें (नाकें) चाँदनी से मढ़ी होती हैं। स्वर्ण-चाँदी की धातुओं से निर्मित हल को चला कर अपने कृषक होने के प्रतीक होने का उत्सव मनाते हो। राजदरबारी भी हल लिए होते हैं और वास्तविक कृषक हल चलाकर उस उत्सव को खेतों की धरती के पूजा-अर्चना के विश्वास में बदल देते हैं।'' महामाया का यह वृतांत शुद्धोधन की समझ में आ रहा था कि वास्तविक कृषक और उत्सव हेतु बने प्रतीक आयोजन में क्या अंतर होता है। उसे आजीविका बनाकर जीने और जीने का प्रतीक बनाकर सामने आने में क्या अंतर है। परंतु वह यह नहीं समझ पा रहे थे कि इस उद्धरण का उनके उस दिव्य तथा

अनुभवातीत संयोग से क्या संबंध है। वह पूछने लगे, ''स्पष्ट कहो, माया तुम कहना क्या चाहती हो?''

''वही, राजन, जिसके लिए आज आपको स्पष्ट होने की चाह बनी है। राजन, एक कृषक होकर जीने और उसके राजा होकर जीने की यात्रा और उसके पड़ाव जैसे-जैसे पार करते जाएँगे, वैसे-वैसे स्पष्ट होने के जीवंत संस्कार अस्पष्ट होते जाएँगे।'' महामाया के स्वर में उसके दादाजी की व्याख्या बोल पड़ी थी कि जीना और जीने का अभिनय करना दो विपरीत दिशाएँ हैं। उनमें बढ़ती दूरियाँ समाज को विकास लीला की यात्रा का आश्वासन देकर निरंतर दलदल में धकेलती जाती हैं।...वह सोच की गहराई नापते-नापते स्वयं सोच की एक इकाई बनने लगती हैं। इस बनते चक्रव्यूह से तत्काल बाहर आने के लिए छलांग लगाकर कहने लगी, ''राजन, आज के लिए बीती डगर पकड़ कर उस पर चलने के अभ्यास की आवश्यकता नहीं है।''

इसी समय ने प्रकोष्ठक में पहुँचने का स्मरण कराया। शुद्धोधन की आँख खुली-की-खुली रह गई। वह प्रभात का अनुभव कर कब पुनः निद्रानिमग्न हो गया था? कल तक उसकी चेतना निष्क्रिय रही? कब उसकी प्रगल्भ मानसिकता किनारा कर गई। जब व्यक्ति तनावमुक्त हो जाता है, तब निद्रांक उसकी कारण स्थली बन जाती है। अपने इस आत्मविश्लेषण के प्रकाश में वह उठा और मुँह-हाथ धोकर, कुछ-कुछ चैतन्य संवेदना से जुड़कर प्रकोष्ठक की ओर चल पड़ा।

## 7

राजकाज फिर से गति में आने लगा। शोक काल बीत गया। ॠतु भी बदल गई। तात्कालिकता को चैन मिलने लगा। विस्मृति का अवलंब कार्य करने लगा। प्राकृतिक सलोनी, मनोरमी और रम्य सौंदर्य की छत्रछटा आत्मकेद्रित अन्तर्मन को अपने में इतना सम्मोहित करने लगी कि शुद्धोधन को यदा-कदा अपना पता भी नहीं रहता था। आज शुद्धोधन राजदरबार में नहीं गए थे।

इसी समय शुद्धोधन को सूचना मिली कि असित ॠषि आए हैं। वह तत्काल चौंक पड़े। समस्त जम्बूद्वीप में विख्यात आत्मज्ञानी और हिमालय की कन्दरा को अपना आश्रम बनाए कभी तराई में नहीं उतरते। न कभी कहीं आते-जाते। वह असित ॠषि उनके राजप्रासाद में सीधे आ पहुँचे। आश्चर्य स्वयं अचम्भित था।

असित ॠषि के आगमन की सूचना ने मंत्रिमंडल सहित राजपुरोहित को वहाँ उनका रहस्य आगमन खींच लाया।

राजप्रासाद वृहत् प्रांगण में शुद्धोधन ने करबद्ध हुए उनका स्वागत-अभिनंदन किया। सभी उपस्थित मंत्री एवं अन्य सम्माननीय सदस्यों ने उनको नमन किया।

अति भव्य तपोनिष्ठ साधक का प्रभामंडल ज्योति का वरदान लग रहा था। गौर

वर्ण तमतमा रहा था। राजपुरोहित शुद्धोधन को कई बार बता चुके थे कि जानकार लोगों का यह कहना है कि पचास वर्ष से वे देख रहे हैं कि उनकी देह सदा युवा ही है। उनके सिर और दाढ़ी के बाल चमकदार, एकदम श्यामल मेघ से। उनकी चमकती दंत पंक्तियाँ, अरुण, पतले अधर और चौड़ा माथा सदा कांति युक्त दृग्गोचर हुआ है।

''राजन्, तुमने मुनि कपिल, सांख्य दर्शन के प्रवर्तक और विष्णु के चौबीस अवतारों में एक महानतम मुनि की साधना स्थली का चयन कर, अपने राज्य की स्थापना की है। उसी का यह प्रभाव हुआ है कि तुम्हारा पुत्र रत्न, श्रेष्ठ, सौभाग्यशाली, आलौकिक, महापुरुष है, जिसके दर्शन की लालसा मुझे यहाँ तक खींच लाई।'' असित ऋषि ने तनिक उच्च स्वर में कहा। शुद्धोधन ने करबद्ध प्रार्थना की, ''आज्ञा दीजिए ऋषिवर।''

असित ऋषि ने सोच कर कहा, ''राजन्, तेरे यहाँ, पुत्र रत्न होने की सूचना वह अपने भक्तों को अंत: आकाशवाणी से भिजवा देता है।''

''तब, ऋषिवर।''

''उस शिशु के दर्शन मात्र, राजन।''

''क्षमा कीजिए, ऋषिवर इस समय वह अभी-अभी सोया है।...कच्ची नींद में उसे उठा दिया तो वह दामबोला मचा देगा।'' शुद्धोधन ने हाथ जोड़ कर कहा।

''उसने हमें बुलाया है। हमें बुलाकर वह सोया पड़ा हो यह हो नहीं सकता। किसी को भेजवा दीजिएगा।'' ऋषि असित ने तनिक तेज़ स्वर में कहा।

''प्रणाम, ऋषिवर।'' महाप्रजापती गौतमी शिशु को गोद में लिए उपस्थित हो गई। धीरे-धीरे वह आगे बढ़ी। उधर ऋषिवर भी आगे बढ़े और शिशु को अपनी गोद में लेकर अपना सारा ध्यान उस पर केन्द्रित कर दिया।

सिद्धार्थ आँखें खोले, एकदम शांत परंतु मुस्कराते हुए ऋषि असित को देख रहा था।

ऋषि असित की आँखों ने पहले प्रफुल्लता व्यक्त करते हुए सिद्धार्थ की अति सुकोमल आँखों को चूम लिया। धीरे से कहा, ''कृतार्थ हुआ, भगवान, कृतार्थ।'' उसके थोड़ी देर बाद उनकी आँखें झरझर बह उठीं।

शुद्धोधन ने घबरा कर पूछा, ''ऋषिवर, यह रुदन... ?...कोई गहरा संकट... ।''

असित ऋषि ने शुद्धोधन की ओर एक पल देखकर कहा, ''राजन, यह गूढ़ बात है परंतु मैं तुम्हें बताए देता हूँ, वह तो संकट विमोचक हैं। उन पर कैसा संकट। संकट की लालसा तो मैंने जानी, राजन! मैं नब्बे पार कर चुका हूँ। जब वह युवा होकर अपनी लीला से सबको सम्मोहित कर रहा होगा, तब मैं नहीं होऊँगा। उसकी लीलाएँ नहीं देख पाऊँगा। इस कारण मेरी आँखों ने अपनी अन्तर्व्यथा अभिव्यक्त कर दी।'' सिद्धार्थ को महाप्रजापति गौतमी को पुन: आशीर्वाद देते हुए कहा, ''देवकी को

कान्हा को गोद में लेकर अपने स्तनपान कराने का अवसर नहीं मिला था। वह अवसर यशोदा को मिला।...वही अवसर तुझे मिला है, भगवती गौतमी।'' गौतमी ने सिद्धार्थ को गोद में सँभाल कर, दूर से, वहीं से झुककर प्रणाम किया।

सब चकित।

ऋषि असित जा रहे थे। उनके पीछे-पीछे शुद्धोधन और उनके सहयोगी बंधु थे। मुख्य द्वार पर आकर ऋषि असित रुके और गहन गंभीर मुद्रा में शांत-मधुर स्वर में बोले, ''राजन, आप या अन्य मेरे पाँव नहीं छुएँगे। यह कपिल ऋषि-मुनि की तपोभूमि है। वे उसे अवलोक रहे हैं।...आपको सिर झुकाने की बलवती इच्छा हो तो सदा अपनी प्रजा के चरणों में, मन-ही-मन शीश झुकाकर दिव्य आनंद का अनुभव कर सकोगे, राजन।...अब आप लौट जाएँ।'' ऋषि असित तुरंत आगे बढ़ गए। सब अवसन्न से खड़े रह गए। मानो अवांतर दिशा में घिर कर असमंजस की स्थिति में रह गए हों वे सब।

शुद्धोधन का मन फिर चिंताग्रस्त हो उठा। प्राय: रात का समय अपने को अकेला पाकर मन धीरे-धीरे उद्विग्न हो उठता था। कई बार सारी रात नींद नहीं आती। मस्तिष्क जाने कहाँ-से-कहाँ फिरकनी सा घूमता रहता था।

पत्नी का साथ नहीं रहना शुद्धोधन को पर्याप्त कष्ट देता था। उसके साथ काटे दिन रात घेरने लगते थे। उसने स्वप्न में नहीं सोचा था कि उत्तराधिकार के लिए ऐसे मूल्य चुकाना होगा।

प्रतिदिन रात को शुद्धोधन प्रकोष्ठक तक कई चक्कर लगा लेता था। यदा-कदा सुन पाता। गौतमी कहती होती, ''सिद्ध बहुत ऊधम कर लिया। रात्रि सोने के लिए होती है।...आपका यह कैसा नियम है कि दिन में गहरी नींद निकालते हो और रात्रि के दूसरे पहर में जागरण करने लगते हो।...अच्छा तो हमारी बात को सुनकर तुम्हें हँसी आती है।...कदाचित् तुम्हें यह भ्रम हो गया है कि ईश्वर की धरोहर हो... या ईश्वर हो।''

शुद्धोधन वहीं खड़ा रहा परंतु उसे कोई आहट सुनाई नहीं पड़ी। वह फिर चक्कर लगाने लगा। दूसरा चक्कर था कि उसे अंदर आती कुनकुनी धूप सी मधुर ध्वनि धीरे-धीरे आते सुनाई पड़ने लगी। गौतमी कह रही थी रुक-रुक कर, मेरा नटखट लाल बहुत खेल लिया।...अब सो भी जा। मयूर-मयूरी, कपोत-कपोतिनी, सारिका-सारिकिनी सब सो रहे हैं। पेड़-पौधे भी...तूने अपनी लतियन से मेरे पेट का कचूमर निकाल दिया है।''

पर सिद्धार्थ नहीं माना। गौतमी अति मधुर आवाज़ में गा उठी, ''म्हारा नटखट गोल गधा...गोल गधा जी गोल गधा...लतियन से करता हल्ला...मन मरजी का ऐसा दाता...पीता दूध कर देता कुल्ला...चुप्पी-चुप्पी आँख मिचौली...अटकल पच्ची खेला खेली...म्हारा नटखट गोलगप्पा...। शुद्धोधन गोलगप्पा...कर देता कुल्ला...को

मन–ही–मन दोहरा कर अपनी हँसी नहीं रोक सका। गौतमी उसकी पीठ थपथपाती गोल...गप्पा...दोहराती जाती परंतु हँसी की ध्वनि सुनकर वह रुक जाती।

गौतमी को पहचानने में देर नहीं लगी। उसको पहली बार लगा कि वह सिद्ध के पिता हैं। एक बार भी सिद्ध को उनके पास नहीं भेजा। उनका भी मन होता होगा। यह सोचते हुए उसने द्वार खोल दिया।

शुद्धोधन सकपका गए। वह सपने में नहीं सोच सके थे कि ऐसा हो सकता है। यद्यपि अभी तक उनकी आँखों के सामने गोलगप्पा और कुल्ला घूम रहे थे। वह बोले, ''गौतमी, तुम धन्य हो। तुमने सिद्धार्थ से सिद्ध बना दिया और सिद्ध से गोलगप्पा। ममता का यह आत्मिक स्पर्श सुन पाना असंभव था।''

गौतमी निरुत्तर। सहमी सी खड़ी रह गई। गलियारे में काल सोच पड़ी थी तान खूँटे। कहीं कोई नहीं था मात्र उन दोनों के। रात की धड़कन अपने आपको सुन पड़ी सुन रही थी मानो।...एक लंबे समय बाद उसका आमना–सामना हो रहा था। टिमटिमाता दीप प्रकाश साँस रोके आँखें नीची किए था।

शुद्धोधन ने वातावरण की कसमसाहट की टोह लेते हुए कहा, ''मुझसे तुम्हारी एकांत तन्मयता के आनंद में व्यवधान पड़ा। वास्तव में गोलगप्पा सुन अपनी हँसी नहीं रोक सका। मेरी माँ भी बड़ा हो जाने पर जब मैं उसे नहीं सुनता था, तब मुझे गोलगप्पा चिढ़ाकर पुकारती थी। घर छोड़ते हुए बहुत चाहा था कि हमारा साथ देती परंतु वह साथ नहीं दे सकीं। इस कारण मैं अपनी हँसी नहीं रोक सका।...अच्छा, चलता हूँ।''

शुद्धोधन चल पड़े। यह प्रजापति गौतमी चित्रलिखित सी खड़ी–की–खड़ी देखती रही। कुछ नहीं कह सकी। न नटखट को लाकर दिखा सकी, जिसको वह देखना चाहते थे। लगता था उत्तराधिकारी की लालसा के बोझ तले उनकी मानसिकता दब कर रह गई थी। उसने द्वार बंद कर अंदर से कुण्डी लगा दी।

## 8

इतना समय कैसे बीत गया महाप्रजापति गौतमी को अचरज हो रहा था। इस बीच शुद्धोधन ने देवदह राजपुरोहित को भेज कर विवाह का प्रस्ताव भिजवाया था। परंतु वह खाली हाथ लौटा। उन्होंने यह निर्णय गौतमी पर छोड़ा हुआ था। गौतमी से यदा–कदा उनका सामना भी हुआ। एकान्त में भी हुआ था परंतु कोई बात नहीं हो सकी।

गौतमी ने रत्ना महामाया की सहेली, राजपुरोहित के बेटे की बहू को स्पष्ट बता दिया था। सिद्धार्थ चार साल का हो रहा है, अब वह देवदह का मन बना रही है। यद्यपि कपिलवस्तु उसे रास आ रहा था तथापि उसका कौमार्य बीच में आ रहा था। माँ सुलक्षणा ने परामर्श दिया था कि बिन विवाह यहाँ अब उसका रुकना उचित नहीं है। चिंता उसे भी थी परंतु सिद्ध को छोड़कर जाना संभव नहीं हो रहा था।

कई बार गौतमी के इस निर्णय पर स्वप्न में महामाया आकर कह गई थी, गौतमी मैं तुझे सौंप कर गई हूँ, सिद्धार्थ को। वह तेरे से इतना हिल-मिल चुका है कि वह तेरे बिना एक पल नहीं रह सकता। उसे अपनी माँ का स्मरण नहीं है।...उसके पिता का भी निर्णय कदाचित् तू जान चुकी है, मेरे अलावा वह किसी अन्य युवती से विवाह नहीं कर सकेंगे। कितने संबंध आए परंतु उन्होंने स्पष्ट अस्वीकृत कर दिए। उन्होंने इस प्रसंग को ध्यान से ही हटा दिया। यही कारण कि वह मुझसे अपने मन की बात नहीं कर सके। कभी कहेंगे भी नहीं।''

पर दीदी, मैं यहाँ रह कैसे पाऊँगी? अनब्याही लड़की का रहना लोकलाज के तेवर को कैसे सहन कर सकेंगे?...तब क्या करूँ, कुछ सूझता नहीं है मुझे?... तुम बताओ, दीदी।'' महाप्रजापति गौतमी अन्धे कुएँ में डूबी मानो कह रही थी, ऐसा महामाया को लग रहा था।

स्वप्न यहीं विराम कर गया। तभी सिद्धार्थ गौतमी के पास आया और छोटे-छोटे घूँसे उसे मारने लगा।

''क्या है, सिद्ध?''

सिद्धार्थ ने गौतमी को हाथ पकड़ कर उठा लिया। झरोखे तक लाकर संकेत किया, ''वो माँ।...वो...।''

गौतमी ने ध्यान से देखा। उसे वहाँ कोई दिखलाई नहीं पड़ा। फिर भी वह निराश नहीं हुई। उसे गोदी में लेकर वह उधर से उसका ध्यान हटाने के लिए बोली, ''उधर चलें, सिद्ध, लुकाछिपी खेलें।''

वह मान गया।

लुकाछिपी प्रारंभ हो गई। वह ठुमुक-ठुमक कर इधर-उधर छिप रहा था। गौतमी जान-बूझकर कह रही थी, ''छिप गया, सिद्ध क्या?...आऊँ।''

''आ, माँ, आ।''...बड़ी मधुर ध्वनि में संगीत की धुन बहा देता।

यों पकड़-धकड़ से ऊबा उसका मन उचट जाता। खेलना बंद करके फिर झरोखे की तरफ़ आ खड़ा होता। गौतमी उधर देखती। वहाँ कहीं कुछ नहीं था। वहाँ से उपवन की झाँकी मिल रही थी। इस बार उसकी समझ में आ गया। सिद्धार्थ नीचे उपवन में जाना चाहता था और रंग-बिरंगी तितलियों को पकड़ने के लिए गोदी से गिरा पड़ता था। बड़ी कठिनाई से वह उसको सँभाल पाती थी। एक बार तो वह उसे साधने में गिर भी पड़ी। बाल-बाल बची एक पेड़ की झुकी टहनी को पकड़ कर। अब सिद्धार्थ बहुत चंचल हो गया था। गोदी में रहना उसे पसंद नहीं था। अपने नन्हे-नन्हे पाँवों से आगे बढ़ता, रुककर पीछे देखता, फिर धीरे-धीरे आगे बढ़ता। गौतमी ने उसके पीछे भागना इस कारण से बंद कर दिया कि वह उसे अपने पीछे देख तेज़ दौड़ने लगता। गिर भी जाता। जब वह उधर नहीं देखती तब वह चुपचाप खड़ा हो जाता।

इस समय उसका मन उपवन में अटक रहा था। गौतमी उसे गोदी में लेकर नहीं जाना चाहती थी, क्योंकि उसको थकान अनुभव हो रही थी। नीचे गई तो उपवन से जल्दी लेकर आना संभव नहीं था। मचलने लगता था।

गौतमी भी उसकी माँ ठहरी। उसे ज्ञात था कि इधर से उसका ध्यान कैसे हटाया जा सकता है। उसने ताली बजा कर मुस्करा कर कहा, ''क्यों सिद्ध, चोर सिपाही खेलें।'' कुछ सोचकर वह बोला, ''सिपाही मैं बनूँगा।''

''अच्छा बाबा, तू सिपाही बन जा।''

''चोर भागो।''

गौतमी का हृदय हर्षोल्लास से भर जाता। उसे भागते हुए अच्छा लगता। जब चोर हाथ नहीं पड़ता, तब वह रूठने लगता। उस समय वह जानबूझ कर गिर जाती। वह दौड़ कर उसको पकड़ लेता।

धीरे-धीरे गौतमी भागने लगती। कभी इधर, कभी उधर। वह ठुमक-ठुमक कर दौड़ता।

''पकड़ो, सिद्ध, पकड़ो।'' गौतमी भागते हुए रुक कर कहती।

सिद्ध बड़ी चतुराई से देखता किधर था और दौड़ किधर पड़ता था। उसका अनुमान कई बार ठीक निकला और वह सचमुच पकड़ी गई।

वह चौंकी। सामने का द्वार हवा से खुल गया था। वह द्वार बंद करना चाहती थी कि सिद्धार्थ उसकी ओर दौड़ पड़ा। वह बचने के चक्कर में बाहर की ओर निकली ही थी कि उसका पाँव अंधोवस्त्र में उलझ गया, फिर भी वह भागी तो सँभल नहीं पाई और गिरने लगी। तभी तपाक् से आगे बढ़कर शुद्धोधन ने उसे थाम लिया। सिद्धार्थ ने ताली बजा कर कहा, ''चोर पकड़ा गया, पिताजी।''

शुद्धोधन का मन झूम उठा, जब पहली बार सिद्धार्थ से पिताजी सुना।

गौतमी झेंप गई जब सिद्धार्थ ने दूसरी बार कहा, ''माँ को...पिताजी ने पकड़ा।''

शुद्धोधन असमंजस में पड़ा रह गया। वह भी गुमसुम बना रहा।

जब गौतमी की चेतना जगी तब उसने अपने को शुद्धोधन की बाँहों से अलग किया। और, जब झेंपती हुई सिद्धार्थ का हाथ पकड़े अंदर जाने लगी तब सिद्धार्थ मचल कर कहने लगा, ''माँ-माँ पिताजी भी खेलेंगे।''

अब वह क्या कहती। वह घबराने लगी। न सिद्धार्थ से कुछ कह सकती थी और न शुद्धोधन से आँख मिला पा रही थी।

''सिद्ध हम आकर खेलेंगे।'' यह कहते हुए शुद्धोधन आगे बढ़ गए।

गौतमी ने बड़ी कठिनाई से अपने को सँभाला। उसका अंग-अंग फड़क उठा। उसकी देह में बिजली सी दौड़ गई।

यह क्या हो गया! अब ?...क्या सोच रहे होंगे! उसकी साँस उखड़ने लगी थी। तब कदाचित् उसकी साँसें इतनी नहीं उखड़ी थीं जितनी अब उखड़ने लगी थीं।

सिद्धार्थ भी थक कर सो गया था। दासी ने सूचना दी कि माली आया है। वह बाहर आई। माली ने बताया कि पौधे आ गए हैं। कल सुबह उन्हें रोपना है—सूर्योदय से पहले, महारानी जी।'' ''महारानी। यह क्या है ?'' गौतमी ने डाँटते हुए कहा, ''तुमने किसे कहा, महारानी, माली ?''

''क्षमा,...महा...।'' माली ने जीभ काट ली। उसने पुनः हाथ जोड़कर कहा, ''जीभ पर चढ़ गया है यह संबोधन। क्षमा...कीजिए।''

उससे यह पूछा नहीं जा सका कि उन्हें क्या कह कर संबोधित करे वह। बिना संबोधन के तो...। किससे पूछे ?...वह सिर झुकाए लौट पड़ा।

गौतमी सोचती रह गई कि वह उसके लिए किस संबोधन का प्रयोग करे ? उसने सिर झटक लिया। अंततोगत्वा संबोधन तो चाहिए ? पर क्या ? अवश्य इस संबंध में फुसफुसाहट तो उन लोगों के बीच शुरू होगी। यही तो लोकलाज है, जिसकी चेतावनी माँ ने अपने संदेश में उसे दी थी।

देर रात्रि तक गौतमी इसी प्रश्न से उलझती रही। उसने निश्चय कर लिया कि अब उसका जाना ही हित में है, अन्यथा इस प्रकार की अनेक विकट स्थितियाँ उसके सामने आती जाएँगी। फिर... ???

ओह ! तब तो गौतमी को लौट जाना ही एकमात्र रास्ता है। अन्यथा एक के बाद एक प्रश्न सिर उठाएँगे, जिनका उसके पास कोई उत्तर नहीं होगा।

रात का पहला पहर जा चुका था। दूसरे को प्रारंभ हुए कुछ समय हो चुका था। दीदी ने कभी इस बारे में नहीं सोचा।

विवाह गौतमी कैसे कर सकती है ? वह उसकी बड़ी बहन का पति है। छोटी बहन का वह कैसे पति हो सकता ?

वह दीदी को उत्तर दे देगी। उसका पति गौतमी का पति भी हो जाए, यह किस नीति शास्त्र का नियम है। जब वह अपनी दीदी के रंगभवन को नहीं अपना सकी, तब उसके पति को कैसे अपना मान सकती है, मात्र सिद्धार्थ के पालन-पोषण के नाम पर। स्पष्ट कह दूँगी, ''जिसकी आप अंक शायिनी रही हैं, उनकी मैं अंकशायिनी कदापि नहीं बन सकती।''

यह सोचते हुए गौतमी को यह भयाशंका सता रही थी कि सिद्धार्थ के जगने का समय होने जा रहा है तब...। सुबह जल्दी जगना है। तब कहीं वह नहीं जग पाई तो... ?

गौतमी के मस्तिष्क में यह प्रसंग कैसे आ गया। दादा को गोलोकवासी हुए पाँच-छह वर्ष हुए जा रहे हैं।

सुबह तड़के उठते बोले, ''शीघ्र नहा धो ले, अपन को सूर्योदय से पहले चलना

है।'' कहाँ का उत्तर उन्होंने नहीं दिया।

एक उपवन गया। दूसरा आ गया। उपवन के बीचोंबीच पोखरी (छोटा ताल/तलैया)। पोखरी में कमल ही कमल पंख खोलने की मुद्रा में।

वहाँ एक स्थान पर रुककर बोले, ''ये सब, सामने की कतार में खड़े शाल और पलाश वृक्ष तेरे जन्म के बाद जन्मे हैं।''

महाप्रजापति गौतमी कुछ समझी नहीं। तब खखार कर उसके दादा ने बताया, ''मैंने तेरे जन्म के साथ इनको रोपा था। ये अपनी आयु के साथ तुझसे कितने बड़े हो गए और फैल-फूल गए। तुझसे ऊँचे निकल गए हैं।'' गौतमी मौन रह गई।

''मैंने तेरे हर जन्मदिवस पर शाल और पलाश के एक-एक पौधे को अलग-अलग दिशा में रोपा है।...अब गिन ले। उसको आधा कर ले अब तेरी अवस्था उतनी है।''

''इससे लाभ?''

''हानि क्या है?''

''कुछ नहीं।'' सोच-समझ कर गौतमी ने कहा, ''हानि...बहुत बड़ी है, गौतमी।...''

दादा बताने लगे, ''प्रकृति हमारी सहचर है या हम प्रकृति के। हम दोनों का जीवन-मरण का साथ है।...हम एक दूसरे के बिना नहीं रह सकते। प्रकृति हमें क्या कुछ देती है—प्राणवायु से लेकर भोजन-प्रसाद तक। पर कभी यह अनुभव नहीं कराती कि वह दाता है। उसमें अहम् नहीं है। वह पत्थर खा कर भी उसके फल तोड़ने वालों को भी मिठास से भर देती है, छका देती है।...दिशाओं का गणित भी वही समझती है कि वास्तव में दिशाएँ दो हैं—उत्तर और दक्षिण शेष तो सहायक हैं चाहे चार हों या दस।...हम वर्षगांठ पर दो पौधे रोपकर अपना स्थाई नाता उससे जोड़ लेते हैं। फिर अवस्था का संकट नहीं रहता और उपवन का रिक्त पड़ा स्थान गद्‌गद हो झूम उठता है।''

महाप्रजापति गौतमी को लगा कि वह पहली बार प्रकृति से मिल रही है। तभी तो ग्रीष्म में रिमझिमी बरसात में नहाते उसका मन उसी तरह नाच उठता है जैसे मयूर और गहरे शीत में कुनकुनी धूप में बैठना उसे ऐसा सुहाता है जैसे माँ से चिपका शिशु।

आज पाँचवें वर्ष में प्रवेश कर रहा है अपना होनहार और प्यारा-प्यारा राजदुलारा, सबके मन को भाता, हर्षित करता, अँखियन का तारा सिद्धार्थ अपना प्राण प्यारा सिद्ध।

माली उपवन में गौतमी की प्रतीक्षा कर रहा था। गौतमी यह भूल गई थी कि अर्द्धरात्रि को विभिन्न मुद्राओं में क्रीड़ा करता सुबह सिर चढ़े सूर्य के साथ वह उठता है। तब तक वह तैयार हो जाती थी परंतु आज तो उसने चकित कर दिया स्वयं सूर्योदय से पहले जग कर और उसे जगाकर। वह आँख मलती हुई उठी थी जम्हाई लेकर, देह

तोड़ती हुई। वह घबरा कर तुरंत खड़ी हो गई। नटखट मुस्करा रहा था, स्वस्थ, शांत और जागकर। उसकी स्मरण शक्ति स्फूर्तिवान है, ऊर्जावान है और उर्मिवान।

उपवन में नए वस्त्रों की शोभा-सुषमा बढ़ाते सुसंस्कृत चेतना का आभास देते हुए वह वहाँ जा खड़ा हुआ, जहाँ पौधे रोपने थे।

पहले खोदे हुए गड्ढे के सामने माली ने मंत्र बोलते हुए भुरभुरी मिट्टी से प्रार्थना की। पौधा उठाकर गौतमी के हाथ में देकर कहा, ''अपने इष्टदेव का ध्यान करो, पुण्यों को निछावर करो और लहलहा कर बने रहने की प्रार्थना करो कि अशोक सर्व देवताओं के देव, शांति-सत्य के लहरदार ध्वजा धारण करने वाले धार्मिक, हमें बनाओ अपने जैसा शोक हरण, प्रफुल्ल मन का स्वामी।...अब सिद्धार्थ का हाथ लगाओ।''

सिद्धार्थ ने झपटकर अशोक का पौधा ही पकड़ लिया और गौतमी की मुद्रा बनाकर मन-ही-मन मानो वह प्रार्थना दोहरा रहा हो, ऐसा जीवंत दृश्य प्रस्तुत किया उस अतीव सौम्य-मनोहर वातावरण में जब ग्रीष्म ॠतु अपने को भूलकर विनम्र मन बना कर, तन-मन को आर्द्र कर रही थी। तीनों गड्ढों में अशोक की पौध लगा कर गौतमी ने माली को रेशमी वस्त्र, मावा, मिश्री वाला कलाकंद और स्वर्ण मुद्रा सिद्धार्थ के हाथ से दिलवाई थी। अशोक पौधे को भोग लगाकर मावा, मिश्री वाले कलाकंद को सिद्धार्थ को चटाने के लिए गौतमी ने हाथ बढ़ाया ही था कि नटखट ने थाली में रखे कलाकंद को उठा अपने मुख, होंठों और कपोलों से लगा नन्हे-नन्हे हाथों से ताली बजा दी थी।

तभी ताली दूसरी ओर से बजती सुनी। उसने मुड़कर देखा, पीछे शुद्धोधन खड़े थे ताली बजाते। महाप्रजापति गौतमी विस्मयभरी, अचेतन मुद्रा में अस्त-व्यस्त सी अपने को पाकर खड़ी रह गई। जैसे ही उसे चेत हुआ, वैसे ही उसने कलाकंद हाथ में लेकर उनकी ओर बढ़ा दिया। पर क्या हुआ सिद्धार्थ को। उस नटखट ने गौतमी के होंठों पर लगे कलाकंद को अपनी नन्ही उँगली में लपेट शुद्धोधन के होंठों से छुआ दिया। गौतमी पगला गई। उसे कुछ नहीं सूझा। शुद्धोधन ने शांत मन से कहा, ''चलें।...भूल जाएँ जो हुआ, वह नटखट की अबोध चंचलता का परिणाम है। लाओ, मावा, मिश्री वाला कलाकंद हमें दे दो।''

महाप्रजापति गौतमी ने उनके सहज निर्देश का ऐसे भोलेपन की मुद्रा में पालन कर डाला कि वह कलाकंद उन्हें चटा बैठी। यह उसे क्या हो रहा है! यह कैसा सम्मोहन है।

''अब चलिए भी...या योंही खड़े रहने का व्रत लिया है। सूर्य आकाश की धरा पर उदित होता मुस्करा रहा है।'' शुद्धोधन ने धीरे से कहा।

गौतमी कठपुतली बनी चल पड़ी। शुद्धोधन ने थाली स्वयं सँभाल ली। वह सिद्धार्थ को गोदी में लिए चल पड़ी।

शुद्धोधन ने समझाया कि ऐसी परिस्थितियों की उलझन गले नहीं लगाते। कभी-कभी अस्वाभाविक, अनचाहे स्वाभाविक भी हो जाता है।..."मैं तो यह सोचकर इधर आया था कि इस बार मैं सिद्धार्थ...सिद्ध और तुम्हें उसकी वर्षगांठ की शुभकामनाएँ देकर भास्कर देवता को नमन करूँ। मैं भी भास्कर को नमन करना भूलकर तुम दोनों को अवलोकता रह गया।...कदाचित् आज तक इस तरह वर्षगांठ मनाने का किसी ने सोचा भी नहीं होगा। तुमने क्या मेधा पाई है। कल्पनातीत है। अलौकिक-दिव्य... ।"

"बस...बस...आगे कुछ नहीं, राजन। हम लज्जित हैं। हमें आपको बताने का ध्यान ही नहीं रहा। कैसे करते। हमें दादाजी भी पहली बार यह रहस्य खोलने उपवन में अकेले लेकर आए थे। प्यारी माताजी भी यह रहस्य नहीं जानती थी, न पिताजी... हमारी बहन भी।...हम उन्हें बताना ही भूल गए थे। कैसे स्मरण रख पाते कि उसी दिन दोपहर बाद हमारे दद्दा भी नहीं रहे थे।"

शुद्धोधन गंभीर हो गए। उनकी मुख-मुद्रा ग्रीष्म ॠतु की दोपहरी सी उदास हो गई। वह कहने लगे, "हमने सिद्ध की वर्षगांठ मनाने का विचार त्याग दिया, क्योंकि महामाया का मुखमण्डल पश्चिम में अस्त होते सूर्य में समाता दिखलाई पड़ने लगा।"

अब गौतमी का प्रकोष्ठक आ गया था और सिद्धार्थ गौतमी के कंधे लगा सो गया था। शुद्धोधन ने आगे बढ़कर द्वार खोला। गौतमी सिद्धार्थ को पर्यंक पर लेटाकर द्वार की ओर देखकर बोली, "क्षमा कीजिए, फिर कभी ऐसी त्रुटि नहीं होगी।" उसने थाल हाथ में लेकर पुनः कहा, "कलाकंद स्वादिष्ट लगा न।"

"हाँ बहुत स्वादिष्ट...इतना स्वादिष्ट कि मैं उँगली चाटता रह गया।"

"भुला दीजिए न।"

"तुम क्या भुला पाओगी, गौतमी। जो असोचा, बिना चेत में आया हो जाता है, वह भूलने-भुलाने के लिए नहीं होता। वह ईश्वर का संकेत होता है। उसके अस्वीकार्य का कोई हेतु नहीं होता।" शुद्धोधन इस समय राजा नहीं थे, न गणपति। सामान्य व्यक्ति...संपूर्ण विशेषणों से मुक्त-सहज-सरल एक कृषक की तरह जो हल चलाकर अपने मुखमण्डल पर दमकते स्वेद कणों को इसलिए नहीं पोंछता कि वहाँ आकर गर्म हवा ठण्डी पड़ जाती है। इससे मन को चैन मिलता था। वह अपने दादा द्वारा किए गए विवेचन का स्मरण करने लगी जो उन्होंने समाज के प्रमुख दल को उनके इस प्रश्न के उत्तर में दिया था कि समाज की बेड़ियाँ कैसे कटें। वह कह रहे थे कि बलात् फैलाए आरोपण और भेद की खड़ी की गईं दीवारों को हटाने पर समय नष्ट करने की आवश्यकता बिलकुल नहीं है, स्वयं पर से उस ओढ़े हुए मुखौटे को हटाना है जिससे सच का स्थान असत्य ले चुका है।

आज महाप्रजापति गौतमी को प्रतीत हुआ कि शुद्धोधन को अपने अतीत की आहट पर चौकन्ना रहना लगातार स्मरण है।

कदाचित् उधर कोई आ रहा है, यह जानकर गौतमी अंदर चली गई और द्वार में कुंडी लगा दी। सिद्धार्थ उल्टे सोए हुए थे आँखें खोल कर और उस सबको भूलकर कि कुछ देर पहले क्या हुआ था और कैसी उनकी चेतना उसमें सक्रिय थी। ऐसा क्यों होता है कि उसे वह सब ज्ञात हो जाता है जो होने को है। उस दिन माँ और पिताजी आए थे। यह वह दिन था, जब उसको देवदह जाना था। इसके लिए यह निश्चित हुआ था कि दाई जो शिशु के पालन-पोषण के लिए प्रसिद्ध परिवारों में यह कार्य करती थी, वह तड़के ही आ जाएगी। उस समय सिद्धार्थ गहरी नींद में होगा, वह चुपचाप निकल जाएगी। यद्यपि ऐसा करते हुए उसका मन उद्विग्न था।

कैसे यह सुनिश्चित किया गया कार्यक्रम राजपुरोहित और उसकी पत्नी रत्ना के सुझाव से बदल गया। सिद्धार्थ चक्रवर्ती सम्राट भी हो सकता है या बुद्ध बनेगा। इस कारण उसका लालन-पालन राजभवन की राजकीय ऐश्वर्य पूर्ण सुख-सुभीताओं के मध्य अपनी देखरेख में हो। ज्योतिषियों ने उनके बत्तीस लक्षण देखकर ही यह भी कहा था कि संबोधि प्राप्त करेगा। देवदह जाकर उसकी दिशा-दृष्टि बदल गई तो... ?

शुद्धोधन के जिस भयाशंका ने उसे घेरा था, वह थी उसके संबोधि होने की भविष्यवाणी।

रूक्का और रत्ना दोनों ही आ चुकी थीं। माताजी-पिताजी भी वहीं थे। प्रश्न यह था कि गौतमी उठे तो कैसे? सिद्धार्थ ने उसका अधोभाग वस्त्र अपने पर लपेट रखा था। अब वह क्या करे? ज़रा भी खींचातानी हुई तो वह जग जाएगा और उसका जाना टल भी सकता है क्योंकि वह उसे रोता हुआ छोड़कर नहीं जा सकती। उसके प्राण उसमें बसे हुए हैं।

उधर शुद्धोधन अपने भवन में बैठा उस परिदृश्य पर आँखें टिकाए हुए था, जब गौतमी उसे रोता छोड़कर जा रही होगी। कैसी बिजली गिरेगी उसके बाल मन पर! प्रारंभ हरि बिछोह के रुदन से होगा तो...नहीं...नहीं प्रभु...नहीं ऐसा न हो अन्यथा वैराग्य की मोह शून्य मानसिकता उसको रागात्मक संबंधों के सम्मोहन से मुक्त करने की दिशा की ओर बढ़ने को उत्साहित करने लगेगी।

क्या करूँ?...गौतमी तो कदाचित् जा चुकी होगी। वह उसका रुदन सहन नहीं कर पाएगा।

"महामाया मुझसे भूल हो गई। मुझे उत्तराधिकारी के अँधमोह में नहीं फँसना था। तुम भी गईं और यदि सिद्धार्थ ने संबोधि की दिशा पकड़ ली तो कौन होगा उत्तराधिकारी?" चैतन्य प्रभु ने उसे समझाया था। नई राजव्यवस्था की नींव रखी है तो राजमोह-आसक्ति में मत फँस जाना। जैसे नदियाँ अपना पानी नहीं पीतीं, वृक्ष अपने फल नहीं खाते, मेघ स्वयं के लिए नहीं, संपूर्ण जन को तृप्त करने के लिए बरसते हैं...वैसे राज तुम्हारे भोगने का साधन नहीं बनना चाहिए...अन्यथा राज्य से जन शोषण प्रारंभ होने लगेगा, जो राजा तथा प्रजा दोनों के लिए निस्संदेह अभिशाप होगा।

यह कैसा संकट है—एक ओर खाई ओर दूसरी ओर कुआँ। फिर भी राज आसक्ति की अकेली चाह!

महाप्रजापति गौतमी का स्नेह है सिद्धार्थ के साथ! उससे हटता नहीं हटाए।

सूर्योदय का प्रकाश जगमगाने लगा था। चिड़ियाँ चौंच भिड़ंत करती चहक उठी थीं। कभी वे अपने पंख भिगोकर फड़फड़ाने लगती थीं। सिद्धार्थ ने धीरे से आँखें खोल दीं। हाथ-पाँव चलाए। करतल ध्वनि की और बाँहें फैलाकर गौतमी की ओर मुस्कराते हुए निहारा।

गौतमी ने तुरंत उसे उठा लिया। उसे लेकर रत्नागार में आ गई और अपने दोनों पाँवों पर बैठाकर उसकी ओर करुणा भरी दृष्टि डाली। उसने सूसू छीछी कर दी। छीछी दिन में एक बार और सूसू खाना खाने के बाद...कभी-कभी एक-दो बार और वह भी नाक फुलाकर चेतावनी देकर। आज तक कभी उसने भूल से भी अपने इस नियम का उल्लंघन नहीं किया। उसने उसके कपड़े बदले और यह कहकर चल पड़ी, "यह समय सिद्ध का तितलियों और चिड़ियों के साथ खेलने का है।"

गौतमी के पीछे-पीछे रूक्का दाई और रत्ना भी चल पड़ीं तो उसने टोक दिया कि आगे नहीं।

सुलक्षणा ने यह सब देख-समझकर कहा, "क्या सोचते हो? चल पाएगी क्या गौतमी?"

"कुछ समझ में नहीं आता। परमात्मा की क्या इच्छा है?" अंजन ने गहरे में डूबते हुए कहा।

"मुझे नहीं लगता, गौतमी के पिता। संबंधों की इतनी प्रगाढ़ आत्मीयता तो सगी माँ और उसकी संतान के बीच मैंने आज तक नहीं देखी है।" सुलक्षणा ने उलझन की गाँठ खोलने का प्रयास करते हुए ऐसे कहा मानो वह अपने आप से कह रही हो।

काफ़ी देर बाद महाप्रजापति गौतमी अपने नटखट की गुल-गुलियों से खेलती हुई लौटी एकदम सहज और तरल होकर!

रत्ना और रुक्का भी वहाँ आ गईं, वे दोनों चकित थीं। कैसे छूटेगा स्नेह-प्रेम का स्वाभाविक गठबंधन। छूट गए तो कौन सँभालेगा उस टूटे बाँध की अर्दा की छूटी मूसलाधार को।

"शीघ्रता, गौतमी, शीघ्रता। दूरी का भी ध्यान रख।" सुलक्षणा का स्वर कुछ-कुछ नम-द्रवीभूत हुआ, करुणा के अभ्यंतर से।

महाप्रजापति गौतमी की आँखें झर उठीं, यह कहते हुए कंठ भर्रा कर मौन रह गया और सिद्धार्थ ने उसके कपोल पर मधुर ध्वनि बिखेर दी, "माँ...।" वह उसकी चोली खींच रहा था। कुछ उसके उरोज दीख उठे।

"क्या अभी तक स्तनपान करता है, गौतमी जी, आपका लाडला!"

"हाँ भी...न भी...क्या मिलता है उसे।...लेकिन वह समझा देता है कि उसका कलेवे का समय हो रहा है।...कलेवा भी वह नटखट मुझसे ही करेगा...और किसी से नहीं।...बड़े नखरे हैं।" मुस्कराते हुए कहती जाती आत्ममग्न होकर गौतमी।

"अब तूने क्या सोचा है, गौतमी?"

"क्या सोचूँ, माते? मनुष्य के हाथ में क्या है—कुछ नहीं।...माँ, अभी मैं नहीं जाऊँगी। मोह पाला है तो मोह से मुक्ति का मार्ग भी मुझे ढूँढ़ना होगा।...कितना नन्हा है, अपना यह सिद्ध माँ। कौन रखेगा उसका मन? कौन देगा उसे माँ जैसा स्नेह-प्यार? कौन समझेगा उसके मन की बात?...ना...ना...माँ, मैं सिद्ध को छोड़कर अभी नहीं जा सकती।...समझ रही है, माँ।...मेरे आगे-पीछे, आमने-सामने सब ओर दीदी ही घूम रही है।...वह मेरी गोद में देकर, आश्वासन लेकर गई है। मैं अपनी दीदी की आत्मा को नहीं दुखा सकती।" महाप्रजापति गौतमी के स्वर में करुणा हिम सी पिघल रही थी।

बाहर खड़ा शुद्धोधन सुन रहा था। उसकी आँखें भर आई थीं। एक शब्द चक्रवात सा उसके मनोमस्तिष्क में घूमने लगा। उसने छत की ओर देखकर मन-ही-मन कहा, "आप बड़े कृपालु हैं।...सदैव मुझ पर कृपा बनाए रखना।" उसके स्वत: हाथ जुड़ गए।

सुलक्षणा ने गौतमी को हृदय से लगाया। अंजन ने उसके सिर पर हाथ रखा। सिद्धार्थ अपनी खुली, बड़ी आँखों से शान्तिपूर्वक वह दृश्य देख रहा था। उन दोनों ने सिद्धार्थ को ढेर सा प्यार किया। उसके माथे-हाथ-हथेली को चूमा।...और नम हृदय लिए चल पड़े। शुद्धोधन उन्हें बाहर तक छोड़ने आया।

## 9

समय के पंख लग गए। कुछ पता ही नहीं चला कि सिद्धार्थ की शिक्षा का प्रबंध सामने आ गया। कहाँ हो उसकी शिक्षा? राजभवन से बाहर जाने से कई झंझट सामने आ रहे थे। पंडित और ज्योतिषियों की सिद्धार्थ के भविष्य को लेकर की गई भविष्यवाणी शुद्धोधन और उनके मंत्रिमण्डल के लिए सिर दर्द बनती जा रही थी।

राजपुरोहित की समूची सोच का केन्द्रबिंदु था कि राजभवन से बाहर सिद्धार्थ की शिक्षा नहीं होनी चाहिए, क्योंकि ऐसी शिक्षा से दूर रखना आवश्यक था जो जीवन को वैभव से दूर ले जाने वाली है।

जीवन संघर्ष का दृष्टिकोण सिद्धार्थ को दिया जाना अनुचित लग रहा था। शुद्धोधन हर ऐसे अवसर का पूरा लाभ उठाना चाह रहा था, जिसके कारण वह महाप्रजापति गौतमी के निकट पहुँच सके। सिद्धार्थ की शिक्षा की समस्या को लेकर शुद्धोधन गौतमी से मिला।

महाप्रजापति गौतमी ने मौन बनी रह कर जो चर्चाएँ सुनीं, उनसे वह संतुष्ट नहीं थी। वह इस संबंध में चुप रहना चाहती थी। वह चुप भी रही इतना कहकर कि उसके दादा का यह विचार था कि संस्कार ही शिक्षा का मूल है। व्यवहार जगत् पारस्परिक संबंधों की धुरी आत्मचिंतन, शील, सौंदर्य आदि रहे तो व्यक्ति में अन्तर्निहित शक्तियों, स्व-आस्थाओं का स्वत: इस प्रकार प्रकाश विकास होता चला जाएगा जैसे पौधे से वृक्ष की विकास माया का संचालन। लेकिन वह तब भी इस कथन के रहस्य को नहीं समझ सकी थी और न आज तक कुछ समझ पाई है। फिर उससे क्या आशा की जा सकती या की जानी चाहिए!

शुद्धोधन के सामने सिद्धार्थ को निर्ग्रन्थों (जैनों) के संप्रदाय, श्रमण संप्रदाय आदि से बचाकर चक्रवर्ती सम्राट बनाने की चुनौती थी।

राज्य की चकाचौंध, ऐश्वर्य के ठाट-बाट, भौतिक जीवन के प्रति गहरा लगाव, यौवन-वसंत की जिज्ञासाओं में लिप्त मानसिकता का ज्वारभाटा और नित नए सौंदर्य के प्रति आसक्ति का बढ़ता आकर्षण सिद्धार्थ को श्रमणों की उदासीनता तथा नीरस जीवन पद्धति से बचाकर उत्सवोन्माद में मग्न बनाए रख सकता है।

शुद्धोधन ने सिद्धार्थ के लिए एक ऐसा बड़े आनंद प्रासाद का निर्माण कराया था, जहाँ हर प्रकार की सुभीताएँ सौंदर्य लिप्त होकर ऐंद्रिय कल्पनाओं के मधुर संगीत के निर्झर के वशीकरण से मुक्त होने का वह अवकाश न पा सके।

अब तक यह भी सुनिश्चित हो चुका था कि महाप्रजापति महामाया का स्थान नहीं लेगी। शुद्धोधन का यह समझाना काम नहीं आ सका कि सिद्धार्थ यह जान सकेगा कि उसकी माँ उसे जन्म देने के सातवें दिन कालकवलित हो गई थी। काल संस्कार से बचाए रखने का प्रयास अपने प्रथम चरण में ही धराशायी हो जाएगा।

महाप्रजापति गौतमी यह मानने के लिए तैयार नहीं थी। उसकी मान्यता थी कि वह सत्य छिपाने से छिप नहीं सकेगा। आज नहीं तो कल वह ज्ञात होकर ही रहेगा और जब बाद में उसे यह बात पता चलेगी, तब उसका उन सब पर से विश्वास उठने लगेगा, जिन्होंने उसे सत्य से दूर रखने का प्रयास किया। वह अपनी ममता को दागी नहीं होने देगी। उसे यह नहीं भूलना चाहिए कि उसके छोटे भाई का लड़का देवदत्त कब से अपने को सिंहासन का दावेदार मान कर चल रहा है, वह कभी नहीं चाहेगा कि मृत्यु का यह रहस्य बना रह जाए।

शुद्धोधन के पास गौतमी के इन तर्कों का कोई उत्तर नहीं था। छिपा-छिपाई का यह खेल चलने वाला नहीं है, उल्टे संकट का कारण बन सकता है। इसी आधार पर उसने यह भी स्पष्ट कर दिया था कि वह इस प्रकोष्ठक को छोड़कर सिद्धार्थ भवन के साथ बने भवन में रहना चाहेगी। वह सिद्धार्थ में विकसित की गईं संस्कारित प्रवृत्तियों को उसकी अवस्था के साथ आगे बढ़ता देखना चाहेगी। यदि ऐसा नहीं होता है तो वह देवदह लौटने के लिए विवश होगी।

सिद्धार्थ ऐसा होने नहीं देगा। शुद्धोधन ने तब यह नहीं सोचा था कि आगे चलकर सिद्धार्थ अपनी माँ को सब कुछ समझने लगेगा। इस संकट का किसी के पास कोई तोड़ नहीं था। शुद्धोधन को लौट जाना पड़ा।

शुद्धोधन राजभवन पहुँचे ही थे कि देवदत्त भी वहाँ पहुँच गया। मंत्रीगण भी आ चुके थे। शुद्धोधन ने पूछा, ''देवदत्त, ऐसी कौन-सी समस्या सामने आ गई कि तुम्हें यहाँ आना पड़ा। कितनी बार समझाया है कि घर की समस्या घर में, राजभवन में नहीं।...अब तुम यहाँ आ ही गए हो तो कहो, क्या कहना है?''

इसी समय सिद्धार्थ वहाँ आ गया। उसके हाथ में हंस था।

''मुझे यह हंस चाहिए,'' देवदत्त ने तपाक से कहा।

शुद्धोधन कुछ समझा नहीं अत: पूछ बैठा, ''ये ही क्यों देवदत्त?''

''इसका शिकार मैंने किया था। यह मेरे बाण से घायल हुआ था।''

''फिर सिद्धार्थ के पास कैसे पहुँचा?''

''यह सिद्धार्थ बताएगा।''

शुद्धोधन ने सिद्धार्थ की ओर देखा। मंत्री-परिषद् में प्राय: सभी जानते थे कि देवदत्त का व्यवहार सिद्धार्थ के प्रति अच्छा नहीं है।

सिद्धार्थ ने हंस को सहलाते हुए कहा, ''मैं तलैया के पास बैठा ही था कि यह हंस मेरे पास आ गिरा। यह घायल था। छटपटा रहा था। मैंने इसकी व्याकुलता को देखकर इसका उपचार किया। कुछ समय बाद हंस की घबराहट कम होने लगी। उपचार से हंस को लाभ मिला। उसी समय देवदत्त ने सामने आकर कहा, ''यह हंस मेरा है।''

''इस समय यह हंस मेरे पास है। मेरे उपचार से हंस को लाभ मिला है। उसकी पीड़ा कम हुई है,'' सिद्धार्थ ने सहज ढंग से कहा।

''हंस मेरे बाण से घायल हुआ, अत: यह हंस मेरा हुआ,'' देवदत्त ने तनिक तेज़ स्वर में कहा और गर्व से सिर उठाए मंत्री परिषद की ओर देखा। समझा, हंस उसे ही मिलेगा। जीत उसकी ही होगी।

''तुम क्या कहते हो, सिद्धार्थ?''

''मैंने हंस का उपचार किया है। थोड़ा और उपचार करना चाहूँगा। फिर वह स्वस्थ होकर उड़ सकेगा। अपने झुंड में मिल जाएगा। शेष निर्णय आपका है,'' सिद्धार्थ ने शांति से कहा।

शुद्धोधन ने महामंत्री की ओर देखा। न्यायमंत्री भी वही हैं। अन्य मंत्री भी सावधान हो गए क्योंकि हो सकता है कि उनकी राय माँग ली जाए।

महामंत्री ने खड़े होकर कहा, ''हंस का उपचार हुआ है। हंस जीवित है। देवदत्त ने उस पर बाण चलाकर मारना चाहा है। मारने वाले से बचाने वाले का हंस

पर अधिकार बनता है, राजन।''

शुद्धोधन ने देवदत्त से पुनः पूछा, ''तुम्हें कुछ और कहना है क्या?''

मंत्री परिषद की ओर देखकर देवदत्त ने कहा, ''हंस मेरे बाण से घायल हुआ है। वह मुझे मिलना चाहिए।''

''यदि हंस की मृत्यु हो जाती देवदत्त, तब उस पर तुम्हारा अधिकार होता और हंस तुम्हें ही मिलता लेकिन घायल हंस का उपचार कर उसे बचा लिया गया है। इस कारण उस पर अधिकार बचाने वाले का होगा,'' शुद्धोधन ने दो टूक अपना निर्णय सुना दिया।

दोनों लौट पड़े। बाहर आकर देवदत्त ने कहा, ''न्याय नहीं हुआ। काश, मेरे पिताजी राजा होते तो निर्णय मेरे पक्ष में होता, सिद्धार्थ के कदापि नहीं।'' देवदत्त के मन में ज्वालामुखी फूट रहा था, ''यदि तुममें साहस है और तुम्हें अपनी शक्ति पर विश्वास हो तो अब भी दूध का दूध और पानी का पानी सामने आ सकता है।''

''तुम क्या चाहते हो देवदत्त? तुम्हें राजा के न्याय पर भी विश्वास नहीं हुआ?''

''कैसे होता, उन्होंने मेरे बाण से घायल हंस को तुम्हें दिला दिया।''

''तुम्हीं ने राजभवन में आने की पहल की थी।''

''गलती हो गई, सिद्धार्थ।...तुम इस गलती को सुधार सकते हो।''

''मुझे न्याय पर विश्वास है।''

''क्यों न हो? काश, तुम मेरे स्थान पर होते, सिद्धार्थ।''

सिद्धार्थ चुप रहा।

''मेरी चुनौती स्वीकार करो, सिद्धार्थ, तभी तुम न्याय का सम्मान बनाए रख सकते हो,'' देवदत्त ने ललकारा।

''कैसी चुनौती?''

''चुनौती चुनौती होती है। वीरों की चुनौती।...स्वीकार हो तो बोलो।''

''क्या कहना चाहते हो?''

''मल्लयुद्ध,'' देवदत्त ने तपाक से कहा।

''मल्लयुद्ध क्यों?''

''क्योंकि हम क्षत्रिय हैं और क्षत्रिय का धर्म है—वीरता। उसका हर निर्णय वीरता की कसौटी पर कस कर होता है।...तुम जीते तो हंस तुम्हारा और हारे तो मेरा।...बोलो, हो तैयार।''

''नहीं, मुझे क्षत्रिय होने के लिए अकारण हिंसा का सहारा लेना स्वीकार नहीं है,'' सिद्धार्थ ने दो टूक उत्तर दिया।

"इतना डर।...राज्य के उत्तराधिकारी के लिए यह शोभा नहीं देता," देवदत्त ने व्यंग्य की भाषा में कहा।

"इस संबंध में मुझे कुछ नहीं कहना, देवदत्त," कह कर सिद्धार्थ मुड़ गया। महाप्रजापति गौतमी ने यह सब दीवार के पीछे खड़े होने के कारण सुन लिया और जान लिया कि सिद्धार्थ की मेधा सही दिशा में न केवल बढ़ रही है, बल्कि संतुलन का परिचय भी दे रही है। उसने दीवार की आड़ से बाहर आकर कहा, "सिद्ध, तुम हंस को लिए कहाँ घूम रहे हो?"

सिद्धार्थ ने प्रसन्नता से कहा, "आपके पास आ रहा था।"

"तो चले आओ।" कहती गौतमी आगे बढ़ गई। वह अपने भवन में आकर सिद्धार्थ के लिए पर्यंक पर स्थान बना कर बोली, "बैठो सिद्ध।"

सिद्धार्थ बैठ गया। गौतमी ने हंस को सँभालते हुए कहा, "यह हंसिनी है। माँ बनने वाली है। साथ ही वह हंसिनी को सँभालती रही। उसके पंखों को सहलाते हुए उसे कुछ खिलाती रही। वह धीरे-धीरे खाती रही शान्तिपूर्वक। "बच गया," कुछ टटोल कर गौतमी ने कहा। "क्या?" सिद्धार्थ ने साश्चर्य गौतमी की ओर देखा।

"जिसे बचना चाहिए था।"

"किसे?"

"यहाँ कौन-कौन हैं, सिद्ध?"

"आप, मैं और हंसिनी।"

"और।"

"हाँ और...वह और है—हंसिनी के गर्भ में पल रहा है उसका शिशु।...वह जन्म पाने की प्रतीक्षा में है।" गौतमी अत्यंत भावुक हो उठी। "हंसिनी की आँखें भर आई हैं। वह तुम्हें आशीर्वाद दे रही है।"

"आशीर्वाद..." सिद्धार्थ चौंका।

"हाँ सिद्ध, हर माँ के लिए, चाहे वह छोटी हो या बड़ी, उसकी संतान ही होती है। उसकी ममता की चादर का न कोई छोर होता है और न उसकी गहराई नापने का मापदंड।" गौतमी ने हंसिनी को खाना खिलाने के बाद एक गुदगुदे बिछौने पर लेटाकर उस पर एक मोटा कपड़ा उढ़ा दिया। तदुपरांत बोली, "सिद्ध, अब यह आराम से उड़ जाएगी। तू इसकी चिंता मत करना।...परंतु सदा जीवों का रखवाला बन कर जीना।"

"माँ, आप तो पक्षियों की बोली भी समझ लेती हो।"

"हाँ, मुझे मेरे दादा ने सिखलाई थी यह कह कर, तू यदि इनकी बात सुनकर समझना चाहेगी तो तुझे इनकी बोली में ही बोलना होगा और यह काम तेरे लिए सरल है कि तू इनकी बोली की जैसी की तैसी नकल निकालने में दक्ष है। यही कारण है कि वे पक्षी तेरे से हिलमिल गए हैं और तुझसे बतियाने लगे हैं।...बस उसी से यह

आदत बन गई है और आज भी जब तब...जब तू चार-पाँच वर्ष का था तब मैं तुझसे पक्षियों को दाना डलवाती थी। पक्षियों का मेरी तेरी उपस्थिति से डर निकल गया था और हमारे बीच वे निडर होकर मस्ती करते थे।...एक दोस्त की तरह।''

''हाँ माँ, हाँ। जब हम तुम ताली बजाने लगते थे, तब वे अपने पंख फड़फड़ा कर नाचने लगते थे।'' सिद्धार्थ अपने बचपन में उतर जाता था पलभर में। उनकी मीठी-मीठी स्मृति बाँसुरी बजाने लगती थी सिद्धार्थ के मन में।

सिद्धार्थ स्मरण करता हुआ कहने लगता था, ''माँ तू मुझे गोलगप्पा क्यों कहती थी?''

''कारण तो जानती नहीं थी, आज भी नहीं जानती। पर यह कहना लगता अच्छा था।...क्यों अच्छा लगता था, यह मैं नहीं बता सकती, सिद्ध।'' गौतमी ने अपना मुँह फुलाकर धीरे से अपने दोनों कपोलों पर थपकी लगाई। थप्प सी ध्वनि हुई और दोनों हँस पड़े।

''माँ...माँ...तू मुझसे ऐसे-ऐसे खेल खेलने लगती थी और अपना मुँह बिगाड़-बिगाड़ कर कि मैं हँसते-हँसते लोटपोट होने लगता था।...क्या वास्तव में मैं मुँह में दूध भर कुल्ला कर देता था?''

''नहीं तो क्या मैं करती थी,'' गौतमी ने कहा। ''अब जा, तुझे जो करना है, कर। फिर भोजन साथ-साथ यहीं करेंगे।'' जल्दी लौटना, व्रत मत करा देना।''

''जी माँ।'' कहकर सिद्धार्थ उठकर जाने लगता। गौतमी अतीत की परछाइंयों में खोकर बैठी रह जाती। मन की गहराइयों में उतर कर एक-एक मोती सँभालने लगती। उसे लगता किसी माँ ने गुदड़ी के लाल की कल्पना को योंही जन्म नहीं दे डाला है। उसका ध्यान खुले पड़े द्वार की ओर गया। वह द्वार बंद करने के लिए सँभल कर उठी और द्वार भी इतनी चतुराई से बंद किया कि तनिक भी आवाज़ नहीं होने दी ताकि हंसिनी की नींद न खुल जाए। हंसिनी को आराम से गुदगुदे बिछौने पर सोता पाकर उसके मन को तसल्ली मिली। पता नहीं कोई ऐसा कार्य करने के बाद, वर्षों बाद भी मन क्यों आत्मविभोर होने लगता है, कैसे संगीतात्मक लहरें उठकर मन-मानस में गुदगुदी मचाने लगती हैं। जैसे इस समय तन-मन में वे गुदगुदी मचाए हुए हैं। वो जो बीत चुका है, इस समय है भी नहीं फिर क्यों अपने होने की अनुभूति करा रहा है।

अतीत की घन घटाएँ वर्तमान पर छाए जा रही हैं और वर्तमान क्यों अतीत होने में आनंद पा रहा है। क्या समय का यह विभाजन...अतीत, वर्तमान और अनागत ऐसे क्षणों में अवास्तविक नहीं होने लगता है? ऐसे-ऐसे प्रश्न उसमें समय-असमय क्यों कुलाचें भरने लगते हैं कि जिनसे वह सँभल नहीं पाती और किसी शांत नदी के प्रवाह में ऐसे अपने आपको छोड़ देती है, जैसे कोई नौका लहरों की गति पाकर बहे जा रही है। चित्र की यह मनोदशा आत्मलीन संत की भाँति अपने होने की उपस्थिति से अनभिज्ञ जैसी है।

महाप्रजापति गौतमी का आसन्न बनाता कोण, आँखें बंद किए वह सब कुछ देखे जा रहा था जिसके प्रति उसमें कोई रुचि नहीं है और न वैसा होने की संभावना है। फिर भी वह उधर ही अपना मन बनाए हुए है।

## 10

दिन उदित होता है, दोपहर आती है, संध्या ढलते-ढलते रात्रि की अगवानी करने लगती है। ऋतु आती है, जाती है, यह सिलसिला कभी नहीं रुकता। इससे यह विश्वास तो हो जाता है कि परिवर्तन सृष्टि के केंद्र में है। वह एकदम स्वाभाविक है। जो कुछ दृग्गोचर हो रहा है, वह किसी नियोजित कार्यक्रम का भाग या अनुभाग ही है। यह बात दूसरी है कि उसका, नियोजक का पता नहीं चलता। महाप्रजापति इस प्रश्न को भाव नहीं देती और न भाव देने की आवश्यकता अनुभव करती है, क्योंकि अनुभव भी एक सी स्थिति में एक से नहीं रहते, वे भी परिवर्तन की शाखा-प्रशाखा से हवा-पानी का रुख पाकर अपने होने का अनुभव कराते हैं।

पता नहीं क्यों महाप्रजापति गौतमी ने यह उचित समझा कि मधुवन प्रकोष्ठक छोड़ कर सिद्धार्थ के लिए बने भवन के अन्तर्भाग में सृजित एक भवन को अपने लिए माँग ले। कारण पर वह ध्यान नहीं दे पाई और न उसके परिणाम के बारे में सोच पाई। उसके मनोमस्तिष्क की गहराई में कहीं यह तत्त्व-तथ्य सक्रिय था कि जो संकेत विचार में बदल रहा है, वही सत्य है, सुंदर है और शिव है। क्यों और कैसे गहरे पानी में डुबकी लगाने की आवश्यकता नहीं है। डुबकी लगाने में समय देकर भी तो परिणाम पूर्व में सुनिश्चित ही आएगा। इस आस्था का एक छोर माँ सुलक्षणा के किए गए इस प्रकटीकरण से है।

सुलक्षणा बता रही थी कि उसके (गौतमी के) पिता अंजन ज्योतिष के आधार पर यह जान सके थे कि उस समय गौतमी का लुम्बिनी जाना उसके लौटने के रास्ते पर विराम लगाता दिखलाई पड़ रहा है। फिर भी उसे जाने से नहीं रोका, क्योंकि 'कैसे' का प्रत्युत्तर ज्योतिष के पन्ने में नहीं है। आगे कथा का संचालन क्या होगा और कैसे? गौतमी लौटने पर इस संदेह के कपाट स्वयं बंद कर देगी और अपना मत अनागत पर छोड़ कर निश्चिंत रह जाएगी।

शुद्धोधन का यह कहना कि मधुवन छोड़कर नए भवन के एक अनुभाग में गौतमी का चला जाना हवा के तेवर उलटने-पलटने लगेगा। कानाफूसी जो यदा-कदा उबाल लेती रही हैं, वे स्थायित्व की दिशा पकड़ने का संकेत दे उठेंगी। तब क्या गौतमी स्थितप्रज्ञ बनी रह सकेगी? क्या उस बदलाव का उस पर कोई प्रभाव नहीं पड़ेगा? वह प्रभाव क्या राजभवन के स्वास्थ्य पर अपना प्रभाव नहीं छोड़ेगा?

अब तो सिद्धार्थ किशोर अवस्था का राही बन चुका है और अनेक रहस्यों

पर उसके सामने से परदा उठ चुका है। वह जान चुका है कि उसकी माँ महामाया थी जो उसके जन्म के सातवें दिन गोलोकवासी हो चुकी थी। वह आज जो कुछ है, उसके पीछे मात्र गौतमी की अतिनिष्ठा, मंगलकामना और निःस्वार्थ भावना का आश्चर्यजनक योगदान है। पिताजी उससे विवाह कर माँ होने या न होने के संकट से उभारना चाहते थे। गौतमी के सौंदर्य के वशीभूत होकर स्वयं भी सुकून पाना चाहते थे। लेकिन वह नहीं हो सका और पन्द्रह वर्ष का समय जो किसी भी दृष्टि से कम नहीं होता, सिर झुकाए सामने से गुज़र गया। पर क्यों? यहाँ आकर सिद्धार्थ अपने सामने ऐसी दीवार पाते कि जिसके आगे वह चाह कर भी नहीं जा सके।

इस कथा के अन्तर्पट की अन्तर्कथा शब्दातीत है। मानो किसी अज्ञात झील और उसके अनिर्वर्णीय-आलौकिक सौंदर्य के किनारे खड़ा कोई यायावर झील की गहराई का अनुमान न लगाने के कारण अनचाहे, मुँह लटकाए लौटने के लिए विवश हो रहा हो। चाह की इस मनोकामना को वह इसलिए पूर्ण नहीं कर सका कि अज्ञात झील की गहराई वह नहीं पता कर सका और बिना गहराई पता किए उसके मन के किसी कोने पड़ी सुई के समान यह आशंका उसे छोड़ने के लिए तैयार नहीं हो सकी। जो हो चुका है, उसके कारणों पर विचार करना अपने वर्तमान के प्रति नासमझी है, जिसे गौतमी अपने अस्तित्व के प्रति न्याय नहीं मान सकती। क्यों न वर्तमान की मनोकामनाओं के प्रति वह आस्थावान् बनी रहे? क्या यह समग्र संरचना उसे आस्थावान बने रहने के साहस से नहीं जोड़ती है, या पलायनवादी पहाड़ी शृंखलाओं के मायावी धूप-छाँह से घेर कर अनुत्साही नहीं बनाती है? क्या चाहिए उसे? यह सोचकर वह अभी तक आगे बढ़ती रही कि जब पीछे लौटा नहीं जा सकता तो उस पर सोचकर पश्चात्ताप से क्या होगा?

उसे यह तो ज्ञात है कि वह तिराहे का एक भाग है—शुद्धोधन और सिद्धार्थ उस तिराहे को बनाए हुए हैं। इसी से उस संगम की अनुभूति हो रही है जो किसी नदी को त्रिवेणी...प्रयाग बनने का सौभाग्य प्रदान कराती है और जिसमें सरस्वती का पता नहीं होता कि उनमें सरस्वती कौन है? मात्र उसके क्योंकि अकेली वही स्त्री सुलभ अस्तित्व का आभास देती है।

शुद्धोधन का सारा ध्यान वसंती-परिमल पवन की तरह सिद्धार्थ को प्रवाहित होता देखना चाहता है। चक्रवर्ती देखने की उत्कट आकांक्षा उसमें घर कर चुकी है। एक छोटा राज्य अपने अस्तित्व की ऐसी झाँकी प्रस्तुत कर सके कि उसके राज्य की सीमाएँ धरिणी के हर छोर को छूती दृग्गोचर अनुभव हों। उसका यह स्वप्न देखते रहना, इस स्वप्न की परिणति चक्रवर्ती सीमाओं का उभर आना उसे बिन लहरों के लहरों में झुलाए जा रहा था। इच्छाओं के इस संगम से कोई दूर था या थे तो वह थे गौतमी और सिद्धार्थ। गौतमी के सामने मधुमक्खी का घोंसला था जो सिद्धार्थ को नहीं बनने देना चाहती थी।

इसी समय सामने सिद्धार्थ आ खड़ा हुआ, अचानक। वह सिद्धार्थ जिसकी कभी परछाईं नहीं बनती। क्यों नहीं बनती, यह भी उसे बहुत बाद में पता चला कि दिव्य दैवी शक्तियों की परछाईं नहीं बनती। उसने कभी ऐसा एहसास भी नहीं होने दिया। ''क्या चाहता है सिद्ध?''

सिद्धार्थ ने ध्यान से गौतमी की ओर देखते हुए कहा, ''जो आप आज तक चाहती रही हैं, माँ।''

''मैं...सिद्ध।...मैं क्या चाहती रही हूँ, सिद्ध?...मुझे ज्ञात नहीं। यह कैसे ज्ञात होता अज्ञात को?'' गौतमी कह गई।

''फिर मुझे कैसे ज्ञात होगा। बैठना, खड़ा होकर चलना, उँगली पकड़ चलना, हाथ छोड़ करके। फिर चोर सिपाही, आँख मिचौली आदि सीखकर तूने मुझे इतना सारा, ढेर सा प्यार देकर।''...''परंतु माँ तूने कभी यह नहीं सिखाया कि मैं जान सकूँ कि मैं क्या चाहता हूँ?'' सिद्धार्थ ने सोच-सोच कर, धीरे-धीरे कह डाला।

''तू ठीक कहता है, माँ के लाडले सिद्ध। तू उससे अधिक कुछ नहीं सीख सका, जितना मैंने तुझे सिखाया था...जैसे तैरना, घुड़सवारी, खंजर चलाना, कुश्ती लड़ना...आदि...आदि।...है ना, सिद्ध।'' गौतमी ने शांति से, रुक-रुक कर सहजता में कह डाला और मन-ही-मन उसके मुखमंडल पर बिन ऋतु के काले मँडराते बादल देखे।

''हाँ, माँ, वही तो।''

''वही तो क्या सिद्ध?''

''इन सब में भी तेरा ही मार्ग-निर्देशन काम आया था, माँ। यह तो मुझे तब ज्ञात हुआ, जब मुझे अकेले ही इस ओर ध्यान देना पड़ा, जिस ओर उससे पहले किसी ने ध्यान देने के संबंध में नहीं बताया था, माँ।''

गौतमी ने सिद्धार्थ पर अचरज भरी दृष्टि डाली। यह वह क्या कह रहा है? कितनी वास्तविकता है! वह असत्य तो कभी बोला नहीं।

''माँ, तुझे स्मरण होगा, जब मैं चलते-भागते गिर रहा था, तब तूने मेरा हाथ पकड़ बताया था—सिद्ध चलने का भी एक सिद्धांत है।...मैंने कुछ नहीं समझा और कुछ और तेज़ी से दौड़ पड़ा और थोड़ी दूर चल कर गिर पड़ा था पर रोया नहीं था।...रोना मुझे उचित नहीं लगता था। तब तूने मुझे उठाना चाहा पर मैं नहीं उठा। दीवार के पास जाकर खड़ा हुआ...उस समय तूने कहा था—देख, मैं चलती हूँ...तू भी ऐसे चलना—तू यह बात ध्यान में मत रखना कि तू गिर जाएगा।...मैं क्यों नहीं गिरती। एक जगह खड़ी भी रहती हूँ और जब चलना चाहती हूँ, चल पड़ती हूँ।...क्या मैं चलते हुए दौड़ पड़ती हूँ तेरी तरह। बता क्यों? क्यों नहीं गिरती।...तब मैंने ध्यान से देखा।...तू कहने लगी—मस्तिष्क का संकेत पाकर हम चलते हैं। परंतु जब तक मस्तिष्क में

गिरते रहने का डर समाया रहता है तब तक हम गिरते-पड़ते रहते हैं।...मस्तिष्क...तूने माँ सिर पर हाथ रख कर आगे बताया था...मेरे में कोई डर-भय नहीं है, इस कारण मैं नहीं गिरती।...डर-भय ध्यान से...मन लगाकर...शांति से दूर होता है।...तू एक बार केवल यह सोच कर चल पड़ कि तू चल पड़ा है...जब तक चाहे चलता रहेगा।...ऐसा करके देख...ध्यान लगा कर।...और मैंने यह विश्वास पा लिया...मैं फिर गिरा नहीं। मैं ध्यान-व्यान तो कुछ समझा नहीं।...तूने उपवन में ले जाकर, मोर, सारस, शुक, सारिका के घोंसलों से उनके बच्चों को दिखाया...समझाया...ये बच्चे अभी अपने पंख फड़फड़ा कर उनमें हवा भर रहे हैं। एक दो दिन में वे उड़ने लगेंगे...बिना किसी की सहायता से...वास्तव में वे पंख फड़फड़ाते-फड़फड़ाते उड़ने लगे।...क्योंकि उनके ध्यान में गिरने का भय नहीं था। उनके सिर पर आकाश था, वहाँ से गिरते तो उन नन्हे-मुन्नों के कितनी गहरी चोट लगती।...मेरी समझ में आ गया। और तब से गिरने की सोच ऐसी हटी, माँ, मैं आज तक नहीं गिरा।'' अब सिद्धार्थ थोड़ा-सा रुका। जाना कि माँ क्या सोच रही है।

महाप्रजापति गौतमी को यह स्मरण ही नहीं रहा। उसे आश्चर्य होने लगा कि उसने इतने से संकेत को पाकर कहाँ तक पहुँचने में सफलता प्राप्त की! वह समझने लगी कि अवश्य उसके चित्त में पूर्व साधना का अभ्यास सक्रिय होता जा रहा है। वह प्रसन्नता व्यक्त करती हुई कहने लगी, ''मेरे लाडले, ध्यान मुनि, तुझे प्रणाम।'' और वास्तव में उसके हाथ जुड़ गए।

सिद्धार्थ ने माँ के जुड़े हाथों को पकड़ कर अपने सिर पर रखकर कहा, ''माँ, मुझे तेरा आशीर्वाद चाहिए।...मेरा स्थान तेरे चरणों में है।...तेरे चरणों ने मुझे ध्यान से ऐसे जोड़ दिया कि मैं जब जहाँ चाहूँ, जिसका या जिसके लिए ध्यान लगाऊँ तो पलभर में ऐसे लगा लेता हूँ कि मुझे ध्यान का भी स्मरण नहीं रहता।...मैं ध्यानमग्न क्या...माँ, सचमुच ध्यान ही हो जाता हूँ।...अब तू बता कि तूने यह कैसा गुरु मंत्र दिया-सिखलाया कि सब ताले एक चाबी से स्वतः खुलने लगे, माँ।''

''अब तू बातूनी भी होता जा रहा है, सिद्ध। मैंने ऐसा सोचकर तुझसे कुछ नहीं कहा था।'' गौतमी गहरे में डूबती रह गई। ऐसी दिशाएँ तो उसे उन प्रयासों से दूर ले जाएँगी, जिनसे उसे चक्रवर्ती होने की चेतना मिल सके। उसने तुरंत अपने को सँभाला और प्रसन्नता से जुड़ने के लिए कहा, ''तू यहीं बैठा रहना, मैं अभी आई।''

इधर दासियाँ भवन में दीपाधार पर रखे दीयों को जलाने लगीं। सुगंधित प्रकाश से भवन चमक उठा। सिद्धार्थ के ध्यान में अब आया कि कब से माँ के पास बैठा सब कुछ भूल गया। क्या-क्या भूल गया, अब उसे वह भी स्मरण नहीं रहा मानो भूलने जैसा वह कुछ नहीं भूला।

गौतमी ने प्रसन्न होकर कहा, तेरे लिए खीर रांधी थी। वह भी थेपड़ी (उपले) की ठण्डी पड़ती आँच पर माटी की हँडिया में। तुझे माटी की हाँडी में थेपड़ी की गर्म

राख पर रँधी खीर बहुत स्वादिष्ट लगती है न, सिद्ध।''

''मेरी प्यारी-प्यारी माँ, तू मेरे मन की बात बिना कहे कैसे ताड़ लेती है। कल से तेरे हाथ से पकाई खीर का स्मरण बार-बार मेरे मुँह में पानी ला रहा था। और मैं ढीठ बना, चाह कर भी यह कहने नहीं आ पा रहा था।'' सिद्धार्थ ने अपने भोले मन को व्यक्त करने में तनिक सी भी देर नहीं लगाई।

गौतमी ने कटोरे में दर्वी (चम्मच) से खीर भरी और सिद्धार्थ को खिलाने के लिए उसकी ओर दर्वी ले गई तो सिद्धार्थ ने यह कह कर उसका हाथ रोक लिया, ''माँ, अब मैं इतना छोटा नहीं हूँ कि अपने हाथ से खीर नहीं खा सकूँ।''

गौतमी सहज मुस्कान लिए चुपचाप रह तो गई परंतु तुरंत ही यह कह भी उठी, ''सिद्ध, माँ की ममता में उसकी संतान कितनी भी बड़ी हो जाए पर वह उसे सदा छोटा ही समझती है।''

''सच माँ!'' यह कहते हुए सिद्धार्थ ने खीर भरी वह दर्वी उसके मुँह से लगा दी। कुछ खीर उस दर्वी में रह गई तो उसे अपने मुँह में लगा दिया।

गौतमी की ममता छलक पड़ी। उसके आँसू आँखों में भर आए। वह कह गई, ''तू कभी बड़ा नहीं हो सकेगा।''

''सच माँ, तेरा यह आशीर्वाद मुझ पर सदा बना रहे, परमेश्वर की यह कृपा बनी रहे।'' सिद्धार्थ खीर चाटता रहा और गौतमी को चटाता रहा उसके ना-नूह करने के बाद भी।

प्रेम की गंगा दोनों में बहने लगी। कितने दिनों बाद यह झोंका आया था उन दोनों के हृदय में। वहाँ नवोदित झरना झरता रहा मौन को उछालते हुए। प्रेमांकुर लहलहा उठे परिमल गंध लिए।

शुद्धोधन बाहर खड़ा रहा। दासी को भी उसके आने की सूचना न देने का आदेश दे डाला। गौतमी और सिद्धार्थ का माँ-पुत्र प्रेम-दुलार देखकर उसका चित्त भर आया। कभी यह सोचा नहीं था कि ममता का आँचल इस प्रकार लहराने लगेगा कि स्वयं उसकी माँ होती तो वह इतना नहीं कर पाती। इस समय उसे यही उपयुक्त लगा कि वह वहाँ से लौट जाए। यद्यपि, खीर उन्हें भी बहुत प्रिय है तथापि उन दोनों को यों ही सहज बना रहने दिया जाए, वही अधिक उपयोगी रहेगा। खीर का क्या, फिर कभी खा लेंगे लेकिन गौतमी के हाथ की बनी खीर की बात ही और है। महामाया भी उनके लिए खीर हंडिया में पकाती थी थेपड़ी की भूभूल (गरम राख) पर दिन में रख कर रात होने तक, फिर पूनों की चाँदनी में रखकर सुबह-सुबह खाली पेट खिलाती थी यह कहकर कि अब शरद् की पूनो को रात में रखी खीर खाली तो समझ लो इस ऋतु की बीमारी से छुट्टी पा ली।

इसी समय गौतमी की कुछ तेज़ आवाज़ सुनाई पड़ी। वह कह रही थी कि

सिद्धार्थ के पिताजी को भी बुला ला, वह बाहर खड़े हैं। पता नहीं किसकी प्रतीक्षा कर रहे हैं।

दासी बाहर आकर कुछ कह पाती कि शुद्धोधन स्वयं चले आए।

सिद्धार्थ तनिक सकपकाया तो गौतमी ने खड़े होकर नमन करने के बाद कहा, ''यों बाहर खड़ा रह जाना शोभा नहीं देता, राजन।'' फिर सिद्धार्थ की ओर देखकर कहा, ''सिद्ध, अब तू उठ। हंडिया किनारे पड़े कटोरे में खीर लाकर अपने पिताजी को दे। उसके पास दर्वी रखी है।''

गौतमी की प्रेमभरी आवाज़ सुनकर शुद्धोधन का मन महक उठा वसंत के उपवन सा और सवेरे की तलैया छूकर, पुष्पों की गंध बिखेरते समीर के गुनगुनाते स्वर सा।

''सिद्ध बहुत दिनों बाद खीर रांधी थी दीदी की स्मृति में। घर में भी दीदी ही खीर रांधती थी। सबको उसके हाथ से रांधी खीर ही सर्वाधिक स्वादिष्ट लगती थी। हमारे दादा कहा करते थे कि महामाया जैसी खीर इसलिए सर्वप्रिय, मिठास भरी और स्वादिष्ट लगती है कि उसके लिए तड़के ही स्वयं गंगा (गाय का नाम) का दूध दुहती है। थेपड़े की मिठास को भूभल में समाने देती है। फिर लोरी गुनगुनाकर अपने प्रेम को उसमें उड़ेल देती है। स्मरण रहे, जहाँ हृदय का प्रेम है, वहीं अनदेखे ईश्वर का निवास है।

सिद्धार्थ को माँ का स्वर आँचल में छिपाए स्तनपान कराते चप-चप करती ध्वनि सा सम्मोहक हो उठता था। आज भी उसे स्मरण है उसके पावन उरोज से खेलने का। ढीली चोली की तनी को तनिक और खींचकर उसके उरोज को उघाड़ा करते छोड़ते उस खेल की, जिसके कारण माँ कहती थी—सिद्ध शैतानी छोड़ अन्यथा में दूध नहीं पिलाऊँगी।...वह हँस रहा होता मन-ही-मन। भूखा होता वह कुचाग्र उसके मुँह में बलात् डालने लगती तो कुचाग्र को अपने मसूड़ों से कस कर दबाने लगता। जब दूध के दाँत बाहर आने को हुए तब कुचाग्र को दाँत गड़ा कर काट लेता। माँ डाँटती रह जाती पर स्नेह-दुलार से। प्रेम-दुलार न बँधता है, न बाँधता है, वह मुक्त गगन सा समीर के संग आँचल लहराता गुदगुदाने लगता है तन-मन में उतर कर!

''खीर बहुत स्वादिष्ट है, गौतमी।''

''मैं कैसे मान लूँ?''

''क्यों?''

''आप उँगली चाटते तो दिखलाई नहीं पड़े, राजन।''

''कैसे दिखलाई पड़ते, गौतमी! आपके लिए तो हम मात्र राजन हैं...जीजाजी भी नहीं,'' शुद्धोधन का मन अपने को नहीं रोक सका।

''चलिए, जीजाजी, अब से संबोधन बदल दिया।...वास्तव में मुझे भय सताता था कि...।'' कहते-कहते वह रुक गई। बात बदल कर बोलने लगी, ''जब आप

देवदह आए, तब दीदी ने खीर बनाने का काम मुझे सौंप दिया था यह कहकर कि आपकी पहचान पर कितना भरोसा किया जा सकता है। लेकिन पता नहीं आप कैसे कह उठे उस दिन कि महामाया तुम्हारी बहन भी खीर तुम से उन्नीस नहीं बनाती है।''

''कैसे न बनाएगी, अपने जीजाजी के लिए! वह मुझसे कितना प्यार करती है, यह मुझे विवाह होने के बाद पता चला। तब उसकी तरह प्यार से खीर खिलाने वाला कौन था कि हंडिया की खुरचन समेट कर वह मेरी खीर में डाल देती थी सारी की सारी, कभी आधी नहीं। रोकने पर नहीं रुकती। पगली यह कह कर मुझे, तब नहीं, विवाह के बाद पता चला कि अब खुरचन खिलाने वाला कौन है मुझे।...मेरी आँखें भर आती हैं।...दीदी बड़े हृदय वाली थीं, जीजाजी।'' इस समय गौतमी की आवाज़ में दीदी उतर आई थी चुपके से प्रेम की अनंत चाह लिए।

शुद्धोधन अतीत की उस गहराई में उतरता गया, जहाँ से लौटना कठिन होता है।

सिद्धार्थ सोच गया कि 'उसकी माँ गौतमी कितनी उदार, कितने बड़े हृदय वाली हैं कि कहीं ज़रा सा परायापन नहीं है, गहरी अपनत्व की सदा गंगा धारा बहती रहती है प्रेमपगी।' वह कह रही थी, ''आप नहीं आते तो मैं आपको, जीजाजी, यहाँ बुलाकर खिलाती कुछ इस तरह।'' इसके बाद वह उठी और हांडी से उतार कर रखी खुरचन उनके कटोरे में डाल दी। ऊपर से खीर भी।

''अरे...अरे...यह क्या किया,'' शुद्धोधन यह कहते रह गए।

गौतमी मुस्करा कर रह गई। मानो प्रेम में रत्ती भर खोट नहीं होता है, यह संकेत देती। शुद्धोधन गौतमी के निर्दोष प्रेम की लहरा उठी तरंगों में पतवार रहित नौका को अवलोकते रह गए करुणा पूरित नयनों की भंगिमा को सँजोते हुए।

''वही किया जो मेरी दीदी ने मुझे करने का आदेश दिया।...आप निश्चिंत रहें, मैं स्वेच्छा से कुछ नहीं कर रही हूँ और अब तक जो कुछ किया है, उसमें दीदी की चाहत थी।...दीदी आपको दु:खी नहीं देखना चाहती हैं, जीजाजी।'' गौतमी को अचानक यह एक रास्ता मिल गया जिससे उनका मन शांति और संतोष कर सकेगा। उन्हें सुकून मिल सकेगा।

शुद्धोधन सोचता रह गया कि आज से पहले गौतमी ने ऐसा कुछ क्यों नहीं कहा?

सिद्धार्थ उठ कर चल दिया। शुद्धोधन भी चाहता था कि वह जाए तो उन दोनों के बीच वह संवाद चल पड़े, जिसके लिए उन्हें आना पड़ा। वह प्रसंग था कि सिद्धार्थ राजभवन से बाहर जाकर कपिलवस्तु की सौंदर्य छटा देखने जाना चाहता है।''

''तो... ?'' महाप्रजापति गौतमी ने सोचते पूछा।

''सिद्धार्थ का बाहर जाना ठीक नहीं होगा।'' शुद्धोधन ने रहस्यमय ढंग से कहा। अर्थात् उनके कहने के आशय के पूरे अर्थ को वह समझ सके।

''ऐसा क्यों सोचना पड़ रहा है, राजन?...राजन शब्द से चौंकिए नहीं, क्योंकि इसका संबंध एक राजा से है, उसकी साली से नहीं, क्योंकि नगर भ्रमण सार्वभौम सत्य है।...उससे उसे एक चक्रवर्ती सम्राट बनने की दिशा खुलने का अवसर मिल सकता है।'' महाप्रजापति गौतमी ने इसके साथ ही बैठने का रुख बदला।

शुद्धोधन को उसके मंत्रीपरिषद में ऐसा सुझाव किसी ने नहीं दिया था। सबने एकमत से नगर भ्रमण से रोके जाने का परामर्श दिया था। उसे कहना पड़ा, ''इस समय उसे रोक दिया जाए और ऐसा आपके अतिरिक्त कोई अन्य नहीं कर सकता।''

''मुझे नहीं लगता कि उसे रोकने से हमारे लक्ष्य की कोई पूर्ति हो सकेगी। सिद्ध अब सिद्धार्थ हो चुका है। किशोरावस्था लाँघ चुका है।...अपने राज्य, नगर, राजधानी को जानना-समझना चाहता है। उसे रोकने से उसकी जिज्ञासा और बढ़ेगी।...वह नगर भ्रमण का कोई गोपनीय मार्ग चुनेगा।...तब?'' गौतमी के मन में मंथन सत्य की अनुभूति को लेकर और मानवीय दिशा को ध्यान में रखकर चल पड़ा था।

''आप प्रयत्न कीजिए, गौतमी।''

''आप मुझसे उसे सहज-सरल पथ से हटाने का प्रयत्न करवाने के लिए कह रहे हैं, राजन। यह राजधर्म के प्रतिकूल है।...अच्छा, यह बताइए कि आप सिद्धार्थ को नगर भ्रमण करने से क्यों रोकना चाहते हैं। नगर भ्रमण तो मैंने भी आज तक नहीं किया। कदाचित् दीदी ने भी नहीं किया हो।...पर क्यों, राजन?...क्या अपना नगर देखने योग्य नहीं है? क्या वह सुव्यवस्थित और सुंदर नहीं है।''

''नहीं, ऐसा कुछ नहीं है। हर चौराहे पर वाटिका है। चारों ओर हरियाली ही हरियाली है। सुंदर ताल-तलैये-सरोवर भी हैं। ऊँची-ऊँची अट्टालिकाएँ हैं। चौड़ी-चौड़ी साफ़-सुथरी सड़कें हैं। सजी-सजाई दुकानें हैं। मनमोहक बाज़ार हैं।'' शुद्धोधन की दृष्टि में नगर का मनमोहक सौंदर्य उभरने लगा। उनकी आँखें चमकने लगीं।

''फिर...सब कुछ दर्शनीय है। मन को बाँधने वाला है,'' गौतमी ने प्रसन्नता व्यक्त करते हुए कहा।

''लेकिन...।'' कहते-कहते शुद्धोधन रुक गए। महामंत्री का यह स्वर उनमें गूँज उठा—''राजन् बाज़ार संसार के लाभ-हानि, सुख-दुःख, अच्छे-बुरे आदि सभी दृश्य-अदृश्य को अपने में समेटे होता है। क्या पता अनुकूल-प्रतिकूल कौन-सा दृश्य सामने आ जाए और ऐश्वर्य-वैभव की नौका में छिद्र कर दे?'' शुद्धोधन ने गौतमी के सात्विक मन में न उठने वाली मटमैली और दुर्गंधित लहरों का उल्लेख नहीं किया।

''लेकिन-वेकिन को छोड़िए। संशय की नींव नहीं होती।...शंकाएँ अंधकार में ढकेलती हैं। आप उन चिंताओं से अपने को मुक्त बनाए रखिए और राजधर्म की दिशा में सिद्धार्थ यदि आगे बढ़ना चाहता है तो उसे बढ़ने दीजिए।...जानने दीजिए... सुनिश्चित करने दीजिए उसे कि अनुकूल-प्रतिकूल क्या है और क्यों है?''

अब तो शुद्धोधन के सामने कोई अन्य मार्ग नहीं रहा मात्र प्रारब्ध को मान कर चलने के। वह उठ खड़े हुए उदासीन भाव लिए। तब गौतमी ने यह कहकर उन्हें अवलंब दिया कि वह फिर भी यह प्रयत्न अवश्य करेंगी कि सिद्धार्थ इस समय नगर भ्रमण करने का विचार मन से हटा दे।...चिंता मत कीजिए, आपकी हर चिंता में वह उनके साथ है।

पलभर में उठने वाली आँधी ने अपना रास्ता बदल लिया और शुद्धोधन को उनका मनचाहा होने का स्वप्न खिल जाने दिया। वह आशान्वित होकर, स्वस्थ मन से और प्रसन्नता की महक को अनुभव करते हुए आगे बढ़ते चले गए।

## 11

प्रतिदिन उगता-डूबता दिन। आती-जाती ऋतुएँ। सिद्धार्थ के मन में प्रश्न उठातीं। कभी सिद्धार्थ उन प्रश्नों से जूझ कर थक जाता। कहीं से कोई सहायता न मिलती देख राजभवन के परिसर में महक रही वाटिका में चला जाता। प्राय: उस ओर कोई आता-जाता नहीं था। महाप्रजापति गौतमी अवश्य उसे लेकर आ जाया करती थी। सिद्धार्थ का मन वहीं रंग-बिरंगी तितलियों को छूने का करता था। गौतमी उसे गोद में लेकर तितलियों के पीछे भागती। यदा-कदा कोई तितली उसके हाथ लग जाती। तब वह सिद्धार्थ को गोदी से उतार कर उससे उस तितली को छुआती। वह उसको छूकर नाच उठता और वह तितली पुन: उड़ जाती। अब वह उसी वाटिका की शरण में आता था जो राजभवन के अंत:पुर के निकट थी। अब नए भवन में आ गया था, जहाँ से वह वाटिका दूर पड़ती थी। उसे वही वाटिका सुंदर, मनभावन और उससे संवाद करती लगती थी।

आज सिद्धार्थ सुबह-सुबह वहाँ जा बैठा। उसे लगा कि वह वाटिका उसके आने की प्रतीक्षा में थी। प्राय: वह रंग-बिरंगे पुष्पों की ओर सम्मोहित हुआ-सा देखता रह जाता। उन पर नाचती सतरंगी तितलियाँ चहुँओर दिखलाई पड़तीं। वाटिका के बीचोंबीच तलैया थी। उसमें कमल खिले हुए थे। वह उन सबसे पूछता क्या था, "तितलियाँ, तुम्हें तंग कर रही थीं क्या?"

"नहीं, हमारे साथ खेलती हैं। हम उनकी तरह उड़ नहीं पाते हैं। इससे वह हमें आस-पास के समाचार सुनाती हैं।...कहाँ, क्या हो रहा है?... तुम्हारा स्वागत भी करती हैं, सिद्ध?"

सिद्धार्थ ने अपने चारों ओर देखा। किसने उसका ममता भरा नाम पुकारा है? कहीं कोई दृष्टिगत नहीं हुआ। फिर आवाज़ सुनी। सिद्ध कह कर पुकार रहा है कोई अति मधुर आवाज़ में, प्रेम से।

"इधर-उधर कहाँ देख रहे हो, राजकुमार, मैं आपके पीछे खड़ी हूँ।"

"तुम, मृगी! यहाँ...!"

"आश्चर्य क्यों हो रहा है। दो नाटिकाओं में...उनकी प्रमुख भूमिका में मैं ही थी।"

मृगी सुंदर है। प्रवीण भी। उसकी गायिकी मधुरतम है। वह पूछ रही थी, "क्या अवलोकन कर रहे हो यहाँ?"

"चारों ओर पुष्प हैं। एक से बढ़कर एक।"

"तब?"

"क्या तुमने कभी पुष्पों से बातें की हैं?"

"क्या आपने की हैं?"

"पक्का कुछ नहीं कह सकता हूँ। जब मेरा मन कहीं नहीं लगता है और कुछ-कुछ मन में नीरवता छा जाती है तब यहाँ आता हूँ। धीरे-धीरे मन लगने लगता है। मुझे ये एकांत के साथी लगते हैं। मानो मुझसे कुछ कह रहे हैं? इनकी मुलायम-मुलायम पँखुड़ियाँ संकेतों से बतिया रही हैं। मेरे अतिरिक्त यहाँ कोई दूसरा नहीं होता था। फिर ये किससे बतिया रही हैं, मैं ऐसा सोचते हुए..." सिद्धार्थ रुक गया।

"परंतु मैंने अभी आपके अधर हिलते देखे हैं, राजकुमार।...और पुष्पों को सिर हिलाते पाया है।"

सिद्धार्थ को भी परसों की सुबह का वह दृश्य स्मरण हो आया जब तितलियाँ मृगी के खुले लहराते नए मेघ से बालों पर आकर बैठ रही थीं। वह सिर झटक कर उन्हें उड़ाती थीं। यदि तब भी वे ढीठ, नहीं उड़ती थीं तो वह सिर पर हाथ फेर कर उन्हें उड़ाती थी। फिर भी वे नहीं मानीं तब उसके अरुण अधर हिले थे।

सिद्धार्थ ने परसों का वह दृश्य जब उसे स्मरण कराया, तब उसके अरुण अधरों पर आ ठहरी स्मित आँखों में उतर आई। उसने सोचते हुए कहा, "मेरा ध्यान उधर नहीं गया था, राजकुमार, परंतु आपकी इतनी गहराई से की गई पकड़ से सहमत हूँ, क्योंकि मैंने हार मान कर मन-ही-मन विनती अवश्य की थी। सच यह भी है कि गहरे एकांत में डूबते हुए स्वयं इनसे बात कर उठता है अस्थिर मन और स्थिर भी होने लगता है। तब मुझमें सारी प्रकृति सुंदर और सुगंधित सुमनों से गद्‌गद होकर समाने आने लगती है। तब कई बार मुझे अपने होने का भी ध्यान नहीं रहता।" मृगी का स्वर कुछ आर्द्र, मानो ताल की अति मन्द्र लहरों पर तैरते पत्ते की भाँति सँभल कर प्रवाह में बह रहा हो, एवं अति धीमे लोकगीत गुनगुना रहा हो।

सिद्धार्थ को उसकी लावण्य युक्त लाक्षणिकता की लालिमा का पिकस्वर (प्रफुल्ल) मनमोहक लग रहा था। मानो बाह्यतर परस्पर आबद्ध हो उठे हैं उसके। मृगी में दार्शनिक भावुकता का आंशिक पुट सचाई की पर्तें खोलने लगता है। सिद्धार्थ ने गहरे में डूबे हुए कहा, "मुझे तुम्हारी आन्तरिक मानसिकता की गहरी अनुभूति

ने यह सोचने के लिए विवश किया है कि प्रकृति अनबोले जो समझा जाती है, वह कोई और नहीं समझा सकता है। सत्य का अनबोला स्वर बोलने से अधिक गहन और गंभीर होता है। तभी मुझे प्रतिकूल परिस्थितियों में यहाँ आकर न केवल शांति मिलती है बल्कि एक सर्वथा नई दृष्टि भी मिलती है, मृगी।...निस्संदेह तुम एक मोहनी नर्तकी या दूसरों के चरित्र में, उनके अन्तरतम में उतर उसे जीवंत करने तक सीमित नहीं हो बल्कि उसको अपने चरित्र का एक बेजोड़, ऐसा अन्तरंग अनुभाग प्रस्तुत करती हो कि तुम उस चरित्र में उतरी हो या वह तुम में।...मुझे यहाँ उपवन में प्रकृति के निकट आकर ऐसा ही लगने लगता है कि मैं उसका ही अनुभाग हूँ। वह कोई दूसरी स्थिति नहीं है, जहाँ मैं हूँ।''

मृगी कई बार एकान्त पाकर यह सोच गई है कि उसे नर्तन में उतारने या नाटक की सुनिश्चित भूमिका का आयोजन हमारा समाज क्यों करता है? क्यों नहीं वह परिवार की सुकन्या को उतर कर देखने से पानी-पानी होने लगता है। यहाँ तक कि वह उससे कोई संबंध भी रखना नहीं चाहता? क्या ऐसे निर्लज्ज और पतन के गहरे गड्ढे में गिरे चरित्र से वह क्या आश्वासन पाता है? कैसे अपने को शिष्ट और सभ्य समाज का अभिन्न अंग समझता है? पर वह विवश है। किससे पूछे? कौन दे सकेगा उसकी इस जिज्ञासा का उचित उत्तर? यों वह अपने को बिखेर कर सामाजिक उत्तरदायित्व को व्यक्तिगत या समष्टिगत अथवा दोनों ही धरातल पर क्यों लुंज-पुंज पाती है?

यों मृगी अपने में उलझ कर अन्तर्लीन, असहाय मुद्रा में ठगी तथा उपेक्षित बनी रह जाती है। सोचना विस्मृत कर वह अपनी यथार्थ भूमिका में आ जाती है, क्योंकि उसके सोचने से होने वाले बिखराव में वह अपने प्रति न्याय नहीं कर पाती। न्याय तो उसे ही क्या, उस जैसी किसी नृत्य कलाओं, चित्रों को नहीं मिला है, कदाचित् मिलेगा भी नहीं। आज से पहले भी किसी को नहीं मिला।

अचानक मृगी का हाथ निष्क (सोने का ढाले का हार) पर चला जाता है। उसके सौम्य और किशोर अवस्था के निर्मल सौंदर्य को मिले पहले उपहार पर। सिद्धार्थ तो पावन मन का, शुद्ध हृदय का और अत्यंत शांत स्वभाव की ऐसी प्रतिमूर्ति है, जिसको अवलोक कर चित में कोई व्यसन नहीं ठहर पाता! मन, हृदय उसे निहारता रह जाता है। उसे गौतमी ने भलीभाँति समझा दिया था कि उसे सिद्धार्थ को गंगा की तरह बहने, हिम शिखर से आने वाली समीर की परिमल गंध और निर्मल निर्झर वाली स्वर लहरियों से जोड़े रखना है।

पाप शांत!...शांत...शांत...शांत। मृगी ने कान पकड़ कर अपने को साध लिया।

''क्या मुझे बीच में आने की अनुमति मिल सकती है?''

''मंजुला तुम!'' मृगी ने चकित होकर धीरे से कहा।

''हूँ तो मैं ही। वह जो पहले से थी, वही मृगी,'' इसमें अचम्भा क्यों?

''थोड़ा-बहुत मैं सुन पाई कि प्रकृति गूँगी नहीं है। सुनने-समझने और उस पर चलने वाला कोई हो तो वह निढाल हो जाती है और अपने गूँगे स्वर से उसे अपना जैसा बनाने में जुट कर गद्‌गद हो लेती है। यदि मानव उसे अपना जैसा सृजनकार स्वीकार करने लगे तो वह धरती ही उसे स्वर्ग से भी अधिक सुंदर, रमणीक और अन्यतम लगने लगेगी। इस सृष्टि के निर्माण में दोनों का योगदान बराबर का है।'' मंजुला ने अपने मधुर कंठ से अमिय वर्षा कर दी। वह वाटिका-उपवन के प्रति समर्पित भाव रखती है। यह मानकर चलती है कि वह नहीं, प्रकृति उससे जो बोलना चाहती है, उसे सुनकर वैसा ही करती है।

''मंजुला के पिताजी इस अंतर्विद्या के व्यावहारिक गणित को समझते हैं।''...कुछ देर तक स्मरण कर मृगी ने पुनः कहा, ''उस दिन, बुधवार था, मैं इसी उपवन में, एकांत में मंजुला के साथ थी। ऋतु शांत थी। अचानक आकाश में बादल छाने लगे। बादलों की परछाइयों ने घेरा डाल दिया। मैं घबराई। ये घने कजरारे बादल थे।... तब...मैं चकित रह गई, जब मंजुला मुझे बताने लगी कि बादल यहाँ नहीं बरसेंगे। वे पीछे से आने वाले बादलों के साथ दूर चले जाएँगे। और ऐसा ही हुआ। तब मंजुला ने मुझे बताया था—आगे तू बता, मृगी।''

मंजुला ने सिद्धार्थ की ओर कनखियों से इसलिए देखा कि वह सुनने-जानने के लिए तैयार भी है या नहीं। इस कारण वह कुछ देर चुप बनी रही। कंधे से खिसकते आँचल को सँभालने का बहाना करती रही। मृगी देख रही थी कि मंजुला के तने हुए उरोज चोली के तनाव से मुक्त होना चाहते हैं।

सिद्धार्थ के लिए यह विजय-संदर्भ-प्रसंग अनछुए थे। उनमें हल्की-सी जिज्ञासा ने पट खोले। मंजुला के लिए यह उत्तम संकेत था। उसने सहज होकर, अपनी महीन तथा अनछुई आवाज़ में कहा, ''मृगी, संपूर्ण जगत्। उसमें जीव-जंतु, पशु-पक्षी, चट्टान-हिम श्रेणियाँ आदि सम्मिलित होती हैं।...मानव ने अपनी बोली व संकेतों द्वारा अपनी निर्मित भाषा-संकेतों से मन-तन की बात को समझाना चाहा है।...पशु-पक्षी, प्रकृति, निर्झर-नदियाँ, धरती-आकाश आदि सब अपने संकेतों से अपनी बात कह रहे हैं।...राजकुमार ध्यान से, चित्त एकाकार कर उसे अपनी समस्याएँ बताओ तो उनको सुना जा सकता है।...ऐसे...वह देखो, मोर बोल रहा है। वह कह रहा है, 'हे बादलो, झंझट-झगड़े पर से ध्यान हटाओ और पास आते चले जाओ तो यह प्यासी धरती, तुम्हें आशीर्वाद देगी।...कैसे करना है यह काम, यह जानना चाहोगे।...तो सुनो, शांत होकर बादलों को सुनो।' बादल भी ठहर कर पंख फड़फड़ा रहे हैं। आश्चर्य सभी बादल एकदम शांत हो गए। तभी मेघों के नरेश चन्द्र का प्रवेश हुआ। बादल हर्ष ध्वनि कर उठे।...इन्द्र ने सबके शांत होने पर बादलों को दिशा-निर्देश दिया। बताया पीछे से आने वाले नव-नूतन मेघ यहाँ अर्द्ध रात्रि तक आ जाएँगे।''

''और हम...नरेश।''

"आगे उत्तर से पूर्व दिशा में बढ़ो। धमक कर बरसो, बिजलियो, तुम भी इनके साथ आगे बढ़ो, गर्जना करो, आक्रमण करो। वहाँ के अधिपति और उनके मंत्रीगण आदि प्रजा के एक बड़े समूह के साथ अन्यायी, शोषक और निरंकुश हैं। उन्हें दण्ड देना है।" इन्द्र ने तटस्थ भाव से आगे कहा, "स्मरण रहे, हमें अत्याचारियों और सत्ता के मद में निरंकुशों को सबक सिखाना है। प्रजा पर किए गए उनके अत्याचारों के दंभ को ठिकाने लगाना है। आगे बढ़ो।"

वे बढ़ते गए। उनके स्थान पर सुकुमार नव किशोर मेघ आते गए। इन्द्र उनके एकत्र हो जाने पर कहने लगा, "मेरे प्यारो, आप इस प्रदेश को सँभालेंगे। यह प्रदेश मुनि कपिल का है—महान् ऋषि का। उनकी तपोभूमि का।...यहाँ का अधिपति शुद्धोधन सात्विक प्रवृत्ति का है। उसका पुत्र इस तपोभूमि के समस्त तपों का परिणाम है।"

"कुमार सिद्धार्थ, नरेश।"

"हाँ, नव मेघों के सेनापति।...उसके लिए अभी प्रतीक्षा करनी पड़ेगी।... सेनापति, यहाँ बिना हलचल किए, शांत भाव से प्रतिदिन अर्द्धरात्रि के बाद तड़के होने तक रिमझिम बरसते रहना है, जब तक ताल-तलैया-पोखर आदि लबालब न हो जाएँ। रोहिणी नदी लबालब होकर प्रसन्नता से बहने लगी है। वह आश्वस्त कर रही है दोनों को—कोलियों और शाक्यों को, मिलजुल रहो, प्रेम से रहो।...रोहिणी के पानी के लिए मत झगड़ो। नहीं तो कोसल और बिम्बिसार के पुत्र उनको रौंद डालेंगे।...तब ?... यदि वे इस मूल मंत्र पर ध्यान देते रहे तो रोहिणी का यौवन अक्षय रहेगा, वन-उपवन मित्र बने हर्षोल्लास मनाते रहेंगे।...हमें मानव जाति को यही संदेश देना है। प्रकृति ही शान्तिनिकेतन है। उसका-अक्षय और प्रफुल्लता से भरा यहाँ का विराट आश्रम है। उसके साथ रहना सीखो, उसे हृदय से अपनाओ। वैसे उदार और विशाल हृदय का परिचय दो।...यह धरा सर्वाधिक सुंदर, सम्मोहक, रमणीक और भरपूर आनंददायिनी मानव की कर्मभूमि की स्रोत है।"

सिद्धार्थ साश्चर्य सुनता रहा। क्या बादल बोल सकते हैं, यह उसकी समझ में नहीं आ रहा था।

मंजुला ने सिद्धार्थ की उलझन को समझते हुए कहा, "भाषा पर एकाधिकार मानव का नहीं है बल्कि उनका भी है, जिनको लिपि का अवलंब नहीं मिला। उनके पास सांकेतिक भाषा है। पेड़-पौधे, नदी-नाले, सागर-आकाश आदि सब में आत्मा का वास है। जहाँ आत्मा है, वहाँ हृदय है और जहाँ हृदय है, वहाँ हृदय की धड़कन है, जहाँ हृदय की धड़कन है, वहाँ स्वरों का साम्राज्य है और उनसे बनने वाले व्यंजन हैं।"

सिद्धार्थ इस प्रकार की व्याख्या सुन हतप्रभ रह गया। वह अपनी उत्सुकता नहीं रोक सका और पूछ बैठा, "ये तुमने कैसे जाना, मंजुला ?"

''अपने पूज्य पिताजी विभूति नारायण वैयाकरण से सुना था। वह स्मरण हो आया। तब भी उन्होंने प्रकृति के संदर्भ को मानव समाज से जोड़ते हुए कहा था कि प्रकृति की भाषा साधु भाषा है, कृत्रिम नहीं है। वह मानवकृत नहीं है। न स्थूल है और न व्यंजन व्यवहार संकुल। वह जल, पवन, अग्नि, आकाश और धरा को पंचतत्त्व का संतुलन समन्वय है, पंचेंद्रिय का ध्वनि, गंध, प्रकाश, रस और स्पर्श का समुच्चय है।'' मंजुला रटे-रटाए तोते की तरह ध्यान लगाकर बोल गई, बिना गंभीर हुए पर शांति से धीरे-धीरे।

''कैसे ? समझा सकोगी।''

''नहीं, राजकुमार। ना जाने और क्या-क्या स्मरण कोश में स्थान पा गया।...उन्होंने इच्छा प्रकट की थी कि...'' कहते हुए मंजुला ने अपनी जिह्वा काट ली थी।

''क्या-क्या से अभिप्राय ?...मंजुला निःसंकोच कहो। मुझे यह सब सात्विक मंत्र सा लग रहा है—अनजान, असमझा और आश्चर्य-सा सम्मोहन। कहो, मंजुला...मेरे लिए यह सुनना आवश्यक है। निस्संदेह यह हमारे ऐहिक जगत् से भिन्न है। फिर भी अपने स्थाई अस्तित्व की अनुभूति करवा रहा है।...कहो, मंजुला, मेरे लिए कहो।''

''फिर कभी, कुमार। मैंने छिपाने के लिए कुछ नहीं रखा। यदि कुछ छिपाना ही होता तो चन्द्रलता की हवेली में नृत्य कला का प्रशिक्षण क्यों पाती! एक नर्तकी के पास छिपाने के लिए कुछ नहीं रह पाता। क्षमा कीजिए, राजकुमार इस समय।''

सिद्धार्थ को उसकी वाणी ने ऐसा सम्मोहित कर लिया कि अंदर-ही-अंदर इतने गद्गद हो गए कि न कहना उन्हें स्मरण नहीं रहा। मंजुला की आँखें भर आईं। उसको लगा कि किसी ने उसकी स्वर व्यंजना पर मरहम का लेप कर दिया हो। उसने मृगी की ओर नहीं देखा और चुपचाप, नतशिर किए किसी पर्वत से सद्यः जन्मी लहर सी मंथर गति से चल पड़ी।

## 12

शुद्धोधन की दृष्टि सिद्धार्थ के युवा होते जीवन पर थी। उसमें संशय की परछाइयाँ कहीं अपना घोंसला बनाने का उद्गम नहीं कर सकें। इसके लिए कई उपाय किए थे। फिर भी पूर्ण आश्वस्त नहीं कर पा रहा था वह। क्या वह विधि की विडंबना है ? क्या वह ऐसा करके भाग्य रेखा को मिटा सकता है ? ज्यों-ज्यों सिद्धार्थ युवा होता जा रहा था, त्यों-त्यों वह संभावनाओं के, उन संभावनाओं के मुखड़े ध्यान से बाहर निकाल देना चाह रहा था, जिनसे गहरी और विशाल नदी को पार करने के लिए उपाय में ली जा रही नौका में सूई के बराबर भी छिद्र की संभावना बनी न रह सके।

यौवन और वर्षा की नदी की समानता करते हुए वह यह सोचा करता था कि

वर्षा नदी में ऐसा उठान लाती है कि उसे किनारों की चिंता नहीं रहती। यह उन्मादिनी होकर अपनी लहरें उछालती और तेज़ प्रवाहिनी बनाकर उन्हें ऐसे दौड़ा देती कि उन्हें सोचने-समझने का अवसर ही न मिले। फिर भी पतवार हाथ से छूट न जाए, यह ध्यान रखना भी आवश्यक है। एक अधिपति की चक्रवर्ती सम्राट तक पहुँचने की यात्रा जहाँ उसे आसमान तक ले जाती है, वहीं पता नहीं क्यों यह...नहीं नहीं...नहीं। वह नहीं के पंख नोच डालता।

शुद्धोधन तैयार होकर राजभवन की ओर चल पड़ा। दोपहर थी अवश्य परंतु सुबह का परिदृश्य प्रस्तुत करती हुई। ऋतु शरद की थी। रवि बादलों की ओट से यदा-कदा झाँक लेता था। हिमालयी पहाड़ों से बहता समीर पूरे यौवन पर था। प्रकृति उससे मिलकर झूम रही थी। उसी समय सामने आती महाप्रजापति गौतमी दिखलाई पड़ गई। वह रुक गए। गौतमी अभी दूर थी। शुद्धोधन उस मोड़ पर खड़े थे, जहाँ से उन्हें राजभवन के लिए मुड़ना था। वह वहाँ खड़े-खड़े गेंदे की चमकीली पीली छवि पर मुग्ध होते रहे। गेंदे के बड़े-बड़े फूल उस वाटिका के चारों ओर चहक रहे थे। बहती समीर गेंदे के पीले फूलों से छेड़छाड़ कर रही थी।

शुद्धोधन के मन: आकाश में यह दृश्य मुस्कराने लगा था। कितने दिनों बाद वह देख रहा था वाटिका में तलैया कुमुदिनी के पुष्पों से लदी है। मानो कुसुमाँजलि सी हो वह। कभी-कभी कुहकनी (कोयल) कूक जाती थी कुहु-कुहु करती हुई। वहीं पक्षी कलरव-कूजन कर रहे थे। वह चौंका, उसके पीछे शाल वृक्ष की एक पतली टहनी के ऊपर बैठी एक चिड़िया पत्तों से ऐसे झाँक रही थी मानो कोई बालिका खिड़की से सहमी सी अनजान जगह पर फँसी चहकना भूल गई हो। मनुष्य प्राकृतिक सौंदर्य की निश्छल और पवित्र झाँकी पाकर उसमें ऐसा खो जाता है, उसे अपना भी ध्यान नहीं रहता। वही अब हुआ। गौतमी ने शुद्धोधन को कहीं खोया पाकर कहा, ''राजन...जीजाजी, आप कहाँ हैं ?''

''तुम्हारे पास,'' बिना मुड़े, देखे अचानक कह डाला। गौतमी सकपका गई एकदम। उसने अपने चारों ओर देखा कि कहीं कोई नहीं था। निर्जन-सा था वह स्थान।

मुड़कर देखते शुद्धोधन ने झेंपते हुए कहा, ''देखा नहीं था, गौतमी। वैसे मैं तुम्हें दूर से इधर आता हुआ देखकर रुक गया था।''...''आप कहीं जा रहे हैं ?''

''अपने भवन में अकेला पड़ा ऊब रहा था। कहाँ जाऊँ! कुछ सूझ नहीं रहा था। फिर भी मन मार कर तैयार हुआ और राजभवन जाने की सोची। लेकिन अब राजभवन नहीं जाना चाहूँगा। यदि आवश्यक कार्य से तुम नहीं जा रही हो तो मेरे साथ-साथ टहलना पसंद करोगी।'' शुद्धोधन बाल मन से जुड़ गया और अचेतन को बिना सुध-बुध खोए चेतन मन में उतर जाने दिया।

''चलिए किधर चलना है।''

''तुम्हारे भवन,'' शुद्धोधन बिना सोचे कह तो गया परंतु तुरंत अपनी त्रुटि सुधारते हुए कहा, ''पूर्वांचल की ओर। उधर का मुख्य द्वार बंद करवा दिया है।''

इस समय महाप्रजापति गौतमी को महामाया का स्मरण हो आया। वह होतीं तो जीजाजी अपने से इतने अनजाने नहीं होते। कहकहे लगा कर आमने-सामने बैठे एक-दूसरे को गले लगाने का अनुभव कर रहे होते। समय कितना शून्य कर जाता है कि एक हाथ को दूसरे का पता ही नहीं होता।

''तुम सारा दिन अकेली बैठी क्या करती रहती हो, गौतमी?'' शुद्धोधन पूछ बैठे।

''जब तब बक्सों को खोलकर गरम कपड़े धूप में डाल कर सोचने लगती हूँ कि इतने ढेर से कपड़े क्यों? मात्र सँभालने के लिए क्या?...इधर से धूप हटेगी तो इन्हें उधर सरका दूँगी।...व्यक्ति को आवश्यकता से अधिक कुछ नहीं रखना चाहिए।... यदि प्रकृति से भी वह सबक लेना चाहे तो। फिर कैसे वे एक-दूसरे के पूरक हो सकते हैं।'' महाप्रजापति गौतमी को अनुभव हुआ मानो वह अपने आप से बात कर रही है, दूसरा कोई नहीं है सामने।

''राज्य...नहीं...नहीं, राजा...गणपति...अधिपति...आदि सारे के सारे बोझ ही तो हैं। अपने साथ जिनको जोड़कर राज्य बना डाला और अपनी सुरक्षा का प्रबंध कर डाला। उससे लगता है कि बंदीगृह में हम हैं,'' शुद्धोधन बहुत धीरे चलते हुए बोझिल होने लगा।

महाप्रजापति गौतमी ने उबाऊ होते वातावरण का ध्यान यह कह कर बदला, ''राजन...।''

''यहाँ कोई नहीं है—यहाँ हम तुम हैं और फैला सन्नाटा है,'' शुद्धोधन ने कहा।

''हाँ तो जीजाजी, अनुभव कीजिए कि हम लोग बड़ी-सी घाटी में प्रवेश कर चुके हैं और उसकी मोहक गंध को लेने लगे हैं।'' महाप्रजापति गौतमी का हृदय सदय: खिले पूर्णिमा के चंद्र सा स्फूर्ति से भरने लगा।

''ऐसी गंध मैं तब भी अनुभव करता रहा हूँ, जब महामाया सिर से स्नान कर छरहरी उँगलियों से अपने रेशम से काले बालों को सुलझाने के आनंद में खो जाया करती थी,'' शुद्धोधन सुगंध की राह में रास्ता विस्मृत करने लगा।

''अब भी कीजिए।''

''तुम कदाचित्...।''

''हाँ मैंने भी...पर मेरे केश सुलझ कर अनुशासन में हैं,'' गौतमी ने बहक जाने पर रोक लगाने का प्रयास किया।

''लेकिन सुगंध तो सुगंध है, फिर वह चाहे केवड़े की हो...या...।''

"अपने मन की।" तपाक से महाप्रजापति गौतमी ने कह डाला और धूप में डाले गरम कपड़ों को समेटने लगी, क्योंकि धूप वहाँ से कूच कर चुकी थी। ताप नहीं तो बात नहीं। यह वह मन-ही-मन कह गई।

शुद्धोधन कुछ देर तक टहलता हुआ पीपल के पेड़ के पास रुक गया। धीमे से बोला, "तुमने ठीक कहा है, गौतमी।...इस समय मुझे सिद्धार्थ के मन का ध्यान आने लगा है।...मन बदलने...या मन को उस ओर ले जाने के प्रयत्न का प्रभाव क्या हो रहा है?"

"क्या होना चाहिए, जीजाजी?"

"लक्ष्य तो स्पष्ट है।"

"समय की प्रतीक्षा की जानी चाहिए। परिणाम अनुकूल आएगा, हमारा यह विश्वास बना रहना चाहिए।...मन की गोपन कथा सदा गोपनीय रहती है।" महाप्रजापति गौतमी ने लौटने का मानस बनाते हुए कहा, "आपके मंत्रीमण्डल के प्रतिभा संपन्न अमात्य कालाउदायी ने एक सुकुमारिका को पाटलीपुत्र से बुलवाया है और दूसरी चम्पा (वर्तमान में भागलपुर) से।"

"वह तो ठीक है परंतु अब तक जो काशी से आई हुई हैं और उन्होंने नाट्यशाला में चित्ताकर्षक प्रस्तुतियाँ भी दी हैं।...उससे...।" शुद्धोधन इतना कह कर रुक गया क्योंकि सिद्धार्थ को चक्रवर्ती सम्राट बनवाने में उसका योगदान किसी से छिपा नहीं है।

गौतमी गंभीर होकर बोली, "आज हम और आप टहलते हुए आत्मीय बनने के निकट आए हैं, जबकि मेरा निर्णय अंतिम है। फिर भी सुगंध तो सुगंध है। उन सुकुमारिकाओं में से पहले दो-दो आगत युवतियों को सिद्धार्थ के साथ जाने दें। वे सब सुपात्र सुगंध से मतवाले बनने में कोई किसी से पीछे नहीं रहेंगे। वहाँ एकान्त भी होगा और एकांत से मन में सुवास का सम्मोहन परस्पर एक-दूसरे को निकट ला सकने में सक्षम रहेगा।"

शुद्धोधन के सामने वह दृश्य आ ठहरा, जब पूर्ण चंद्र की रात्रि शीत से घबरा कर अलाव ताप रही थी। उसने दुस्साहस दिखलाया तब गौतमी का स्वर अलाव में डाली गई उस लकड़ी जैसा था, जिसने अलाव को ज्वालामुखी बनाने में कोई कमी नहीं छोड़ी थी और वह अपनी दृष्टि में गिर कर लौट आए थे उलटे पाँव। वह बोली "हो सकता है।...जीजाजी हर सुकुमारिका महाप्रजापति गौतमी नहीं हो सकती। जो अपने को जानना, समझना और समझकर उसके अनुसार अपना मार्ग बनाती है, उसकी तपस्या कोई भंग नहीं कर सकता।" शुद्धोधन ने सँभल कर कहा, "यह तो आप पर निर्भर है, गौतमी।"

"नहीं, जीजाजी, यह सोच लेना समीचीन नहीं है। सिद्ध क्या बनना चाहता है। यह उस पर निर्भर है।...जीजाजी, तनिक अपने बारे में सोचिए। साकेत से बनारस और बनारस से लुम्बिनी जनपद और वहाँ से कपिलवस्तु का वैभव साम्राज्य जबकि

साकेत उजड़ती गई।...यह सोचकर नहीं हुआ है। होना था, हो गया। पुरुषार्थ भी होने के साथ सामने आता है।...आप मन से चिंता निकालने के लिए वीणा से मन जोड़िए। संगीत में अपार शक्ति है और गहन आत्म-शांति। आत्मविश्वास चिंता को पास नहीं फटकने देता।...मुझे देख रहे हैं। देवदह क्या छूटा कि आज तक नहीं लौट सकी।'' महाप्रजापति गौतमी का स्वर कुएँ से आ रही प्रतिध्वनि सा था।

शुद्धोधन को वीणा का स्मरण नहीं रहा था। उसके दोनों सिरों पर लगे तुंबे। उसके एक सीमा तक कसे तार सचमुच उसे चिंताओं से उस पार ले जाते थे, जहाँ आनंद निकेतन का कण-कण पुष्पित और स्वर लहरियों के अमिय निर्झर सा झर रहा होता था। वह बिना वर्षा के आत्मलीन हुआ भीग रहा होता था। वह गद्‌गद होता हुआ और गौतमी को स्वत: अन्तर्भाव में उतारता मानो अकस्मात वीणा पर पड़ी उँगलियों से गुंजित तरल स्वर में तैरता-डूबता रह गया।

''जीजाजी, मुझे अब अनुभव होने लगा है कि त्यागते जाइए, जितना त्याग सकें स्वेच्छा से। ऐसी स्वेच्छा से जिसके आगे स्वेच्छा का भाव भी स्मरण नहीं रहे।...ज़रा विचार कीजिए हिम से सद्य: पिघलने वाली धारा को क्या पता होगा कि वह किसी नदी का अवलंब पाएगी या निर्झर का। क्या कभी नदी या झरने ने अपने आप में यह चिंता की है, निर्मल जल आना बंद हो गया तो उसका क्या होगा?'' महाप्रजापति गौतमी एक राजा के शून्य में उतरते जाने की कसक को नहीं जानती थी पर अपने में उतर आए शून्य से यह अनुभव करने लगी है कि शून्य में बहना उस अननुज्ञात धारा से संबद्ध करता जाता है, जहाँ इच्छा तृष्णा नहीं होती, जोड़-बाकी का शोरगुल नहीं रहता और जहाँ बिना किसी वाद्य को छेड़े सरगम का, समरस का आनंद हृदय में हर पल उतरता रहता है।

शुद्धोधन को बहुत दिनों बाद उस सुकून का अनुभव हो रहा था जो साकेत छोड़ते हुए, बिना भविष्य की चिंता किए शक्यार्थ (शब्द की अभिधा शक्ति से ज्ञेय अर्थ) के पार जाने पर होता है।

महाप्रजापति गौतमी परस्पर सन्नाटे में उतरते हुए अन्तर्भावनाओं को संजो कर बोली, ''हम दोनों फिर उसी मोड़ पर आ खड़े हुए हैं, जहाँ से टहलने के लिए चल पड़े थे।''

शुद्धोधन की मानो मूर्च्छा टूटी और अन्तर्भावों के अज्ञात लोक से उतर कर पुन: उस धरा पर आ खड़े हुए थे, जिसके ज्ञात-अज्ञात अनुभवों से जुड़ते-टूटते रहते थे—दु:ख-सुख का अन्तर्द्वन्द्व जहाँ अपने राग-रंग छेड़ता हुआ, जय-पराजय के स्वप्न दिखाता चुपचाप चलते रहने का संकेत देता है।

महाप्रजापति गौतमी ने कहा, ''मेरी बड़ी बहन, आपकी जन्म-जन्मांतर तक साथ निभाने वाली महामाया मुझे चेताती रहती है कि तेरे जीजाजी कोमल हृदय के हैं...परंतु शुद्ध मन के। अपनी त्रुटि को स्वीकार कर पश्चात्ताप के महासागर के तट

पर खड़े होकर किसी अज्ञात शक्ति से अपने लिए रास्ता माँग, हाँ वे श्रीराम नहीं हैं जो सागर की हठवादिता-घमण्ड के लिए धनुष बाण चढ़ा सकें। न उनके पास कोई हनुमान हैं, जो श्रीराम के चुपके से मुट्ठी में बंद किए पत्थर को, सबसे आँख बचाकर यह संशय मिटा सकें कि सागर की लहरों पर पत्थर तैरेगा भी या डूब जाएगा। वह तो हनुमान ही था, जिसने उनके चरणों में बैठ कर प्रार्थना की थी, शिरोमणि श्रीराम, आप तो संशय पार कराने वाले हैं।...यह सुनते ही उनकी मुट्ठी में बंद पत्थर का वह टुकड़ा खिसक कर स्वयं गिर गया।...इसलिए जीजाजी, आज आप हमारे साथ प्रसाद पाएँगे। सिद्ध भी वहीं होगा।...कदाचित् हमारी अन्तरंग यात्रा का वह अनुभाग बन सके।''

शुद्धोधन के मुखमण्डल पर प्रफुल्लता की किरणें चुपके-चुपके स्मित भर उठीं। वह चल पड़े। गौतमी के मन से एक भारी बोझ उतर गया। प्रेम की यही असीमित शक्ति है जो दूरियों की घनघोर काली घटाओं में प्रकाश की किरणें तैरा देता है। यह सोचते हुए वह भी अपनी राह पकड़ सकी सहजता से।

## 13

सिद्धार्थ को यह सुविधा मिल गई कि वह राजभवन के बाहर जा सकता है। आज वह रोहिणी नदी लौट रहा था। पहली बार घुड़सवारी की और नदी तक आना हुआ। कहीं कोई व्यवधान नहीं हुआ। छिन्न सारथी कंथक को सजा कर लाया और धीमे स्वर में सहमते हुए बोला, ''राजकुमार, आपको इससे पहले कभी घुड़सवारी करते नहीं देखा है।...आप कहें तो दूसरा घोड़ा मैं ले लूँ।''

''छिन्न, इसकी कोई आवश्यकता नहीं है। चिड़ियों को देखा है, वे पहली बार अपने आप उड़ती हैं, उन्हें किसी को साथ लेकर जाने की आवश्यकता नहीं होती,'' सिद्धार्थ ने उसे आश्वस्त किया।

''वह सब ठीक है, राजकुमार, परंतु मैं तो सेवक हूँ। मुझे तो महाराज जी का आदेश है। मैं विवश हूँ।...कृपया मुझे क्षमा कीजिए,'' छिन्न ने हाथ जोड़ कर कहा।

सिद्धार्थ सोचने लगा कि अब, छिन्न निर्दोष है। वह कंथक से उतर गए।

छिन्न घबरा रहा था। कंथक सिद्धार्थ के पास खड़ा हिनहिनाने लगा। उसकी पूँछ भी हिल रही थी। उसकी बड़ी-बड़ी आँखें डबडबाने लगी थीं।

''सिद्धार्थ...'' मंद्र स्वर था महाप्रजापति गौतमी का। सारी स्थिति समझी। फिर छिन्न से कहा, ''तुम जाओ...'' उसके जाने के बाद आगे कहा, ''सिद्ध, अब कंथक पर बैठने से पहले उसकी लंबी गरदन पर हाथ फेरो। फिर इसकी पीठ थपथपाओ।...सँभल कर जाना। सब कुछ शुभ होगा।''

सिद्धार्थ ने वैसा ही किया। धीरे से कंथक की पीठ पर बैठ गया। तब गौतमी ने कंथक की गरदन पर प्यार से हाथ फेरते हुए कहा, ''तुम मेरे सिद्ध को ले जा रहे

हो। उसका पूरा-पूरा ध्यान रखना।...ले जाओ, कंथक, ले जाओ।'' इसके साथ वह एक ओर हट गई। कंथक की ओर देखती रही। अब कंथक राजभवन के उत्तरमुखी द्वार से बाहर निकल गया।

सिद्धार्थ ने लगाम थामे, चाह से भर कर दाहिनी ओर देखा। ऊँचे-ऊँचे पेड़, हर ओर मुँहबोली, लहराती, हरियाली और सन-सन करता समीर उसके मन पर गहरा प्रभाव छोड़ रहा था।

आत्म-मुग्ध होता उसका मन कंथक की मतवाली चाल से उत्ताल लहरों पर उछाल खाती नौका का अनुभव कर रहा था। अचानक कंथक, बिन लगाम खींचे रुक गया।

सिद्धार्थ ने कंथक से उतर कर इतस्तत: देखा...झील में कमल के पुष्प खिले हुए थे। उसके किनारों से थोड़ी दूर पर हरसिंगार के वृक्ष की गुलाबी डंठलों पर सफ़ेद पँखुड़ियों वाले पुष्प लहरा रहे थे।

सिद्धार्थ झील तक पहुँच गया। झील का पानी हिम-सा चमक रहा था। उस पर कमल के पुष्प लगभग गोलाकार घेरे में महक रहे थे। थोड़ी दूर पर जंगल था।

सिद्धार्थ की समझ में नहीं आ रहा था कि कंथक वहाँ क्यों रुका। वह स्थान राजप्रासाद से तीनेक कोस पर था।

वहाँ एक ओर, झील से कुछ दूरी पर खड़ा सिद्धार्थ नीचे कुछ देख रहा था।

''क्या सोच रहे हो, सिद्धार्थ।''

सिद्धार्थ ने मुड़कर देखा। अचरज से भर कर कहा, ''तुम, मंजुला, यहाँ।''

इसमें आश्चर्य कैसा! यहाँ मैं प्राय: आती रहती हूँ।''

''पर क्यों, मंजुला?''

''आप क्यों आए, राजकुमार?''

सिद्धार्थ निरुत्तर।

''जहाँ जाने-आने का कारण ज्ञात न हो। फिर भी वह स्थान बुलाने लगे, इसका मात्र एक कारण हृदय होता है, क्योंकि जहाँ कारण हृदय होता है, वहाँ बुद्धि का प्रवेश संभव नहीं होता।'' मंजुला ने एक दार्शनिक की मुद्रा का अभिनय किया हो, सिद्धार्थ को ऐसा लगा।

''मुझे यह कहते संकोच नहीं हो रहा कि तुम हर छोटे-बड़े, साधु-संत आदि का अभिनय करते-करते स्वयं को स्मरण करना भूल चुकी हो,'' सिद्धार्थ ने कहा।

''आपको जैसा लगे, वैसी धारणा बना सकते हो। पिताजी कहा करते थे, इस जगत् में हर मानव एक मानवेतर चरित्र निभा रहा है। उसका, स्वयं का चरित्र निभाते-निभाते अदृश्य होता गया है।'' मंजुला ने गंभीर स्वर-मुद्रा में ऐसा कहा, जैसे वह

किसी पात्र का संवाद स्मरण करने के उपरांत उसको हावभाव के साथ प्रस्तुत करने का अभ्यास कर रही हो।

''मेरे लगने से क्या, मंजुला!''

''क्यों, राजकुमार, क्यों नहीं।''

''सबको लगते रहने का मंच ही एकमात्र स्थान है।''

''नहीं। जहाँ सब होंगे, वहाँ मैं नहीं होऊँगी,'' मंजुला कह गई।

''फिर तुम कहाँ होगी?''

''इतना रहस्य बना रहने दीजिए।''

''यह क्षेत्र आपका है,'' अचानक सिद्धार्थ तुम से आप पर आ गया।

''आपका कहकर, राजकुमार, आपने जता दिया कि...'' इतना-सा बोलकर वह चुप हो गई।

''मैंने जताना कुछ जाना ही नहीं है,'' सिद्धार्थ जंगल में भटकते यायावर को ढूँढ़ने लगा।

''यह अच्छा ही किया, राजकुमार।...हमारे पास जो कुछ है, वह मात्र जताने के लिए ही है,'' मंजुला घूम-फिर कर मौन की कन्दरा खोजने लगती।

''तुम्हारे पिताजी महान् थे।''

''हैं...राजकुमार।''

''हाँ...हाँ...हैं...पर कहाँ?''

''आज से पाँच वर्ष पूर्व भूकंप आया था। धरती फटी थी। उस समय सब उसमें समा गए थे।...बचे थे तो मैं और मेरे पिताजी। उनको मेरा विवाह सता रहा था।''

''एक बार मैंने पूछ लिया कि क्यों पिताजी?''

''मैं तो तेरी माँ को भी अनेक बार बता चुका था कि मन विरक्ति की राह पकड़ना चाहता है।...हर बार उनका रटा-रटाया एक यही उत्तर होता...अंदर से कोई पुकार रहा है—आपका व्रत निभाने का समय आ गया है।''

''कैसा व्रत? मैंने कोई व्रत नहीं लिया है,'' पिताजी ने कहा।

''गृहस्थाश्रम छोड़ने का व्रत। यह लिया था पूर्वजन्म में परंतु पूरा आज तक नहीं किया।''

''कौन हो भाई? क्या चाहते हो?''

''वहाँ चाह का कोई स्थान नहीं है।''

''इस समय मुझे क्षमा करें। मेरी पुत्री वयस्क हो रही है।''

''वह तो होनी है, विभूति नारायण, वैयाकरण। अवस्था का विकास मेरे तुम्हारे

रोकने से रुकने वाला नहीं है।...तुमने अपना रास्ता स्वयं चयन किया था...उस तापस परिव्राजक मातंश की सेवा-संगत में आकर वाराणसी नगरी के राजा ब्रह्मदत्त का राज्य था। वहाँ की सेवा स्वेच्छा से छोड़कर तुमने प्रव्रज्या ग्रहण करने का संकल्प लिया था।...इससे पहले तुमने जंगली अश्वों को पकड़कर काम्बोज के व्यापारियों को बिकवाने में दलाली ली। उनसे मध्यदेश...बनारस इत्यादि नगरों में अश्व का सौदा करवाने लगे।''

''असत्य आरोप मत थोपो, अपरिचित भाई। कहाँ काम्बोज...उत्तर-पश्चिमी राज्य...उनकी राजधानी द्वारिका...कृपया शांत हो जाओ।''

''तुम्हारे मन में कामोपभोगों को त्याग कर परिव्राजक बन जाने का सम्मोहन छा गया था, विभूति नारायण, वैयाकरण। भूलने का अभ्यास छोड़ो।...संकल्प धर्म अपनाओ।''

''नहीं...नहीं...नहीं...मुझे भ्रमित मत करो। मेरी बुद्धि का हरण मत करो। मुझे अपनी पुत्री का विवाह करवा लेने दो।...''

इतना दोहरा कर मंजुला शांत हो गई। फिर भी उसकी साँस उखड़ रही थी। उसके गुलाबी चंद्रमुख पर पसीने की महीन बूँदों की झलक ध्यान से देखने पर सिद्धार्थ को गोचर होने लगी। वह स्तब्ध रह गया। पहली बार उसके मन-मस्तिष्क में परिव्राजक-प्रव्रज्या शब्द निर्ध्वनि चपला सा रह-रह कर चमकने लगा। आज नहीं उसमें इन शब्दों के प्रति अज्ञात जिज्ञासा क्यों आकर्षित करने लगी। उसने इस अज्ञात जिज्ञासा का लोभ संवरण छोड़ मंजुला के कथा-प्रवाह को बनाए रखने के लिए शांत भाव से, तटस्थ होकर कहा, ''फिर मंजुला?''

''यह सत्य नहीं था, सिद्धार्थ...'' कहते ही मंजुला ने जिह्वा काटकर कहा, ''क्षमा, राजकुमार, क्षमा।...मैं अपने में नहीं रही थी। परवश हो गई थी—पिताजी के स्वप्न में बड़बड़ाते इस संदर्भ-प्रसंग को...एक बार नहीं अनेक बार सुनती रही। वह घबराए से, मुखमंडल पर आईं स्वेद बूँदों को अपनी दोनों हथेलियों से पोंछने का प्रयास करते रहे।...मुझे लगा कि मेरे विवाह की चिंता लहलहाती खड़ी फ़सल को पाले से मार डालेगी। मैंने कहा, 'पिताजी, मैंने संकल्प लिया है कि मैं विवाह नहीं करूँगी।'

''पिताजी लगभग चीख पड़े, 'पगली हो गई है क्या!...तेरी माँ मुझे जीते जी मार डालेगी कि मैं क्या मरी, तुम मेरी लाडली और अपनी सिर चढ़ाई बच्ची का विवाह भी नहीं कर पाए। हमें तो प्रकृति प्रकोप ले बैठी पर तुम्हें...।'

'' 'पूज्य पिताजी, आपको अपनी लाडली के संकल्प की रक्षा के सुदृढ़ मन ने विवश कर दिया।...मैं विवाह नहीं करूँगी।' जो मैं उनसे नहीं कह पाई, वह थी उनकी अन्तर्पीड़ा। प्रव्रज्या का उनका मन।...और विवाह की अन्तर्चेतना से असुरक्षित मेरा अन्तस्थल।...मेरे बाद भी पिताजी प्रव्रज्या ही लेंगे। कौन रह जाएगा परिवार में? विवाह बंधन असुरक्षित लड़की के लिए गले की फाँसी का फंदा न बन जाए!...कौन जाने पति कैसा मिले? परिवार शून्य लड़की के लिए कहीं वह परिवार निरंकुश हो

गया तो।...ऐसा अनेक लड़कियों के साथ हुआ है कि जिनका पति परिवार शून्य पत्नियों के साथ राक्षस बन गया—पत्नी को घर से बाहर निकाल दिया।...मैं यह सोच-सोच कर काँप गई।'' मंजुला ने अपना स्कंध से सरकता आँचल सँभाला। उसकी बड़ी-बड़ी मादक आँखों में भय की धुँधलाती छायाएँ उतर आईं।

यह सब क्या है ? सिद्धार्थ की सोच डगमगाई। लेकिन कथा के प्रवाह में बिना व्यवधान पहुँचाए वह आगे बढ़ते रहे। अंत में कह डाला, ''फिर, मंजुला ?''

''मैंने सुन लिया था कि ऐसी लड़कियों का एक ही अवलंब है—चंद्रलता की काशी में हवेली। मैंने कह दिया।''

''पिताजी पुनः चीख पड़े, 'मैं मर नहीं गया हूँ, मंजु... । तुझे उस हवेली में छोड़ आऊँ...छि छि...छि छि...छि छि...तूने ऐसा सोच कैसे लिया!...क्या तेरा पिता ऐसा गया बीता है कि कूरदंत ब्राह्मण, वैयाकरण, अपनी इकलौती लड़की को कोठे वाली के यहाँ बैठा आएगा।...इससे पहले वह किसी कुएँ-पोखर में डूब नहीं मरेगा'।''

'' 'ध्यान से सुनो, जानो चंद्रलता की हवेली नृत्यांगनाओं का तीर्थ है, वेश्याओं का ठिकाना नहीं। गायन-नृत्य में ऐसा प्रवीण करती है वह कि देव मन्दिरों में नृत्य से पूजा-अर्चना करवा कर धार्मिक गुरु और उनके भक्त शीश झुकाते हैं। वहाँ प्रत्येक लड़की ब्रह्मचारिणी बन कर रहती है मरते दम तक।...पिताजी ठण्डे मस्तिष्क से सोचो। पता कर लो...तब स्वीकारना या अस्वीकारना मेरे प्रस्ताव को। मैंने सारी ऊँच-नीच सोचकर ही आपसे कहा है।' मंजुला ने अपनी कहानी को विराम देने के लिए अंत मैं कह डाला, ''वह लड़की आपके सामने है।''

सिद्धार्थ किसी और जगत् में जा पहुँचे। उनके मुखमण्डल पर अचरज की अज्ञात भंगिमाएँ निःस्तब्ध होकर अपने आपको अवलोकती रह गईं।

''आपकी प्रतीक्षा कंथक कर रहा है, राजकुमार।''

सिद्धार्थ ने देखा। सामने कंथक ही शांत भाव से खड़ा था निस्वन। मानो वह भी मंजुला की कथा सुन रहा हो। मानव और मानवेतर में संयोग है कि दोनों की धड़कनें एक ही प्रभाव से संचालित होने लगती हैं। वह उठकर बोले, ''तुम्हें भी चलना होगा, मंजुला।''

''हाँ, मैं भी पहुँच जाऊँगी। पहले आप पहुँचें, राजकुमार।...आपकी माताजी प्रतीक्षा कर रही होंगी।''

''और तुम मंजुला।''

''मुझे चंद्रलता जी ने इसके लिए विशेष अभ्यास कराया है। देह के नेतृत्व की अन्तर्दृष्टि का संतुलन नृत्य सीखने का पहला चरण है, राजकुमार।...आप पहुँचने का उत्तरदायित्व निभाइए।''

''तुम्हें यों छोड़कर...मन नहीं मानता।...इस समय मेरा सबसे पहला उत्तरदायित्व

यह बनता है कि तुम्हें अकेला नहीं छोड़ूँ," सिद्धार्थ ने जहाँ का तहाँ खड़े रह कर आगे कहा, "अब उठो, मंजुला।"

"लेकिन... ।" कह कर मंजुला ने कंथक की ओर देखा। उसे लगा कि कंथक उनकी प्रतीक्षा कर रहा है। चंद्रलता ने खरगोश पाल रखे हैं, वे उनका ही नहीं, उनमें से उनका भी कहना मानते हैं, जो उनसे प्यार करते हैं, अपनी गोदी में बैठा कर उसके रेशम से बालों को सहलाते हैं, परंतु छिन्न ने कंथक को उनके लिए तैयार किया है। उस दिन वह कंथक को सजाते हुए समझा रहा था, "आज तू राजकुमार सिद्धार्थ से मिल रहा है। उन्हें तू अश्व जाति की समृद्ध परंपरा, स्वभाव और आचरण का परिचय देकर यह अनुभूत कराना कि तू उनका चौकन्ना, उनका हित साधने वाला स्वामीभक्त मित्र है। जानवर की मित्रता कभी धोखा नहीं देती।"

मंजुला को क्या वह अपने साथ बैठाएँगे ? गौतमी जी ने उसे अच्छी तरह समझा दिया था कि आपस की दूरी बनाए रखने का उत्तरदायित्व उसका है। उसने सिर हिलाते हुए कहा था, "आप निश्‍चित रहें। मैं कभी आपको ऐसा अवसर नहीं दूँगी।"

अब वे बाहर आ गए थे। मंजुला बोली, "अब आप बैठ जाइए, राजकुमार।...कम-से-कम कंथक का ध्यान रखिए। वह आपकी प्रतीक्षा में एक पल नहीं बैठा। बराबर खड़ा रहा है। उसके पाँव भी खड़े-खड़े थक गए होंगे।"

"मंजुला, तुम्हें अपने पाँवों का ध्यान नहीं रहा।"

"मुझे आदत पड़ गई है।"

"खड़े रहने की।"

मंजुला सहम कर चुप रह गई।

"तुम मंजुला जितनी बात करने में शिष्ट हो, उससे रत्ती भर भी तुम्हारी मधुर वाणी और तदनुसार हाव-भाव, चितवन-संचालन और मुद्रा बनाने में कम नहीं हैं।" सिद्धार्थ अपनी भावाभिव्यक्ति नहीं छिपा सका। उसका सरल और पवित्र मन-हृदय सद्य: आर्द्र हुई हिम-सा बहने लगा। निष्पाप हृदय का यही तो सम्मोहन है कि वह बिना बाँधे बँधा चला जाता है और किसी को पता भी नहीं चलने देता।

मंजुला यहाँ आते-आते एकदम सतर्क हो गई। उसने स्वप्न में नहीं सोचा था कि पंचरंगी झील की सुनी गई विशेषता आज पहली बार में उसे ही अपना शिकार बना लेगी। यद्यपि आज इस रमणीक एकांत में इतनी शीघ्रता से वह ऐसा हिल-मिल गया कि वह विस्मृत कर बैठी कि सिद्धार्थ राजकुमार है और वह एक साधारण युवती, जो किराये पर वहाँ लाई गई है। उसने तपाक से कहा, "राजकुमार, आप चलिए। फिर... ।"

"फिर क्या ?"

"वही जो आप समझ रहे हैं।"

"क्या समझ रहा हूँ...।"

"यही कि मैं भी चल सकूँगी।"

"क्यों क्या हम साथ नहीं चल सकते, मंजुला?"

"नहीं, राजकुमार," पिघलता हिम तुरंत कठोर-ठोस होने लगा।

"पैदल चलें, मंजुला।"

"आप अश्व पर आए थे, उसी पर लौटें, यही शिष्टता, सदाचार, और सभ्यता का अन्तर्मुखी संकेत है, जो मुझे मिल सका है...।"

"लेकिन मुझे नहीं...मंजुला।"

ये संवाद उन्हें कब कंथक के साथ इतनी दूर ले आए कि मंजुला चौंक पड़ी। उसने कंथक के पास आकर मन-ही-मन प्रार्थना की, "मेरी सहायता करो, मेरे संरक्षक।"

"मंजुला, मैं तुम्हारी बात मान रहा हूँ...अच्छा, ध्यान से आना।" कह कर सिद्धार्थ घोड़े पर जा बैठा। कंथक ने धीरे-धीरे गर्दन हिलाई। सिद्धार्थ ने हल्के से एड़ लगाई। वह चल पड़ा धीमी गति से। कदाचित उसने उन दोनों की भावना को ताड़ लिया था।

## 14

चिंता गहराने लगी। काला उदायी उद्विग्न होने लगा। वह सिद्धार्थ का मित्र बना जीवन-जगत् के दृश्य-परिदृश्य को मोगरे के गोलाकार, चमकदार सफ़ेद, सुगंधित सुमनों से गजरा बना कर यह अनुभव कराने का सहज प्रयत्न करता रहा कि वसंत ही जीवन का पर्याय है। उसके साथ-साथ बिन पतवार सँभाले, उसकी उत्ताल तरंगों पर बहते जाना नौका के आनंद की अनुभूति है।

माना कि काला उदायी सिद्धार्थ से वय में बड़ा है परंतु वह सिद्धार्थ का मित्र सिद्ध हो सकता है। और कोई ऐसा विश्वसनीय व्यक्ति है भी नहीं जो सिद्धार्थ के मन का साथी बनकर उनके जीवन में ऐसा बड़ा परिवर्तन ला सके, जिससे उसकी सोच एकांत तलहटी में जाने से रुक सके और ऐश्वर्य-वैभव और वसंत की इन्द्रधनुषीय-सुगंधित लहरों के साथ तरंगित होता रहे।

इस बीच मंजुला के सिर एक ही भूत सवार था। वह उस पौराणिक गाथा में फिर उलझ गई थी, जिसके संबंध में चंद्रलता से थोड़ा-सा विवाद भी हो गया था। आम्रपाली के जाने के बाद से उस प्रसंग पर किसी ने नृत्य नाटिका प्रस्तुत करने का प्रयास नहीं किया, क्योंकि इस नृत्य नाटिका पर सभी सम्मोहित रहे थे।

चंद्रलता एक माह में एक-दो ही नृत्य नाटिका प्रस्तुत कराती थी। एक बार में

कुल कार्यक्रम बारह-तेरह से अधिक नहीं होने देती थी। उसके यहाँ आने वालों की संख्या, उनका स्तर और उनकी कलात्मक अभिरुचि का विशेष ध्यान रखा जाता था।

मंजुला को उसके पिताजी ने समझाया था कि वेद-पुराण आदि सभी वाचिक परंपरा का आधार लिए हैं। अर्थात् यह भी हमारा लोक साहित्य है। उसका लिखा होना वाचिक परंपरा का सर्वश्रेष्ठ उदाहरण है। उनमें परिवर्तन नहीं होना चाहिए परंतु विशेष कारणों से हो सकता है। यही दृष्टि मंजुला को नई दिशा की ओर मोड़ना चाह रही थी। उसे यहाँ सुअवसर मिला उस नृत्य नाटिका को प्रस्तुत करने का।

दुष्यंत शकुन्तला को कैसे भूल गया? कण्व ऋषि के आश्रम में उन दोनों का प्रणय वाक् विश्वास के आधार पर हुआ था। तभी यह सब संभव हुआ कि शकुन्तला गर्भवती हो गई। दुष्यंत तो उसे लेने लौटा नहीं। शकुन्तला को ही जाना पड़ा और प्रमाण देना पड़ा। यहाँ पर उसे आपत्ति थी। दुष्यंत उसको कैसे भूल सकता था जिसके साथ एक नहीं अनेक रात्रि बिताई थीं।

जब काला उदायी उसके पास पहुँचा था तब मंजुला इसी प्रवाद में उलझी हुई थी। इस कारण वह सिद्धार्थ से कुछ दिनों से दूर होती गई। उसका एक कारण यह भी था कि अति विलासिता एक सीमा के बाद बोझ अनुभव होने लगती है।

काला उदायी सिद्धार्थ के बारे में चंद्रलता से भेंट करने गया था। वहाँ से लौटा तो उसने मंजुला से बात करनी चाही। तब मंजुला उसके साथ बात करने के लिए तैयार नहीं थी। अगले दिन अलग समय दोपहर का दोनों को स्वीकार हुआ।

आज वही दोपहर थी। काला उदायी अपने किए प्रयत्नों पर विचार करता जा रहा था। उसने सिद्धार्थ को बता दिया था कि राजा शुद्धोधन ने उसे सच्चे मित्र का उत्तरदायित्व निभाने का कार्य सौंपा है।

काला उदायी नीतिशास्त्र का पंडित था और खुले हृदय-दिमाग वाला था। वह छिपाव नहीं रखता था। वह सिद्धार्थ को भलीभाँति यह समझा चुका था कि उनके मध्य कोई दीवार नहीं रहेगी। जो कुछ होगा, वह पारदर्शिता के साथ। न तो न, हाँ तो हाँ पर अपनी-अपनी आन्तरिक दृष्टि से।

काला उदायी ने सहजभाव से कहा था, "सिद्ध, जीवन एक प्रयोगशाला है परंतु उँगली पर गिनने योग्य होते हैं हर युग में वे मर्मज्ञ जो जीवन को विशुद्ध प्रयोगशाला मान कर उसके साथ व्यवहार कर पाते हैं। यह अनिवार्य भी नहीं है कि प्रत्येक को अपना जीवन प्रयोगशाला बनाना पड़े। पूर्व सफल प्रयोगों का लाभ भी लिया जाना अथवा उनमें से अपने लिए प्रयोग चयन करना भी प्रयोगशाला जैसा ही है।"

सिद्धार्थ सुनता रहा। उसने कुछ नहीं कहा। क्या कहता? न उसे प्रयोगशाला समझ में आई और न प्रसंग-संदर्भ।

काला उदायी सीधे-सीधे उस प्रसंग पर आना नहीं चाहता जो सिद्धार्थ के जीवन

से जुड़ा हुआ था, क्योंकि मानसिक परिवर्तन को हृदय भी स्वीकार करे, यह अनिवार्य था।

अब काला उदायी मंजुला के पास जा पहुँचा था। मंजुला प्राकृतिक रंग के लिए पेड़ की छाल ले रही थी।

"आइए, श्रीमान अमात्य महोदय, क्या आदेश है ?"

"हम और आप एक ही लक्ष्य के दो साधक या पहिए हैं। चिंता सिद्धार्थ को लेकर है। कुछ दिनों से वह मेरे साथ हैं। उनकी चित्तवृत्तियों का अध्ययन कर रहा हूँ परंतु उनको समझ-सोचकर लिए गए मेरे निर्णय कारगर सिद्ध नहीं हो पाए हैं।...और आप भी...।"

"दूर रही हूँ क्योंकि मैं नहीं चाहती थी कि उनके सामने दो दिशाएँ आमने-सामने आ जाएँ और वह उनमें उलझ कर उनके प्रति उदासीन हो जाएँ," मंजुला का स्वर बहुत महीन और सधा हुआ था। साथ में पेड़ की छाल को समेट कर थैली में रखती जा रही थी। उनके सामने दूसरी पड़ी थैली में से मेहंदी के पत्ते झाँक रहे थे।

"रंग बना रही हैं।"

"एक प्राकृतिक चित्र है। उस चित्र में एक तोता-तोती एक टहनी पर बैठे कुछ बात कर रहे थे। उनके ऊपर की टहनियों पर बैठी चिड़ियाँ सुन रही थीं।...ऐसा कुछ-कुछ...।" मंजुला ने कहा।

"एक बार बनारस जाने से पूर्व मैं आपके पास आया था, आप तब भी शकुन्तला पर चर्चा कर रही थीं।...उसी दिन, उसी समय मुझे काशी जाना था, चला गया," काला उदायी ने बताया।

"क्या माँ से मिल कर आए थे ?"

"उनसे मिलने गया था। तब माँ एक नृत्य नाटिका की विभिन्न मुद्राएँ बनाकर नयन संचालन की दिशा निर्धारित कर रही थीं। सेविका ने बताया, वह दो घण्टे का अभ्यास कार्यक्रम है। इस बीच वह किसी से नहीं मिलती हैं। प्राय: वह प्रात: जब हवेली के पेड़ की छाँह-दाईं ओर से पेड़ की पत्थर की तिपाई पर पड़ने लगती है, तब से...।"

"सिद्धार्थ के लिए हमें आपको चिंता करने की आवश्यकता नहीं है। वह किशोर अवस्था से आगे बढ़ चुके हैं। जब पौधा पेड़ का रूप-आकार लेने लगता है, तब उस पर से निगरानी कम होती जाती है।...उन्हें भी स्वयं समझने-सोचने, करने-धरने दो। आत्मविश्वास की जड़ें जमने दो।" मंजुला बादलों की छाँह को उतरते पाकर-देखकर ठुमरी (भारतीय संगीत में गाने की एक विधि जिसमें कई रागों का समन्वय होता है।) का स्मरण करने लगी। उदायी वहाँ नहीं होता तो ठुमरी से अपना मन लगा बैठती।

"इस बार काशी से...।"

"फिर लौटे हो।"

"माँ से...।"

"भी मिल आए हो।"

"आपकी ओर से उन्हें नमन कह आया हूँ।"

"आम्रपाली की बाड़ी के आम्र भिजवाए होंगे।"

"हाँ। वह सेवक लेकर आ रहा है।"

"क्या कहा माँ ने?"

"आपको स्मरण किया है।"

"यह उनका बड़प्पन है।"

"बड़प्पन मेरा-तेरा नहीं होता और न छोटा-बड़ा होता है। वह सबका होता है। उसकी डोर से बँध कर नदी का प्रवाह बन जाते हैं हम सब।...यह वाक्य माँ का था मेरे बड़प्पन कहने पर।" काला उदायी में उत्साह उमंगित हो उठा।

"मेरे लिए कुछ कहा क्या?"

"माँ देर तक सोच कर बोली, 'पेड़ अपनी दिशा स्वयं पकड़ता है। माली मन से मौन भर कर उसके होने-बढ़ने का आनंद लेता है। उसमें कोई विशेष भाव नहीं उपजता। फिर सिद्धार्थ हो या पेड़, मंजुला हो या कोई अन्य...उनको अपने आप अपने लिए दिशा-निर्देश लेने-देने पड़ते हैं।...दोनों समान वय के हैं। मंजुला कर्त्तव्य के खूँटे से बँधी है और सिद्धार्थ को अभी यह निश्चय करना है। आगे की मेरी भूमिका विश्राम पाती है या कहिए पाना चाहती है—मैं माली बनी रह जाती हूँ, अमात्य उदायी।' माँ के स्वर में गहन गंभीरता थी, स्थिरता थी और गहरे आत्मविश्वास की मुक्त अवस्था थी।"

"तो माँ...मंजुला पूछे...।"

"तो आम्रपाली के भेजे आमों में से ये आम उसे दे देना।...यही उसे मेरा आशीर्वाद है। इतना कह माँ चुप रह गई। कदाचित् वह मुझे उठने का संकेत दे रही थीं।...मुझे उनकी वाणी ने आह्लाद मग्न कर दिया था।...हाँ, एक बात मैं विस्मृत किए जा रहा हूँ। उन्होंने मेरे उठने के साथ धीरे से कहा था, 'जहाँ तक हो सके स्वतंत्र होकर गैंडे की नाईं आचरण करने का प्रयास करो'।" काला उदायी से यह सब कहते-कहते मंजुला को लग रहा था, वह आत्मलीन होने लगा था। उसे मंजुला के पास से उठने का मन भी नहीं हो रहा था। दोनों में आत्म-अनुशासन की जड़ें गहरे में उतर कर फैल चुकी थीं। मौन का आश्चर्यजनक प्रभाव कुनकुनी धूप सा शरत् से जुगलबंदी करने लगा था। मानो एकाकार का स्वप्न साकार हो उठा हो।

काला उदायी चला गया। मंजुला वाटिका को पुनः निहारने लगी। पवन ने थके हुए यायावर की भूमिका निभाने का प्रयत्न प्रारंभ कर दिया।

"क्या बनना है, सिद्ध, तुम्हें?"

"मुझे ज्ञात नहीं।"

"तो किसे ज्ञात होगा, सिद्ध?"

"पता नहीं।"

"तो पता करो। चलना तुम्हें है। पथ भी तुम्हें ही चयन करना होगा, सिद्ध।...अथवा पथ बनाना-ढूँढ़ना होगा परन्तु सब कुछ तुम्हें ही।...इसमें कोई तुम्हारा सहायक नहीं होगा। उसकी आवश्यकता भी नहीं है जैसे प्रसाद लेना स्वयं पड़ता है, स्नान करना भी, वस्त्र उतारना-पहनना भी।..."

"ठीक है," सिद्धार्थ ने कहा।

"क्या ठीक है?"

"जो तुमने कहा है, मंजुला।"

तभी काला उदायी की मंजुला ने आवाज़ सुनी। वह चौंक पड़ी। पूछा, "कुछ भूल गए हो क्या, अमात्य?"

"भूला नहीं, स्मरण हो आया," काला उदायी यह कहते हुए वाटिका में प्रवेश कर गया।

"बैठिए।"

"मैं कुछ समय तक बाहर खड़ा देख रहा था कि आपके होंठ निरंतर हिल रहे हैं। आँखें बंद हैं और अपने आप से कह उठी हो। 'क्षमा...मैं आपको तुम्हें-तुम्हारा कह गई।'...किससे क्षमा माँग रही थीं, मंजुला।"

मंजुला सकपका गई। उसे उसके पिताजी ने समझाया था, करके भी बतलाया था कि बिना ध्वनि निकाले जब किसी के होंठ हिलते हैं तब वह अपने में उससे बात कर रहा होता है, जिससे वह उस तरह प्रत्यक्ष में बात करने में संकोच करता है। तो क्या काला उदायी होंठों के फड़फड़ाने की अन्तर्ध्वनि पढ़ने-समझने की विद्या में दक्ष है।

"आपका चित्त जिसे भी स्मरण कर रहा होगा, वह गंगा स्नान कर लेगा," काला उदायी की बड़ी-बड़ी गोल आँखों में चपला कौंध उठी थी। मंजुला पूछ रही थी, "हाँ तो आपका स्मरण का आधार?"

"आप!"

"हाँ, आप। मैंने माँ को भी बताया था कि मैं दो बार गया। मैंने उन्हें शकुन्तला पर चर्चा करते पाया।"

"माँ ने मेरे बारे में पूछा होगा।"

"हाँ।...तब मैंने उन्हें यह बता दिया था।" काला उदायी का मंद्र स्वर था। उससे लगता था कि जैसे वह कोई गोपनीय बात बताने वाला हो। मंजुला ने पूछा,

“फिर उन्होंने कुछ कहा था क्या?”

“बहुत कुछ...सब कुछ।”

“सब कुछ...ऐसा क्या?”

“कहा था—दीपक की लौ जब तक डगमगाती नहीं है...” कह काला उदायी चुप रह गया पलभर के लिए। वह यह जानना चाहता था कि मंजुला की मुद्रा में कुछ बदलाव आता है या सब कुछ जैसे का तैसा रहता है। उसने नीतिशास्त्र का गहन अध्ययन करने के बाद उस अनुभव का विस्तार होने दिया था, जिससे सामने वाले की प्रक्रिया में बदलाव में अन्तर्निहित भाव विचार की तह तक वह जा सके।

“यदि समीर अपनी गति में यकायक तीव्रता न लाए तो,” मंजुला ने गंभीर होकर कहा।

“समीर की तीव्रता अर्थात्...”

“मन की हल्की-भारी आँधी।”

“उससे बचाव...”

“बिना जले लौ का अन्तर्प्रकाश।”

“कैसे?”

“ध्यान से।”

“किसका ध्यान?”

“शून्य का!”

“शून्य क्या?”

“अचम्भा-आश्चर्य नहीं...सम है।”

“सम?”

“प्रश्न नहीं। विराम, अमात्य।”

“न चेतन और न अचेतन।”

“न द्वन्द्व और न अन्तर्द्वन्द्व।”

“फिर?”

“सब कुछ का उल्टा।”

“कुछ नहीं।” काला उदायी का अति गंभीर स्वर था जो नीतिशास्त्र की अतल गहराई के दार्शनिक पक्ष तक जा पहुँचा था।

“नहीं, अमात्य, नहीं। मेरे पिताजी बताते थे और मुझसे बिना नदी के तैरने का अभ्यास कराने के लिए ध्यान के प्रत्येक चरण के बाद की स्थिति-अवस्थिति से आगे, जहाँ लौ बिना प्रज्ज्वलित हुए सदैव प्रकाश का आभास कराती है। उस प्रकाश का

जिसका विलोम तिमिर नहीं होता। न आँधी।...कोई नहीं होता अमात्य।''

''आपके पिताजी, पिछली बार काशी में चौमासा करने आए थे। हवेली भी आए थे। उनको सुनकर माँ ने प्रस्ताव किया था कि क्या आप चौमासा यहाँ हवेली में, जिसे मानने वाले आज भी अपवित्र स्थान मानते हैं, कर सकेंगे, ताकि मेरी बच्चियाँ आपके ज्ञान-ध्यान से लाभान्वित हो सकें। वे भी आपके गंगोत्री समाज का अभिन्न अंग हैं।''

''आश्चर्य, माँ ने इससे पहले हवेली में किसी पुरुष को कभी रुकने, ठहरने नहीं दिया था।'' मंजुला को यहाँ आते-आते रुकना पड़ा, गति की संगति देने के लिए और बिना प्रज्ज्वलित किए लौ का प्रकाशानुभव कराने हेतु।

''उसके बाद?''

माँ ने पूछा, 'आपकी बदनामी हो सकती है।'

''बदनामी के डर-भय बहना नहीं छोड़ती, जिन स्थानों पर चाण्डाल रहते हैं या अधर्मी। वह वहीं ठहरे। चातुर्मास किया, सबको योग-ध्यान का निरंतर अभ्यास कराते हुए।''

''अब समझा आपकी नाटिकाएँ, नृत्य और गायन के केंद्र में यही योग-ध्यान है, जो वैभव वासनोत्तेजित घर्षण को संयमित किए रहता है और विकारों की परछाईं नहीं पड़ने देता।...माँ का यही कहना था ध्यान में एक रहे, दो नहीं।'' काला उदायी ने अचानक खड़े होते हुए कहा, ''अब आप...।''

''अमात्य जी, मैंने शकुन्तला नृत्य-नाटिका के प्रस्तुतीकरण को छोड़ दिया है, उसके स्थान पर लास्य नाटिका से सृष्टि के उत्पत्ति प्रसंग को लिया है,'' मंजुला ने उसको वाटिका के प्रवेश द्वार तक पहुँचाया।

काला उदायी कहता रहा, ''आप यथास्थान बैठी रहिए। विश्वास कीजिए, अब लौटूँगा नहीं।''

''यह आपका विश्वास है, मुझे अपने को समझाने दीजिए।'' मंजुला के स्वर आत्मीय प्रसन्नता से संकुल थे। काला उदायी जा चुका था।

इसी समय मृगी ने प्रवेश किया कुछ घबराते हुए। मंजुला ने पूछा, ''क्या बात है?''

मृगी ने अपने पीछे इशारा करते हुए कहा, ''वो, दीदी, वो।''

मंजुला सावधानी से वाटिका के बाहर आई। चारों ओर देखा। पेड़ की आड़ में खड़ा एक बाबा दिखलाई पड़ा—बढ़ी हुई दाढ़ी, बिखरे हुए सिर के बाल और लकड़ी की लंगोटी लगाए। शेष देह उसकी नंग-धड़ंग। टिमटिमाती आँखें। अवस्था चालीस को छूती हुई।

उसी समय द्वारपाल आ गया। उसने उसे झिड़की पिलाई और वह गिरता-पड़ता सा भाग खड़ा हुआ। उसने उस बाबा की अन्तरंग कहानी सुनाई कुछ इस तरह—

वह खेतिहर था। पर था घर में अकेला। उसके माँ-बाप दोनों उसे बचपन में छोड़कर चल बसे थे। एक पड़ोसी परिवार ने उसे पाला-पोसा, बड़ा किया। फिर उसका घर-खेत उसे सौंप कर कहीं चले गए। कभी नहीं लौटे।

नाम था उसका कात्यायन। हृष्ट-पुष्ट। आकर्षक चेहरा-मोहरा। हँसमुख। उदार हृदय का। उसका विवाह हो गया। पत्नी अति सुंदर मिली। गुण, शील, हर कार्य में दक्ष। दोनों में अथाह प्रेम। प्रेम के साक्षात् उदाहरण!

आाकर्षक गंधकुटी (झोंपड़ी) पर कलात्मक छाप। गंधकुटी का प्रासाद से टक्कर लेने का मन। पर एकांत। एक पहाड़ी पर। अकेली दिन-दहाड़े। ढलने से पूर्व की दिशा भटकती संध्या थकी-मांदी घर लौटने का मन बना रही थी। कात्यायन पशुओं के लिए सिर पर गठरी में चारा लेकर लौट रहा था वह आँखों में सुनहरे रंग लिए और लोकगीत गाता हुआ ताकि पहाड़ियों का मन प्रसन्न रख सके।

मैं उसके पीछे-पीछे था। उसकी मस्ती, फुरती, चाल-ढाल और कंठ की मधुरता के साथ नौका में बहता हुआ आत्मविभोर हो रहा था। प्राय: मिलने पर वह मुझे साग-सब्ज़ी, ऋतु का कुछ अनाज-फल भी दे दिया करता था। मैंने उसे टोक कर रंग में भंग डालना उचित नहीं समझा। अत: छोटे मोड़ से रास्ता बदला ही था कि पाँव में काँटा चुभ गया। काँटा निकालते ही मैंने चीख सुनी। मैं भागा-भागा गंधकुटी की ओर लपका। वह चीख-चिल्ला रहा था—''शारदा...ओ शारदा...शारदा...तू कहाँ है? मैं आ रहा हूँ।''

गंधकुटी बिखरी हुई। बरतन-भाँडे बिखरे हुए। मैं भी घबरा गया। उसके साथ उसकी पत्नी को ढूँढ़ने निकल गया।

''रुको कात्यायन।'' मैंने तड़प कर कहा, ''वह देखो।''

''किधर भाई।''

''अपने ऊपर...जम्बू पेड़ के...।'' ऊपर हाथ के संकेत से बताया।

कात्यायन ने देखा। उसकी आवाज़ चली गई। उसके हाथ-पाँव काँप रहे थे। उसका हृदय-मन फटा जा रहा था।

मैंने उसे सँभालने का प्रयत्न किया। मैं पेड़ पर चढ़ने लगा। उसे नीचे पकड़ने के लिए सावधान किया।

जम्बू वृक्ष की सुदृढ़ डाल से गले में फंदा डली शारदा की लाश। लंबी उसकी गरदन। बाहर को आई जीभ। पथराई आँखें। विवस्त्र सी उसकी देह।

देखा नहीं जा रहा था मुझसे, तरुणाई लिए यौवन की जीर्ण क्षीर्ण विवस्त्र देह...। क्या करूँ? प्रयत्न किया। माह पर माह बीत गए। मैंने स्वयं राजाजी से गुहार की। कुछ-कुछ अता-पता भी चला। पक्का नहीं। फिर भी संदेह बना। पर कुछ नहीं पता चल सका।

और कुछ माह बाद मुझे दिखलाई पड़ा कात्यायन नंग धड़ंग। गंधकुटी को छोड़ जहाँ-तहाँ। न तन का चेत, न मन का, पगला गया था विवस्त्र घूमता-कहता... ''शारदा।...मेरी शारदा तुम भी ऐसी थीं न, जैसा मैं हूँ...हा...हा...हा...।''

लंबे समय बाद मिला। मुझे नहीं पहचाना। आज जैसा। लकड़ी की लंगोटी पहने पगलाया हुआ सा। यहीं आस-पास घूमता कभी-कभार अपनी शारदा को खोजता हुआ आ जाता है।

द्वारपाल की आँखें भर आई थीं। मंजुला का शरीर सुन्न पड़ गया था। द्वारपाल जा चुका था।

मंजुला मुड़ी। उसने अपने पीछे मृगी को पाया, अर्द्धचेतन सी अवस्था में। दोनों गूँगे बने लौट पड़े। सन्नाटे की खोह में।

## 15

शुद्धोधन आश्वस्त होना चाहते थे। वह देखना चाहते थे कि सिद्धार्थ महावीर के रूप में सामने आने लगे। उसका शौर्य, उसकी वीरता के उदाहरण चर्चा में आ सकें। गणपति को ही राजा कहा जाने लगा था परंतु सच यह था कि वे कोसल राज्य के ही अधीन आज भी थे। इस कारण वह सिद्धार्थ को शीघ्र बड़ा देखना चाहते थे ताकि उसके चक्रवर्ती रूप की एक झलक पाने लगें। सोच की इस चौखट पर काला उदायी आ गया। उसने इधर-उधर की बात करते-करते सिद्धार्थ की बात छेड़ दी कि उसमें क्षत्रिय तत्त्वों का विकास सामने आए। रंगशाला, नाट्यशाला तक वह सीमित नहीं रह जाए।

काला उदायी ने भी इस संबंध में चिंता व्यक्त की। अपने प्रयासों का उल्लेख किया। मांसल सौंदर्य की एक सीमा है। चक्रवर्ती सम्राट बनने के लिए बलवीर, उत्कट मेधा, शासन-प्रशासन चातुर्य की अद्‌भुत क्षमता, वेगवती प्रवाह, न्यायप्रियता के ज्वलंत उदाहरण, उदात्त चरित्र, दिव्य आभा, अप्रतिम प्रभामंडल...गणतंत्र में गहरी आस्था, शोषण मुक्त समाज की स्थापना इत्यादि...।

यह सब सुनते हुए शुद्धोधन ने काला उदायी को बीच में ही रोक दिया और सीधा प्रश्न कर डाला, ''इस सबकी व्यवस्था-शिक्षा-दीक्षा के लिए क्या सोचा है?''

काला उदायी ने सोच-समझ कर तत्कालीन शिक्षा व्यवस्था के लिए विख्यात विश्वविद्यालय तक्षशिला का नाम लिया। वह गांधारों की राजधानी है। वहाँ दूर-दूर से विद्या अध्ययन, अस्त्र-शस्त्र संचालन, शासन प्रबंध का कौशल आदि के लिए ब्राह्मण, वैश्य और क्षत्रिय कुमार आते हैं।

शुद्धोधन सिद्धार्थ को अपने राज्य में भी कपिलवस्तु से दूर नहीं भेजना चाहता था। कपिलवस्तु इस दृष्टि से उपयुक्त नहीं थी। इस समस्या का समाधान क्या हो?

कैसे हो ? अंत में शुद्धोधन ने महाप्रजापति गौतमी के सामने यह समस्या रखी। पहले तो गौतमी ने इस क्षेत्र में अपनी अनभिज्ञता व्यक्त की परंतु सिद्धार्थ के चहुँमुखी विकास के लिए वह अंदर-ही-अंदर वचनबद्ध थी। इस कारण वह कहने लगी, ''सिद्ध को इसके लिए कहीं भेजने की आवश्यकता नहीं है। यह संपूर्ण व्यवस्था यहीं हो जाएगी।''

''पर कैसे ?'' शुद्धोधन ने काला उदायी और मंत्री परिषद् से प्राप्त परामर्श का विस्तार से उल्लेख कर दिया।

महाप्रजापति गौतमी को अपने पिता-माता अंजन शाक्य और सुलक्षणा का स्मरण हो आया। पता नहीं प्रसंग क्या था लेकिन अंजन शाक्य बता रहे थे कि राजगृह के विख्यात वैद्य जीवक कौमारभृत्य ने आयुर्वेद का अध्ययन नहीं किया था परंतु आज उनसे बड़ा कोई दूसरा वैद्य नहीं है।

महाप्रजापति गौतमी ने जीवक कौमारभृत्य का उदाहरण प्रस्तुत किया तो तपाक से शुद्धोधन ने कहा, ''क्या तुम अपने सिद्ध को वैद्य बनाना चाहती हो ?''

''यह आप कैसे सोच गए। क्या चक्रवर्ती सम्राट कोई वैद्य होगा ?''

''तो ?''

''तो वीर बलवान योद्धा कुमार अभिमन्यु...।''

''जिसने कौरवों की चक्रव्यूह सृजना को तोड़कर उसमें प्रवेश किया था।''

''वह कौरवों के समस्त शक्तिशाली, पराक्रमी, जगप्रसिद्ध योद्धाओं की व्यूह रचना को तोड़कर...।...कहाँ मिला था राजकुमार अभिमन्यु को वह प्रशिक्षण ?''

''गर्भ में...।''

''तो क्या गर्भ के बाहर वह व्यवस्था नहीं हो सकती ?''

''गौतमी न मैं अर्जुन हूँ न मैंने कुछ किया था तो फिर ?''

महाप्रजापति गौतमी ने पलक झपका कर दूसरा उदाहरण प्रस्तुत करते हुए कहा, ''एकलव्य...भील कुमार। उसे तो आचार्य प्रभु द्रोणाचार्य ने अपना शिष्य बनाने से स्पष्ट मना कर दिया था।''

''हाँ।''

''तो भी वह अर्जुन से श्रेष्ठ धनुर्धर अपने को सिद्ध कर सका। विवश होकर द्रोणाचार्य ने गुरुदक्षिणा में दायाँ अँगूठा माँग लिया और उन्होंने तनिक भी अपने आचार्य धर्म की लाज नहीं रखी। क्यों भौंकते कुत्ते को बिना उसे आघात पहुँचाए उसका भौंकना बंद करने का कौशल अर्जुन को नहीं सिखा सके।''

''वह अर्जुन को सर्वश्रेष्ठ धनुर्धर बनाए रखना चाहते थे,'' शुद्धोधन को वह प्रसंग स्मरण हो आया।

''तो गुरुदक्षिणा में दायें हाथ का अँगूठा क्यों माँगा। उससे आगे की धनुर्विद्या में उन्होंने अर्जुन को पारंगत क्यों नहीं किया? क्या पता उससे आगे की धनुर्विद्या उनके पास कोई थी भी या नहीं।...अन्याय का जन्म आचार्य से हुआ है। सारी व्यवस्था पर उस आचार्य का दुष्प्रभाव है।...राजा-प्रजा का समाज यों आचार्य केंद्रित है।'' महाप्रजाप्रति गौतमी ने कहीं गहरे में डूब कर कहना जारी रखा, ''किसने दिया एकलव्य को प्रशिक्षण, जीजाजी?''

शुद्धोधन चुप। क्या बताएँ? आगे कुछ प्रचलन में नहीं आया था। यह किंवदंती यहीं आकर विराम पा गई।

महाप्रजापति गौतमी ने ध्यान लगाया। कुछ ही पल बीते थे। शुद्धोधन समझ गए थे कि उससे आगे की उपकथा है ही नहीं। पथ वहीं आकर बंद हो जाता है। फिर गौतमी आगे क्या कह पाएगी? वह बोले, ''गौतमी इन किंवंदतियों के प्रायः उपसंहार ऐसे ही सामने आए हैं।''

''नहीं राजन, ऐसा नहीं है। इनमें आगे की कथा जोड़ने का काम आने वाली पीढ़ी अपनी उत्कट प्रतिभा और आलौकिक उदाहरण से प्रस्तुत करती है।'' महाप्रजापति गौतमी के चिंतन ने गहराई से कार्य प्रारंभ किया और उसने धीरे-धीरे कहना प्रारंभ किया, ''नई पीढ़ी हार मानने में विश्वास नहीं करती। इसीलिए उसे नई पीढ़ी कहा जाता है कि जहाँ पर पुरानी पीढ़ी अस्त्र-शस्त्र डालकर खड़ी हो जाती है, वहाँ से नई पीढ़ी सक्रिय मेधा से आगे बढ़ती है। यह है उसका चमत्कार।''

''तो उस चमत्कार को अब सामने लाकर बताओ,'' शुद्धोधन धीरे से कह गया।

महाप्रजापति गौतमी ने सिर खुजाया तो सिद्धार्थ उसके सामने आ खड़ा हुआ। उसने मन-ही-मन कहा, ''इस समय मेरी अवस्था तुमसे लगभग दुगनी होगी। अर्थात् मैं नई पीढ़ी के एक छोर पर हूँ।...तुम कुछ बोलो, सिद्ध, क्या कर सकोगे उन परिस्थितियों में, जहाँ पुरानी पीढ़ी अपनी यात्रा समाप्त करने की घोषणा कर चुकी हो।''

शुद्धोधन ने देखा कि महाप्रजापति की आँखें बंद हैं, परंतु उसके अधर हिल रहे हैं। वह किसी-न-किसी से अवश्य बात कर रही है। पर क्या? शुद्धोधन कुछ कह पाते, उससे पहले ही महाप्रजापति गौतमी ने आँखें खोल दीं। अतः शुद्धोधन चुप्पी साधे रह गया यह जानने के लिए कदाचित् वह भी अस्त्र-शस्त्र डालती हुई कह दे, ''हाँ, राजन, इसका अंत भी वही है जिसकी ओर आपने अभी-अभी संकेत किया है।'' यह सोचते हुए शुद्धोधन अपनी मुस्कराहट को नहीं छिपा सका।

''मैं सोच रही थी कि एकलव्य ने दायें हाथ का अँगूठा देकर क्या किया?''

''नई पीढ़ी से था वह।''

"पुरानी पीढ़ी के आचार्य ने उसके साथ धोखा किया।"

"यह उसे सोचना था। जब वह उसके आचार्य न होते द्रोण को अँगूठा काट कर दे रहा था। क्या नई पीढ़ी इतनी अनुत्तरदायीपूर्ण होकर कुछ नया कर सकने में सफल हो सकती है। अन्याय करने वाले से अन्याय सहने वाला अधिक अपराधी होता है।...आज की नई पीढ़ी के लिए यह दृष्टांत रत्तीभर भी अनुकूल नहीं है।...न यह आचार्य भक्ति का उदाहरण है।" शुद्धोधन कहाँ से कहाँ तक सोच गया। महाप्रजापति गौतमी ने उसे बीच में टोक दिया और कहने लगी, "महाभारत में वह योद्धा पराक्रम दिखा रहा था।"

"क्या बिना अँगूठे के धनुष पर बाण चढ़ाकर शत्रु पर आक्रमण करते हुए?"

"अभी उसका बायाँ हाथ...उसका अंगूठा सुरक्षित था। उसने बायें हाथ के अँगूठे का प्रयोग कर जता दिया कि...यह था उसका सर्वथा नया शोध...नया चमत्कार...राजन।...वह न पश्चात्ताप से जकड़ा गया और न आचार्य के प्रति अनुदार होने से।...अन्ततोगत्वा वह उसी आचार्य की माटी की मूर्ति बनाकर ही उसे आचार्य मानकर आचार्य भक्ति से यह सिद्ध कर सका कि आचार्य होना शिष्य की आचार्य भक्ति पर निर्भर है। तभी तो यह कहा जाता है कि ईश्वर भक्त की मुट्ठी में है।" महाप्रजापति गौतमी ने धीरज और संयम बनाए रखकर कहा, "राजन हमें इस प्रसंग को इतनी दूर तक नहीं ले जाना था।...हमारी सोच सिद्ध की शिक्षा-प्रशिक्षा की व्यवस्था पर केंद्रित होनी थी। मैं मात्र इतना कहना चाहती हूँ कि शिष्य का आचार्य स्वयं शिष्य भी हो सकता है।"

"तुम्हारा आशय है कि सिद्ध स्वयं अपना आचार्य होने में सक्षम है।"

"हाँ,...मेरा पूरा विश्वास है, राजन। आप एक पिता होकर ध्यान दें, जिसके पास पुत्र की शिक्षा का भविष्य अधर में लटका जा रहा हो।" महाप्रजापति गौतमी ने कहा।

"यह चमत्कार कैसे होगा?"

"एकलव्य को किसने बताया था।"

"अपने आप, पर कैसे?"

"इस पर मत सोचिए। आपके-हमारे सोचने से कुछ नहीं होगा। जो होगा..." महाप्रजापति गौतमी ने ऊपर हाथ उठाकर कहा, "ऊपर बैठे सोचने, करने वाले से।"

"मुझे तुम पर भरोसा है।"

"और मुझे ऊपरवाले और अपने सिद्ध पर।" महाप्रजापति गौतमी ने धीरे से पर पूरे आत्मविश्वास से आगे कहा, "मुझे क्षत्रिय होने से उसे मिलाना है।...वह क्षत्रिय है। क्षत्रिय कौन होता है? उसे क्या करना होता है?... इतना ही हमें करना है।"

"कौन करेगा?"

"आप...।"

"मैं...!" शुद्धोधन ने इधर-उधर देखकर कहा, क्योंकि उसने अपने इधर-उधर किसी को नहीं पाया। कौन करेगा प्रश्न में उलझ कर वह रह गया।

"चिंता छोड़ो।"

"छोड़ी, यदि तुम तैयार हो, गौतमी।"

"यह भी कोई कहने की बात है, जीजाजी।...आप निश्चिंत रहें।"

शुद्धोधन ने आश्चर्य से गौतमी की ओर देखा और उससे आत्मविश्वास पाया। वह जो कहती है, वह करके भी दिखाती है। अब उसने उठना चाहा। महाप्रजापति गौतमी ने तनिक रोककर दासी से पायस मँगवाया। वह चलना चाहता था। तभी गौतमी ने कहा, "आज पूनो है।"

"लेकिन वैशाख माह की नहीं।"

"तो क्या हुआ। माह में क्या रखा है। पूनो हर माह में आती है, जीजाजी। कदाचित् वह प्रतिदिन आती होती तो मैं उस दिन पायस पाकर व्रत खोलती।"...मेरे लिए पायस में सिद्ध की साधना शक्ति का बीज मंत्र है...प्रत्येक के लिए पूनो भी सिद्ध है और सिद्ध भी पूनो के लिए। महाप्रजापति गौतमी अत्यंत भावुक हो उठी। उसके मुखमंडल पर चाँदनी सी अन्तर्निहित मुस्कान तरलित हो उठी।

शुद्धोधन सोच भी नहीं सका कि कोई माँ न होते हुए भी माँ की भूमिका निभाने के प्रति इतनी निष्ठावान, समर्पित और शुभेच्छु हो सकती है। वह पायस के अन्तः आस्वाद का मन-ही-मन आनंद लेता चला गया।

## 16

मंजुला चाहती थी कि वह सिद्धार्थ के मन में बसे शयनागार को जान सके। उसे अपने इस प्रयत्न की कल्पना पर तरस भी आ रहा था। उसकी वैवाहिक जीवन के प्रति अनुभवहीनता उजागर है। उससे इस क्षेत्र में अपेक्षा रखना निरर्थक है। क्यों नहीं उसने महाप्रजापति गौतमी को मना कर दिया कि यह क्षेत्र उसका नहीं है। वह इस ओर पाँव नहीं बढ़ा सकेगी? अब पीठ पीछे अपनी त्रुटि के लिए पश्चात्ताप करने से क्या लाभ?

क्यों नहीं माँ से काशी से जाने से पहले अपनी इच्छा प्रकट कर दी? माँ तो वहाँ लड़कियों की इच्छा के विरुद्ध कोई कार्य नहीं करती हैं।

क्यों बैठे-ठाले आ बैल मुझे मार कहावत का उदाहरण बन बैठी। सोचा था कि खुला आकाश, लहराती सुवास, बहती हवा, झरने-निर्झर...पोखर, तालाब-तलैया का अनुभव, लाभ न उठाए? कपिलवस्तु पर्वत श्रेणियों के दिपदिप सौन्दर्य की दिव्य नगरी है। ऋषि कपिल की साधना स्थली।

क्यों उठा बैठी थी तानपूरे पर उचटे मन का गीत-संगीत? अब वह कैसे लौटे? कौन लौटवाएगा उसे? उसके चारों ओर अंधेरा ही अंधेरा घिरा हुआ था। क्यों न वह महाप्रजापति गौतमी को बता दे कि...।

उसी समय सामने से मृगी आती दिखाई पड़ी। वह उसी की ओर आ रही थी। दो-चार दिन से वह नाट्यशाला नहीं जा सकी थी। मृगी ने आते ही उलाहना देना प्रारंभ कर दिया, "तुम्हारे बिना नृत्य-नाटिका का प्रदर्शन नहीं हो सकेगा।"

"यह मैंने कब कहा है, मृगी? तू तो स्वयं में पूर्ण है। तेरा नृत्य ही इतना आकर्षक और सम्मोहक होता है कि...।" मंजुला अपना वाक्य पूरा कर पाती कि इससे पहले वह बीच में ही कूद पड़ी कि "रम्भा-उर्वशी भी दाँतों तले उँगली दबाए रह जाएँ।...यही न...।"

"अच्छा, उपहास करना छोड़। न आने का कारण बता। वसंत पंचमी का महोत्सव यहाँ बड़े उत्साह-उल्लास-उमंग के साथ मनाया जाता है। प्रजा के लिए नाट्यशाला खोल दी जाती है।" मृगी बताने लगी।

सरस्वती उत्सव यहाँ का सबसे विख्यात पर्व है, जिसको देखने के लिए दूर-दूर से सामाजिक-धार्मिक वणिक आते हैं। सरस्वती की पावन रथ यात्रा के प्रति जन-जन की श्रद्धा-भक्ति के उद्धरण दर्शकों को अपने आकर्षण केंद्र में सम्मिलित कर लेते हैं। वह दृश्य अत्यंत मार्मिक होता जब पीले रंग में सजा रथ, श्रद्धालुगण सरस्वती को साक्षात् साष्टांग प्रणाम—हाथ, पाँव, आँख, माथा, अन्तःकरण (हृदय) जांघ, मन और वचन—करते नहीं अघाते। शमई रंग की दुंदुभि दल के सामने नर्तक मण्डली तरह-तरह के नृत्य प्रस्तुत करती है।

मंजुला के मस्तिष्क में सरस्वती की अर्चना-पूजा का महोत्सव स्पष्ट होता गया। वह पूछने लगी, "हमें क्या करना है, मृगी।"

"सरस्वती वंदना नृत्य भंगिमाओं से प्रस्तुत करनी है और दूसरे विशिष्टगण के लिए मैंने सोचा है—चकवा-चकवी प्रसंग जो रात्रि में एक दूसरे से अलग हो जाते हैं।" मृगी इतना कह कर चुप हो गई।

"चक्रवाक अर्थात् चकवा-चकवी गाथा। रात्रि को मादा चकवा बिछड़ जाता है और विलाप करता है।" मंजुला कहती।

"हाँ, परंतु मैं इस गाथा में चकवी के वियोग को भी प्रस्तुत करना चाहती हूँ।" मृगी ने गंभीर होकर कहा।

मंजुला सोचने लगी। कुछ गहरे में डूबी। मन-ही-मन दोनों की मानसिकता पर अलग-अलग विचार करने लगी। वह बोली, "तू दोनों के वियोग के अन्तर्पट में होने वाली स्थितियों को नाट्य माध्यम से लाकर उनके अंतर की मार्मिकता की सघनता प्रस्तुत करने का मन रखती है—एक सर्वथा नवीन प्रयोग।"

"पर कैसे कर पाएँगे हम इस वृत गाथा की वियोग मानसिकता की प्रस्तुति... ?"

"हाँ, मालती। हम तीन दिनों से इस प्रसंग गाथा की अन्तर्वृत्तियों को नृत्य में ढालने का अभ्यास कर थक गए हैं परंतु कोई लय-ताल नहीं बैठा पाए हैं।" मृगी के स्वर में थके चिंतन की परछाईं की झुँझलाहट परदा उठा नहीं पा रही थी। अन्तर्द्वन्द्व की यह कसक उसमें बराबर करवट बदल रही थी। गाँठ खोलते-खोलते वह हार गई थी। तभी उसकी दृष्टि खुले द्वार पर पड़ी। वह चौंक पड़ी। मंजुला तुरंत उठ खड़ी हुई और आगे बढ़कर स्वागत करती हुई बोली, "क्षमा...मैं देख नहीं पाई।"

"तुम देख पातीं तो मैं तुम्हें देखने से वंचित रह जाती, मंजुला।...चोरी की गई चीज़ का आस्वाद ही कुछ और होता है। प्राय: मैं दीदी की चीज़ चुराकर चट कर जाती थी और दीदी थी कि माँ से जाकर मेरी शिकायत करती थीं। माँ उसे मुझे डाँटने का आश्वासन देकर लौट जाने देती, संतुष्टि भाव से...कि अब मुझे डाँट पड़ेगी।... पर माँ ने मुझे कभी डाँटा नहीं। यह रहस्य तब खुला जब विदा होकर जा रही थी। मैं कह रही थी कि दीदी अब मैं किसकी चोरी करूँगी।...दीदी ने कहा था, तब भी तू चोरी नहीं करती थी। मैं जानबूझ किसी चीज़ को ऐसे छिपाती थी कि तू न जान सके और तेरा चोर मन मुझे वहाँ से हटते ही उस चीज़ पर लपक पड़े और मुझे माँ से तेरी शिकायत का अवसर मिल जाए।...मैं यह भी जानती थी कि माँ तुझे डाँटेंगी नहीं, मात्र मेरा मन रखने के लिए कह देंगी।...महाप्रजापति गौतमी की आँखें भर आईं।"

"रोना नहीं मातेश्वरी।" मंजुला बोली। वह बोली, "तू मुझे रुला कर बोल रही है, मंजुला।"

"मातेश्वरी..." ही बोल पाई और कान पकड़े खड़ी होकर बोली, "बोलिए उसके लिए मुझे कितनी बार उठक-बैठक लगानी होगी।"

महाप्रजापति गौतमी ने खड़े होकर, उसे अपनी छाती से चिपका कर कहा, "इतनी बार।"

"मातेश्वरी...मातेश्वरी... क्षमा...क्षमा।"

"क्षमा क्यों माँगती है...तू मातेश्वरी से रूठकर काशी जा।...यहाँ कौन है तेरा अपना जो तेरे बारे में सोचेगा।...है न।" महाप्रजापति गौतमी का स्वर पिघल उठा था जमे हिम पर तेज़ ऊष्मा की अनुभूति पाकर।

मंजुला पानी-पानी हो गई। उसकी आँखें ओस बूँद सी टपक पड़ीं। महाप्रजापति गौतमी ने स्थिति सँभालते हुए तुरंत कहा, "मैंने चोरी-चोरी तुम दोनों की बातचीत सुनी है। मैं नृत्य नाटिका के बारे में कुछ नहीं जानती हूँ परंतु एकांत वाटिका में गरजते, छा रहे बादलों को देखकर मोर को नाचते अनेक बार देखा और अपने में अनुभव भी किया।...और एक दिन उसके साथ-साथ नाच पड़ी। तब से नाचने का मन बिना मोर के मुझे नचाने लगा था। यहाँ आकर छूट गया। आज अचानक तुम दोनों को इस प्रसंग

पर उलझते पाकर पुरानी स्मृति बिन झूले झूल गई।''

''मातेश्वरी...।'' दोनों ने एक साथ कहा।

''चौंको मत।...यह बेसुरे स्वर का संगीत है। बस मन में तरंग उठी और आ चमकी अपनी उपस्थिति का महत्त्व दर्शाने।...इससे अधिक कुछ नहीं।''

''अवश्य बताइए...अवश्य।'' वो दोनों बोल पड़ीं।

''चौर्य कर्म की प्रकृति छुड़ाने से नहीं छूटती, क्योंकि उसके सिर पर चुराने का डर नहीं होता। एक बार डर का भूत उतार कर देखोगी तो कदाचित् उस आनंद की अनुभूति से जुड़ पाने का संयोग पा सकोगी, जिसके लिए वर्षों की तपस्या साधक से मुँह फेरे रह जाती है।'' महाप्रजापति गौतमी को सुनकर दोनों अवाक् उन्हें देखती रह गईं। कोई इतना मिलनसार, बेझिझक, सरल, आत्मीय, पद-प्रतिष्ठा का सामाजीकरण कर समान धरातल पर आकर स्वयं वहाँ तक आ सकता है, यह उन्होंने स्वप्न में नहीं सोचा था। मंजुला पुन: क्षमा माँगने लगी तो वह बोली, ''तुमने कोई अपराध नहीं किया है, मंजुला। मुझे ज्ञात नहीं था कि तुम इतनी भावुक-संवेदनशील और भोलापन लिए अपने और अन्य के प्रति इतनी समर्पिता हो।...अब हम तुम्हारी चर्चा को आगे बढ़ाते हैं और तुम से आग्रह करते हैं कि चर्चा में कोई बड़ा-छोटा नहीं होता। सब बराबर के होते हैं, तभी चर्चा का लाभ मिल सकता है। मैं इस क्षेत्र की समझ रखने वाली नहीं हूँ, दर्शक मात्र हूँ और एक दर्शक की आधी-अधूरी समझ से इसमें भाग ले रही हूँ।''

महाप्रजापति गौतमी ने पहले तो उनके सिर पर से अपने बड़प्पन की भयाशंका हटाने की पहल की, क्योंकि चर्चा का आनंद तब तक नहीं लिया जा सकता है, जब तक उसमें भाग लेने वाले स्वतंत्र विचार, प्रस्तुत करने में अपने को बराबरी का मानने में झिझकते हों।

मंजुला के मन से सारा बोझ हट गया। वह सामान्य होने लगी। उसके सामने से असमय का अज्ञात कुहासा दूर हो गया। मृगी कुछ नहीं समझ पाई।

''आप चकवी के अन्तर्मन की कसक, वेदना और उस पर पड़ने वाले दबाव की प्रस्तुति नृत्य के माध्यम से लाना चाहती हैं और उसके पूर्वराग के प्रतिकूल मानसिकता के द्वन्द्व का प्रस्तुतीकरण कैसे किया जाए...यह प्रमुख समस्या है।''

''मूल समस्या यह है कि इस लोककथा के प्रतिकूल नहीं जाना चाहते, जबकि मंजुला इस कथा में परिवर्तन की पक्षधर है।'' मृगी ने समस्या का हल प्रस्तुत कर दिया।

मंजुला कुछ नहीं बोली।

महाप्रजापति गौतमी को भी सुनना चाहा। मंजुला उसका आग्रह टाल नहीं सकी। वह कहने लगी, ''समय मेरे लिए प्रमुख है। बीते युग का कथानक आज बदला जाना चाहिए।''

"पर क्यों?" गौतमी पूछती।

"चकवा चकवी रात्रि अलग बिताने क्यों लगे?...क्या उत्तर है हमारे पास?"

महाप्रजापति गौतमी मृगी की ओर देखने लगती। मृगी कहती, "कोई उत्तर नहीं है।"

"फिर?"

"फिर क्या! जो चला आ रहा है, क्या उसे वैसा ही रहने देने में कोई विशेष आपत्ति है। कितने हैं जो नृत्य की बारीकियों को समझते हैं।"

महाप्रजापति गौतमी ने कहा, "हमें ऐसा नहीं सोचना चाहिए।...हमारी प्रस्तुति नाट्य शास्त्र के अनुसार हो...या उसमें कोई सार्थक परिवर्तन स्वस्थ दिशा की ओर ले जाने वाला हो, जिसकी ओर उसके विशेषज्ञ ध्यान दे सकें। फिर भी, मंजुला... ।"

"चकवा-चकवी की वियोगजन्य स्थितियाँ भिन्न हैं।...चकवी का आधार विशुद्ध प्रेम है।"

मृगी बीच में ही बोल पड़ती, "मैं चकवे के प्रेम को वैसा ही मानती हूँ जबकि... ।"

"मैं नहीं मान पा रही हूँ। हम दोनों पहले भी इस विषय पर लंबी बात कर चुके हैं और उसका परिणाम यह हुआ कि यह नृत्य नाटिका आज तक यहाँ प्रस्तुत नहीं हो सकी।...फिर भी, मेरी कोई हठधर्मिता नहीं है।" मंजुला ने धीमे स्वर में कहा।

"यह अच्छी बात नहीं है। मुझे एक बात का स्मरण हो आया है, जब यहाँ दूर देश रेगिस्तान से कोई लौटा था और ऊँचे स्वर में गा रहा था— "

*सांझ पड़ी आयम्मो चकवी दीनी रोये।*

"चकवा उस देश में रैन करे। नाय कोय।" मैंने उससे पूछा था। वह कुछ नहीं बता सका था। तब मैंने अपने दादाजी से पूछा था।...उन्होंने बताया था कि हमारे समाज में इस प्रकार के अनेक प्रसंग हैं। उनसे बनी कहानियाँ हैं।...जैसे कामदेव द्वारा शिव की तपस्या भंग करने का प्रयत्न और शिव का त्रिनेत्र द्वारा उसे भस्म करना।...इस कहानी में देवता अमृतपान करने पर भस्म कैसे हो सकता है। दूसरे कामदेव पुरुष था।...इसी तरह इसमें भी।"...कहकर गौतमी चुप रह गई तब मालती ने प्रश्न किया, "क्या बताया था आपके दादाजी ने?"

"लोककथाएँ, बहुत प्रचलित हैं। जैसे, 'खेला मास', 'नल दयमन्ती', 'सांड-सांडिनी', लीलाधर राजकुमार, 'तोता मैना...', 'हंस-हंसनी' आदि...यह भी कच्चा-पक्का लेखा-जोखा है। हमारे हर त्योहार-पर्व के पीछे ऐसी गाथाएँ हैं।...पता नहीं कब से चली आ रही हैं और हमारे देश में अलग-अलग कोनों में अलग-अलग उतार-चढ़ाव से फैली हैं। इस कारण इनमें थोड़ा-बहुत परिवर्तन, अनुकूल होने पर संभव है।"

"तब ?" मृगी बोली।

"तब ये है कि तुम भी किसी तपस्वी को बीच में लाओ। कारण सृजो। ताकि वे उसे शाप दें। वे मनुष्य से चकवा-चकवी बनें या जन्म लें।...इस प्रसंग को, नृत्य को ऐसे छा लो कि दोनों की परंपरा का सामाजिकों के चित्त पर गहरा प्रभाव पड़ सके।...अच्छा मैं अब चलूँगी।"

वह चल पड़ीं। उनके साथ वे दोनों, उनके मना करने पर भी, चलती रहीं। जब भवन तक लौटने लगी तो मंजुला ने हाथ जोड़ कर कहा, "आप साक्षात् देवी हैं, मातेश्वरी।...मुझे क्षमा कर दिया। वह भी बिना क्षमा माँगे। यह बड़े मन की बात है।"

"आगे कुछ नहीं—छोटे-बड़े मन वाली, मंजुला। मस्तिष्क से छोटे-बड़े मन को हटा सकेगी तो कदाचित् अनुभव कर सकेगी, धरातल पर समानता का स्वर्ग लाने वालों के मन में ऊँच-नीच, बड़े-छोटे के खांचे न हों।...लौट जाओ अब।"

वे दोनों लौट पड़ीं। मृगी के पूछने पर मंजुला ने क्षमा माँगने का कारण न बताकर कहा, "मृगी, हमें दूसरों की गोपनीय बातों को जानने में रुचि या जिज्ञासा नहीं रखनी चाहिए।...सौ बातों की एक बात, इससे मन को शान्त बनाए रखने में सहायता मिलेगी।"

मृगी समझ गई। मृगी ने मंजुला से अलग होते पूछा, "अब ?...चक्रवाक...।"

"तू भी सोचना...मैं भी सोचूँगी। रास्ता निकल रहा है।...होगा।" कह मंजुला मुड़ गई।

## 17

पन्द्रह दिन हो गए। सिद्धार्थ की सोच में एकांत गहराने लगा। बचपन से ध्यान-मुद्रा का स्वतः उभरा विकसित अभ्यास उसके अन्तर्मन को ऐसे नवीन संसार में ले जाता रहा था, जहाँ संसार के नाम पर संसार शून्यता उनमें चित्ताकर्षण करने लगी थी। वह ऐसी शून्य अवस्था में अपने चित्त को शांत, स्थिर और तटस्थ पाता था। उसे स्वयं को आश्चर्य हो रहा था कि उसमें यह क्या हो रहा है और क्यों ? वह किससे पूछे ? परंतु उसको यह स्थिति संतोष दे रही थी।

उस दिन गौतमी ने शाल वृक्ष के नीचे आलथी-पालथी अर्थात् दाहिनी एड़ी बायीं और बायीं एड़ी दाहिनी जाँघ पर रखे—ध्यान मुद्रा में निमग्न सिद्धार्थ को देखा। वह काफ़ी देर तक देखती रही। उसे चिंता सताने लगी कि इस तरह तो सिद्धार्थ संसार विमुख होता जाएगा और चक्रवर्ती सम्राट का स्वप्न धरशायी हो जाएगा।

महाप्रजापति गौतमी घबरा उठी। वह क्या करे और कैसे! पता नहीं यह कार्यक्रम कब से चल रहा है और कौन चला या चलवा रहा है ?

बहुत देर बाद सिद्धार्थ में हल्की-सी हलचल हुई। गौतमी ने अपने चारों ओर घूम कर देखा। उसे वह छुटपुट घटना समझ कर टालती रही।

गौतमी के चारों ओर अंधेरा छाने लगा। यद्यपि वह कई बार शुद्धोधन को यही बात कहती रही परंतु उसके कान पर जूँ तक नहीं रेंगी।

अब सिद्धार्थ ने धीरे-धीरे आँखें खोलीं और शांत भाव से अपने चारों ओर दृष्टि दौड़ाई। कहीं कोई दिखलाई नहीं पड़ा। थोड़ा-सा उसको चैन मिला। वह धीरे-धीरे सिद्धार्थ के सामने जा पहुँची। सिद्धार्थ चौंका नहीं। न कोई उसमें भाव परिवर्तन हुआ। कुछ समय तक अपने में खोया रहा। वह कहाँ से कहाँ जा पहुँचा था, जहाँ न आकाश था और न तिमिर का हरण करने वाला सूर्य। न सूर्य के महाविस्फोट से जो पिण्ड सामने आया और अनंत जल में समाकर पृथ्वी बना वह।...जिसे अब वह अपने सब ओर देखकर आँखों को विश्वास दिलाना चाहता है कि वह जिसको देखकर लौटी है और अब जिसे देख रही है, वे दोनों अपने सनातन रूप के परिणाम हैं।

''क्या सोचे जा रहा है, सिद्ध?''

''जिसे देखकर, जिसमें अपने को विस्मृत कर लौटा हूँ माँ।'' सिद्धार्थ अभी तक अपने में नहीं लौट पाया था। उसके चित्त ने जिसे अनुभव किया था, वह वृत अभी टूटा नहीं था।

''किसको देखकर, सिद्ध?''

''जिसको यदा-कदा पूर्व में देख-अनुभव कर कुछ नहीं समझ पाया था।''

''वह क्या था, सिद्ध?'' महाप्रजापति गौतमी सिद्धार्थ के अन्तःकरण पर उतरे उस आकाश के बारे में जानना-समझना और उस पर सोच कर किसी अर्थ तक पहुँचना चाह रही थी, क्योंकि कई बार स्तनपान करते हुए स्तन को पपोलता भी वह कुछ समय तक रुका रहा था। चपड़-चपड़ सन्नाटे में खो गई थी और वह बंद आँखें किए कहीं और जा खोया था। वहाँ से लौटा तो उसके स्तन को छोड़, उस पर हथेली रखे कुछ ढूँढ़ रहा था। आज वह उसे टुकुर-टुकुर देखे जा रहा था कि यह वही माँ है, जिससे लिपट कर गरमाहट पाकर वह उसे एक पल नहीं छोड़ना चाहता था और माँ भी उसे चिपटाकर दबाए रखती थी। कहीं उसी ऊष्मा की चेतना उसे आज भी अनुभव हो रही थी क्या! पता नहीं कैसे यह वाक्य तंत्र उसमें गहराई से चक्कर लगा रहा था कि सूर्य नहीं होता तो सब अंधे होते। पर कैसे न होता। वह नहीं होता तो पृथ्वी कहाँ होती और पृथ्वी नहीं होती तो यह सारा जगत कहाँ होता? यह जगत नहीं होता तो फिर अंधा कौन होता? वह कह गया असोचे, ''माँ, वही जो अब मैं देख अनुभव कर रहा हूँ।''

''वह क्या है, सिद्ध?''

''तू माँ, तू है माँ।''

महाप्रजापति गौतमी उसकी अचेतन चेतना की लहर को जान लेना चाहती थी।

"माँ तू बेचैन न हो।"

"मैं कहाँ हो रही हूँ, बेचैन सिद्ध?"

"यह कदाचित् तू जान पाती...।"

"क्या, सिद्ध..."

"यही कि तू वही है, जिसे मैं बिना सूर्य, आकाश, पृथ्वी, हवा, जल के भी देख रहा था यहाँ आँखें बंद किए।" सिद्धार्थ कैसे बताए कि वह शून्य क्या था? क्या अनुभव करा रहा था, क्योंकि वहाँ न शब्द था न वाक्य। अपने से अज्ञात अक्षर या बिना ध्वनि संस्कार लिए।

इस बार महाप्रजापति गौतमी में यह इच्छा कुलबुलाई कि वह उसके पास जाकर, उस सिद्ध को अपने आँचल से ढँक ले ताकि उसे किसी की नज़र न लग पाए और वह उस ध्वनि का अनुभव कर सके, जिसे वह सुन नहीं पा रहा था।...अध्वनि थी वह! वह भी कई बार उसे अंक में भर बीच-बीच में उछाल, उसके गुलगुली मचा, उस अनसुनी ध्वनि का अनुभव कर सकी, जिसके अदृश्य होते हुए भी वह उसे दृश्यानुभूति करा जाता था। उस नन्हे-मुन्ने की आँखें समझा रही होती थीं कि टुन्ना-मुन्ना उछाल रहा है वह पंखों का संसार। धरती बन आकाश मना रही है तीज-त्यौहार।

"अब उठ भी जा, मेरे प्यारे से टुन्ने-मुन्ने, दृश्यमान् जगत के अनमोल हीरे-मोती, संसार तेरी प्रतीक्षा कर रहा है।" परंतु वह प्रकट में कुछ नहीं कह पाती। वह कहती होती, "चल सिद्ध, मुझे भूख लग रही है। आज रसोई मैंने तेरे लिए बनाई है। उसमें है तेरी प्रिय केवरी (तीन दालों से मिली दाल), मखाने की पायस (खीर) बनाई है।...मिस्सी रोटी, ताज़ा जमा नवनीत..."

"और गरम-गरम रोटी...तू बनाती जाएगी और मैं खाता जाऊँगा। बीच-बीच में तेरा आँचल कसकर पकड़ कर तेरे लाख मना करने पर भी दो-तीन गस्से खिलाए बिना नहीं रहूँगा।" सिद्धार्थ याद करता कहता जाता।

"और ताली बजा गाएगा...मेरी माँ मावा मिश्री...।"

बस-बस, महाप्रजापति गौतमी में माँ बनने की ललक चूल्हे से उठ रही सूखी लकड़ी की लौ सी मचल उठती। वह रसोई स्वयं सँभाल लेती। इसके लिए एक छोटी-सी रसोई बनाई थी, जहाँ वह सिद्ध को पट्टे पर बैठा कर, आँच की लौ में देखकर गरम-गरम रोटी हाथ से थपथपाती मिट्टी के तवे पर डालती और शीघ्र उलट-पलटकर भूभल पर डाल कर फुलाती। एक ओर से हल्का-हल्का गुलाबीपन उस पर चमक उठता, तब घृत या नवनीत की डली रख देती। उसे स्वयं रसोई बना कर सिद्ध को खिलाकर लगता था कि आज भी सिद्धार्थ के स्तनपान करने का अनुभव कर रही है। वह माँ कहाँ जो अपने लाड़ले सिद्ध को अपने हाथ से रोटी बनाकर नहीं खिला सके। उसकी बनाई रोटी में उसे जो आस्वाद मिलता था वह रसोइये की रोटी में कहाँ होता था।

महाप्रजापति गौतमी सिद्धार्थ को भोजन करवा रही थी कि सिद्धार्थ ने अनुनय-विनय करते हुए कहा, ''माँ, तेरा सिद्ध सदा तेरे लिए सिद्ध रहेगा। उसे तुझसे बचपन का प्यार, ममता और आशीर्वाद मिलता रहेगा, तब यह बता कि मैं तुझे उस रूप में कैसे स्मरण कर सकूँगा।''

''कैसे करना चाहेगा?'' महाप्रजापति गौतमी ने एक रोटी उसकी ओर बढ़ाई ही थी कि उसने बीच में रोकते हुए कहा, ''माँ अधूरा आस्वाद है यह।''

चौंककर गौतमी ने हाथ में रोटी थामे पूछा, ''पूरा आस्वाद कैसे आएगा?''

''बताऊँ तो तू मानेगी, माँ?''

''क्यों नहीं मानूँगी। एक बार तू कहकर तो देख सिद्ध?'' गौतमी ने अपना कंधे से सरकता आँचल एक हाथ से ठीक करते हुए कहा।

सिद्धार्थ ने केवरी में रोटी का टुकड़ा भर कर उसकी ओर बढ़ाते हुए कहा, ''मुँह खोल...।''

''पगला गया है क्या?''

''हाँ माँ, सिद्ध तो सदा पगलाता रहेगा जब तक तू उसे सिद्ध पुकारती रहेगी।... तू मुँह नहीं खोलेगी तो भूखा उठ जाऊँगा।'' सचमुच सिद्धार्थ ने उठने का उपक्रम किया ही था कि गौतमी ने मुँह खोल दिया। मन में उसके आनंद ऐसे नाच उठा जैसे उसके दूर भागते को पकड़ कर नाच उठता था और वह उसे गोदी में उठाकर नहलाने ले जाती थी—एकदम नंग-धड़ंग होता था तब वह।

गौतमी को सब कुछ स्मरण है कल घटी घटना की तरह।

सिद्धार्थ भोजन से तृप्त होकर माँ को पहले बैठने को कहता और उसके बैठने पर परोसी थाली उठाकर माँ के सामने रखता। फिर उसे खाते देखकर कहता, ''माते! खाने से अधिक आस्वाद खिलाने में आता है।...क्यों माँ?''

''प्रश्न क्यों? तुझे उत्तर स्वयं मिल रहा है। उस पर ध्यान दे।'' इसके साथ ही गौतमी ने कौर में केवरी भर कर मुँह के हवाले कर दिया।

''माते, साधारण बने रहकर सुख आनंद बन जाता है। सहज-सामान्य अनुभूतियाँ मन बाँध लेती हैं।...पर क्यों?'' सिद्धार्थ ने सहज कह डाला।

''सिद्ध, कृत्रिमता सुख-चैन सब छीन लेती है। धरती स्वभाव जीने का निमंत्रण है।'' यह कहते-कहते महाप्रजापति गौतमी रुकी। वह यह क्या कह गई! चक्रवर्ती सम्राट के लिए...नहीं...नहीं यह सब अनुपयुक्त है। उसने तुरंत पलटा खाया और खखार कर कहने लगी, ''परंतु सामान्य मानव की सुरक्षा, उसके विकास की योजना उसे परस्पर हित को पहचान कर उस पथ पर आगे बढ़ने-बढ़ाने का वातावरण बनाए रखना आदि कार्य के लिए राज्य चाहिए, राजा चाहिए जो उसको अनुकूल वातावरण उपलब्ध करवा सके। जहाँ अनुकूलता होगी, वहाँ प्रतिकूलता की उपस्थिति भी बनने

लगती है। प्रतिकूलता कौन रुकवा सकेगा। इसका न्याय कौन करेगा? इसके लिए राजपाट चाहिए।''

सिद्धार्थ सोचने लगा। महाप्रजापति गौतमी ने उसे रुकने-सोचने के लिए समय न देकर सीधे-सीधे कह डाला, ''व्यवस्था चाहिए। कौन देगा व्यवस्था?... व्यवस्था, राजा से लेकर चक्रवर्ती राजा को सँभालनी पड़ती है यह व्यवस्था। इसी कारण राजा-महाराजा की योग्य संतान उस परंपरा को आगे बढ़ाती है।''

''परंतु ऐसा ही हो, यह आवश्यक तो नहीं है, माते।'' सिद्धार्थ पूछता।

''हाँ, सिद्ध, राजकाज करने, सँभालने का अपना ढंग है। उसकी अपनी ही शैली है।...जैसे कल तक मल्ल-शाक्य आदि पहले से अधिक स्वतंत्र थे। वहाँ गणतंत्रात्मक व्यवस्था थी। प्रजा राजा बनाती थी लेकिन शनैः शनैः यह व्यवस्था प्रजा से दूर होती गई और परिवारवाद को रास्ता मिल गया।...उसमें राजपुरोहित और अमात्य ब्राह्मण होने लगे।...इसलिए चक्रवर्ती सम्राट की संकल्पना सामने आने लगी। वास्तव में...।'' कहते-कहते गौतमी ने अपने को रोका ताकि प्रसंग अन्यथा रूप न लेने लगे। उसे लगा कि सिद्धार्थ के लिए यह विषय भारी पड़ने लगा है।

गौतमी को चुप पाकर सिद्धार्थ भी उठ खड़ा हुआ। वह उन बातों में रुचि नहीं ले सका। गौतमी ने उसे जाने दिया। वह भी यह नहीं समझ पा रही थी कि क्या बाह्य प्रयास से व्यक्ति को मोड़ा जा सकता है? वह जहाँ तक समझ पाई थी, उसने समझा था कि सिद्धार्थ का अन्तःकरण सत्य की पकड़ में है और शिव की संकल्पना की लहर से समुन्नत होते रहना चाहता है।...देखिए, क्या होता है? वह भी कहाँ राजकाज को समझती थी। जहाँ-तहाँ से सुनी हुई बातों से अनुमान लगा लेती थी। चक्रवर्ती सम्राट की कल्पना वह आधे मन से कपिलवस्तु-देवदह को आधार बना रही थी। उससे वह संतुष्ट नहीं थी।

## 18

रात से वर्षा हो रही थी। अब जाकर दोपहर बाद बंद हुई। मंजुला महाप्रजापति गौतमी के भवन से बाहर आई। चारों ओर देखा। बादल लदे खड़े थे। दिन में गहरा अँधेरा छा गया था। सूर्य कहीं दिखलाई नहीं पड़ रहा था। वाटिकाएँ पानी से भरी थीं। मार्ग भी कीचड़ से सना था। लग रहा था कि शनिवार से जो झड़ी शुरू हुई थी वह सप्ताह भर तो चलेगी ही। रुकी रहे या चल पड़े। दूरी तो है। मार्ग में बचने की कोई जगह भी नहीं है।

मंजुला को उड़ते-उड़ते यह बात पता चली थी कि सिद्धार्थ के लिए संबंध नहीं आ रहे हैं। महाप्रजापति गौतमी के सामने यह कहते हुए चर्चा छेड़ दी कि उसने सुना है कि...। गौतमी चुप रह गई। काला उदायी भी कुछ-कुछ निराश हुआ था। एक राजकुमार की दृष्टि से सिद्धार्थ में उन गुणों की चर्चा कहीं से सुनने में नहीं आई थी

कि जिससे उनके पौरुष की झलक सामने आई हो। उसकी अपेक्षा देवदत्त की वीरता-शौर्य की चर्चा अवश्य सुनाई पड़ी थी।

शुद्धोधन को यह विश्वास था कि दण्डपाणि की इकलौती लड़की सिद्धार्थ के लिए उत्तम जोड़ी सिद्ध होगी। दण्डपाणि की लड़की की सुन्दरता की चमक दूर-दूर तक जा पहुँची थी। सौंदर्य और सौरभ की चर्चा छिपाए नहीं छिपती।

शुद्धोधन ने इस शुभ कार्य को काला उदायी को सौंप दिया था। उसके लिए पत्री भी भेजी थी। स्वयं काला उदायी दण्डपाणि के यहाँ गया था। दण्डपाणि ने काला उदायी से कहा था, "अमात्य बंधु, मेरी एक ही संतान है। मैं चाहता हूँ कि अपने जैसे खाते-पीते परिवार की बहू बने। उसके लिए ऐसा सुयोग्य वर मिले कि उसके जीवन में साहित्य, संगीत और कला से संबद्ध पौरुष युक्त गुण मिलें।...मेरी लड़की की संगीत में गहरी रुचि है। चित्र बनाने में वह स्वयं को भुला बैठती है और गीत-कविता स्वयं बना लेती है। जबकि सिद्धार्थ के संबंध में ऐसा कुछ सुना नहीं है। हम गरीब अवश्य हैं परंतु संगीत, साहित्य और कला से अन्तरंगता करते रहने का प्रयास अवश्य करते हैं। आप मेरी ओर से उनसे निवेदन कीजिए कि हम उनके समान नहीं हैं। राजघराने में सामान्य परिवार की कन्या दबी-दबी रहेगी, क्योंकि एक तो छोटे घर की सीमाएँ अभाव से घिरी और दूसरे अपने छोटेपन की मानसिकता...इतना ही।... साहित्य, संगीत और कला आदि अभिरुचियों से मन बहलाने वाली कन्या वहाँ वैसा वातावरण नहीं पा सकेगी।"

काला उदायी ने समझाया भी था कि राजकुमार का मन विशुद्ध है, साहित्य की अच्छी समझ है और दूसरों को अपने समान रखते-मानते हैं। वह आशंकाएँ छोड़ें। वहाँ आपकी कन्या को हर प्रकार का सुभीता मिलेगा। देवी स्वरूप उनकी माँ हैं। परंतु उस सबसे कुछ काम बना नहीं।

काला उदायी ने भरसक प्रयत्न किया कि प्रशासन को समझें, अस्त्र-शस्त्र संचालन का निरंतर अभ्यास करें, राजकीय कामकाज की ओर ध्यान दें परंतु...। कुछ दिया भी लेकिन उसमें निरंतरता का अभाव रहा। उधर उनका मन भी कम लगा। जबकि देवदत्त, सिद्धार्थ का चचेरा भाई इस दृष्टि से सिद्धार्थ से बहुत आगे था और राजा बनने का स्वप्न उसने सँजो रखा था। मंत्रिमंडल में भी उसने अच्छी पहुँच बना ली थी।

काला उदायी ने सिद्धार्थ को भली प्रकार से समझाया कि वह राजा बनने की योग्यता, क्षमता के प्रति सचेत रहें। कुमार देवदत्त इस दृष्टि से स्वयं को उनसे आगे दिखाने का प्रयत्न कर रहा है। उसके पिता भी इस दृष्टि से चिंतित हैं। वह भी हैं तो जन-प्रतिनिधि ही। शाक्यों, कोलियों काशी, अंग इत्यादि गणराज्य ही हैं। उनको कोसल राजा से निर्देश लेने होते हैं। अन्य गणराज्यों को मगध के राजा से। शुद्धोधन के मन को यह बात बहुत खटकती थी। सिद्धार्थ कैसे चक्रवर्ती सम्राट बनेगा। अभी

उसमें इस प्रकार के गुण दिखलाई नहीं पड़े हैं। न बाहू बल, न अधिकार बोध और न राजकुमार सिद्ध करने की ओर ध्यान दे पा रहा है। मात्र राजपुत्र होने से क्या होगा? बड़ा होता जा रहा है परंतु वह अपनी क्षमताओं-योग्यताओं को सामने नहीं ला सका है।

महाप्रजापति गौतमी भी उसके अन्तर्मुखी स्वभाव को बहिर्मुखी व्यक्तित्व बनाने का लगातार प्रयत्न करती थी, जब भी उसे अवसर मिलता था। एक बार उसने सिद्धार्थ से यहाँ तक कह दिया कि पट्टमहिषी तो नहीं बन सकी परंतु वह उसे राजमाता का गौरव अवश्य दिला सकता है।

''कैसे माते?''

''विशाल राज्य का महाराजा, महाराजाओं, का महाराजा...चक्रवर्ती सम्राट बन कर सामने आएगा। ज्योतिषियों ने यही भविष्यवाणी की है। मैं अपने मन में उस दिन का सपना सँजोए हूँ, सिद्ध।'' महाप्रजापति गौतमी ने अति गंभीर, ध्यानमग्न होकर सिद्धार्थ का ध्यान इस ओर खींचा था।

''क्या करना होगा मुझे, माते?''

''जिसकी अपेक्षा और आशा एक चक्रवर्ती बनने वाले महाराजा से की जाती है।''

''जैसे माते...।''

''अस्त्र-शस्त्र संचालन में श्रेष्ठ, अपने कुशल राज प्रबंधन में अद्वितीय, महान शक्तिशाली, महापराक्रमी योद्धा, प्रजा की समृद्धि-सुरक्षा और सुख का केंद्र...और...और...जैसे न्यायाधिपति...अछोर राज्य की सीमाओं का स्वामी...।'' महाप्रजापति जैसे-तैसे जुटाई गईं चक्रवर्ती सम्राट की शक्तियों और कुशल शासन स्थापना की दक्षता को जोड़ जुड़ा कर कहती गई।

सिद्धार्थ सुनता रहा एक कुशल श्रोता बनकर और कुछ-कुछ सोचता भी गया। 'क्या वह ऐसा कर सकेगा? क्या राज्य विस्तार ऐसा कर सकेगा कि राजा-महाराजाओं को उसकी अधीनता के लिए विवश होना पड़े।'

उस समय तो सिद्धार्थ माँ के कल्पना संसार के प्रति कोई सन्तोषजनक उत्तर नहीं दे सका परंतु दिन-रात वह युद्ध से महायुद्ध की मारधाड़, निर्दोषों की हत्याएँ, हिंसा के भयानक दृश्य-परिदृश्य...हाहाकार...प्रचंड ज्वालामुखी लपटों से लगातार घिरता गया। हिंसा उसके सिर पर ताण्डव कर उठी। वह चीख पड़ता था स्वप्न में। पसीने-पसीने होने लगा था स्वप्न में। उसने काला उदायी से पूछा था कि राज्य विस्तार के पीछे का क्या लक्ष्य? दूसरे राज्यों को अपने अधीन करने की प्रवृत्ति का उद्देश्य।...गणपति से राजा, राजा से महाराजा और महाराजा से चक्रवर्ती सम्राट होने की उपलब्धियाँ...उनका स्थायित्व...।

वही हिंसा। बड़ी-से-बड़ी हिंसा। रौद्रता के भयावह मुंड कटे घिनौने दृश्य! लेकिन सिद्धार्थ ने इस संबंध में प्रतिप्रश्न नहीं उठाए। धैर्य से सुना-जाना और समझने का प्रयत्न किया, क्योंकि छोटे-बड़े राज्यों की लगभग यही कहानी परंपरा बनी अपनी हिंसक प्रवृत्ति के ताण्डवों का इतिहास रच रही है।

सिद्धार्थ इन्हीं अमर्यादित कल्पनाओं को अपने चित्त से हटाने का प्रयत्न करता हुआ अपने में डूबा चला जा रहा था वर्षा भरे गड्ढों, फिसलन भरे रास्तों और पुन: वर्षा होने की आशंका से मुक्त हुआ। अब मन-ही-मन उस युवती का उसे ध्यान आ गया जो न केवल रूपवती, सौम्य थी और अलंकरणरहित आकर्षक थी। वह सिद्धार्थ को देखकर अपनी सखी से कह उठी थी, ''देख तो कितना सुंदर, प्रतिभा की मूर्ति, सुदर्शन है! मैं धन्य हो गई इसके दर्शन पाकर।''

''कैसे?''

''ऐसा सुकुमार, सत्य संस्कारशील, सात्विक ऋषि सा, सर्वशिवकारी मन का मैंने दूसरा पुरुष आज तक नहीं देखा, कभी।...क्या तूने देखा कि जिसे देखते-देखते आजीवन जीती रह सके?''

''यह अनुमान तू कैसे लगाने लगी है, रुचि?'' सखी ने पूछा।

''तू उसकी ओर ध्यान से देख तो तुझे भी वही दिखाई देने लगेगा जो मुझे दिखलाई पड़ रहा है,'' रुचि ने कहा।

वह ध्यान से देखने लगी। सिद्धार्थ नदी की फेनोज्ज्वल लहरों पर तैर रहीं चिड़ियों को देख रहा था। 'नहीं-नहीं वह तैर नहीं रही हैं, लहरों के कोमल पंखों को छूकर आनंदित हो रही हैं।' परंतु यह सब देखते हुए अपने ध्यान का एक छोर उन युवतियों की वार्ता पर दिए था।

उस समय समीर पर नमी की थिरकन थी। आकाश प्रत्यूषकालीन रश्मियों से न मात्र सौंदर्य को समुज्ज्वल कर रहा था बल्कि पक्षियों की उड़ान को भी आकर्षक बना रहा था।

सिद्धार्थ को प्रात:काल का मनमोहक वातावरण किसी अज्ञात सुंदरी के मेघमद्र स्वर या किसी लोकगीत की टेक को संगीत से सँजोकर मन को लुभा रहा था। तभी करधनी की महीन ध्वनि ने उसका साथ दिया और पाँवों में पहनी पायल भी बज उठी। रुचि ने आँखें तरेरीं। पायल चुप तो हो गई परंतु उसने अपनी सुनहरी निर्मल कांति को उजागर होने से नहीं रोका। इस पर शुक-सारस एक साथ बोल पड़े।

सिद्धार्थ का निसर्ग के साथ गहरा संबंध स्थापित हो चुका था।

रुचि पूछ रही थी, ''तूने क्या देखा, वंदना?''

''मैं देखती रह गई रुचि। क्या कोई युवक इतना सुंदर हो सकता है!''

''सौम्य भी। सहज भी। उसे देखकर नदी की लहरें मौन होकर सामूहिक गान कर उठी हों।...जानती हैं ऐसे सुदर्शन कारण?''

"नहीं," वंदना ने कहा।

"सखी, यदि यह पता किया जाए तो तीन बिंदु उभर कर सामने आते हैं—पहला उनकी माँ निर्वृत्ति को प्राप्त हैं। उनकी माता थी और उनकी पत्नी भी निर्वृत्त हैं।..."

"निर्वृति...निर्वृति से आशय?"

"निर्वाण...ठीक से नहीं जानती। फिर भी...मन में निष्काम...निश्छल...समर्पित...सर्वमंगली...आत्मनिष्ठ...बस ऐसा ही कुछ जो संतुष्टि से पूर्ण हो।"

"चलें...।"

"हाँ, चलना चाहिए अपने स्वप्नलोक को पलकों पर बैठाकर।"

वे दोनों चल पड़ीं। सिद्धार्थ उनकी पायल की रुन-झुन सुनता रहा, महक उठी पुरवैया का अनुभव करते हुए।

तभी सिद्धार्थ को पहचानी हुई आवाज़ सुनाई पड़ी। सिद्धार्थ चौंका। उसके चित्त के चलचित्रों को शांत झील पर फेंके गए पत्थर ने मिटा दिया। उसने पुनः सुनने का यत्न किया।

मंजुला कीचड़ में गिर गई थी। वह कुमार देवदत्त के मुख पर व्यंग्यात्मक मुस्कान देख रही थी। उसे अनुभव भी हुआ था कि किसी ने संटी अड़ाई थी। देवदत्त के अतिरिक्त वहाँ और कौन हो सकता है। वह क्या कह सकती है। देवदत्त बिगड़ैल स्वभाव का है।

देवदत्त को जाता न देख वह बोली, "कुमार जी, आप जाएँ तो मैं उठूँ। मंजुला ने धीमे स्वर में कहा।

"चला तो जाता पर तुम स्वयं नहीं उठ सकोगी क्योंकि जहाँ तुम गिरी हो, वहाँ की मिट्टी चिकनी है," देवदत्त व्यंग्यात्मक दृष्टि मंजुला पर डालते हुए कहे जा रहा था। "तुम सहायता के लिए पुकारो ताकि तुम जान सको तुम्हारी सहायता कौन करने आता है?"

"कुमार! मैं तुम्हारे हाथ जोड़ती हूँ, यहाँ से चले जाओ। मुझे प्रयत्न करने दो।...आकाश में काले मेघ डटे हैं। पता नहीं अभी बरसने लगें।" मंजुला ने उसके आगे हाथ जोड़ दिए।

"तुम्हें भी राजनीति करनी आ गई है।...सिद्धार्थ और उसकी सौतेली माँ की चहेती बनती जा रही हो। वही तुम्हारी सहायता को आगे आएँगे..." देवदत्त का स्वर कर्कश हो उठा। वह आगे कहने लगा, "उस दिन दरबार की गोदी में बैठकर यह निर्णय करा सका कि घायल हंस पर संहारक का नहीं, उसके रक्षक का अधिकार होता है। लेकिन यहाँ वह किसकी गोद में बैठेगा? पुरुष की पहचान पौरुष से होती है।...कदाचित् वह आज हो सके।"

मंजुला घबरा उठी। क्या करे अब? मिट्टी वास्तव में बहुत चिकनी है। उसके

पाँव में मोच आ गई है ऐसा उसे लगता है। उसे ठण्ड लगने लगी।

इसी समय वहाँ सिद्धार्थ आ गया। वह धीरे से बोला, ''देवदत्त, तुम भी एक राजकुमार हो। राजकुमार को युवती के साथ ऐसा व्यवहार नहीं करना चाहिए।''

देवदत्त ने घृणा जताने के लिए पहले थूका। फिर कहा, ''एक गणिका के लिए तुम्हारे मन में इतनी सहानुभूति...वो भी अपने भाई की अपेक्षा। मुझे दु:ख है, सिद्धार्थ, स्मरण रहे, ऐसा व्यक्ति जन्म के कारण राजकुमार तो बन गया परंतु वह राज्य का उत्तराधिकारी कदापि नहीं बन सकता।''

''मैं राजकुमार बाद में हूँ, पहले मैं मानव हूँ। मानव होने के नाते मेरा पहला कर्त्तव्य है, उसकी सहायता करना जो संकट में है।'' सिद्धार्थ यह कहता हुआ मंजुला को उठाने के लिए आगे बढ़ा ही था कि देवदत्त गरज उठा, ''रुको, सिद्धार्थ। उसे उठाने के लिए पहले तुम्हें यह सिद्ध करना होगा कि तुम इस योग्य हो भी या नहीं।''

''पहले मुझे उसकी सहायता कर लेने दो,'' सिद्धार्थ ने सहज भाव से कहा।

''पहले तुम्हें मेरी ललकार का उत्तर देना होगा, सिद्धार्थ।...पहले मुझसे द्वन्द्व करो। घायल हंस वाली घटना के लिए भी मैं निर्णय द्वन्द्व द्वारा करवाना चाहता था लेकिन तब मंजुला नहीं हंस था बेचारा। पर आज... ।'' देवदत्त यह अवसर खोना नहीं चाहता था। उसे समझाया गया था कि किसी तरह वह सिद्धार्थ का अंग-भंग करने में सफल हो जाए तो राज्य पर उसका उत्तरदायित्व पक्का। गणपति नाम के राजा हैं। गणपति के चुनाव में नागरिकों की भूमिका आज भी महत्त्वपूर्ण है।...देवदत्त को तत्काल की घटना ने जोश से भर दिया। जब उसने अकेले ही पाँच योद्धाओं को खंग युद्ध में पराजित कर दिया था। फिर उसके सामने सिद्धार्थ किस खेत की मूली, जिसने अभी तक खंग (तलवार) को हाथ नहीं लगाया।

सिद्धार्थ सोच में पड़ गया। मंजुला कहने लगी, ''आप जाएँ, राजकुमार, एक गणिका के लिए द्वन्द्व न करें।'' वह जानती थी कि सिद्धार्थ हिंसा से अपने को दूर बनाए रखना चाहता है।

''ओ माधव,...दो खंग ला।''

थोड़ी देर में माधव खंग लेकर आ गया। अभी तक सिद्धार्थ ने खंग की मूठ पकड़ना, खंग को चारों ओर घुमाना और खंग को रोकने का अभ्यास थोड़े दिनों में सीखा ही था। फिर यह सोच कर उसे मध्य में छोड़ दिया था कि जिस मार्ग पर चलना नहीं, उसके लिए अभ्यास क्यों?

''चुन लो, इसमें से एक खंग,'' देवदत्त अंदर-ही-अंदर प्रसन्न हो रहा था।

''इस समय रहने दो, देवदत्त। ये द्वन्द्व फिर कभी हो जाएगा।''

''नहीं, सिद्धार्थ, भयभीत होकर राज्य नहीं चला सकते। उसके लिए हर प्रकार की ललकार का सामना करना होता है। आज सौभाग्य से इस द्वन्द्व की निर्णायक तुम्हारी और तुम्हारी सौतेली माँ की पक्षधर होगी।...द्वन्द्व करो, सिद्धार्थ, खंग उठाओ।''

अब सिद्धार्थ के सामने कोई रास्ता नहीं रह गया। न कोई आने-जाने वाला उधर था। अब जो होगा देखा जाएगा। देखना यह है कि इसमें सत्य-शिव की जय होती है या असत्य-अशिव की। सिद्धार्थ ने खंग उठा ली। द्वन्द्व प्रारंभ। खंग टकराने की उस सन्नाटा ओढ़े वातावरण में चपला सी चमक और गर्जन।

निस्संदेह देवदत्त सिद्धार्थ पर भारी पड़ रहा था। पीछे भी हट रहा था। अँधेरा रह-रह कर चमक रहा था। लग रहा था कि खंग की तेज़ मार से कहीं सिद्धार्थ के हाथ से खंग ही नहीं छूट जाए। दो बार सिद्धार्थ पीछे हटते-हटते गिरने से बच गया।

अब सिद्धार्थ ने अचानक पैंतरा बदला। बचाव के स्थान पर आक्रामक होने लगा। पता नहीं क्या हुआ कि देवदत्त का पाँव फिसला या वह सिद्धार्थ के पूरी शक्ति के वार को सँभाल नहीं पाया और गिर पड़ा। खंग भी उसके हाथ से छूट गया। कीचड़ से अलग सन गया।

सिद्धार्थ ने आगे बढ़कर कहा, "मेरा कार्य गिराना नहीं, गिरे हुए को उठाना है। लाओ, हाथ दो।"

सिद्धार्थ ने उसे खड़ा कर दिया। माधव को आवाज़ दी कि "खंग को जहाँ से लाए हो, वहीं रख आओ।...और देवदत्त अपने आपको सँभालो। घमण्ड छोड़ो। नेकी की राह पकड़ो।...समझे कि नहीं कि मारने वाले से बचाने वाला क्यों महत्त्वपूर्ण होता है।...विचार करना। पश्चात्ताप से तीसरी दृष्टि खुलती है। अदृश्य दृश्यमान होने लगता है और सन्मार्ग के द्वार स्वतः खुलने लगते हैं।"

माधव खंग उठा कर देवदत्त के साथ चलने लगा। मार्ग में एक सुरक्षित जगह पर रुक कर वह बोला, "अपना मार्ग ज़रा अधिक लंबा है।...आप वहाँ बैठ जाएँ तो मैं तुरंत नए कपड़े लेकर आ जाऊँगा। आप वहाँ, पानी है, हाथ-पैर धो लें।"

माधव चला गया। देवदत्त की बोलती बंद। भारी क्रोधावेश से जकड़ी बुद्धि और पराजय से लगा गहरा आघात। चलते हुए, मंजुला का हाथ थामे सिद्धार्थ यह कहना नहीं भूला कि दूसरों को गिराने वाले जब स्वयं गिरते हैं तब उन्हें उससे सीख ले लेनी चाहिए और कान पकड़ लेने चाहिए तथा अच्छाई की राह पकड़ने का प्रण कर लेना चाहिए।

"मैं चल सकती हूँ, राजकुमार।"

"मैं तुम्हें हाथ पकड़ ले जाऊँगा।"

"कहाँ?"

"तुम बताओ।"

"वह जगह यहाँ से दूर है।...आप मुझे जाने दें। मैं चली जाऊँगी।..."

"यों लगड़ाते हुए। क्या फिर गिरने का इरादा है।"

"आप विश्वास कीजिए।" कुछ सोचकर मंजुला ने कहा, "आप किधर ले जा रहे हैं।"

"जिधर ले जाना चाहिए।"

माँ के भवन के सामने पहुँच कर सिद्धार्थ ने दासी से कहा, "माँ से कहो सिद्धार्थ बाहर खड़ा है।"

"हैं! ये क्या! दोनों कीचड़ से भरे।"

"पहले मंजुला को सँभालो। उसके दाएँ पाँव से चला नहीं जा रहा है। कदाचित् मोच आई है।"...आगे कुछ नहीं। कहकर सिद्धार्थ अपने भवन की ओर मुड़ गया।

## 19

पाँच-सात दिन से शुद्धोधन चिंतित थे। सिद्धार्थ के विवाह के लिए भेजे गए प्रस्ताव कहीं से भी स्वीकार नहीं हुए। दण्डपाणि तक ने भी प्रस्ताव नकार दिया। सब को एक संशय था कि सिद्धार्थ राजकुमार के अतिरिक्त है क्या? उसके व्यक्तित्व का अस्तित्व क्या है?

उनका यह संशय अपने स्थान पर उचित भी था। वह न अस्त्र-शस्त्र में रुचि रखता है, न राजकाज में। काला उदायी ने मित्र बनकर सिद्धार्थ के मन को टटोला था। विवाह के संबंध में उसकी सोच की थाह ली थी। और समस्या यह आ खड़ी हुई।

काला उदायी का सुझाव था कि कपिलवस्तु में विभिन्न प्रतियोगिताएँ आयोजित की जाएँ और उसके लिए सिद्धार्थ अपने को तैयार करें।

"उसका मन कहीं और खोया रहता है। उसके मन के लिए क्या करें?" शुद्धोधन ने विचारमग्न होते हुए कहा।

काला उदायी को सिद्धार्थ से हुई इस विषय की चर्चा का स्मरण होने लगा। वह उसके बारे में प्रायः मौन रह जाता। जाति-धर्म को वह महत्त्व नहीं देता। कन्या सौम्य हो, सुशील हो और जीवन धर्म पर उसकी निष्ठा हो। समर्पिता हो स्व के प्रति। सहृदय, उदार, सहनशील, प्रेममय संस्कार वाली सुलक्षणा हो।

"किस सोच में पड़ गए, उदायी?"

"समस्या यह विकट है, महाराज।"

"उपाय भी होगा ही।"

"अवश्य, महाराज।...हम कपिलवस्तु में ऐसी प्रतियोगिता नहीं रख सकते। उसके लिए अपना राजकुमार स्वयं आगे आए।" काला उदायी सोच-समझ कर उत्तर दे रहा था, क्योंकि न सिद्धार्थ अब बच्चा रहा है और न उस पर दबाव ही बनाया जा सकता है।

"फिर?" शुद्धोधन इससे आगे नहीं सोच पाए। फिर कहता क्या?

मंत्रीपरिषद भी इसका समाधान नहीं ढूँढ़ सकी। कौन ढूँढ़े? कैसे ढूँढ़ें? यह राज्य का अपमान है।

"महाराज की जय।"

सब चकित रह गए। यहाँ तक संदेशवाहक आ कैसे गया? फिर भी काला उदायी ने पूछा, "आप...।"

"कोसल देश के महाराजा प्रसेनजित का संदेश लेकर उपस्थित हुआ हूँ, महाराज।"

"क्या संदेश है?"

महाराज प्रसेनजित अपनी राजधानी श्रावस्ती का स्थापना समारोह मना रहे हैं। इस अवसर पर विभिन्न कार्यक्रम पाँच दिन तक चलेंगे। उसकी सूची साथ है। इन प्रतियोगिताओं में एक-एक राज्य से एक ही प्रतिभागी एक प्रतियोगिता में भाग ले सकेगा।

संदेशवाहक जा चुका था। शुद्धोधन को स्मरण हो आई थी श्रावस्ती की अचिरवती नदी (वर्तमान में ताप्ती नदी)। इसी किनारे यह है राजधानी और यहीं विशाल मैदान, जहाँ स्थापना दिवस का आयोजन होना था। ऐसा माना जाता था कि प्रसेनजित हीन जाति से था। परंतु बलशाली था। बड़ा राज्य था।

भाद्रपद शुक्ल पूर्णिमा को यह समारोह प्रारंभ होना है। इसमें राज परिवार एवं मंत्रीपरिषद के अमात्य भी आमंत्रित हैं। महिलाओं के लिए अलग व्यवस्था बनाई गई है।

प्रश्न यह था कि शाक्य अपने को उच्चवंशीय मानते हैं। वे भाग लें या नहीं। शुद्धोधन वंश, जाति की ऊँच-नीच में विश्वास नहीं रखता था। उसके राज्य में जाति के भेदभाव की परंपरा नहीं थी। इस कारण मंत्रीपरिषद् ने भाग लेना स्वीकार किया।

कैसे चयन किया जाए। घूम-फिर कर देवदत्त का नाम खंग, घुड़सवारी, तीरन्दाज़ी की प्रतियोगिता के लिए एक मत से स्वीकार माना जा रहा था। ऐसी प्रतियोगिता वहाँ पहली बार आयोजित मानी जा रही थी, जहाँ प्रतिभागी राज्य से नहीं, राज परिवार से हो। कदाचित् यह व्यवस्था इसलिए भी की गई हो कि राज परिवार राज्य के प्रतिभागियों तक सीमित न रह जाए।

बहुत सोच-विचार कर मंत्रीपरिषद् ने देवदत्त के नाम पर राजकीय मुद्रा लगा दी।

काला उदायी सिद्धार्थ के नाम पर चाहते हुए भी चर्चा नहीं करवा सका क्योंकि वहाँ कोई भी सिद्धार्थ के पक्ष में नहीं था। सिद्धार्थ ने इन क्षेत्रों में न कभी भाग लिया था और न कभी अभ्यास किया था।

शुद्धोधन भी क्या करता। प्रश्न राज्य के सम्मान का था। देवदत्त अनेक बार इन क्षेत्रों में अभूतपूर्व कौशल दिखा चुका था। वसंतोत्सव में राज्य भर से कोई भी प्रतिभागी हो सकता था।

मंत्रीपरिषद् के उठ जाने के बाद काला उदायी ने अपनी निराशा व्यक्त की।

''जो हुआ, वह उचित ही हुआ। मान लो किसी एक क्षेत्र में सिद्धार्थ को सम्मिलित कर भी लिया जाता तो भी होता क्या। वही ढाक के तीन पात।''

शुद्धोधन ने इस संबंध में गौतमी से भी बात की। गौतमी का मानना था कि थोड़ा समय दो। वह सिद्धार्थ को समझा-बुझा कर किसी एक क्षेत्र के लिए तैयार कर सकती है। सिद्धार्थ उस क्षेत्र में अभ्यास करता। फिर उस क्षेत्र में देवदत्त और सिद्धार्थ के मध्य बराबरी के लिए प्रदर्शन करवा कर देख लिया जाता।

शुद्धोधन नहीं माने। एक मास की तैयारी से कोई उपलब्धि सामने नहीं आ सकती थी। इससे देवदत्त के भाव और बढ़ जाते।

जब मंजुला को पता चला तब उसे भी भारी दुःख हुआ। उसने अवसर पाकर सिद्धार्थ से बात की। वह सिद्धार्थ का खंग प्रदर्शन देख चुकी थी।

सिद्धार्थ भी अंदर-ही-अंदर, बहुत विचार करने पर यही मान रहा था कि देवदत्त का पाँव ही फिसला था अन्यथा उसके खंग का वार ही शक्तिशाली था।

मंजुला थकी-हारी नहीं। उसने वर्षा वाले दिन की वह घटना गौतमी को सुना डाली, जब वह कीचड़ में गिरी पड़ी थी और देवदत्त ने सिद्धार्थ को ललकारा था। देवदत्त के हाथ से खंग भी छूट गई थी। वह हारा था।

''काश, यह बात तूने पहले बतलाई होती, मंजुला। अब तो नाम भी भेजा जा चुका है।'' महाप्रजापति गौतमी ने निराशा व्यक्त करते हुए आगे कहा, ''वह संयोग हो सकता है, मंजुला। वहाँ चिकनी मिट्टी है। गीली हो गई थी। इस कारण देवदत्त का पाँव ही फिसला होगा। सिद्धार्थ के सौभाग्य ने उसका साथ दे दिया। वह बच गया। मैं उसे कितना समझा चुकी हूँ कि वह राजकुमार है। उसे यह सिद्ध भी करना चाहिए। कोरे राजकुमार बनने से काम नहीं चलेगा।...उसके विवाह के प्रस्ताव सूने रह गए। कहीं से कोई संबंध नहीं आया।''

''इसमें निराशा में हाथ पर हाथ रखने की आवश्यकता नहीं है।...मुझे राजकुमार पर विश्वास है,''...मंजुला ने कहा।

''वहाँ तेरे-मेरे विश्वास से काम नहीं चलेगा, मंजुला,'' महाप्रजापति गौतमी ने मानो डूबते तारे को वह वाक्य बोला हो, गौतमी को ऐसा लगा।

मंजुला कर भी कुछ नहीं सकती थी। वह चुपचाप लौट गई।

महाप्रजापति गौतमी की नींद जाती रही। न उसे दिन में चैन मिल रहा था न रात में। वह एक बार जब थक-हार कर सो गई थी, तब उसने स्वप्न देखा। वह नृत्य में मोर से प्रतिद्वंद्विता कर रही थी बिना किसी अभ्यास के। उसे स्वयं पर आश्चर्य हो रहा था। वह तो उसके दादाजी ने उसे नृत्य करते देख लिया था और भरपूर प्रशंसा की थी।

''नहीं दादाजी झूठी प्रशंसा नहीं। मैंने न नृत्य किसी से सीखा और न भूल-चूक

से कभी कहीं नृत्य किया। फिर... ?''

''फिर ऐसे मेरी सोनचिरैया ने मोर सा नृत्य किससे सीखा। चिड़िया के बच्चे को कौन उड़ना सिखाता है ?''

''पंख दादाजी...जैसे हमारे नन्हे-नन्हे पाँव-हाथ...खाना खाना। रूठना-हँसना-रोना।''...गौतमी ने एक साथ अनेक उदाहरण दे डाले।

''तुझे मैंने अनेक कहानियाँ सुनाई हैं न। स्मरण है अभिमन्यु के चक्रव्यूह प्रवेश की। उसने कौरव वंश के दिग्गज योद्धाओं की ललकार का कैसे सामना किया। चक्रव्यूह में प्रवेश कर गया। प्रवेश करना उसे किसने सिखाया था। माँ के पेट से। तब उसका जन्म भी नहीं हुआ था। चक्रव्यूह में प्रवेश तो कर गया पर उससे निकलने की कथा अधूरी रह गई।'' दादाजी ने उसे समझाया।

''परंतु...।''

''परंतु-वरंतु...कुछ नहीं। सच यह भी है कि पूर्व जन्म का भी ऐसा परिणाम होता है। तू मीन-मेख निकालना छोड़ और समझदारी पर ध्यान दे।...ऐसे एक नहीं, अनेक उदाहरण हैं। तेरे दादाजी के पास ऐसे अनुभव हैं। मैं तुझे नदी के किनारे लाया था। पता नहीं तू कैसे नदी में गिर गई। डूबने लगी। तब मैं नदी में कूद गया था। यह भूल कर कि मुझे तैरना तो आता ही नहीं है।''

गौतमी ने अचरज से दादाजी की ओर देखा ही था कि उसकी नींद तो खुल गई परंतु वह दे बहुत कुछ गई। अब उसे दिन निकलने की चिंता सताने लगी।

दिन निकला। महाप्रजापति ने दासी को भेजकर काला उदायी को बुलवा लिया। वह कुछ विलंब से पहुँचा तब सिद्धार्थ और देवदत्त की ललकार पर खंग युद्ध हुआ। देवदत्त पराजित हुआ। उसने विभिन्न उदाहरणों द्वारा यह समझा दिया कि पूर्व जन्म के संस्कार इस जन्म में सक्रिय रहते हैं। महान् ज्योतिषियों ने उनके संबंध में यों ही चक्रवर्ती सम्राट होने की घोषणा नहीं की है। सिद्धार्थ को कमतर नहीं तोला जाए।... देवदत्त और सिद्धार्थ के खंग युद्ध के माधव और मंजुला दोनों साक्षी हैं।

''परंतु नाम तो भेजा जा चुका है, माते।''

''तो क्या हुआ। इस उदाहरण को सामने रखकर पुनः मंत्रीपरिषद् परामर्श करे।''

''लेकिन इस पर...।''

''मंत्रीपरिषद् कदाचित् अपना निर्णय नहीं बदले और महाराजा जी भी ऐसा करने की आज्ञा न दें,'' काला उदायी ने कहा।

''मंत्रीपरिषद् का मैं हृदय से सम्मान करती हूँ। उन दोनों में पुनः खंग युद्ध ही नहीं, घुड़सवारी और तीरन्दाज़ी की भी बराबरी करवा दी जाए। मेरी ओर से प्रस्ताव किया जाए। मैंने इसलिए आपको बुलवाया है, बिना महाराजा जी से बात किए,''

महाप्रजापति ने अंत्यत गंभीर होकर उचित मान कर बात की।

"इस प्रकार दोनों में रार बढ़ेगी।"

"सिद्धार्थ की ओर से नहीं, देवदत्त की ओर से। वह तो आज भी उसके विरुद्ध है। सब जानते हैं।...फिर यह कैसे हुआ कि मंत्रीपरिषद् में सिद्धार्थ की चर्चा भी नहीं की गई।...अपना गणतंत्रात्मक राज्य है। मैं गणतंत्र की मान-मर्यादा-प्रतिष्ठा का पूरा सम्मान करती हूँ परंतु अन्याय मुझे सहन नहीं है, उदायी जी।...मैं अपनी बात एक नागरिक के रूप में रख रही हूँ।" महाप्रजापति गौतमी के स्वर में व्यवस्था पर अनदेखी करने का आरोप था। अंदर-ही-अंदर वह तिलमिला रही थी।

काला उदायी समझ रहा था कि इस प्रकार उठे इस संदर्भ से बैठे-ठाले संकट में पड़ जाएँगे सब। वह सोच रहा था कि कोई मध्यम मार्ग निकल आए।

"किस सोच में पड़ गए, नीतिशास्त्र के विशारद! क्या मैं कुछ अन्यथा कह गई हूँ।"

"नहीं माते, आपने सचाई की राह पकड़ी है। त्रुटि मंत्रीपरिषद् से हुई है और वह भी मेरे होते हुए। कई बार अपनों से भी ऐसी बड़ी त्रुटि हो जाती है। मैं इस त्रुटि को सुधारने का उपाय सोच रहा हूँ ताकि त्रुटि में सुधार हो सके और उस पर आँच भी न आए जो हो चुका है।" धीरे-धीरे आत्म संवाद की भाँति काला उदायी कह गया।

उलझन टेढ़ी थी।

उपाय अनदेखा था, क्योंकि ऐसा पहली बार हुआ था।

महाप्रजापति गौतमी भी समझने लगी कि प्रश्न जितना उलझन भरा है, उत्तर भी उससे कम उलझन भरा नहीं है। क्या किया जाए? पुत्र के प्रति माँ की ममता अँधी नहीं थी। वह कहने लगी, "उदायी जी, क्या यह संभव है कि एक नई पाती भेज कर आयोजकों से आग्रह किया जाए कि उनके यहाँ आयोजित इन तीनों प्रतियोगिताओं में उनके यहाँ के राजकुमार सिद्धार्थ का नाम भी सम्मिलित कर अनुग्रहीत करें।"

काला उदायी की बाछें खिल गईं। वह तपाक से बोला, "यह पाती भेजी जा सकती है, माते। आपका नाम भी नहीं आएगा और इस पर किसी को आपत्ति भी नहीं होगी।...अब मुझे आज्ञा दीजिए।...परंतु यदि वहाँ से हमारी पाती को स्वीकृति नहीं मिली तो...।"

महाप्रजापति गौतमी ने कहा, "तो आप निश्‍चिंत रहें, मुझे कोई आपत्ति नहीं होगी।"

"आभार माते, आपकी उदारता और सूझबूझ को...आपने हम सबको भारी संकट से उभार लिया है।...प्रणाम माते।" कह कर काला उदायी उठकर चल पड़ा।

महाप्रजापति के सिर से एक बोझ उतरा। वह सहज हुई। उसने गहरी साँस लेकर धीरे से छोड़ी। राजा की प्रतिष्ठा पर उँगली न उठे और इन्हें अपने लक्ष्य

में सफलता मिल जाए। वह आश्वस्त थी कि सिद्धार्थ का नाम प्रतिभागी सूची में सम्मिलित कर लिया जाएगा। वह जानती थी कि प्रसेनजित, कोसल देश का राजा, शाक्य कुल की किसी राजकन्या से विवाह का इच्छुक है ताकि शाक्य राजकुल उसे हीन (नीच) मानना छोड़ सकें। वह हुआ भी। यद्यपि प्रसेनजित शक्तिशाली राजा था तथापि शाक्य राजकुल अपने सम्मान को बचाने के लिए राजा महानाम शाक्य ने अपनी दासी कन्या वासभरवत्तिया को अपनी पुत्री बताकर उससे विवाह कर दिया। उसकी इस दु:खती दशा हो सहलाने का लाभ उन्हें अवश्य मिलेगा। यह सब सोचते हुए वह पाती का सहमति में उत्तर आने के प्रति पूर्ण विश्वासी थी।

## 20

सिद्धार्थ को माँ के प्रयास से मन-ही-मन ममता-प्रेम की ऊष्मा मिली। उसने इस संबंध में तनिक भी नहीं सोचा था। क्यों सोचता? उसकी रुचि भी नहीं थी। देवदत्त को राज्य का प्रतिभागी बनाया गया था, उस पर उसे कोई आपत्ति नहीं थी। लेकिन जब उसे भी प्रतिभागी बना लिया गया तब उसने माँ से कहा था कि उसने ऐसा क्यों किया। उसे मंत्रीपरिषद् के निर्णय से सहमत रहना चाहिए था।

महाप्रजापति गौतमी ने सिद्धार्थ को समझाया कि अब उसकी प्रतिष्ठा का बन गया है ये प्रश्न। तब सिद्धार्थ ने समझाया था कि इन छोटी-छोटी बातों को उसे अपनी प्रतिष्ठा से नहीं जोड़ना चाहिए। चिंता का मूल कारण यही है कि बलात् वे हर बात को प्रतिष्ठा से जोड़ कर अपने मन को अशान्त बना लेते हैं।

अब वे सब श्रावस्ती आ चुके थे। यहाँ देश भर से व्यापारी, दस्तकार, शिल्पकार, स्वर्णकार, लुहार, काश्तकार, काशी स्वर्णकार, कासिक वस्त्र, मीनाकारी के अनुभवी व्यापारी आदि भी मेला लगाए हुए थे। सोलह राष्ट्र निर्माता यथा-गंधारान, चेलीन, मल्लान, कासीथं बज्जी, चेनी, वंस, पांचाल, सूरसेन इत्यादि की मंडी शोभायमान हो रही थी। अस्त्र-शस्त्र की प्रदर्शनी भी लगी हुई थी। पशु मेला भी अलग लगा हुआ था। इस कारण वहाँ भीड़ पर्याप्त थी। राजघराने के अतिरिक्त अन्य राज्यों से व्यापारी बड़ी संख्या में आए थे।

कपिलवस्तु से महाप्रजापति गौतमी के साथ मंत्री एवं उनके परिवार के सदस्य भी थे। मंजुला और मृगी को गौतमी साथ लाई थी।

सभी राष्ट्र (राज्य) के ठहरने की अलग-अलग उत्तम व्यवस्था, स्त्री-पुरुष अलग-अलग। संपूर्ण कार्यक्रम अचिरवती नदी के साथ-साथ। मंडल व्यवस्था राज परिवारों के लिए। वह भी अलग-अलग...। प्रत्येक राष्ट्र की ध्वजाएँ लहरा रही थीं।

मध्य में पंडाल—लंबा, चौड़ा, आकर्षक। शुभ मुहूर्त पर कार्यक्रम प्रारंभ। दुंदुभि-ढोल बज उठे।

दर्शक दीर्घा पूरी तरह भर चुकी थी। महाराजा प्रसेनजित् का मंच पर आगमन विशिष्ट अतिथि के साथ। ध्वजा फहराते ही राष्ट्रगान।

सैनिक टोलियाँ सजी-धजी।

काला उदायी मंच पर। वहाँ जाकर यह ज्ञात हुआ कि प्रतिभागी एक राज्य-देश से अधिक भेज सकता था। पाती को समझने में भूल हो गई। एक-एक प्रतिभागी भेजने का विशेष आग्रह था।

सांस्कृतिक कार्यक्रम अत्यंत भव्य। नृत्य, गीत, संगीत की व्यवस्था में बाहर से दल वहाँ उपस्थित थे।

देवदत्त को यह ज्ञात नहीं था कि सिद्धार्थ भी प्रतिभागी है। प्रत्येक प्रतियोगिता में भी दल बनाए गए थे राष्ट्रों के अनुसार। एक राष्ट्र के प्रतिभागियों को, जहाँ से उस प्रतियोगिता में एक से अधिक प्रतिभागी थे, उन्हें अलग-अलग दल में ले लिया था।

पहले दिन का कार्यक्रम छोटा रहा, प्रतियोगिता की दृष्टि से। उद्घाटन के बनाए गए घुड़दौड़ के तीन दल सामने आए। एक-एक दल में चौदह प्रतिभागी। उनमें प्रथम आने वालों की दूसरे दिन घुड़दौड़। दौड़ भी लंबी। प्रजा दौड़ के रास्ते पर दोनों ओर।

घुड़दौड़ का प्रथम चरण प्रारंभ। ढोल बजा। इसमें देवदत्त था। वही प्रथम रहा। तीसरे दल में सिद्धार्थ प्रथम। सिद्धार्थ ने अपने प्रतिभागियों को बहुत पीछे छोड़ दिया था। उसके पास उसका प्रिय घोड़ा कंथक था।

देवदत्त का माथा ठनका। सिद्धार्थ प्रतिभागी कैसे? काला उदायी ने उसे स्पष्ट कर दिया कि एक प्रतियोगिता में एक से अधिक प्रतिभागी हो सकते हैं। सिद्धार्थ का नाम दूसरी पाती (पत्री) में भेजा गया था।

देवदत्त ने सिद्धार्थ से दूरी बनाई परंतु सिद्धार्थ ने सौजन्यता दिखलाई। स्वयं जाकर मिला परंतु देवदत्त का उत्तर अनुकूल नहीं रहा।

महाप्रजापति गौतमी ने समझाया, ''सिद्ध, परिणाम की चिंता नहीं, प्रदर्शन पर ध्यान रखना है। दबाव नहीं। खुले मस्तिष्क से, खेल-खेल के भाव से।''

चौथे दिन में थी अंतिम प्रतियोगिता। प्रतिदिन सांस्कृतिक कार्यक्रम। नृत्य नाटिका भी। मेला। भ्रमण।

आश्चर्य! चौथा दिन।

तीनों में प्रथम सिद्धार्थ। देवदत्त चिढ़ गया। इधर साथ में विवाह संबंधों की भी दौड़ प्रारंभ।

अचानक महाप्रजापति गौतमी के पास यशोधरा थी अपनी माँ के साथ।

गौतमी चकित होकर यशोधरा को देखती रह गई। गौतमी के पास कई शाक्यवंशी राजघराने की कन्याओं के प्रस्ताव आए।

काला उदायी ने देखा कि दण्डपाणि भी वहाँ आए हुए थे परंतु अलग पड़ गए थे। तब उनकी पत्नी यशोधरा को लेकर आई और कहा, ''यशोधरा बेटी, राजमाता... राजकुमार सिद्धार्थ की माता। चरण छुओ।''

महाप्रजापति गौतमी ने यशोधरा के सौंदर्य, नृत्य-संगीत आदि की चर्चा सुन रखी थी और उसे यह भी ज्ञात था कि दण्डपाणि सिद्धार्थ के विवाह प्रस्ताव को नकार चुके हैं।

गौतमी ने पास खड़े सिद्धार्थ से कहा, ''सिद्ध मिलो यशोधरा की माताजी से।'' सिद्धार्थ ने तुरंत उनके पाँव छुए। आशीर्वाद मिला। परंतु उनमें संकोच था। दूर खड़ा दण्डपाणि यह दृश्य देख रहा था। उसके पीछे काला उदायी खड़ा हुआ था।

गौतमी कह रही थी, ''यशोधरा यह सिद्धार्थ है।''

यशोधरा की आँखें झुक गईं।

''दोनों अच्छी तरह देखभाल लो। हाथ-पाँव, मुख...आँखें, नाक-कान...सब अपनी जगह ठीक-ठाक हैं। कान सुनते हैं, आँखें देख पाती हैं...या नहीं।'' गौतमी मुस्कराते हुए कह रही थी, ''शाक्यवंशीय परिवार बहुत सम्मान-प्रतिष्ठा से देखे जाते हैं।'' गौतमी के कथन पर यशोधरा क्रीड़ानत होती जा रही थी। सिद्धार्थ घबरा उठे थे।

''बहन जी अब तो समधिन बनने को तैयार हैं। हमारा सिद्धार्थ लज्जा में भी यशोधरा से बीस नहीं, इक्कीस है।...विश्वास न हो तो देख लो।'' यशोधरा तिरछी दृष्टि से देख रही है कि कहीं सिद्धार्थ...।

''ना...ना समधिन जी, ना। आपका पुत्र तो सोने में सुगंध, वीरों में वीर, सुसंस्कृत...।''

''अधिक नहीं, समधिन जी...अन्यथा मेरे पास यशोधरा के लिए शब्द नहीं बचेंगे और वह मन-ही-मन नाराज़ हो जाएगी कि मैंने उसके लिए कुछ नहीं कहा।... प्रारंभ की नाराज़गी मैं उठा नहीं पाऊँगी।'' महाप्रजापति गौतमी ने अधरों पर से स्मित समेटने का नाहक प्रयत्न करते हुए कहा।

''यशोधरा, मैं तुझे यशो कहूँ या गोपी।'' रुककर गौतमी ने आगे कहा, ''वो उस ओर यशो के...गोपी के...पिताजी खड़े हैं।...आप जाकर पूछ आइए कि...समझ रही हैं न।...जाइए...कृपया। तब तक मैं यशो से यह जानकारी ले पाऊँगी कि उसके मुँह में जिह्वा है या नहीं।...इधर आ यशो मेरे पास। डर नहीं, मैं सिद्ध नहीं, उसकी माँ हूँ।''

यशोधरा धरती में गड़ी जा रही थी। स्वयं गौतमी उसके पास पहुँच गई। बोली, ''मैं सिद्ध की दूसरी माँ हूँ। अपने भाग्य में लिखने वाले ने दूसरी माँ होना ही लिखा है। क्या करूँ। उसके लिखे को क्या कोई मिटा सकता है, जो मैं मिटा सकूँगी...।'' यशोधरा अंदर-ही-अंदर घबरा रही थी। वह बोली, ''तू कुछ नहीं बोल, एक बार

अपना नाम बता दे, ताकि मुझे यह विश्वास हो जाए कि तू गूँगी-बहरी नहीं है।''

यशोधरा पानी-पानी होती जा रही थी अंदर-ही-अंदर। बड़ी कठिनाई से पूरा ज़ोर लगाकर मेघमंद्र ध्वनि में इतना ही कह पाई, ''यशो...।'' तभी उसकी माँ भी आ गई।

महाप्रजापति गौतमी खिलखिला पड़ी और हर्ष से बोली, ''तूने तो दो अक्षरों में खंग, घुड़सवारी और तीरन्दाज़ी प्रतियोगिता जीत ली मेरी यशो रानी। वह भी बिना मैदान में। चाहते तो हम भी यही थे परंतु हमें सिद्धार्थ को उतारना पड़ा।''

यह सुनकर यशोधरा की माँ झेंप गई। महाप्रजापति गौतमी ने काला उदायी से दण्डपाणि को गले मिलते देखा। उसका हृदय भर आया। उसकी आँखें डबडबाने को हुईं तो उसने तनिक मुड़कर आँचल से आँखें पोंछ लीं।

यशोधरा की माँ अपनी आँखों का बहना नहीं रोक पाई। वह बोली, ''आप विशाल हृदय की हैं।...हमारी त्रुटि पर से ध्यान हटा कर, हमें और हमारी बेटी को अपनाने की पहल की। यशोधरा के पिताजी तो हिम्मत हार बैठे थे। परंतु मेरा मन नहीं माना।''

''यह सोचना बंद कीजिए। विवाह के उत्सव पर ध्यान दीजिए। प्रत्येक का अपना भाग्य है। हमारे यहाँ आने से पहले ही वह यशोधरा यशो बन कर मेरी बहू से पहले बेटी बन गई।'' गौतमी की आँखों में प्रेम महक उठा। सिद्धार्थ को काला उदायी ने अपने पास बुला लिया था। उसने सिद्धार्थ की सहमति की अभिव्यक्ति सिद्धार्थ का हाथ उठवा कर दी थी। महाप्रजापति गौतमी ने मुस्कराते हुए, यशोधरा को अपने पास खींच कर अपने गले से ज़ंजीर निकाल कर पहना दी और कहा, ''यशो, यह ज़ंजीर मेरी बहन स्व. महामाया ने मुझे पहना कर कहा था कि इसे सिद्धार्थ की होने वाली वधू को पहना देना।...इससे पहले, भूल से भी, इसे अपने गले से कभी नहीं उतारना। वादा कर।...इसे सँभाल कर रखना। कभी उतारना नहीं।...यह बहू को समझा देना।''

महाप्रजापति गौतमी का हृदय द्रवीभूत हो उठा। यशोधरा अपने आँसू नहीं रोक सकी। उसकी आँखें छलछला उठीं। वह गौतमी के कंधे पर सिर रखकर कह उठी, ''माँ...आप जैसी माँ मुझे कहाँ मिलेगी...।'' गौतमी ने उसे सीने से लगा लिया।

''राजकुमार को बुलाइए।''

''उसके लिए आपको कपिलवस्तु आना पड़ेगा, ताकि सिद्धार्थ के पिता भी इस पुनीत संबंध से जुड़ सकें, जिससे मैं जुड़ी हूँ। इस समय नहीं,'' महाप्रजापति गौतमी ने सारी बातें समझा दीं।

पुनः यशोधरा गौतमी के पाँव छूने लगी तो गौतमी ने उसे बीच में रोकते हुए अपने सीने से लगाकर आशीर्वाद दिया।

श्रावस्ती से विदा हुए स्वागत-सत्कार के साथ और ढेर सारे सामान के साथ।

मंजुला गौतमी की व्यवहार-कुशलता, उसकी सहृदयता, सज्जनता, दूरदृष्टि, सात्विकता और शीघ्र निर्णय लेने की शक्ति पर सम्मोहित हो उठी। वह बोली, "आपने चमत्कार कर दिया, मातेश्वरी।"

"और तूने मुझे रास्ता दिखा दिया मंजुला। अगर मैं यहाँ यशोधरा को ज़ंजीर न पहनाती तो अनेक राज परिवार पीछा नहीं छोड़ते। कइयों से हमारे संबंध निकटता के हैं।...नई राजनीति खड़ी हो जाती।...सिद्धार्थ को भी यशोधरा पसंद आ गई।...उसके पिता को भी वह पसंद थी। तभी तो अमात्य को वहाँ भेजा था। अब सारा शुभ कार्य आनंदपूर्वक संपन्न हो जाएगा।...देवदत्त की दावेदारी भी अब ठण्ड पी गई।...ईश्वर जो करता है, अच्छा ही करता है।"

शाम ढलने को होने लगी। कपिलवस्तु भी आ गया। सिद्धार्थ सारे रास्ते मौन बना रहा। उसे अपने ध्यान पर पूरा भरोसा था। ध्यान में बड़ी शक्ति है। उससे न केवल मन एकाग्र होता है, प्रत्युत निर्धारित लक्ष्य पर संपूर्ण शक्ति केन्द्रित हो जाती है। मन में कोई अन्य विचार नहीं उठता, इच्छा शक्ति सुदृढ़ हो जाती है।

अब सामान उतारा जा रहा था। शुद्धोधन वहीं आ खड़े हुए थे। महाप्रजापति गौतमी को टकटकी लगा कर देखे जा रहे थे। गौतमी घबरा रही थी कि यह उनको क्या हो गया है। इससे पूर्व तो कभी उन्होंने ऐसा नहीं किया। अब क्यों ऐसा कर रहे हैं। शुद्धोधन गौतमी के भवन में चले आए तो गौतमी ने कहा, "यह आपको क्या हुआ है आज! सब देख रहे थे।"

"कदाचित् ऐसा पहले कर पाता। डरता रहा। मैं खोना नहीं चाहता था तुम्हें। तुमने जैसा चाहा मान लिया। अपने मन को डाँट पिलाई।...आज तुमने कितना बड़ा काम चुटकी में कर दिखाया। तुमको इस हर्षोन्माद में चूम भी नहीं सकता।...आज मुझे अपना हाथ तो चूम लेने दो। सबको उनके इच्छित उपहार दिए हैं—एक मैं अभागा रह गया हूँ।" शुद्धोधन की आँखें छलछला आईं।

"संयम-धैर्य से हर्ष कभी उन्मादी नहीं होता। अति भावुकता में बहकर अपने को अभागा मान लेना एक महाराजा को शोभा नहीं देता। अपने आप पर भरोसा बनाए रखो।...इस समय आपका यहाँ से चला जाना ही उचित है, राजन।" गौतमी ने तपाक से कह डाला और शुद्धोधन के जाने की प्रतीक्षा करने लगी।

शुद्धोधन मन-ही-मन अपने असंयमित हो जाने पर लज्जित होता अनुभव करने लगा। एक वो है, अपने निर्णय पर अडिग, सचेत और सहज। क्यों होता है ऐसा? क्यों कई बार उसे नीचा देखना पड़ा? क्यों पुरुष स्त्री से पीछे रह जाता है इन भावुक क्षणों में? शुद्धोधन इतना कह लौट गया, "गौतमी, ऐसे अवसरों पर मुझे महामाया का स्मरण इस तेज़ी से सवार होने लगता है कि मैं पगला जाता हूँ और अपने को नितांत अकेला पाता हूँ।"

महाप्रजापति गौतमी में शुद्धोधन के प्रति सहानुभूति उभरने लगती और वह

मात्र इतना कह कर उसे सांत्वना देती, ''यह कपिल ऋषि की तपोभूमि है। वे सांख्य दर्शन के प्रवर्तक रहे हैं। इस भूमि का यह प्रभाव है कि पुरुष उनकी तरह अपने पर निष्ठावान बना रहे तो कच्ची भावुकता का भूत कभी उस पर सवार नहीं होता। जो अपनी स्त्री से सच्चा प्रेम करता है, वह अपने आचरण के प्रति सदैव आस्थावान बना रहता है।''

शुद्धोधन चला गया। अपने पीछे वह सामर्थ्यहीन पतझड़ के सूखे पत्ते उड़ते छोड़ गया। महाप्रजापति गौतमी अपने शयन कक्ष की ओर मुड़ गई। उनकी थकी देह आराम करना चाह रही थी।

## 21

सिद्धार्थ भूल नहीं पाता था उन युवतियों की उस वार्ता को, जिसमें उसके माता-पिता और उसकी संभावित पत्नी के निर्वाण शब्द का प्रयोग हुआ था। क्या है यह निर्वाण? वह अपने मनोमस्तिष्क में जब तब गहरा एकांत पाकर उस शब्द को उछाल देता। उसकी अगोचर ध्वनि को वह अनुभव करने लगा। उससे उसके चित्त को अपूर्व शांति मिलती। उसकी उत्कांठा की गति स्थिर होती। किससे पूछे उसे ऐसा क्यों अनुभव होने लगता है—अज्ञात का साक्षात् अनुभव। अस्थिरता का स्थिर अनुभव। उसके न होने का संवेदनशील अनुभव। अगोचर का गोचर अनुभव?

विवाह की तैयारियाँ ज़ोर-शोर से चल रही हैं। सिद्धार्थ का उधर ध्यान नहीं जाता था। माँ भी आती थी कुछ निर्देश देकर चली जाती थी। उस दिन गौतमी का ध्यान सिद्धार्थ के लिए तैयार हो रहे भवन की ओर गया। उसने सिद्धार्थ के पास आकर पूछा, ''सिद्ध, तुम देख-समझ पा रहे हो जो रहा है।''

''क्या माते?''

''जो तुम्हारे सामने हो रहा है।''

''हाँ, माँ?''

''क्या माँ?''

''वही जो अभी आपने कहा है।''

''मैंने अभी क्या कहा है?''

''जो आप सदा कहती हैं?''

''क्या कहती हूँ, सिद्ध?''

''जो शाश्वत है, सत्य है, शिव है और सुंदर है,'' सिद्धार्थ ने बिना रुके कह डाला एकदम सहज ढंग से बिना उसका आशय जाने-समझे।

महाप्रजापति गौतमी उसका उत्तर पाकर थोड़ा-सा असहज होकर पूछ बैठी,

"सिद्ध, तेरे सामने कौन है?"

"कौन होता, माँ आपके अतिरिक्त!"

"मेरा भूत, सिद्ध। तू हर समय कहाँ खोया रहता है?"

"तेरे सामने तो रहता हूँ। फिर कहाँ खोया रह सकता हूँ?" सिद्धार्थ ने धीरे-धीरे कहा।

"सिद्ध, तेरा शयन कक्ष और अन्य कक्ष की सज्जा हो रही है। उसमें तेरी बिलकुल रुचि दिखलाई नहीं पड़ रही है।" गौतमी समझाने के स्तर पर कहती।

"माँ, इस विषय पर मुझे जानकारी बिलकुल नहीं है।" सिद्धार्थ ने सहज होकर कहा, "ज़रा सोच तो क्या कुम्भकार, बढ़ई के काम में कुछ सोच-समझ रख सकता हैं या बढ़ई...।"

"मुझे उदाहरण मत दे। तू रहेगा। यहीं तेरी नवविवाहिता पत्नी आकर रहेगी। इस दृष्टि से यह भवन कलात्मक, सुभीताजनक और तुम्हारी रुचि-अभिरुचि का होना चाहिए, सिद्ध।" महाप्रजापति गौतमी ने सीधी-सहज बात सरल ढंग से कह डाली।

सिद्धार्थ ने भी गौतमी की बात को ध्यान में रखते हुए कह दिया, "ठीक है, माँ। झिझकता मैं यों भी था कि जिसकी देखरेख में काम चल रहा है, अकारण उसके काम में हस्तक्षेप नहीं करना चाहिए। यह सत्य है, माँ इस क्षेत्र में मेरा ज्ञान न के बराबर है। कहीं मैं ऊँट-पटाँग परामर्श न दे बैठूँ।...फिर भी, माँ, मैं प्रयत्न करूँगा।...अब तू प्रसन्न हुई, माँ?"

फिर महाप्रजापति गौतमी चली गई। सिद्धार्थ सोचता रह गया। तभी उसे परिचायक ने बताया कि महाराज बुला रहे हैं। वह उठकर उधर चल दिया।

शुद्धोधन ने प्रसन्नतापूर्वक कहा, "पुत्र, तू आजकल सुस्त क्यों रहता है। तेरी वीरता-शौर्य का सिक्का सब मानने लगे हैं। इससे हमारा सम्मान बढ़ा है। सबका ध्यान हमारी ओर जाने लगा है। कहाँ हमने तुम्हारे विवाह का प्रस्ताव किया था तो कहीं से संतोषजनक उत्तर नहीं मिला। कहाँ तुम्हारे शौर्य प्रदर्शन के बाद संबंध-पर-संबंध आने लगे।...अब राज्य का भार तुझे ही सँभालना है। तू थोड़ा-बहुत इधर भी ध्यान देना प्रारंभ कर ताकि मेरा भार कुछ कम हो और राज्य का कामकाज गति पा सके।"

"हाँ, पिताजी। आपका हाथ बँटाऊँगा, जितना बँटा सका। आप चिंता न करें।" सिद्धार्थ ने सहज भाव से कहा।

"मैं निश्चित हूँ, पुत्र।...अब मुझे तेरी ओर से कोई चिंता नहीं है। तू हर कार्य करने-करवाने में सक्षम है, दक्ष है और उसके लिए तुझे किसी प्रकार के प्रशिक्षण की आवश्यकता भी नहीं है। तुझे ईश्वर ने संपूर्ण शक्ति, कला और संस्कार प्रदान किए हैं पुत्र।" शुद्धोधन शांतिपूर्वक समझा रहा था। वास्तव में वह चाह यह रहा था कि पिता-पुत्र के मध्य संवाद होने लगे। एक-दूसरे पर विश्वास-आस्था जमने लगे।

सिद्धार्थ भी अनुभव करने लगा कि वह बड़ा हो गया है। उसे अपना उत्तरदायित्व

निभाना चाहिए। उसने धीमे स्वर में कहा, ''पिताजी, क्या अपने राज्य में प्रतिबंध लगाया जा सकता है?''

''क्यों नहीं। विचार कर। योजना बना। मंत्रीपरिषद् में उसे विचारार्थ रखेंगे। वहाँ तू भी होगा।...सुझाव आएँगे।''

इसी समय काला उदायी ने प्रवेश किया। शुद्धोधन ने उसे देखकर कहा, ''अच्छे अवसर पर आए हो। नया भवन तैयार होने में क्यों विलंब हो रहा है?...आपसे कई बार कहा परंतु आपने उधर ध्यान ही नहीं दिया।''

''वह कब का तैयार हो चुका है। सज्जा-सजावट हो रही है। राजकुमार कई बार देख चुके हैं।...क्यों राजकुमार?''

''हाँ...हाँ...माँ तो प्राय: प्रतिदिन एक-दो बार आ जाती हैं।...उनसे मेरी बात होती रहती है। दूर-दूर तक राजघरानों में ऐसा भवन नहीं मिलेगा, ऐसा मुझे बताया गया है,'' सिद्धार्थ ने बैठते हुए कहा।

''एक बार आप भी देख लीजिएगा, महाराज।''

''ठीक है।'' शुद्धोधन ने आधे मन से कहा। वह यह सोच रहे थे कि रहना तो राजकुमार और बहूरानी को है। वे बीच में क्यों आएँ। फिर काला उदायी इस क्षेत्र में पर्याप्त नाम कमा चुका है।

शुद्धोधन को ये शुभ संदेश मिलने लगे थे कि सिद्धार्थ का ध्यान प्रत्येक क्षेत्र में जाने लगा है। फिर अभी वह अठारह वर्ष का हो रहा है। विवाहित जीवन के हर्षोल्लास से उसके चित्त को नए संस्कार मिलेंगे। गृहस्थ जीवन में व्यक्ति नए अनुभवों से जुड़ता है। उसकी सोच, उसकी कार्यशैली और उसके उत्तरदायित्व के क्षेत्र में विकास होता है।

''आप चिंता नहीं करें, जो काम हो रहा है उस पर राजकुमार की पूरी दृष्टि है। राजकुमार इस संबंध में प्रारंभ में ही अपनी दृष्टि-अन्तर्दृष्टि बता चुके हैं कि जो करें, वह स्वाभाविक अनुभव हो, कृत्रिम नहीं। हरियाली के प्रति मनुष्य का आकर्षण उसके स्वाभाविक विकास, फैलाव और उसमें होते-उगते फूल-फल से है।...उसके अनुसार उनका भवन ऐसे प्राकृतिक संस्कार से संबद्ध किया है, जो उन्हें प्रकृति का अनुभव कराएगा।'' काला उदायी सिद्धार्थ के साथ रह कर यह जान गया था कि उनकी दृष्टि विषय की अवज्ञा करने की नहीं है, बल्कि क्षणिक, आरोपित दबाव से मुक्त रहने की है।

''क्यों सिद्धार्थ, बाँधने से मुक्त करना उत्तम है न?'' पंडित दीपंकर ने शुद्धोधन को समझाया था कि उसका पुत्र अन्तर्मुखी चेतना संचालित क्रियाओं पर ध्यान केंद्रित कर आनंद की अनुभूति कर पाता है। अन्तर्मुखी चेतना को बहिरोन्मुखी चेतना की ओर ले जाने में तत्त्व बोधक संज्ञाओं का बीच-बीच में प्रयोग करोगे तो अनुकूल परिवर्तन यानी शनै: शनै: सफलता मिलेगी। उसमें आपके धैर्य, संयम और सचेत बने रहने की आवश्यकता है। किसी प्रकार की क्षिप्रता नहीं होनी चाहिए।

"आपने उचित कहा, पिताश्री। सारा जगत मुक्त है। नदी का बहता रहना मुक्त है, पवन का बहते रहना मुक्त है, मेघों का बरसना मुक्त है, पक्षियों का मुक्त होकर उड़ना उनके आनंदित होकर जीने के ही उद्धरण हैं।...शासन-प्रशासन की अन्तर्दृष्टि अपनी प्रजा को मुक्त करने में श्रेयस्कर है। डरने-डराने से मुक्त होना राजा-प्रजा दोनों के लिए-शरीर और मन के लिए...मानो प्रकृति का वरदान है। सिद्धार्थ की अभिव्यक्ति ने दिशा के कपाट खोल पक्षियों के दल-बल के साथ पंख फैलाकर मुक्त गगन में विचरण करने का रोमांचक परिदृश्य प्रस्तुत कर दिया।

शुद्धोधन को रंगशाला में प्रस्तुत नाटक के बोल घेर कर उड़ने-उड़ाने की दिशा की ओर ले जाने लगे—

*रुकना-ठहरना नहीं, ब्रह्मर्षि*
*बहते रहो...बहते रहो*
*बहना ही मुक्त-द्वार है*
*जीवंत होने का संस्कार है!*

"यह कैसे संभव हो?"

"स्व के मुक्त होने से। पिताश्री, भय सबसे पहले शासन-प्रशासन के मुक्त द्वार बंद करता है। फिर जिनके लिए वह आरोपित उत्तरदायित्व ओढ़ लेता है, उनके मुक्त द्वार बंद करता है और उस पर उसकी मनोकामना लास्य के स्थान पर ताण्डव करने लगती है। प्रज्ञा की अर्चना से वरदान चाहिए तो भय मुक्त होकर उसके आचरण का स्वस्थ उद्धरण बनिए।" सिद्धार्थ में हिमालय की अनन्त धाराएँ एक बनकर गंगावतरण की अनुभूति कराने लगी हों। मानो सत्य के लिए गुहार की नहीं, उसको स्वयं में जीने और अन्य को जीने देने में लयबद्ध हो गुनगुनाने लगी हों—

*चहचहाते रहना औ अनंत के पक्षी*
*अपने पंखों में पवन भर कर*
*दोनों ओर से उड़ाते रहना*
*चंदन और गुलाल।*

शुद्धोधन का अन्तरंग खिल उठा। उनमें स्वच्छंद विहगों की लहरदार उड़ान भरने वाली पंखुड़ियाँ कलोल कर उठीं, एक साथ लघु-दीर्घ की असमानता से मुक्त होकर उन्मुक्त गगन के एक छोर से लेकर दूसरे छोर तक। यह कैसा बहाव है जो तटों को लेकर उड़ान ऐसे भरता है कि छोर ही अनन्त बन जाता है। बंधन स्वयं को मुक्त कर उठते हैं और बंधन शून्य होकर नृत्य करने लगते हैं। ऐसा नृत्य जिससे आकाश में ध्वजा लहराता इन्द्रधनुष सबको निर्बंधन होने के मंगलाचरण की अन्तर्ध्वनि से जोड़कर उसे प्रार्थना में पल्लवित-फलित होने देता है। वह अपने अंत:करण में गद्‌गद हो कह उठे, "सिद्ध, हमें धरा पर ऐसा स्वर्ग चाहिए, जिसका विलोम नरक न हो।"

काला उदायी साश्चर्य पिता-पुत्र की इस यात्रा का साक्षी बना अवाक् रह गया।

उसने कभी दोनों में ऐसे संगम-प्रवाह की अन्तर्ध्वनि इससे पहले कभी अनुभव नहीं की कि जगत्-अंतर्जगत की जुगलबंदी बनने लगे।

यहाँ विराम, अर्द्धविराम के पट खोल महकता हुआ उठ खड़ा हुआ था। निःस्वन-भाव से सस्वर होने का वरदान पाकर। अब संगम की तीनों धाराएँ मौन थीं, फिर भी संगम बहिरंग हो निसृत हुए जा रहा था एक ताल, एक भाव और एक लय में।

## 22

प्रणय बंधन बंध कर मुक्त होने की अभिलाषा से बहक उठना चाहता था। किसने किसको बाँधा था इस भाव से अज्ञात होकर। या फिर भी बाँधा तो, यह भाव अनुभव की उन्मुक्त तरंगों पर लहरा रहा था। प्रत्यूषकालीन किरणों की तरह रस विभोर होकर।

नव निर्मित मांगलिक भवन पुष्प सुवास की अनन्त उर्मियों के साथ सुसद्य था अनजान यायावर सा अनमुग्ध की मुग्ध बाँहों में।

संधि स्थल की प्रतीक्षा करता आने वाले कल से अनभिज्ञ होकर। सच यह भी था कि आने वाले कल का किसी को अनुमान न था। सोचा किसने था। सिद्धार्थ शिथिल हो सोया पड़ा था। यशोधरा जग गई थी अपने को समेट कर। प्रातः वही था जो कल था पर आज कल से भिन्न। स्थान भी भिन्न था। भवन भी भिन्न था। साथी भी...क्या कहे वह उसको।

अब! अनजान स्थान। अनजान राह। मौन भी निष्ठुर-सा बंद हुआ सोच के पलों की चाँदनी सी सुहावनी सलवटें-सिकुड़न को अवलोक रहा था या...नहीं भी। था तो देख ही रहा परंतु दीखता कुछ नहीं लग रहा था।...या भ्राँति थी रात्रि की आँख खोल कर उन पलों की सिकुड़न समेट कर एक-सा करने की। क्या पलों की तह संभव है। उसके चारों ओर विवाह का सौंदर्य पायल के घुँघरू की तरह इस समय मौन था—हृदय की धड़कनों की तरह अपने आप में ध्वनि को निर्ध्वनि व्यक्त होता, निहार कर। जाग्रत सपनों को यकायक सुप्त पाकर प्रतीति-अप्रतीति का अनुभव क्यों करा रही थी? किससे पूछे? क्या पूछे। कौन है वहाँ उसका परिचित?

दिन खुल गया। सिद्धार्थ भी तैयार हो गए। महाप्रजापति गौतमी के भवन में यशोधरा को लेकर आए। दोनों ने माँ के चरण स्पर्श किए और आशीर्वाद पाया। वहीं कलेवा किया।

यशोधरा झुकी-झुकी, व्रीड़ानत हुई और संकोच में सिमटी ढंग से अपने को सँभाल नहीं पा रही थी।

बाहर नया रथ खड़ा था। उन दोनों को रोहिणी नदी तक जाना था। नदी का आशीर्वाद लेने। सिद्धार्थ ने माँ से साथ चलने के लिए बहुत आग्रह किया पर माँ नहीं मानी, टाल गई यह कहकर कि वे दोनों ही जाएँ। ये दिन परस्पर समझ-बूझ के

हैं—अंतरंग का राग-अनुराग अपना मन खोल सके।

चल पड़े वे दोनों। राह के अनेक सुरमई, सुरम्य, मनमोहक और पहाड़ियों की गोद में महकते स्थानों के दर्शन के लिए।

यशोधरा के बोल नहीं फूट रहे थे। यद्यपि रथवाहक सामने देख रहा था तथापि उसे लग रहा था, वह उनकी ओर देख रहा है।

कर्णवाटिका की ओर गए। वहाँ कोई नहीं था। सुरम्य पक्का ताल था। सारस तैर रहे थे। कोयलें कूक रही थीं। एकांत महक रहा था। हारकर सिद्धार्थ ने ही पहल की। पूछा, ''इस समय अपने यहाँ क्या करती थीं तुम, यशो ?''

यशोधरा ने सोचते हुए कहा, ''आप...।'' सिद्धार्थ ने कहा, ''घबराओ नहीं। न मुझे देवता कहो, न देव, न राजकुमार...माँ का सिद्ध तुम्हारे लिए भी सिद्ध है यदि सिद्ध बुरा न लगे तो...।''

''सिद्ध...।'' अचानक यशोधरा के मुख से निकल ही गया।

''आगे...यशो।''

''बहुत अच्छा नाम है।''

''नाम मिठाई नहीं होता, यशो।...मात्र मुँह चढ़ा संबोधन है जो सिद्धार्थ से सिद्ध बना, पहाड़ी के एक टूटे पत्थर से नदी में गिरकर धीरे-धीरे लहरों के थपेड़े खा-खा कर वह काला पड़ शालिग्राम कहा जाने लगा...विष्णु का प्रतिरूप। हमारी पूजा में ईश्वर का स्थान ले सका। परंतु सिद्धार्थ से सिद्ध बनने के पीछे ऐसी घटना या कहानी नहीं है। बोलने में कदाचित् आसान है, प्रेम से संयुक्त संस्कार है, संक्षिप्त है।'' सिद्धार्थ ने उसकी सौंदर्य प्रतिभा को कुरेदने का प्रयत्न करते हुए आगे कहा, ''जैसे यशोधरा से यश...या यश: अथवा यशी या यशो...।''

यशोधरा मन-ही-मन मुस्करा उठी, क्योंकि पिताजी दण्डपाणि ने अमात्य काला उदायी से कहा था कि राजकुमार साहित्य, संगीत और कला के बारे में क्या समझते हैं, यह सिद्ध करें तभी उनके प्रस्ताव पर विचार करना संभव होगा। यह उसी का प्रत्युत्तर है। यशोधरा ने धीरे से कहा, ''साहित्य का कोई उदाहरण और दे दीजिए।''

''लीजिए...वह भी प्रस्तुत है पर इस स्थिति में तुम सस्वर सुनाती जाओ। बोलो हाँ।''

यशोधरा के मृग नयन बोल गए, ''हाँ।''

''तो सुनो...।'' कहकर ज़रा हँसे।

कहा, ''हँसना नहीं है, ध्यान रहे।'' कंठ खखार साफ़ किया और सुनाने लगे मधुर स्वर में—

*नन्हे नन्हे पय्यां*
*नन्हे नन्हे हथय्या*
*नाकिया से बोले*
*किसन कन्हैया*
*पाला पाला बचुआ*
*गाँव गाँव घुमया*
*शय्यन के टेरे*
*ले ले बलय्या*
*पाली पाली मय्या*
*दूधई पिलय्या*
*गोदी में ले*
*झूले वन नचय्या*

यशोधरा अपनी हँसी नहीं रोक सकी।

''अब तुम सुनाओ, यशो।''

''मैं इतने मधुर स्वर में नहीं गा सकती। सचमुच मैं हारी। हार तो हम श्रावस्ती प्रतियोगिता में गए थे। माँ ने तब भी टोका था कि वह लड़की वाले हैं। माना शाक्य समाज में उनकी चलती है। वह उसके मुखिया हैं परंतु इतना स्पष्टवादी होना अनुचित है। इसमें उनका घमण्ड बोलता है। ईश्वर उन्हें क्षमा करना। कहीं...।''

''कहीं क्या, भागवान।...''

''तब माँ ने कहा था कि उन्होंने घमंडियों का सिर नीचे झुकते देखा है।''

सिद्धार्थ यशोधरा को बीच में चाहते हुए नहीं टोक-रोक सके। यह सब सुनकर सिद्धार्थ का हृदय द्रवीभूत हो उठा। इतस्तत: देखकर वह यशोधरा को बाँहों में भरकर भारी कंठ से कह उठे, ''क्षमा, यशो।...मुझे यह ज्ञात नहीं था कि तुम इतनी संवेदनशील हो। मैं तो यों ही तुम्हारे संगीत की लहरों में खो जाने के लिए कह बैठा। यह संगीतमयी सुरभि मेरी माँ की प्रस्तुति है।...जब मैं बहुत छोटा था, तब इतने मधुर कंठ से, पुलक भर, वह मुझे सुलाने के लिए सुनाती थीं।...जब मैं बड़ा भी हो गया, तब भी मैं उनसे आग्रह करता था...माँ...नन्हे-नन्हे पय्यां...वाला गीत सुनाओ। वह सुनाने लगती और मैं सो जाता था।''

''मुझे क्षमा कीजिए, मुझसे भूल हो गई। बिना पृष्ठभूमि जाने राई का पहाड़ बना बैठी। छोटे और बड़ों में यही अंतर होता है कि छोटे सदैव अपनी नाक को तोतय्या बनाये रखते हैं। झुकता वह जो फलदार वृक्ष होता है,'' यशोधरा अश्रु प्रवाहित कर उठी।

सुनसान स्थान का लाभ उठाते हुए सिद्धार्थ ने उसे बाँहों में भर कर कहा, ''मैं तुम्हें रुलाने के लिए नहीं, हर्षोल्लास से भर देने के लिए लेकर आया हूँ और अपना

बचपन नंगा, उखाड़ कर बैठा। सोचा था कि तुम्हें अपने बचपन का झूला दूँ और माँ गंगा से मिल जाने दूँ।...मेरी कल्पना में वह तीर नहीं था, यशो...जिसका...।''

''आगे कुछ नहीं, सौगंध। तुम्हें मेरी...।''

''सौगंध कदापि नहीं, यशो।...अब हरसिंगार का ध्यान करो और अनुभव करो कि उसके कोमल गुलाबी पुष्प, जिसकी पंखुड़ियाँ सफ़ेद होती हैं, नर्तन कर उठी हैं।...उसे सत्यभामा के लिए भी नटवर नागर श्री कृष्णजी स्वर्ग से लाए थे, वही अब हमारे मध्य अपना अतुलित सौरभ लुटा रहा है।'' कहकर सिद्धार्थ ने उसके गुलगुली मचा दी। यशोधरा हँसते हुए...लोटपोट होकर...उनकी बाँहों में झूल गई।

''छोड़ो-छोड़ो...कोई देख लेगा।''

''वह तो अकेला देख रहा है।''

''तुम...नहीं, अपने आप से।''

''तो लो मिल लो अपने आप श्रीनरेश्वर गोपाल कृष्ण से। वही हमारे तुम्हारे मध्य उस स्वर्ग के सदाबहार वृक्ष को-पारिजात को...।''

''पारिजात!''

''हरसिंगार उसी का नाम है जैसे तुम्हारा घर का नाम गोपी है न।'' सिद्धार्थ महका उठते उसकी चंदन महक सी देह को और अपने सुलगते होंठों से स्पर्श कर देते उसके कपोल पर पड़ते लहक उठे गड्ढे को। गुलाबी चाँदनी लजा जाती आँखें बंद किए।

सिद्धार्थ कह उठे, ''तुमने तो बहुत हठ की थी कि माँ साथ चलें, लेकिन वह नहीं मानीं। मानतीं तो क्या तुम मेरी बाँहों में झूल पातीं और...मुझे लेने देती...।''''...बस...बस।'' कह कर वह बाँहों से मुक्त हो अपने को सँवारने लगती। नाच उठता सतरंगी आकाश। मानो वह बहुत दिनों के बाद मिले यायावरों को पहचान गया हो और गद्गद हो झुकता चला जा रहा हो बेसुध हुआ।

## 23

आज दिन अभी तक सोकर नहीं उठा था, ऐसा आभास हो रहा था महाप्रजापति गौतमी को। अभी तक सिद्धार्थ-यशोधरा नहीं आए थे।

महकदार तरंगों पर लहराते दीपदान के दीपोत्सव का प्रकाश ओझल सूर्य की रश्मियों के स्थान पर कर्त्तव्य निभा रहा था।

मेघ बिना ऋतु आगमन अंबर में ठहरे हुए उसके उठने की मानो प्रतीक्षा कर रहे हों।

लगता है, अभी रात ढली नहीं। अमावस्या का तिमिर छाया की तरह चतुर्दिक विद्यमान है।

"उठो भी...।"

"तुम भी सोती रहो चुपचाप। कब आएगी ऐसी घनेरी रात कि दिन पथ भूले पथिक की भाँति पूछ रहा हो अपना पता अपने आपसे।"

फिर करवट बदली। पुलक पंख गुनगुनाए...तुम ऐसी बनी रहो। फिर कब मिलेंगे घोड़े बेच कर लौट रहे, दूर देश से आए, ऐसे व्यापारी।

थोड़े समय के लिए मानो समय की सुई ठहर गई हो। यदि कभी प्राणवायु चलना बंद हो जाए।...कभी बंद ही था, जब न धरती पर कोई जीव था और न कोई श्वास लेने वाला। सब ओर क्या था! स्वर के लिए प्राणवायु का होना अपरिहार्य है।

"उठो...उठो...उठो...।" कर चीख पड़ा था सारा तलहटी प्रदेश।

सिद्धार्थ कोई पुकार रहा है। उलट-पुलट हो उठी पृथ्वी। जंगल के जंगल जलमग्न हो उठे हैं। पहाड़ से पहाड़ पछाड़ खा धँसते चले जा रहे हैं।

बचाओ। बचाओ। ओ सृष्टि के सृजनकार! बचाओ...बचाओ...बचाओ।

"तुम, यशोधरा, तुम यहाँ।"

"तो और कहाँ होती?"

"आँख खोलो मेरे स्वप्न के देवता। दिन का उजाला वातायन से झाँकने लगा है।"

सिद्धार्थ आँखें मलते हुए प्रमाद ओढ़े और सो लेना चाहता है।

"मेरी ओर देखो तो...।" यशोधरा ने सहज होकर कहा, "माँ, कलेवे पर प्रतीक्षा करने लगेंगी और अगोचर विलंब का सारा दोष मेरे सिर पर मढ़ दिया जाएगा।"

सिद्धार्थ ने झटके से आँखें खोलीं और चपला की तरह उठ खड़े हुए। साश्चर्य कह उठे, "तुम तो तैयार हो, यशो।"

"प्रमाद छोड़ो। शीघ्रता से तैयार होकर आ जाओ ताकि माँ का विश्वास न डगमगाए।"

"क्योंकि..."

"तुम्हारे जीवन में मैं आई हूँ।"

"तो?"

"इसी कारण तुम्हें विलंब हुआ है। मेरे आने से पहले तुम्हें कभी विलंब नहीं हुआ," यशोधरा ने स्मित भरते हुए कहा।

"लो, उठ खड़ा हुआ," सिद्धार्थ उठकर स्नानागार की ओर चले गए।

यशोधरा आज अवश्य पूछेगी कि उन्हें जागृत स्वप्न क्यों आते हैं और क्यों सब उनसे बचाने की गुहार लगाते हैं?

'हैं!' अब चौंकने की यशोधरा की बारी थी। वह तैयार हो आ खड़े हुए और आते ही बोले, "चलो, यशो। मैं चलने को तैयार खड़ा हूँ। अब मैं विलंब का कारण नहीं होऊँगा।"

"फिर मुझे उलाहना मत देना कि मैंने तुम्हें नहीं बताया।" यशोधरा ने अधरों की मुस्कान को सहेजते हुए मेघ मंद्र स्वर में ऐसे कहा जैसे वह अपने आप से कह रही हो।

"क्यों, ऐसी क्या बात है?" सिद्धार्थ ने अपने को देखते हुए कहा।

"कंघी...!"

"क्या कंघी?"

"बाल कहाँ काढ़े हैं?"

"हैं।" सिद्धार्थ ने सिर पर हाथ फेर अंदर जाने के लिए पाँव बढ़ाए ही थे कि यशोधरा ने कंघी दिखाते हुए कहा, "यहाँ बैठो, मैं काढ़े देती हूँ।"

वह बैठ गया, माँ गौतमी का स्मरण करते हुए। पहले तो वर्षों तक वही उसके बाल सँवारती थी बराबर निर्देश देते हुए, "हिल मत। मुंडी सीधी रख। नहीं तो मैं तेरे बाल नहीं सँवारूँगी।"

"माँ...तुझे क्या डाँटने-धमकाने का यही समय मिलता है।...पूरा दिन पड़ा है—न मैं कहीं भागने वाला हूँ और न तू...फिर ये सब...शांति पाठ के समय ही क्यों?...क्यों माँ? क्या तेरा मन तुझ पर डाँट-फटकार नहीं करता। करता तो अवश्य होगा पर तूने कान-आँख बंद कर रखे होंगे...इसलिए...।"

"चुप भी कर उपदेशक। पूरा जीवन पड़ा है उपदेश देने के लिए...थोड़ा और बड़ा हो जा फिर तुझे ही सँभालनी पड़ेगी ये कंघी और अपने ये घुँघराले काले रेशम के धागे से मुलायम और बारीक बाल। फिर तुझे शांति पाठ के समय डाँटने-फटकारने वाला कोई नहीं होगा। न तब मैं तेरे पास होऊँगी और न तू मेरे पास।"

"असत्य न बोल माँ।"

"कुछ दिन...माह समझ ले...की बात है। तेरे लिए शीश प्रासाद तैयार होने वाला है। तेरे लिए अर्द्ध चन्द्राकार चंदन का पर्यंक तैयार हो कर आ गया है।...उस पर सेमल के फल से प्राप्त रूई से मोटे-मोटे रेशम से खोल के गद्दों में रूई भर दी गई है उन गाव-तकियों और तकियों में।"

"फिर?"

"फिर तू उस मुलायम गद्दे पर अकेला सोया करेगा। फिर तुझे ये डाँटने-फटकारने वाली माँ नहीं मिलेगी।...स्वयं कपड़े पहनने पड़ेंगे और स्वयं बाल कंघी से सँवारने पड़ेंगे, सिद्ध।"

"तब मैं इन घुँघराले बालों को नहीं सँवारूँगा, माँ, कभी नहीं। कदापि नहीं।"

"न सँवारना। आवारा बना घूमना। सब ओर से जानी-पहचानी मौन झिड़की का सामना कर, जब तुझे बिखरे बालों वाला कहेंगे मन-ही-मन चुपचाप और हँस कर व्यंग्य कर रहे होंगे।"

"माँ री माँ, तू सच बताना।" ऊपर देखकर वह कहता "उन काले-चिकने मेघों को कंघी कौन करता है ? कौन कँघेरा (कंघी बनाने वाला) बना सकेगा इतनी बड़ी कंघी-कंघा ?...एक वे भी हैं, माँ।"...कुछ रुककर आगे कहने लगता, "सच बताऊँ, माँ।"

"तू असत्य बता उससे मुझे क्या।"

"छोड़ सत्य असत्य को, माँ।...जब तू अपने, टखने को छूने वाले रेशम से घने बालों को अपनी उँगलियाँ फँसा कर झाड़ती है तो वे तेरे वश में नहीं होते। चारों ओर, मनचाही दिशा में, मेघ बन उड़ने लगते हैं। तब तू कहती है कि आज मैं सिर से नहाई हूँ।...सच माँ, तब तेरे रेशम से बाल तेरे को एकदम इतना...इतना...इतना मनमोहक बना डालते हैं कि मन नहीं मानता... ।"

"तू ये कहानी किसी को सुनाता तो नहीं है बिन दाढ़ी मूँछ के दादा कि मेरे कपोल को चूम कर भाग जाता है और मैं तुझे डाँटती रह जाती हूँ..."

"पर गहरे प्रेम-दुलार-स्नेह से न माँ," सिद्धार्थ बताता।

"तू दिन पर दिन मुझे पागल बनाए जा रहा है, सिद्ध।"

"जो माँ अपने लाल को गोद में लिए घूमी हो, जिसने अपने स्तन से दुग्धपान कराया हो, जिसने अपने से चिपटा कर अपने आँचल में छिपाया हो, वो माँ कहाँ छोड़ने वाली है मुझे अकेले-एकांत में...तू माँ, वहाँ भी कंघा-कंघी करने आए बिना नहीं रहेगी।"

"ना रे..."

"आज तो कह दे माँ बहुत दिन हो गए वह बोले-सुने..."

"मेरा गोलगप्पा।"

"इस पर मैं अपने मुँह में हवा भर कर फुलाता और माँ धीमे से चपत रख देती। तब हम दोनों हँसते-हँसते झूम उठते। कभी-कभी माँ गा उठती—

*मेरा पाला पाला गोलगप्पा है*
*हँसी का पाला पाला गोलगप्पा है*
*कुप्पा होकर गुब्बारे सा उड़ता है*
*दिन भर मौज मस्ती करता है*

"फिर माँ आपके भवन में कंघा-कंघी करने आई क्या ?" यशोधरा पूछती।

"तब क्या करता। मैं वहाँ जाता तो सिर के बाल माँ सँवार देती परंतु यह स्मरण

कराना नहीं भूलती कि मैं बड़ा हो गया हूँ, अकेला रहने लगा हूँ तो अपना काम मैं स्वयं करूँ।''

''यह काम नहीं होता, माँ।''

''कल तेरा विवाह हो जाएगा तब ?''

''तब'' सोचकर कहता, ''वह करेगी।''

''वो मैं कर रही हूँ, सिद्ध। परंतु एक बात अवश्य जान सकी हूँ, तुम्हारा बचपन बड़ा चुलबुला, नटखट और माँ को तंग करने वाला रहा है।''

''नहीं, माँ से लाड़-स्नेह और ममता को पाने वाला, यश।''

''कोई द्वार खटखटा रहा है।'' कहकर यशोधरा द्वार खोलती है। उसके बिना कुछ कहे कहती है, कह देना, माँ से आ रहे हैं।

''बैठे-ठाले करवा दिया विलंब।''

''मैंने...।'' यशोधरा पूछती।

''अच्छा भला मैं बाल सँवारने जा रहा था तो कंघी दिखा रोक लिया।''

''और कहानियाँ कौन सुनाने लगा।''

''तो टोक देतीं।''

''अब चलो भी। विलंब में और विलंब।'' यशोधरा ने गहरी साँस लेकर कहा।

महाप्रजापति गौतमी के दोनों ने पाँव छुए। आशीर्वाद लिया। कलेवा किया। गौतमी ने कहा, ''यश मेरे पास रहेगी'' यशोधरा की ओर देख कर, ''वहाँ कोई तो नहीं है, यश।''

यशोधरा ने प्रसन्न होकर सिर हिला कर कहा,''आपके पास रहने से बड़ा कौन-सा आनंद होगा या काम।''

''सिद्ध आज तेरा पहला दिन होगा जब तू मंत्रीपरिषद् की बैठक में भाग लेगा। राजकाज की बारह-खड़ी समझेगा। अपनी प्रतिभा से सबके मन पर छाप छोड़ सकेगा कि उनका उत्तराधिकारी समझ, सूझ में भी सबसे आगे है। जा पुत्र, जा। मेरा भरपूर आशीर्वाद तेरे साथ है।...सबसे पहले पिताजी के पाँव छूकर उनका आशीर्वाद लेना। फिर उनके साथ मंत्रीपरिषद् की बैठक में भाग लेने जाना।...ध्यान रखना कि मंत्रीपरिषद् में सब तुझ से आयु में ही नहीं, अनुभव में भी बड़े हैं। उनको सिर झुका कर प्रणाम करना।...अब जा पुत्र...।'' कुछ रुक कर पूछा, ''यश तुझे तो कुछ नहीं कहना है।''

यशोधरा ने पलकें झुका कर कहा, ''माँ, आपके होते हुए मुझे क्या कहना होगा। कुछ नहीं, माँ।''

सिद्धार्थ को गौतमी तब तक स्नेहाकुल दृष्टि से अवलोकती रही, जब तक

वह आँखों से ओझल नहीं हो गया। लौटी तो बोली, ''यश, अपना सिद्ध तीरन्दाज़ी, घुड़सवारी आदि में ही सबसे आगे नहीं है बल्कि हर क्षेत्र में सदा सबसे आगे रहेगा। तूने देखा, यश, उसके चौड़े-उभरते माथे के बीचोंबीच स्वाभाविक तिलक है, उसका अजानुबाहु होना, उसके नयन का कमल की पंखुरियों तुल्य होना, स्कंध समुन्नत, पलाश की आभा लिए अधर, सूर्य के समान तेजस्वी, चंद्रमा के समान सम्मोहक और अर्द्ध व्यास बनाता प्रभामंडल पवन प्रेरित अग्नि के समान चित्त पर प्रभाव डालता है। मैत्री, करुणा, मुदिता, धैर्य, सहनशक्ति आदि अप्रतिम गुणों से युक्त शिवमय शान्ति, बुद्धि का परिचायक है।''

महाप्रजापति गौतमी अपने कथन पर अचानक विचार करने लगी कि क्यों वह इतना सब कह गई। कहीं भी दूर-दूर तक यह कहने की आवश्यकता नहीं थी। वह तुरंत सँभल कर बोली, ''यश, माँ की ममता अँधी ही नहीं, पगली भी होती है।''

''माँ आपका कहना मेरा पथप्रदर्शक बनेगा। मैं उत्तम डगर पकड़ सकूँगी। सत्यानुदायी उनका मन समय-समय पर जान सकूँगी। आपने मेरी प्रज्ञा दृष्टि के द्वार खोल दिए हैं।'' यशोधरा सँभल-सँभल कर धीरे-धीरे कह रही थी।

''आज मैंने रसोइये को अवकाश दे दिया है। मैं शुद्ध शाकाहारी हूँ। सिद्ध के बारे में कुछ नहीं कह सकती हूँ। शुद्ध शाकाहारी होने के कारण मेरी रसोई अलग है। यह तो तू भी जानती होगी कि मांसाहारी होना आज सहज है। तू भी स्वतंत्र है। जो इच्छा करे...जो सेवन करती आ रही है, निःसंकोच कर सकती है।'' महाप्रजापति गौतमी यह सब उसे इसलिए बता रही थी कि खान-पान में उनके यहाँ सब चलता है। गौतमी इतना समझाकर स्वयं खड़ी होने लगी।

यशोधरा ने महाप्रजापति गौतमी का हाथ पकड़ कर अत्यंत भावुक होकर कहा, ''माँ, आपने मुझे बचा लिया।...मांसाहारी तो हमारा भी परिवार है परंतु मेरी दादी और मैं शुद्ध शाकाहारी हैं अतः दादी और मेरी रसोई अलग थी।'' यशोधरा ने आगे कहा, ''यहाँ भी मुझे आए कई दिन हो गए लेकिन मुझे तो...।''

''उसका कारण है। आपके पिताजी ने पहले ही बता दिया था कि आप शाकाहारी हैं।''

''अच्छा...अच्छा।...अन्यथा मैं आश्चर्यचकित हो रही थी और मानने लगी थी कि आप सब...।''

''नहीं...नहीं, यश, राज परिवार तो मांसाहारी ही मिलेंगे। प्रजा भी...।''

''उठूँ, रसोई की तैयारी करूँ। आप मुझे बता दें। रसोई मैं तैयार करूँगी। कोई विशेष बात हो तो बता देना।'' यशोधरा ने उठते हुए कहा।

''तब ठीक है। नई वधू के हाथ का भोजन यहाँ सपरिवार सेवन करना चाहता है।''

''शाकाहारी...।''

"हाँ, कई बार शाकाहारी प्रसाद यहाँ सबने जीमा है।"

"तब कितने जने हो जाएँगे?"

"महाप्रजापति गौतमी उँगलियों पर गिनती कर रही थी कि तभी मुख्य रसोइया आ गया। उसने बताया कि यदि वधू सबके लिए रसोई तैयार न कर सकें तो...वह भी अपने आदमी रसोई तैयार करने के लिए भिजवा देगा।"

महाप्रजापति गौतमी गिनती में भूल कर बैठी। तभी मुख्य रसोइया ने कहा कि वह गिनती कर रही हैं तो वह बताने लगा सत्रह जने होंगे।

महाप्रजापति गौतमी ने यशोधरा की ओर देखा। यशोधरा ने गर्दन हिलाकर कह दिया, "सब हो जाएगा।"

"अकेली कर सकेगी क्या?"

"हाँ, माँ।"

"सामान मैं लिवाने भेज दूँगा," मुख्य रसोइया ने कहा, "पर क्या-क्या?"

यशोधरा ने आनंदित होकर कहा, "आज्ञा हो तो मैं बता दूँ।...मात्रा भी।...आप सुनती रहें। कोई कमी पेशी हो तो बता दीजिए।...आप अन्यथा न लें तो आज पूरी रसोई मुझे बनाने दें।"

"तू...अकेली...नहीं...नहीं...तुझे पता नहीं है कि तू क्या कह रही है?" महाप्रजापति गौतमी ने टोकते हुए कहा।

"बहूरानी, मातेश्वरी जी ठीक कह रही हैं," मुख्य रसोइया बोल पड़ा।

यशोधरा ने कान के पास आकर कहा, "आप घुड़दौड़, तीरन्दाज़ी, खंग प्रतियोगिता में अपने पुत्र पर विश्वास कर सकती हैं तो यदि आप मुझे अपनी पुत्री समझती हैं तो आज मुझ पर भी विश्वास कर देखिए।"

महाप्रजापति गौतमी ने यशोधरा को आँखों से तोला और कुछ सोच कर कहा, "ठीक है, यश जैसी तेरी इच्छा।"

"प्रसाद साँझ का होगा, मातेश्वरी," मुख्य रसोइया ने साश्चर्य वधू की ओर देखा और लौट गया।

महाप्रजापति गौतमी यह कहना नहीं भूलीं, "यश, मैं सहायता करवा दूँगी, तू नहीं समझ पा रही है कि तूने किस उत्तरदायित्व को ओढ़ लिया है। इतने जनों का क्या, इससे आधे से कम जनों का प्रसाद मैंने नहीं बनाया है।...क्या तूने?"

"माँ, विश्वास कीजिए। माना कि अभी आपने मुझे कभी परखा नहीं है।...परंतु आत्मविश्वास का भी कोई अर्थ है।"

"कभी पहले भी...।"

"नहीं किया, माँ।...कभी-न-कभी किसी को पहली बार ही करना होगा।"

“तेरी इच्छा, यश। फिर भी,...।”

“कृपया एक अवसर इस अनअजमाई पुत्री को देकर देखिए। उसे भी अपने भरोसे को परख लेने दीजिए। जहाँ थकने लगी, साहस को आँख फेरते पाया, वहाँ, माँ, मैं आपको पुकारे बिना नहीं रहूँगी। मुझे अपने हारने की चिंता नहीं सताएगी। अपने से जितना बन सका, उस पर भी मुझे प्रसन्नता होगी।...सच, माँ।” यशोधरा ने माँ के चरणों में बैठकर, अपना सिर उनकी गोदी में रखकर धीरे से कहा, “माँ, आशीर्वाद दीजिए।”

महाप्रजापति गौतमी का हृदय भर आया। कोई अनजान भी क्या इतना प्यारा हो सकता है!...इतना सरल चित्त। इतना अपना कि उसके आगे अपना विशेष भी पीछे रह जाए। उसने अपने दोनों हाथ उसके सिर पर जमा कर और गहरी साँस लेकर कहा, “ईश्वर, मेरी शक्ति भी तुझे दे दे। तू सफल हो।” और झुक कर उसका सिर चूम लिया। यशोधरा का मन गद्‌गद हो उठा।

## 24

समय-समय पर रंगशाला में नृत्य-संगीत-नृत्य नाटिका के कार्यक्रम होते रहते थे। सिद्धार्थ-यशोधरा, महाप्रजापति गौतमी आदि आ जाते थे।

एक कार्यक्रम अंदर-ही-अंदर यह भी सक्रिय था कि सिद्धार्थ का मन जगत की विनश्वरता, विषयों के प्रति उदासीनता की ओर नहीं जाए, युवतियों के रूप लावण्य, सौंदर्य, अंग-संचालन आदि के प्रति ध्यान आकृष्ट रहे। बँधा रहे।...

यशोधरा को वहाँ आए कई वर्ष हो रहे थे। वह भी समझने लगी थी। सिद्धार्थ के स्वप्न जागृत होते थे। वह छिपाते कुछ नहीं थे। उस दिन, साँझ ढल चुकी थी। राका उतर आई थी। चन्द्रमा की पारदर्शी रश्मियाँ समूचे परिवेश को चाँदनी के रंग में रंग चुकी थीं।

सिद्धार्थ ने पूछा था, “यश, तुम्हारी गति-अभिरुचि गीत-संगीत-साहित्य कला में गहरी है।”

“बस ठीक-ठाक है।...मैं कुछ सोचती नहीं हूँ मात्र अतीत की छोड़ी पगडंडियों के, जिन पर चल कर मन बहला लिया करती थी।” यशोधरा प्रासाद परिसर के अंतिम छोर पर आकर रुक गई थी। वह देख रही थी सिद्धार्थ की आँखें उस पर टिकी हैं।

“ऐसे क्या देखते हो?”

“तुम बताओ, ऐसे मैं क्या देख रहा हूँ।”

“मैं क्या जानूँ। देख तुम रहे हो।”

“मैं देख नहीं, अनुभव कर रहा हूँ।”

"क्या!"

"जो तुम देख-अनुभव कर रही हो इस समय," सिद्धार्थ कह जाता अपने अनुभव के हर पल सँजोकर।

यशोधरा मुस्करा जाती। आँखें बहक उठतीं। अधर कंपायमान होने लगते। वह पूछने लगती "क्या पहले देखना बताऊँ या अनुभव?"

"जो हृदय कहे, प्रिय।"

"यश नहीं।"

"कहो नहीं।...जो वह कहने दे, वो।"

"इस समय कुछ कहना नहीं चाहता था वह।"

"चाँदनी भी नहीं।"

"जब चाँद साथ हो तब चाँदनी की क्या चाहत। किसकी चाहत...और क्यों?" यशोधरा के कपोल पर पड़ उठे भँवर चमकने लगते।

"सच में, तुम्हें सामने पाकर मेरा मन किसी अन्य सौंदर्य की सुकुमारी पर ठहरता ही नहीं, यश।"

"अर्थात् मेरी अनुपस्थिति में तो...।"

"बाल की खाल मत निकालो।...यश, मैं अनुभव करता हूँ कि तुम हो तो संगीत, साहित्य-कला आदि सबका अनुभव एकांत झील में से उतर कर मुझमें समा रहा है," सिद्धार्थ कह जाता।

"यह कौन कहलवा रहा है?" यशोधरा पूछती।

"तुम...।" सिद्धार्थ कहता।

"या चाँदनी ही," सिद्धार्थ असोचे ही कह जाता।

"बताना नहीं चाहते। क्या डरते हो?"

"किससे?" सिद्धार्थ पूछता।

"अपने से।" यशोधरा कहने लगती।

"यह तुमने सच कहा है, सिद्धार्थ।"

"नहीं, मैंने क्या कहा है या क्या नहीं कहा है।...यश नहीं, यश।"

"तो...?"

"चलो, यहाँ से तो पिण्ड छुड़ा लें।"

अब वे दोनों हिले। परछाईं चाँदनीमय हो गई। लौटना उन्हें आवाज़ नहीं दे रहा था। ठहरना अनसुना होने लगा था। पत्तियाँ हिलीं, पुष्प चौंके। पर हुआ कुछ नहीं था।...हुआ भी कुछ नहीं। सब यथावत्, पर हर्षित।

भ्रमित होने लगे दोनों बिना यह जाने कि क्यों? किसने पूछा था? किसको उत्तर दिया गया। ये उन दोनों को ज्ञात नहीं हो रहा था।...या ज्ञात जानना नहीं चाहता था उसके अज्ञात को।...हो सकता है अपने अज्ञात को।...ज्ञात ही अज्ञात था, अज्ञात भी ज्ञात। रेशम की गाँठ कौन खोले? प्रश्न यह था। प्रश्नकर्ता मौन थे।

इस तरह वे दोनों अपने शयन कक्ष में आ गए। शयन कक्ष की खिड़कियाँ खुली हुई थीं। पवन छहरा रहा था। कोई किसी से पूछ नहीं रहा था। मात्र चाँदनी अंदर आकर बाहर खिलती चाँदनी से कह रही थी, "जहाँ जन सोते हों, जिन्हें हमारे अज्ञात स्पर्श की अनुभूति न हो और जो परस्पर देखते हुए हम से दूर रहते हों, वहाँ जाना नित्य है और अनित्य है।...चित्तगत दोष मैं नहीं कहना चाहूँगी।...इनको नहीं पता है, क्योंकि यह इनके अनुभव क्षेत्र में नहीं आता कि हर उड़ने वाला पक्षी अपने सामर्थ्य के अनुसार, अपने पंखों से हवा को छपछपाता हुआ उतनी दूर तक, बिना भय, स्वावलंबी होकर नीलांबर में उड़ा जाता है। और वह भी भूतल के जीवों से बहुत तेज़, कम समय सीमा में, दूरियाँ नाप लेता है, बिना लड़े-झगड़े। जानती हो क्यों?"

"क्योंकि उसका भूतल उसका अनंत आकाश होता है, जिसको वह अपने मधुर संगीत, गीतों से ऐसा रिझाता है कि भूतलवासी उसे लास्य करता अनुभव करते हैं परंतु उस अनुभव से वह अपने को यह नहीं समझा पाते हैं कि न वहाँ वचनगोचर है, न वक्ता की समझ है। वहाँ चित्त दृष्टा बना होता है, इस कारण शून्यता विराजमान होती है।"

"नहीं...नहीं...चाँदनी...मेरी भी सुनो...पक्षियों के उड़ते रहने से कहीं भी उनके पदचिह्न गोचर नहीं होते...मुझे समझने दो। मैं बिना समझे तुम्हें उत्तर नहीं दे सकता।"

"सिद्ध...सिद्ध..." कहते हुए यशोधरा ने सिद्ध को झकझोर दिया। सिद्ध पता नहीं तब कहाँ जा पहुँचा था। सिद्धार्थ ने आँखें खोलीं और आश्चर्य से कहा, "तुम तो अभी चाँदनी बन मुझसे संवाद कर रही थीं।"

"अब भी, तुम्हें संवाद के लिए ही झकझोर रही हूँ परंतु तुम किसी चाँदनी से स्वप्नालाप कर रहे थे।" यशोधरा ने सिद्धार्थ का हाथ अपने हाथ में लिया और उसकी हथेली को अपनी आँखों, कपोलों और अधरों से स्पर्श कर सहलाया और कहा, "मेरे साकार के शून्याशून्य आधार, कभी-कभी तुम मुझे मरीचिका जल का अनुभव कराते क्यों लगने-लगते हो?"

"यह तुम कह रही हो, यश?"

"क्या कोई संदेह है?" सिद्धार्थ आगे कहने लगता, "क्योंकि संदेह अस्तित्वहीन है। उसका कोई प्रति अनुभव नीलांबर में उड़ते-चलते पक्षियों की तरह कोई चिह्न नहीं छोड़ता।"

"यह तुम किस संदेह की बात कर रहे हो सिद्ध?" यशोधरा पूछती। "क्या

संदेह के भी प्रकार होते हैं, यश ?''

''रात चाँदनी थी।'' सिद्धार्थ कहता।

''कोई संदेह।'' यश उत्तर देती।

''अब वह नहीं है।'' सिद्धार्थ कहता होता।

''क्योंकि अब दिन निकल आया है।'' यशोधरा सिद्धार्थ की आँखों से प्रतिध्वनि की अनुगूँज सुनती अनुभव कर रही थी।

''उसे निकलना ही है, क्योंकि वह कहीं जाता नहीं है। न हमारी तुम्हारी तरह सोता है और न चाँदनी की तरह घटता-बढ़ता है।'' उठकर बैठते हुए यशोधरा को अपने अंक में खींच लेता। यशोधरा लता सी खिंची चली आती। निरवरोध बनी रहती।

''जब हम कल...वाटिका के पास खड़े थे तब मैंने सुना था...।''

''क्या ?''

''वहाँ सुमन परस्पर बतिया रहे थे।''

साचरज यशोधरा सिद्धार्थ को अघूरते हुए भी घूरते अनुभव कर रही थी। कहने लगी, ''क्या बतिया रहे थे, सिद्ध।''

''एक सुमन ने दूसरे सुमन से कहा, वह यौवन से गद्‌गद हुई जो अपने आँचल को यदा-कदा स्वयं उड़ा कर सुषमा सौरभ उस युवक के साथ कहीं-कहीं रुक झुक जा रही है, हमारी तुम्हारी विमल सौरभ सुगंध की तरह सदाबहार सुमन है। अंतर इतना है कि वह चल-फिर सकती है, गिर कर खड़ी हो सकती है लेकिन हम नहीं।''

''सौरभ तो दोनों में समान है और चित्त का अनुराग भी...।''

''सुषमा सौंदर्य भी।'' यह कहते हुए सिद्धार्थ ने कहा, ''यहाँ, तुम जब मेरे इतने निकट होती हो कि निकटता भी निकटता शून्य रह जाती है, तब मेरा चित प्रफुल्लता से भर तुम्हारी बंद आँखों में अपने को अवलोक कर अनकहे कहता हुआ मुझे अनुभव कराने लगता है कि हम-तुम और तुम-हम यों ही अद्वैत की अनुभूति करते अनुभूति शून्य बने रहें।''

''क्या यही अनासक्त प्रणयी संस्कार है, सिद्ध ?'' यशोधरा उठने का उपक्रम करते पूछती।

''तुमने कैसे जाना ?''

''यह कह दूँ कि यह मैंने अपने प्रेम के देवता से ही जाना है कि प्रेम होता नहीं, फिर भी अपने होने का तीव्रतर अनुभव कराता है...कुछ इस तरह।'' कहती हुई यशोधरा सिद्धार्थ के गुलगुली मचा कर पिंजरे से उड़े पक्षी की तरह सामने पेड़ की डाल पर बैठ टुकुर-टुकुर देखती रह जाती है। वह बताना चाहती है कि जो उड़ना जानते हैं, वे पिंजरे से मुक्त होना भी जानते हैं।

सिद्धार्थ मन-ही-मन मुस्करा कर कहता है, ''सूर्य देवता, आप तो नहीं उठा सके, पर आपके प्रतिबिम्ब ने बिना चेष्टा किए उठा ही दिया।...यदि आप नहीं होते तो सुबह भी नहीं होती...यह कैसा व्याकरण है कि तुम सुबह के साथ स्त्रीलिंग में स्मरण किए जाते हो और सवेरे के बाद पुलिंग में और जब चल पड़ते हो अर्थात् सवेरे-सवेरे तब क्रिया विशेषण हो जाते हो। कितनी बार पुनश्चेष्टा कर अपना रूप बदल लेते हो। फिर भी बने रहते हो सृष्टि के परम पूज्य देवता।''

''फिर सोचने लगे असोचने के अन्तर्मन को, सिद्ध। यह तुम्हें क्या होता जा रहा है?''

''तनिक यही प्रश्न अपने सर्वमान्य पूजनीय सूर्य देवता से करके तो देखो।... वहाँ तो बिना प्रश्नोत्तर किए प्रतिदिन स्नान कर उसे जल देकर हाथ जोड़ लेती हो।...क्यों यश, क्यों?''

''इसीलिए कि आज मंत्रीपरिषद् में प्रस्तुत किए प्रस्ताव पर विचार होना है। वहाँ चिंतन के धरातल पर ही रहना, उड़ने मत लगना यहाँ की तरह।'' यशोधरा सिद्धार्थ को स्मरण कराती।

''तुम्हारा अभिप्राय है कि यहाँ मैं उड़ता-फिरता हूँ पक्षी की तरह।'' सिद्धार्थ ने चुटकी भरी।

''नहीं सिद्ध, मेरा अभिप्राय था कि आप अपने प्रस्ताव पर धरती से जुड़े रह कर उनके सुझाव पर भी इस दृष्टि से विचार कीजिएगा कि उस योजना का चाहे एक भाग रह भी जाए तो रह जाने दीजिए।'' यशोधरा महाप्रजापति गौतमी के सुझाए गए सुझाव का अवलंब लिए थी।

''माँ की भाषा बोल रही हो। तनिक विचार करो कि यदि जड़ों को खाद-पानी नहीं मिलेगा, तो वह पेड़ खड़ा कैसे होगा।...वहाँ टुकड़े-टुकड़े की खाद-पानी से काम नहीं चलेगा। उत्तम के लिए बदलना तभी संभव होगा, जब हम उसका विकास पेड़ के रूप में देखना चाहते हों।...मैंने उसे यह बात कई उदाहरण देकर समझाई थी।'' सिद्धार्थ ने सहज होकर धीमे-धीमे कहा।

''आपका सोचना एकदम ठीक है, सिद्ध। फिर मुझे राजकाज का न कोई ज्ञान है और न अनुभव।'' फिर यशोधरा ने शांत भाव से कहा, ''चलो, जो जी में ठीक समझो, कीजिए। सामान्य जन को उसी भाँति लाभ मिले, जिस भाँति सूर्य से मिलता है।''

''मेरा यही प्रयत्न रहता है कि हम शासक बन कर न सोचें और न करने की चेष्टा करें।'' सिद्धार्थ इस बीच उठकर तैयार होने के लिए चल दिया।

यशोधरा, माँ की बात पर सोचती रह गई कि ''उसे चक्रवर्ती सम्राट होना है, साधू-संन्यासी स्वप्न में भी नहीं, यश।...ज्योतिषियों की यह भविष्यवाणी है। सब उसी ओर उसे ले चलने का प्रयास कर रहे हैं।...समझती हूँ, कोई चलाने से चल कर अपने लक्ष्य को नहीं पा सकता।''

"हाँ, माँ।"

"अपना भी मन है कि वह चक्रवर्ती सम्राट बनें। कपिलवस्तु धुरी बने।...तू भी ध्यान रखना, क्योंकि कुछ माह से देख रही हूँ कि उसकी गति-मति, सोच-विचार, घूमना-घामना आदि में अगोचर, निराकार स्थान बनाने लगे हैं। वह चित्त की चिंता में अधिक रहने लगा है। राग-विराग, नित्य-अनित्य, क्षणिक-अक्षणिक प्रवृत्ति भी उसके केंद्र में है। इस कारण उसे ऐसा कुछ करते रहना है।...ईंधन गया तो तेज शून्य हो जाएगा। तेज का तारतम्य भी क्षणिक है।...यह सब काला उदायी से वह चर्चा करने लगा है।...शेष ईश्वर के अधीन है। चिंता तू भी नहीं करना। मुझे उस ऊपर वाले का विश्वास है। ऊपरवाला कोई माने या न माने, उससे ऊपर वाले को कोई अंतर नहीं पड़ता। क्यों पड़े। हम सबको भी एक ऐसा सहारा चाहिए। जिससे बिना उसे देखे भी अपने मन की उन बातों को भी कर सकें, जिनको हम किसी से नहीं कह सकते या जिसकी चर्चा हम, मात्र अपने, किसी और से नहीं कर सकते। सामान्य जन को इससे पर्याप्त सहायता मिलती है। महाप्रजापति गौतमी के स्वर में धूप-छाँह के संकुल थे।

तब से यशोधरा उधर ध्यान देने लगी। उनके गहरे ध्यान से चिंतित होने लगी। कुछ दिनों से उनके साथ टहलने जाने के मध्य होने वाली बातों का विश्लेषण वह मन-ही-मन दृश्य जगत् के कार्य व्यवहार और अगोचर जगत् की अन्तर्दृष्टि से करने लगी। यदा-कदा रात-बिरात को उसका बड़बड़ाना, तब उसके केन्द्र में उठा-पटक करने लगा था।

सिद्धार्थ तैयार होकर आ गया। आज उसने व्रत किया था और उसका कारण बताया था कि खाली घड़े को थपथपाने से निकलने वाली ध्वनि की मधुरता को सुनो और दूसरी ओर भरे घड़े को बजाकर अनुभव करो कि उन दोनों की ध्वनि में इतना आकर्षण-विकर्षण क्यों है—घड़ा एक है, उसे बजाने वाला भी एक है, स्थान-समय एक है, फिर भी अंतर तो है। पर क्यों ?

सिद्धार्थ जा चुका था। यशोधरा सोचती रह गई थी। उसे कोई उपाय-समाधान सफल होता दिखलाई नहीं पड़ रहा। उसे जब तब सिद्धार्थ के संन्यासी होने की भविष्यवाणी का भय सता जाता था। आजकल चारों ओर श्रमण, अघोरी (मल-मूत्र का सेवन करने वाले) नग्न तपस्वी जो नीवार (पसही धान) श्यामक (साँवा), चर्मकार द्वारा फेंके गए चर्म के टुकड़े, जला हुआ अनाज, शाक, गाय का गोबर, अलग-अलग बासठ श्रमण संघ, यज्ञ-याज्ञ-हवन आदि का बाहुल्य व्यवस्था में अपनी गहरी पैठ बनाए हुए था। उनका प्रभाव दिनोंदिन बढ़ता जा रहा था।

जब तब मन विचलित होता तब यशोधरा महाप्रजापति गौतमी के पास चली जाती थी ताकि उसे उनसे नई जानकारी मिल सके। मंत्रीपरिषद् में सिद्धार्थ की उपस्थिति कितनी सक्रिय है। राजकाज के प्रति उनमें क्या जिज्ञासा है। कितनी तत्परता है ? क्या योगदान है ? क्या विलक्षणता है ?

यशोधरा का प्रयत्न होता कि सिद्धार्थ राजकाज से जुड़े। उसे गति दें। दिशा दें। उसके पिता ने समझाया था। माना भी था कि सिद्धार्थ में लगभग वे बत्तीस लक्षण हैं जो बत्तीस महापुरुषों में एक-एक करके होते हैं। जैसे...उनकी एड़ियाँ लंबी हैं और उँगलियाँ भी। वे खड़े होकर अपनी हथेलियों से अपने घुटने छू सकते हैं। वह स्वर्ण जैसी चमक वाले हैं। उनके मंथक हैं रेशम से घुँघराले बाल भी। उनके चालीस एकदम सीधे फेनोज्ज्वल समान दाँत हैं।...दण्डपाणि सोच-सोच कर सुना रहे थे। उनकी पत्नी उतला भी सुन रही थी, पुत्री के साथ बैठी। उनकी जिह्वा लंबी है और अरुण है। वह पारमिताओं के आगार हैं और उनकी देह के सातों भाग-अनुभाग परिपक्व हैं और बड़-बरगद शमी के वृक्ष के तुल्य वर्तुलाकार हैं अर्थात् उनकी ऊँचाई उनकी परिधि के समान है। उनकी देह का चर्म सूक्ष्म होने से धूल रहित है। उनके रोम कूप एक से ही निर्मल और मुलायम हैं। देह का अग्र भाग सिंह आभा-सा युक्त है। उनकी मृग जैसी जाँघें और टखने वाला तुल्य, हाथ पाँव मृदु और दम्य, कंधे सिंह जैसे मुड़े हुए और उसके समान ही ठोड़ी, आँखों के नीले घेरे, उनकी भौंहें सेमल की रूई जैसी...।

"बस...बस...इतना ही बहुत है।"

"इतना ही नहीं, देह भंगिमा, सौष्ठव देव तुल्य होने जैसी यशस्वी के उपरांत कर्मशील, शौर्य सूर्य जैसा सिद्ध है। यह प्रतियोगिता से सिद्ध होगा।" दण्डपाणि ने गंभीरता भंग किए बिना शांत भाव से कहा, "अंततोगत्वा पुत्री किसकी है उतला और दण्डपाणि की। राजा शुद्धोधन को भी अपने पुत्र के लिए यशोधरा जैसी सुलक्षणा का गगांत्तरी उदय प्रभा का आभास हो और वे जान सकें कि उनके पुत्र का मध्य से कुछ ऊँचा उठा हुआ माथा और मधुर कमवीर पक्षी जैसा मंत्रमुग्ध करने वाला स्वर उनकी पुत्री को कहीं से झुकने नहीं देगा।"

क्या इस कारण आप काला उदायी जैसे नीतिशास्त्र के मनीषी के सामने सिद्धार्थ को चुनौती दे बैठे?...हम लड़की वाले हैं और राजघराना...। उनका स्वर तराजू के पलड़े पर दृष्टि गड़ा ही बैठा।

"प्रश्न राजा-प्रजा का नहीं है, उत्तला। प्रश्न बराबरी का है। बिना तोले पता कैसे चलेगा कि तराजू हाथ में थामने मात्र से अपने को सदा भारी मानते रहने से पवित्र धारिणी के न्याय नहीं किया जा सकता।" दण्डपाणि को उनके आचार्य पुखराज ब्रह्मर्षि ने सिद्धार्थ के शुभ-प्रखर देवोत्तम बत्तीस लक्षणों की व्याख्या कर यह सुनिश्चित कर दिया था कि उनकी पुत्री यशोधरा का जन्म उनके लिए ही हुआ है। यह रहस्य प्रकट करते हुए भी दण्डपाणि आचार्य की भविष्यवाणी में व्यवधान पैदा कर परख लेना चाहते थे। वह आगे कह रहे थे, "उतला अपनी पुत्री की तत्त्व कल्पना को भी मैं परख लेना चाहता हूँ कि सिद्धार्थ को देखकर उसके तत्त्वों को वाणी से नहीं, अपनी चित्रकला से कैसे प्रकट कर पाती है। वाणी से मैं बहुत कुछ अपने आचार्य की तत्त्व दृष्टि को इसीलिए प्रस्तुत कर सका हूँ। आचार्य तो स्वयं शिशु-दर्शन की अलौकिक आभा के प्रभामंडल को अनदेखे ही आकर्षण से बँधे वहाँ जा पहुँचे थे।

दण्डपाणि को बिना कुछ पूछे बताया भी था।''

इस समय वह सिद्धार्थ के उस चित्र को विहंगम दृष्टि से, उनके रंगों के हलके-गहरे प्रभाव को आत्मसात कर रही थी, जिनको अनेक बार अवलोक कर, गहरे में डूबकर, यकायक दण्डपाणि, आचार्य पुखराज ब्रह्मर्षि की ओर देखकर, उनकी आज्ञा के संकेत से कह उठे थे, ''आचार्य प्रवर, आपने यथोचित कहा था कि बत्तीस लक्षणों से युक्त महापुरुषों के शिशु का भविष्य तो गतियों में से एक गति की पराकाष्ठा की सूचना देता है। यदि वह गृहस्थ हुआ तो धारिणी का सधर्मी चक्रवर्ती राजा सातों रत्नों (मणिरत्न, चक्ररत्न, गृहपतिरत्न, रेगिस्तान, अश्वरत्न आदि) से परिपूर्ण होता है। और...।'' कहते-कहते दण्डपाणि रुक कर आचार्य की ओर देखने लगे। आचार्य पुखराज ने गुरु गंभीर वाणी में सिद्धार्थ के चित्र को गहरे से दृष्टिपात करते हुए कहना प्रारंभ किया, ''यशोधरा बेटी, तूने इस भव्य चित्र की आत्मा को अपनी आत्मा के रंगों से सजी तालिका से उभारने का आत्मविभोर होकर उत्तम प्रयास किया है, परंतु जहाँ तेरी अन्तर्दृष्टि की चाह गोपन होते हुए अपने को अभिव्यक्त होने से रोक नहीं पाई, वह प्रव्रजन लेने का संकेत देती है—अर्थात् प्रव्रज्या की ओर।''

आचार्य पुखराज ब्रह्मर्षि को चुप पाकर कह उठे, ''तब क्या होगा?''

''मैं इससे अधिक नहीं बता सकूँगा। यह तो रहस्यमय है, दण्डपाणि। इसे रहस्यमय ही बना रहने दो।''

''फिर भी, आचार्य प्रवर कृपा कीजिए।'' उतला के स्वरों में ठहरी चिंता व्यक्त हो गई।

''उत्तला, सारी चिंता उस अदृश्य पर छोड़ो, जिससे संपूर्ण ब्रह्माण्ड संचालित हो रहा है।...मैं इतना कह सकता हूँ कि जो भी होगा, उससे आपकी पुत्री, हम सब...कदाचित् तब मैं नहीं होऊँगा, आप सब...उस अन्तरंग अनुभव से अवश्य जुड़ सकेंगे।''

यशोधरा अपने बनाए उस चित्र से अपना ध्यान नहीं हटा सकी। यदा-कदा उसने सिद्धार्थ को भी, एकांत पाकर अपने को घूरते पाया था। लेकिन यह नहीं पूछा था, ''क्या सोच रहे हो अपने चित्र के सामने खड़े होकर?...विश्वास रखो, वह तुम ही हो, मेरे हृदयेश्वर।''

इस पर भी यशोधरा का मन अपने को समझ नहीं पा रहा था कि वह क्यों स्थिर चित्त नहीं हो पा रहा। यह मानने का कोई कारण समझ में नहीं आ रहा था कि सिद्धार्थ क्यों नहीं शासन व्यवस्था में हाथ बँटा पा रहा था। लौट कर कभी उसने राजकाज के संबंध में न तनिक सा असंतोष प्रकट किया और न संतोष। वह सम बना रहा। चाह कर भी वह सिद्धार्थ से नहीं पूछ पाती थी, क्योंकि वह राजकाज की कार्य शैली से अनभिज्ञ थी।

इस बीच वह दो बार अपने घर हो आई। साथ में सिद्धार्थ नहीं चले। तब उसने पूछा था कि क्या उनको उसके घर वालों से कोई शिकायत है या...कुछ और बात है। वह कुछ कह नहीं पाए। दूसरी बात उसने कहा कि माँ और पिताजी का आग्रह है, इस बार वह दूसरे दिन मात्र इतना कह कर रह गए कि वह उसे लेने आएँगे तब दो दिन रुक सकेंगे। उनकी बात को वह मान देते हैं।

यशोधरा चुपचाप लौट आई अकेली ही। सिद्धार्थ आए नहीं। वह जानती थी कि सिद्धार्थ झूठ नहीं बोलते हैं और न किसी को भूल से भी ज़रा-सा भी कष्ट देना चाहते हैं। फिर... ?

उनके लिवाने न आने पर यशोधरा को न क्रोध आया और न उनके बीच पैदा होने वाली दूरी का कोई अनुमान लगाना संभव हुआ। उनके चित्त पर यह स्थाई भाव सदा उसका मार्ग प्रशस्त करता रहा कि उनको आपस में मित्र भाव से, जो कुछ हुआ हो, लेना चाहिए, ताकि परस्पर सहयात्री बने रहने में आनंद लेते रहें। आज वह इन बातों का स्मरण करते हुए महाप्रजापति गौतमी के भवन चल पड़ी। आधे रास्ते में आकर उसे स्मरण हुआ कि वह अभी देवदह से लौटी नहीं हैं। उसके लौटने के बाद ही तो वह भी अपने घर गई थीं।

## 25

यशोधरा सिद्धार्थ को गुमसुम बैठा पाकर यह देखती रही कि वह उस स्थिति में कब तक बैठे रह सकेंगे। यह भी पूछ लेगी, क्या वह ध्यान की मुद्रा में थे या यों ही सोच के विराम को विश्राम को ध्यान में पाकर गहरे मौन के सागर में डुबकी लगा बैठे थे? उसका मन ऐसे गोचर-अगोचर प्रश्न उठाकर स्वयं शांत हो जाता था। यदा-कदा पानी में उठे बुलबुले की भाँति। वह कुछ पूछताछ नहीं कर पाती थी।

यशोधरा स्वयं प्रश्न-चिह्न बन गई थी। सातेक वर्ष हो चुके थे लेकिन वह गर्भवती नहीं हो सकी थी। उत्तला, दण्डपाणि बात कर रहे थे। दण्डपाणि कह रहा था, ''राजघराने में यशोधरा को मैं इसी कारण नहीं देना उचित समझ रहा था कि वहाँ उत्तराधिकारी का झंझट खड़ा होने पर जो संकट पैदा होता है, वह भरता है राजा-राजकुमार के दूसरे विवाह से।''

''यह क्या बात हुई। जहाँ भी अपनी लड़की जाएगी, वह राजघराने से कम नहीं होगा। यह समस्या तो पहली पत्नी से संतान न होने पर सब जगह है।'' उतला सहजभाव से कह जाती।

''क्या करें, उतला ?...आज वहाँ भी यही चर्चा हो रही होगी।...शुद्धोधन का दूसरा विवाह नहीं बन पाने के कारण सिद्धार्थ को लेकर यही चर्चा गर्म है। दूसरा...या तीसरा विवाह होता तो उनका पुत्र उत्तराधिकारी होता। अब देवदत्त अपने लिए जगह

बना रहा है।'' दण्डपाणि प्राप्त सूचनाओं के तार जोड़कर सोच को चुनौती दे रहा था।

''क्या बीतेगी अपनी बच्ची पर?'' उत्तला घबरा कर पूछती।

''यदि सिद्धार्थ साथ आया होता...।'' दण्डपाणि अधूरा वाक्य बोलकर रह जाते।

''कुछ करना होगा।'' उतला कहती, ''आप जैसा होना संभव नहीं है।''

''राजपाट सुख की नींद नहीं सोने देता। उसके सिर पर काँटों का मुकुट रहता है।''

''सिंहासन है ही, काँटों भरा, मेरे पिताजी कहते थे।'' उत्तला का ढीला स्वर होता।

''इसी कारण...'' कहते-कहते रुक जाते।

''क्या हुआ बत्तीस महापुरुषों में से किसी एक में पाए जाने वाले गुण-लक्षणों का?''

''होना क्या था...वह प्रव्रज्या ले ले तो जगत् का उद्धारक होता है।...लेकिन अभी तक किसी भी क्षेत्र में ऐसा कोई प्रमाण नहीं मिला है, उतला।'' दण्डपाणि का स्वर तनिक आक्रोशित हो उठा।

''आपसे कुछ नहीं होगा। मुझे ही कुछ करना पड़ेगा।'' उतला शांत स्वर से कहती जाती कि धीरे-धीरे, ''राजवैद्य को बुलाऊँगी। उन्होंने ऐसी कई महिलाओं का सफल उपचार किया है।''

''पता नहीं कितना समय लगे।''

''लगे तो लगे। अपनी बच्ची को तो शान्ति मिलेगी। वहाँ न जाने क्या-क्या बातें हो रही होंगी।...आश्चर्य इन बातों का ढिंढोरा पीटती भी हम महिलाएँ हैं।...महिला-महिला की शत्रु है।'' उतला ने आँचल ठीक करते हुए उठना चाहा।

''कहाँ जा रही है, यशोधरा की मैया?'' दण्डपाणि ने टोक दिया।

''जाऊँगी कहाँ। जब से इस घर में आई हूँ, यहीं हूँ।'' जाऊँगी तो कंधा लेकर...।

''शुभ-शुभ बोल।''

''इसमें शुभ-अशुभ कैसा। जो आया है, वह एक-न-एक दिन जाएगा भी।'' उतला में स्वाभाविकता थी। यहाँ उसे परम्परा से प्राप्त ज्ञान बहुत सहारा देता था।

''जो तेरे जी में आए, वो कर। पर ध्यान रहे उसमें मुझे मत लपेटना।''

''यह बात विवाह करने से पहले सोचते। फेरों से पहले सोचते। पंडित हर फेरे का अर्थ समझाता चलता है। उनका स्मरण करो, तब कुछ कहना।'' उतला दण्डपाणि से भारी पड़ने लगती।

"यह भी मानी तेरी बात। तू लपेटेगी तो मैं लिपटता चलूँगा—अब ठीक।" दण्डपाणि का स्वर निर्बल पड़ने लगता।

इस प्रसंग का स्मरण आते ही उसके कान खड़े होने लगते। जीवन के उजालों के साथ उलझे अँधेरों की संगत कम प्रभावशाली नहीं होती। यशोधरा का मन उचटने लगता।

वह क्या करे? जब सब कुछ ऊपर वाले के हाथ में है, वही सब कुछ कर्ता-धर्ता है, वही भाग्यविधाता है, तब हम क्या हैं? ये सब हम क्यों कर रहे हैं? किसके लिए कर रहे हैं? यह प्रश्न उसे चैन नहीं लेने दे रहा है।...फिर जो दिख रहा है उस जगत् का तो कोई अस्तित्व ही नहीं है।...तब आत्मा-परमात्मा भी कुछ नहीं है।

अपने मानस में उठ रही इस आँधी के अँधेरों को किस पर प्रकट करे यशोधरा? कैसे करे वह? क्यों करे? जिसे वह नहीं समझ पा रही थी गहरे में डुबकी लगाकर और एकाग्र मन से।...कब हुआ उसका मन एकाग्र!

जब यशोधरा के कानों में ये दबे स्वर आँधी आने की संभावना प्रकट करने लगते, तब वह पगला जाती और बिना संबोधन पूछने लगती, "वह गर्भवती नहीं हो पा रही है, यह प्रश्न उससे ही क्यों? उसमें उसका क्या दोष?...आठ वर्ष भी हो रहे हैं।" वह उँगलियों से विवाह के वर्ष गिनने लगती कि तभी सिद्धार्थ आ जाता और उसके कंधे पर हाथ रखकर पूछने लगता, क्या आज घूमने का मन नहीं है?

यशोधरा चौंक पड़ती। वह सिद्धार्थ की ओर देखती रह जाती। उसने सिद्धार्थ को बादलों से घिरा और न बरसने की मुद्रा में नहीं पाया।

"क्या बात है, यश?"

"क्या बात होगी, सिद्ध?"

"यह मैं कैसे जानूँ?"

"तो यह प्रश्न क्यों, सिद्ध?"

"प्रेम से...।"

"क्या अभिप्राय?"

"मैं अभिप्राय के पचड़े में नहीं पड़ता हूँ, यश। फिर तुम इस जंजाल को क्यों पालती हो?" सिद्धार्थ ने उसके कंधे पर से हाथ नहीं हटाया, उलटे थोड़ा और दबाव डाला और कहा, "शुक-सारिकाएँ-सारस-मोर सब पुकार रहे हैं, उठो यशोधरा।...हम कब से प्रतीक्षा कर रहे हैं?...आज तुम्हारा मन भ्रमण का नहीं हो तो हम तुम्हारे लिए तिनकों से पर्यंक आसन बना देंगे।" सिद्धार्थ का मन शांत था पर सुरभिमय आनंद से गद्गद हो रहा था।

पता नहीं जब कंधे पर दबाव बनाते-बनाते सिद्धार्थ उसकी गरदन की एक-

दो धमनियों को टटोलते-टटोलते उनमें से किसी एक पर दबाव बनाने लगते, तब क्या होता कि यशोधरा चिंता मुक्त होने लगती और मन मुक्त हो पिंजरे के द्वार को खुला पाकर पक्षी की तरह असीम आकाश की ओर देखता हुआ पंखों में प्रभंजन को सहलाते हुए मनचाही दिशा में उड़ने लगता है। वह पूछ बैठती, ''सिद्ध, यह जादू तुमने किससे सीखा?''

''कौन-सा जादू?''

''पिंजरे में बंद पक्षी को खुले आकाश में प्रभंजन भर उड़ान भरवाने का।''

''सच कहूँ, यश।''

''तुम झूठ बोल नहीं सकते, फिर सच कहूँ का सहारा लेकर अपनी बात प्रारंभ क्यों करना चाहते हो...निरर्थकता का अवलंब क्यों, सिद्ध?''

''तो सुनो...तुम से, यश, तुम से।''

''आश्चर्य, मुझ से।''

''हाँ, तुमसे।...एक बार धरती ने गिर आए फल से पूछा कि वह नीचे ही क्यों गिरा, पक्षी की तरह उड़ा क्यों नहीं।...तो...। धरती तुम्हारी ही तरह मुस्कराई थी।'' सिद्धार्थ ने यशोधरा को खड़ा करते हुए उसकी आँखों में झाँककर पूछा, ''कभी ये प्रश्न अपनी इन मृगनयनियों से भी कर लिया करो कि वे सिद्ध को बिना तुम्हारी आज्ञा पाए मौन आमंत्रण झुक कर क्यों दिया करती हैं?''

यशोधरा आम्र मंजरी सी महक उठी अमलतासी सुमन वर्षा में नहाते हुए।

''मुझे चित्तचोर शब्द पर आपत्ति है, यश।'' यशोधरा को चुप पाकर सिद्धार्थ आगे कहता, ''चित्त को पुरुष नहीं चुराता, चुराने वाली तो ये मृगनयनियाँ हैं, जिनका अपराध पुरुष पर मढ़ दिया जाता है।...यश, कभी तुमने कोई उपवन ऐसा देखा है, जहाँ एक साथ कुमुद, गुलमोहर, केवड़ा, कचनार, चंपा-चमेली, जूही, मोगरा, गुड़हल, मौलसिरी, कमल, गुलदाउदी साथ-साथ खिल उठे हों।''

''बस भी करो, सिद्ध।''

''मुझे अपनी बात तो पूरी करने दो।'' सिद्धार्थ मुस्कराता तो यशोधरा कह उठती, ''यह माली का काम कब से सँभाल लिया है तुमने?''

''सच बताऊँ...।''

''कृपया कभी असत्य भी बता दिया करो। उसने ऐसा क्या अपराध किया है कि तुम्हारी जिह्वा पर उस बेचारे का नाम नहीं आता।''

''अच्छा बताओ क्या तुमने ऐसा कोई उपवन देखा है, जहाँ एक ही ऋतु में इतने सारे सुमन खिलखिलाते महक दे रहे हों?''

यशोधरा ने मस्तिष्क पर दबाव बना कर उलझने से उत्तम समझा कि वह कह

दे कि वास्तव में उसने इतने सारे सुमनों को कभी देखा नहीं है और सिर हिलाकर एक ही शब्द में कह दिया, ''नहीं।''

''पर मैंने देखा है।''

''कहाँ?''

यशोधरा को अपने निकट खींच कर सिद्धार्थ ने कहा, ''इन गुलाबी बड़े-बड़े मत वाले महकदार नयनों में, पलाश के सुमन से अधरों पर और गुड़हल से कपोलों पर...।''

यशोधरा क्रीड़ानत हो गई और सोचने लगी कि जो वर वधू की प्रथम रात्रि जैसा प्रेम व्यक्त करता हो आज भी, वह अपने बेमन की आँधी वृक्ष से झरे पीत पत्रों की भाँति क्यों थपेड़े खाती फिरे?

यशोधरा उसके साथ ऐसे चलती रही मुक्त होकर जैसे हंसिनी हंस के साथ प्रसन्न होकर भ्रमण कर रही हो। अचानक सिद्धार्थ के द्वारा उसके सौंदर्य को महिमामंडित करने का कारण जानना चाहा तो सिद्धार्थ सहज भाव से कहने लगा, ''यश, मुझे तुम्हारा दर्द अनुभव हो रहा था कई दिनों से और मैं देख रहा था अपने उपवन की वाटिका के उदासीन होते सुमनों को।...तुम कुछ किसी से पूछ नहीं पा रही थीं। जब से तुम अपने पीहर से लौटी हो, तुम्हारे चित्त पर असमय घिरी बदलियों का आभास दिख रहा था।...संदेहजनक भय तुम्हें अंदर-ही-अंदर तोड़ने लगा था।''

सिद्धार्थ इतना कहकर आस-पास की वाटिका को अवलोकते हुए आगे कहने लगे, ''इन्हें ध्यान से देखिए, उनके अन्तर्मन को समझिए और निर्णय कीजिए कि सौंदर्य सदा विमल होता है, सुरभि सा होता है और निर्भय होता है। उसे कभी अपने आकर्षण में विकर्षण का भय नहीं सताता जैसे धरती को कि क्या कभी उस ओर आने वाले का भय सताता या आने वाले को उस ओर जाने का?...फिर तुम किस सोच में दुबली हुई जा रही हो यश?''

''दुबली कहाँ हो रही हूँ?''

''जब से तुम अपने पीहर से आई हो, तब से तुम्हें मैं उदास पा रहा हूँ...पर क्यों? क्या ऐसी बात है जिसे तुम मुझसे बताने में झिझक रही हो? स्मरण रहे, हम दो नही, एक हैं। बताओ भी अब वह बात, जिससे मैं संकट में आ रहा हूँ।'' सिद्धार्थ ने बिना यशोधरा की ओर देखे कहा।

अब यशोधरा संकट में आ गई। कहे तो क्या? कैसे कहे? वह भी कोई कहने की बात है।

''मुझे नहीं ज्ञात था कि तुम इतना घबराओगी! नहीं तो बिना तुम्हारे कुछ कहे-पूछे इस प्रसंग पर से परदा उठा देता, लेकिन इस झिझक-घबराहट का पता कैसे पाता!'' तो सुनो तुम्हारे सिर पर यह भूत सवार है कि तुम अभी तक माँ क्यों नहीं बनी?...यह राजघराना है। इसका चलन यह है कि मेरा दूसरा विवाह हो क्योंकि राज्य

को उसका उत्तराधिकारी चाहिए।'' इतना कह कर सिद्धार्थ ने यशोधरा की ओर देखा। यशोधरा की आँखें टपक पड़ने की तैयारी कर चुकी थीं।

सिद्धार्थ ने तत्काल आगे कहा, ''इन मोतियों को रोको, यश।...मुझे तुम्हारा साथ चाहिए, राज्य को उसका उत्तराधिकारी मिले या नहीं, मुझे उसकी चिंता नहीं है।''

''सिद्धार्थ...।'' यशोधरा अपने मोतियों को नहीं रोक सकी।

''सिद्धार्थ नहीं, सिद्ध...तुम्हारे हृदय का सिद्ध, यश।...ध्यान रहे, हम टहल रहे हैं। वैसे तो इस समय कोई इधर आता-जाता नहीं है। फिर भी...इन मोतियों को पी जाओ मेरे लिए, यश।...भविष्य में कभी ऐसा मत सोचते रह जाना।'' सिद्धार्थ ने उसका हाथ थाम कर कहा, ''अब मुस्करा दो ताकि वाटिका के सारे सुमन एक साथ तुम्हारा साथ दे सकें।''

यशोधरा का मन धीरे-धीरे हल्का होने लगा। वह सोचते-सोचते कहाँ जा पहुँचती थी। पल भर में पहाड़ सा संकट ओझल होने लगा। सिद्धार्थ ने उसका हाथ छोड़कर कहा, ''यश, मुझे पता नहीं क्यों अतियों से दूरी बनाने का मन करता है। हमारे अनुभव अतियों को संग्रहीत करते हैं और सरल को विरल की ओर ले जाते हैं।...नहीं-नहीं...कठिन की ओर...उसे सहज नहीं रहने देना चाहते।...पर क्यों?''

''लीजिए अब सरल हो जाइए। वह आगे दाईं ओर मुड़ते ही झरने की प्राकृतिक सुषमा आपके जटिल प्रश्न की गुत्थियों की गाँठ खोल सकेगी। यद्यपि अपने से दूर है तथापि लहराती पवन के साथ उसकी किरणों का स्पर्श हमारी बोझिल होती थकान को हर लेगा।'' यशोधरा सदा से प्रकृति के पास आते-आते अपने को भूलने लगती थी। उसकी मानसिकता में प्राकृतिक छटा का सान्निध्य सदा गोपन प्रसन्नता से भरता रहा है।

''इतना सब कुछ प्रकृति ने मनुष्य को उपहार में दिया है। फिर भी मनुष्य उसके स्वभाव से भिन्न दिशाओं में जाने से अपने को रोकने में सफल नहीं रहा है।'' सिद्धार्थ कहीं अनजाने ही डूबने लगता।

यशोधरा चहक उठती चिड़ियों की तरह और मुग्धावस्था बहते हुए कहती, ''सिद्ध, आज तो बौछार का अनुभव हो रहा है।''

''कभी-कभी अपना यह झरना मौज-मस्ती में आकर उन्मुक्त हो जाता है बंधनों से दूर होता हुआ। चहक उठा है अपने अन्तर्मन उछालता हुआ।'' सिद्धार्थ को लग रहा है कि नीरवता के लिए शांति चाहिए और शांति के लिए आनंद की अनुभूति। उस आनंद की जिसे भाषा व्यक्त नहीं कर पाती और दृष्टि आत्मलीन होने लगती है।

वहाँ से मुड़ते ही उनका भवन आ गया। सिद्धार्थ की सोच ने दिशा नहीं बदली। उसके ध्यान में असित ऋषि आ गए जटाधारी, दाढ़ी बढ़ी हुई। सारे बाल फेनोज्ज्वल चाँदनी जैसे। पता नहीं वह पहाड़ी गुफा में, गहरे एकांत में किसके ध्यान में लीन

हैं! क्या खा-पी रहे हैं? कभी-कभार ही नीचे आते हैं। घोर तपस्या। क्या मिलता है उन्हें वहाँ?

"अंदर नहीं चलेंगे क्या?" यशोधरा ने सिद्धार्थ को द्वार पर खड़ा देखकर कहा। वह सिद्धार्थ की सोच को इस प्रकार आत्मदिशा की राह पकड़े देख चौंक पड़ती और यह कहे बिना नहीं रहती कि द्वार खुला है। मैं सामने खड़ी हूँ। फिर कहाँ जा खोए हो, अंदर आओ। "सिद्धार्थ यशोधरा की ओर देख मुस्कराने का प्रयत्न करते और अंदर आ जाते।"

## 26

महाप्रजापति गौतमी को अचरज हुआ कि मंत्रीपरिषद् की बैठक स्थगित क्यों हुई? उसके आने के इतने दिनों बाद आज बैठक होने जा रही है। आज सिद्धार्थ के पूर्व में भेजे गए प्रस्ताव पर विचार होना था। श्रावस्ती से लौटने के बाद सिद्धार्थ ने राज्य की गतिविधियों पर मौन रख रखा था। इसी से उसके अस्तित्व के प्रति राज्य में कोई लगाव पैदा नहीं हो सका था। बैठक स्थगित करने के पीछे कहीं-न-कहीं यह संदेश जा रहा था कि उसका प्रस्ताव महत्त्वपूर्ण नहीं है। सिद्धार्थ ने ऐसा नहीं सोचा था। वह शांत भाव से अपने प्रस्ताव के प्रति तटस्थ था।

महाप्रजापति गौतमी ने भी उस प्रस्ताव को पढ़ा था। यशोधरा तो उस प्रस्ताव को कई दृष्टिकोण से समझने का प्रयास करती थी।

बैठक शुरू होने से पहले वह शुद्धोधन द्वारा सुनिश्चित कक्ष में जा बैठा था। उस पर सोचने का उसका मन नहीं था। सर्वहितार्थ की भावना उस प्रस्ताव केंद्र में थी।

राजा शुद्धोधन मंत्रीपरिषद की बैठक के लिए चल दिए थे। सबके स्थान वहाँ सुनिश्चित थे। शुद्धोधन के एक ओर काला उदायी था और दूसरी ओर राजस्व मंत्री उदयभानु था।

सिद्धार्थ एक रिक्त स्थान पर ठीक शुद्धोधन के सामने बैठ गया था।

जहाँ सिद्धार्थ ने श्रावस्ती की महत्त्वपूर्ण प्रतियोगिता में भाग लेकर अपने श्रेष्ठ प्रदर्शन से प्रथम बार में ही सबको अपनी ओर आकृष्ट कर लिया था। वहाँ वह प्राप्त सफलता के महत्त्व से कोई लाभ नहीं उठा सका था। मंत्रीपरिषद् के परामर्श से राजा शुद्धोधन ने देवदत्त के अकेले नाम पर—राज्य के प्रतिनिधि के रूप में ठप्पा लगा दिया था, सिद्धार्थ शांत बना रहा। उसने कोई प्रतिक्रिया नहीं जताई थी। कुल मिलाकर सिद्धार्थ को कोई लाभ नहीं मिला। न कभी लाभ पाने की दृष्टि से कुछ सोचा। मान लो यदि उसको उसका कोई लाभ मिला हो तो वह था राजकुलों से विवाह का निमंत्रण और यशोधरा जैसी सौम्य, अति सुंदर और सुलक्षणा पत्नी।

काला उदायी ने सिद्धार्थ के प्रस्ताव पर गहरा मंथन किया था। उसकी समझ में

आ गया था कि सिद्धार्थ का यह प्रस्ताव लोक कल्याण की शुद्ध भावना से पहली बार लाया जा रहा है। वह जानता था कि सिद्धार्थ मंत्रीपरिषद् की कूटनीति से परिचित नहीं है। दूसरे मितभाषी है। तीसरे राजकाज के प्रति वह तटस्थ भाव रखता है। इस कारण उसने सिद्धार्थ को यह बात अच्छी तरह समझा दी थी कि प्रस्ताव के प्रति पूरे मन से, सतर्क लोक कल्याण की दृष्टि पर प्रकाश डालें। वहाँ प्रश्न जय-पराजय जैसा नहीं है।

उधर देवदत्त अपनी पराजय को नहीं पचा पा रहा था इसलिए उसने मंत्रीपरिषद् को अपने पक्ष में कर लिया था।

आज सिद्धार्थ अपने प्रस्ताव पर पूरी तैयारी से मंत्रीपरिषद् के सामने प्रस्तुत हुआ था ताकि विपरीत स्थिति में भी उस पर पड़ने वाले कुप्रभाव को सामने ला सके। राजकोष पर पड़ने वाला भार रेखांकित कर सके। इस दृष्टि से उदयभानु, राजस्वमंत्री बहुत महत्त्वपूर्ण भूमिका निभा सकता था। वह देवदत्त के साथ था। भविष्य पढ़ने में वह दक्ष था। उसे सिद्धार्थ से राजकाज सँभालकर चला पाने की आशा बहुत कम थी-न के बराबर, क्योंकि वह राजकीय पद्धति की दिशा-दृष्टि को नहीं समझ पा रहा था और न समझने का प्रयास करने की ओर ध्यान दे पा रहा था। इस स्थिति में राज्य की बागडोर देवदत्त के अतिरिक्त दूसरा कोई सँभालने वाला नहीं था।

वित्तमंत्री उदयभानु ने सिद्धार्थ के प्रस्ताव को पढ़े जाने के बाद बिंदुवार चर्चा के लिए सबसे पहले काला उदायी को आमंत्रित किया, क्योंकि वह जानता था कि वह सिद्धार्थ के साथ है और उसके पक्ष में तर्क प्रस्तुत कर पुष्टि करेगा। उसका तोड़ निकालना सहज रहेगा।

काला उदायी उदयभानु के लक्ष्य को अच्छी तरह समझ चुका था। उसने बड़ी दक्षता से चुंद शेष की ओर संकेत किया यह कहकर कि वह इस महती चर्चा का सुप्रारंभ करें।

चुंद शेष उदयभानु का ही समर्थक था और देवदत्त का हितैषी था। उसे बोलने के लिए विवश होना पड़ा। वह खखार कर कहने लगा, ''प्रस्ताव का यह पक्ष अत्यंत महत्त्वपूर्ण है, इससे दलित, पिछड़ी और शोषण चक्र की चक्की में पिसती प्रजा के उद्धार के लिए ठोस कार्य हो सकेगा।''

चुंद शेष वाणी का जादूगर था। सटीक तथ्यों को उलटने में दक्ष था अत: उसने पहले चरण में बड़ी सावधानी से प्रस्ताव के अनुकूल बोलकर सबका ध्यान अपनी ओर आकृष्ट करने में सफलता प्राप्त की। शुद्धोधन भी जानता था कि उसके समर्थन का विशेष महत्त्व है।

पूरण कश्यप ब्राह्मण था। राजमंत्री। उसने अपनी आवाज़ को संयमित करते हुए भारी स्वर में कहना उचित समझा। वह चाहता तो अपने स्वर को अति कोमल, विनीत और मेघमंद्र जैसा भी कर सकता था, किंतु इस समय विषय के पक्ष में बोलना जितना अनुचित था, उतना ही विपक्ष में, क्योंकि प्रस्ताव सिद्धार्थ द्वारा लाया गया था।

वह कहने लगा, गंदा पानी सदा ही गंदा रहा है, चाहे कितनी भी पवित्र नदी का हो। नाला वहाँ भी बन जाता है। दुर्गंध वहाँ से भी आनी कभी बंद नहीं होती। प्रयास बहुत हुए हैं, होते रहे हैं और होते रहेंगे परंतु दुर्गंध को जड़मूल से उखाड़ पाना संभव नहीं है। यह ब्रह्म वाक्य नहीं है। लोक कल्याण प्रत्येक राज्य का सर्वोपरि धर्म है। गणराज्य की स्थापना का यही मूलमंत्र था। प्रजा की उसमें भागीदारी थी। शनैः शनैः वह राज्य व्यवस्था जिसे महाजन सत्तात्मक नाम मिला था, दुर्बल बनकर एक सत्तात्मक प्रणाली में बदलती चली गई और सोलह जनपद के स्थान पर वह आठ कुलों में सिमट कर रह गई। इस विस्तार की आवश्यकता इसलिए पड़ी कि इस महत्त्वपूर्ण प्रस्ताव पर विचार करने से पूर्व इस क्षेत्र में किए गए कार्यों के संदर्भ में विचार किया जा सके।

थोड़ी देर के लिए परिषद् में सन्नाटा छा गया। उदयभानु ने इतना नहीं सोचा था, जितना उनके पक्ष में स्वतः ही आ गया। कदाचित् उसके ध्यान में भी यह सब नहीं था।

अब काला उदायी को बोलना था। वह नीतिशास्त्र का मनीषी था। सिद्धार्थ इस मंथन से प्रभावित होता गया। वह समस्या आज की नहीं है, तब से न्यूनाधिक बनी हुई है, जब से राज्य अस्तित्व में आया है।

काला उदायी ने कहा, ''इस सागर मंथन से इस प्रस्ताव की भूमिका और भी महत्त्वपूर्ण हो गई। अपना राज्य भी जनपद ही है। इसको भी कोसलों ने अपने राज्य में सम्मिलित किया हुआ है। गणतंत्रात्मक व्यवस्था लगभग समाप्त हो गई। आपस में युद्ध चलते रहे हैं। आज भी चल रहे हैं। राजा सत्ता का स्वामी बन बैठा। राजाओं ने अपनी शक्ति और राजकोष बढ़ाने के उपाय किए। जो जन उपेक्षित ही नहीं शोषित होता गया। धार्मिकों ने उसको अछूत मान लिया। वे सब उपेक्षित, दलित और पिछड़े वर्ग में डाल दिए गए। बिना उसको समान धरातल पर लाए न राज्य का उत्थान हो सकेगा और न राज्य सुसंस्कृत हो सकेगा। उसके लिए धन चाहिए। धन जुटाने का एकमात्र आधार कर नीति है। कर बिना बढ़ाए इस वर्ग को समान धरातल पर नहीं लाया जा सकेगा।...सोचने की पहली बात यही है।''

अब सबकी दृष्टि सिद्धार्थ पर जा टिकी। सिद्धार्थ कर व्यवस्था के संबंध में कुछ सोच नहीं सका था।

सबको लग रहा था कि सिद्धार्थ अपने बनाए जाल में मधुमक्खी की तरह फँस गया है।

समय शरद नदी सा सरकता–बहता जा रहा था। वह अपनी बात कहाँ से शुरू करे। अचानक एक उदाहरण दे कर अपनी बात रखी। वह बोले, ''गणराज्य की आवश्यकता क्यों पड़ी।...भवन खड़ा करने के लिए सबसे अधिक ध्यान किस पर दिया जाता है? सब जानते हैं। भवन की नींव पर। नींव निर्बल होगी तो वह भवन गिरेगा ही। तुरंत नहीं तो कुछ वर्षों में।...राज्य की नींव जन पर रखी गई है। उसमें से

एक-एक करके नींव के पत्थर निकाल फेंकते चले गए। फलतः गणराज्य का अस्तित्व डगमगा कर धराशायी होता गया। तब हमें क्या करना चाहिए? मुझे इस सोच ने प्रेरणा दी है। क्यों गणराज्य दुर्बल होते गए? क्या किया जाए कि पुनः उनके अस्तित्व को सम्मान व वह स्थान मिल सके जो उसकी नींव डालते हुए रखा गया था-सर्वहित का।...उसमें हम सफल भी हुए। परंतु बीच-बीच में हमारा ध्यान लोक से हट कर स्वहित को सर्वोपरि मान कर आगे बढ़ने लगा।...हम आशावादी हैं। पुनः सँभल कर आगे बढ़ने में विश्वास रखते हैं। निस्संदेह बढ़ेंगे भी। सदा सद् कर्म की विजय हुई है!'' कुछ रुककर सिद्धार्थ ने सब ओर देखा फिर खखार कर वह कहने लगे, ''राज्य अपने ऊपर व्यय कम करे। सादगी से रहे। नया कर नहीं लगाए। अब आदर्श राज्य की दिशा पकड़े, जो नहीं बन सका, राज्य को वह बनना चाहिए। करने की चाह भीतर से हो तो रास्ते स्वयं खुलने लगते हैं।''सिद्धार्थ का हृदय अपने को रोक नहीं सका, वह कहने लगा,'' ये समस्याएँ वित्त मात्र से सुलझने वाली नहीं हैं। वित्त इन समस्याओं के समाधान में एक कारण अवश्य है। मूलतः इन समस्याओं को ऊपर बैठे गणमान्य महानुभावों ने जन्म दिया है।

यह सुनते ही पूरा मंत्रिमण्डल चमक गया। शुद्धोधन एकदम शांत रहे। उदयभानु, पूरण कश्यप, चुंद शेष जैसे मंत्रीगण हिल गए, क्योंकि उन्होंने अपने को तेज़ी से समृद्ध और शक्तिशाली बनाए रखने के लिए राज्य का दोहन और अपने अधिकारों का दुरुपयोग करने में कोई कसर नहीं छोड़ी है—बल्कि एक ऐसा सशक्त वर्ग खड़ा कर दिया जो राज्य की सूर्य किरणों को उन तक नहीं पहुँचने देता है, जिनके लिए योजनाएँ बनाई जाती हैं। वे वंचित रह जाते हैं और इसीलिए दलित, अछूत, पिछड़े हुए संख्या में पहले से अधिक बढ़ जाते हैं और जो पहले से थे, वे और निर्बल होते जाते हैं। इसके लिए कौन उत्तरदायी है? उसके लिए वित्त की कहाँ आवश्यकता है?...हमने तो पवित्र कन्याओं को अपने मन बहलाने के लिए नगर वधू, गणिकाओं को बलात् जन्म दे डाला।...मैंने कितनी बार संकेत दिए...परंतु... ।...मेरे कहने का अभिप्राय यही है कि इस समस्या का समाधान हमारी नैतिकता की सुहढ़ता से बहुत कुछ बिना एक अधेला व्यय किए संभव है।

काला उदायी ने आगे बढ़कर सिद्धार्थ के प्रस्ताव का न केवल समर्थन किया बल्कि नैतिकता पर प्रहार चरित्र बल से करने के लिए विशेष आग्रह किया। ''नीति तो है। लेकिन उनका पालन नहीं किया जाता।...धर्म हैं लेकिन धर्मात्मा नहीं हैं। इस ओर हमें अपनी तरफ़ से पहल करनी होगी। व्यवस्था में वह सब है लेकिन उसके पालन के प्रति गहरा सन्नाटा है। लीपापोती है।...क्यों, क्या मैं लीक से हटकर कुछ कह रहा हूँ। राजकुमार सिद्धार्थ ने हम सबकी आँखें खोल दीं।...मुझे यह कहने में कोई झिझक, आपत्ति नहीं है कि मेरे देखते-देखते अपने मंत्रीपरिषद् में ऐसी दृष्टि और ऐसे किसी प्रस्ताव पर कभी चर्चा नहीं हुई।'' राजा शुद्धोधन की ओर देखते हुए कहा, ''हमें इस प्रस्ताव का न केवल स्वागत करना चाहिए बल्कि उसे चलाने के लिए वातावरण बनाने में एक मत, एक कार्य और सामूहिक उत्तरदायित्व से इस क्षेत्र में जुट जाना चाहिए।''

सबने एक स्वर में सिद्धार्थ के प्रस्ताव का सोत्साह से समर्थन किया। चाहे उनमें से कुछ को अनचाहे समर्थन करना पड़ा पर किया। वित्त मंत्री उदयभानु ने बड़ी कठिनाई से अपने को सँभाला।

शुद्धोधन को स्मरण हो आया कि काला उदायी पहले ही उन्हें सावधान कर चुका था कि राजज्योतिषियों-ऋषियों ने सिद्धार्थ के लिए जो घोषणाएँ की हैं, वे यों ही नहीं की हैं। असित ऋषि में स्वत: अपनी तपोभूमि को छोड़कर राजभवन में नवजात सिद्धार्थ के दर्शन करने और उसे आशीर्वाद देने की प्रबल आकांक्षा बिना कारण नहीं जगी थी। सिद्धार्थ अपने लिए चाहे जिस क्षेत्र का चयन करें पर वे उस क्षेत्र में सर्वश्रेष्ठ ही सिद्ध होंगे। आज उन्हें इस बात का सुदृढ़ संकेत मिल गया था। वह कहने लगे, "महानुभावो, मैं समझता हूँ कि इस विषय पर खुल कर स्वस्थ चर्चा-परिचर्चा हो चुकी है। अब हमें उसकी क्रियावृत्ति पर ध्यान देना चाहिए। इस संबंध में ठोस योजना बनाई जाए। उसको बीच-बीच में जाँचा-परखा जाए। परिणाम अनुकूल आएँ, यह देखना ज़रूरी है। प्रजा की समृद्धि, सुख-सुभीता और सहयोग ही राज्य की उन्नति, शक्ति और सम्मान का प्रतीक है। मुझे आशा है कि आप सबके यथाशक्ति सहयोग और परस्पर की समझ-बूझ से हमने जो खोया है, उसे विश्वास से लौटा पाएँगे। हमारी ओर से एक समिति काला उदायी और उदयभानु को लेकर बनाई जाती है ताकि उनके मार्गदर्शन में हम योजना पर कार्य कर सकें। इस योजना को चरणबद्ध करने की दिशा दृष्टि भी यही समिति तैयार करेगी ताकि इस कार्य संपादन की प्रगति का समय-समय पर मूल्यांकन कर आगे बढ़ा जा सके। जन सहयोग के लिए पूरण कश्यप यह उत्तरदायित्व अपने दो साथियों को लेकर सँभालेंगे।...मैं समझता हूँ कि आज की यह बैठक...।"

इसी समय उदयभानु ने खड़े होकर कुछ कहने की आज्ञा माँगी। आज्ञा पाकर वह कहने लगे, "परिषद् के सम्मानित सदस्यो, राजा जी इस बैठक के समापन की घोषणा कर दें, इससे पूर्व हमें राजकुमार सिद्धार्थ की सकर्मक भूमिका के लिए न मात्र साधुवाद कहना चाहिए बल्कि हमारी समिति के मार्गदर्शन के लिए हमें उनकी आवश्यकता अनुभव हो रही है, कृपया हमें उनके नेतृत्व में कार्य करने का अवसर दिया जाए, यह हमारा आग्रह है।"

उदयभानु राजस्व मंत्री के साथ-साथ समय पर आँख रखकर निर्णय की क्षमता में भी अद्वितीय है। वह इस समय भी अवसर नहीं चूका और समय को अपने लाभार्थ भी भुनाने में सफल रहा। काला उदायी भी उसकी इस कलाकारी को स्वीकार करता था। उसकी विश्वसनीयता का प्रशंसक भी था कि यह जिसके साथ हो जाता था, उसके साथ कभी विश्वासघात नहीं करता था। इस समय वह सिद्धार्थ की क्षमता-योग्यता और दिशा दृष्टि के प्रति इतना समर्पित हो गया कि देवदत्त की नकारात्मक, असहयोगात्मक और व्यवधान डालने की अनीति से तुरंत पलड़ा झाड़ने में पल भर का विलंब नहीं किया।

शुद्धोधन ने उसके बैठ जाने के बाद सिद्धार्थ की ओर देखा। सिद्धार्थ को गुमसुम पाकर कहा, ''मैं यह निर्णय सिद्धार्थ पर छोड़ता हूँ। अब यही कहेगा जो उसे कहना है।''

सिद्धार्थ ने खड़े होकर ही कहना ठीक समझा। वह कहने लगा, ''माननीय सभासदो, आदरणीय सभा अध्यक्ष, मैं माननीय राजस्व मंत्री के साथ हूँ परंतु इस स्थिति में ही जब वह मुझे अपने मार्गदर्शन में कार्य करने का अवसर प्रदान करेंगे।''

सारी बाज़ी ही पलट गई। उदयभानु सिद्धार्थ के आग्रह से गद्गद हो उठा। राजकुमार न मात्र राजकुमार हैं बल्कि उनमें मन जीतने की अद्भुत शक्ति है और हृदय की विशालता है।

बैठक के समापन की घोषणा। शुद्धोधन ने बैठक के बाद सिद्धार्थ को रोका नहीं, जैसा सब सोच रहे थे और न कुछ कहा। सिद्धार्थ को पिता का रुख पसंद आया, क्योंकि यह भाषण देने की प्रतियोगिता नहीं हो रही थी प्रत्युत लोककल्याण की गंभीर समस्या के समाधान का प्रयास था। इसी कारण न वहाँ किसी अवसर पर तालियाँ बजीं और न कोई अन्य औपचारिकता निभाई गई।

## 27

आज सूरज के डूब जाने के बाद भी उजाला था। प्रकृति सूर्य रहित सन्नाटे में पक्षियों को एक साथ उड़ते हुए देख रही थी। पक्षी दल छोटा-सा चक्कर लगाकर पेड़ों की डालियों पर आ बैठता था। यशोधरा वातायन से उन्हें ध्यान मगन देख रही थी।

सिद्धार्थ ने शांत भाव से अनजानी थकान को थपकी देने की मुद्रा बनाते हुए पूछा, ''यश, आज सारा दिन क्या किया तुमने?''

''पहाड़े याद किए तुम्हें सुनाने के लिए।'' यशोधरा का सूरजमुखी-सा खिलता मुखमण्डल सिर के बालों से घिर आने के कारण सौंदर्य आभा को द्विगुणित कर गया। मानों निःस्वन चपला कौंध गई हो।

''तो सुनाओ।''

''पर तुम्हारी मुद्रा सुनने योग्य दिखलाई नहीं पड़ रही है।'' यशोधरा ने आँखों में झलक आई अधरों की अनदेखी को बहक जाने दिया। आज वह सिर से नहाई थी। बाल सूख कर यदा-कदा लहरा रहे थे।

''वह तुम कैसे कह सकती हो?''

''तुम्हारे मुखमण्डल की उदासी को देखकर और कैसे, सिद्ध!''

''मैं उदास नहीं हूँ।''

''मैं तुम्हारे मुखमण्डल की बात कर रही हूँ, तुम्हारी नहीं।''

"क्या हुआ मेरे मुखमण्डल को?"

"वह तो तुम्हारा मन-अन्तर्मन जानता होगा, सिद्ध।" यशोधरा ने आँखों पर घिर आई बदली को हाथ के संकेत से ऐसा किया कि वह एक पल भर हटी और दूसरे पल पुनः घिर आई।

"तुम नहीं, यश?"

"नहीं...।"

"थोड़ा रुको।" सिद्धार्थ ने उठते कहा।

"क्यों?"

रुकना तुम्हारे वातायन से उड़ते पक्षियों की लय को नहीं रोक सकेगा।

"समझी नहीं, सिद्ध।"

"तुम पक्षियों की टोलियाँ देखती रहो बिना पलक झपकाए और मैं तुम्हारी मोहनी मुद्रा को टकटकी लगाकर देखता रहूँ।...देखना...अर्थात् दृष्टिपात करना दोनों की क्रियाओं में एक जैसा लेकिन...।" कहते-कहते सिद्धार्थ रुक गया।

पलट कर देखकर यशोधरा ने पूछा, "लेकिन क्या, सिद्ध?...तुम मेरी एकाग्रता भंग करने पर क्यों तुली हो?"

"यही प्रश्न मैं तुमसे करूँ तो?"

"तो का तो प्रश्न ही नहीं उठता सिद्ध, क्योंकि तुम प्रश्न कर चुके हो।" यशोधरा ने तपाक से खीझ कर कहा, "वे नहीं लौटे।"

"वे कौन?"

"मैं...बस हो गई तसल्ली," यशोधरा ने झुँझलाकर कहा।

"अब वे नहीं लौटेंगे," सिद्धार्थ का आत्मविश्वास से भरा स्वर था।

पक्षी दल वहाँ वापस नहीं लौटे। यशोधरा चमकी। मन-ही-मन कहा, उनके पंखों की फरफराहट का ही यह चमत्कार था कि वे चाँदनी से चमकते दिखलाई पड़ रहे थे। प्रत्यक्ष में वातायन बंद करते हुए यशोधरा कहने लगी, "लीजिए, देखना बंद।"

"देखना प्रारंभ, यश। यह आज तुम्हें क्या होता जा रहा है?"

"जो तुम्हें कभी नहीं होता।...होगा भी नहीं।"

"ऐसा क्या?"

"हाँ ऐसा।"

"वह क्या है?"

"पहले खड़े होओ और पास आओ।" यशोधरा ने आँचल को पक्षियों के पंखों की तरह फैला कर कहा।

"लीजिए, आ गए।"

"कान पास लाओ।"

"काटने की इच्छा है क्या?"

"वह तो तुम काट कर आए हो।"

"किसके?"

"मेरे और किसके, सिद्ध।"

"इसलिए तुम बदला लोगी—मेरे कान काट कर।"

यशोधरा ने सिद्धार्थ के कान में ज़ोर से फूँक मार दी।

सिद्धार्थ अपने कान खुजाता पीछे हट कर बोला, "ये क्या हो रहा है तुम्हें यश?"

"जो अब तुम्हें होने वाला है। पिछले माह हम छिपा गए थे।"

"क्या, सिद्ध?"

"पहले बताओ, झूम तो नहीं जाओगे।"

"ये क्या पहेलियाँ हैं जिनसे पहले तुम उलझ चुकी हो, और मुझे उलझा रही हो।..." सिद्धार्थ ने गंभीरता प्रदर्शित करते हुए तनिक भारी आवाज़ में कहा।

"एक बार फिर कान पास लाओ।"

"ये क्यों कदमताल करवा रही हो?"

"कृपया आग्रह का मान रख लो, सिद्ध।"

"तुम फूँक तो नहीं मारोगी। तुम्हारी एक फूँक से मेरे मस्तिष्क के कलपुर्ज़े कीर्तन कर उठे यश।" सिद्धार्थ पर रंग चढ़ने लगा। बहुत दिनों के बाद उसके साथ झूलने का मन हुआ।

"नहीं, एकदम नहीं मारूँगी।"

"अर्थात् धीरे-धीरे मारोगी पर मारोगी अवश्य।"

"ना...ना...बाबा, बिलकुल नहीं," यशोधरा ने दोनों कान पकड़ कर कहा।

"तो ये लो, पर अंतिम बार।"

यशोधरा ने सिद्धार्थ के कान में धीरे से फुसफुसाया "दूसरा माह लग रहा है। महावारी से नहीं हुई हूँ। दाई बता कर गई है, सिद्ध कि...।" रजस्वला नहीं, सिद्ध।

सिद्धार्थ उछल गया। उसने उसे उठाने का प्रयत्न किया। बाँहों में भरकर तो

यशोधरा कह उठी, ''दाई मना कर गई है तनिक सी भी उछल-कूद न होए।... अन्ततोगत्वा आने वाला... ।''

''कुकड़ूँकूँ कर उठेगा...अभी से हमें डराने का कार्यक्रम बना डाला है, यश।''

''ऐसा मत बोलो, प्राणप्रिय...उससे पहले मैं मर जाऊँगी।''

सिद्धार्थ ने उसके मुँह पर हाथ रख दिया, ''हँसने-हँसाने में...मरने की बात कहाँ से आ टपकी।...चलो, क्षमा माँगो।''

यशोधरा कान पकड़ कर सिद्धार्थ से क्षमा माँगने लगी तो सिद्धार्थ ने उसी लय-मुद्रा को बनाए रखकर कहा, ''अरे, यश, यह क्या कर रही हो। क्षमा मुझसे से नहीं उससे।'' पेट का संकेत देकर बताया।

यशोधरा की आँखें आर्द्र हो उठीं और हृदय छलछला उठा। सिद्धार्थ ने उसके हाथ पकड़ कर अपने पास बैठाया और उसके हाथ को अपने हाथ में लेकर उसकी हथेली को अपने होंठों-आँखों से लगाया।

''ये क्या सिद्ध तुम भी।''

''तुम रोने लगोगी तो क्या मैं हँस पाऊँगा! यश, कभी करुणा से युक्त हृदय छलछलाए नहीं, बल्कि दूसरों को ढाँढ़स बँधाने में सदा सक्रिय बना रहे।...तनिक सोचो तो कहाँ तुम पीहर से लौटकर तिल का ताड़ बनाए दे रही थीं और अंदर घुटने लगी थीं तब हमने क्या कहा था, स्मरण करो।''

यशोधरा का कमल सा मुखमण्डल ओज से भीगा मुस्कराने लगा। वह इतना ही कह पाई ''अति नहीं...सामान्य भी नहीं मध्यम।''

''कह तो गया था बिना सोचे-समझे लेकिन उसका अर्थ आज तक मेरी समझ से बाहर है। फिर भी वह मन को भा रहा है। सुनने वाले के कान खड़े कर रहा है।'' इतना कहकर सिद्धार्थ का चित्त शांत हो गया।

''आज का दिन शुभ है, सिद्ध। हमें सूचना मिली है कि तुम्हारी योजना सक्रिय होने लगी है। प्रजा को वह पसंद आ रही है। सब जगह उसकी चर्चा है कि उनके राजा ने जनकल्याण के लिए शुभ कार्य प्रारंभ किया है।'' यशोधरा सोच-सोच कर कहे जा रही थी।

''तुम्हें ये सूचना कहाँ से मिली।''

''दी तो अपनी दासी ने परंतु सूचना पर ठप्पा लगा दिया आपके मुख मण्डल ने, जो छिपा कर भी ऐसी अनुकूल सूचना का प्रसारण कर देता है सिद्ध।'' यशोधरा ने सिद्धार्थ के अन्तर्मन में छिपाने के रहस्य पर से अवगुण्ठन उठाते हुए कह डाला।

''यश, तुम्हें गोपनीय सेवाओं में होना चाहिए था।'' सिद्धार्थ कहता।

''होना नहीं,...हूँ। तभी तो... ।''

''समझा, यश समझा। मुझे तुम्हारे इस कोशल पर गर्व है कि तुम गोपन से गोपन बात का पता लगाने में सबसे आगे हो।''

''सिद्ध, आगे-पीछे को तो मैं नहीं समझती हूँ परंतु इतना अवश्य जानने लगी हूँ कि प्रेम करने वालों में कोई रहस्य या गोपन बात नहीं रहती है।'' यशोधरा सहज भाव से कह जाती।

इसी समय घण्टी सी बजने लगती है उसके कानों में मानो किसी ने मन्दिर की घण्टी इतने धीरे से बजा दी कि कहीं उसके देवी-देवता जग न जाएँ। फिर किसी ने द्वार खटखटाया। इस बार यशोधरा की आँखें खुल गईं। वह उठी। उसे यह जानकर आश्चर्य हुआ कि वातायन की खिड़की खुली हुई है, जबकि उसे पक्का ध्यान है कि वह वातायन की खिड़की बंद करके सोई हैं। पक्षी चहकने लगे हैं। प्रभंजन आरती को संगीत दे उठा है। हैं—पार्श्व में सिद्धार्थ भी नही हैं।...और वह सवेरे को उठते देख पा रही है।...एकदम सूरज के डूब जाने के उजाले में खोई-सोई हुई-स्वप्न देखती आँखों से वह स्वप्न देख रही थी। इसका अर्थ यह हुआ कि सिद्धार्थ भ्रमण पर अकेले निकल गए, उसे जगाया नहीं। आज वह मैना, तोता, शुक, सारस, सारिकाओं से नहीं हिल-मिल सुन सकी और न कुसुम के निर्मल मन के सुमनों को कुहासे से बाहर आते केसरिया-अरुण रंगों में मुस्कान बिखेरते देख सकी और न उसकी सुकोमल काँटेदार पत्तियों का हल्का-हल्का स्पर्श कर कह सकी, ''सिद्ध, काँटों में भी प्राण होते हैं। उनके प्राणों का शरद नद सा मन बाँधने वाला संगीत होता है। उनका मौन निस्पृह भाव से स्पंदित होता हुआ किसी से अपेक्षा नहीं करता है कि वे कुसुम की सुकुमारता से अपना मन रिझाते हुए उसको भी स्पर्श करें और उसके काँटों में छिपी सुकोमलता का स्मरण कर उसे अपने हृदय के किसी कोने में स्थान दें, परंतु वे टुकुर-टुकुर निहारते हुए देखने वाले को अपने अन्त:करण में स्थान देकर उसके पार्श्व में आने के लिए अभिवादन करना विस्मृत नहीं करते। चाहे वे कुसुम पर सम्मोहित होकर ही आए हों, लेकिन वे अपनी शिष्टता-सभ्यता-विनम्रता उन्हें समर्पित करना नहीं भूलते।''

''यश, तुम्हें यहाँ आकर यह क्या हो जाता है कि तुम पौधों-पुष्पों के सामने खड़ी होकर बतियाने में अपने साथ आए साथी को भूल जाती हो।'' सिद्धार्थ तेज़ी से कह जाता।

''इधर तो आओ, सिद्ध। अनुभव करो कि वे क्यों स्वप्न में भी अपेक्षाओं-आकांक्षाओं की साधारण सी शंखध्वनि को अपने पास नहीं आने देते।''

''यह क्या कहती हो तुम, यश कि साधारण-सी शंखध्वनि?''

''जो दूसरों की फूँक से भी तरंगित नहीं होते, सिद्ध, मैं उन शंखध्वनिओं की ओर संकेत कर रही हूँ।'' यशोधरा बिना सिद्धार्थ की ओर देखे कह जाती।

''अब तो आ जाओ, यश। कल फिर आएँगे।''

''कल फिर हम इन्हें निहारेंगे, पूछेंगे राज़ी हो अब साथ चलने के लिए।...क्या

प्रतिदिन हम आपके हृदय की हर साँस के साथ नहीं होते!''

''धन्य...धन्य...कुसुम...धन्य।''

''सुन रही हो न।''

''हाँ रिद्ध। ईश्वर ने बहुत सोच-समझ कर दो कान बनाए हैं।...स्मरण है मधुबनी वाटिका का जब तुम मोरशिखा के शीश पर मयूर सी कलगी को निहारते-निहारते इतने खो जाते थे कि हमें आकर तुम्हें झकझोरना पड़ता था।...तब भी तुम यही कहते थे कि यश, तनिक अपने का आनंद अनुभव करके तो जानो कि जो भूलने में अमृत-आनंद है, वह स्मरण करने में कहाँ है!''

''यश, जानती हो कि क्यों ऋषि-मुनि इतने एकांत में उतर जाते हैं, इतनी ऊँचाई पर चले जाते हैं, जहाँ समीर भी दबे पाँव चलती है। यह सावधानी बरतती है कि शून्य सी भी ध्वनि न हो जाए?''...''मैं कहती थी, नहीं।...तुम पता नहीं कहाँ खोकर कह जाते हो-यश, त्याग से बड़ा तप नहीं, तप से बड़ा सच नहीं। सच को जानना है तो अपने को पूर्णतः विस्मृत करने वाला वह शंख बन जाना होगा जो किसी का क्या, तिनके के होने का भी अनुभव नहीं कर सके।'' यशोधरा को वह सब स्मरण हो आता और वह विस्मृत सी स्मित को मुख-मंडल पर हिलोरों सा मचलने देकर द्वार खोलने के लिए हाथ बढ़ाती तो द्वार खोलते ही सिद्धार्थ अंदर आ जाना चाहते। सामने आत्मविभोर होकर यशोधरा को देखकर पूछते, ''कहाँ जा खोई?''

''जहाँ से तुम आ रहे हो, सिद्ध?''

''नाराज़ हो न जगाने से क्या? क्या इसलिए अंदर नहीं आने दिया और द्वार के सामने आ डटी अंगद के पाँव की तरह?'' सिद्धार्थ चुपके से कह जाते।

''अब अंदर आ ही गए हो तो तुम द्वार बंद करो अथवा मुझे करने दो। कहीं यहीं खड़े रहने का मन तो नहीं बना लिया है तुमने।'' यशोधरा के स्वर में प्रेमल कटाक्ष तैर गया।

सिद्धार्थ ने द्वार बंद कर कहा, '' सच इसका सच यह है...।''

''किसका?''

''तुम्हें नहीं जगाने का कि...।''

''छोड़ो भी...।''

''कान का मैल निकल जाने दो।...मैं तुम्हें जगाने के लिए झकझोर देने का आनंद लेना चाहता था कि हाथ को मन ने रोक दिया और आँखों ने तुम्हें नहीं जगाने दिया।''

''कविता नहीं, सिद्ध।'' नदी के किनारे आकर भी क्या यहाँ भी प्यासा रेगिस्तानी धूल...फाँके या तृप्ति की हिलोरों से अपने को छक जाने दे!...आगे बोलना नहीं...पूरी बात सुन लो...तब तुम अर्थात् सोते हुए तुम अपने अधरों से जल तरंगों की

मधुर संगीतमयी ध्वनि निकाल रही थीं...शिशु की तरह चपचप करते हुए।

''आपका अभिप्राय है कि मैं स्तनपान कर रही थी।''

''अपना नहीं...।''

''सिद्ध...।...'' यशोधरा ने मचलते हुए रूठ कर कहा।

''तुम किसी शिशु के स्तनपान की मानो नकल निकाल रही थीं।''

इस बार यशोधरा झेंप गई और उसने अपने अँगूठे की ओर देखा, जिसे वह यदा-कदा एकांत पाकर चूस लिया करती थी। उसका हृदय भर आया। सिद्धार्थ कई बार उसे बिना जगाए भ्रमण को निकलता रहा था परंतु इससे पूर्व न जगाने का कारण बताया था और न उसने इस पर नाराज़गी व्यक्त की थी।

सिद्धार्थ ने यशोधरा को अपने पास खींच कर, उसके कंधों को सहलाते हुए कहा था, ''यश, तुम्हारे हृदय की टीस की गहराई समझता हूँ और यह भी मानने लगा हूँ कि नारी का अस्तित्व बोध उसके शिशु की किलकारी में निहित है। यही कारण है कि नारी देकर संतोष पाती है और पुरुष लेकर। नारी देकर भूल जाती है और पुरुष पाकर। इसीलिए नारी महान् है।''

''पता नहीं।''

''पता करो, महाप्रजापति गौतमी जी से कि उन्होंने बिना माँ बने हज़ारों हज़ार माँओं का आनंद पाने में कैसे सफलता पाई! कैसे तुम्हारे सामने सिद्ध को ला खड़ा किया?''

यशोधरा चुपचाप सुनती रही। सिद्धार्थ ने आगे कहना जारी रखा, ''यश, तुम यह चिंता अपने मस्तिष्क से निकाल दो।''

तब यशोधरा ने अपने स्वप्न का सार सिद्धार्थ को बताने के बाद कहा, ''सिद्ध, मैं पूरा प्रयत्न करती हूँ लेकिन इन स्वप्नों का क्या करूँ?''

''क्या करना है। आते हैं तो उन्हें आने दो। भूल जाओ। स्वप्न का सच कुछ नहीं है।''

''सिद्ध, तुमने ही यह भी कहा था कि स्वप्न अतृप्त आकांक्षाओं का परिणाम हैं। वह भी भविष्य का संकेत दे देते हैं,'' यशोधरा ने आँचल सँभालते हुए कहा।

इस बार सिद्धार्थ सोच में पड़ गया। बैठने की स्थिति में परिवर्तन करते हुए कहा, ''यश, मुझे जो कुछ दूसरों से ज्ञात होता है, मैं बिना अनुभव प्राप्त किए, उसी के अनुसार कह देता हूँ। तुम्हें उस पर गंभीरता से नहीं विचारना चाहिए।...लेकिन अपने मस्तिष्क पर प्रतिकूल प्रभाव डालने वाली बातों को ध्यान में नहीं लाना चाहिए।''

''प्रयत्न तो मैं भी करती हूँ।''

''पर कैसे?''

''अपने को अन्य कार्य में व्यस्त रख कर या तुम्हें सुना कर अथवा चित्रकला में... ।''

''फिर भी वे नहीं निकलते, यही न।''

''वो सोच कर निकाले भी नहीं जा सकते।...मेरा उदाहरण सुनो—देवदत्त जहाँ, जैसा अवसर पाता है, मुझे नीचा दिखलाने का भरसक प्रयत्न करता है।...करता रहे। मैं उसको रोकने का प्रयास नहीं करता। जैसे मेरा नाम प्रतियोगिता में नहीं भेजना। न भेजो, मुझे क्या? मैंने उस पर ध्यान ही नहीं दिया।''

''फिर भी, तुम्हारा कारण अन्यथा तुम्हारे पिताजी तो... । जाना उसी का प्रतिफल बना।''

''ज्ञात है।''

''तुमसे विवाह होना था।... यह किसी पूर्व योजना का परिणाम नहीं था।''

''हाँ, सिद्ध।...''

''ठहरो, यश... । मुझे लगता है, तुम इस स्वप्न पर से ध्यान हटा दो, क्योंकि यह स्वप्न तुम्हें गर्भवती देखने का संकेत देता है। अब यह प्रश्न मत करना कि कैसे?''

यशोधरा सिद्धार्थ की ओर मुग्ध भाव दे देखती रह गई। सिद्धार्थ की वाणी में उसे उस तत्त्व का आभास हुआ जो किसी तपस्वी की वाणी से होता है। सिद्धार्थ यशोधरा के भावातिरेक में डूबे मुखमण्डल की ओर अवलोकते हुए पुनः कहने लगे, ''यश, न मैं ऋषि-तांत्रिक हूँ और न ज्योतिषी-वैद्य। आज मार्ग में एक पीत रंग के चीवर धारण किए भिक्षु को देखा तो मैं उसकी ओर देखता ही रह गया। उसके हाथ में एक पात्र था। उसके पीछे-पीछे एक व्यक्ति और था। उसके तन पर अनसिला कपड़ा था और मात्र लंगोट लगाए था। उसके बाल खिचड़ी की भाँति काले-सफ़ेद, उलझे-अनउलझे से बिखरे हुए थे। मैंने उन दोनो को स्वतः बिना सोचे प्रणाम किया, क्योंकि उनके मुखण्डल पर अद्‌भुत तेज, उनकी बड़ी-बड़ी, गहरी आँखों से प्रकाश की किरणें निकल रही थीं। मैंने पूछा, 'आपको क्या चाहिए संत-श्रमण?' उसके पात्र की ओर संकेत करते हुए मैंने ध्यान से देखा। मेरी वाणी सुनकर उसने अपने पात्र को उलटा कर दिखाया। वह रिक्त था।

उसने अपने पीछे वाले व्यक्ति को पास आने पर कहा संकेतों से। उसने मुझसे पूछा, ''वह पूछ रहे हैं, तुम्हें क्या चाहिए।...वह श्रमण पन्द्रह वर्षों से मौन धारण किए हैं।''

''साश्चर्य पन्द्रह वर्षों से... ।''

''कदाचित् इससे अधिक।''

''पर क्यों?''

''वाणी को संयमित रखने के लिए। सत्य को जानने के प्रथम चरण को पार कर चुके हैं। अपने पात्र को रिक्तता से भरने का अभ्यास कर रहे हैं।''

''रिक्तता।'' मैंने अचरज से उसके पात्र की ओर देखकर पूछा, ''रिक्तता जाननी है तो उस पात्र को फेंक दो।''

''पात्र चोला। चोला शरीर।''

''शरीर नहीं फेंका जा सकता है, यही न।''

इस बार दोनों ज़ोर से हँस पड़े। फिर उनमें से उस खिचड़ी बालों वाले व्यक्ति ने पीले वस्त्र धारण किए व्यक्ति से संकेत पाकर कहा।

''जन्म फेंकने के लिए मिला है। धीरे-धीरे उसे रिक्त कर जानने के लिए कि उसे जानें जिसके लिए जन्म मिला है।''

''किसके लिए।''

''जिसके लिए उसने जन्म दिया है।''

''पर किसके लिए।''

''जो मिला है एक-एक कर उसे ही लौटाने के लिए...जैसा पाया है, ठीक वैसा ही उसे लौटा देने के लिए।''

''क्यों?''

''जान सकें कि वह क्या है? क्यों जन्म देकर उन्हें भुला देता है? क्या मिलता है उसे जगत का पात्र भरने से। अपने से दूर करने के लिए माया में लिप्त रखने से।''

''मैं कुछ समझा नहीं, संत-महात्मा।''

''समझेगा। ढूँढ़ेगा।''

''किसे?''

''जिसे हम ढूँढ़ रहे हैं, उसे।''

''पर वह है क्या?...कहाँ है? मिलेगा?''

''कुछ भी हो सकता है-सब कुछ भी और कुछ भी नहीं।''

''उससे क्या मिलेगा?''

''मुक्ति।''

''मुक्ति!...वह क्या है?''

''सत्य।''

''सत्य क्या है?''

''हमें उसको जानना है।''

"कैसे?"

उसने फिर उस पात्र को उलट दिया।

"क्या ऐसे?"

उसने शीश हिला दिया।

"मुझे लौटना है।"

"हमें भी।"

"कहाँ?"

ज्ञात नहीं।

"तो?"

"यही तो जानना है।...जाओ, राजकुमार, अब तो लौट जाओ। तुम्हारा लौटना शुभ हो।"

"इससे क्या आशय है, महात्मा।"

"चिंता मुक्ति।...बंधन रिक्तता। रिक्त पात्र की मनोदशा, राजकुमार।"

"आशीर्वाद दीजिए।"

"शिव भव।"

और वे दोनों चल पड़े।

यशोधरा घबराई। सिद्ध, तुम अब से अकेले भ्रमण को नहीं जाओगे।

"क्यों?"

"पता नहीं तुम्हें अकेला, भोला, सज्जन पाकर ये भूत-प्रेत तुम्हारे पीछे क्यों पड़ जाते हैं।"

"भूत-प्रेत से तुम्हारा आशय?"

"न भूत, न भविष्य।" यशोधरा कह जाती।

"बचा वर्तमान।"

"हाँ, यह कैसे हो सकता है, यश, कि जो वर्तमान है, वह अतीत न हो और भविष्य की ओर न चल पड़े।"

यशोधरा स्वयं अपने जाल में फँस जाती। परंतु तुरंत उस जाल से निकल भी जाती यह कह कर, "हमारा तुम्हारा बचपन, किशोरावस्था और अतीत। अब हम जी रहे हैं वर्तमान। शिशु की चाह है हमारा भविष्य।"

"कितनी सुंदर कर दी सिर झटक कर सत्य की व्याख्या, जिसके लिए पीत वस्त्रधारी और लंगोटी संत-बाबा पात्र रिक्त करने के लिए वर्षों वर्ष से मारे-मारे घूम रहे हैं।" सिद्धांत मानो पुस्तक पढ़ कर सुना रहा था यशोधरा को ऐसा लगा तो वह

कह बैठी, ''उस दिन तुम्हें कोई भिक्षु मिल गया था।''

''हाँ तब भी तुम अकेले भ्रमण पर निकले थे, जिसने तुम्हें बिना माँगे दान में दे दिया वह शब्द...।'' कहकर यशोधरा मस्तिष्क पर दबाव बनाने लगी तो सिद्धार्थ ने स्वयं प्रसन्न होकर बता दिया ''लघिमा।''

''हाँ-हाँ...हाँ वही लंगूर सी लघिमा।''

''उसे उसने आठ सिद्धियों में से एक सिद्धि बताया था,'' सिद्धार्थ ने कहा।

''उसने व्यक्ति के भारहीन होने का संकेत दिया था...यही न।...और तुमने उसी दिन योग-ध्यान का रास्ता पकड़ कर भारहीन होने का प्रयत्न शुरू कर दिया। पता नहीं तुम जब अकेले भ्रमण पर निकल जाते हो तब तुम्हारे रास्ते में ऐसे आत्म-विस्मृत सज्जन, संत-साधु-श्रमण कहाँ से टपक पड़ते हैं जो स्वयं तो रास्ता भूलकर रास्ते की खोज में मारे-मारे घूम रहे हैं।...वास्तव में तुम भी सिद्ध अनजाने-नासमझ, नाना प्रकार के सतरंगी, टेढ़े-मेढ़े, आधे-अधूरे, नग्न-अर्द्धनग्नों के चक्कर में आ जाते हो और अपना सीधा-सादा सच्चा-पक्का रास्ता छोड़ने न छोड़ने के द्वन्द्व-अन्तर्द्वन्द्व की अँधेरी गहराइयों में उतर कर उन जैसे हाथ पाँव फेंकने लगते हो।...लंगोटधारियों ने घर बसा कर शांति से रहने के मंत्र को भुलाकर ऐसे अंधे कुएँ में छलाँग लगा दी, जिसका न कोई ओर है, न छोर।...तुम अपने मस्तिष्क में ऐसी अलाय-वलाय न पालते रहो। ये स्वयं तो न रहे घर के न घाट के।...संसार को अपनी तरह राख लपेट कर घूमते देखने के अभिलाषी हैं।...नंगे से पूछोगे कि तू नंगा क्यों है?''

''उसका उत्तर होगा, 'नीलांबर, पेड़, पशु, पक्षी, नदी, नालों से क्या किसी ने यह प्रश्न किया है कि वे नंगे क्यों हैं? बच्चे नंगे क्यों जन्मते हैं।'...ये व्यर्थ के चक्करों में पड़े दूसरों को भी अपना जैसा कर देना चाहते हैं।''

यशोधरा को ऐसे कई प्रश्न स्मरण होने लगे जब वह एकांत में अपने आप से प्रश्न कर रहे थे—ये जीवन क्या है? व्यक्ति बूढ़ा क्यों होता है? रोगी क्यों होता है?... पत्ते पीले पड़ कर झरने क्यों लगते हैं?...जन्म लेने वाला मरता क्यों है?

एक दिन यशोधरा सिद्धार्थ के साथ गौतमी के भवन में पहुँच कर गौतमी से पूछने लगी, ''माँ, हमारे आँखें क्यों हैं? हमारा मुँह खुलता-बन्द क्यों होता है? हम यहाँ क्यों आए हैं?''

महाप्रजापति गौतमी सिद्धार्थ की ओर देखकर मुस्करा उठी और कहने लगी, ''यश तू मेरे राजकुमार को समझती है?...वह तुझसे ऐसे प्रश्न क्यों करता है, मुझसे क्यों नहीं?''

''क्या माँ, ऐसा है, माँ?''

''तुझे डराता है।''

''क्यों, माँ?''

"क्योंकि तू डर जाती है।...तू निडर बन कर पूछा कर," हम सोते क्यों हैं? जगते क्यों हैं? भोजन क्यों करते हैं?

"ऐसा, माँ।"

"तो यह तुझसे डरने लगेगा, यश। क्यों रे डरेगा न।" कहकर गौतमी सिद्धार्थ की ओर देखने लगती।

सिद्धार्थ मुस्कराने लगता।

यशोधरा हँस पड़ती

महाप्रजापति गौतमी उठ कर कहती, "अब—तुम दोनों इस सब के लिए पायस (खीर) का भोग लगाओगे।"

"आप रुकें। मैं ले आती हूँ, माँ।"

"तू अधिक ले आएगी तो...।"

"यहाँ लाकर रख दूँगी।"

"एक ही बात है।"

महाप्रजापति गौतमी अंदर चली गई। तब यशोधरा ने कहा, "माँ जैसा जीवन बिताना भी एक तपस्या है, सिद्ध।...आजकल रसोई भी स्वयं बनाने लगी हैं।...तुम रोको, सिद्ध।"

"माँ, कर्मठ हैं।...अपने को व्यस्त बनाए रखना भी आवश्यक है, यश। तभी तो उनका मन सदा प्रसन्न रहता है। कभी मुरझाता नहीं। वह साक्षात् तीर्थ हैं।"

"बस भी कर, सिद्ध। मैं वही हूँ जो एक माँ को होना चाहिए। उससे कुछ अन्यथा नहीं। विशेषण लगाकर ही तो भेदाभेद का जन्म होता है।" कटोरों में पायस भर कर उनके सामने रख दी। वह एक ओर आकर बैठ गईं।

"आपका कटोरा कहाँ है...।" कहता हुआ सिद्धार्थ उठा और अंदर चला गया। थोड़ी देर में एक कटोरा पायस, तीन दर्वी (चम्मच) लेकर आ गया सिद्धार्थ।

"सिद्ध ये क्या है?"

"हमें पायस का भोग लगाने की चाह का परिणाम, माँ।"

"इतना नहीं, सिद्ध।"

"जितना आप लोगी, उतना ही हम लेंगे।...अब यह निर्णय आपके हाथ में है।" सिद्धार्थ ने घोषणा कर दी।

"ये नहीं मानेगा, यश।...चलो प्रारंभ करो," महाप्रजापति गौतमी ने कहा।

पायस की मिठास और महाप्रजापति गौतमी का आशीर्वाद 'पुत्र संपन्न हो सुहाग,' उसने यशोधरा के सिर पर हाथ रखकर कहा।

दोनों चले गए परंतु महाप्रजापति गौतमी यथास्थान खड़ी रह कर उनके जाने के अनुभव से संबद्ध बनी रही। धीरे-धीरे लौटी तो यह सोचते हुए कि जीवन धूप-छाँव का विषयान्तरित पर्व है। निराशा में आशा जैसे अन्तर्निहित रहती है। ठीक वैसे ही आशा अपेक्षा का अवलंब पाकर स्व पर से आश्वस्त होने का ध्यान लगाना कम करती जाती है। माँ मेरी लाज रख लेना। वास्तव में महाप्रजापति गौतमी के हाथ जुड़ गए। उसे एक अद्भुत अनुभूति ने घेर लिया और वह अनुभूति उसे अपनी बहन महामाया के पास ले आई, जब उसके लुम्बिनी में पीड़ा ने झाँक कर मौन व स्थिर भाव से देखते हुए शिशु को पाया था...वह अनमोल सुख-आनंद का स्रोत मानो प्रभात की तरह हो उठा हो। आज उन पलों के अन्तर्मन को टटोल कर अनुभव कर पा रही है कि नारी के जीवन में माँ बनना किसी तपस्या के परिणाम से कम नहीं है।

महाप्रजापति गौतमी अपने से पूछती रही अनेक बार—"मैं माँ नहीं बनी, फिर भी मुझे माँ बनने का अनुभव जीवन में हर क्षण, प्रतिक्षण क्यों अनुभूत होता रहा। कभी नहीं लगा कि मैं माँ नहीं बनी और सिद्धार्थ को मैंने अपने तन, मन और हृदय से जन्म न दिया हो।"

अचानक उसे मंजुला की वह बात स्मृति के पट खोल कर सामने आ गई, जब उसने पूछा था, "माँ बनना एक घटना है या चरित्र।"

महाप्रजापति गौतमी सोचती रही उसी दिन से जब उसे समय मिला कि क्या माने वह उसे घटना या चरित्र। अब आज उसे मंजुला का प्रश्न अपने में जन्म लेता अनुभव हुआ कि पीड़ा का आनंद अनुभव घटना को चरित्र के संस्कार देता है। घटना न हो तो चरित्र का प्रश्न ही नहीं उठता। और यदि घटना की अन्तर्पीड़ा का अनुभव अप्रयत्न किए होने लगे तो उसका प्रवाह गंगा धारा की यात्रा को अपने में जीवन्त कर उठता है और यमुना अनब्याही होकर भी विवाह संस्कार के संदर्भ-अनुक्रम की मानस गंगा बनते हुए अन्ततोगत्वा संगम को जन्म देकर माँ न बन पाने के अनुभव की माँ बनने के अनुभव को संबद्ध कर लेती है।

महाप्रजापति गौतमी अपनी इस अन्तर्यात्रा को ऐसे अवलोके जा रही थी जैसे वह महाकुंभ की यात्रा करती हुई महोत्सव के आनंद को अपने से जन्म दे रही है। क्या यही कृति का कृतित्व संभावना को संभावना शून्य होने की मानसिकता को जीवंत कर देता है। वह जैसे ही भीतर लौटने को मुड़ने लगी, वैसे ही उसने सुना, "ठहरो, गौतमी। कुछ समय और इसी तरह मुझे अवलोकने दो साधना के सातत्य को।"

महाप्रजापति गौतमी ठहरी रह कर मुड़ी तो सामने खड़ा पाया शुद्धोधन को। अनायास उसके मुँह से अचरज मिश्रित होकर निकल गया, "आप!"

"क्या मैं नहीं हो सकता, गौतमी!"

"कब से खड़े हैं आप?"

''जब से महामाया गई है, गौतमी।'' शुद्धोधन के स्वरों से गुरु साधना का गांभीर्य रस प्रवाहमय हो उठा।

''आइए, राजन।''

''नहीं, गौतमी, राजन आने के लिए नहीं, जाने के लिए आए हैं।''

''मैं कुछ...।'' कह, रुक गई गौतमी।

''समझ नहीं पाई, यही न...मेरी तरह।''

महाप्रजापति गौतमी गुमसुम रह गई।

''कैसी विडंबना है गौतमी, यह कि इतने पास होते हुए इतने दूर हैं कि दूरियाँ अपने होने के सत्य को नहीं सुलझा पा रही हैं।...व्यक्ति अपनी छाया से पूछ रहा है कि तू मेरी छाया है।'' शुद्धोधन अपने अन्तर्द्वन्द्व को न प्रकट कर रहे थे और न छिपा रहे थे। कभी-कभी हर व्यक्ति के जीवन में ऐसे क्षण स्थानान्तरित होने लगते हैं, जब व्यक्ति अपने होने पर प्रश्न-चिह्न लगाकर पूछता है कि उत्तर दो। और वह भी इतने लंबे समय बाद जब सफ़ेदी की झाईं चमक उठी हो।...पता नहीं कि कब से एकान्त पा वह झांझ की तरह बज उठती है।

किससे कहे शुद्धोधन अपने मन की यह बात जिसके लिए न आकाश सुनने को तैयार है, न धरती और न दिशाएँ। संवाद शून्यता का इतना दीर्घ अन्तराल निरन्तरित होकर आज भी झींगुर की ताईं झन-झन के अतिरिक्त कुछ नहीं कर पा रहा है कि प्रणय वासनोत्तर की घटना नहीं चरित्र बन जाता अपने आप में संपूर्ण होकर।

''आज आप में दर्शन हिलोरें लेने लगा है राजन।''

''राजन नहीं, गौतमी, मात्र शुद्धोधन।''

महाप्रजापति गौतमी की देह-मन जैसे किसी पहाड़ी चट्टान से सद्य: अलग हुए बड़े पत्थर के नदी में गिरने से उसके प्रवाह में झनझनाहट पैदा कर जाते हैं, वैसा अनुभव कब उठे एकदम, अचानक! वह भी साचरज समानांतर दिशा में।

''तैरने का जिसे अनुभव न हो, गौतमी, यदि वह किसी उछाल लेती नदी में कूदने की चाह से वंचित रह जाए तो उसे दार्शनिक न कहेंगे तो किसे कहेंगे?''

इस बार महाप्रजापति गौतमी को झील के किनारे खड़े पेड़ की डाल टूट पड़ी हो, ऐसा लगा। उसने सँभल कर अपने न होने के अस्तित्व को कहीं भीतर, बहुत भीतर पहुँच कर कुछ ढूँढ़ता पाया। उसने धीमे स्वर में कहा, ''और कुछ राजन।''

''राजन नहीं, गौतमी।''

''अपने को सँभालो, शुद्धोधन। समय के उत्तर को आत्मसात करना सीखो।''

''तुमने ठीक कहा है, गौतमी।''

''निरालंब होकर जीना दिशा-दृष्टि पाने की आशा से निराश नहीं होता, क्योंकि

वह स्वयं में एक दिशा पाकर जीने लगता है।'' महाप्रजापति गौतमी ने ऐसा कथन सिद्धार्थ से सुना था, उसे ही दोहरा दिया था धीरे से नदी के प्रवाह पर दीपदान करते हुए।

''मैं होने लगा हूँ, गौतमी, क्योंकि हर तरह के सुप्रबंध करने के उपरांत भी वही ढाक के तीन पात।'' तुम्हारा सिद्ध वास्तव में सिद्ध मार्ग की ओर आगे बढ़ने लगा है। शुद्धोधन ने धरणि का अवलंब लेते हुए कहा।

''अपने सुप्रबंध में कोई कमी नहीं रखी। हम सब मिलकर आज भी वही प्रयत्न कर रहे हैं।...उस पर ही हम सबका विश्वास टिका रहना चाहिए। अपना विश्वास सुदृढ़ रहे। विश्वास ही विश्वास को जीतता है। ढुलमुल विश्वास न पूरी तरह से हार जाने का अनुभव संजो पाता है, वह त्रिशंकु की भाँति टँगा रह जाता है।...यह सब आपके प्रबुद्ध राजपुत्र सिद्धार्थ के अनुभवों का सार है।''

''वह मुझसे भी सारपूर्ण बातें करने लगा है, गौतमी।''

''वह कहता है, जो अपने को पहचानते हैं, उन्हें दूसरों को पहचानने की आवश्यकता नहीं पड़ती।''

''यही बात उसने कुछ दूसरे तरीके से मंत्रीपरिषद् की बैठक में कही थी। कहा था, यह बात सभा में नहीं, बैठक और बैठक से अधिक अपने सोच में ढाल कर दूसरों तक पहुँचेगी तो वह सूर्य, चंद्र की भाँति जगत् के चित्त में उतर कर धीरे-धीरे उसके स्वभाव से लेकर उसके चरित्र तक अनुभव की जा सकेगी। वह राजा केंद्रित व्यवस्था न हो कर चरित्र केंद्र से धरातल पर उतरती अनुभव की जा सकेगी।...अपने को पहचानने का अभ्यास निरंतर करते रहिए। उससे दूसरों को जानने-पहचानने में समय नष्ट करने से बच सकेंगे। कोई प्रबंधन तब तक सार्थक नहीं हो सकता जब तक प्रबंधनकर्ताओं से चलकर छनकर सामने नहीं आता।''

''इसमें कहाँ दार्शनिकता है। सीधी साफ़ बात है कि गिनती अपने से प्रारंभ करो।...हवा पर आज तक कोई बाँध नहीं बाँध सका है और न भविष्य में ऐसा संभव है।...हवा अप्रदूषित होती है, उसे हम दूषित करते हैं और फिर उससे प्राणवायु पाने की आशा करते हैं। वह न जीवन धर्म है और न राजधर्म।'' महाप्रजापति गौतमी धीरे-धीरे कहती जाती—

''तुम उसे नहीं समझातीं, गौतमी।''

''क्या, राजन, कि वह त्रुटि पर है।''

''राजधर्म साधु धर्म नहीं हो सकता, गौतमी। वह साम-दाम-दण्ड-भेद की नींव पर टिका होता है—एकमात्र सफलता ही उसका धर्म है। फिर वह कैसे भी मिले।...उसके लिए कैसे भी साधन अपनाए जाएँ। सफलता, गौतमी, मात्र सफलता ही उसके जीने का महामंत्र है।''

"वह आप सब जानो। मेरा राज्य व्यवस्था का ज्ञान शून्य है। राज्य आपको चलाना है।" महाप्रजापति गौतमी ने दो टूक निर्णय कर डाला। अंदर-ही-अंदर वह सिद्धार्थ के पक्ष में सोचने लगी थी।

"क्या किया जाए अब, गौतमी?"

"जो आप उचित समझें, राजन।"

"उसका सारा विकास आपकी छत्रछाया में हुआ है। वह आपको सबसे अधिक मानता है।"

"मैं अपने यहाँ चली जाती हूँ, राजन।...सिद्धार्थ वयस्क से प्रौढ़ होने लगा है। उसका विवाह हो चुका है। अब मेरा कोई काम भी नहीं है।" महाप्रजापति गौतमी को यह देखकर आश्चर्य हुआ कि वह शुद्धोधन से बात करते हुए बाहर वसंत वाटिका तक आ गई। शुद्धोधन चलने लगे। संवाद भी उनके साथ चलते रहे।

"गौतमी,...आज पहली बार, तुमने इतनी शीघ्रता से निर्णय सुना दिया है और ऐसा कड़ा निर्णय...। सारे संबंध पलभर में तोड़ते हुए।...एकदम अपने स्वभाव के प्रतिकूल।" शुद्धोधन घबरा उठा।

"आप मुझे विवश नहीं करें, राजन, मेरी भी अपनी सीमाएँ हैं। स्मरण रहे, मैंने सिद्ध को पाला-पोसा, बड़ा किया है।...पेड़ बनने पर माली कुछ नहीं कर सकता।" महाप्रजापति गौतमी ने आँचल सँभालते चारों ओर देख कर कहा। बात इतनी शीघ्रता से कहाँ-से-कहाँ पहुँच सकती है! यह उसने सोचा नहीं था।

"अच्छा रहे, यहाँ से मैं लौट जाऊँ। मेरे माता-पिता भी चाहते हैं कि अब मैं लौट आऊँ।"

"रुको, गौतमी। मैंने प्रारंभ की भूमिका से यह सोचा था कि वातावरण बदलने में वह सहायक होगा। परंतु...सच में यह सब कहने का अर्थ इसके अतिरिक्त और कुछ नहीं था कि सिद्धार्थ दिशा बदलने लगने लगा है, उसे पुन: राजकाज से जोड़ा जाए। काला उदायी का भी...उसे छोड़ें।...परंतु तुम अपनी नाराज़गी व्यक्त कर उठोगी।...मुझे तुम से स्वप्न में भी, रत्ती भर भी शिकायत नहीं है।" शुद्धोधन ठीक से कुछ नहीं कह पा रहा था।

"राजन, काला उदायी ने भी मुझसे ऐसा ही कुछ कहा था।"

"वह त्रुटि पर है। मैंने उससे ऐसा कुछ नहीं कहा था, गौतमी, सिद्धार्थ की...।"

"सौगंध कदापि नहीं राजन। मेरा विश्वास अटल है। मैं सिद्धार्थ को छोड़ कर कहीं नहीं जा सकती।...परंतु हमें भी सिद्धार्थ को अब लगाया पौधा नहीं मानना चाहिए।...आपसे भावावेश-आवेग में कुछ का कुछ निकल गया, राजन उसके लिए...।"

"आगे कुछ नहीं, गौतमी।...एक शब्द भी नहीं।...माँ की ममता की चादर

का हृदय इतना विशाल और गहरा होता है, उसके सामने आसमान भी छोटा पड़ता है और समुद्र भी कम गहरा।...अब अपनी मुस्कान से मुझे विदा कर दो।'' शुद्धोधन इतनी शीघ्रता से हृदय भर लाए आँखों में कि महाप्रजापति गौतमी को टोकना पड़ा, ''शुद्धोधन, मैं आपकी प्रसन्नता से अवलोक कर ही प्रसन्नता ला सकूँगी, शुद्धोधन, यह आप कभी विस्मृत नहीं कीजिए।'' गौतमी ने संबंधों की ऊष्मा लेते हुए राजन न कह कर शुद्धोधन का संबोधन दो बार किया। सच यह था कि वह ऐसी कड़वी बात कैसे कह सकी। उसके मन में इसके लिए गहरा पश्चाताप था। वह धीमी गति से इतना और कह गई, ''आपका त्याग...किसी तपस्या से कम नहीं है। चाहते तो किसी अन्य से विवाह कर सकते थे।'' गौतमी भी भावावेश में आ गई। उसका कंठ भर्रा उठा।

''यदि तुमने करने दिया होता, गौतमी।'' शुद्धोधन भावुक होकर कह गए। वे एक दूसरे को देखते अनदेखते से भाव विह्वल हो रहे थे। गौतमी का विमल सौंदर्य, आभा गहरे आकर्षण का केंद्र है। पलाश के फूल से उसके अरुणाधर वायु कण से विलुलित हो रहे थे। उसके श्यामल कुंतल नव मेघों से गहरे हुए थे। मन की दृष्टि उन पर से तनिक सी भी हट नहीं रही थी।

''अच्छा तो हम चलते हैं।'' महाप्रजापति गौतमी का स्वर एक लंबे समय उपरांत व्यंजनों को स्वरों में ढाल रहा था। कैसा वातावरण हो उठा था तब कि चहुँओर विकल स्वन्दनों की अन्तर्ध्वनि भी नहीं सुनाई दे रही थी।

पहले महाप्रजापति गौतमी मुड़ी फिर शुद्धोधन मुड़ना चाह कर भी ढीठ पाँवों के सामने विवश से खड़े रह गए। वह उसकी आँखों से ओझल हो गई। उसने एक बार भी पलट कर नहीं देखा। उसको आशा थी कि एक बार तो रुक कर पीछे देखेगी। ऐसा नहीं था कि उसके मन में यह भाव नहीं कुलबुलाया हो, लेकिन वह चाह कर भी पीछे मुड़ कर नहीं देख सकी। चाह उदास होकर छाया सी अपलक देखती रह गई।

नयन पलकें उठाकर पूछ रहे थे कि क्यों किया ऐसा? उठने को तो प्रश्न उठे भी थे परंतु प्रश्न उठाने वालों को स्वयं ही उन प्रश्नों का बोझ उठा कर लौट जाना पड़ा। वह ब्रह्मचारिणी मान ली गई। यद्यपि कई बार शुद्धोधन के विवाह करने की चर्चा गर्म हुई तथापि वह उन प्रस्तावों में से किसी एक पर मन नहीं बना सका। वह दूसरा विवाह नहीं कर सका। एक बार तो स्वयं महाप्रजापति गौतमी ने भी परामर्श दिया था परंतु वह शून्य नयनों से उसे देखता रह गया। कह कुछ नहीं पाया। स्मृतियों को उलटती-पुलटती गौतमी चुपचाप अपने भवन में आकर पर्यंक पर उलटी लेट गई।

## 28

समय चक्र सदा चलता रहता है—मनभावन सहलाती परिमल पवन से लेकर झंझा, झंझानिल, अंधड़ आँधी, बवंडर में बदल जाती है। ऐसा ही मानव के अंदर उठते पवन से लेकर अँधड़ तक होता है। यही मानव से मानवेतर अस्तित्व यात्रा के चरण

भी हैं। चचेरा भाई देवदत्त निरंतर इस प्रयास में जुटा रह कर इस निष्कर्ष पर पहुँचा कि सिद्धार्थ की दिशा दृष्टि इस तरह बदली जाए, जिससे साँप मर जाए या रास्ते से हट जाए और लाठी भी नहीं टूटे। मगध के राजा बिम्बिसार को उसके पुत्र ने पहले कारागार में डाला, फिर मार डाला। देवदत्त पहले भी अजातशत्रु से सहायता प्राप्त करता रहा था। वह भी अपने रास्ते से सिद्धार्थ को हटाना चाहता था। अनेक प्रयास किए परंतु वह सफल नहीं हुआ। तब उसे एक जटाधारी ने मार्ग बताया कि उसका मन बदलने के लिए अहिंसा-हिंसा का क्रम बदल दो। उसमें राज्य के प्रति वितृष्णा भाव जग सके उसके चारों ओर ऐसा वातावरण तैयार कराओ और उसके प्रति श्रद्धा-भक्ति की ऐसी संरचना करो कि उसको तुम्हारे बदलने के लक्षण का आभास मिल सके।

अपनी इस योजना को पुन: उसने राजस्व मंत्री और उसके सहयोगियों से जोड़ा। यह भी बताया कि प्रतिदिन यह समाचार मिल रहे हैं कि सिद्धार्थ का मन राजकाज से हट रहा है। उसकी चल निकली योजना को ध्वस्त करो ताकि शनै: शनै: वह जानने लगे कि राज द्वारा जन का न विकास हो सकता है और न समता भाव का धरातल पाने का अनुभव। जगत् के प्रति उसके लगाव की शृंखला तेज़ी से टूटने लगे तो उसमें राज्य से कुछ होने-करने की आशा को पाला मारने लगेगा। राज करने का मोह-आसक्ति का भ्रम टूटेगा।

मंत्रीपरिषद् में ऐसा कौन दूध का धुला है। सबके अपने स्वार्थ, लोभ और अहम् हैं। यह बात उनमें से अनेक अनुभव कर रहे थे। उनके काले धंधों पर पानी फिरने लगा था। उदयभानु चुंद शेष आदि सिद्धार्थ की योजना से अंदर-ही-अंदर घबराने लगे थे। उनके लिए रास्ता खुलने की आशा जग पाना कम महत्त्वपूर्ण नहीं था।

उदयभानु ने इसके लिए सोचना शुरू किया। मंत्रीपरिषद् में बहुत कम उसके सहयोगी रह गए थे। सिद्धार्थ के प्रति अधिकांश मंत्री-सदस्य श्रद्धा, भक्ति का भाव रखते थे। प्रजा भी राजकाज की नई दिशा-दृष्टि से प्रसन्न हो रही थी। सबसे पहले राजकोष को होने वाली हानि को मुख्य विषय बनाया गया।

प्रजा को कष्ट दिया जाने लगा। प्रजा विरोधी तत्त्वों को उकसाया गया। उनको संरक्षण मिलने का आश्वासन दिया गया।

मंत्रीपरिषद् की बैठक हुई। राजकोष के साधन कम रह जाने से कोष घटने लगा। घटाने-बढ़ाने के आँकड़ों को सामने रखने में उदयभानु का कोई सानी नहीं था। दूसरे प्रजा का असंतोष भी सामने लाया गया। अधिकांश सदस्य तो चुप रहते थे। उदयभानु और उसके सहयोगी प्रजा की राजकाज में सीधी दखल से मध्यम स्वर में टीका-टिप्पणी इस तरह कर गए कि वर्तमान वातावरण सकपकाने लगे।

इससे पूर्व कि मंत्रीपरिषद् की बैठक का समापन हो, सबकी दृष्टि सिद्धार्थ पर थी। राजा शुद्धोधन भी राजकोष में आई गिरावट से चिंतित हो उठे।

सिद्धार्थ ने सीधे-सीधे प्रश्न राजस्व मंत्री उदयभानु से किया, "क्या राज्य व्यय

जिन मदों में होना था, हुआ ? क्या दी गई सुभीताएँ बिना राजकोष के सक्रिय करनी थीं, वे हुईं ? जितने प्रतिशत, जितनी तय की गई थीं, उतनी ही या कम ज़्यादा प्रतिशत सामने आईं ?''

इन प्रश्नों का सीधा उत्तर उदयभानु को ही देना था। एकबारगी वह अगल-बगल झाँकने लगे, क्योंकि न तो उसे ऐसी आशा थी कि इस तरह के प्रश्न उठेंगे और न इस तरह से मितव्ययता बरती जाने के आँकड़े माँगे जाएँगे। उसने बहुत सोच-समझ कर उत्तर दिया, ''वह तो लेकर नहीं आया हूँ।''

''फिर राजकोष में होने वाली हानि के संबंध में इतने विश्वास से कैसे कह दिया ?''

उदयभानु सारी चौकड़ी भूल गया। सिद्धार्थ ने स्थिति को सँभालते हुए कहा, ''भविष्य में यहाँ पूरी तैयारी से बात करनी चाहिए।...प्रजा के असंतोष का यह योजना तो कारण हो नहीं सकती, क्योंकि इसके लिए सलाहकार समिति में प्रजा की भागीदारी किसी रूप में कम नहीं हुई। इसके अतिरिक्त मुझे और कुछ नहीं कहना है।''

शुद्धोधन की जान में जान आई। उसे लगा कि सिद्धार्थ की विलक्षण बुद्धि बहुत गहराई लिए है।

मंत्रीपरिषद् की बैठक समाप्त। सब उठकर चल दिए। सिद्धार्थ भी पहले की तरह उठा, चल पड़ा। आज की बैठक में काला उदायी नहीं था। वह राजकाज से बाहर गया हुआ था।

शुद्धोधन में विश्वास लौट आया। सिद्धार्थ हर क्षेत्र में अद्वितीय है। वह अवश्य चक्रवर्ती सम्राट बनकर रहेगा। उदयभानु के सत्रह वर्ष का अनुभव चारों कोने चित्त पड़ा था।

चुंद शेष को आश्चर्य हो रहा था कि पलक झपकते ही पासा पलट गया। वह यह समझने लगा कि सिद्धार्थ से पार पाना कठिन ही नहीं असंभव है। आज उसने जिन बिंदुओं को, जिस ढंग से उठाया था, वैसा कभी नहीं हुआ। माना कि उदयभानु हेर-फेर करने में अपनी सानी नहीं रखता, आँकड़ों की जादूगरी में हारी बाज़ी पलट सकता है और जीती बाज़ी को औंधे मुँह गिरा सकता है। ऐसा वह करता आ रहा है। फिर भी राजा का वह विश्वसनीय बना हुआ है।

उदयभानु ने यह कह कर अपने साथियों को चौंका दिया कि यह भी उसकी चाल थी। उसे हार कर जीतना आता है। वह कहने लगा, ''सामने वाले को तोलना बहुत आवश्यक है, क्योंकि यह दृष्टि आगे भी चलती रहेगी। इसकी काट है उसके पास। आप लोग देखते जाएँ कि वह राजकुमार के प्रश्नों का कैसा सटीक उत्तर देता है कि राजा भी अपने पुत्र की जिस विलक्षणता पर गौरव करने लगे हैं, वह कैसे औंधे मुँह आ गिरेगी, शेष।''

चुंद शेष को विस्मय हुआ कि उदयभानु पहले भी ऐसी कलाकारी का परिचय दे चुका है। वह इतना ही कह पाया, ''भानु भ्राता हमें आप पर विश्वास तो है परंतु देवदत्त पर नहीं। वह भी कम पैंतरेबाज़ नहीं है।''

''ये कहावत सुनी है शेष, चोर-चोर मौसेरे भाई। चोरी करने वाले चोर से नहीं डरते।'' कुछ सोचते हुए उदयभानु आगे कहने लगता, ''हम जिसको ऊपर लाने का काम कर रहे हैं, उसे धरती सधाने की धोबी पछाड़ का भी अनुभव रखते हैं, शेष चिंता नहीं। सिद्धार्थ को रास्ते से हटाना राजकुमार देवदत्त के लिए ही आवश्यक नहीं है, उससे अधिक हमारे लिए अपरिहार्य है। उसने तो हम लोगों के हाथ बाँध दिए हैं। काली कमाई के हमारे सारे धंधे बंद कर दिए हैं।''

चुंद शेष को भी यही अनुभव हो रहा था। वह बोला, ''राज किसी का हो परंतु वह चलता है अनीतियों को नीतियों का चोगा पहना कर ही।''

''शेष तेल देख, तेल की धार देख। क्या से क्या होता जाता है।...राजकुमार नीति, सिद्धांत, आदर्श की बात उठाते हैं, क्योंकि राज्य की वास्तविकता से वह परिचित नहीं हैं। हाथी के दाँत दिखाने के और होते हैं और खाने के और। अन्यथा राजा-महाराजा के ऐसे ठाट-बाट ऐशो आराम, चोर प्रासाद, रखैलों का निवास या महल...आदि कहाँ से आते। मुझे तो कई स्वतंत्र राजघरानों का अनुभव है, यह तो कोसल राज्य में सिमट कर रह गया है।...चलो, छोड़ें इन बातों को इनसे हमें क्या लेना-देना। हमें तो आम खाने पर ध्यान देना है।''

शाम होते-होते उदयभानु, चुंद शेष तथा दो अन्य उपमंत्रियों को लेकर राजकुमार देवदत्त के यहाँ पहुँच गए। उस समय देवदत्त अपने भवन में चक्कर लगा रहा था। वह चिंतित भी लग रहा था। उसके पास राज्य की छोटी-से-छोटी घटना के घटनाचक्र और गतिविधियों का पता रहता था।

उन सबको बैठने का संकेत देकर अंदर चला गया। वे सब एक दूसरे से हटकर देवदत्त की बैठक के प्रकाश-सुगंध से उसके ठाट-बाट और साहस का अनुमान लगा रहे थे। उनको लगने लगा कि देवदत्त भी जोड़-तोड़ और राज्य करने योग्य है।

देवदत्त आया। सब खड़े हो गए। वह बैठा तब सब बैठे। वह कहने लगा, चिंता करने की कोई बात नहीं है जब तक उदयभानुजी राजकोष के स्वामी हैं।...आज जो कुछ हुआ, वह ज्ञात हो गया। उससे निपटना भानुजी के बायें हाथ का खेल है।... शेषजी आप घबराएँ नहीं। निर्माण मंत्री का दबदबा कम नहीं होता। परंतु चिंता की बात एक और है जो हमारी योजना की शीघ्र से शीघ्र प्राप्त सफलता पर निभर है।

वातावरण गंभीर हो गया।

देवदत्त कहने लगा, ''कोढ़ में खाज। यह समाचार शुभ नहीं है और हमारी सीमा भी सुनिश्चित करता है।...आप लोगों ने भी सुना होगा।''

सब चुप।

''उड़ते-उड़ते यह समाचार मुझ तक आ पहुँचा और मैंने इस सत्य की भी छानबीन कर ली; तब आपको बुलाया है।...हमें पुनः अपनी योजना पर सोच-विचार करना है। जीत-हार के मध्य तिनके भर का अंतर होता है। यह मान लेना नितांत आवश्यक है कि समय सीमा निश्चित हो जाने पर लक्ष्य प्राप्त करने की गति में शीघ्रता लानी पड़ती है। अर्थात् चौकन्ना बना रहना पड़ता है पर शत-प्रतिशत।''

''हम सब तैयार हैं।'' उदयभानु ने तत्परता से कह डाला। कभी-कभी असमय का मौन मूर्ख सिद्ध होता है।

''राजकुमार सिद्धार्थ की पत्नी अर्थात् मेरी भाभी गर्भवती हो गई हैं।'' देवदत्त ने गहरी साँस लेते हुए कहा।

''संतान का मोह जकड़ लेता है।'' उदयभानु ने कहा।

''हाँ, यह मोह बाँध लेता है। भागने भी वाला यह बंधन तोड़ कर नहीं भाग सकता। पत्नी का आकर्षण भी दुगना हो जाता है। लंबे समय बाद संतान पाने का सुख-आनंद भी कई गुना अधिक होता है।'' देवदत्त का स्वर गंभीर हो गया।

''और उस पर पुत्र की प्राप्ति हो गई तो मोह आसक्ति में बदल जाता है। आसक्ति वैराग्य का विलोम है।'' उदयभानु के स्वरों में दूर दृष्टि की अनुगूँज उठने लगी।

''इस चक्र को तोड़ना बहुत अनिवार्य है।'' चुंद शेष ने मंत्री का मन पढ़ कर सुना दिया मानो।

''हाँ शेष जी, आपने उचित कहा है। तो फिर...।'' कहकर देवदत्त चुप रह गया। वह यह जानना चाहता था कि इन लोगों में कहाँ तक गहराई है? क्या उपाय सुझा सकते हैं ये लोग?

''मोह तो आसक्ति की ओर अभी से मुड़ चलेगा। निराशा में यदि आशा का बीज अंकुरित होने लगे तो जड़ता से मुक्ति पाने का मार्ग प्रशस्त होने लगता है।...तब द्वन्द्व की यात्रा अन्तर्द्वन्द्व से जा घिरती है और लक्ष्य को पुनः तोलने लगती है। पलड़ा किधर भारी पड़ता है, यह संकल्प लेने वाले पर निर्भर है, राजकुमार।'' उदयभानु ने रहस्यमय वातावरण बना दिया।

''तब?'' देवदत्त ने प्रश्न को धारदार बनाते हुए उनके मन की थाह लेनी चाही। कहाँ तक वे उसके साथ चल सकते हैं? कहाँ से उनका विश्वास डगमगा सकता है? पाँव डगमगाने वालों से वैसा ही खतरा है जैसा नाव में हल्के से छिद्र से। इस कारण इनको योजना के चरणबद्ध कार्यक्रम में एक दो चरण से अधिक की जानकारी नहीं देनी चाहिए।

''पुत्र-मोह को आसक्ति में बदलने में किसी की प्रतीक्षा नहीं करनी पड़ती है, राजकुमार। वह स्वाभाविक आकर्षण है।'' चुंद शेष में स्वप्न का यथार्थ सक्रिय होने लगा था।

''इसका अर्थ हुआ कि हम हाथ-पर-हाथ धरे बैठे रहें-तब तक जब तक स्वाभाविक आसक्ति हमें रास्ता न दे।'' देवदत्त के स्वर फिसलन के स्वभाव का संकेत देने लगा।

''नहीं, राजकुमार, लक्ष्य पाने में जितनी कठिनाइयाँ आती हैं, उतना ही उत्साह-उल्लास लक्ष्य से दूर ले जाने वाले या वालों में बढ़ता जाता है।'' उदयभानु के शब्दों ने देवदत्त की परीक्षा लेने की गति-मति को ताड़ लिया। वह यह जानना चाहता है कि वे कितने पानी में हैं। उनको लेकर कहाँ तक चला जा सकता है।

''तब हमें क्या करना होगा?''

''सिद्धार्थ के लिए गए पूर्व निर्णय की ओर ले जाने का प्रयत्न। वह संकल्प को नहीं छोड़े।''

''कैसे?''

''जैसे या जिन परिस्थितियों में उसने यह संकल्प लिया था, उन परिस्थितियों को सुदृढ़ बनाए रखा जाए-और आकर्षक बनाने का प्रयत्न हो ताकि मोह का बंधन टूट सके और आसक्ति की पकड़ वैराग्य से जुड़ी रहे। यद्यपि यह परिवर्तन आन्तरिक जगत् से संबंध रखता है तथापि जनता जनार्दन को दुःख के अंधकार से बाहर निकालने के मार्ग की खोज करना उसको सर्वाधिक अपरिहार्य लग सके।''

''वह कैसे संभव है?'' देवदत्त की आँखों में ऐसे सुअर का बाल था, जिसके लिए आँखें नहीं होते हुए भी देखा जा सकता था वह! उसकी आँखों से काँइयांपन स्पष्ट दृग्गोचर होता था। उसकी आँख की कनीनिकार (आँख की पुतली) असत्य बोलते हुए झपझप करके ठहर जाती थी।

''वैराग्य दिशा, लक्ष्य जन-मन के दुःखों का निवारण। राज्य से जो संभव नहीं है, इसका उनको आभास कराना, राजकुमार।'' उदयभानु धीरे-धीरे सोचता हुआ कहता गया।

''कौन कराएगा?''

''अपने चारों ओर...दूर-दूर भी ऐसे योगी-मुनियों की कमी नहीं है जो घर-बार छोड़कर इस लोभ से मौज-मस्ती से बिना कुछ किए अलख जगाने घूमते हैं। रटी-रटाई चैतन्य भाषा के प्रयोग करने से बिलकुल नहीं घबराते। कन्याओं, सुकुमारियों के संभोग से आनंद की अनुभूति को अपनी अलौकिक साधना से जोड़ते हैं। उनसे संपर्क किया जाएगा। उनकी धन-पिपासा को शांत करना होगा।'' उदयभानु की दृष्टि में चमक चपला सी निःस्वन कौंध उठी।

देवदत्त को आशा बँध गई कि इन सबके साथ रहने से वह लक्ष्य में सफल हो सकेगा।

लोभी को लोभ से, शत्रु को धोखे से, कामी को कामुकता से वश में किया जा सकता है। उदयभानु समझता था। अब उसके दोनों हाथों में लड्डू हैं। विजय-हार किसी

की भी हो, उसे पर्याप्त धन मिलता रहेगा। यह सारा काम चुंद शेष कराएगा, क्योंकि काम पिपासा भी उसकी ऐसे लंपट योगी, श्रमण, संन्यासियों के आश्रम में साधनारत सुकुमारियों से ही तृप्त होती है।

उदयभानु ने आगे कहा, ''राज्य का प्रबंधन निर्बल बने, उत्पात, लूटपाट, शीलहरण आदि दुर्घटनाएँ होती रहें। उनसे अव्यवस्था फैलेगी। उनसे ही सिद्धार्थ का रहा-सहा राज्य मोह भी भंग होने लगेगा।''

''वह तो लगभग हो चुका था।...यदि इनके मन बहलाने के नृत्य, गीत, संगीत के कार्यक्रम में उन वैश्याओं का प्रवेश न होता जो तन के अश्लील आकर्षण से राजकुमार को अपनी दलदल में घसीट लेना चाहती थीं तो वह राजकुमार उसी संसार में राज्य को भूले रहते। उस कार्यक्रम पर तीसरी आँख महाप्रजापति गौतमी की है।... दूसरे राजकुमार पर हाथी द्वारा आक्रमण करवा देना भी अपने प्रतिकूल रहा। इससे राजकुमार की सुरक्षा व्यवस्था महाप्रजापति गौतमी ने अपने हाथ में ले ली। पता नहीं कौन था इसके पीछे।'' चुंद शेष ने उदयभानु के संकेत की ओर ध्यान नहीं दिया उस ओर। प्रवाह में वह सब कह गए जो नहीं कहना चाहिए था, क्योंकि उनके पीछे देवदत्त ही था। उसने यह कार्य बाहर के गोपनीय दल को सौंपा था। उदयभानु ने स्थिति को सँभालते हुए कहा, ''चुंद, हो सकता है कि ऐसा कोई और भी प्रयत्न कर रहा हो।... हमें चौकन्ना रहना है। आज सत्ता की राजनीति में बाहर के राज्य भी हस्तक्षेप कर रहे हैं, तभी तो सोलह राज्यों में आठ राज्य ही अस्तित्व में रह गए। उन आठों में अपने राज्य का अस्तित्व नहीं है।''

देवदत्त को उदयभानु के बात सँभालने से बहुत सहायता मिली।

अब तक जो दो राज्यमंत्री और बैठे हुए थे, उनमें से एक ने कहा, ''जैसे राजकुमार सिद्धार्थ ने अपने संबोधन में कहा था कि अभी तक रोहिणी नदी के पानी को लेकर होने वाले झगड़े बंद नहीं हुए। न होने हैं, क्योंकि शाक्यों और कोलियों के बीच न मिटने का एकमात्र कारण है शस्त्र प्रयोग। बलपूर्वक इन झगड़ों को निबटाया नहीं जा सकता। युद्ध किसी समस्या का समाधान नहीं है। उससे प्रभावित होकर राजकुमार के माध्यम बनने से दस माह शांति से कट गए। उसे फिर से पुनरुजीवित करना चाहिए ताकि शान्ति युद्ध में बदल कर राजकुमार द्वारा हुई संधि को भंग होने का उपाय समस्या का स्थाई समाधान न मान लिया जाए।''

देवदत्त ने कहा, ''इसका उत्तरदायित्व कौन लेगा? वही लेगा, जिसने यह सुझाव दिया है अग्नि में घृत डालने का।''

देवदत्त ने उसकी ओर देखा। वह चुप रहा। तब उदयभानु ने कहा, ''रुद्र प्रताप, चुप क्यों हो? धन की चिंता मत करो, अपने काम पर ध्यान दो।''

''कब तक हो सकेगा?''

रुद्र प्रताप ने कहा, ''एक माह के भीतर, राजकुमार।''

''व्यय बोलो, रुद्र प्रताप?'' उदयभानु ने पूछा।

''वह मैं इस कार्य में लगने-लगाने वाले दल से पूछ कर एक सप्ताह में बता दूँगा।'' रुद्र प्रताप ने धीरे से कहा। वह कम चालाक नहीं था। राशि सबके सामने नहीं बताना चाहता था, क्योंकि उदयभानु अपने हिस्से का पंगा, फँसाए बिना नहीं रहता। रहेगा तो अब भी नहीं परंतु जो दिया जा सकेगा, उस पर मान जाएगा।

## 29

महाप्रजापति गौतमी राज्य की बिगड़ती स्थिति से चिंताग्रस्त रहने लगी। एक ओर यशोधरा ने पुत्र को जन्म दिया, दूसरी ओर सिद्धार्थ का उद्विग्न मन। ऋषि-मुनियों का आगमन। उनसे चर्चा राज्य के प्रति उदासीनता।

सिद्धार्थ मुनि सुगत से प्रभावित होने लगे। सोचने लगे कि संशय से मुक्ति पाना आवश्यक है। जगत् तो इन दो पाटों में पिस रहा है कि यह है और यह नहीं है। कोई निर्गुण मानता है, कोई सगुण।...इस द्वैत के मिटाए बिना जगत् शांति से जीवन-यापन नहीं कर सकता।

मुनि सुगत कहते, ''इसका समाधान वाक्य नहीं कर सकते। यदि कर सकते तो ऐसे वाक्यों की कमी नहीं है।''

''तब, मुनिवर,'' सिद्धार्थ ने पूछा।

''अनुभव।''

''अनुभव से आपका आशय, मुनिवर।''

''शम...मानसिक स्थिरता...चित्त का डावाँडोल नहीं रहना इससे मन को संयमित रखना और दूसरा है तप।''

''तप से आशय, मुनिवर।''

''तप अर्थात् तपस्या। एकांत जंगल, पर्वत की गुफा...देह को कष्ट देते हुए साधना रत होना...विषय वासना से दूर सिद्धि...। भूख, प्यास, शीत-उष्ण-मन, इन्द्रियों को एकाग्र रखने का अभ्यास विषय तथा इन्द्रियों के विकारों से मुक्ति के लिए घनघोर तपस्या। दृश्यमान जगत् से दूर...।''

इसके लिए ''कोई आचार्य, मुनिवर।'' सिद्धार्थ पूछता।

''ऋषि-मुनियों के आश्रम। घर-बार छोड़ कर और वहाँ उनके चरणों में बैठ कर तप करने की क्रियाओं का अभ्यास।...न भाव की प्रतीति और न अभाव की... लोक कल्याण की शुद्ध आकांक्षा...लोकहित के लिए संकल्प...अपेक्षाओं से शून्य...। परस्पर प्रतिकूल दो वैशिष्ट्य स्वीकार्य करने से मुक्ति...।''

"ये सब मुनि...।"

"पहले सारे बंधन तोड़ो, इन्द्रिय सुखों से मन को मोड़ो, कष्ट सहने के लिए निकल पड़ो...ऋषि-मुनियों के आश्रम में जाओ।...परंतु यह मार्ग है बहुत कठिन, अवरोधों से भरा, बंधनों से घिरा, सांसारिक सुखों से परे...अपना मार्ग खोजने की चाह से भी परे-चाह का शून्य होना।"

मुनि सुगत की पवित्र वाणी सिद्धार्थ का दिन-रात पीछा करती रहती थी। यहाँ तक कि सपनों में भी वह आदेशित करने लगी, "उठ सिद्धार्थ। यह तेरे उठने का श्रेष्ठ समय है। सोच-विचार में समय मत नष्ट कर। उठ!"

"तू किस माया बंधन से घिर रहा है—राजपाट, वैभव जीवन, नव यौवना पत्नी...ललक भरा सुंदर पुत्र...तुझ पर गया है।...ये तेरे सात्विक मार्ग को अवरुद्ध कर रहे हैं।...तुझे अपने ही लिए गए निर्णय से विचलित कर रहे हैं।...ये सब अस्थाई जगत् का मोहपाश है। नश्वर! पुत्र ये सब नश्वर हैं।...सत्य के मार्ग पर चलने से अंदर-ही-अंदर रोकते हैं।"

"सिद्ध, यों झुक-झुक कर तू क्या देखे जा रहा है। कभी तुझे भी मैं यों ही देखा करती थी सोते-जागते। गोदी में लेते, झुलाते...एकदम तेरा प्रतिरूप! बाईस लक्षण वाला सोना-सोना परिमल गंध से लिपा-पुता। मुझमें ज्वारभाटा उछाल देता था अपनी सरगमी धुन में कहता हुआ नदी पर उछलते स्वर्णिम दीप-सा। पाला पाला। जगत् से निराला, गोला-गोला हरफन मौला...गाती जाती और तेरे लात-घूँसे खाती जाती।" महाप्रजापति गौतमी अपने को नहीं रोक सकी। बहती गंगा की लहरों में वह आत्ममुग्ध होती गई।

"माँ, आपको सुनकर स्मृति के झूले में यह मन हिचकोले खाने लगा। कुछ ढंग से सूझ नहीं रहा है क्या करूँ? किस दृष्टिपथ का अनुकरण करूँ?...यह सब क्या है? इसमें से कौन-सा पथ सत्य की ओर ले जा सकेगा? मति भ्रम कैसे टूटेगा? कौन तोड़ेगा?...माँ, मैं मूढ़ श्रावक बन कर समय नहीं नष्ट करना चाहता हूँ और न, माँ, किसी झील में काष्ठ खण्ड की तरह इतस्ततः उसकी तरंगों पर झूलते रहना चाहता हूँ।"

इस बीच सुगत मुनि आ जाते कहते होते, "अब तू भटकने लगा है सिद्ध।"

"क्यों, मुनिवर?" सिद्ध पूछता।

"क्योंकि तू न अक्षर समझ पा रहा है, न वाणी। तू व्यंजनों को परस्पर टकराते सुन पा रहा है। इससे आगे का पंथ अनन्त है—अक्षरातीत है।...परंतु तू चित्त की प्रवृत्ति को आत्मसात न कर पाने के कारण बाह्य पक्ष की कल्पना के थपेड़ों में पड़ा इस मर्म को नहीं समझ पा रहा है कि चित्र रंगों की तरंगों में नहीं होता, न भीतर पर...न चित्राधार पर...न भित्ति विशेष पर...न आधार...न भाजन पर...।"

"मुनिवर, मुझे भरमाओ नहीं। मुझे वह दिशा-दृष्टि चाहिए जो मुझे सत्य तक ले जा सके...मैं सत्य की शरण में जाना चाहता हूँ।"

"तो जा पुत्र, जा। तुझे रोका किसने है? किसने कहा है कि सत्य ये है।...मैंने तो बिलकुल नहीं...क्योंकि मैं जो कुछ कह रहा हूँ, मात्र वही सत्य नहीं है।...वह तो मात्र मानव के मन को प्रभावित करने के लिए रंग संयोजन की अनिश्चित स्थिति है—विकल्पना!...तुझ में जो द्वन्द्व अन्तर्द्वन्द्व तक जा पहुँचा है...तू रंगों में सर्वेश्वर को देख पा रहा है, जहाँ वह नहीं है।"

"तो कहाँ है वह मुनिवर?"

"मुझमें नहीं, तुझमें है।"

"मुझमें, मुनिवर, यह आप क्या कह रहे हैं, मैं कुछ नहीं समझ पा रहा हूँ। मैं थक गया हूँ।"

"तो तू उसे मत सुन, मत देख, मत जानने का मन बना।...तुझे कौन कह रहा कि तू जान...भित्ति से सिर फोड़। भित्ति से आगे उसके पार निकल जा, जहाँ रंगों से बना संसार नहीं, न भूख है, न प्यास है, न धरिणी है, न आकाश है।"

"फिर क्या है वहाँ, मुनिवर।"

"यही तू जानना चहता है," सुगत मुनि कहते।

"हाँ, मुनिवर।"

"यही मैं जानना चाहता हूँ। तुझमें मुझमें अंतर रहता सा है कि मैं चल पड़ा हूँ, चलता जा रहा हूँ, चलता रहूँगा। रुकूँगा नहीं चाहे मैं वहाँ तक पहुँच पाऊँ या नहीं... प्रत्येक पर्वतारोही चाहता है हिमालय की सबसे ऊँची चोटी तक पहुँचना परंतु कौन पहुँच पाया है? कोई पहुँच पाएगा या नहीं।...तू उस पर्वतारोही के साथ पूछताछ करने में अपना समय नष्ट मत कर।...मान भी ले तू उस तक पहुँच भी जाए जो वहाँ तक पहुँच पाया है तो भी तू उससे कुछ नहीं पा सकता।"

"क्यों, मुनिवर?" सिद्धार्थ पूछता।

"जैसे दूसरे को भोजन करता देखने से तेरा पेट नहीं भर सकता। वैसे ही सत्य है, जो उसे जान पाएगा, वह उसे दूसरों तक कैसे ले जा पाएगा? क्या ले जा पाएगा? क्या नहीं? समझने वाला क्या समझेगा और क्या नहीं।...पुत्र, तूने यह कहावत तो सुनी ही होगी कि स्वयं मरे बिना स्वर्ग नहीं दीखता।"

"आप, मुनिवर, इसकी चिंता मत कीजिए। मैं जो निश्चय कर लेता हूँ, उसे पूरा करके ही दम लेता हूँ।"

"मैं जान गया, पुत्र।...सच यह है कि मुझे आज तक अंदर-ही-अंदर भटकाव अनुभव हुए हैं। मैं विभिन्न आश्रमों की शरण में गया जैसे मक्खानि गोसाल, पकुध कात्यायन, मुनि बन गया परंतु सत्य की जिज्ञासा शांत नहीं हो सकी और दीर्घ सुगत अवस्था प्राप्त कर ली।" सुगत मुनि का स्वर स्वतः नम होता गया। उनमें पश्चाताप हिम सा पिघलने लगा, "मैंने अभी तक जो कुछ तुझसे कहा है, उसमें रटा-रटाया

सच-सम्मोहन अधिक है, अनुभूत सत्य यह है पुत्र, आज भी मैं एक षड्यंत्र के तहत तुझ तक पहुँचा ताकि तू राजपाट से विरक्त होकर संन्यास धर्म को अपनाने के पथ पर चल सके। लेकिन तेरे सात्विक व्यक्तित्व और जन चेतना के संकल्प ने मुझे यह रहस्य प्रकट करने के लिए विवश कर दिया। अनेक आश्रम भी राजपाटी राह पर चल रहे हैं—जन-जन की श्रद्धा, भक्ति का लाभ उठाते हुए।...तू राजपुत्र है, राजा बनकर प्रजा हित में अनुरत हो, यही उत्तम है।''

''मुनिवर, मेरा मार्ग आपने आसान कर दिया। आप सत्यशील, सौंदर्य और शिव के प्रति, समर्पित हैं।...मैं करणीय कर पाऊँ, यह आशीर्वाद दीजिए।'' सिद्धार्थ के हाथ जुड़ गए।

''सिद्ध, ये तू अधमुँदी आँखों से किसके आगे हाथ जोड़ने लगा है?'' महाप्रजापति गौतमी पूछने लगती।

''किसी के नहीं, माँ। तेरे सामने तो बैठा हूँ।''

''जानती हूँ। यह तेरी बचपन की आदत है कि बात करता-करता तू कहीं खो जाता है और तेरी आँखें भी तब खुली होती थीं, सिद्ध।...यदा-कदा तू सोते हुए बड़बड़ाने लगता था 'माँ...माँ, मैं कौन हूँ।...क्यों आया हूँ?' ''

''कभी-कभी तू प्रश्न पर प्रश्न करने लगता था। ऐसे प्रश्न जो तेरी अपनी अवस्था वालों से ऊपर हुआ करते थे। उत्तर पाने की हठ करने लगता था। तब मैं कहती होती थी तेरी चुलबुली आँखों में आँखें डालकर, ''चुप भी कर सिद्ध। मेरा दिमाग मत चाटने लगा कर।''

''माँ...माँ...क्या आपका दिमाग चटनी या शहद है।''

''पगला कहीं का, क्या दिमाग चटनी या शहद होता है?''

''तो क्या होता है, माँ?''

''मेरा सिर।''

''सिर दिमाग होता है, माँ। यह तो मुझे आज पता चला, माँ।''

''नहीं मेरे बाप सिर-सिर होता है। दिमाग सिर में रहता है।''

''हमारी तरह ठाट-बाट से न माँ।...''

''हाँ, मेरे दिमागचट्टू हाँ...हमारी तुम्हारी तरह ठाट-बाट से।...बस, अब तो छोड़ दे हमारी जान।''

''क्या मैंने आपकी जान पकड़ी हुई है?...मुझे दिखलाई क्यों नहीं दे रही हैं।...माँ...माँ, तू स्वयं देख ले मेरे दोनों हाथ खाली हैं।'' सिद्धार्थ दोनों खाली हाथ दिखाने लगता।

वह उसे अपनी छाती से लगा लेती। उसका अनेक बार माथा-कपोल चूम लेती। यों प्रश्नावली को साँस लेने का समय मिल पाता।

अब उससे रहा नहीं गया। वह अलग पर्यंक् पर सोया हुआ, हाथ-पाँव फेंकने लगता है बीच-बीच में दो-चार बार। महाप्रजापति गौतमी अपने को रोक नहीं पाती। दो-तीन बार उसे झकझोरती। उसके नहीं जगने पर उसके कान के पास आकर उसमें फूँक मार देती। जब छोटा था तब उसके गले में हाथ डाल कर झूल जाता और अक्सर उसे पाकर चूम लेता। कहीं...अब! यह तब भी ऐसा सोते हुए कर लेता था। कि अब न कर बैठे, पगला। यह सोचकर वह झेंप जाती।

सिद्धार्थ जैसे-तैसे आँख मलता हुआ आँख खोलता और साश्चर्य माँ की ओर देखता। वह उसकी ओर झुकी हुई होती। वह पूछता, ''माँ क्या हुआ?''

''कहाँ, क्या हुआ? कुछ नहीं...तू हाथ फेंकने लग रहा था। शायद कोई बुरा सपना देख रहा हो। चल पाँच बार शिव शिव रटे, संकट कटे कह ले कि बुरा सपना छूमंतर।''

सचमुच अट्ठाईस पार का सिद्धार्थ लेटे-लेटे ही शिव रटे, संकट कटे का जाप करना शुरू कर देता और अंगड़ाई तोड़ता धीरे-धीरे कहता, ''माँ तू बचपन में...।''

महाप्रजापति गौतमी बीच में टोकती हुई कहती, ''सिद्ध स्मरण है कि बचपन कभी बूढ़ा नहीं होता, युवा होना जानता नहीं। उसे किसी भी तरह से नष्ट नहीं किया जा सकता है और न भुलाया जा सकता है।''

''स्मरण है, माँ...तुम ऐसी वस्तु नहीं हो जो गिरने या रगड़ खाने से दूर या विरुद्ध हो सकती है। तुम ही हमारी संस्कृति की धरोहर हो, हमारे विश्वास-धर्म की जननी, पालनहार और पोषक हो।'' सिद्धार्थ बैठते हुए कह रहा होता।

''ये किस संदर्भ-प्रसंग का भाग-अनुभाग है, मेरे प्रज्ञावान सिद्ध!'' महाप्रजापति गौतमी मानो अपने आप से पूछ रही हो, उसे ऐसा लगता।

''संदर्भ-प्रसंग वो है, माँ जो तूने एक बार मुझसे तब कहा था, जब मेरे लिए नया भवन बन चुका था और तूने ही मुझे बताया था तब कि मैं बड़ा हो चुका हूँ, इसलिए मुझे उस नए भवन में अकेले सोना पड़ेगा। उस समय पहली बार अकेला और बड़ा शब्द सुना था और बिना जाने-समझे मान लिया था कि यह निर्णय भी तेरा है अन्य निर्णय की तरह, जिनसे मुझे यह सोचना पड़ने लगा था कि मुझे तू अपना निर्णय लेने के स्वभाव से जोड़ना चाह रही है। तब मैंने तुझसे यह प्रश्न किया था कि अकेले मुझे डर लगा तो मैं किसको पुकारूँगा?''

''मैंने कहा था, संदेह डर को जन्म देते हैं।''

''क्या सबका जन्म होता है? उनका भी जो निष्प्राण हैं। तूने कहा था कि निष्प्राण तो कंकड़-पत्थर, रंग-रोगन आदि कोई नहीं होता क्योंकि हर निष्प्राण चीज़ का जन्म होता है। जैसे पहाड़ से नदियों का, हिम का, कुहासे का, पेड़-पौधों का। हमें सबको प्राणवान मान कर अर्थात् अपने जैसा मानकर व्यवहार करना चाहिए जैसे एक हाथ दूसरे का, एक पाँव दूसरे का करता है या एक कंकड़ दूसरे का, एक बूँद

हर दूसरी बूँद का...तभी तो जीवन चलता अनुभव होता है।''

''तो फिर...अब कुछ आया है तेरे मन में, सिद्ध।''

''नहीं, माँ, सब वहीं का वहीं है जो तूने पाल-पोस कर समझाया-सिखाया था।...डर का जन्म संदेह से होता है। इससे कैसे बचें, माँ।''

''एकदम सहज है सिद्ध। बचना किसी से नहीं।...मैंने तब कहा था कि जो अपने पर विश्वास करते हैं, उन्हें संदेह किसी पर नहीं होता।...क्या एक बूँद दूसरी बूँद पर संदेह करती है या एक पत्थर दूसरे पत्थर पर।''

''नहीं, माँ।...लेकिन हम क्यों करते हैं?''

''यह तू अपने से पूछ कर देखना। उससे जो उत्तर मिलेगा, वही हमारे सारे झगड़ों, उत्पातों, हमारे डर, आतंक आदि की जड़ है।'' महाप्रजापति गौतमी कहती जाती, ''सिद्ध, जो कुछ सुना-सुनाया जाता है, उसे बुद्धि से जान लेना चाहिए और जिसको या जिनको जीवन में प्रयोग करने का मन बनाने जा रहे हो, उसको पहले स्वयं प्रयोग कर, व्यवहार में लाकर देख लो। तटस्थ दृष्टि पर निरंतर आँख रखो। विश्वास की थाह लग जाने पर उसे प्रतिकूल और विषम से विषम परिस्थिति में अपनाए रहो। कभी परिणाम देर से आते हैं तो धैर्य रखो, एकाग्र मन से उसका साथ दो।''

''लेकिन जब मन में जीवन के प्रति प्रश्न उठें तब, माँ, क्या किया जाए?''

''कदाचित् सिद्ध, तू इसी कारण स्वप्न में किसी को मुनिवर कह पुकार रहा था।''

''हाँ माँ, जो दिखलाई देता है, वह वैसा ही हो, यह कोई आवश्यक नहीं है। जिसे हम जी रहे हैं, वह भी।'' सिद्धार्थ पूछ बैठा।

''जब रंगों की बौछार में हम भीग कर अपने में संदेह को जन्म दे बैठते हैं, फिर वह हटाए नहीं रहता। उन रंगों में डर अपने को छिपाने का प्रयत्न करता है। अपने को छिपाने का अभ्यास-व्यवहार सत्य को पहचानने, जानने और ढालने में संकट पैदा कर देता है। ये ही परकटे पक्षी होते हैं, जिनके पंख काटे जा चुके हैं। जो स्वयं तो उड़ नहीं सकते और जो उड़ने की शक्ति रखते हैं, उनमें संदेह के बीज बो कर उन्हें निर्बल बना देते हैं।'' महाप्रजापति गौतमी सिद्धार्थ के मन की उथल-पुथल समझने लगी थी। इस कारण उसने सीधी-सीधी बात पूछ ली, ''क्या तुम्हारे मन में सत्य को जानने की प्रबल आकांक्षा है?...क्या तुम अभी तक असत्य के साथ जी रहे थे?''

सिद्धार्थ चमक गया। वह चुप रहा।

''आज के वातावरण में श्रमण संप्रदाय श्रमण नायक, परमहंस, मुनि, निर्ग्रन्थ श्रमण, कलछा (गोल कटोरी वाली कलछी) भर अन्न से एक सप्ताह निकाल देते हैं। परिव्राजक, ऋषि, अद्‌भुत चमत्कारकर्ता विभिन्न क्रियाओं का प्रदर्शन कर सत्य को जानने का दावा करते सामने आ रहे हैं, क्योंकि उन्होंने स्वयं तो घर छोड़ दिया है, जनता

को भ्रमाने-ठगने घूम रहे हैं।'' महाप्रजापति गौतमी ने गहरी साँस छोड़ते हुए कहा।

''पर क्यों?'' सिद्धार्थ ने सुगत मुनि को सुनते हुए मानो पूछा।

''क्योंकि घर से अधिक सुभीताएँ, वैभव से घिरे आश्रम बना कर राज-राजाओं से आर्थिक व्यवस्था पाकर, युवतियों में योग साधना सिखाने का लोभ-मोह पैदा कर जीवन सत्य का अनुभव करवा रहे हैं।'' महाप्रजापति गौतमी का स्वर यहाँ आते-आते ऐंठने लगा। फिर भी वह आगे बोली...''मरीजों को माँड खिलाकर उनको रोग मुक्त कराने का आश्वासन दे रहे हैं।''

सिद्धार्थ की आँखों से परदा उठने लगा। वह साश्चर्य गौतमी की ओर देखकर सोचने लगा कि वह इस प्रकार के षड्यंत्रों को क्यों नहीं जान पाया?

महाप्रजापति गौतमी समझ गईं कि सिद्धार्थ किसी मुनि के चक्कर में आ चुका है। आजकल वैराग्य की बयार चल पड़ी है। वह घर-गृहस्थी के खूँटे उखाड़ने पर तुली है। उनकी दृष्टि में घर कारागार हैं, पत्नी-बाल-बच्चे, मोह, बंधन, पाप के फंदे हैं। सत्य को जानना है, ईश्वर को समझना है, अदृश्य के दर्शन करने हैं। वह यह सब न कह कर सकारात्मक वातावरण बनाए रखने के लिए कहने लगी, ''सिद्ध, तुम जो कुछ जानते-जीते हो, करते-कराते हो, उसका एकमात्र आधार प्रेम है। जहाँ निर्मल प्रेम है, वहाँ न ईश्वर की आवश्यकता है और न सत्य को जानने की, क्योंकि प्रेम ही सच है।...कभी सोचा कि यशोधरा जैसी सात्वी, सुशील, सत्यान्वेषी, समर्पिता और पूजा सी पवित्र-प्रार्थनामयी के सामने कौन-सा असत्य टिक सकेगा! समय की धधकती आग से, प्यास से प्रार्थनामयी और प्रज्ञालु बन कर ठगने वालों से कौन बचाएगा?...उनके दुष्चक्र में फँसकर किसको क्या मिला है और आगे भी किसी को क्या मिल सकेगा?...बनाना है, समझना है तो घर को आश्रम ही जैसा समझा जा सकता है कि नहीं?''

पहले तो सिद्धार्थ सकपकाया, फिर सँभल कर बोला, ''माँ, आपका सोचना एकदम ठीक है।...मुझे जन-जन की पीड़ा सताने लगी है। राज्य से जैसी आशा की गई है, वह आज सटीक नहीं लगती।...तो...!'' सिद्धार्थ के मुखमण्डल पर आती-जाती परछाइयों का महाप्रजापति गौतमी गहराई से अवलोकन कर रही थीं।

सिद्धार्थ को भी स्मरण हो आया था, जब काला उदायी ने उससे कहा था, ''राज्य में जो अव्यवस्था की आँधी उठी है, यह किसी-न-किसी षड्यंत्र का परिणाम है, राजकुमार, मैं इसका पता लगवा रहा हूँ। आपको चिंता करने की आवश्यकता नहीं है।...आपके सुझावों के प्रति किस-किस में जलन-ईर्ष्या हो सकती है, यह उन्हीं का काम है।''

तब सिद्धार्थ शांत रहा। क्या राज्य भी षड्यंत्र के खेल खेलते हैं?

सिद्धार्थ सोचता रह गया। वह मुनिवर से यही प्रश्न तो कर सका था।

मुनिवर ने कहा, "राज्य कब दर्प, अहंकार, निरंकुशता के नशे में शामिल होकर अपनी पर उतर जाएँगे, यह नहीं कहा जा सकता। राज्यों की निर्मिति के पीछे प्रजा हित होता है, परंतु वे अधिक समय तक उस पर टिक नहीं पाते।"

"तब ?" सिद्धार्थ उनको साश्चर्य देखता हुआ पूछने लगा।

"जब श्रमण व्यवस्था जैसी भ्रामक कौन जाने, स्थापनाएँ सामने आने लगती हैं। वे भी कब निरंकुश होने लगें, यह कहा नहीं जा सकता।...ऐसे समय पर कोई आत्मशोधक, निर्वाण का प्रकाश फैला कर जन-जन के त्राण हरने में काम आता है।"

"पर कब ?"

"यह कोई नहीं जानता पर आता अवश्य है। वास्तव में पुत्र, उत्थान के बाद पतन और पतन के बाद उत्थान का क्रम चलता रहता है।"

"कोई स्थाई हल, मुनिवर।"

"मैं नहीं जानता। मैं इतना अवश्य जान पाया हूँ कि जंगल में जो कुछ दृग्गोचर हो रहा है या जो अगोचर में भ्रम फैला रहा है अथवा होने में है, वे सब के सब अस्थाई हैं।"

"क्या अस्तित्व रहित ?" सिद्धार्थ चौंक कर पूछता।

"हाँ, नश्वर है। महाप्रलय सबको निगल जाती है, पुत्र।...इसे शाश्वत सत्य मान।"

"फिर आत्मशोध ?"

"और कोई उपाय नहीं, पुत्र।...जो कभी आत्मशोध का परिणाम था, वही आज पतन का कारण बन चुका है।"

"तो सत्य, मुनिवर।"

"अपने को जानने तक है।"

"और दूसरों को...।"

"उसकी छाया मात्र।"

"मैं समझ नहीं पा रहा हूँ, मुनिवर।"

"इससे अधिक मुझे ज्ञात नहीं है, पुत्र।"

"कैसे ज्ञात होगा ?"

"सुनता आया हूँ—आत्मशोध से।...आत्मशोध क्या है ? कैसे होता है ?...इसके लिए तप एकमात्र रास्ता हो सकता है।" सुगत मुनि कहते।

"सिद्ध, कहाँ खो गया तू ?" गौतमी पुनः पूछती।

"अपने में।"

''ये अपने में क्या है ?''

''नहीं ज्ञात, माँ।''

''फिर तुझे अपना खोना कैसे ज्ञात होता है ?'' गौतमी उसको घूरते हुए पूछती।

''नहीं जानता।''

''जिसे नहीं जानता, उसके पीछे पड़ा है ?''

''कदाचित्...।''

''तू अपने वर्तमान को तो जानता है न...तेरे पिता हैं, माँ है, पत्नी है और पुत्र है। इन सब के प्रति तेरा कर्त्तव्य है।'' ''मैं इन्हें नहीं जानूँगा क्या ?''

''जानता होता तो मुखियों के चक्कर में नहीं पड़ता।'' गौतमी तेज़ी से कह जाती।

''कहाँ पड़ रहा हूँ।''

''कभी-कभी दर्पण भी देख लिया कर। जो बिन बोले, सब कुछ मौन रह कर बता देता है।...समझा, मेरे लाडले पुत्र।'' कहकर महाप्रजापति गौतमी उठ खड़ी हुई। चलने लगीं एक बार सिद्धार्थ की ओर गहरी दृष्टि से देखती हुई।

सिद्धार्थ भी अपलक देखता रह गया। सोचता रह गया कि जननी से क्या छिपा है ? वह सब कुछ जानती है। कदाचित् उसे भी, जिसे कोई नहीं जानता। उसने दुग्धपान से लेकर इतना बड़ा किया है। नग्न अवस्था से लेकर उसे स्वयं वस्त्र पहनना सिखलाया है। वह उसकी श्वास-प्रश्वास की धड़कन से उसके चित्त की स्थिति को ऐसे पढ़ लेती है जैसे ज्योतिषाचार्य धरती पर रह कर यह बता सका कि धरती ध्रुवों पर चपटी है, लेकिन सूर्य के करीब-करीब पूर्ण गोलाकार है।

सिद्धार्थ महाप्रजापति गौतमी से कुछ नहीं छिपाएगा। उसे अपने अन्तर्द्वन्द्व को बता देगा। तभी यशोधरा से चिपटे शिशु ने रोना शुरू किया ही था कि निद्रांक होते हुए भी उसने चोली को ऊँचा कर स्तनपान कराना शुरू कर दिया। वह चपर-चपर कर स्तनपान करने लगा। कितना सुख पाया शिशु ने कि उसकी माँ ने अपना अमृत-आनंद पल भर में सौंप दिया।

सिद्धार्थ बैठा हुआ यशोधरा के शांत मन की हलचल का अनुमान लगा रहा था। जब यशोधरा ने उसे अपने स्वप्न को सुनाया था कि सिद्धार्थ पीला चीवर धारण किए उसके द्वार पर खड़ा है। उसकी आँखों में ठहरा मौन, शांत झील सा उसे ही देखे जा रहा है। उसमें छोटी-से-छोटी लहर नहीं उठ रही है।

''चलता हूँ, यश।...ध्यान रखना।''

''किसका, सिद्ध-तुम्हारा, शिशु का और अपना।'' ''वह तुम जानो, यश। तुम्हारा ध्यान ही मेरा लक्ष्य है।''

''यह कैसे कर सकते हो, सिद्ध?''

''जैसे अभी-अभी तुमने सुना, यश।''

''तुमने सुना दिया, यश।...मैंने तुम्हें इतना निरंकुश नहीं पाया था। तब भी नहीं, जब प्रणयातुर क्षणों में अपने को नहीं सँभाल पाने की मानसिकता से तुमने अपना परिचय कराया था यह कह कर, प्रिय, आनंद सरोवर में तैरते कोई तैराकी कैसे तैरना भूल जाता है। सिद्धार्थ कुछ रुक कर, तुम मेरी ओर टकटकी लगाकर देखते रह जाते हो। तुममें और इस शिशु में जो मेरे से चिपटा हुआ है मुझे खड़ा होने नहीं दे रहा है, मैं क्या करूँ? कैसे विदा वेला का उन्मुक्त हृदय से स्वागत करूँ? बताओ तो चोले को पीत वस्त्र में छिपाए अपने सिद्ध को। क्या वस्त्र बदलने से मन-आत्मा को बदलने का अनुभव किया जा सकता है। कोई हो सकता होगा, सिद्ध, मैं उनमें नहीं हूँ। तभी तुम्हारी नई-नई धरोहर ने रोना शुरू करा ही था कि मैंने उसे स्तनपान कराना शुरू कर दिया और स्वप्न सूर्यास्त सा ढल गया। रात्रि ने अपने आने की सूचना दे दी।''

''क्या कहते हो सिद्ध, स्वप्न के संस्कारों का अर्थ खोलने वाले व्याख्याकार?'' यशोधरा सिद्धार्थ का मौन पाकर आगे कहने लगी, ''पृथ्वी अपनी जिज्ञासा लेकर कहाँ जाएगी, किसके पास? पवन से किसी ने पूछा कि बवंडर बनने के लक्ष्य से उसने क्या पाया?''

सिद्धार्थ बैठे से उठ खड़ा हुआ और सूर्य निकलने से पहले वह लौट आया यह सोचकर इन्हीं प्रश्नों का उत्तर पाने के लिए टहलने चल पड़ा परंतु मिला क्या!

## 30

शुद्धोधन सूर्य नमस्कार कर अपने स्नान-ध्यान से मन-ही-मन पूछ रहे थे कि कभी उनके बारे में सोचा है जो किसी का ध्यान नहीं करते, वे क्या खो देते हैं और ध्यान करने वाले क्या पा लेते हैं।

शुद्धोधन ने सिर हिला दिया और निर्ध्वनि के स्पन्दनों की ओर देख कर कहा, ''नहीं।''

''तो सोचो, राजा। सोच कर उस सत्य पर से अवगुण्ठन उठाओ, जिसके अनंतर सब कुछ दृश्य-अदृश्य सामने आ सके।''

''मुझसे नहीं सोचा जाता।''

''अपने सोचने वाले शुभचिंतकों को यह कार्य सौंप दो ताकि सत्य का अनुमान नहीं सत्य स्वयं सामने आ सके।''

''पिताजी...,'' स्वर गूँज गया धित्त के आकाश में। सामने देखा—सिद्धार्थ था।

''बैठो, पुत्र,'' उसकी ओर ध्यान से देखते हुए पूछा।

''क्या सोचा?''

''आज्ञा चाहिए, पिताजी।''

''न मिले तो।''

''ऐसा आप कदापि नहीं कर सकते।''

''यह तुम इतने विश्वास से कैसे कह सकते हो, पुत्र।''

''जो अपने पुत्र के लिए दूसरा विवाह नहीं कर तपस्या रत रह सका, वह अपने पुत्र के शुभ के लिए कभी प्रतिकूल नहीं जा सकता।'' सिद्धार्थ सहज कह जाता शांत मन से।

''राजपाट, प्रजा की सुख-शांति, समृद्धि-सुरक्षा...और न जाने क्या-क्या है, उस सबका उत्तरदायित्व अब मुझसे नहीं उठाया जा सकेगा, पुत्र।'' शुद्धोधन का स्वर आर्द्र हो जाता। उसे निरंतर आने वाली हिमानी आँधी झकझोर जाती।

सिद्धार्थ चुप्पी लगा जाता, क्योंकि वह भी सच से जुड़ा प्रश्न था।

''पुत्र, मैं थक चला हूँ। विवश हूँ। मुझे सँभालने वाला कोई नहीं है आगे-पीछे। मात्र सन्नाटा ओढ़े अँधरों के।...जिस राजपाट से पिता द्वारा वंचित हुआ था उसे कितने परिश्रम-संघर्ष से, नए सिरे से, नए राज्य के रूप में स्थापित किया, यह सच सब जानते हैं—तुझे भी ज्ञात है। इस समय राज्य संकट से घिरता जा रहा है। मुझे कुछ सूझ नहीं रहा है। ऐसे में अब सोचना तुझे है पुत्र कि तेरा करणीय क्या है।'' उस दिन शुद्धोधन के पाँवों तले से धरती खिसकने लगी थी, जिस दिन सिद्धार्थ ने आकर पहली बार अपने मन के एकांत के गुमसुम पट धीरे से खोले थे। तब उसे लगा था कि राज्य की नींव चरमरा उठी है। अंधड़, हिमानी आँधी चल पड़ी है साँय-साँय करती हुई। तब जैसे-तैसे सिद्धार्थ को लौटा दिया था यह आश्वासन देकर कि एक बार सारी ऊँच-नीच सोच-जान ले कि...इस समय करना क्या है?

एक माह के उपरांत सिद्धार्थ ने पहले वाली स्थिति को दोहरा दिया। अब कुछ कहने-सुनने के लिए रहा नहीं था। तब शुद्धोधन ने यह पूछा, ''तूने अपनी माँ, पत्नी से भी क्या अनुमति पा ली है?''

''उनसे अभी अनुमति लेनी है, पिताजी।'' सिद्धार्थ ने सहज कह डाला।

शुद्धोधन के पास तर्क के तीर अब शेष नहीं थे। खाली पड़ा था। वह आगे कुछ सोच नहीं सका। उसने उन सभी से अनुमति लेने की बात कही।

तीन-चार दिन सिद्धार्थ महाप्रजापति गौतमी के भवन तक जाते-जाते बीच में से लौटता रहा। कैसे सामना करेगा? क्या कह पाएगा? उसमें आँख मिलाने का साहस नहीं था। वह जान गया था कि यह समाचार उनको अवश्य मिल गया होगा।

मुनि की आवाज़ सिद्धार्थ को स्पष्ट सुनाई पड़ रही थी—''पुत्र यही वह समय

है जब तू मोह-आसक्ति के बंधन से अपने को मुक्त कर सकता है, यदि तू सचाई जानने का वास्तविक जिज्ञासु है तो...।''

अब सिद्धार्थ ने समय नष्ट करना उचित नहीं समझा। इस समय लोहा गर्म है। गर्म लोहे पर ही चोट करना अधिक उचित है।

संध्या सकपका रही थी। आज गौतमी का व्रत है। दोपहर में वह भोजन ले चुकी होगी। सिद्धार्थ पहुँच गया। महाप्रजापति गौतमी ने धीरे से बैठे-बैठे ही कहा, ''आज माँ का स्मरण कैसे हो आया!''

''ऐसे ही, माँ।''

''ऐसे कैसे, सिद्ध?''

''कई दिन से रास्ते से लौट रहा था, माँ।''

''क्यों, सिद्ध, ऐसी क्या बात है?''

''ऐसी बात है तभी तो...माँ मैं आप तक आने से सकुचा रहा था।''

''इसका अभिप्राय यह हुआ कि तू अभी अपने में निर्णय के प्रति परिपक्व नहीं हो सका है।...मात्र चर्चा करने...।''

''नहीं, माँ, मैंने निर्णय बहुत सोच-समझ कर...आगे-पीछे जान-बूझ कर, परिपक्व मन से लिया है, माँ।...पर...।''

''पर क्या, सिद्ध?''

''जिज्ञासु मन, माँ। घर से बाहर जा कर...।'' सिद्धार्थ रुक-रुक कर शब्द खोज रहा था।

''गृहस्थ जीवन के प्रति मन में उकताहट...उदासीनता...तपस्या-तप कर सत्य तक जानने-पहुँचने की प्रबल आकांक्षा। देह दण्ड की उपासना...बहुत कुछ पाने के लिए थोड़ा बहुत कुछ छोड़ने का मन बना लिया है।''...

''क्या यह जानने का प्रयास किया है कि ऐसे प्रयत्न...सफल प्रयत्न-हमारे कई ऋषि-मुनि-तपस्या करके सामने ला चुके हैं। उनसे काम नहीं चला क्या?''

''चलता होता तो क्या मैं इस निर्णय तक पहुँच पाता, माँ।''

''क्या पता कर पाया है तू सिद्ध?''

''यही कि हर व्यक्ति का सत्य अपना होता है और अपनी साधना-तपस्या से ही साधक जान पाता है।...दूसरे से नहीं, माँ।...क्योंकि अपने समय और परिस्थितियों का वह समाधान होता है।...तत्त्व तो अक्षरातीत है। शून्य ज्ञान रहित हो, मानव श्रावक हो जाता है। प्रज्ञा-स्थित रहकर वह बुद्ध हो जाता है।'' इसी बीच महाप्रजापति गौतमी बोल पड़ी, ''सिद्ध, तुम्हारी बातों से लगता है कि यह मंत्र तत्त्व तुम्हारे नहीं हैं। जो जगत् को विनश्वर मान कर चलने लगता है, वह बाह्य प्रभाव या स्वयं का परिणाम हो

सकता है, उसका कदापि नहीं। फिर, शोध किसका और किसलिए?''

अंदर सन्नाटा तड़क गया। सिद्धार्थ ने पुनः अपने को सिद्ध पाया। यह सच था। उसने जो कुछ कहा था, वह मुनिप्रवर के शब्द-वाक्य थे। वह स्वयं जगत को दुःखों से मुक्त करने से अधिक कुछ नहीं सोच सका था। यही कारण था कि प्रज्ञावान माँ के सामने उसे निरुत्तर होना पड़ रहा था।

महाप्रजापति गौतमी ने कहा, ''सिद्ध, मैं तुम्हारे मार्ग में न व्यवधान बनूँगी। और न अवरोधक। मैं तुम से स्थितिजन्य तथा व्यावहारिक कुछ प्रश्न करना चाहूँगी। उनका उत्तर देना अनिवार्य नहीं है और न उन पर सोच के सागर में उतर जाना।... तैयार हो, सिद्ध?''

सिद्धार्थ में बालचक्र उमड़-घुमड़ रहा था कि कभी घटाटोपी अँधकार होकर और कभी अँधड़ आँधी बन कर। यह सच था कि वह जग को दुःखों से मुक्त करवाना चाहता था। इतने सारे आश्रम...अनगिनत मुनि, परिव्राजक, ऋषि, श्रमण, अघोरी, परमहँसी-नंगे रहने वाले...तब भी जगत दुःखों की मार झेल रहा है।...क्या यह जगत को उन दुःखों से बचाने को कोई नया सशक्त, सरल रास्ता खोज पाएगा। उसे कहना पड़ा, ''प्रयत्न करूँगा, माँ।''

महाप्रजापति गौतमी ने अति सहज होकर, होंठों को जिह्वा से तर कर सीधी-सादी बात पूछी, ''तब तात्कालिक स्थिति, आसमान से उतरी थी। शोकातुर-अवसन्न था संपूर्ण वातावरण। तुम्हारी माँ नहीं रही थी। तुम्हें सात दिन हुए थे जग में आए।... तुम रोने लगे...तुम्हें जिस-जिसने चुप कराना चाहा, परंतु तुम बजाए चुप होने के और तेज़ी से रोने लगे। सारा शोकातुर वातावरण शोक को विस्मृत कर तुम्हें चुप कराने में सफल नहीं हुआ, तब मैं उनसे तुम्हें लेकर दूसरे स्थान पर चली गई। परंतु तुमने रोना बंद नहीं किया, सिद्ध, तब मैंने चोली ढीली कर स्तनपान कराना चाहा पर तुमने नहीं किया, तब मैंने बलात् अपना कुचाग्र तेरे मुँह डाला। तू थोड़ी देर बाद चूसने लगा। रोना बंद। अचरज मेरे स्तन से दूध टपकने लगा।...तब मैंने माना था कि यह मेरी बड़ी बहन का आशीर्वाद है। और एक रात महामाया स्वप्न में आई। मुझसे कहती गई है—'इसने तेरा स्तनपान किया है, अब से तू ही इसकी माँ है, गौतमी।'...सिद्ध, मेरी आँख खुल गई। मैंने देखा मेरे भवन का द्वार न केवल खुला पड़ा है बल्कि स्पन्दित भी हो रहा है।...तब तुझे तेरी माँ छोड़ कर गई थी और अब तू अपने पुत्र और पत्नी को छोड़ कर जाना चाह रहा है।...क्या बीतेगी यशोधरा पर, क्या तूने यह सोचा है?'' इतना कह कर गौतमी चुप।

सन्नाटा चुप।

हवा चुप। चुप भी चुप।

सिद्धार्थ के सामने संज्ञाहीन वातावरण। बिन व्यक्ति-प्रकृति...के परछाईं सा। सिद्धार्थ ने कहा, ''नहीं सोचा, माँ।''

"तो तू सोच कर बताना। यह भी बताना कि यशोधरा को ऐसी गहरी चोट क्यों? क्यों इतना गहरा और कभी नहीं भरने वाला अवसाद क्यों?...उसे किस बात की सज़ा? जगत् के दुखहर्ता बनने से पहले पत्नी के गहरे अवसाद को कौन दूर करेगा और कैसे?...मुझे तेरे लौटने की प्रतीक्षा रहेगी, सिद्ध।" कहकर महाप्रजापति गौतमी उठने लगी।

"कहाँ जा रही हैं, माँ।"

"कुछ बनाया है, सिद्ध। यह सोच कर बनाया था कि तू बिन बुलाए आएगा, तब साथ बैठकर आस्वाद लेंगे।...पता नहीं, फिर कभी माँ को ऐसा अवसर मिले या नहीं।" महाप्रजापति गौतमी गहन, गंभीर हो चली थी। सिद्धार्थ को लगा कि वह चल नहीं पा रही हैं। कहीं गिर गिरा न जाएँ। वह उठना चाह कर भी नहीं उठ सका। मानो वह शिला होकर रह गया हो। उसके चारों ओर एकदम काला भयावह तमस का रेगिस्तान आ ठहरा।

महाप्रजापति गौतमी दो कटोरों में पायस लेकर लौटी। गहरी चुप्पी से, काँपती उँगलियों और हिलते कटोरों को लिए लेकिन सिद्धार्थ जाम हो गया था—ठूँठ। वह उठ नहीं सका। पूरी शक्ति लगा कर वह इतना ही बोल पाया, "माँ, मैं कितना अभाग्यशाली हूँ कि...।"

"आगे एक शब्द नहीं।...मैं तो भाग्य को ही नहीं मानती। यह तो तू जानता है।...फिर तू मेरा पुत्र है। तुझ पर मुझे गर्व-गौरव है। क्या तू मुझे उससे भी वंचित रखना चाहेगा, सिद्ध!" महाप्रजापति गौतमी का कंठ भारी था। उसके बोलने के बाद भी होंठ काँप रहे थे।

ऐसा ही हुआ। सिद्धार्थ माँ के प्यार से ऐसा भावुक हो उठा कि उसका हृदय आँखों में छलछला आया। वह कनखियों से माँ को देखता रहा। उस माँ के सामने वह ऐसा जड़ हो गया कि उससे खड़ा नहीं हुआ जा सका। उसे याद पड़ा, "माँ, मैं आपको खिलाऊँगा।" उसने आगे बढ़कर कटोरा उठाया। उसके ऊपर का जैसे ही ढक्कन उठाया। कटोरा खाली था। वह साश्चर्य पूछ बैठा, "माँ, कटोरा तो खाली है।"

कदाचित् वह भी जान गया कि आगे कटोरा भरने से रहा। जो है, उसे तुझे खिला दे। सिद्ध, माँ की आँखें हृदय हैं। इस कारण अँधी माँ भी अपने लाडले के पदचाप से उसे पहचान कर, उसको नाम से पुकार लेती है।..."कोई बात नहीं, पुत्र... जो होना है, वह होकर ही रहेगा। उसके लिए कोई दोषी नहीं होगा।" महाप्रजापति गौतमी का सरक आया आँचल एक स्थान पर आकर स्वयं रुक गया। उसके अरुण ओष्ठों पर उदासीन वंदना आकर ठहर गई।

अन्ततोगत्वा सिद्धार्थ उठा। माँ के पाँव छुए। फिर कुछ तेज़ी से बाहर निकल गया। पीछे मुड़कर नहीं देखा।

# 31

दो दिन, दो रातें निकल गईं। कई बार बाहर घूमता रहा, उन स्थानों की ओर मुड़ता रहा, जिधर आवाजाही न के बराबर रहती थी। अनेक स्थानों को खड़ा-खड़ा निहारता रहा। अंदर लौटने से पहले वह उस वाटिका में भी गया, जिसमें माँ ने उसका हाथ लगवा कर अशोक वृक्ष के दो पौधे लगवाए थे, वे वृक्ष बन लहलहा रहे थे। सिद्धार्थ उनके पास आकर बारी-बारी से खड़ा हो जाता है। उससे उसे संतोष, शांति और आनंद की अनुभूति होती थी। कभी-कभी वहाँ पद्मासन लगा कर बैठ जाता था, उससे उसकी समस्या सुलझ भी जाती थी। आज भी वह अपनी समस्या को लेकर आ बैठा था। कब उसका ध्यान लग गया और कब उसमें प्रभाती गायकों का एक दल समधुर स्वर में, तल्लीन होकर, गीत गा उठा था। साथ में पार्श्व संगीत गीत के बोलों को महका रहा था, आम्र मंजरी बन कर। प्रमुख तीन वाद्य थे-छम-छम करते घूँघरू, झाँझ की दो तश्तरियाँ ताल देतीं, मंजीरों की झनकार। मस्त हो रही थी वाटिका। गीत बीच-बीच में ऊँचे स्वर से संगीतमय हो जाता था। गीत है—

*उठ जाग बंदे, क्या सोचा है*
*यहाँ माया खेल खिलौना है*
*न यह घर तेरा, न मेरा है*
*यह तो मात्र रैनबसेरा है*
*व्यर्थ की माथा पच्ची है*
*उठ जाग बंदे...*

*जो सोता है, वो खोता है*
*जो हँसता है, वो रोता है*
*यहाँ आते-जाते चक्कर है*
*जीना-मरना, मर कर जीना है*
*उठ जाग बंदे...*

*तू किस राग रंग में मस्त है*
*किस दुनिया में खोया है*
*जग पड़ा विपदा-संकट में है*
*तू ये भरम मिटाने आया है*
*उठ जाग बंदे...*

अब मात्र गीत की ध्वनि वातावरण में गूँज रही थी। सिद्धार्थ ने आँखें खोल दी थीं। वाटिका का वह गीत-संगीत शीतल बन लहरा रहा था। मानो उसके हृदय की

पंखुड़ियाँ वाटिका के पल्लव-सुमन के साथ झूम उठी हों और वे घुँघरू की झनकार और झाँझ की ताल दे रही हों। सुगत मुनि जो नहीं समझा पा रहे थे और उसकी समझ उसमें भँवर में पड़ी गोते खा रही थी। यह गुत्थी अब सहज सुलझ कर चित्त को लहराने की दिशा दे रही थी। उस मार्मिक गीत-संगीत की अन्तरंग लय उसे अपने में समाती अनुभव हो रही थी। अब उसका संन्यास लेने का मार्ग मानो-प्रशस्त हो गया था। प्रसन्नता पुलक बन कर उसकी देह रन्ध्रों को पुष्पित कर रही थी। अशोक वृक्षों के साथ सारी वाटिका को उसका हृदय नमन कर रहा था। वह मन-ही-मन कहता जा रहा था, ''माता, तेरे लगवाए ये दोनों पौधे अब मेरे आचार्य बन चुके हैं। तू तो मेरी स्थाई मार्गदर्शक मंत्रदाता माँ बन चुकी है।''

इस गीत का एक-एक चरण आत्मा को अनन्त का आनंद दे रहा है। यद्यपि वह आत्मा के अस्तित्व में विश्वास का मन नहीं बना पाता था। फिर भी, नकार का अवलंब उसमें इस समय अज्ञात शक्ति का स्फुरण बन अमलतासी सुमनों का रंग बिखेरने लगा। वह उठकर बैठ गया। पुनः गीत के हृदय से उसके तार ऐसे जुड़े कि वह ठगा हुआ सा बातूनी सोच से अवकाश पा गया।

तभी सरस पवन लहरा कर पल्लवों का झुनझुना बजाता हुआ तन-मन को अपना बनाने लगा। सूरज भी पहाड़ियों को लाँघता अपनी पहली किरणों से अंग-अंग को तन्द्रा से जगा हर्षोन्मादित करने लगा।

पता नहीं किसने उसके कान में फूँक मारी और उसे चेता दिया कि लौट जा। तेरा शिशु किलकारी भर यह संकेत दे रहा है कि उठो, जगत् को अवसाद-दुखों से मुक्ति दिलाने के अभियान में जुट जाओ। फिर सारा जगत् आनन्द की अमराई की तरह झूम उठेगा और नव गीत के संस्कार पा नव स्फूर्त जीवन सा लहरा उठेगा।

सिद्धार्थ आत्ममुग्धता का मानस लिए अपने भवन के शयन कक्ष में जा पहुँचा। शिशु नन्हे-नन्हे पुष्प की पंखुड़ियों जैसे हाथ-पाँव मार रहा था। यशोधरा उसके इस नटखटपन में खोई हुई गा रही थी अतीव धीमे-इतने धीमे कि वह और शिशु दोनों उन स्वरों में डूब सकें। कभी वह शिशु के दोनों हाथ पकड़ कर एक-दूसरे को मिलाती थी और उसके टेसू से फूलों वाली हथेलियों से अपने कपोलों को सहलाती थी। उलट-पुलट गाने लगती—

*पाला पाला, सबसे न्यारा...*

*छोना छोना, राजदुलारा*
*माँ की अँखियों का तारा*
*सोना सोना, प्रान हमारा*
*छोटी छोटी हथियाँ हैं*
*छोटी छोटी पइयाँ हैं*

*खेल कूद करता है*
*नहीं किसी से डरता है*
*अपनी माँ को तंग करता*
*नाच बहुत नचाता है।*

*पाला पाला, सबसे न्यारा...*

''आप...।'' आश्चर्य से यशोधरा ने कहा।

''तुम...सिद्ध...से हम आप कब से हो गए, यश!'' सिद्धार्थ पूछता।

''जब हम से दूर रहने लगे।'' यशोधरा मुस्करा कर कहती, ''सिद्ध।...पता नहीं आज जीभ लड़खड़ा गई।''

''तो दोनों मिलकर मस्ती कर रहे हैं।''

''तुम्हें किसने रोका है, सिद्ध।''

''तुमने कहूँ तो चलेगा, यश।''

''चलेगा नहीं, सिर के पाँव दौड़ेगा।'' कहकर यशोधरा शिशु को सिद्धार्थ की ओर बढ़ा देती।

सिद्धार्थ उसे गोदी में लेकर बात करने लगता है, ''नन्हे, राजकुमार, सबकी आँखों के तारे, पपिया प्यारे, झूला खूब झुलाते हो...।''

''गंगा खूब बहाते हो।'' यशोधरा ने गा कर मस्ती से गाया ही था कि नटखट ने गंगा बहा दी।...सिद्धार्थ कहने लगा, ''अरे-अरे यह क्या कर डाला?''

''दूर रहने का प्रसाद दे डाला, सिद्ध। बहुत बच-बच कर निकल रहे थे, उसका प्रसाद दे डाला, समझे।''

''अब सँभालो भी, अपने राजदुलारे को।'' सिद्धार्थ कहता।

''आ जा मेरे बच्चू...मेरे प्राणधन, नटखट, नखरे वाले।...अपने पिताजी को कपड़े बदलने दे।...फिर आकर वह तुझे अपनी बाँहों से झूला झुलाएँगे।...जाओ जी, मुझे भी कपड़े बदलने हैं। जल्दी आना।'' यशोधरा मुस्कान बिखेरती कहती।

सिद्धार्थ देर से लौटता। यशोधरा नटखट को उसकी गोदी में देकर चली जाती।

सिद्धार्थ उसे खिलाने लगता। कहता जाता, ''नन्हे पुत्र, तू अपने पिताजी को क्षमा कर देना। मुझे तुझे तुम्हारी ममतामयी माँ को सौंप कर जंगल-पर्वत-तराई...पता नहीं कहाँ-कहाँ जाना पड़ेगा? देह-दण्ड, ध्यान, तप मैं जानता नहीं हूँ, न जाने क्या-क्या करना होगा। तू अपने पिता को आज्ञा देता है, पुत्र।'' वह हँस पड़ा। उसने अपनी मोटी-मोटी आकर्षक आँखों को झपका कर मानो उसे अनुमति दे डाली। वह हर्षोन्माद से झूम उठा। उसने कई बार उसके माथे-कपोल को चूम डाला।

यशोधरा ने पिता-पुत्र के हँसते-मुस्कराते मुख-मण्डल को देखकर कहा, "लगता है, ऐसे तुम अपने सलोने पुत्र को पटाने में अवश्य सफल हो जाओगे।"

उसका कहना था। सिद्धार्थ को प्रसन्न होकर उछालना हुआ ही था कि नटखट ने पुनः गंगा बहा दी।

सिद्धार्थ का मन गुदगुदा उठा। "वाह भाई! वाह! खिलाने का यह प्रसाद!... नटखट कहीं का!"

यशोधरा ने नटखट को सँभालते हुए कहा, "जाओ, कपड़े बदलो।"

यों दिन निकल गया हँसी-खुशी। रात भी आई और चली गई। मन की फाँस मन में ही पड़ी रह गई।

दूसरे दिन की रात।

फाल्गुन शुक्ल की चौदस (चतुर्दशी)। नटखट सो चुका था। सिद्धार्थ ने यशोधरा को अपने पास बुलाकर, "यश, यह जीवन उतार-चढ़ाव भरा है। कल का पता नहीं।"

"पता तो अगले पल का भी नहीं, सिद्ध।" यशोधरा ने सिद्धार्थ के मुख-मण्डल की ओर देखा। फिर उसकी आँखों में झाँका।

"तुम सच कहती हो, यश। किसको पता था कि तुम्हारी बहन...।"

"तुम्हारी माँ...सिद्ध...।"

"हाँ, यश।"

"मुझे सात दिन का छोड़ कर चली जाएगी।" सिद्धार्थ गंभीर होकर कह रहा था। "मुझे तो उसका स्मरण भी नहीं है। न उसकी पहचान है।"

"क्या आज तुम्हें उसका बहुत स्मरण सता रहा है, सिद्ध?"

सिद्धार्थ चुप रह गया। वह जिस संदर्भ-प्रसंग से असल बात पर आना चाह रहा था, बहुत गंभीर है। वह चाहता था कि गंभीर-से-गंभीर बात लक्ष्य तक सरलता से पहुँच जाए। उसके लिए तर्क-वितर्क का झाड़-झंखाड़ पार न करना पड़ जाए। उसे स्वयं भी अपनी यात्रा के रास्ते, पड़ाव आदि का कोई आभास नहीं था। वह सहज होता भी सँभल कर कहने लगा, "मुझे उसका चेहरा-मोहरा कुछ भी स्मरण नहीं है, यश, ऐसा कुछ नहीं है।"

"फिर क्या है, सिद्ध?"

सिद्ध कहने लगा, "मेरे मन में उत्सुकता जगी है। पता नहीं वह उत्सुकता कहाँ से कहाँ तक ले जाए। रास्ता भी ढूँढ़ने जैसा है। पर मेरी जिज्ञासा बहुजन हिताय है। मुझे जन-जन का अवसाद, व्यथा, पीड़ा...से मुक्त करने का विचार बेचैन किए है।"

यह सुनकर यशोधरा का विपदा, संकट से घिरा, पिसता, टूटता, कराहता...दिखलाई पड़ रहा है।

"तो ?" यशोधरा सिद्धार्थ के मुख-मण्डल पर उभरती रेखाएँ देखती रह गई।

"तो यह कि मुझे तुम्हारी अनुमति चाहिए।"

यशोधरा शांत रह गई। क्या कहे ? "मैं क्या अनुमति दूँगी ? परिवार में पिताजी-माताजी हैं। आज्ञा तो वे देंगे।" वह यह सब कह जाती।

सिद्धार्थ कहता, "हम-तुम एक हैं, दो नहीं। मेरे लिए तुम्हारी आज्ञा का सर्वाधिक महत्त्व है।...पता नहीं लक्ष्मण ने चौदह वर्ष के लिए अपनी पत्नी उर्मिला से अनुमति ली थी या नहीं। वह उसे किसके सहारे छोड़ गया था, मेरे मन में यह प्रश्न सदैव चुभता रहा है। मैं नहीं चाहता हूँ कि अपने जीवनसाथी की अनुमति के बिना ऐसा कोई कदम उठाऊँ, जिसकी अनुमति मेरा मन मुझे नहीं देता। यश, तुम तनिक भी अन्यथा न लेना। यह कोई एक-दो दिन की यात्रा नहीं है।" सिद्धार्थ सब कुछ कह कर अपने कहे पर सोचते हुए यशोधरा की ओर देखने लगा। 'क्या वह जान पा रही है कि जो कुछ उसने उससे अचानक कह डाला, वह क्या है ?'

यशोधरा असमंजस में पड़ी रह गई। वह कुछ नहीं समझ पाई। उसके सामने न कोई दिशा थी और न कोई सहारा। वह क्या उत्तर दे ? रोकूँ तो क्या कह कर और क्यों ? इस समय उसे अपने पिता दण्डपाणि का कथन स्मरण हो आया..."उतला, राजघराने का वैभव, ठाट-बाट, सत्ता, सुख-आनंद की ओर मत देखो। उसकी समग्र यात्रा पर ध्यान दो। वह कब सारे वैभव-समृद्धि आदि को खूँटी पर टाँग देगी।"

"क्या सोच में पड़ गईं, यश ?"

"क्या सोचूँ-जानूँ। जिस रास्ते का मुझे ध्यान-ज्ञान नहीं है, उस रास्ते पर जाने वाले पथिक को अनुमति दूँ या नहीं, यह निर्णय कैसे लूँ।...उत्तम यह रहे कि तुम मेरे बारे में मत सोचो। तुमने जो निर्णय लिया है, उसे तुमसे अधिक कोई दूसरा नहीं जान सकता।..." मेरी ओर से, सिद्ध, तुम स्वतंत्र हो। तुम्हारा निर्णय ही मेरा है। यशोधरा के सामने पलभर के लिए धुँधलापन आ ठहरा। वह जा रहे हैं। सर्वहित की चाह जगी है उनमें। वह बोली, "जाओ, सिद्ध, जाओ। मेरी चिंता मन से निकाल कर जो करना है और जैसे करना हो।...आगे कहना-बताना कुछ नहीं है, क्योंकि मैं उसके संबंध में कुछ भी नहीं जानती हूँ।"

सिद्धार्थ का मन यशोधरा के पवित्र और भोले मन के प्रति अंदर-ही-अंदर काँपता रहा। फिर वह अपने दृढ़ संकल्प पर ध्यान केन्द्रित कर उठ खड़ा हुआ। मानो वह नहीं, उसके भीतर का तनाव मुक्ति पाने की दिशा की ओर बढ़ने की अनुमति पा गया हो।

# 32

शनिवार, वैशाख शुक्ल की पूर्णिमा। आकाश में हल्के-हल्के से मेघ छाए हुए थे। सिद्धार्थ माता-पिता से आज्ञा पा चुका था।

सिद्धार्थ का बाहर जाने का मार्ग निश्चित हो गया था। वह राजप्रासाद से कब जाएगा, यह बात गोपनीय बनाए रखी ताकि वह अपने परिवार का एक साथ सामना नहीं कर सके और परिवार उनके जाने की तिथि व समय पर एकत्र होकर अत्यंत भावुक न हो जाए। श्रीराम के वनवास पर जाने पर उनके पिता राजा दशरथ को इतना धक्का लगा कि वे पहले मूर्छित हुए और फिर उनके प्राणान्त हो गए। ऐसी दुर्घटना उनके जाने के बाद असहनीय दु:ख-संताप दृश्य से न हो जाए, वह इस स्थिति को टालना चाहता था।

आज वही दिन, वही वैशाख शुक्ल की पूर्णिमा है, जब उनका जन्म लुम्बिनी जनपद में हुआ था। जन्म दोपहर के बीच हुआ था और आज रात्रि के प्रथम-द्वितीय प्रहर में अपनी यात्रा प्रारंभ करेगा वह...अन्तहीन-अज्ञात यात्रा का राही बनेगा।

दिन भर उसने शुद्धोधन, महाप्रजापति गौतमी और यशोधरा के साथ सहज होकर शांति और प्रसन्नता से समय बिताया। शिशु का नामकरण राहुल रखा गया।

राहुल मस्त था। हाथ-पाँव दोनों एक साथ चला रहा था। उसकी आँखें चमक रही थीं। उसका हृदय छहर रहा था। लेकिन यशोधरा पूरा प्रयत्न करके भी अपने को सँभाल पाने में, बीच-बीच में कम सफल हो पा रही थी। पता नहीं कब, किस समय चले जाएँगे, तब...।

सिद्धार्थ ने आँख बचाकर कनखियों से देख लिया था। सुनती आ रही थी कि प्रथम शिशु के बाद पत्नी के सौंदर्य में आकर्षण अभिभूत होकर लहरा उठता है। लेकिन उसे तो यहाँ तक जाकर मौन रह जाना पड़ रहा था।

सिद्धार्थ ने अंदर से मन पक्का कर लिया था कि भावुकता के पल वाले दृश्य-परिदृश्य सामने नहीं आने देगा। इस कारण वह व्यक्तिगत प्रश्न-ऊष्मा का वातावरण नहीं बनने देगा। किसी को कानोंकान अपने जाने का समय ज्ञात नहीं होने देगा। प्रतिदिन की तरह दिन बिताएगा। वह उसी तरह दिन की समस्त क्रियाओं में सहज ढंग से डूबा रहा।

पूर्णिमा की रात्रि पूरे चन्द्र की शीत ज्योत्सनामयी होकर अन्तर्पट का जगत खोलती जा रही थी। वातायन खुला हुआ था। समीर बह रहा था। चहुँओर गहरी शांति थी। वह अपने को सुला चुका था पत्नी की दृष्टि में। राहुल भी आज गहरी नींद में था।

धीरे-धीरे सिद्धार्थ उठा दबे पाँव। यशोधरा के पार्श्व में राहुल गहरी नींद में। उसका एक हाथ यशोधरा की छाती पर था।

सिद्धार्थ ने हाथ जोड़कर दोनों की ओर ध्यान से अंतिम बार देखा। पल भर ठगा रह गया। द्वार बहुत धीरे से खोला। बाहर निकल कर द्वार बंद कर दिया।

मात्र छिन्न को सिद्धार्थ ने उत्तरी द्वार के बाहर रात्रि का प्रथम प्रहर बीतने के बाद अपने प्रिय अश्व कंथक के साथ एक और अश्व लेकर पहुँचने का आदेश दिया हुआ था। उसे भी यह भनक नहीं पड़ने दी कि वह कहाँ जाएगा और क्यों? द्वारपाल ठण्डी हवा चलने के कारण सो रहा था। सिद्धार्थ पैदल बाहर निकल आया।

छिन्न ने झुक कर सिद्धार्थ को नमन किया। इस समय राजकुमार की तरह शालीन हाव-भाव से शांत-मन थे। प्रसन्नचित्त भी-न राग का कोई लगाव उनके मुख-मण्डल से प्रतीत हो रहा था और न वैराग्य की संभावना का कोई चिह्न।

सिद्धार्थ ने कंथक की पीठ थपथपाई। धीरे से कहा, "उड़ चल, मेरे प्यारे अश्व भ्राता। ले चल समीर के साथ उड़ाता।" इसके बाद वह अश्व पर बैठ गया और कहा, छिन्न की ओर देखते हुए, "छिन्न, अपना अश्व सँभालो और दौड़ाओ हमारे साथ प्रतियोगिता करते हुए।"

"नहीं, राजकुमार, क्षमा कीजिए। मैं सामान्य सारथी हूँ।" छन्न ने हाथ जोड़ दिए।

"तो क्या हुआ। हो तो घुड़सवार...अस्तबल के प्रमुख...अच्छी-सी अश्वशाला बनाने वाले...बिगड़ैल से बिगड़ैल अश्व को रास्ते पर लाने वाले। चलो, ऐड़ लगाओ...।" उसकी ओर देखकर आश्चर्य से, "अभी तक पैदल चल रहे हो लगाम पकड़ कर,... रकाब पर पाँव रखो, चढ़ो और ऐड़ लगा कर अश्व को सरपट दौड़ाओ मेरे से आगे बढ़ो।" सिद्धार्थ का आदेश था। उसी ने थोड़ा-बहुत अश्व को तेज़ दौड़ाने का गुर सिखाया था और उसके लिए कंथक को तैयार किया था।...बताया था अश्व के पुट्ठों पर हाथ फेर कर हल्के से दबाओ, उसकी गरदन को सहलाते हुए उससे धीरे से कहो, लाज रखनी है, कंथक। फिर देखो, वह सरपट दौड़ते-दौड़ते हवा में दौड़ने लगेगा।

अब दोनों घोड़े दौड़ पड़े थे। दौड़ते हुए लग रहा था मानो वे हवा से बात करने लगे हैं।

"राजकुमार, किधर जाना है?" मोड़ आने को था।

"अनोमा नदी, छन्न।" छन्दक को सब प्यार से छन्न कह कर पुकारते थे।

कुछ समय बाद अनोमा नदी का मोड़ आ गया। यहाँ उसमें आरता-विशास्ता नदी आकर मिलती थीं।

लग रहा था कि उधर एक-दो दिन वर्षा हुई है। जगह-जगह पानी भरा दिखलाई पड़ रहा था। माटी में भी उसकी गंध थी।

"ठहरो।"

थोड़ी दूर पर घाट था। सिद्धार्थ ने कंथक से उतर कर, उसके पुट्ठे-कंधे

थपथपाए। कंथक ने तीन-चार बार गरदन झुकाई। वह पूछने लगा, ''कंथक भ्राता, क्या बात है। उसने सिर हिलाकर संकेत दिया—''कुछ नहीं।''

''कुछ तो अवश्य है कंथक, तुम पूँछ हिलाकर अवश्य कुछ कहना चाहते हो।''

इस बार कंथक ने न सिर हिलाया और न पूँछ। सिद्धार्थ आगे बढ़ गए। कहते गए, ''छिन्न, तुम यहीं ठहरो।''

सिद्धार्थ आगे चलकर नीचे उतरने लगा। वहाँ एक मन्दिर था। उससे लगी थी पुष्करिणी। एक चौकोर शिला थी।

सिद्धार्थ उस शिला पर जा बैठा। अपने राजसी वस्त्र उतारे। उनको तह किया। फिर चारों ओर देखा। अति सौम्य दृश्यावली थी। सामने पेड़ की एक शाखा पर अबाबील (गौरैया के आकार का छोटा पक्षी) बैठा हुआ था ध्यानमग्न।

शुभ संकेत-मार्ग प्रशस्त था। जय का। आनंद का। लक्ष्य प्राप्ति का।

वहीं जम्बु वृक्ष था। वह भी एकदम शांत-स्थिर। अपने पल्लवों को समेटे हुए। तपस्वी सा। क्या वृक्ष भी तपस्वी हो सकते हैं? सिद्धार्थ ने इस प्रश्न में उलझे-उलझे खंजर से अपने सिर के बाल काट डाले। पुष्करिणी में स्नान कर वह पीला चीवर धारण कर चुका था। तब एक छोटी-सी चिड़िया उसके आस-पास आकर फुदकने लगी।

उधर से, पता नहीं किधर से कोई एक डफली धीरे-धीरे बजाता-गाता वहाँ आकर ठहर गया। गीत के कदाचित् अंतिम दो टुकड़े (चरण) थे। वे थे—

*जहाँ रहना नहीं वहाँ सहना क्यों*
*क्यों डोर में बँधना है?*

उस श्रमण ने पूछा, ''यह चिड़िया खंजन है। क्यों तुम्हें देख कर फुदक रही है?''

''सुना है...सुंदर नयनों से इसकी तुलना की जाती है।...जैसे खंजन नयन।''

''उचित भिक्षु।...फुदकना इसका स्वभाव है जैसे नदी का बहना। पर यह तुम्हारे सामने क्यों फुदक रही है?''

सिद्धार्थ चुप।

उस श्रमण ने डफली पर एक ताल दी। फिर कहा, ''इसे उड़ जाना चाहिए था परंतु वह नहीं उड़ी...क्यों?''

सिद्धार्थ मौन रहे।

''बताओ, यह काली शिला एकांत में आकर क्यों पड़ी?''

सिद्धार्थ ने साँस रोक कर ध्यान लगाया। कुछ समझ में नहीं आया।

श्रमण बोला, ''यहाँ से तुम्हारी यात्रा इन्हीं प्रश्नों के साथ आगे बढ़ेगी।...तुम

अभी-अभी भिक्षु बने हो। तुम्हें चेतन लाभ मिलेगा, खोजी भिक्षु। खंजन चिड़िया इसीलिए तुम्हारे सामने फुदक रही है।...यह शिला कभी बौना चौड़ा पेड़ थी।''

''पेड़!'' कहकर आश्चर्य से सिद्धार्थ ने श्रमण पर दृष्टि डाली।

''हाँ, वह पेड़ बन गया। तुम भाग्यशाली हो। पेड़ तुम्हारा मार्गदर्शन करेंगे,''... यहाँ तक आ ही गए हो तो पार्श्व के मन्दिर में भी दर्शन करते जाओ।''

सिद्धार्थ उसके पीछे-पीछे चल पड़ा। श्रमण ने कहा, ''कभी यह मन्दिर अवश्य होगा। अब तक इस खण्डहर में यदा-कदा कोई भूला-भटका बाहर तक आ भी गया तो उसने अंदर आने का साहस नहीं दिखाया।...'' सिद्धार्थ की ओर देखकर उसने कहा, ''साहस कर सकोगे, भिक्खु।''

सिद्धार्थ ने सिर हिला कर कहा, ''क्यों नहीं? अवश्य।''

अंदर अँधेरा प्रकाश की किरणों पर खंजन चिड़िया की तरह फुदक रहा था—एक लय में।

''मन्दिर को प्रकाशित होने में समय लगेगा।'' तुम वह दीपक उठाओ गोबर से बना है। उठा कर आगे बढ़ो। सामने पत्थर की चौखट है। कोई मूर्ति नहीं है। एक भूरे रंग का पत्थर है, वहाँ रख दो। मन्दिर प्रकाशित हो जाएगा।''

सिद्धार्थ ने ऐसा ही किया। वह दीया भूरे पत्थर पर रख दिया। रखते ही थोड़ी देर में दीया जगमगा उठा। पुनः आश्चर्य से चकित होकर देखा। श्रमण ने कहा, ''न यहाँ सम्मोहन है, न जादू।...मैं भी अचानक यहाँ आया था, तब यहाँ कोई नहीं था। पूछताछ की तो आस-पास के लोगों ने कहा कि मैं चाहूँ तो यहाँ मन्दिर की सेवा कर सकता हूँ। मन्दिर से लगे खेत जोत सकता हूँ। बैल या घोड़े से हल चलाने की सुविधा दे सकता हूँ या दिला सकता हूँ। सारे सुभीता का आश्वासन मुझे यहाँ ले आया। दोनों समय दीया जलाता हूँ।...इस स्थान पर लगे पत्थर पर रखने से दीया अपने आप जल उठा। मूर्ति कोई थी नहीं। गाँववालों ने सब कुछ मुझ पर छोड़ कर यहाँ बसने दिया, भिक्खु।...ऐसे अनेक चमत्कारों को तुम भी अपने आप अनुभव कर सकोगे।''

सिद्धार्थ को छन्न का स्मरण हो आया। वह श्रमण को नमन कर लौट गया वस्त्र तथा सोने के आभूषण उठा कर।

छन्न (छंदक) टहल रहा था। वह पहले तो पहचान नहीं पाया। जब वह पहचान पाया और सिद्धार्थ को पास आता देखा तब उसने टहलना बंद कर दिया। वह चकित रह गया, ''यह क्या, राजकुमार?''

''अब हम राजकुमार नहीं रहे, छिन्न। श्रमण हो गए,'' सिद्धार्थ ने कहा।

''मैं कैसे लौटूँगा? क्या कहूँगा? सब मुझे घेर लेंगे। कृपानिधान, एक बार मेरी रक्षा कर दीजिए। चाहे लौट लीजिए इसी वेशभूषा में इसी तरह।'' छन्दक (छिन्न) घबराकर बोल रहा था। उसे कुछ ज्ञात नहीं था। ज्ञात होता तो राजा के पास सबसे पहले जाता।

"ये वस्त्र लो...आभूषण भी। तुम घबराओ नहीं छन्न। मैं पिताजी-माताजी, पत्नी सबकी आज्ञा पाकर यहाँ आया हूँ। यहाँ से आगे का रास्ता मुझे स्वयं खोजना पड़ेगा।...तुम निर्भीक होकर जाओ।...मुझे भी आगे की दिशा खोज लेने दो। विलंब मत करो।" सिद्धार्थ ने सब चीज़ें वस्त्र-आभूषण छंदक को दे दिए।

छिन्न (छंदक) दोनों अश्वों को पैदल लेकर ही लौटने लगा। जब सिद्धार्थ उसकी आँखों से ओझल हो गए तब एक अश्व को साथ लेकर दूसरे पर स्वयं बैठ गया।

सिद्धार्थ ने मुड़ कर नहीं देखा। बढ़ता चला गया। रास्ते में कोई मिला नहीं। आगे जाकर कोई मिला भी तो वह नमन करते हुए आगे बढ़ गया। फिर सन्नाटा तन गया। सिद्धार्थ का यह पहला अनुभव था कि वह चल तो पड़ा पर कहीं ठहरेगा भी या यों ही चलता रहेगा। रहेगा तो रहेगा। यह तो उसकी यात्रा का पहला पड़ाव था। एक गठरी को वह लटका कर चल रहा था। उस गठरी में उसके वस्त्र, ओढ़ने-बिछाने की चादर, गेरुआ गमछा आदि थे।

चलते-चलते वह थक गया। दोपहर ढलने लगी। थोड़ी दूर पर एक बस्ती दिखलाई दी। वह उस ओर चल पड़ा। वह केसपुत्त नगर था। पता चला कि वहाँ आलार कालाम के एक शिष्य भरण्डु कालाम का आश्रम कपिलवस्तु में था। इस समय भरण्डु वहाँ आया हुआ था।

सिद्धार्थ उस दिन वहीं रहा। दूसरी सुबह स्नान-ध्यान कर वह आलार कालाम के दर्शन का लाभ लेने उनकी तपपीठ जा पहुँचा। आलार कालाम ने सिद्धार्थ को बैठने का संकेत किया। फिर वह योग करने लगे।

सिद्धार्थ ध्यान से उनकी क्रियाओं का अवलोकन करता रहा। आलार कालाम की सफ़ेद दाढ़ी उनकी नाभि के आस-पास थी। वह एकदम स्वस्थ, उनकी देह गठीली, आँखों में ज्योति, हृष्ट-पुष्ट, होंठों पर गहरी लाली, रंग गोरा था—डीलडौल लंबा-चौड़ा होने के कारण बहुत भव्य लग रहा था, उनके व्यक्तित्व का साक्ष्य!

आश्रम में जम्बु वृक्ष चारों ओर थे। घने थे। जम्बु (जामुन) खूब लगे हुए थे।

जब आलार कालाम लौटे, तब सिद्धार्थ ध्यान में था। पद्मासन लगाए था। उनकी देह दृष्टि चमत्कारपूर्ण...मुख-मण्डल तेज युक्त। आँखों से द्युति का आभास। प्रभामण्डल अत्यंत आकर्षक, शुभ्र और सौम्य।

लंबे समय बाद आँखें खोलीं। वहाँ आलार कालाम नहीं थे। सिद्धार्थ ने खड़े होकर इतस्ततः देखा। अब क्या करे? किससे पूछे। तभी एक श्रावक आया और उन्हें दोपहर के प्रसाद के लिए ले गया।

प्रसाद लेने के बाद सिद्धार्थ को कुटिया के सामने खड़ा बोला, श्रमण भ्राता, आप यहाँ विश्राम करें। कुछ समय बाद मैं आपको संन्यासी आचार्य के पास ले जाऊँगा।

तब तीसरा प्रहर होगा, अब सिद्धार्थ आलार कालाम के सामने था। कुशल-क्षेम

पूछने के बाद उन्होंने जाना। ''क्या सोचकर इस आश्रम की शोभा बढ़ाने आए हो, जिज्ञासु, बंधु?''

''सत्य की खोज में, आपके पवित्र चरणों में बैठने के लिए, परमऋषि।'' सिद्धार्थ ने धीरे से कहा।

''जिज्ञासु अभ्यंतर अभ्यागत युवक, तुम हर प्रकार से संपन्न और समृद्ध हो—देह-मन से लेकर अंतरंग के बहिर सौंदर्य-शिव से। फिर सत्य क्यों? तुम स्वयं सत्य संबद्ध हो।...और कौन-सा सत्य...जब तुम्हारे असत्येतर कुछ है ही नहीं।'' आलार कालाम की ऋषि वाणी गंगा की शीत धारा सी सिद्धार्थ के मन-हृदय में प्रवाहित हो उठी।

''जन्म, जरा, मृत्यु, रोग...जन-जन की आशा-अपेक्षाएँ संतप्त, झुलसी हुई सी धुआँ देती हैं...ये सब, ऋषि प्रवर...क्यों और कैसे त्राण पा सके। मेरे सत्य को इस सबने आवृत्त किया है कुहासे सा।...यह मुझे उद्विग्न किए है।'' सिद्धार्थ ने अपने चोले के एक दबे भाग को घुटनों से मुक्त करते हुए कहा।

''जब से ये संसृति निर्मिति पाकर साकार हुई है, तब से ये प्रश्न जो तूने उठाए हैं, सदैव, हर युग में उठते रहे हैं और अनागत में भी उठते रहेंगे। श्री महादेव, श्रीराम और नटवर नागर कृष्ण के समय से लेकर सब इन्हीं प्रश्नों से जूझते रहे हैं। वे सब भी, जिनको इस संसृति के सृजनहार-सृष्टा से लेकर उसके महाप्रलय का उपसंहार-विनाशक लगभग अनेक नामों से मान लिया है, प्रत्युत परिणाम वही। ढाक के तीन पात, जिज्ञासु।...लौट जाओ, जहाँ से आए हो, यही सत्य है।'' आलार कालाम का दमदमाता मुख-मण्डल अत्यंत तेजस्विता के रंग में डूब कर प्रकाशोदय बन नव सूर्य सा अवगत होने लगा था सिद्धार्थ को। वह अभिभूत हो चला था आनंद की तरंगों पर लहराते दीपक सा। रससिद्ध वाणी के मेधावी स्वर उसे अमृत तुल्य आभासित हो रहे थे।

सिद्धार्थ ने पुनः जिज्ञासा के अन्तर्पट उठाते हुए पूछा, ''आपका कथन-आशीर्वाद पाकर भी ये प्रश्न अपने समय में अहर्निश उठते रहे हैं, समाधान भी पाते रहे हैं, साध्य तक पहुँचने के लिए साधनरत रहे हैं। माना अनृत, असत्य अनूहित भी साथ-साथ परछाईं बना रहा है तो भी अनुत्तर को उत्तरित पाने का क्रम चलता रहा है।...खुले अंबर के नीचे सोने वाले मानव ने धरणि के अवलम्ब को बिछौना बनाया है और अपने ऊपर चादर आकाश को बनाया है—घर-निकेतन को रंगारंगी कार्यक्रम का अंग बनाना वह नहीं भूला है।...फिर भी उस समग्र के केंद्र की तह तक पहुँचने की यात्राएँ निरंतर उठतीं, चलतीं और निष्कर्ष पाती रही हैं, आचार्य ऋषि, परम प्रबोध के संत-साधक, निष्पादक कर्म-अकर्म की संज्ञाओं से परे निर्मल चित्त के संचालक तपोनिष्ठ संज्ञाओं के संस्थापक, मैं अभ्यासी बना हूँ। संपूर्ण अभ्यासी बना रहने की जिज्ञासा से आपके चरणों की रज को अपने माथे पर अंकित करने की अभिलाषा रखता हूँ।'' पता नहीं

कैसे, कहाँ से, क्यों वेगवती सदृश्य नदी भर्रा कर ऐसी टूटी कि रोके नहीं रुकी–न बाढ़ बनी, न विकराल, न हाहाकार बनी, फिर भी बहती चली गई संयम-मर्यादा को अघाती अन्तःकरण की गहराइयों में, एक चरण के बाद दूसरे चरण की गहराइयों में उतरने के लिए। पुनः सिद्धार्थ ने कहा, "प्रभु, जिज्ञासा जैसे शून्य संज्ञाओं से परे है, वैसे ही, मुझे आभासित होता है कि सत्य का शून्य भी अनवरत खोजे जाने का विषय बना ही रहेगा अनंत काल तक, क्योंकि उसका न आदि है और न अन्त है।"

"मुझे प्रसन्नता हो रही है, तुम्हें विनीत, प्रज्ञावान, प्रव्रज्यापूर्ण आत्मज्ञानी, सत्यधर्म के उत्तराकांक्षी, जिज्ञासु चरित्र के प्रसादपट्ट प्रसादी मन के अतुलनीय आधार-अवलंब कि उस पूर्ण में अपने को समर्पित करने की यात्रा को पूर्ण करने के संकल्प धर्म का निर्वाह कर लेना चाहते हो, जैसे गंगा सागर से मिलकर गंगा सागर हो जाती है। न गंगा जान पाई है कि वह कौन है, न सागर। फिर भी वह गंगा सागर है जन-मन के शोभायमान तीर्थ। उनकी यही जिज्ञासा उन्हें निरंतर प्रवाहित कर रही है कि गति शून्य में समाहित होकर, अर्थात् अगति होकर प्रयागराज का संगम क्यों नहीं बन पाई? सागर का अनन्त-अपार जल ही वाष्पीकृत होकर मेघ बनता है, अमृत वर्षा करता है। फिर भी मानव-देव मिलकर सागर का मंथन कर अमृत-विष को अलग-अलग कर क्या पा लेते हैं? जबकि साक्षात् शिव ने हलाहल गले में उतार कर अपनी शिखा पर देवगंगा का समस्त भार उठा कर जन-जन के कल्याण के लिए उसे धरा पर प्रवाहित होने दिया।...अजन्मे संज्ञा हेतु-अहेतू कर्म-अकर्म के श्रेयस, अपूर्व पावन मति सम्मति के साधक, चेष्टाधर्मी, तू उसी को जानना चाहता है जो संज्ञा-संज्ञा शून्य, अशेष, अनन्त है। वह व्यक्त-अव्यक्त, प्रतिबुद्ध-अप्रतिबुद्ध, संग-निसंग क्षरित-अक्षरित, कृष्ट-अकृष्ट आदि है। उसका क्षेम पाकर ही अक्षेम बनता आ रहा है।...सत्य की ये सब चेष्टाएँ-अनुचेष्टाओं का ऐसा चक्रव्यूह है जिसे सामान्य भाषा में या निजभाषा में संकेत से समझना चाहें तो गूँगे का गुड़ कह सकते हैं। जब तक इन्द्रियों का धर्मचक्र बना रहेगा तब तक इन्द्रिय गोचर संसार के अनुभव को सर्वस्व मानते रहेंगे। जो इन्द्रियातीत है वह अज्ञात इन्द्रिय से परे की यात्रा है—चोला उतार कर, जैसे आए थे, वैसे ही बन जाने से प्रारंभ की जा सकती है।...मैं अभी तक उस यात्रा के प्रारंभ का प्रत्याशी हूँ।...न जानने को छोड़ कुछ नहीं पा रहा हूँ।...तुम्हारी यात्रा उससे भी आगे जाने का संकेत दे रही है, जिज्ञासु के अलंकार।" आलार कालाम अचेतन में उतर गए। उन्होंने जो कुछ प्रवाहबद्ध होकर कह दिया, यह उसी का प्रभाव था कि वह वहाँ से संचालित होने लगे। इन्द्रिय परे के स्पर्श के तट पर आकर वह अनंत प्रवाहवती नदी की लहरों को पढ़ कर सुनाने लगे।

सिद्धार्थ सम्मोहित होकर निंद्रालु नहीं बना। कर्म-अकर्म के मध्य स्थिर मन से सुनता रहा सत्य के होने के अन्तःकरण के उद्‌गार—'दृश्य को अदृश्य बनाते संस्कार शील-सौंदर्य के स्वरूप के अस्वरूप। उसके चित्त को शांति का स्रोत मिल गया था—ज्ञात से अज्ञात की यात्रा का गुरु मंत्र—चलते चलो, रुको-ठहरो नहीं, चाहे

परिमल भरा हरा-भरा लहरा उठे उपवन या अंधी आंधी का अंधड़ रेगिस्तान अपने को उलटने लगे।'

आलार कालाम पूछ रहा था, ''तुमने क्या सोच कर ध्यान लगाया, जिज्ञासु बंधु।''

''प्रकृति की गोद में बसे इस अति सुंदर, सुगंधित और मनमोहक आश्रम ने मुझे ऐसा सम्मोहित किया कि पद्मासन लगाकर बिना सोचे-समझे ध्यानमग्न हो गया।''

''चाह कर क्या?''

''नहीं, ऋषिवर?...ऐसा मैं स्वत: करता रहा हूँ बिना यह जाने कि मैं ध्यान में हूँ।'' सिद्धार्थ ने कहा।

''क्या देखा ध्यान में?''

''कुछ नहीं।''

''कुछ तो...। पहले क्या प्रकट हुआ अँधेरा या उजाला अथवा अँधेरा मिश्रित उजाला।''

''न अँधेरा, न उजाला।''

''फिर भी ध्यानमग्न?''

''हाँ, मुनिश्रेष्ठ।''

कोई किरण अत्यंत बारीक या सूक्ष्म। रंगहीन या चपला सी नि:स्वन चमक कर अदृश्य हुई पर ठहरी नहीं रही।

''कुछ-कुछ गोलाकार बिंदु पहले ज्वलंत अग्नि सा, धीरे-धीरे पीला, फिर एकदम ज्योत्सना की पहली चंद्र किरण सा।''

''फिर?''

''सब कुछ न दृश्य और न अदृश्य।''

''गोचर-अगोचर कुछ तो?''

''नहीं—कुछ भी नहीं।''

''कोई बिंदु शून्य बन कर।''

''नहीं।''

''हवा तो चल रही होगी।''

''नहीं। हवा शून्य, सन्नाटा शून्य, रंग शून्य।''

''तब तुम किसका ध्यान लगा रहे थे?''

''किसी का नहीं।''

"ध्यान लगाने से पूर्व ध्यान के संबंध में तनिक सोचा था या ध्यान से मुक्ति पाकर।"

"कुछ नहीं सोचा था, ऋषि प्रवर। क्या सोचता? मैंने तो उसे ध्यान लगाना माना भी बहुत बाद में, जब माँ गौतमी ने पूछा था कि मैं अचानक कब और कहाँ ध्यान में खो जाता हूँ अन्तर्ध्यान सा हुआ? मैंने सिर हिलाकर मना किया था कि ज्ञात-अज्ञात मुझे कुछ नहीं पता। मैं ध्यान लगाने की स्थिति में प्रशिक्षण लेने के लिए आपके पास आया हूँ, आचार्य श्री।"

"मैं ध्यान की चार स्थितियाँ अनुभव कर चुका और उन पर पहुँचने की तीन सीढ़ियाँ पार कर चुका हूँ। आश्वास-प्रश्वास को...अर्थात् जब ह्रस्व आश्वास लेते हैं और दीर्घ प्रश्वास छोड़ते हैं—ध्यान लगाते-लगाते ध्यान की सीढ़ियाँ पार करता जाता हूँ। यह अभियान की स्मृति समाधि बन जाती।...शनैः शनैः मैं चार आर्यसत्य को पहचान सका। निस्संदेह उससे मुझे नवीन दृष्टि और दिशा मिली अवश्य परंतु मैं उस सबसे तृप्त नहीं हो सका। मेरी प्रसिद्धि का, विशेषकर ध्यान योग का यही कारण है, जिज्ञासु।" आलार कालाम ने समझाया।

"मुझे क्या आदेश है, आचार्यप्रवर?"

"जब तूने ध्यान लगाया था, तब मैं गंधकुटी (झोंपड़ी) में जाकर तेरे ध्यान का संज्ञान लेने के लिए पद्मासन लगा बैठा था। तब मैंने पाया तू दोषशून्य सरोवर में कमल के समान शांत चित्त महक रहा है। तेरे चारों ओर कोई दिशा नहीं है। न वहाँ धरती है और न नीलांबर है। अधर पल्लव रक्त वर्ण होकर नयन का आभास देने लगे हैं।...अनुत्पत्तिधर्म शान्ति का कोई विकल्प नहीं है। विकल्प वहाँ नहीं रहा है। उससे आगे मैं नहीं देख सका। मैंने देखना चाहा परंतु काले पर्वत सा विराम आ अड़ा।...मैंने आँखें खोल दीं, जिज्ञासु निसर्ग के प्रज्ञावान चेता, तुझे मैं क्या आदेश दूँ। तू चाहे इस आश्रम में तत्त्वज्ञ होकर रह सकता है।...परंतु मैं नहीं चाहूँगा, तू अपनी दिव्यादिव्य यात्रा के अन्तःचक्षु बंद कर यहाँ विराम करे और अपने समय की यात्रा का तू मेरी तरह समापन के तट तक पहुँचने मात्र से अदृश्य सदाबहार नदी की कलकल करती लहरों को गिनता अपने को सर्वस्व ज्ञाता के भ्रम में शेष जीवन समर्पित मत कर बैठना।"

सिद्धार्थ ने ध्यान से आलार कालाम की ओर देख कर यह नहीं अनुभव किया कि उनके कथन की अन्तश्चेतना में कोई अन्यथा रहस्य है। वह उनके अपार स्नेह-आशीर्वाद के प्रवाह में जल-तरंग सा बहता जा रहा था।

"ऋषिवर, आपका शुभाशीर्वाद मेरी आगे की यात्रा का अवलम्ब रहेगा। इतने समय तक ध्यान मंथन को करुणा-मुद्रिता का विषय बनाकर जो सीख पाया हूँ।" सिद्धार्थ कहने लगता।

"वह तुझे सत्य तक पहुँचाने में सहायक बने। तेरी चित्तवृत्ति से अज्ञान, कर्म, तृष्णा, क्रोध, अमैत्री भाव का स्वतः लोप हो जाना सांसारिक आकर्षण से तुझे मुक्त

कर चुका है।...तुझे यहाँ रह कर संसार की निर्मिति और उससे मुक्ति का भी आभास हो सका। तू प्रतिबद्ध-अप्रतिबद्ध, व्यक्त-अव्यक्त, मेरा-तेरा, प्रकृतियाँ अंतर से मुक्त कर्म माध्यम से विषयों की आसक्ति विमुक्त, तू आत्मा को न स्वीकारते हुए भी उसके चिंतन-प्रवाह में परोक्ष रूप से आनन्दित अनुभव कर रहा है। इसी से तू अक्षय पद पा सकेगा।'' आलार कालाम का समस्त प्रभामंडल द्विगुणित होने लगा। उनके शब्द ब्रह्म अक्षय यात्रा की ओर जाने की प्रेरणा दे उठे।

सिद्धार्थ आत्मा विषयक अपनी प्रतिकूल अवधारणा का अभी तक खण्डन नहीं कर पाया है। कदाचित् पाने की आशा भी नहीं है, क्योंकि उनकी साधना से प्राप्त साध्य का आधार भी एकमात्र वही है कि आत्मा ही सर्वस्व है। उसका चिंतन-अनुचिंतन ही एकमात्र निवृत्ति का मार्ग है।

''सिद्धार्थ, मैं मानता हूँ कि मेरी स्थाई दृष्टि-अनुदृष्टि और अन्तर्दृष्टि में आत्मचिंतन सर्वोपरि महत्त्व रखता है, क्योंकि मैंने जो पाया है, वह उसी से और इसी कारण मैंने ईश्वर को भी स्वीकार किया है।...प्रत्युत इस संबंध में तेरा चित्त द्वन्द्वमय है। द्वन्द्वमय चेतना-अन्तश्चेतना की वह चैतन्य अवस्था है जो साधक की निरंतर यात्रा को प्रवाहमयी बनाए रखती है। यह क्रम जब तक बना रहेगा, तब तक तेरी मन:स्थिति सन्तोष-असंतोष से आगे बढ़ कर होने-न-होने की छाया-प्रतिछाया से उन्मुक्त नहीं हो सकेगी।...मेरे ध्यान की यही सीमा है।'' आलार कालाम का शब्द ब्रह्म अक्षर ब्रह्म की यात्रा कराता सिद्धार्थ को लगा। उसने जाना ध्यान समाधि अदृश्य पथ पर आगे बढ़ने का सशक्त माध्यम है।

''मुझे क्या आदेश है, ऋषिवर?''

आलार कालाम सिद्धार्थ की ओर देखते हुए बोला, ''स्वादेश की मानसिकता का अभ्यास करो। सत्य को जानने वाले सर्वप्रथम दूसरे से आदेश पाने की चाह को अपने से अंकुरित नहीं होने देते। उसका चित्त सत्यानुरागी चित्त के लिए कौन-सा पथ अनुकूल मानता है। प्रत्येक चित्त का गुरुत्व का आकर्षण एक-दूसरे से उसी प्रकार भिन्न होता है जैसे सितारों का।...कल गुरु पूर्णिमा है।...जाना हो तो रुकना नहीं है। रुकेगा तो यह आश्रम तेरा हो सकता है।...'' इतना कहकर आलार कालाम ने उसके उठने की प्रतीक्षा करने से यह उत्तम समझा कि अपनी गंधकुटी में चला जाए। वह चले गए।

सिद्धार्थ आलार कालाम की स्पष्टवादिता और सत्यानुप्रेरित भावना-बुद्धि का मन-ही-मन आनंद लेने लगा। उसके सामने उनका वह उदाहरण मूर्तिमान हो, इस कारण चक्र लगाने लगा। देवताओं की यह जिज्ञासा थी कि ब्रह्माण्ड की सबसे पहले परिक्रमा कौन लगाता है। शिवजी निर्णायक बनाए गए। प्रतियोगिता प्रारंभ हुई तो गणेश जी विचारमग्न हो गए। उनके पास तो वाहन के नाम पर मूषक था। उसकी पूँछ चूहे से लंबी होती है और थूथन जानवरों की तरह पतली और लंबे मुँह की भी। चाल एकदम नहीं के बराबर। अब वह क्या करें? बहुत समय मूषक पर सोच-विचार में

बिता दिया। अचानक उसकी दृष्टि ध्यानमग्न शिवजी पर पड़ी। उसने शिवजी की ही परिक्रमा लगा ली और शांत भाव से वहीं एक ओर बैठ गया।

ब्रह्मा, विष्णु और शिवजी जो क्रमशः सृष्टिकर्ता, पालनकर्ता और संहारकर्ता हैं। ब्रह्मा और विष्णु मन-ही-मन आनंद लेने लगे कि देखते हैं, ये अपने निर्णय से देवताओं का न्याय कैसे कर पाते हैं, क्योंकि उनमें उनके पुत्र गणेश भी हैं। उत्तम हुआ जो उन दोनों ने देवताओं की इस प्रतियोगिता का निर्णायक न बन कर उन्हें शिवजी की ओर टरका दिया। कौन पड़े उनके इस व्यर्थ के झमेले में!

देवतागण आ गए। इन्द्र उचक रहा था, क्योंकि सबसे पहले वही पहुँचा था। सब देवता शिवजी के समाधि में से उठने की प्रतीक्षा कर रहे थे। कुछ समय बाद उन्होंने आँख खोली। सब देवताओं ने उनको नमन किया।

अब शिवजी के अधरों पर हल्की-सी मुस्कान थी। वह बोले, ''प्रिय देवगण आप सबने मिलकर ब्रह्माण्ड की परिक्रमा अपने-अपने वाहन पर लगा कर ब्रह्माण्ड को जानने का अच्छा प्रयास किया है। परिक्रमा भी कम-से-कम समय में लगा कर यह भी जानने का प्रयास किया है कि परिक्रमा में प्रथम कौन है और जो प्रथम आए सबसे पहले हर स्थान पर, हर शुभ कार्य में उसकी पूजा की जाए।''

इन्द्र अपना नाम सुनने के लिए इतना उतावला हो रहा था कि उसकी गर्दन तनी हुई, उसकी छाती फूली हुई और उसका मन बल्लियों सा मन-ही-मन उछल रहा था।

शिवजी ने आगे कहना प्रारंभ किया, ''माननीय ब्रह्माजी, सृष्टिकर्ता और माननीय विष्णुजी, सृष्टि के पालनकर्ता तक बड़े धैर्य से इस दौड़ अर्थात् परिक्रमा के परिणाम की प्रतीक्षा करने लगे हैं।...मैं सृष्टि का संहारकर्ता यह घोषणा करता हूँ कि श्रीगणेश जी प्रथम रहे हैं, क्योंकि उन्होंने मेरी परिक्रमा लगा कर न केवल सर्वाधिक तेज़ बुद्धि का परिचय दिया है बल्कि सृष्टि की परिक्रमा का भी आशय स्पष्ट कर दिया।''

अंत में आलार कालाम ने इसमें इतना और जोड़ दिया, ''सिद्धार्थ तुम्हारा प्रयत्न गहराई, दूरी नापने का प्रयत्न गणेशजी जैसा होना चाहिए, इन्द्र जैसा नहीं।...''

सुबह सिद्धार्थ ने आलार कालाम का आश्रम छोड़ दिया-झाड़ बुहार कर जैसा पाया था, वैसा ही और चल पड़ा नई दिशा-दृष्टि की खोज में धीरे-धीरे!

## 33

सिद्धार्थ को पैदल चलते-चलते तीन दिन लग गए। तीन रातों में से दो रातें उसे उपवन के पास ऐसी गंधकुटी (झोंपड़ी) में बितानी पड़ीं जिसमें बाहर से मात्र साँकल लगी थी। खोली तो साफ़-सुथरी पड़ी थी। वहाँ कोई सामान नहीं था।

सिद्धार्थ को आश्चर्य ने आवृत कर लिया। वह ऐसी किस धुन में चलते चले गए कि वह यह नहीं जान सके कि शाम ढल चुकी है। बचा-खुचा उजाला रात में बदलने वाला है और रास्ते में टूटे पड़े जामुन को एकत्र कर उसका ही भोग लगा लिया है। गाँव भी पड़े परंतु इच्छा उन गाँवों में प्रवेश की नहीं हुई। दोनों रातें गंधकुटी में अलग-अलग स्थानों पर व्यतीत कीं बिना किसी कष्ट, अवरोध और अभाव का अनुभव किए। यह अनुभव उनके लिए एकदम नया था कि वह इस यात्रा में अपने पाँवों को नहीं प्रत्युत रास्ते को चलता अनुभव करते रहे और सोच मुक्त होकर, दिशा की पहचान किए बिना चलते चले गए। चलने ने उन्हें सोचने नहीं दिया। खुली आँखों ने उन्हें कुछ देखने नहीं दिया।

सिद्धार्थ इन दोनों गंधकुटी में ऐसे उन्मुक्त होकर सोए कि उनकी सारी थकान जाती रही। वह अपने में एक सर्वथा नए सिद्धार्थ को अनुभव कर सके, जो उनसे अधिक स्वस्थ था, सुंदर था, अम्बर की तरह मुक्त था और धरिणी की तरह सीमा होते हुए भी असीम था। वह अपनी गर्दन पर हाथ फेरते हुए अयाल (शेर) की गर्दन पर उग आए बालों का अनुभव कर सके। जबकि एक बार भूल से पेड़ की लटकी टहनी जो नीचे की ओर कुछ अधिक झुक जाने के कारण अपने फल को साँस रोके गिरने नहीं दे रही थी, पर उन्होंने उस फल पर बहुत दूर खड़े होकर निशाना साधा था। तीर छोड़ने के समय पता नहीं शेर कहाँ से छलाँग लगा कर उसके सामने आ गया और वह तीर उस शेर के जा लगा। वह निडर होकर उसके पास गये। तड़पते हुए शेर की गर्दन-पीठ पर हाथ फेरा। सहलाया। उसके रक्त बहने लगा। उसी समय गाँव का एक बुज़ुर्ग सामने आ गये। वह कहने लगा, ''आखेटक, यह आपने क्या किया? यह शेर देवी नरवदा के चरणों में अपना स्थान बनाए हुए है। मांस भक्षी नहीं है। गाँव के चढ़ावे से अपना पेट भरता है और किसी भक्त-दर्शक को आज तक इसने क्षति नहीं पहुँचाई है।...आप इसके पास ही खड़े रहें, मैं जानवरों के रक्षक और उनके उपचारकर्ता को बुला कर लाता हूँ। ध्यान रहे इस पर बाज चील-कौए आक्रमण नहीं कर सकें।''

वह बुज़ुर्ग एक अधेड़ व्यक्ति को लेकर आया। वह व्यक्ति उसका उपचार करने लगा। कहने लगा, ''आखेटक, इसके स्थान पर कोई दूसरा शेर होता तो आपको चीर-फाड़ कर हज़म करने लगता। आप तो निडर होकर उसके पास खड़े हैं और उसकी गर्दन भी सहला रहे हैं। इसके कारण यहाँ चीतल (वह हिरन जिसकी देह पर गोल-गोल चित्ते होते हैं) सुरक्षित हैं और दूसरे मांसभक्षी जानवर इधर नहीं आते हैं।...'' वह उपचार करता रहा। शेर की तड़पन कम हुई। वह सहमी-सहमी आँखों से उनकी ओर देखने लगा। पाया कि इस पर भी उसकी आँखों में क्रोधग्नि की ज्वाला तो दूर एक हल्की-सी किरण भी नहीं है। वह उपचारकर्ता बोला, ''जाओ, आखेटक, यह अब सुरक्षित है। कर सको तो इसको देवी का प्रतिनिधि मान कर अपने तूणीर, उसमें रखे तीर और कमान को नष्ट करके इसके सामने डालकर क्षमा याचना करो और पश्चात्ताप स्वरूप यह प्रण करो कि भूल कर भी कभी किसी जानवर-पक्षी का

आखेट नहीं करेंगे। अहिंसा का आजन्म पालन करेंगे।''

आज सिद्धार्थ को सब कुछ स्मरण हो आया। उन्होंने उससे क्षमा भी माँगी और अहिंसा व्रत भी लिया। अहिंसा का पाठ पढ़ाने वाले उस शेर की गर्दन के बाल उन्हें अपनी गर्दन पर उग आए लगते हैं रेशम से मुलायम। इनके जीवन की यह घटना देवदत्त के बाण से घायल उस हंस से कुछ दिन पहले की थी, जिसका उपचार उन्होंने किया था।...ओह! उनकी अहिंसा का पाठ पढ़ाने वाले आचार्य, को आज भी प्रणाम है, कल भी रहेगा।

आगे बढ़ा तो रास्ते में एक अघोरी बाबा दिखलाई पड़ा। सिद्धार्थ ने अघोरी बाबा का नाम सुना था। परन्तु कभी देखा नहीं था। उसे सभी वहाँ सिद्धहस्त परमहंस कहकर पुकारते थे। उसने यथास्थान बैठे-बैठे पुकारा, ''युवा श्रमण, इधर आओ। नरक से स्वर्ग का रास्ता यहीं से होकर जाता है।''

सिद्धार्थ ने उस परमहंस को नि:वस्त्र बैठा पाया पद्मासन लगाए। वह पूछने लगा, ''लगते तो राजकुमार हो, फिर प्रासाद छोड़ने की आवश्यकता क्यों पड़ी?''

सिद्धार्थ शांत बना रहा।

''चिर शांति का स्थान श्मशान है, मैंने यह सफ़ेद राख हाल में अग्नि किए मुरदे की अपने शरीर पर थोपी है, ताकि यदि कोई यम देवता हो तो उसकी कुदृष्टि का शिकार न हो सकूँ, परंतु ऐसा होगा नहीं, क्योंकि मृत्युलोक में जन्म लेने वाला बचता नहीं है और न दु:ख में पड़ा जीव-मनुष्य। सुख-दु:ख, असमानता, धनाढ्य-निर्धन की खाई और न आवागमन का चक्र कभी बंद करने से बंद हो सकता है।'' परमहंस भाव-निर्भाव और सनातनी बुद्धि-विवेक के स्वभाव से समान धरातल पर बोले जा रहा था। उसकी बड़ी-बड़ी आँखें गहरी लाल थीं और उसके मोटे होंठ का एक पल्ला चिरा हुआ था।

सिद्धार्थ आवागमन को मान कर चल रहा था। अत: उसमें इस विषय पर ज्ञात-अज्ञात को जानने-समझने में तर्क बुद्धि-विवेक पर और ध्यान धरने की जिज्ञासा बढ़ी। वह पूछने लगा, ''परमहंस महात्मा, क्या आप पुनर्जन्म मानते हैं?''

अचानक परमहंस गंभीर हो गया। उसने बड़ी-बड़ी लाल आँखें बंद कीं और खोलीं। फिर उन्हें स्थिर कर कहा, ''तू अनाज, फल, सब्ज़ी के बीज तथा पक्षी और जानवर के पुनर्जन्म को मानता है?''

सिद्धार्थ ने इस तरह कभी नहीं सोचा था। वह चकरा गया। अनेक गुत्थियाँ उसको जकड़ने लगीं। उसमें उमस छाने लगी। उत्कंठा तिलमिला उठी।

''पर मैं मानता हूँ।...तू योनि मानता है क्या?'' परमहंस ने दूसरा प्रश्न दाग़ दिया।

सिद्धार्थ कुछ नहीं समझ पाया। चुप रह गया।

"क्या तेरा विश्वास युद्ध में खेल रहे योद्धा और अकाल से काल कवलित या अन्य प्रकार के प्राकृतिक प्रकोप से मरने वाले नर-नारी, बाल-बच्चों के मरने पर पुनर्जन्म में विश्वास है? क्या तू पुनर्जन्म रूपी चक्र-दुष्चक्र या आवागमन से बचने के लिए मोक्ष की तलाश में निकला है? सोच-समझ कर उत्तर देना।" परमहंस की भौंहें ऊपर चढ़ गई थीं। उसकी गर्दन कुछ और सीधी हो गई थी।

वहाँ कुछ लोग भी अब तक एकत्र हो चुके थे। उन सबकी आँखों में चमक मुस्करा उठी थी। सिद्धार्थ अवाक् रह गया।

"खोजी श्रमण, मैं इस सबको स्वीकारता हूँ क्योंकि हमारा तुम्हारा अस्तित्व भाव इसी एकाकी सत्य पर टिका है कि जो संभव नहीं है, जो दृश्यमान नहीं है और जो अनुभूति से परे है, उसके होने का सबको विश्वास दिलाएँ फिर चाहे विष्णु की छाती पर धारण समुद्र मंथन से प्राप्त कौस्तुभ रत्न हो या शिव की जटाओं से निकली गंगा धारा जो स्वर्ग से धरती पर लाई गई थी। चाहे वस्त्र रंगे पहन कर भ्रमण करने अथवा मेरी तरह नग्न रहने से। क्या तू जानता है कि परमात्मा-देवता किस बुनकर और दर्ज़ी के सिले वस्त्र पहनते हैं? वे कहाँ रहते हैं?" सोच-सोच भ्रमण, मेरा तेरा यही काम-धंधा है।...कुछ तो अपने दर्शन-मन से तैयार किए अनुभव से हम सबका उद्धार कर।...विष्टा गंगा में मिलकर पवित्र हो जाती है, खेत की मिट्टी में मिलकर फ़सल देने में सहायक होती है। देवी-देवताओं की मूर्ति बन कर हमारे दु:खों का निवारण करने का मंत्र बन जाती है। लेकिन उसको हम खाने से सख्त परहेज़ करते हैं पर क्यों, युवक श्रमण?

परमहंस इस बार ठहाका लगाने लगा। वह हँसते हुए विकराल लगने लगा। वहाँ खड़े लोगों में से कुछ के हाथ जुड़ गए और कुछ घबरा कर वहाँ से चल पड़े। उनमें से उसके एक भक्त ने आगे बढ़ कर कहा, "युवा श्रमण, आगे जाओ, अपना रास्ता नापो।...कहीं परमहंस तोता बना कर हवा में न उड़ा दें।" फिर परमहंस को हाथ जोड़ कर सिर झुका कर कहा, "बाबा, इस युवा श्रमण को क्षमा करें। मैं इसकी ओर से क्षमा-याचना करता हूँ।"

सिद्धार्थ इन परिस्थितियों का सामना करने के लिए कतई तैयार नहीं था।

परमहंस ने शांत भाव से नेत्र मूँद लिए और सिद्धार्थ शांत भाव में अँधड़ को लिए आगे के लिए चल पड़ा ही था कि परमहंस ने उसे पुकारा, "श्रमण, इतनी शीघ्रता क्या है, मेरा निर्णय तो सुनते जाओ।"

सिद्धार्थ को लौटना पड़ा। उसके पास आने पर परमहंस ने कहा, "मुक्ति धोखा है। किसे ज्ञात हो सकेगा कि वह मुक्ति पा सका। आने-जाने से वह बच सका, यह कैसे सिद्ध किया जा सकेगा।...तुम, तुम्हारे मुख-मण्डल से लगा कि तुम तर्क विवेकी हो, भावुकता-अवलंब के द्वारा निर्णय नहीं लेते हो।...भगवान को नहीं मानते अर्थात् प्रकृति को ही सर्वस्व मानते हो।...यह सारा रहस्य चक्र इतना उलझा दिया है कि सत्य की पहचान धुँधला गई है।...मैं भी उसका मारा परमहंस से मुक्ति नहीं पा सका हूँ

आज तक।...चूँकि तुम्हें, जैसा मैं परामर्श देता हूँ कि लौट जाओ।...शेष तुम्हारी इच्छा है क्योंकि तुम यहाँ तक आ चुके हो, मेरी तरह तुम्हारा लौटना संभव नहीं होगा।...अब तुम जा सकते हो।'' परमहंस का हृदय-मंथन सुन कर सिद्धार्थ अँधेरे-उजाले के मध्य में चक्कर खाने लगा।

अब सिद्धार्थ चल तो पड़ा परंतु वह उलझता हुआ सा था। उसकी गति बहुत धीमी थी। उसकी चेतना परमहंस के द्वारा उठाए गए प्रश्नों का उत्तर नहीं दे सकी, जबकि वह आलार कालाम जैसे सत्य शोध तपस्वी के सामने अपना सिक्का जमाने में नहीं डगमगाई।

फिर शाम न ढलने लगे। फिर रात कहाँ ठिकाना मिलेगा, कहीं नहीं। तभी पीछे से तेज़ी से आता एक अन्य श्रमण उसके पास से निकलने लगा तो उसने उसे पुकारा, ''श्रमण भ्राता, तनिक ठहरो।''

वह ठहर गया तब सिद्धार्थ ने पूछा, ''बंधु मुनि उद्दक रामपुत्र का आश्रम यहाँ से कितनी दूर है?''

''वहाँ जाना है क्या, श्रमण?''

''हाँ, वहीं जाना है। ऋषितुल्य आलार कालाम ने भी उनसे भेंट करने का सुझाव दिया था—ध्यान के प्रकार और उसकी सीढ़ियों पर प्रकाश डालते हुए,'' सिद्धार्थ ने धीरे-धीरे कहा।

''आप ऊपर देखो। सिर पर काले बादल मंडराने वाले हैं।...वह चिड़िया उड़ कर चली जा रही है।'' वह श्रमण बोला।

''तो श्रमण?''

''यह इस बात का संकेत हैं कि शीघ्र मूसलाधार वर्षा होने वाली है।''

सिद्धार्थ ने ऊपर देखा। काले मेघ की टोलियाँ छितराने लगी थीं।

''सोचो मत, मेरे साथ गति तेज़ कर चलने लगो, ताकि भीगने से बच सकें। मैं पास के गाँव में आकर आज प्रात: ठहरा हूँ। तुम्हें भी वहीं ठहरने के लिए स्थान मिल जाएगा। तेज़ हो जाओ।...कल तुम्हें वहाँ पहुँचवा दिया जाएगा।''

अब दोनों की समान गति हो गई। जैसे-तैसे थोड़ा-सा भागते हुए गाँव में प्रवेश पा गए। तब दोनों सामान्य होकर चलने लगे।

''लो, आ तो गया अपना बचने का ठिकाना। पर यहाँ से थोड़ी दूर और चलना होगा।'' वह मुड़ लिया। सिद्धार्थ भी उसके साथ हो लिया।

इधर बूँदें टपकने लगीं। चाल फिर तेज़ की। जैसे वे एक घर के सामने रुके ही थे कि वर्षा एकदम ताण्डव दिखाने लगी। भयावह कड़क के साथ चपला ऐसी चमकती कि सारा परिवेश उजाले में सिर से पाँव तक चमक जाता पल भर के लिए।

तभी अंदर से आवाज़ आई, ''कौन हो, भाई?''

उसके साथी ने उत्तर दिया, ''दो श्रमण।''

''अंदर आ जाओ।''

वे दोनों अंदर आ गए। अंदर एक वृद्ध लेटा हुआ था। चादर ओढ़े। वह बोला, ''दीपक की लौ ऊँची कर दो।'' अब वह कुटिया, कुटिया में रखा सामान और दूसरी पड़ी खटिया दिखाई पड़ने लगी। वह बूढ़ा बोला, ''द्वार और वातायन बंद कर लो। यह अंधड़ वर्षा है सारे पाप समेट ले जाएगी।...खड़े क्यों, बैठ जाओ।''

वे बैठ गए। सन्नाटे पर गिद्ध-चील, भूखे भेड़िये की तरह रह-रह कर टूट पड़ रही थी। आंतक छाने लगा। उस बूढ़े से यह सुनते, ''खण्ड प्रलय होती है। कदाचित् वह समय आ गया है।...तुम दोनों क्या करोगे? पाप का घड़ा ऊपर तक भर चुका है।...क्या करने की ठानी है?''

साथी श्रमण ने उत्तर दिया, ''घर लौटने की, बाबा।'' वह नहीं चाहता था कि बाल की खाल उधेड़नी शुरू हो जाए।

''अच्छा है यदि घर बच सका।'' तेज़ खाँसी उठी। गडुवे से गटगट पानी पीया। वह तेज़ चल पड़ी साँस को सामान्य होती पाकर बोला, ''यहाँ के अघोरी परमहंस से मिले हो क्या? लंपट। सारी बस्ती को अंधा बना डाला है-मल-मूत्र खाता-पीता है और स्वर्ग दिखाने की बात कहता है श्मशान की गरम माटी लपेट कर! सब डरते हैं-चांडाल कहीं का।...मैं उसी का मारा हूँ। मेरा सब कुछ छिन गया। घर से बेघर हो यहाँ आ पड़ा हूँ।'' खाँसी फिर तेज़ी से खों-खों कर उठी-पहले से तेज़।

सिद्धार्थ की जिज्ञासा की नींद उचटी। उसके मस्तिष्क पर पड़ते अदृश्य हथौड़े कुछ देर के लिए थमे जैसे वर्षा ने पलटा खाया। वह पूछ बैठा, ''बाबा मोक्ष... ।''

''बोलता साँचा है पर जीता साँचा नहीं। रटी-रटाई भाषा में, जैसे आज के श्रमण। उनके संप्रदाय। बिना हाथ-पैर हिलाए राजा-सेठों को उल्लू बनाकर आश्रम में प्रासाद का आनंद लेते हैं। घर तोड़ने में लगे हैं। आश्रम में युवतियों को स्वर्ग दिखाते हैं। दुष्ट, यह नहीं जानते कि घर टूटने लगे तो समाज कहाँ रहेगा? किस राज्य करेगा राजा राज।'' खों-खों फिर तेज़ हुई वर्षा के साथ।

''वह मटकी उठाओ। पत्ते लो। भूखे लगते हो, पहले थोड़ी बहुत पेट-पूजा कर लो। इन बेपर की बातों का क्या! इनसे न पेट भरता और न ज़िन्दगी चलती है।'' दोनों को यथा स्थान बैठा देख वह बूढ़ा क्रोधित होता बोला, ''खाने-पीने में काहे की लज्जा। सूखा-गीला जो धरा है, उसे सम्मान देना जानो, श्रमण बंधुओ। जो सच में मिठास है, वो घर छोड़ने में नहीं।...चलो, उठो, हाथ बढ़ाओ। जे बाबा भूखा-नंगा नहीं है-बाबा अघोरी के बच्चे ने मार-मार कर गोड़े-तोड़ डाले, बय्यर हथिया ली। युवावस्था में जे हाल कर डाला।...फिर भी खेत-खलिहान की कमी नहीं है। उसके ही दो चेलों ने मुझे बचाया। अब वे ही मेरी और खेत-खलिहान की देखभाल करते

हैं। वर्षा से घिर गए होंगे। आ जाएँगे...चलो, जाओ, मटकी से पत्तों पर कुछ निकाल लाओ। खाओ।...भूखे रहना जीते जी अपने को मारना है।" उस बूढ़े की आँखों में कुछ ऐसा था कि वह साथी श्रमण उठा। दो पत्तों पर रख लाया।

स्वादिष्ट मोयन डला लाडू का चूरा था। दोनों स्वाद लेकर खाने लगे।

"भर पेट खाना। मगरमच्छ की तरह आँसू मत बहाना।...खाने में अच्छा-बुरा कुछ नहीं होता है...भूख में किवाड़ पापड़ लगते हैं।"

उन दोनों ने पेट भर खाया। अब वर्षा तो कम हो गई थी पर अँधेरा डरावना बन गया था। वह बूढ़ा बोला, "अंदर चले जाओ। दो झोंपड़ी और हैं। ओढ़ने-बिछाने के कपड़े-लत्ते पड़े हैं। ओढ़-बिछा लेना। सुबह चले जाना।...अब उठो, अंदर जाओ।"

जैसे ही वे चलने लगे वैसे ही उस बूढ़े ने कहा, "जे जीवन कोरी बिना दाग-धब्बों वाली चादर है। मैली-कुचैली करके न पटक देना। जा सूँ घर-समाज को साँची सीख मिल सकेगी।...वो सीख इन धर्म-संप्रदाय के बाड़ेबंदी से कभी नहीं मिलेगी।...घर-गिरस्थी को क्या लेना-देना उनके स्वर्ग-मोक्ष की बातन सूं।...वे सांचे-सच्चे, भोले-भाले कूं बहकाकर-फुसलाकर गंदे-गलीज रास्तों पर डाल कर कितना बड़ो पाप कर रहे हैं, जे उन्हें कौन बताए।...कोई उन्हें इन लबासी (गप्पी), लंपट-लफंगों से बचाए तो बड़ौ पुण्य होगा।...श्रमण बंधु, जैसो पेट भर खायो है, डकार लेकर हजम कियो है, वैसा ही जा घर-समाज के साथ करना।...मैं सुबह सूरज चढ़े, देर से उठता हूँ, तुम जाना चाहो तो चले जाना।...जै रामजी की।"

अब वे दोनों उनमें से एक-एक झोंपड़ी में बिछावन कर, मुँह ढँक कर सो गए। परंतु सिद्धार्थ की नींद उचट गई। कैसी सीधी-सच्ची बात, सौ टके की एक बात। वह भी डंके की चोट पर। न डर, न भय और न कोई गड़बड़ झाला, न कोई सिर नीचा पैर ऊपर उठाने जैसा प्रदर्शन। फिर वह क्या लेने निकला है और किसके लिए? क्यों आश्वास-प्रश्वास दबा कर ध्यान और न कोई दाँतों में दाँत दबाना, न जीभ तालू से चिपका कर चित्त को मारना और काँख से पसीने की प्रतीक्षा करना। कोरा ढकोसला। बेकार का ढिंढोरा पीटना।...सोच-विचार में कब सिद्धार्थ को नींद ने आ दबाया, यह उसे पता ही नहीं चला।

## 34

सवेरे सिद्धार्थ को वह श्रमण पहाड़ी के नीचे से उद्दक रामपुत्र का आश्रम बता कर चला गया। आश्रम पहाड़ी पर था। तीन ओर ढलान। ढलान पर खड़ा जंगल। खंदक जैसा स्थान। ऊपर पहुँचा सिद्धार्थ तो उसने देखी चौरस भूमि। वहाँ खड़ा था उनका भव्य आश्रम। पेड़ों से छनकर आता महकदार समीर और शांत स्थान। न लगता मन लग जाए। न चाहते हुए तल्लीनता की समाधि स्वतः लग जाए। इसका भी एक अद्‌भुत

और आश्चर्यजनक आकर्षण है। घर छोड़ने का पश्चात्ताप नहीं घेरता, उलटे घर छोड़ने की चाहत को भरपूर सुकून मिलने लगा। सनसनाहट के शुद्ध उच्चारण से बात करती समीर। सत्संग समाती महक।

इमली के पेड़ पर बैठा नीलकण्ठ और नीम पर बैठी कोयल की सुमधुर ध्वनि और चिड़ियों की चहचहाट। एकदम निस्पृह भाव का समूचा वातावरण हृदय में अमिय घोलने लगा था सिद्धार्थ के। कहाँ से कहाँ आ पहुँचा था वह। राजप्रासाद में जो अनुभव संभव नहीं था, वह यहाँ के वातावरण में झरने से उतर कर चतुर्दिक छाया हुआ था। यह सब गृहस्थी के बाड़े में कहाँ है ?

इसी समय उद्दक रामपुत्र का एक श्रमण सिद्धार्थ को बुलाने आया। सिद्धार्थ उसके साथ चलने लगा। उसकी गठरी लेने के आग्रह के साथ उसने हाथ भी बढ़ाया, लेकिन सिद्धार्थ ने कह दिया, ''हे श्रमण, आप अच्छी तरह परिचित हैं कि श्रमण उतना ही भार लेकर चलता है, जितना वह स्वयं उठा सकता है।''

अब सिद्धार्थ उद्दक रामपुत्र को प्रणाम करके और उनका बैठने का संकेत पाकर आसन ग्रहण कर चुका था।

उद्दक रामपुत्र का स्थान अत्यंत शांत और बिना किसी सजावट के, पूर्णरूपेण सादगी के साथ आकर्षक था। वह गौर वर्ण, पहलवान जैसी गठी हुई देह, दमकता ललाट, बड़ी-बड़ी आँखें कमल जैसी, सुदृढ़ स्कंध, मुख-मण्डल तेजोमय, सौम्य तथा ऋषि परंपरा से जुड़कर अलिप्त, निर्मल और संभावनाओं की व्यंजना का मूर्त रूप लग रहा था। वह गुरु-गंभीर वाणी में बोले, ''राजपुत्र सिद्धार्थ, आपका सत्य का अन्वेषण-मंथन करने के लिए सन्मार्ग पर निकल पड़ना बहुत बड़ा निर्णय है।...निस्संदेह आपको अपने लक्ष्य में अभूतपूर्व सफलता मिले, यह मेरा आपको आशीर्वाद है।''... सिद्धार्थ को ध्यान से देखते हुए आगे कहने लगे, ''इसका भी एक कारण विशेष है, आपके बैठने की मुद्रा स्वतः पद्मासन लगाए है। आपका समग्र व्यक्तित्व निस्संग आचरण, उसके समान निर्जन, एकांत में अभ्यासरत ऐसे संबंधों की ओर संकेत दे रहा है, जिसकी संबंध शून्य अंतरंगता संसार से दूर ले जाकर एक ऐसे संसार की संसृष्टि करती है, जो पूर्व में अनुभव नहीं की जा सकी।...मुझे मुनि आलार कालाम का संदेश मिला था। कदाचित् आप इधर आएँ।...कपिलवस्तु में आलार कालाम के एक शिष्य भरण्डु कालाम ने एक आश्रम खोल रखा था। जब वह इधर था तब उसने भी यही सूचना दी थी।'' इसके बाद उद्दक रामपुत्र चुप रह गए।

सिद्धार्थ ध्यानमग्न होकर उनके प्रभामंडल में होने वाले परिवर्तन को देखने लगा। उनकी आँखों से नव ज्योति की किरणें अरुण से पीली होती गईं।

''आप यहाँ रहना चाहेंगे क्या ?''

सिद्धार्थ ने कहा, ''हाँ आचार्य, यदि आपकी अनुमति मिलेगी।''

''ठीक है। मैं आपको ध्यान की आठों सीढ़ियों से परिचित करा कर यह

बता सकूँगा कि उसके द्वारा आप कैसे अपने प्रश्नों के उन उत्तरों को पा सकोगे, जिनका उत्तर आपको कोई नहीं बता सकता। यह आपकी ध्यान, तपस्या का परिणाम होगा।...'' उद्दक रामपुत्र ने सहज भाव से कहा।

इसके बाद सिद्धार्थ को गंधकुटी तक ले जाने के लिए एक श्रमण के साथ जाने को कहा। उसे सुबह से भिक्षाटन का भी आदेश दिया।

सुबह वह तैयार होकर अन्य श्रमणों की तरह भिक्षाटन को चल पड़ा हाथ में कमंडल लिए। बस्ती में आकर सबने अपनी-अपनी दिशा पकड़ी। सिद्धार्थ ने एक-दो श्रमण को भिक्षाटन करते देखा। फिर वह भी एक दिशा की ओर मुड़ गया। एक द्वार के सामने खड़े होकर मधुर वाणी में कहा, ''माते, तेरा पुत्र द्वार पर खड़ा है।''

सिद्धार्थ यह नियम जान चुका था कि प्रत्येक श्रमण मात्र एक द्वार से भिक्षा लेगा। वह भी पहले द्वार से। वहाँ से भिक्षा नहीं मिले तो खाली लौट आएगा। उसने देखा कि माँएँ श्रमण की एक आवाज़ पर बाहर निकल आई थीं। मानो वे पहले से तैयार हों। परंतु सिद्धार्थ के साथ ऐसा नहीं हुआ। वह लौटने ही लगा था कि द्वार खुला और एक सुंदर युवती भिक्षाटन देने के लिए बाहर आ गई। वह कहने लगी, ''पुत्र, माँ बाहर गई हुई हैं।''

सिद्धार्थ ने भिक्षा ले ली। वह यह निश्चित नहीं कर पाया कि वह युवती विवाहिता थी या कुमारी। यह उसके जीवन का पहला अनुभव था श्रमण बनकर भिक्षाटन का।

यों सिद्धार्थ की दिनचर्या चल पड़ी। उद्दक रामपुत्र ने उन्हें संज्ञा (चेतन) और असंज्ञा (जड़) की अन्तर्वृत्ति को समझाने का सोदाहरण प्रयास किया।

उद्दक रामपुत्र को यह जानकर आश्चर्य हुआ कि सिद्धार्थ ध्यान में इतना डूब जाता है कि उसके आस-पास ढोल बजवाएँ परंतु सिद्धार्थ ध्यान में ही डूबा रहा था।

जब ध्यान से वह उठा, तब वह उद्दक राजपुत्र के सामने आया। उसने सिद्धार्थ के आसन ग्रहण करने के बाद पूछा, ''आप ध्यान में इतने कहाँ डूबे हुए थे कि एक साथ कई ढोल बजवाए, तब भी आप ध्यान मुद्रा में बने रहे। ऐसा क्या आ ठहरा था तब जिसने आपको चेतन-अचेतन के पार करवा दिया था?''

सिद्धार्थ सोचता रह गया। वह तब कहाँ जा ठहरा था? क्या था वहाँ? वह धीमे स्वर में कहने लगा, ''दीपक जलते-जलते उसकी लौ बना रह गया। फिर वह लौ भी अदृश्य हो गई।''

''उसके बाद, सिद्धार्थ।''

''कोई रंग नहीं रहा, न कोई अस्तित्व। मात्र रंग शून्य लहर का आभास पा सका—एक सूक्ष्मातिसूक्ष्म अनुभूति के साथ। वह शब्दातीत है। उसका वर्णन भी नहीं किया जा सकता, आचार्य।'' उद्दक रामपुत्र सिद्धार्थ को अचम्भे से देखकर सोचने

लगे कि इस प्रकार का अनुभव तो वह भी प्राप्त नहीं कर सके। वह कहने लगे, ''यह अत्यंत शुभ स्थिति है—मन-मानस की। अमित्र एकाग्रता, असंलग्नता, प्रबुद्ध कल्पना के सत्य की पराकाष्ठा की लहर है।''

''ज्ञात नहीं, आचार्य।''

''यह ज्ञात के अज्ञात की चरम स्थिति का संकेत है सिद्धार्थ।'' उद्दक रामपुत्र ने गहरे में डूबते हुए कहना जारी रखा, ''लोकोत्तर शांति की ओर वह पहुँचना चाहती है, चाह की सीमा लाँघ कर। क्या सोचा है ?''

सिद्धार्थ चुप रहा। क्या कहता! अज्ञात के ज्ञात की कोई सीमा नहीं होती। परिशुद्ध कर्म से संबद्ध कर आलार कालाम ने चलने से पूर्व यही कहा था, ''तुम्हारे वाचसिक तथा मानसिक कर्म-उपकर्म और उपजीविका निस्संदेह परिशुद्ध हैं। पुनीत हैं। वे तुम्हें आगे जाने के लिए निरंतर प्रेरित कर रहे हैं। जाओ, पुत्र मेरी तपस्या का आशीर्वाद भी तुम्हारे साथ है।''

उद्दक रामपुत्र ने बड़े मनोयोग से कहा, ''चलते चले जाओ। आगे का पथ तुम्हारी प्रतीक्षा कर रहा है। वह समाधान देना चाहता है, ताकि आप जगत का मार्ग प्रशस्त कर उसे सही दिशा में बढ़ने की प्रेरणा देकर अविराम सक्रियता का भागानुभाग का अनुभव करवा सकें।''

फिर सिद्धार्थ शांत। उद्दक रामपुत्र कहने लगे, ''आप यहाँ रहना चाहें तो आपका स्वागत है। परंतु मेरा आग्रह है कि आप इससे आगे की यात्रा पर चल पड़ें तो जीवन सत्य से जुड़कर मानव समाज को वह सब अनुभव हो सकेगा, जिसका वह अभी तक अनुभव नहीं कर सका है। मेरा तप प्रसाद आपके साथ है।''

सिद्धार्थ के अरुण अधरों पर ठहरा मौन स्वर ध्यानावस्थित होकर इतना कह पाया, ''आपने उपकृत कर दिया, आचार्य। आपका आदेश शिरोधार्य है। यहाँ से कल प्रातः चल पड़ूँगा।'' सिद्धार्थ प्रणाम कर उठ गया।

## 35

रामपुत्र आश्रम से सिद्धार्थ निकल तो आया पर जाए किधर ?...जहाँ पथ ले जाए उधर। उसके अंदर की वाणी का आदेश मिला। पीला चीवर पहने, हाथ में कमण्डल थामे और पीठ पर गठरी लटकाए बढ़ते रहे अभेद्य शान्ति के साथ। रात होने को होती तो रुक जाते। दिन उगने लगता तो चल पड़ते। प्रत्येक पीला चीवर धारी श्रमण। आश्रम से जुड़े बिना भी। समाज उनके प्रति समर्पित। संभव-असंभव, श्रद्धा-भक्ति सब गड्डु-मड्डु। न उजाला न तमस।...दिन उगता। रात डूबती। तारे खिलते। चंद्र धीरे-धीरे अदृश्य होने लगता। उसका आकार भी धीरे-धीरे लुप्त होता जाता। फिर धीरे-धीरे बढ़ने लगता। पूर्णमासी को पूरा गोलाकार होकर अपनी दिव्य-शीतल आभा से तन-मन से

लेकर सारी प्रकृति को अपने अमृतमय उजाले से स्नान करा देता। सिद्धार्थ सोचता रह जाता। जब समग्र मानवेतर-निसर्ग जगमगा उठता है, फिर मानव त्रासदी में डूबा क्यों दुखातिका से जुड़ा रह जाता है? क्यों उसकी जीवन गाथा त्रासदीय बनी रह जाती है?

राजगृह में सिद्धार्थ ने प्रवेश किया। पहाड़ियों पर आच्छादित हरियाली अवलोक कर वह प्रसन्न हुआ। कारण जाना कि वह शांत, रमणीय और पवित्र स्थान है। वह वाचसिक तथा मानसिक कर्म व उपजीविका से उसे पूर्णतया परिशुद्ध अनुभव करा रही है। डर-भय कहीं नहीं है। मैत्री भाव व अवहिंसा (कष्ट नहीं पहुँचाने का विवेक) से भी पूर्ण है वह स्थान।

अभी वह अपने लक्ष्य से दूर था। उसका ध्यान हठयोग पर जा टिका।

उद्दक के बाद हठयोगी आश्रम में वह जा पहुँचा। योगी के इस तर्क ने उसमें आशा का संचार किया। वह उसे अपनी बुद्धि तुला पर भी ठीक लगा।

तर्क था—गीली लकड़ी पर चाहे जितनी बार उत्तराराणि (यज्ञ के लिए अग्नि पैदा करने वाला लकड़ी का एक यंत्र या चकमक पत्थर) उस पर रगड़ो पर अग्नि पैदा नहीं होगी। वैसे ही जब तक कठोर तपस्या न करो—अर्थात् भूख-प्यास से मुक्त न हो-तब तक काया व चित्त कामोपभोगों से प्रत्यक्ष या अप्रत्यक्ष घिरे रहेंगे। अर्थात् गीली लकड़ी के समान बने रहेंगे। फिर क्या था। वह देह को दण्ड देने पर उतारू हो गया। काढ़ा लेने लगा—मटर, कुलथी (उड़द की जाति का अन्न) हरेणु (चना), मूँग आदि का काढ़ा। उसकी मात्रा भी दिन-पर-दिन कम करता गया।

सिद्धार्थ काँख से पसीना लाने के लिए दाँतों पर दाँत दबा कर और जीभ को तालू से लगाकर चित्त को एकाग्र करता रहता। कभी कसकर कान दबाकर आश्वास-प्रश्वास पर वह ध्यान केंद्रित करता रहा। इससे सिद्धार्थ का शरीर अति दुर्बल होता गया। कटिबंध ऊँट के पाँव जैसा। मेरूदण्ड सूत की तकली जैसा। अंगों के जोड़ काल वल्ली की गाँठों जैसे। वह बैठे-बैठे गिर पड़ा। घबराहट हुई। फलतः उसने देह-दण्ड का अभ्यास छोड़ दिया। परंतु उससे वह अपना मोह पूरी तरह नहीं हटा सका। अलबत्ता वह राजयोग की आनापान स्मृति समाधि लगाने लगा।

एकांत में दीर्घ लेते या छोड़ते आश्वास-प्रश्वास का वह अनुभव करने लगा। यह अभ्यास उसको अनुकूल ही नहीं बल्कि चित्तवृत्ति को स्थिर करने में भी बहुत सहायक रहा। परंतु लक्ष्य से अभी तक दूर था वह। राजगृह छोड़ आगे बढ़ा। उसकी देह पहले से अवश्य स्वस्थ हुई थी परंतु चलने-फिरने में अभी भी रुकावट अनुभव होती थी।

उसके मन को सुदृढ़ चित्त निरंतर प्रेरित करता रहता था। कहता रहता था, ''तुझ में न प्रमाद है, न तू थकता है। स्थिर रहकर तू सदैव सक्रिय रहता है। उठो, सिद्धार्थ, अपने लक्ष्य की ओर बढ़ो, मेरी ओर देखो। रुकना ही तेरी मृत्यु है। भय प्रमाद भी मृत्यु की ओर ले जाते हैं।...तू जीवट है। चेतना परिपक्व है व विश्वास अटल है काम, तृष्णा, अदति (दूसरे को कष्ट देना) आदि से तू मुक्त है।...फिर रुकना क्यों?

सिद्धार्थ में चेतना सक्रिय हुई और वह चल पड़ा। धीरे-धीरे, रुकते, ठहरते, आगे बढ़ता रहा।

प्रश्न उठा—अब आचार्य कौन होगा? कौन बनेगा मार्गदर्शक उसका?

सिद्धार्थ ने चारों ओर देखा। जिधर देखा उधर भरपूर हरियाली, झूमते एक से एक सुंदर, आकर्षक, फूल-फलों से लदे मनमौजी।

''कौन है उनका मार्गदर्शक—आचार्य?''

सिद्धार्थ चकराया। क्या उत्तर दे?

''ये संपूर्ण जगत ही अपना आचार्य—मार्गदर्शक स्वयं है।''

''क्या मैं भी?''

''हाँ तुम भी। तुम क्या इनसे भिन्न हो। तेरा ध्यान, विश्वास, आस्था का समुच्चय ही तुझ में अन्तर्निहित अक्षय और अपार शक्ति है। उसी से दृष्टि द्रष्टा बनती है, नासिका से अजन्मी परिमल सुवास पाती है, कर्ण से आलौकिक संगीत को मिलता है अक्षय प्रवाह, वाक् से मिलता है अन्वेष्य मंत्र। तू उस प्रकार शिखर के सन्निकट है, ऐसा सोच। आत्मविश्वास ही गन्तव्य तक पहुँचाने का एकमात्र अवलंब है।''

''मित्र, आपका परिचय?''

प्रत्यूषकालीन मुस्कान की अन्तरंग लहर उसके चित्त पट पर स्वत: गूँज उठी, ''जो तेरा परिचय है, सत्य के अनुशोधक, वही मेरा है।''

''क्या कहा?''

''जो तूने सुना, वही कहा। मेरे कहने और तेरे सुनने में अद्वितीय अभिन्नता है।...चलता चल, जहाँ तक चल सके।''

तभी सिद्धार्थ ने आँखें खोलीं। कहीं कोई नहीं था। उनमें सुंदर वन लहरा रहा था। समीर गतिशील था, नद् के संस्पर्श से।

सिद्धार्थ के अंधेरे एकदम अदृश्य। मात्र अक्षय ज्योति का अन्यतम प्रवेश।

सिद्धार्थ में आलार कालाम का प्रभावी स्वर अनुगूँज उठा, ''मुझे विश्वास हो रहा है कि तू आचार्यों की सीमा लाँघ कर स्वत: अपना आचार्य बन अपने को निर्देशित कर सकेगा। ऐसा अविस्मरणीय चमत्कार सदियाँ बीत जाने के बाद अब अवश्य सामने आएगा परन्तु तब हम वहीं होंगे, पुत्र।''

सिद्धार्थ तटस्थ बना रहा। क्या होना है और कैसे होना है? होगा भी या नहीं। प्रतिध्वनियाँ होती हैं। श्रवणेन्द्रियाँ सुनकर चित्त को थपथपाती हैं। परंतु सिद्धार्थ में न स्वीकृति जन्मती है, न अस्वीकृति। मात्र वाक् चमत्कार चपला सा अध्वनि किए लुप्त हो जाता है पानी के बुलबुले की भाँति। कभी-कभी वह आत्मज्ञानी अंधा प्रभाकर पूछने लगता, जय की अपेक्षा नहीं तो फिर पराजय का डर कैसा!

## 36

सिद्धार्थ भ्रमण करता हुआ आभीर पल्ली पहुँच गया। यहाँ निरंजरा (नैरंजरा) नदी के तट पर खड़ा-खड़ा उसके प्रवाह को अवलोकता रहा। नदी का जल एकदम स्वच्छ, निर्मल और शांत बह रहा था। प्रातः हो रहा था। मन हर्षित होने लगा। प्रवाह के साथ जलबद्ध लहरें मानो सिद्धार्थ से कुछ कहना चाह रही थीं कि तभी कोयल कूकने लगी और पपीहा बोल उठा।

प्रकृति ने कितना कुछ दिया है। काश, मानव उससे अपने को जोड़ पाता तो उसे दु:खों से मुक्ति मिलने का आश्वासन मिल सकता।

नदी में स्नानार्थी चहक रहे थे। जल उछाल रहे थे। डुबकी लगाकर हर-हर गंगे का आह्वान कर रहे थे। सिद्धार्थ सोच में पड़ गया कि यहाँ गंगा तो है नहीं, निरंजरा है। यहाँ फिर गंगा का स्मरण क्यों? तब वह हठयोगी के उस कथन का स्मरण करने लगा, जिसके द्वारा वह उसका नाम गंगा जानकर पूछ रहा था, ''तू यदि गंगा है तो पाटलिपुत्र की गंगा क्या है?''

तब उसने बताया, ''गंगा नाम रखने से बिना गंगा जल होते हुए भी सारा घर ही गंगा हो जाता है। दिन-रात घर में गंगा पानी लाना, गंगा में सब्ज़ी ले जाना, गंगा आँगन को लीप देना...गंगा ये करना, वो करना गंगा। हर एक के कान में गंगा का नाम सुनाई पड़ता रहता है। साथ ही, यथा नाम तथा गुण के कारण गंगा किसी काम को मना भी नहीं कर सकती।''

''इतनी लंबी व्याख्या, गंगा।''

''यह व्याख्या मेरी नहीं, मेरे दादा की है। मुझे न भूलने का आशीर्वाद मिला हुआ है। यह व्याख्या उसी का परिणाम है।''

अचानक ''नमन, श्रमण, बंधु'' सुन सिद्धार्थ चौंका।

''तू भी बाबा को नमन कर...चरण छू गगन।'' वह वयोवृद्ध कह रहा था।

''दादा, यह बूढ़े, कहाँ हैं?''...गगन ने कहा।

यह सुनते ही सिद्धार्थ मुस्करा कर कहने लगा, ''पुत्र, तुमने ठीक पहचाना है।...हम आपको नमन करते हैं...आपके चरण छूते हैं।''

''ना...ना...आप वस्त्रों से महात्मा ही लगते हैं, बाबा।'' कह, उस सात-आठ वर्षीय बालक ने तत्काल प्रणाम कर उसके पाँव छू लिए।

''आप यहाँ अभी-अभी आए हैं।'' उस वयोवृद्ध ने पूछा।

''हाँ, श्रद्धेय।'' सिद्धार्थ ने धीरे से बताया।

''कब तक रहेंगे?''

''अज्ञात, श्रद्धेय। श्रमण सदा वायु सा बहता है अपने में। वायु बहना जानती है,

दिशा नहीं, दिशा उसका गोपनीय लक्ष्य होता है।'' सिद्धार्थ ने कहा।

''आज्ञा हो तो यहाँ की कुछ जानकारी दूँ, श्रमण बंधु।''

हाँ में उत्तर पाकर वह वयोवृद्ध खखार कर बोला, ''आभीर पल्ली...। पल्ली यहाँ गाँव को कहते हैं। निरंजरा नदी के उस पार बसा है यह गाँव।...आभीर राज कुंदन भल्ल इस गाँव के मुखिया हैं। स्वभाव संत का सा है। परोपकारी हैं, गाँव की उन्नति-समृद्धि में लगे रहते हैं। सेवा भावी हैं। आप यहाँ रुकिए। आपकी सारी व्यवस्था हो जाएगी।''

''आभार, श्रद्धेय। कृपया अभी क्षमा कीजिए।'' यह सुन वह वयोवृद्ध पोते के साथ नमन कर आगे बढ़ गया।

सिद्धार्थ के सामने राहुल आ खड़ा हुआ। उसकी अवस्था की लहर उमंगित हो उठी।...नहीं, नहीं मोह नहीं। बाल स्वभाव की चपल, चंचलता और अबोधता मन-चित्त को सहज एकाकार कर जाती है और साथ ही प्रमुदित भी। सिद्धार्थ ने अपने को समझाया और आगे बढ़ गए।

वह सोचने लगा कि सब कुछ करके देखा पर मिला क्या? कोई मार्ग उनको लक्ष्य की ओर नहीं ले जा सका। अब वह क्या करें? किसी ओर बढ़ें तो कैसे? न दिशा है और न दृष्टि है उसकी। न कोई आचार्य हैं? अकेला है और उसके चारों ओर एकान्त, निर्जन और गहरा सन्नाटा है।

दूसरे ही पल चित्त बोला। है क्यों नहीं। चतुर्दिक मनमोहक प्रकृति है। निर्मल कलकल करती निरंजरा नदी है। अपने में दिशा-दृष्टि पाने का परिवेश। एक आचार्य ही तो नहीं हैं। सृष्टि के प्रारंभ में आचार्य कहाँ था। स्वयं सृष्टि अपना आचार्य बनी थी। अपने से बड़ा अन्य कोई आचार्य नहीं हो सकता। एक बार, चाहे अंतिम बार अपना आचार्य बन कर तो देख। निरासक्त अंबर की तरह, भय-ताव से मुक्त होकर। न आस्ति भाव और न नास्ति भाव के चक्कर से मुक्ति पाकर। न लगाव, न विछोह!

सिद्धार्थ के सामने नव पल्लवों से हाथ हिलाता पीपल वृक्ष लहरा उठा मानो वह उसे अपने पास बुला रहा हो। उससे वह कह उठा हो, ''अमावस्या की त्रयोदशी जाने को है। परसों गुरु पूर्णिमा है। माना कि न शंख ध्वनि है, न अग्नि, न धूना वृक्ष के गोंद की धूनी है...तो क्या हुआ। तेरी अपनी महक, अपनी ऊर्जा, अपनी लौ और अपना पुनीत, निःस्वार्थ और सत्यानुरागी समर्पण तो है। वही तेरा सर्वस्व है। सर्वस्व ही तेरा लक्ष्य है, जिसके सुबोध के लिए तू निकला है।'' तभी उसमें निरंजरा भी बोल उठी, ''तू मुझ में तीन दिन से डुबकी लगा रहा है। आनंद भी पा रहा है। फिर सोच कैसी! तू भी बहने लग मेरी तरह। बहता जा। अधिक सोचे-विचारे मत। सोचना विचारना उस पर छोड़ दे, जिससे तू ध्यान लगाता है।''

''किससे माते?''

''तुझे यह भी नहीं ज्ञात है। फिर भी तेरा ध्यान लग जाता है।''

"हाँ, माते।"

"इसका अर्थ तू तैरना जानता है। यह तेरी पूर्व जन्म की तपस्या का फल है।"

"नहीं जानता, माते।"

"तू कैसे जानेगा! यह तो वह जानता है, जो तेरे ध्यान में भी नहीं आता।...तू शेष उस पर छोड़। वह जो करेगा या तुझसे करवाएगा, यह वह जाने। तू निर्विकार है। तुझमें, हो सकता है, उसकी अनंत शक्ति के कुछ अंश प्रकट होना चाहते हों।...चलती हूँ।" कह निरंजरा चली गई। निरंजरा तो तब भी अदृश्य थी, लेकिन उसके अब भी स्वर सुनाई पड़ रहे थे।

निरंजरा के जाने के बाद वह घण्टे-घण्टियों को निर्ध्वनि में स्पष्ट सुनता रहा—सत्यं, शरणं गच्छामि।...एक बार नहीं, अनेक बार, एक स्वर में नहीं, अनेक स्वरों में। मानो कोई कोयल कण्ठी अलग-अलग लय तान में गाए जा रहा हो। सिद्धार्थ कितने समय तक वह ध्वनि आनंदमय होकर सुनता रहा। जब चेत हुआ तो उसने पाया वहाँ कोई नहीं है। मानो निरंजरा की लहरें ही अब भी गुनगुना रही हैं—सत्यं शरणं गच्छामि।

सिद्धार्थ उठ खड़ा हुआ। ध्यान वह प्रतिदिन लगाता रहा।...नहीं-नहीं यह असमीचीन है। समीचीन यह है कि प्रतिदिन स्वतः पद्मासन लगता और वह ध्यान में डूब जाता था।

## 37

कई दिनों तक सिद्धार्थ निरंजरा के आस-पास का भ्रमण करता रहा। अनायास उसके मन में आया कि आभार पल्ली का भ्रमण कर ले। उजाला पक्ष है। तड़के या तड़के पूर्व चल पड़े पल्ली भ्रमण के लिए। पल्ली की आँख खुलने से पूर्व लौट आए।

सिद्धार्थ ने ऐसा ही किया। पल्ली पहुँचा। रहने के घर पक्के। पशु बाँधने का बाड़ा भी साफ़-सुथरा और निश्क (छोटी ईंटों) से बनी इतनी ऊँची चारदीवारी थी कि कोई पशु अंदर न आ सके और न अंदर से पशु बाहर जा सके। पशुओं को ऋतुओं की मार झेलने के लिए झोंपड़े भी सुंदर ढंग से बनाए हुए थे। पानी के निकास की व्यवस्था पर्यावरण को शुद्ध बनाए रखने की दृष्टि से उत्तम थी। कहीं कीचड़ नहीं। जीने की हर मर्यादा का पालन वह भी सुन्दर ढंग से—आत्म-अनुशासन और विनय से।

कल सिद्धार्थ ने आभीर पल्ली के एक भाग का भ्रमण कर यह जाना था। परंतु आज कुछ अधिक समय लग जाने के कारण वह एक युवती की पकड़ में आ गया, जिसने श्रद्धा से उसे झुक कर करबद्ध प्रणाम किया था और वह उसे आशीर्वाद देकर रुका नहीं, आगे बढ़ गया। ऐसा अभ्यास इससे पूर्व कई बार कर चुका था, जब उसके मन ने, जहाँ ठहरा था, वहाँ की जन चेतना के संकेतों को पढ़ना, समझना चाहा। तब वह बस्ती सो रही होती थी या जागने की तैयारी कर रही होती थी। वह सोई हुई बस्ती

को बिना छेड़े जानने लग रहा था कि वह बस्ती क्या है और उसकी स्वप्न-आकाक्षाएँ क्या हैं ? क्या वह अपनी वर्तमान स्थिति से संतुष्ट है या असंतुष्ट है अथवा उसे कुछ पता ही नहीं है। वह बस्ती के मन व चित्त तक पहुँचने-पहचानने में बहुत कुछ सफल भी हुआ था और उसके अनुमान भी बहुत कुछ सटीक निकले थे।

आभीर पल्ली अपने मुक्त तथा सात्विक मन व चित्त को सिद्धार्थ के हृदय को धीरे-धीरे उकेर रही थी। कहीं नाममात्र के लिए कूड़ा कचरा नहीं। शांत रस में पकी वह बस्ती किसी ग्रंथ का मंगलाचरण सी दृष्टिगत हो रही थी। वहाँ पशु समुदाय भी प्रेमल नींद में था। तनिक आहट नहीं। वहाँ साफ़-सुथरी निरंजरा की अनुमति से लहरों पर तरंगित हुआ समीर भी हौले-हौले सावधानी से बह रहा था।

ऐसी शांति-प्रशांति इससे पहले वह कहीं नहीं पा सका था। वहाँ मानो इस समय शांति-प्रशांति दोनों भगिनी थीं उस एकान्त में सोई पड़ी थीं। जहाँ बस्ती निर्भय और गहरी निद्रा में निश्चिंत हो सो सकती है, वहीं धरा का परम प्रणाम धाम है। उसकी पवित्रता ही उसकी समाधि की शुचिता का सेतु बंध है।

सिद्धार्थ इस संकुल-सुकृत्य से मन-ही-मन हर्षित हो रहा था। वहाँ के जीवन रस की इस परिमल गाथा का अनुभव करता उसका हृदय गद्गद हो चला था।

सिद्धार्थ की तपोन्मुखी चेष्टाएँ वहाँ पहुँच कर और चैतन्य-गंगा में डुबकी लगा कर मानो कुंभीय आनंद की लहरों में आत्ममुग्ध हो उठी थीं। वह अनुभव करता जा रहा था कि यही पुनीत स्थान है, जहाँ पहुँचना उसका लक्ष्य था और जहाँ उसे तप की सीमाओं से मुक्त होकर एक ऐसे आलोक की यात्रा करना शेष था, जिसकी न कोई परछाईं बन सके, न पर्याय और न समता। वह कई बार सोच चुका था, जहाँ इतने तपस्वी तपरत हों, तीर्थ समान आश्रम-मठ हों, वहाँ का जन-मन उससे संबद्ध होकर भी चिंता विमुक्त क्यों नहीं है ? क्यों उद्विग्न है ? क्यों क्षुब्ध है ? क्यों त्रासमय है ?

माना कि सिद्धार्थ इतने वर्षों के तप अभ्यास-अनुभव से अपनी चाहत को शांत-निर्मल नदी के प्रवाह की भाँति तटस्थ होकर देखने लगा है। लगाव साथ छोड़ते गए हैं। एकान्त-निर्जन को वह निर्भीकता से सहज जी लेता है। अतीत आँख बचाकर चुपचाप निकल जाता है। अनागत छेड़ता नहीं है।

यहाँ सिद्धार्थ को सद्यः मिले उस असहाय से वयोवृद्ध का स्मरण हो आया, जिसके सिर से माता-पिता का साया उठ गया था और जो चलने-फिरने से भी लाचार हो चला था। उसके भाइयों ने उसे बोझ समझ कर घर से बाहर निकाल दिया था। वह जैसे-तैसे आलार कालाम के आश्रम में जा पहुँचा था।

आलार कालाम ने उसकी आपबीती ध्यान से सुनी। वह लंबे समय से निराहार रहने का अभ्यास कर चुका था। पिछले पाँचेक माह से वह एक समय ही प्रसाद ले रहा था और वह भी नाम मात्र का। उसने पहने हुए साधारण वस्त्रों से कड़ाके की ठण्ड सही, भयावह आँधियों वाली वर्षा को भी झेला और तपती गरमी को भी सहा।

"पर कैसे ?" आलार कालाम ने इसका उत्तर दोहरा दिया था कि उसके पास एकमात्र वही कपड़े थे। उन्हें ही पहने वह आश्रम पहुँचा था। वे कपड़े कई जगह से फट चुके थे। वह पक्षाघात का शिकार हुआ था। उसका एक पाँव व दोनों हाथ बेकार थे।

सिद्धार्थ को गुमसुम पाकर आलार कालाम ने आगे बताया था, "वह सामने गोल तथा कहीं-कहीं चपटी शिला देख रहे हो, कभी वह पेड़ थी।"

सिद्धार्थ को आश्चर्य हुआ। फिर आलार कालाम सिद्धार्थ को एक दूसरी जगह ले आए। चौड़ा कम, लंबा उससे तीन गुना था उस कक्ष का एक श्रमण ने द्वार खोला। वहाँ मिट्टी से बनी मूर्तियाँ थीं एक से एक बढ़िया सुंदर व सजीव जैसी।

"इनका मूर्तिकार।"

"मिलना चाहोगे पुत्र।" कह कर आलार कालाम आगे बढ़ गए। एक जगह रुक कर अंदर आने का संकेत किया। सिद्धार्थ अंदर आ गया। संकेत से बताया कि वह बैठा हुआ है हमारी ओर पीठ किए।...आगे आओ, अब देखो।"

साश्चर्य सिद्धार्थ ने कहा, "पाँव की उँगलियों से मिट्टी को उठा, आकार दे रहा है वह।...रंग...।"

"पत्तियों और मिट्टी से बनाए हैं। कई मूर्तियाँ पेड़ की जड़ों से भी बनाई हैं।"

"आश्चर्य, आचार्य।"

तभी उस श्रमण ने एक दीवट उस मूर्तिकार के सामने पड़े एक पत्थर पर रख दिया।

मूर्तिकार कुछ झुका। झुककर उसने दीवट में पड़ी बत्ती की ओर देखना प्रारंभ किया। आलार कालाम ने कहा, "पुत्र, दीवट की बत्ती पर से ज़रा सा भी ध्यान मत हटाना।"

कुछ देर बाद दीवट में पड़ी बत्ती प्रकाश दे उठी। सिद्धार्थ देखते रह गए मुँह में उँगली दबाए। आलार कालाम ने कहा, "वह इस सबका प्रचार नहीं चाहता न किसी के सामने आना चाहता है।"

"पर यह सब, आचार्य।"

"कल तुम चले जाओगे। मैंने उससे अनुमति ली थी तुम्हारे बारे में बता कर। तब ही यह सब संभव हो सका।...कोई दिव्य शक्ति है जो जब तब अपने होने का विश्वास जगाती है।...तुम भी उसी दिव्य शक्ति के प्रतीक बनोगे, पुत्र। कैसे ? अपनी गंधकुटी पर जाकर सोच सको तो यह सोचना लेकिन मैं नहीं सोचता।...किंतु-परंतु का झंझट मैं नहीं पालता।"

अब सिद्धार्थ उसी वयोवृद्ध को ध्यान में लाकर यह सोच रहा था कि इस जगत्

में एक से बढ़कर एक हर क्षेत्र में दिव्य पुरुष हैं। हर क्षेत्र में शोध चल रहा है। पता नहीं कब से चल रहा है। और कब तक चलता रहेगा। इसका अंत कहीं नहीं है। लेकिन इतना स्पष्ट है कि ध्यान ही वह माध्यम बन सकता है जो उस मूर्तिकार को दीवट की बत्ती जलाने का बन सका।

अब सिद्धार्थ के मन में रत्ती भर भी सेंध नहीं रह गई। चित्त पक्का किया। इस बार वह भी सारे जगत को प्रकाशित करने के लक्ष्य में सफल हो जाएगा। आशा उस अटल विश्वास का फल है जो डिगाए नहीं डिगती और अपने मौलिक अस्तित्व की गहरी छाप छोड़ती है। वह भी जन-जन के दीवट मन में पड़ी सूखी बत्ती को अन्त:करण की अक्षय ज्योति की किरण से अवश्य प्रकाशित कर सकेगा। जब वह मूर्तिकार सब कुछ करने में सफल हो सका और उसके रहस्य को प्रकट करने की क्षमता से दूर रह सका, तब वह कभी न मिटने वाले सत्य को आत्मसात कर सबको उससे जोड़कर अस्तित्व के होने का सत्य से ऐसा सहज साक्षात्कार कराएगा कि जीवन जगत् की उखड़ी पर्तें पूर्ववत् हों, अति मति की दुखान्तिका से मुक्ति पा सर्वहित का मंगलाचरण गुँजायमान कर सकें।

सिद्धार्थ शांत चित्त से बहिर-अंतस की समस्त संज्ञा-असंज्ञा, परिचित-अपरिचित दिशाओं का बोध-प्रबोध-अबोध इत्यादि को लोपित पाकर अपने को बहुत हल्का, निर्द्वन्द्व और पुलक की शांत लहरों पर थिरकते दीपदान सा अनुभव कर उठा।

सिद्धार्थ कुलथी (उड़द की ज़ात का एक मोटा अनाज), मटर, चने के काढ़े से मुक्ति पाकर पीपल वृक्ष के नीचे पद्मासन लगा ध्यान लगा बैठता। देह-दण्ड से निवृत्ति पाकर वह कुछ-कुछ अपने को सँभलता पा रहा था। पता नहीं कौन चुपचाप वहाँ प्रसाद रख कर चला जाता था। उसका वह थोड़ा सा भाग लेकर शेष छोड़ता जा रहा था क्योंकि अभी तक वह दुर्बलता से उभरा नहीं था। प्रसाद रखकर जाने वाला कोई इतना समझदार था कि न मात्र प्रसाद की मात्रा उसने घटाई बल्कि ऐसा प्रसाद रखकर जाने लगा जो उसकी पाचन-क्रिया के अनुकूल हो और स्वादिष्ट भी।

सिद्धार्थ ध्यान लगाता। न दिन देखता, न रात। पहले ध्यान में दीपक जलता रहा, फिर दीपक अदृश्य मात्र प्रकाश की किरणें शांत भाव से जगमगाती रह गईं। इसके बाद न दीपक और न उसकी लौ, फिर भी तमस का नाम नहीं। शनै:-शनै: उसके चित्त पर नि:स्वन नदी का प्रवाह बिन जल के अनुभव होने लगा। ध्यान से मुक्त हो, वह उस सबकी शून्य तरंगों पर बहने लगता था, ठहरा रह जाता। इसका उसे कोई भान नहीं रहता। लहरें हैं पर हवा नहीं। जब हवा चली तब लहरें नहीं। शून्य ऐसा ही होता है क्या? वह किससे पूछे और कौन बताए। वहाँ न स्वर, न व्यंजन और न शब्द, न वाक्य। फिर क्या है वहाँ। क्या नहीं है वहाँ। है ये सब सन्नाटा शून्य या उससे भी परे भी कुछ है। न दृश्य न अदृश्य। न दिन, न रात, न आकाश, न धरती।

इस कारण सिद्धार्थ दिन में और कभी-कभी रात में भी ध्यान में लवलीन हो जाता प्रत्युत हाँ-ना के पार क्या है, यह नहीं जान-समझ और अनुभव कर पाता। अन्य

विराम, अर्द्ध-विराम, विराम आदि संकेतों से शून्य-अशून्य के पार कहाँ जा बैठता या खड़ा रह पाता? वहाँ न गुरुत्वाकर्षण है और न अन्य ध्रुवाकर्षण। न छोर है, न अछोर। न सीमा है, न असीम। फिर क्या है? कौन बताएगा उसे? क्या पा सकेगा, वह इस तरह? यह भी नहीं अनुभव कर पाता कि वह बैठा हुआ है या खड़ा है। फिर जाग कर धुँध नहीं पाता और न कुहासा। न उद्विग्नता और अनुद्विग्नता। वह न खुली आँखों से कुछ देख पाता और न आँखें बंद कर अदृश्य अनुभूति से जुड़ पाता। फिर वह ऐसा क्या और कब पा सकेगा, जिससे वह सबको नए जीवन का अनुभव करा सके। इसके लिए वह कल से, दोपहर बाद कभी भी ध्यान लगा बैठेगा। ध्यान से तब तक नहीं उठेगा, जब तक उसे लक्ष्य प्राप्त न हो जाए।

"कौन-सा लक्ष्य? कैसा लक्ष्य? कौन करेगा, इसका निर्णय?"

"हाँ कौन करेगा?...मन नहीं...आत्मा। आत्मा होती नहीं। बुद्धि...तर्क उठाती है, तर्क पर परदा गिराती है। स्थिर नहीं बैठने देती। पारे से मिलता-जुलता स्वभाव है उसका। हिलाना जानती है। संतोष से नहीं जुड़ने देती।"

"फिर तू कैसे निर्णय करेगा?"

"यह भी क्या मुझे बताना पड़ेगा?...मेरा पहला लक्ष्य तो यही है। मुझे वह संतोष चाहिए, जिससे विकारों का तमस दूर हो और सद्जीवन के नव से नव प्रभात का उदय हो। सब में सबका बन कर रह सकूँ और सब मुझमें समा जाएँ। मेरा-तेरा न रहे। जो है वह सबका हो जाए। मैं नहीं रहूँ, वह रहे जो सबका हो। सबके लिए हो-नवल-से-नवल सर्वोदय। आलोकमय हो-सर्वानंद, सर्वोल्लास, हर्ष...हर्ष...हर्ष! सुख-दुख हर्ष बन गले मिल जी उठें।"

सिद्धार्थ के सामने झील शनैः-शनैः प्रवाहमयी बनने लगी और अपने से नदी होने का आभास करा उठी—झील और नदी,...हिम और जल का द्वैत मिटाने लगी। वह संशय को नदी के कलकल प्रवाह में नौका में बैठाकर बहते दीपदान को अवलोकती रही।

## 38

जहाँ सूर्य को एक गाँव उठाता है यह कह कर कि तेरी प्रतीक्षा होने से पहले तू उठ जा यह बताने के लिए कि समय की पलकों पर धीरे-धीरे अपने पाँव रख कर तू आ रहा है अपनी रेशम सी रश्मियों से जग-जग के परिमल सुमनों को सूरजमुखी की अनंत विमल अनुभूतियों को स्मितचित्त की लहरों पर तैराने के लिए। वह पल्ली गाँव है निरंजरा नदी के उस पार आभीर पल्ली। उस पल्ली का आभीरराज कुंदन है—स्वभाव से संत, व्यवहार से सेवक और कर्म से निश्छल-न्यायप्रिय और मौन साधक! उसकी ही सुकन्या है पवित्र तीर्थ सी सुजाता।

उसकी दिनचर्या सूर्योदय पूर्व स्नान-ध्यान, तदुपरांत अपनी सहेलियों गंगा, यमुना और कपिला से संवाद और उनका गले में बँधी घण्टियों से करतल ध्वनि से प्रत्युत्तर। वे सब चाहती हैं कि सर्वप्रथम अपनी कोमल हथेलियों से वह उनका स्पर्श करे—दोहनी का अभ्यंतर ध्वनित होने दे और दोहते समय मंत्रवत् गुग्ध पाकर वह अपने घन की धार से उसके तन-मन को तर कर जाएँ। उसके गोरे मुख, अरुण अधर और हिरनी से नेत्रों को रसार्द्र कर दें। वे सब घण्टियाँ बजाकर आनन्दित हो उठें। आज यह उत्तरदायित्व कपिला ने उठाया, गंगा-यमुना ने मिल कर गाया—'सखी री, आज वैशाख की पूनो है-कण्डों की तपती राख पर, अमृत रस रंधेगा। पायस। झूम उठेगा तन-मन, नर्तन करेगा उल्लास।' वह उत्तर देती, 'सखियो, तुम गोपियों जैसी, प्यारी किसन कन्हैया सी। चंचल चपला जैसी, लाड़ लड़ाती यशोदा मैया सी।'

तभी पल्ली का गोड़ावत (चौकीदार) आ गया। सुजाता ने उसे दूध दिया। वहीं से उसे अनाज और पगार मिलती है। माँ ने कहा, "सुजाता, कंडे जला दिए हैं। गरम-गरम राख पर ही हंडिया चढ़ा देना। चावल भिगो दिए हैं। दूध औट कर गाढ़ा होने लगे तो चावल डाल देना और बीच में दर्वी (कलछी) से उसे चलाती भी रहना। पायस लग नहीं जाए।"

पहला पहर हो रहा था कि प्रकृति भी आ गई। वह उसे पायस देखने के लिए वहीं बैठा कर अंदर जा रही थी कि प्रकृति ने उसे टोक दिया, "क्या आज उस योगी के पास जाने की तैयारी हो रही है।"

"तू बहुत समझदार है, मेरी प्यारी सखी प्रकृति...तू उड़ती चिड़िया को भाँप लेती है।"

"चापलूसी नहीं, सुजाता।...मैं नहीं चल सकूँगी।" प्रकृति ने कहा।

"नखरे नहीं, प्रकृति।...आज तू स्वयं देख लेना, जिसे तूने डेढ़ पसली का कहकर नकारा था, वह क्या हो गया है।...तुझे मेरी सौगंध।"

अंततः वे दोनों जा पहुँचीं उस पीपल के वृक्ष के दाहिनी ओर, जहाँ वह तपस्वी ध्यान लगाए बैठा था।

प्रकृति चकित रह गई। वह योगी स्वस्थ हो चला था। हाड़ पर माँस चढ़ आया था। मुखाकृति पर तेज झलकने लगा था।

योगी की आँखों से ज्योति दमक रही थी। सुजाता कह रही थी, "बिन खाए-पीये कैसी साधना। कितना विरूप था तब योगी।"

सुजाता अपलक नयनों से योगी को देखकर गद्‌गद हो रही थी। वह कह उठी, "कैसा सुंदर। एकदम राजकुमार। फिर तपस्या करने की क्या पड़ी, योगी को।"

"आश्रम डाल कर मौज उड़ाने की यह आसान सी विधि है—रोटी खाइयो शक्कर से, दुनिया ठगिओ मक्कड़ से।" प्रकृति ने तुरंत कह डाला।

"ज़रा धीरे बोल...ना बोले तो अधिक उत्तम है।"

"तू पायस से भरा कटोरा हाथ में कब तक लिए खड़ी रहेगी।...आगे बढ़ कर उसके सामने रख आ।"

"तनिक धीरे बोल प्रकृति।"

"ध्यान समाधि में योगी को कुछ सुनाई नहीं पड़ता—चाहे चीखो-चिल्लाओ या ढोल बजाओ।" प्रकृति मुस्करा कर कह जाती।

"प्रकृति, तू तनिक चुप रह। हज़ारों हज़ार में से कोई एक तपस्वी योगी होता है। उसमें हमें बाधक नहीं बनना चाहिए।"

"मुझे अबेर (देर) हो जाएगी।"

"तेरी अबेर से मुझे योगी का आज अधिक समय तक ध्यान देखना मेरे लिए आवश्यक है।"

"पता नहीं, उसकी समाधि कब टूटेगी...टूटेगी भी या नहीं।...तू कटोरा ढँक कर रख दे। वहीं दर्वी भी। वह जब उठेगा, भोग लगा लेगा।"

"जैसे-तैसे उसका कृश गात, उसके अंगों के जोड़ों का कालवल्ली की गाँठों और सूत्र की तकलियों की माला जैसे मेरूदण्ड पर मांस चढ़ने लगा है।...आज मैंने उसके लिए व्रत रखा है कि वह अपने लक्ष्य को प्राप्त कर इस कठोर तपस्या से मुक्ति पाए।" सुजाता योगी की ओर देखकर मन-ही-मन प्रसन्न हो रही थी क्योंकि उसका मुखमण्डल सूर्य की भाँति प्रभा सा मनमोहक, सौम्य और तेजयुक्त लगने लगा है। उसका पुद्गल (आत्मा) जाग्रत है।

"तू उसे देखती रहेगी या..."

"या क्या, प्रकृति?"

"कुछ करे-धरेगी भी।...वह अपनी महत्त्वाकांक्षा का ढिंढोरा पिटवाना चाहता है, ताकि आश्रम डाल कर बिना कुछ करे-धरे आनंद से रह सके।" प्रकृति निःसंकोच कह गई, "तू यह बता कि ये योगी-वोगी घर-बार छोड़ कर...वहाँ का सरल, सीधा, पावन-पवित्र जीवन ठुकरा कर, वन-जंगल की धूल क्यों फाँक रहे हैं।...घर तोड़-तुड़वा कर आश्रम क्यों बसा रहे हैं?...और फिर यह योगी तपस्या में लीन रहना चाहता था तो वह राजगृह के गह्वर में स्थान बनाता। वह पहाड़ियों से घिरा तपस्वियों के लिए स्वर्गधाम है।...यहाँ बस्ती के पास क्या करने आया है?"

"प्रकृति, चुप कर। यों ही सुनी-सुनाई बातों से अपना मन खट्टा मत कर लिया कर।...मैंने कितने मन से ग्राम देवता की मनौती मानकर...।" कहते-कहते सुजाता का कंठ भर आया। वह धीरे-धीरे आगे बढ़ी। कटोरा योगी के सामने रखकर शांत व स्थिर मन से कहने लगी, "दयावान योगी, आँखें खोलो। अमृत पान कर अपनी मनौती पूरी करो।" परंतु योगी यथास्थिति में रहा। सुजाता ने पुनः विनम्र भाव से, श्रद्धा से

झुककर कहा, ''नाराज़ न होना, योगी देवता, मुझे लौटना भी है। मैं प्रण करके चली हूँ कि पायस खिला कर लौटूँगी।...चाहे थोड़ा ही सही, तू जूठा कर ले एक बार फिर तू बाद में खा लेना।'' योगी टस-से-मस नहीं हुआ देखकर सुजाता ने दर्वी उसके अधरों पर टिका दी।...उसने दर्वी और दबाई। उसके अधर हिले। पायस की मिठास का उसे स्पर्श हुआ। कदाचित् वह मिठास जिह्वा के संपर्क में भी आई।

इसी से सुजाता का बाह्य और आभ्यांतर द्वन्द्व अन्तर्द्वन्द्व को छूकर लौट पड़ा। उसने उठते हुए योगी के पाँव के पास की धूलि का एक अंश उठा कर अपने माथे-हृदय से लगाया और चुटकी भर अपने मुँह में डाला और उठ खड़ी हुई।...चुटकी भर प्रकृति को भी देना चाहा तो प्रकृति ने बीच में ही रोककर कहा, ''न जाने किन-किनके पाँव पड़े जा धूल पर। नारी, मुझे जे ढोंग की आवश्यकता नहीं है।''

सुजाता ने मुड़ने से पूर्व एक बार योगी पर उड़ती हुई दृष्टि डाली। योगी का मुखमंडल शांत था। उससे अन्तःकरण की प्रभा द्युतिमान हो रही थी। वह पूछ बैठी, ''प्रकृति युवती ऐसी साधना क्यों नहीं करती?''

''जो करना चाहती भी हैं, उन्हें पुरुष समाज आम्रपाली बना कर ही चैन पाता है।...पुरुष लिप्सा मद में बना रहना चाहता है, जबकि नारी लिप्सा घर-परिवार तक सीमित है। वही जगत है। वही उसकी तप-तपस्या।'' प्रकृति अपनी माँ के वाक्य दोहरा गई।...कोरी माथापच्ची से क्या मिलना-मिलाना है। वह सोचती रह गई।

सुजाता कुछ नहीं समझ पाई। उसमें आस्तिकता श्रद्धा बन कर कार्य कर रही थी। प्रकृति सुजाता को गंभीर होता देख कर कहने लगी, ''पगली, मैंने जो कुछ कहा है, उसका अर्थ मैं भी नहीं जानती। यह तो मेरे स्मृतिकोश का सारा झंझट है।...मेरा मस्तिष्क तो धर्मशाला बनने लगा है। कुछ भूलने को तैयार ही नहीं है। कदाचित् इधर सुनूँ, उधर भूल जाऊँ, मैं यही चाहती हूँ। स्मृति में डूबना वर्तमान पर आक्रमण है।'' तभी प्रकृति के पाँव में काँटा चुभ गया। वह रुक गई।

सुजाता ने पूछा, ''अब अबेर कौन कर रहा है?''

''काँटा चुभ गया है।''

''काँटा उसके ही चुभता है जो वर्तमान में होते हुए अतीत या अनागत में सैर-सपाटे करने लगता है।''

प्रकृति धरती पर बैठ गई।

''तू बुरा सोच रही थी उस योगी के बारे में और वह भी बिना कुछ जाने-समझे। ये काँटा उसकी ही चेतावनी है कि बुरा मत देखो, बुरा मत सोचो, और बुरा मत कहो।''

''तुझे मस्ती सूझ रही है।''

सुजाता ने उसका पाँव अपनी ओर खींचकर चुटकी से काँटा निकालने का

प्रयत्न किया। फिर उस जगह उँगली घुमाई। रगड़ का अनुभव हुआ। सुजाता कह उठी, ''प्रकृति, तू ठहर, मैं काँटा लेकर आती हूँ। लगता है काँटा गहरा अंदर धँसा है। तू चिंता मत कर, अभी एक काँटा निकाल कर आ रही हूँ तो दूसरा काँटा निकालना तो मेरे बायें हाथ का खेल है।''

प्रकृति चुप बनी रही। काँटे की पीड़ा वही जाने, जिसके काँटा चुभा है।...उसने योगी के बारे में सुनी-सुनाई प्रतिक्रियाओं में कुछ प्रतिक्रियाओं का प्रयोग करके ठीक नहीं किया। वह क्या जानती है उस योगी के बारे में, फिर उल्टा-सुल्टा कथन क्यों?

सुजाता लौट आई। उसका पाँव आगे खींचकर काँटे का प्रयोग यह कहते हुए करने लगी, ''प्रकृति क्या काँटा निकालने वाले काँटे को भी तेरे काँटा निकालने की पीड़ा का अनुभव हो रहा होगा?''

''मुझे क्या पता। तू अपनी उँगलियों में दबाए काँटे से पूछ। वह बताएगा काँटे की पीड़ा क्या होती है?'' प्रकृति ने तिलमिला कर कहा, ''पर धीरे से?''

''काँटा क्या धीरे से घुसा था। वह भी इतना अंदर जाकर।'' यह कहते हुए सुजाता ने पाँव में लगे काँटे को धीरे-धीरे कुरेदा। प्रकृति ने अपनी पीड़ा को सँभाला और मन-ही-मन कहा, ''आगे से ऐसा-वैसा नहीं बोलूँगी। सुनी-सुनाई बातों का क्या। वे कितनी सच्ची, कितनी झूठी। अकारण अपने सिर पर भार। उतना ही कहो, जितना समझो। क्षमा करना योगी महाराज, जो कुछ कहा, वह बिना सोचे-समझे।... तुम तो योगी हो, पर पीड़ा हरने वाले हो तो हरो अब ये पीड़ा।''

''प्रकृति, तूने कान क्यों पकड़े हैं?''

प्रकृति अपनी इस अनजानी मुद्रा पर सहम गई। अनजाने में क्या कुछ नहीं हो जाता है।

सुजाता काँटे से धीरे-धीरे पाँव में लगे काँटे को तनिक रगड़ कर कुरेदने लगती। सोचने लगती काँटे की पीड़ा देह से आगे मस्तिष्क और उससे आगे हृदय को भी उस पीड़ा का अनुभव कराती है। कोई यों ही निर्जन में आसन लगा कर भूख-प्यास की चिंता किए बिना नहीं आ बैठता है। अपने सुखमय परिवार को कोई यों ही नहीं छोड़ बैठता। पर पीड़ा का अनुभव करना कितना कठिन है।

''तू काँटा निकाल रही है या उसे और अंदर धँसा रही है, सुजाता।''

''मैं दोनों काम कर रही हूँ, प्रकृति। काँटे से काँटे का जोड़ बैठा रही हूँ।''

''कैसा जोड़।''

''यह प्रश्न तू अपने काँटे से ही कर। इसका उत्तर वही देगा।''

''कैसे देगा?''

''ये प्रश्न तू उस योगी से करके जान लेना।''

''उस योगी से क्यों?...वह तो गूँगा-बहरा है।''

''यदा-कदा हम भी गूँगे-बहरे नहीं हो जाते—सुनते हुए नहीं सुनते, देखते हुए नहीं देखते, बोलना चाहकर नहीं बोल पाते। तभी तो कभी-कभार कोई कहने लगता है जैसे तूने मुझसे या मैंने तुझसे कहा था कि तू या मैं कहाँ खो गई।...सच-सच बता काँटा लगने से पहले तू कहाँ थी?'' सुजाता ने उसके पाँव के काँटे को बाहर खींचने का प्रयत्न करते हुए पूछा।

''कहाँ थी? तेरे साथ-साथ चल रही थी।''

''तेरी आँखें कहाँ थीं?''

''अपनी जगह और कहाँ?''

''ऐसा होता तो तुझे काँटा नहीं लगता और वह भी इतना गहरा।'' सुजाता ने प्रश्न को ही तीव्र काँटा बना दिया।

''तू छोड़ न इस प्रश्न को। अब तो काँटा लग चुका है। उसे शीघ्रता से निकाल बाहर कर।''

सुजाता ने उसके काँटे को तनिक गहरा कुरेद कर जगह बनानी चाही ताकि वह काँटा उसकी चुटकी की पकड़ में आ जाए और वह उसे खींचकर बाहर निकाल सके। काँटा प्रकृति को लगा है और सोचना उसे पड़ रहा है। ये विचार भी कितने कंटककारी होते हैं-चुभते किसे हैं, लगते किसे हैं?

''ये ले...।'' काँटा चुटकी से खींचा और बाहर निकाल कर, उसकी हथेली पर रखते हुए कहा, ''ये सँभाल अपना परदेशी काँटा।''

''चुभन तो हो रही है, सुजाता।''

सुजाता ने जहाँ से काँटा निकाला था, उस स्थान और उसके आस-पास के स्थान को हल्का-सा रगड़ कर कहा, ''काँटा तो निकल जाता है, प्रकृति, परंतु उसकी चुभन बनी रह जाती है। काँटा जितना गहरा धँसता है, चुभन भी उतनी गहरी होती है। कभी-कभी किसी को जन्म भर सताती रहती है। कदाचित् कर्म के काँटे जो प्राय: दिखलाई नहीं पड़ते हैं परंतु बहुत गहरे जा धँसते हैं निकाले नहीं निकलते। बड़े ढीठ होते हैं—निर्लज्ज।''

यह सुनते ही प्रकृति हँसते हुए खड़ी हो गई और सुजाता से कहने लगी, ''लगता है, तुझे वह योगी भा गया है।''

''तूने सच कहा है, प्रकृति। वह अवश्य हम सबकी पीड़ा हरने का उपाय ढूँढ़ने में अपनी सवर्ण देह को काँटा कर बैठा है।''

''वो तुझे ही निकालना है, ऐसा लगता है।'' प्रकृति ने कहा।

''मैं क्या निकालूँगी परंतु जितना बनेगा, उतना अवश्य करूँगी। अब हड्डियों का ढाँचा नहीं बनने दूँगी।''

''क्या करेगी तू?''

"जैसे क्षेत्र में अपने पिता को पाक देने जाती हूँ, उसे भी देने जाती रहूँगी।"

"क्यों?"

"ताकि उसकी मृत्यु का कारण अपना समाज न बने।"

"कैसे?"

"जैसे पेड़-पौधों को समय-समय पर खाद-पानी देते हैं।" सुजाता ने असोचे ही कह डाला।

"तू तो बड़ी दूर की सोच गई।"

"आज से पहले कभी नहीं सोचा था, प्रकृति। इसमें तेरा भी योगदान है।"

"मेरा...।" प्रकृति ने अचरज प्रकट किया।

"न तेरे पाँव में गहरा काँटा धँसता और न रस्सी तोड़कर यह विचार प्रवाह टूट पड़ता।...कारण बिना कार्य नहीं होता, प्रकृति।"

"जहाँ से तेरा मेरा रास्ता बँटता है, वह आ गया, सुजाता, चलती हूँ।"

"अरी, स्मृतिकोश की भुलक्कड़, घर जाकर माँ पूछेगी तब।"

अपने माथे पर हाथ रख प्रकृति ने कहा, "ओ मेरे देवता, यह मेरे से कैसे चूक हो गई।"

प्रकृति पायस लेकर चलने लगी तो सुजाता ने कहा, "ठीक से जाना। सोच-असोच के चक्कर में मत पड़ जाना। नहीं तो पायस को ढुलकने में देर नहीं लगेगी।"

"अच्छा मेरी दादी माँ, ध्यान रखूँगी।" कह प्रकृति तो चली गई। लेकिन सुजाता उस योगी की शांत-स्थिर मुद्रा के बारे में सोचती रह गई।

## 39

आज का दिन अत्यंत शुभ था। सूर्य धीरे-धीरे घटाओं को पार करता उदय हुआ था। पवन अमराइयों के बाग को छेड़ता, नदी की लहरों के साथ अठखेलियाँ करता मन ही मन गुनगुना रहा था। आतप का नाम नहीं था। आकाश से तोतों की टोलियाँ उतर रही थीं। कोयल-मोर रह-रह कर जुगलबंदी कर रहे थे।

दोपहर पूर्व भी दिन यथावत् मुस्करा रहा था। सिद्धार्थ के सामने केले के पत्ते से ढँका पायस से भरा कटोरा रखा था।

"पायस नहीं, यह अमृत है। होंठों से लगा कर देख तो, एक बार में तेरी जटिलताएँ छूमन्तर।"

सिद्धार्थ ने अपने चारों ओर देखा। कोई नहीं था। तो क्या उसके कान बज रहे थे।

''नहीं, सिद्ध, पायस... ।''

''क्या पायस भी बोल सकती है।''

''पायस रांध-पका कर लाने वाली का मिश्री मन बोल रहा है। उसकी श्रद्धा-भक्ति का मौन स्वर बोल रहा है।''

सिद्धार्थ साश्चर्य पुनः देखने लगा।

कोई हँसा। सिद्धार्थ ने कहा, ''तुम कौन हो? सामने आओ।''

''जिनके आँखें नहीं होतीं, वे भी अपनी अन्तर्दृष्टि से देख लेते हैं, सिद्ध।... तुम्हारी अन्तर्दृष्टि तो कब से खुली हुई है, सिद्ध।...तब भी... ।''

''हाँ, तब भी।''

''तुम एक-एक कर सब विकल्पों को पार कर आए हो।...तुमसे संशय अदृश्य हो चुका है, सिद्ध।''

''फिर भी ऋषिवर, कृपा कीजिए।''

''तुम तो सभी पर कृपा करते आ रहे हो, सिद्ध। सूर्य किसी की कृपा का पात्र नहीं होता। उसका तेज उसका ही है वह उधार लिया नहीं है।''

''मैं सूर्य नहीं हूँ, ऋषिवर।''

''सूर्य भी यही कहता है। ऐसी स्थिति मैं शून्य हो जाने से होती है।''

''फिर भी कृपया दर्शन दीजिए, ऋषिवर।''

''तू अपने को तो देख सकता है, उसे ही देख ले। मैं भी दृष्टिगत हो जाऊँगा।''

''अपने आपको, ऋषिवर।...उससे क्या मैं आपको देख पाऊँगा?''

''यही सच है।...प्रत्येक साकार निराकार में विलीन होने के लिए है। साकार भ्रम है अस्तित्व का। मृत्यु भी यही है। जन्म-मरण का चक्र भी यही है—साकार क्यों? तू तो साकार पार कर आया है। निराकार की समाधि लिए बैठा है और उसके भी पार जाना चाहता है।...जा...चलता चल।...तू केले के पत्ते से ढँका सकोरा-कटोरा देखता है-पायस है उसमें। तू उसे पा। निराकार बना। आस्वाद ले।...वह तो गई जो श्रद्धा-भक्ति से पायस लाई थी।...तेरे अन्तश्चक्षु अब भी उसका अनुभव कर पा रहे हैं।...''

''तो?''

''सकोरा-कटोरा उठा। उसमें उसका भी तप है।''

''तप... ।''

''हाँ, तप।...जिसके लिए तू तप-तपस्या में लीन है...निर्वाण चाहता है। वह सुजाता को जन्मघुटी में ही मिल चुका है। न उसकी कोई चाह है, न मोह।...तुझे उसी

ने उस समय सँभाला था, जब तू मूर्च्छित होकर नदी में डूबने लगा था। उसी ने काका गौड़ावत (चौकीदार) की सहायता से तुझे बाहर निकाला था और यथास्थान बैठाया था।...पर तुझे इस समय कुछ स्मरण नहीं।...तू तब भी ध्यानावस्था में ही था।...वह कह कर गई थी, 'पायस ले। जीवन दे-पायस सा सबको।' "

"जीवन दे। पायस सा सबको।...यह उसने नहीं कहा था, मैं कह रहा हूँ, वह भी अब।"

"तब भी मुझे स्मरणानुभूति सँभाले हुए नहीं थी। पूर्व में ऐसा होता है क्योंकि तू यथार्थ में तब भी ध्यानावस्थित ही था। ऐसी स्थिति में ऐसा ही होता है परंतु बाद में सोचा, अनकहा, कहा, सब स्मरण आ सकता है।"

सिद्धार्थ में वह ध्वनि-अनुभूति निर्ध्वनि सी गूँज रही हो, उसे ऐसा लग रहा था। क्या वह निर्ध्वनि को हृदयंगम भी करने लगा है। अभिव्यक्ति का निर्ध्वनिकरण।...क्या मात्र अनुभूतिपरक चित्रांकन का अस्तित्व संबोधि नहीं है? अरण्यवास में वाचिक, मानसिक कर्म के सह संस्कार का सम्मेलन क्या अपरिशुद्ध आजीविका के आचरण नहीं बन जाते हैं? क्या ध्वनि-निर्ध्वनि के संस्कार साकार की निराकार अनुभूति नहीं बनते हैं? क्या इस कारण ही सिद्धार्थ में पुनः स्मरण की क्रिया-प्रक्रिया संचालित हो उठी है?

"सिद्ध, जैसे तू अनेक पूर्वजन्मों के तप से आज जहाँ पहुँचा है, वहाँ लाखों में से कोई एक ही कदाचित् पहुँच पाता है।...तू ध्यान के सारे सोपान पार कर सीधे ध्यानावस्थित हो जाता है। उसके लिए तुझे एक पल भी नहीं लगता।"

"ठहरो ऋषिवर, मैं पूर्वजन्म में विश्वास नहीं करती।...यदि करती होती तो अपने को और सुजाता को पूर्वजन्म के तप का परिणाम मानने लगती।"...रही ध्यानावस्थित होने की बात तो समय अवधि से जोड़कर नहीं देखी जा सकती—मन शुद्ध हो, शुद्ध कर्म में लीन हो, परोपकार उसका लक्ष्य हो तो बिना एक पल खोए ध्यान लग जाता है। इसके लिए अरण्य में शरीर गलाने या तप करने के अभ्यास की आवश्यकता नहीं है।"

"यशो, तुम...।"

"हाँ, ऋषिवर। इसमें आश्चर्य क्यों? अर्द्धनारीश्वर का शाश्वत सत्य है। उसके लिए साँस रोक कर तप करने की आवश्यकता नहीं है।"

"यही सच है।"

"यह तुम मानते हो सिद्ध।"

"तुम्हारी तो पूर्वजन्म में गहरी आस्था है।"

"नहीं ऋषिवर, आस्था नहीं, भ्रम है। भ्रम का यह स्वभाव है कि न उसका अपना कोई अस्तित्व है और न वह दूसरे को अस्तित्व में जीने की सहज प्रक्रिया से

संलग्न देखना चाहता है।'' यशोधरा कहती।

''परंतु मेरा जन्मान्तर...पूर्वजन्मों में पूर्ण विश्वास है, यशो।''

''पूर्ण विश्वास की बात सन्देह को जन्म देती है, सिद्ध, क्योंकि विश्वास होता ही पूर्ण है, खण्डित नहीं और न न्यूनाधिक हेतु विज्ञान के आराधक, सिद्ध।...क्या इसके लिए तुम्हारे पास कोई प्रमाण है ?''

''उसकी मुझे कोई आवश्यकता नहीं, यशो।''

''परंतु मुझे है क्योंकि तुम आत्मा को नहीं मानते।''

''हाँ, नहीं मानता।''

''तुम यह तो मानते हो कि तुम आश्वास-प्रश्वास देख पाते हो। वह दाएँ से आती है या बाएँ से यह भी जान लेते हो।''

''हाँ, यशो।''

''क्या प्रमाण है ?''

''सिद्ध स्वयं प्रमाण है, यशो।''

''भाषा की मायावी शक्ति का सहारा न लो, ऋषिवर, ध्वनि-निर्ध्वनि के संस्थापक।...आत्मा को नहीं मानने का जो आधार है, वही क्यों न आश्वास-प्रश्वास को देखने का आधार बने।...यह कहना आसान है कि मुझे जन्म-मरण के चक्र से मुक्ति चाहिए, निर्वाण चाहिए। ये भारी-भरकम शब्द हैं। जिनका कोई अस्तित्व ही नहीं है, उससे मुक्ति कैसी!...अनुमान आधार नहीं होता, सिद्ध।''

''मैं अनुमान से नहीं, स्व-अनुभव से कह रहा हूँ, यशो।''

''उसके लिए आधार चाहिए, सिद्ध। आत्मा को मानते नहीं हो, फिर भी आत्मविश्वास का ही सहारा लेकर उसी भुलावे का मंत्र लेकर सबसे चाहते हो कि वह मानने लगें।...यही आज तक होता रहा है। सत्ता के अनस्तित्व की यही नींव बनती रही है। जिसका अस्तित्व ही नहीं है, हर युग में उसी को नींव सिद्ध करने के मंत्र छलावा देते रहे हैं। ऋषिवर, मानव की पहचान कराने वाली वे श्रेणियाँ क्यों और क्यों वर्ग या स्तर कि वह महान हैं, वह भोगी है, महात्मा है। क्यों नहीं वह मात्र मानव बना रहना चाहते हैं। क्यों वह असमानता के बीज बो कर समता की ध्वजा फहराने का यश लेना चाहते हैं।...ऋषिवर अर्थात् ऋषियों में भी श्रेष्ठ होने का भ्रामक प्रचार ही हमारे-सबके दुःख का कारण है। मेरी मान्यता है कि शब्दकोश जितना बड़ा होगा मानव उतना ही छोटा होता जाएगा।...समृद्धि को दिखावे के भ्रमजाल में क्यों केंद्रित करते हो, उसको समीर, जल, माटी आदि के मूल तत्त्व तक बना रहने दो। उसकी आगे के स्वप्न-दिखा कर कमाई खाने के षड्यंत्र का मार्ग छोड़ो तो मानव मानव बन कर जीने के आनंद से कभी वंचित नहीं रहेगा।'' यशोधरा का अन्तःकरण मूल अस्तित्व की स्वर लहरियों के प्रवाह में दीपक सा मुस्करा उठा था।

इस बीच पता नहीं क्या हुआ कि अनायास प्रशांति की चेतना विराम पा गई। तब बहुत कुछ सुन लेने के बाद सुजाता का मन स्वराधना को नहीं रोक पाया। वह विनम्र स्वर में कहने लगी, ''मुझ पर कुछ-कुछ असर होने लगा। आज्ञा दीजिए तो मैं कुछ बताना चाहूँगी।''

''बताओ, सुजाता।'' ऋषिवर का स्वर आत्मालोचन की राह से लौटने लगा।

''यह छोटा-सा गाँव है, ऋषि।''

''गाँव गाँव ही होता है सुजाता, बड़ा-छोटा नहीं। जैसे मानव मानव ही रहता है। हालाँकि मानव को मानव बन कर जीने की आदत उसके विकास के साथ राह में बाधक है, अवरोधक है और बौनी भी है। फिर भी तुम कहो, सुजाता, क्या कहना चाहती हो?'' यशोधरा ने मधुर स्वर में शांत भाव से कहा और मन-ही-मन उसे ऋषिवर के बीच में आना उचित नहीं लगा।...वह जिस प्रश्न को लेकर उपस्थित हुई थी, उससे बिछड़ गई। उसके इस प्रश्न की गुत्थी उसे सदा झकझोरती रहती थी कि प्रभु परमात्मा, ईश्वर, तुम नहीं होकर भी हो तो तुम्हारा छोटा यह अंश मात्र होकर भी क्यों नहीं अपने होने को सिद्ध कर पाता? तभी सुजाता धीरे-धीरे कहने लगी, ''जब घर बैठे प्रसन्नता मिल सके तो किसी को निर्जन या गुफा में बैठकर ध्यान लगाने की क्या आवश्यकता है?...हमारे यहाँ एक वर्ष में तीन-चार बार कामली बाबा आता रहता है—वह बाँसुरी पर मधुर धुन निकालता है। चाँदनी रात में चौपाल पर बैठकर गाता भी है। वहाँ गाँव इकट्ठा हो जाता है। उसका रंग साँवला है पर ललाई लिए। सिर के बाल बड़े हैं। दाढ़ी रखता है। एकदम काली चमकदार गहरे काले बादल जैसी। बीच-बीच में समझाता भी है कि भिक्षा नहीं लेनी चाहिए, चाहे बहुत गरीब हो या साधु-संत क्योंकि अपना दाता अपना हाथ, माँग खाया, बनाए दास।'' सुजाता ने बैठने का रुख बदला।

यशोधरा सोचती रह गई कि सिद्धार्थ भी भिक्षाटन पर जाते हैं। नहीं जाना चाहिए। वह पूछने लगी, ''सुजाता, फिर कामली बाबा खाता क्या है?''

''अपने झोले में जंगली फल रखता है। चबेना, गुड़ के साथ चबाता है।...सूत कातता रहता।...एक समय ही प्रसादी पाता है। फिर भी, एकदम स्वस्थ, फुर्तीला एवं प्रसन्न चित्त दिखलाई देता है।...वह युवा लगता है।...कहता है, किसी से उसकी जाति नहीं पूछो...न पूछो उसका धर्म।...वह एक सप्ताह रह कर चला जाता है।...कहाँ जाता...कहाँ से आता है, यह कोई नहीं जानता।...हमारा सारा गाँव उसकी बात मान कर चलता है।...उसी के कारण यह गाँव फूल-फल रहा है।''

सिद्धार्थ चौंक पड़ा। आँख खुल गई। उजाला फैलने का प्रयत्न कर रहा था। उसने अपने चारों ओर देखा। कहीं कोई नहीं था। ऐसा कैसे हो सकता है। परंतु ऐसा हो चुका है।...जो उसने सुना, जाना वह।...वह सचाई भी उसमें है। तभी वह ध्यान लगा बैठा ताकि वह कोई अला-बला हो तो टल जाए।

आज ध्यान सिद्धार्थ का कुछ विलंब से लगा परंतु देर तक लगा रहा। शनैः-शनैः उसे पुनः सुनाई पड़ा, "सिद्धार्थ सुजाता और कामली बाबा का भी सच है। सच की कोई सीमा नहीं है। तूने जो सोचा है, उस पर चलता चल। हर युग के अपने सच हैं। सच की कोई परिभाषा नहीं है।...तू देख, क्या पाएगा? वह किसके काम आएगा? तेरे सामने अनेक तपस्वी हैं। उनके विहार भी हैं। फिर भी, समाज दुःख-कष्ट मुक्त न हो सका है।...तेरे बाद भी खोजी आएँगे। आते रहेंगे।...तू उन सबसे अलग नहीं है।...तू भी उन सबमें से एक है, जिन्हें सत्य की तलाश है। तू आगे बढ़कर यहाँ तक आ पहुँचा है तो न पीछे हटना है और न रुकना है।"

सिद्धार्थ का मन शांत हो गया। उत्साह पुनः उभरा है। पुनः आँख खुली। ऊपर देखा। पूनो का चंद्र आकाश गंगा में तैर रहा था। चाँदनी से सारा परिवेश नहा रहा था। चतुर्दिक प्राणायाम खींचे समय मौन था।

सिद्धार्थ के अन्तर्मन में सीमारहित सच ठहरा रह गया। वह अनुभव करने लगा कि वह प्रज्ञा की बाह्य-आभ्यंतर वृतियों एवं ग्रंथियों से मुक्त हो चुका है। उसका अन्तः प्रदेश शून्य हो गया है। ऐसा अनुभव इससे पूर्व वह नहीं कर सका कि प्रवाह चाहे पवन का हो या नदी का, झोंका चाहे परिमल का हो अथवा प्रकाश का, वह अपने चित्त को हर पल रिक्त पाता रहा—शांत, सहज और निर्विकार! मानो शून्य में से शून्य घट कर अवशेष में शून्य ही बना रहा हो। उसे स्मरण होने लगा कि इस प्रकार द्वादशी गई थी। द्वादशी का जैसे अनाहट किए आगमन हुआ था, वैसे ही वह चली भी गई। यद्यपि वह अनुभव अवश्य कर सका कि वह अज्ञात, आलौकिक अनुभव से जुड़ सका है तथापि उसके स्थाई भाव से वह अभी तक अनभिज्ञ है। क्या होता है स्थाई भाव, जिससे वह जुड़ना चाहता है? कैसे अनुभव कर सके कि स्थाई भाव और अस्थाई भाव में अंतर क्या है, क्योंकि न सूर्य की रश्मियाँ अपनी तीव्रता का अनुभव करा सकीं और न चंद्र की शीतलता। वह अपने में पल-अनुपम और अनुपल के भी अनुपल में होने वाली अनुभूति से अपने को जोड़ सका। चित्तवृत्ति का प्रवाह उसमें गंगा प्रवाह के समान अहर्निश सक्रिय बना रहा। मन विषय शून्य होकर निष्क्रिय बना देखे-अनदेखे से अनभिज्ञ बना रहा।

आज पूनो है। यह सोच उसमें आकाश में तैरते पूर्ण चंद्र पर अनायास जा ठहरा। सुजाता का कामली बाबा उसमें अज्ञात बाँसुरी के मधुरतम स्वर निकालने लगा।

अचरज स्वयं अचंभित, क्योंकि न उसमें बाबा रहा और न बाँसुरी का मधुरतम स्वर। अब उसमें जो बचा वह न आकर्षण था और न विकर्षण। न दुःख था और न सुख। न प्रबुद्ध और न अप्रबुद्ध। न मेरा और न तेरा। फिर बुद्ध की शरण में जा। चिर विश्रान्ति पा। तृष्णा गई तो भोग विदा। दुःख का हेतु है कामनाओं की भीड़ का मेला। न मेला लगे। लगे तो उससे अलिप्त रह सके, यही साधना के जीवंत होने का अमृत पान-रस है। दुःख का निवारण शान्ति व आनंदित रहने का मूल मंत्र है।

एक चींटी सिद्धार्थ के हाथ से पीठ पर, पीठ से गर्दन पर रेंगती हुई पहुँच कर विश्राम करने लगी। निश्चित ही वह चींटी पहली बार ऐसी मुलायम और गुदगुदी वाले नि:स्वन और निर्जन मार्ग पर चलते ठहर कर अनुभव कर रही थी कि कदाचित् समस्त मार्ग इस तरह का चिक्वन, चौरस और निष्कंटक होता तो उसकी दुनिया भी आनंद, अनुभूति में हर पल व्यतीत कर सकती। चींटी में रेंगन का संस्कार स्व धर्म के अनुशासन विनयाबद्ध सोच में पड़ गया कि ऐसा क्यों नहीं हुआ? किसने व्यवधान डाले?

कई बार चींटी कच्चे, कंकड़ीले, टेढ़े-मेढ़े, अंधेरे वाली गुफा को पार करते गिर कर घायल भी हो जाती है लेकिन अपनी रानी चींटी की आज्ञा का तनिक सा भी न उल्लंघन करती है और न शिकायत। अपने कर्त्तव्य का पूरी निष्ठा से पालन करती है। उसे ऐसा करते रहने में बहुत आनंद आता है और वे सब बिना किसी से घृणा, बैर, धोखा, लोभ-लालच में पड़े, परस्पर सहयोग से हर क्षण सुख-शांति तथा आनंद से मनाते हैं। इसी समय सिद्धार्थ ने गर्दन को तीन-चार बार झटका। वह चींटी गिर पड़ी। उसका स्वप्न-सोच छिटक गया। वह सिद्धार्थ की खुली छाती पर आ पड़ी और पूछने लगी अत्यंत करुणा-विनय के आत्मीय स्वर में, ''तपस्वी, क्षमा कीजिए, मेरी भूल से आपके तप में बाधा पहुँची।'' फिर वह धीरे-धीरे रेंगती हुई नीचे उतर कर अपनी गन्तव्य दिशा की ओर मुड़ने से पहले तनिक रुकी।

सिद्धार्थ चींटी के इस विनयशील स्वभाव और पावन चरित्र भंगिमा से प्रभावित होकर मधुर स्वर में कहने लगे, ''इसमें तुम्हारा ज़रा-सा दोष नहीं है, क्योंकि बिना सोचे-समझे मैंने ही गर्दन को तीन-चार बार झटके दे डाले और वह भी तब, जब तुम अपने सुख संसार के स्थान को सेवाँजलि दे रही थीं।''

चींटी ने करुणा मिश्रित स्वर में कहा, ''हे श्रेष्ठ साधक, यह आपकी तप साधना का आन्तरिक स्वर है, मैं तुम्हें बारम्बार तुम्हारी इस साधना को प्रणाम करती हूँ।''

''नहीं नहीं, ऐसी कोई बात नहीं है, देवी पिपीलिका (चींटी), तप-साधना किसी को गिराने के लिए नहीं होती है। यदि मैं गर्दन को झटका नहीं देता, और वह भी तब जब मुझे गर्दन पर तुम्हारे चलकर बैठने का आभास था तो तुम कदापि गिरती नहीं। मुझे क्षमा करें।''

''सावधानी मुझे रखनी चाहिए थी। मुझे किसने अधिकार दिया था कि मैं तुम्हारी देह पर रेंगते हुए गर्दन पर सवार हो जाती। यह मेरे से हिंसा हुई है। भविष्य में ऐसा नहीं करूँगी। कृपया मुझे क्षमा कीजिए अन्यथा हमारी रानी मुझे कभी क्षमा नहीं करेंगी।''

''तुम बताओगी क्यों?''

''क्योंकि उनसे कुछ छिपाना अपराध है।''

''क्षमा किया, देवी पिपीलिका।...तुम्हारी रानी और तुम्हारे समाज के प्रति मेरा

हृदय से नमन। कृपया यह कहना मत भूलिएगा।'' सिद्धार्थ ने विनम्र निवेदन किया।

इसी के साथ सिद्धार्थ ने आँख खोल कर देखना चाहा, ताकि उस देवी का दर्शन लाभ ले सके। परंतु वहाँ वह कहीं दिखलाई नहीं पड़ी। इतनी जल्दी अदृश्य हो नहीं सकती। वह गिरी थी। आघात इसे पहुँचा था। क्षमा माँगने में वह उससे आगे रही। अपनी रानी और समाज के प्रति इतनी निष्ठा-भक्ति और अद्वितीय समर्पण। अहिंसा और करुणा की देवी बनी वह सदा उसका मार्गदर्शन करती रहेगी।

पुनः सिद्धार्थ ध्यानमग्न और विचार-शून्य नीलाभ्र हो गए। भयभीत खरगोश और हंस शावक सिद्धार्थ की गोद में आ बैठे। उसकी देह से मानो उन दोनों ने मुँह ढँक लिया और उनकी तेज़ श्वासों को शान्ति की शरण में सुरक्षित स्थान मिल गया। उनका पीछा करता हिंस्र पशु कुछ समय बाद चुपचाप मन-ही-मन गुर्राता लौट गया।

अनायास मृदुल व सुकुमार मेघों के इन्द्रधनुष बने मयूर सिद्धार्थ के चहुँओर नृत्य कर उठे। तारे गण शंख ध्वनि कर उठे। नदियाँ वीणा की धुन निकालने लगीं। धरिणी ममता का आँचल लहरा उठी। ताल-तलैया करतल ध्वनि कर उठे। परिमल गंधयुक्त हो नाना प्रकार के पुष्प-प्रसून गद्‌गद हो प्रार्थना करने लगे—

'हे विरक्त मन के स्वामी, हे रंगशून्य, हे स्तम्भशून्य, हे पावन पवन के सारथि तीर्थ, मोक्ष, करुणा के अवतार तुम्हें कोटिशः नमन, प्रणाम!

एक साथ चतुर्दिक दिशाओं से अज्ञात ध्वनियाँ लयबद्ध हो गा उठीं—

*सत्यं शरणं गच्छामि*
*बुद्धं शरणं गच्छामि*
*धर्मं शरणं गच्छामि*

हे धीमंत, धैर्य सागर, शशि समान मुक्त विचरण करने वाले शुभंकर, समास युक्त अतिवाद से उन्मुक्त, श्रुत, शील, प्रज्ञा ज्योति, शाक्य ऋषभ, तथागत, स्पर्श, तृष्णा, ज़रा, मरण, वेदना हेतु विज्ञान धर्म के पैगम्बर, बुद्धत्वदाता, जगत् तुम्हारी प्रतीक्षा कर रहा है। उसे अमृत-सुधा, नव जीवनदान प्रदान कर सांसारिक दुःखों से मुक्त कर सहजीवनीय समाज-संघ को वरदान दो...वरदान दो...वरदान दो...महेश्वर कर्म के अन्यतम प्रकाश महाप्रदीप, प्राप्त बुद्धित्व से आलौकिक सूर्य आभा के नव ज्योतिपुंज उपकृत करो।

सिद्धार्थ ने उस समय के अमृतरस का पान बुद्धत्व धर्म को शिवमय समझ कर किया। वह सुबह सर्वथा नई थी, सम्पूर्ण जगत के लिए आलोकमयी थी। ग्रीष्म ऋतु उतार पर थी। ऋतु सम थी। पवन कहीं से बौछार भीगा सुख वर्षा कर रहा था। वह पूर्ण संतुष्ट हो प्रदर्शित नए मार्ग पर चलने-चलाने का चिंतन कर रहे थे।

## 40

इक्कीस दिन तक सिद्धार्थ उरूवेला में सेवा नियम में बने रहे। भ्रमण भी करते रहे। सुजाता निरंतर दोपहर को प्रसाद लेकर आती रही। वह संतुष्ट होते रहे परंतु जो पाया है, उसे समाज तक पहुँचाने के लिए वह मंथन करते रहे।

अब सुजाता के साथ अनेक स्त्री-पुरुष भी आने लगे। क्या वह इसी स्थान से बुद्धत्व का प्रसाद बाँटना प्रारंभ करें। ऐसा सोचते हुए हर बार उनके सामने सुजाता आ खड़ी होती थी। उसकी स्पष्ट धुन सुनाई पड़ने लगी कि कई योगी-महात्मा-तपस्वी आए। परंतु उन्हें उनकी बात को आधे-अधूरे मन से सुनकर यह बता दिया कि उनके लिए एकमात्र बाबा ही संत-महात्मा-योगी है। उसके अतिरिक्त उनके लिए कोई अन्य नहीं हो सकता है।

सिद्धार्थ ने वहाँ के समाज पर छाई कामाली बाबा की सहज-सरल और समर्पित भावना के प्रति आदर भाव बनाए रखकर यह निश्चय किया कि वह वहाँ से अक्षय बुद्धत्व प्रकाश से अपनी यात्रा प्रारंभ नहीं करेंगे। संत आलार कालाम, उद्दक और रामपुत्र का स्मरण हो आया। वहाँ आश्रम, श्रमण बहुत हैं। वे प्रचार कार्य में पारंगत हैं। उनका परिचय  पुराना और बहुत कड़ा है। वह जिस जीवन सत्य तत्त्व को पा सके हैं। पहले उसको उनके सामने रखेंगे। फिर उनकी सहमति उल्लास से उनके द्वारा उस चतुर्थ सत्य को जन-जन तक पहुँचा पाएँगे। वहीं जाना उचित है। इसी समय श्रमणों का एक दल झांझ-ढोलक बजाता, गाता हुआ निकल गया। वह गा रहा था—

*रुकना कहीं नहीं*
*ठहरा तो पानी हुआ गंदा*
*चलता नदी के पानी सा*
*जब तक लक्ष्य न पा ले! चलते चल।*
*लक्ष्य वही है*
*जिससे भय त्राण, शंका मिटे*
*उत्साह में बदल जाए दिनचर्या*
*जीवन बन जाए त्यौहारिक हर्ष*
*सब मिल कर स्वत: मिलकर बनाएँ पर्व*
*उल्लास जहाँ है*
*सत्य वहीं है*
*प्रेम जहाँ है*
*सत्कार वहीं है।*
*आओ, आओ यायावर*
*देशाटन की याद कराओ*

*सब मिल कर गाओ*
*जो चलता रहेगा*
*कभी नहीं थकेगा, ऐसा*
*प्यारा हो सपना अपना!*

सिद्धार्थ सोचता रह गया कि इस श्रमण दल में जीवन के प्रति अपूर्व उल्लास, उत्साह है, आनंद मलयानिल की बयार है। वह उठने को हुआ ही था कि एक दल सामने आ खड़ा हुआ। उसमें सबसे आगे सुजाता थी, उसके पीछे प्रकृति, फिर उपदाय, पुष्करदत्त, सत्यपाल, रुक्मणी आदि।

''कहीं जाना है, संन्यासी''

''नहीं।''

''आओ चलें। पल्ली की एक फेरी लगा आएँ। जो मिले उसे सत्य के चार धाम बताएँ। वह मन-ही-मन दोहराने लगे। पहला आर्य सत्य-जो हर स्थिति में समान रहे, बदले नहीं।''

''कुछ कहिए, संन्यासी?''

सिद्धार्थ ने चारों ओर देख कर धीरे से कहा, ''वह है—दुःख। इसके अन्तर्गत देह कष्ट, बीमारियाँ, भूख, प्यास, रोटी-कपड़ा का अभाव, बेकारी, वृद्धावस्था, सुकून-अपसुकून आदि दुःख के हेतु हैं। शिशु रोता हुआ जन्म लेता है और मृत्यु पर्यन्त तक रोता ही रहता है। यों सारा समाज दुःख से लिप्त है। मन की न होने पर, आधा-अधूरा रह जाने पर सब दुःखी हो जाते हैं।...''

''हाँ।''

''हाँ...हाँ...।'' समवेत स्वर था।

''वह इस पल्ली में कहीं नहीं है।'' सिद्धार्थ ने कहा।

''सो तो है।'' प्रकृति बोल पड़ी।

सिद्धार्थ कहने लगे, ''ऐसा क्यों होता है?...यह रहस्य भी दुःख में ही छिपा है। जितने दुःख, उसके उतने ही कारण हैं। गहराई से सोचें तो दुःख ही दुःख का हेतु। यह दूसरा आर्य सत्य है।''

''पर यहाँ तो इसे जानने या पता करने की ज़रूरत नहीं है।'' पुष्करदत्त ने सादगी से कहा।

''आपने उचित कहा, दत्त महाशय।''

''आओ, अब इस रोग से निदान पाने पर ध्यान दें।''

''पर क्यों?'' सत्यपाल ने कहा।

''यथार्थ बंधु। परंतु सर्वत्र तो यहाँ जैसा नहीं है। यह पूरे समाज की बात की जा

रही है।...वायु हर जगह तो एक सी नहीं है। नाले, गंदगी से गुज़रेगी तो दुर्गंध लेकर ही आगे बढ़ेगी। तब?''

''हाँ तो नाले से गंदगी हटानी पड़ेगी।'' रुक्मणी का स्वर था।

''कौन हटाएगा?'' सिद्धार्थ ने पूछा।

सब चुप रह गए।

तब सिद्धार्थ ने कहा, ''जिसे हटाना है, जो दिखलाई नहीं देती, परंतु है। डटी खड़ी है—वह है तृष्णा।...तृष्णा भी तीन प्रकार की है—''

बड़ी तृष्णा—पद, गाड़ी-घोड़ा, नाम, प्रतिष्ठा।

छोटी तृष्णा—दोषारोपण, सुख-सुविधा का अभाव, ईर्ष्या, असुरक्षा। तृष्णा से मुक्ति तो सभी चाहते हैं। परंतु उनमें से कितने युक्त हो पाते हैं? तीसरी महीन तृष्णा के अन्तर्गत चाहत के लिए चाहत का न होना—जैसे कार्य आसानी से होते जाना, सदा स्वस्थ रहें।...यहाँ तो दुःख ही नहीं है। फिर निर्वाण का क्या अर्थ? मूल ही नहीं है।...मैं पूरी पल्ली घूमा हूँ।...सब कुछ स्वस्थ है। सरल है।...इस कारण आप अपने में प्रसन्न हैं। कामली बाबा संपूर्ण हैं।...कृपया आप लोग पल्ली का फेरा लगा लीजिए। तब तक मैं इधर ही भ्रमण कर लूँगा। सिद्धार्थ ने चौथे आर्य सत्य को छिपा लिया... दुःख से मुक्ति की अवस्था को पा लेना। चैतन्य अवस्था। कैवल्य अवस्था या कहें समाधि अवस्था। निर्वाण अवस्था! इसकी आम जन को क्या ज़रूरत है।

सिद्धार्थ ने सोचा कि सामान्य और विशिष्ट जन तक कैवल्य अवस्था की पहुँच की आवश्यकता नहीं है। यह अवस्था तो संत और सत्य के अनुसंधानकर्ता स्वयं ही प्राप्त करने की दृष्टि पा लेंगे, क्योंकि आगे की यात्रा तो स्वयं करनी होगी उन्हें ही।

सब चले गए, तब पुनः सुजाता प्रस्तुत हुई। तब सिद्धार्थ ने अष्टांगिक मार्ग पर पुनर्विचार करते हुए पीपल वृक्ष की परिक्रमा की, दूसरा सप्ताह अजपाल न्याग्रोथ वृक्ष के नीचे बिताया, तीसरा सप्ताह मुचलिंद वृक्ष के नीचे और चौथा सप्ताह राजयतन वृक्ष की परिक्रमा लगाकर फिर अजपाल न्याग्रोथ वृक्ष के नीचे आकर खड़े ही थे कि वह सुजाता को खड़ा पाकर चौंके। वह पूछने लगे, ''सुजाता, कुछ भूल गई हो क्या यहाँ, क्योंकि सब अजपाल न्याग्रोथ वृक्ष के नीचे बैठे मिले थे।''

''हाँ, आचार्य सम्बोधि, भूल गई थी, वही लेने आई हूँ।''

''ले, जाओ।''

''पर कैसे, महात्मन्?''

''क्यों?''

''वह तो आपके पास है?''

''मेरे!'' कह कर तनिक सुजाता की ओर देखा। वह शांतचित्त थी, विमल भाव-विचार से गद्गद अवस्था में।

"तो बोलो, पुत्री।"

सुजाता ने गंभीर स्वर में कहा—"कल तड़के एक स्वप्न देखा है।...मैंने स्वप्न में जाना कि आपकी अति सौंदर्यशील, सद्‌धर्मस्वरूपा पत्नी यशोधरा है। उसके साथ सात-आठ वर्ष का तेजस्वी बालक है। वह बोली, 'भगिनी, तुमने मेरे पति का जीवन बचाकर बहुत बड़ी सेवा की है। मैं कृतज्ञ रहूँगी आजीवन तुम्हारी।' "

"नहीं...नहीं...बड़ी बहन ऐसा कुछ नहीं है," सुजाता ने कहा।

"तर्क संवाद नहीं करूँगी, भगिनी। सत्य तर्क से परे है। जीवन के सर्वथा सन्निकिट क्या, जीवन का ही सत्य है। जो है, उसे अनुभव कर इस पथ का राही बनना ही सत्य को दिशा सम्बोधि स्वीकार्य है।"

"फिर?"

"तनिक पूछो, सत्य की परछाईं ही जीवन है। वह हर एक को जन्म से मिली है। फिर चक्कर काट कर गृहस्थ उस तक क्यों पहुँचे? क्या मिलेगा उसे उससे?... वासना घर-प्रासाद बना स्वत: स्वाभाविक रूप से भी तोड़ा जा सकता है, परंतु ईंट-गारे से निर्मित घर-प्रासाद तोड़ने, छोड़ने से क्या मिलेगा?...स्वप्न में बना घर-प्रासाद तो देह का टूटना ही है। फिर उसे तोड़-मरोड़ कर किसे तोड़ना है?"

"प्रश्न गहरा है।...उत्तर मुझे ज्ञात नहीं है।"

"आज नहीं, कल तुम भी वधू बनोगी। ईश्वर न करे, यदि उसने भी सिद्धार्थ की राह पकड़ ली तो... ।...कभी किसी ने यह नहीं सोचा है कि समाज विकारग्रस्त किसने किया है। गंगा यदि प्रदूषित होती है तो किसके कारण? गंगा को प्रदूषित से स्वच्छ-अप्रदूषित करने पर समय और धन व्यय की ज़रूरत नहीं, यदि उसके प्रदूषित करने के कारणों को स्वच्छता में बदला जा सके। कारण, गंगा अब तक के प्रदूषण को ले जाकर स्वयं स्वच्छ हो जाएगी। जड़ को सींचो, पेड़ के पत्ते-पत्तियों को सींचने से क्या मिलेगा?...इतने विहार हैं, मठ हैं...संत-संन्यासी हैं, जाने कब से?...इनसे मन की गंगा स्वच्छ नहीं हो सकी, तब और आ जाएँगे-या बन जाएँगे, उनसे क्या होगा?... नया धर्मचक्र प्रचारित होगा। फिर वह भी प्रदूषित ही होगा-क्योंकि वह एक जगह आकर ठहरने लगेगा—अर्थात् अपवित्र होने लगेगा।"

सुजाता कुछ समझी, कुछ नहीं समझी, फिर भी उसने सकारात्मक संकेत में सिर हिलाकर दे दिया। उसके मन में प्रकृति का स्मरण संज्ञान प्रबुद्ध हुआ है और वह सब कह डाला और उत्तर की अपेक्षा करने लगी, पुन: स्वप्न आने में प्रत्युत्तर की तैयारी के लिए। सिर खुजाते हुए पुन: स्मरण कर कह उठी, "नैरात्थ्य (निरात्मा) या आत्मयुक्त...उसके झंझट-झगड़े में पड़कर क्या मिलेगा?"

सिद्धार्थ शांत चित्त। उसके मुखमंडल पर सूर्याभा यथावत्! अधर स्थिर। आँखें कमल समान! कोई परिवर्तन नहीं। वातावरण निरन्तर मौन। चतुर्दिक परिशान्ति। इस स्थिर आभा को देखकर पुन: पूछा, "कुछ कहेंगे, मानव मित्र, सारे समाज चित्र को

गंगा स्नान में कमल प्रदीप्त कर अवलोकन के आशावान् सत्संगी।''...हैं! वह चेती। ये सारे विशेषण यशोधरा के दिए हैं। उसे एक साथ कैसे इस समय स्मरण होकर वे चुपचाप प्रकट हो उठे।

''स्वप्न फिर पूछे तो उत्तर दे देना अब मेरे सामने न प्रश्न हैं ऐसे! फिर उत्तर कहाँ से दूँ। उत्तरावली चिर शांत है प्रश्नावली की भाँति।''

सुजाता चुपचाप चली गई।

सिद्धार्थ भी शांत बने रहे। वहाँ पास में खड़ा मुचलिंद का वृक्ष लहरा रहा था। उसके बड़े-बड़े पत्ते, छोटे-छोटे फल और सुगंधित लाल पुष्प की ओर सिद्धार्थ देखते हुए उसके बारे में सोचने लगे कि वह कितने गौरव से अपनी अनुभूति करवा रहा था।

अब सिद्धार्थ क्या करें? किधर जाएँ? कहीं-न-कहीं से इस गौरव यात्रा का प्रारंभ करना पड़ेगा।

सिद्धार्थ को अचानक उन शिष्यों का ध्यान आ गया जो तब उसे पथभ्रष्ट मान कर छोड़ कर चले गए थे। अब वह उन पाँचों का स्मरण करने लगा। क्या उनके पास जाना उचित है?...वे पाँच थे—भद्रचित्त, अश्वजित, कौंडिल्य, महानाम और वाष्प!

यह पता करना है कि वे पाँचों इस समय हैं कहाँ?...इस बात को लेकर वह गहरे में उतरे हुए थे कि उन्हें ज्ञात हुआ कि वे काशी में हैं। अब क्या था, वह निर्णय ले सके कि अयोनिशः विचार द्वन्द्व और संभावनाओं में न पड़ कर उन्हें वाराणसी में ऋषि पत्तन चलना चाहिए। जनोद्धार और जनसेवा को अपनाकर, बिना गुरु-आचार्य और तप किए, उस दृष्टिपथ को अपनाना चाहिए, जो उनके चित्त को शान्ति दे और जन उनकी उपयोगिता को समझ सके।

इस विचार ने उन्हें वाराणसी आने के लिए तैयार कर लिया था और तब वे सिद्धार्थ से मिले बिना वाराणसी लौट आए थे।

वाष्प कहने लगा, ''उन बातों को विचार कर आगे की सुध लें। गड़े मुर्दे उखाड़ कर क्या मिलेगा?'' महानाम बहुत देर से चुपचाप सुन रहा था। उसे वह सब अच्छा नहीं लग रहा था। इस कारण उसने दो टूक अपना निर्णय सुना डाला।

''अब अपने गुरु-आचार्य पुनः अपने सामने हैं।''

''तो?''

''हमें उनको सुनना चाहिए,'' कौंडिल्य ने कहा।

''उसके लिए कल तक की प्रतीक्षा भारी पड़ रही है, कौंडिल्य,'' वाष्प का अधैर्य बोला।

''चुप कर, वाष्प। अब हमें कल सुबह तक प्रतीक्षा करनी ही पड़ेगी,'' अश्वजित बिना सोचे कह गया।

"तो हमें चलना चाहिए, मित्रो," यह कहकर कौंडिल्य चल पड़ा। सबने अपनी-अपनी कुटिया का रुख किया।

## 41

सिद्धार्थ तड़के ही उठ गए। स्नान-ध्यान कर वे बाहर चलने की तैयारी करने लगे। उनका चित्त अज्ञात, शांत सरोवर को अवलोक कर मौन था—निर्विचार...शून्य।

बाहर आए। आकाश शांत था। तारे गण लौट रहे थे। समीर बहने लगा था। पल्लव हिलने लगे थे। कोयल कूक उठी थी। हर्ष संयम सँभाले प्रारंभ हुई चहल-पहल को अवलोक रहा था।

सिद्धार्थ चीवर पहने, हाथ में कमण्डल लिए निसर्ग लीला का चित्त पढ़ने लगा था।

तभी पाँचों श्रमण सिद्धार्थ को प्रतीक्षारत देख चौंक गए। सिद्धार्थ उन्हें नमन कर रहा था। वे पाँचों श्रमण तुरंत उनके चरणों की ओर झुक गए।

एक स्थान पर आकर सिद्धार्थ रुक गया। वह उन पाँचों श्रमणों को समझाने लगा, "यहाँ से हम सबको बस्ती में अलग-अलग दिशा में जाकर भिक्षाटन करना है। वे एक परिवार का द्वार खटखटाएँ और उसका द्वार खुलने तक वे उस परिवार के कल्याण के लिए निरंतर स्तुति करते रहें। भिक्षाटन का लक्ष्य है निर्भय और उदार आचरण का परिचय कराते हुए जनता जनार्दन में करुणा, मैत्री, प्रेम, अहिंसा आदि भाव के दिव्य प्रभात का उदय हो।"

सबके जाने के बाद सिद्धार्थ भी एक दिशा की ओर बढ़ गया। एक घर का द्वार धीरे से खटखटाया। वह कहने लगा, "जागरण का समय है। अपना दीपक स्वयं बनो। बाहर आकर समाज के शुभ के लिए प्रार्थना करो। अपने चित्त को परिशुद्ध करो।"

द्वार खुलने पर सर्वप्रथम सिद्धार्थ ने उन्हें प्रणाम किया। सिद्धार्थ का सौम्य तथा तेजस्वी प्रभामंडल और कल्याणकारी मधुर वाणी सुनकर परिवार के अन्य सदस्य भी बाहर आए। वे उनके चरणों में झुकने लगे तो सिद्धार्थ ने कहा, "आयुष्मानो, सत्य-करुणा, प्रेम के सज्जनो, दाता बन देव चरित्र का अनुकरण करो। अपना और अपने समान का शुभ चिंतन करो। चिंतन को व्यवहार में फलित होने दो।"

कमण्डल में प्रसाद ले सिद्धार्थ आगे बढ़ गया। एक स्थान पर आकर वह रुक गया और हिरन शावकों की उछलकूद व दौड़-धूप देखकर मग्न होता रहा। कदाचित् मानव प्रकृति और उसके साहचर्य जीवों को देख पाए तो भी उसके कष्टों का स्वत: निवारण हो सके और वह पलाश के गहरे लाल पुष्पों सा खिलता, महकता हर ऋतु में दिखलाई दे।

अब सिद्धार्थ विहार में लौट आया। चबूतरे पर बैठकर मृदुवाणी से कहने लगा,

"आयुष्मानो, आज से करुणा और सत्य भाव से मिले दृष्टि पथ को अपनाओ। मोह छोड़कर स्मरण रहे, खेतों का दोष तृण है, मानव समाज का दोष राग है—तृष्णा। वीतरागी बनो। जिस श्रद्धा-भक्ति-प्रेम से जो पाया है, उसे अनेक गुना बढ़ाकर, जैसे एक बीज अनेक दाने बन लौटाता है, लौटाओ।...कभी नहीं भूलना, प्रिय श्रमणों, कमण्डल में जो लाए हो वह गंगाजल है। उनका आशीर्वाद है।...संयम व्रती बनो कि संयम की वर्षा चहुँओर होती दृष्टिगत हो। अकेले ही चलते चलो यदि कोई न मिले।...पुण्य के पकने तक प्रतीक्षा करने का मन बनाकर चलो। प्रथम तो अपने को सत्याचरण में ढालो। तदनन्तर अन्य से कहो। आप अपने स्वामी हैं—गुरु हैं और आचार्य हैं। अपनी चौकीदारी स्वयं करो। किसी अन्य को नहीं जीतना है। जीतना है तो अपने को। सुवासित पुष्प खिलता हुआ सबको हर्षित करता है। अतः पुष्प बनो और सुवासित होकर समाज को उपवन बनाओ।"

अवाक् होकर वे पाँचों श्रमण गद्गद हो उठे। वाणी अमृतमयी अनुभव हुई। मार्ग स्पष्ट हुआ। वह कहने लगे, "प्रिय श्रमणो, मुझे ऐसा कुछ प्राप्त नहीं हुआ जो पहले से नहीं था। जैसे अन्तःकरण का दीप प्रज्ज्वलित हुआ नहीं कि तिमिर का कण-कण प्रभात बन चमक उठा। मैंने यही संकल्प लेकर गृह त्यागा था कि दुःखों से आवृत समाज को बागवानी के चमत्कार से कैसे जोड़ूँ? किस प्रकार मिटे उसके दुःख-कष्ट?...तो अन्तःकरण ने आवाज़ दी कि पहले अपना दीपक स्वयं बनो। देखोगे कि हर घर में उजाला होने लगा है। बहुत शीघ्र ही जान पाओगे कि सब कुछ हमारे पास ही था। जो नहीं था, वह थी, दीये के तेल में पड़ी बाती जलाने की आंतरिक सक्रियता। तप प्रकाश का दूसरा नाम है। बाती को जलाए रखने के लिए सदाचरण का व्रत लो। पुण्य के पकने की वैसे ही प्रतीक्षा करो, जैसे किसान फ़सल पकने की करता है। तभी पुण्यकर्ता को पुण्य का अनुभव होगा।...उपदेश देने से पूर्व उसको अपने चरित्र-आचरण से व्यक्त होने दो।" कुछ रुक कर आगे मद्धिम स्वर में कहा, "श्रमणों, वन और झाड़ी की छोटी-बड़ी कामनाओं-मोहों को काट निष्काम बनो। भिक्षाटन के समय ध्यान में भ्रमर को लाओ। जैसे भ्रमर सुमन के वर्ण और सुवास को हानि पहुँचाए बिना रसपान कर आगे बढ़ जाता है, तुम भी बढ़ते रहो।...कषाय वस्त्र पहनना सहज है, परंतु उसे सार्थक करना बिना इन्द्रियजीत बने संभव नहीं है।"

सिद्धार्थ की वाणी से अमृत झरता रहा। उसमें चारों आर्य सत्य। दुःख, दुःख का कारण, दुःख का विरोध और दुःख का समाधान का प्रवाह मध्यम मार्ग प्रशस्त करता रहा। साथ ही ये संकेत उभरते रहे कि इन्द्रिय सुखों में लिप्त रहना दुःख का मुख्य कारण है, संसार के सुखों को त्यागने के लिए देह को कष्ट देना भी दुःख का कारण है। इनसे बचना ही मध्यम मार्ग है। इस प्रकार निरंतर अभ्यास चक्र चलता रहा उनमें पाँचों में अनुकूल परिवर्तन-लक्षण दृग्गोचर होने लगे तब सिद्धार्थ ने उन पाँचों को बस्ती में प्रचारार्थ जाने की आज्ञा दे दी।

सिद्धार्थ के प्रवचन में आईं सरस कथाओं का श्रोताओं पर गहरा प्रभाव पड़ा।

उनकी वाणी का जादुई असर और दु:खों से पार पाने के सहज उपाय आकर्षण का केंद्र बनते गए। श्रोताओं की बढ़ती संख्या को देखकर सिद्धार्थ ने पाँचों श्रमणों को बस्ती में जाकर प्रवचन करने की आज्ञा दे दी। इसी बीच वहाँ श्रेष्ठि पुत्र यश ऐसा आया कि उसका परिवार उसे ढूँढ़ता वहाँ आ पहुँचा और सिद्धार्थ के प्रवचन से इतना प्रभावित हुआ कि उसने अपनी सारी धन-संपत्ति उनके चरणों में डाल दी और वहीं रहने लगा। उनके देखते-देखते आप भव्य विहार मूर्त रूप ले उठा। सिद्धार्थ ने उसकी सुव्यवस्था उन पाँचों श्रमणों को सौंप दी और स्वयं सात श्रमण लेकर राजगृह की ओर चल दिए।

## 42

जैसे-जैसे समय बीतता गया, वैसे-वैसे सिद्धार्थ नए अनुभवों से जुड़ने लगे। विहार भी एक के बाद एक बनते गए। राजा-महाराजा भी जुड़ते गए। उनसे उपहार, भेंट में ज़मीन के साथ धन भी मिलता गया। नए-नए विहार खड़े होते गए। श्रमण भी तेज़ी से जुड़ते गए। व्यवस्था-प्रशासन के सामने संकट भी आते गए। कितने भी नियम-उपनियम बनाते जाओ, फिर भी समस्याएँ सिर उठाए बिना नहीं रहतीं। प्रव्रज्या लेना, नियमों के पालन पर प्रारंभ में खरा उतरना सहज है प्रत्युत आजीवन का व्रत लेकर उसे निभाना दुर्लभ है। यही सोचकर सिद्धार्थ ने मध्यम मार्ग पर चलने वालों-अपनाने वालों को यह सुविधा दी थी कि यदि वे चाहें तो गृहस्थ धर्म में लौट सकते हैं।

विहार-संघ व्यवस्था विहार-संघ के श्रमणों के हाथ में थी। सिद्धार्थ उससे दूर थे। फिर भी कई बार सिद्धार्थ को विहार-संघ संकट-मतभेद को सुलझाने में सहयोग देना पड़ता था। तब उसको चिंता होने लगती कि जब वह नहीं होंगे तब यह व्यवस्था चैतन्य न रह कर जड़ होने लगेगी। जड़ता ही पतन का हेतु है।

सारी व्यवस्था विशुद्ध हो सके। प्रव्रज्या लेने वाले प्रव्रज्या धर्म का सच्चे मन से पालन करें, यह कठिन है। द्वेष, अहम्, जड़-मूल से मिटना अत्यधिक कठिन अभ्यास है। सिद्धार्थ प्राय: सबको समझाते रहे कि वह कृषक हैं। खेती करते हैं अन्न के स्थान पर श्रद्धा का बीज बोकर प्रज्ञा उनका हल है। तपश्चर्या अर्थात् प्रयास से वर्षा होती है। पाप, लज्जा हल की मूठ है। उत्साह बैल है। चित्त रस्सियाँ हैं तथा स्मृति हल की चाबुक। परंतु वह जान सके कि सब के मन में यह उदाहरण बैठता नहीं है।

इस चिंता से मुक्त होने के लिए वह आगे बढ़े और अदृश्य बहती सरस्वती का वह आनंद लेने लगे, ठहरी सोच को बाहर जाने का संकेत देकर। वृद्ध हो चले थे वह। थक-थका रहा था तन, पर प्रबुद्ध हो रहा अदृश्य संसार दिन पर दिन। प्रबुद्ध को उनका अप्रबुद्ध साथी संकेतों से समझा रहा था कि विश्राम का ध्यान रख। यहाँ से ध्यानावतरण प्रारंभ होता है। युगांतर भी सक्रिय है चाहे अप्रत्यक्ष हो रहा है पर उसका अस्तित्व कोंपल के फूटने का संकेत देने से नहीं चूक रहा है।

सिद्धार्थ सुनने को अनसुना अर्थात् बहरा बना कर दृश्य के पार अदृश्य के श्रमण पर इतनी दूर निकल जाते थे कि वहाँ अदृश्य भी नहीं रहता। तमस से उजाला और उजाले को पीछे छोड़ कर आगे की यात्रा पर चल पड़ते थे। चलने के निशान बिना बनाए पक्षियों की उड़ान भरने की तरह।

तभी पछाहट हुई। स्मरण बना। महाकाश्यप कुछ भूलता नहीं। समय को अपना विश्वसनीय और आज्ञाकारी चाकर बना कर भी उसकी अर्चना-पूजा करना विस्मृत नहीं करता। कैसे करता क्योंकि वह भी उसकी तरह याम बन जाता। यह वह बन गया था। उन दोनों के मध्य मैत्री भाव इस हाथ दे, उस हाथ ले का मौन आदान-प्रदान का व्यवहार शिष्टतापूर्ण ससम्मान चल पड़ा था।

महाकाश्यप ने अंदर आकर नमन किया। वहीं बैठ गया। दूसरा संस्मरण सुनने आया कि अचानक उसे उस ब्राह्मण का स्मरण हो आया जिसने उस स्थान के नाम की गुण, गरिमा की सरस कहानी सुनाई थी। वह बोले, ''काश्यप, मुझे ब्राह्मण की कहानी बनाने की कला ने बहुत प्रभावित किया है। उन जैसी कल्पना में दक्ष मुझे दूसरा नहीं लगा। यह तब की बात है जब मुझे बोधि प्राप्त हुआ था और मैं अपने को भूल कर बोधि विहार में डूबने लगा था। और सोचने लगा था कि जो निष्कंलक मैंने मार्ग पाया है, उसे दूसरों तक कैसे पहुँचाऊँ? मैं नितांत अकेला था। कोई साथी नहीं। मात्र सुकन्या सुजाता के जो प्रतिदिन पायस लेकर आती थी। सचमुच वह अबोध अज्ञानी सर्वप्रथम संबोधि प्राप्ति की पहली गुरुआनी है, जिसे यह ज्ञात नहीं था कि उसकी किशोर बुद्धि और पुनीत हृदय में बहती प्रवाह तरंगें कितनी बड़ी बात सहज में कह गईं, जिससे मुझे ही नहीं, हर युग के साधक को दिशा दृष्टि मिलती रहेगी।''

सुजाता ऐसा प्रसाद लेकर आती जिसमें उसके श्रद्धा-प्रेम की मिठास महकती होती। मैं पूछता, ''तुम इतना स्वादिष्ट और शीघ्र हजम होने वाला प्रसाद बना कर कैसे लाती हो? तुम्हें कौन बताता है?''

''तुम संन्यासी।''

''मैं।...मैं चौंका।''

''हाँ, तुम संन्यासी।''

''कैसे?''

''तुम हाड़ भर रह गए थे। माँस उतरता गया था। मैं तब कुछ-न-कुछ आहार रख जाती थी। सोचती थी कि तुम आहार के बिना खाए-पिये मर जाओगे। एक संत हमारी सीमा में भूख-प्यास से मरे, इससे बस्ती को अभिशाप मिलेगा।...तो मैं प्रसाद और कुल्हड़ में पानी रख कर जाने लगी। तुम बहुत ढीठ निकले। मैं उस दिन पायस लेकर आई थी। पूनो थी। तुमको खरी-खोटी सुनाने लगी। मेरे साथ मेरी सहेली प्रकृति भी थी। वह टोकने लगी, ''तूने तो कभी ऐसा किया नहीं, तू यह क्या कर रही है।

तपस्वी है, क्रोधावेश आया तो तुझे शाप दे देगा। आ बैल मुझे मार।''

''तू चुप कर। यह मर गया तो सारी बस्ती को शाप लगेगा।''

''हाँ संत महाशय, मेरी भी सुन-सुना लो। तुम्हारा ध्यान-वान जाए भाड़-चूल्हे में। तुम ध्यान-वान लगाते कुछ पा भी गए तो किस काम का, जब तुम्हारे प्राण ही नहीं रहेंगे। जीवन की यह अटल किंवदंती है कि पहले भरपेट भोजन, बाद में कुछ काम दूजा।...हमारे पुरखों के गहरे अनुभव की यही बात है। हठ छोड़ो और सीधे-सीधे रास्ते पर आ जाओ।'' कहकर सुजाता ने दर्वी में पायस भर कर उसके होंठों पर लगा दी। होंठ नहीं खुले तो दर्वी को ज़ोर से दबाकर पायस होंठों के अंदर पहुँचा दी। इसके बाद वह कह कर उठ खड़ी हुई, ''जब चेत में आओ तब खा लेना।''

मैंने उसे यह अनुभव नहीं होने दिया कि मैं थोड़ा-थोड़ा चेत में आ चुका था। उसके जाते ही स्वत: मैं ध्यान में चला गया। ध्यान से मुक्ति पाते ही मुझे भूख लगी और धीरे-धीरे मैंने पायस पी ली, क्योंकि पायस पतली थी।

इतना कहकर सिद्धार्थ ने गहरी साँस ली। महाकाश्यप तल्लीनता से सुनता रहा। मौन का क्रम तोड़ते हुए उसने स्मरण कराया, ''वह दूसरी कथा...।''

सिद्धार्थ सँभल गए। बैठक बदल कर कहने लगे, ''वह कथा-कहानी यह है। उसे कथा के रूप में सुनाता हूँ—सुनो।''

प्राय: भिक्षाटन के लिए मैं अकेला जाता था। प्रात: एक याम बीत जाने के बाद। उस दिन कुछ और विलंब हो गया। जैसे-जैसे मैं गाँव की ओर बढ़ा वैसे-वैसे धूप में तेज़ी आती गई। मानो हवा जाम सी हो गई हो।

पहले ही घर, आवाज़ दी, ''माई श्रमण तुम्हारे द्वार पर है।'' तुरंत ही एक युवती अंदर से बाहर आई और वह पकवान देने लगी तो मैंने उसे रोक कर कहा, ''माई, पकवान नहीं। मैं दिन में एक बार प्रसाद लेता हूँ। प्रतिदिन पिण्डदान में कच्ची सामग्री बहुत थोड़ी ही लेता हूँ।''

''ठहरिए, श्रमण,'' कह वह अंदर गई और खाने की कच्ची सामग्री पिण्डदान में दे गई। मैं लौट पड़ा।

जैसे ही आश्रम पहुँचा, भीड़ देखी। तभी एक महिला रोती बिलखती आगे बढ़ी और अपने मृत पुत्र को सामने रख कर बोली, ''हे देवों के देव। कृपानिधान मेरे मृत पुत्र को आप जीवित कर सकते हैं, कृपालु दया कीजिए।''

भीड़ में उत्सुकता बढ़ी देखकर मैंने कहा, ''माई, अवश्य जीवित कर दूँगा परंतु आप ऐसे किसी घर से, जिस परिवार में कभी मृत्यु नहीं हुई हो, वहाँ से शाम ढलने से पूर्व अनाज के कुछ दाने लाकर मुझे दे दो।''

यह सुनकर उस महिला की जान में जान आ गई। वह भागी-भागी गाँव की ओर गई। भीड़ बाहर जा खड़ी हुई इस चमत्कार को देखने के लिए।

वह महिला सारे गाँव में घूम ली परंतु ऐसा कोई घर नहीं मिला। वह हारी-थकी लौट आई। उसकी समझ में आ गया। भीड़ भी यह सत्य समझ गई कि जिसने जन्म लिया है, उसकी मृत्यु एक न एक दिन होनी अनिवार्य है। मेरे बिना कुछ कहे, भीड़ भी लौट गई उस महिला के साथ।

कथा समाप्त। सिद्धार्थ ने महाकश्यप की ओर देखकर कहा, ''वह महिला अपने संघ में गौतमी है।...अब कहो चमत्कार के बारे में तुम क्या सोचते हो?''

महाकाश्यप क्या सोचता! वह सिद्धार्थ के चरणों में गिर पड़ा और अपने अज्ञान के लिए क्षमा-याचना करने लगा।

सिद्धार्थ ने कहा, ''प्रिय काश्यप, स्मरण रहे, हमें ऐसे अवसर का लाभ उठाने के लिए कृत संकल्प रहना चाहिए ताकि एक बड़े समूह के मन से तरस हट सके।...मंत्र शक्ति को जब तक अपने तप से न जोड़ लें तब तक मंत्र की बात न उठाएँ।...समझ रहे हो। ऐसे अनेक अवसर तुम्हारे सामने आएँगे। तब तुम्हें अपने को तोल कर कदम उठाना होगा। अपना संघ जन जागरण के लिए दृष्टांत भर है—अपने आचरण से स्वयं का दीपक बनाकर, न कि संख्या बल से अपना प्रभाव जमाने के लिए।...स्त्री-पुरुष का जोड़ा स्वाभाविक है। अपना संघ आग और घी साथ रह कर, अपने संयम-व्रत से समाज के लिए जीवित उदाहरण बन कर सामने आए, जिससे उनमें संतुलन बने, समान धरातल पर दोनों अपने अस्तित्व का अनुभव कर सकें। जो कुछ करना-कराना है, वह अपने आत्मबल से। वह शिव के लिए पद यात्रा कर रहे हैं। विहार में श्रवणों-श्रवणियों को दीक्षित कर जन जीवन से जोड़ते जा रहे हैं।''

सिद्धार्थ वृद्ध हो चले हैं। फिर भी मानव जाति को दुखों से मुक्त कराने के लिए दिन-रात एक किए हैं। वह बराबर यही संदेश दे रहे हैं कि दुःख और सुख दोनों अस्थाई हैं। न दुःख से घबराओ न सुख से लगाव बनाओ। सदा मध्यम मार्ग अपनाओ। अम्बपाली के मन मन्दिर में यह अमृत ध्वनि ऐसे अनुगूँजती रही है मानो आकाशवाणी उसे चेता रही हो कि उठ, तेरे मुक्तिदाता, तेरी आम्रपाली बाड़ी में ठहरे हैं। उनकी शरण में जा। वह बिना सोचे-विचारे संन्यासी सिद्धार्थ के सामने उनकी चरण वंदना कर कहने लगी, ''हे जगमुक्ति के त्राणदाता, नगरवधू अम्बमाली का प्रसाद स्वीकार करो।''

सिद्धार्थ ने सहज स्वीकृति दे दी।

जब लिच्छवियों के राजकुमारों को यह ज्ञात हुआ तब वे उसके पास आए। वह उन युवा राजकुमारों को रथ दौड़ में कई बार पीछे छोड़ चुकी थी। वे बोले, ''हे आम्रपाली, तू मुँह माँगी धनराशि हमसे ले लेकिन उन्हें प्रसाद हमें देने दे।''

''हे कर्मवीर राजकुमारों, यह दासी इस प्राप्त अवसर को खो नहीं सकती। प्रश्न धनराशि का नहीं इस दासी की मनोकामना के मान-सम्मान का है।'' वहाँ से निराश होकर सीधे संन्यासी सिद्धार्थ की चरण वंदना कर अति विनम्र स्वर में कहने लगे,

"हे जगत शिरोमणि, हमें कल प्रसाद व्यवस्था का अवसर देकर लिच्छवियों के राज्य का मान बढ़ावें।...आम्रपाली तो नगरवधू है। वहाँ जाकर आपके प्रति जन-जन में जो प्रतिष्ठा है, उसे लांछित मत कीजिए।"

"हे आयुष्मानो, आपका परामर्श विचारणीय है। परंतु मैं एक साधु हूँ। सांसारिक बंधनों से मुक्त हूँ। मेरे लिए सब समान हैं। साधु और पारस पत्थर के लिए कसाई की लोहे की छुरी और राजा की तलवार दोनों ही उसके संपर्क में आकर स्वर्ण धातु हो जाते हैं। वास्तव में उपेक्षित, असहाय, निर्धन, अपाहिज आदि के उत्थान के लिए हम विशेष रूप से प्रयत्नशील हैं।...परसों हम आगे निकल जाएँगे। हमारा आशीर्वाद सदैव आपके साथ है।"

राजकुमार अंदर से रुष्ट हो गए परंतु ऊपर से श्रद्धा भाव प्रदर्शित कर लौट गए।

सिद्धार्थ अम्बपाली की विशाल बाड़ी का अवलोकन कर प्रसन्न हुए। धन्य है, नगरवधू की प्रकृति। तभी उसके सात्विक मन में प्रव्रज्या प्राप्त श्रमण के प्रति श्रद्धाभाव जागृत हुआ।

दूसरी दोपहर पूर्व सिद्धार्थ आम्रपाली के राजप्रासाद जैसे भव्य भवन में पहुँच गए। उनके शिष्य श्रमणों की प्रसाद व्यवस्था बाड़ी के बीच बने खुले स्थान पर की गई।

सिद्धार्थ सात्विक प्रसाद पाकर प्रसन्न हुए। प्रासाद में कलात्मक अलंकरणों का अवलोकन कर चकित रह गए। सुजाता की तरह शांत, सुशील और सरल चित्तवाली आम्रपाली प्रतीत हुई।

जैसे ही वह अंदर से लौटी, सिद्धार्थ का सौम्य मौन चकित रहा—मुंडित सिर, चीवर धारण किए, पात्र, वासि (छोटी कुल्हाड़ी) तीन चीवर, सुई, कमरबंद व पानी छानने का कपड़ा। वह कहने लगी, "ये सब स्वेच्छा से अपनाया। मन से संकल्प लेकर। मानसिक द्वन्द्वों से मुक्ति हेतु।"

सिद्धार्थ शांत भाव से देखते रहे और आम्रपाली कहती रही, "भदंत, मेरा न कोई कुल है, न माता-पिता का पता, न मुझे अपनी जाति ज्ञात है। वयस्क होते-होते मेरी नथ उतार ली गई।...चेत आया तो पाया कि मुझे यौवन रहते हुए नगरवधू बना रहना है। इसका कोई तोड़ नहीं है। परंतु आपके नगर आगमन से मैं जान सकी कि मेरा उद्धार भी संभव है यदि देव आपकी कृपा हो जाए।...यह भवन आम्र वन आपके चरणों में समर्पित हैं, भदंत। अब आप मुझे प्रव्रज्या देने से पूर्व मेरी परीक्षा ले लीजिए। आपके संघ के उपयुक्त नहीं लग सकूँ तो मैं शेष जीवन ऐसे कहीं भी रह कर व्यतीत कर लूँगी। मैं जब तब नटेश्वर का तांडव और पार्वती का लास्य बड़े मनोयोग से शिवरात्रि और संक्रांति पर्व पर प्रस्तुत करती रही हूँ पिछले पाँच वर्षों से आम जन के लिए अपनी संतुष्टि के लिए प्रभु।"

सिद्धार्थ आश्चर्यचकित रह गए रूपवती की इस आलौकिक चितवृत्ति का

अनुभव कर। त्याग, धैर्य, मुदिता, चैल धर्मों से शून्य, चित्त द्वैत रहित, अद्वय की प्रतिमूर्ति।

आम्रपाली ने सिद्धार्थ को गहरी सोच में पाकर कहा, ''प्रभु, अब मुझे अपनी चिंता नहीं है। मेरा विनम्र निवेदन है, नारी जाति पर हुए पुरुष के इस अहंकार, स्वार्थ, परतंत्र बना कर अपनी उँगली पर नचाना, व्यभिचार-बलात्कार का सामूहिक प्रदर्शन...इस देह पर पड़े उनके क्रूरतम-चिह्नों ने आज तक मुझे सोने नहीं दिया, प्रभु...। प्रभु, इस अत्याचार, पाप-कर्म से आप मुक्ति दिलाने में आगे आएँ तब कुछ ऐसा होता संभव होगा। जिस समाज की संकल्पना लेकर आपने संबोधि पा कर सर्वोत्तम मध्यम मार्ग अपनाया उससे वैशाली की नगरवधू के मन की गहनतम व्यथा का ज्वालामुखी फूट पड़ा।''

सिद्धार्थ उसके हृदय की चीख-पुकार का अनुमान लगा सके। जहाँ एकबारगी उनका हृदय अभिभूत हो उठा, वहीं उनकी बुद्ध-प्रज्ञा शांत भाव से, तटस्थ होकर इसके निदान की गहराई में उतरते हुए वज्जियों के पाँचवें नियम पर जा टिकी, उनकी उन्नति में विवाहित या अविवाहित नारी के साथ बलात्कार न होने की भूमिका का महत्त्व विशेष रहा था। सिद्धार्थ ने धीरे-धीरे मधुर कंठ से कहा, ''देवी, तुम्हें प्रव्रज्या दी जाती है। तुम्हारे लिए प्रव्रज्या की परीक्षा आकलन की आवश्यकता नहीं है। तुम में प्रव्रज्या स्वयं विद्यमान है।''

आम्रपाली कृतार्थ हो गई। उसने सपने में नहीं सोचा था कि भगवान की अनुकंपा एक नगरवधू को पुनर्जन्म दे सकेगी।

दूसरे दिन। सिद्धार्थ नगर छोड़कर जा रहे थे। आम्रपाली भी साथ में थी। सारा नगर उमड़ पड़ रहा था। आगे-आगे सिद्धार्थ थे। उनके पीछे आम्रपाली थी और श्रमण। जगह-जगह उन सबका स्वागत हो रहा था। सिद्धार्थ के मुख-मण्डल में इस अवस्था में आलौकिक तेज-चमक देखकर श्रद्धाभाव से जन समूह करबद्ध प्रणाम कर रहा था।

लग रहा था कि आम्रपाली की एक झलक पाने के लिए जन में बहुत उत्साह था। उसका जैसा नाम था वैसा ही उसका आकर्षण था। सब अचरज से उसे बार-बार देखे जा रहे थे। यद्यपि नटेश्वर-पार्वती के ताण्डव और लास्य में नृत्य, राग और वाद्य का समन्वय अद्भुत होता था। लेकिन स्त्रियाँ देखने कम संख्या में पहुँचती थीं। पुरुष भी। कारण उसका नगरवधू होना था। नगरवधू के प्रति जिज्ञासा सब में थी परंतु लोकलाज का भय एक-दूसरे को रोके रहता था।

उनमें से कुछ ऐसे जन भी थे, जो दबे स्वर में नुक्ताचीनी करने से नहीं चूक रहे थे, जैसे—''राजकुमार संन्यासी बना है, कोई भूखा नहीं तो उस जैसी भव्यता-शोभा कैसे कूच कर सकती है।''

''फिर तो नगरवधू...वह भी अपूर्व सौंदर्य की अधिष्ठात्री और साक्षात् अप्सरा सी नृत्यांगना का न होना कैसे विहार का आकर्षण केंद्र बनता।''

"तभी तो नगरवधू आम्रपाली को सादर भिक्षुणी बना कर इस पैदल यात्रा का आयोजन हुआ है।"

"चुप भी करो, मनश्चक्षु के अंधो...संन्यासी की अवस्था देखो। उसके प्रभामंडल पर ध्यान दो। उसकी भव्य-शांत-प्रशान्त मुखाकृति को देखो।"

"वही तो देख रहे हैं, अन्तरचक्षु के प्रज्ञावानो। तभी अपने राज्य की ही नहीं, दूसरे राज्यों को लुभाने वाली नगरवधू अपना सब कुछ हार बैठी है—भव्य भवन, आम्रवन की विशाल बाड़ी और राजकोष जैसी धन-संपदा।"

"वह ऐसी-वैसी नगरवधू नहीं है। उसने जीतना जाना है, हारना नहीं।"

"तभी इतना बड़ा दाँव खेला है कि संन्यासी को प्रव्रज्या न देने का प्रश्न ही नहीं उठने दिया।"

"कोई कम बड़ी बात नहीं है, रूप की रानी विहार की रानी बन कर पैदल यात्रा की शोभा बढ़ा रही है।...अब देखना कितने लंपट विहार की ओर लपक पड़ेंगे।"

"शांत रहो। अपने मन पर काबू रखो। हर किसी को अपने जैसा मत समझो। उस तपोनिष्ठ पर लांछन लगाते तुम्हें लज्जा नहीं आती। वह सूर्य-चन्द्र की दीपज्योति की तरह अपने ढंग से प्रवृत्त है।"

यह सब चलता रहा। वह पैदल यात्रा का नयनाभिराम दिव्य दृश्य सबकी आँखों से ओझल होकर भी शांति पाठ और अहिंसा धर्म का मंत्रोच्चारण करता अब भी अनुभव हो रहा था। साक्षात् ईश्वर की छवि का अवतार मानो सामने से निकला हो। अधिकांश जन समुदाय तन-मन से उस आलौकिक पैदल यात्रा के प्रति समर्पित हो रहा था। नगरवधू की शांति चेष्टा के प्रति अधिकांश के मन में गौरव का मंगल गान अनुगूँज रहा था। उसका सर्वस्व त्याग कर चीवर धारण करना पूर्वजन्म के श्रेष्ठ कर्मों का फल दृग्गोचर हो रहा था। जन की सोच महानद के कगार पर से अब लौट रही थी अपने में राग से वैराग्य की यात्रा के संबंध में कल्पनाओं के यथार्थ-अयथार्थ के बाह्य अन्तर्द्वन्द्व को लेकर।

सिद्धार्थ ढलती अवस्था की वृद्ध संध्या को शांत भाव से अवलोकते हुए अनुयायियों की बढ़ती संख्या और राजा तथा धनाढ्यों, भक्तों द्वारा बनवाए गए विहारों के आकर्षण से यह अनुभव करने लगे थे कि विहार उनके अनुयायी वर्ग को भाने लगे हैं। न आकर्षण रहे और न विकर्षण...बाह्यंतर के मध्य बहे विहार का जीवन-प्रवाह। लेकिन ऐसा वह अनुभव नहीं कर पा रहे थे। जहाँ भी विहार में गए, वहाँ प्राय: मतवाद में न्यूनाधिक उलझते पाया भिक्षुओं अथवा और प्राव्रजकों को। उनके अनेक वर्ग बन गए थे। उनमें से अधिकांश भिक्षुओं ने श्रमण समस्या के निराकरण हेतु विहारों में रहने वाले भिक्षुओं के लिए नियम बनाए। वे विनय कहलाए। उनके पालन के लिए प्रधान पद स्वत: बन गया। वे स्वत: गुरु, जिन्हें बाद में असेखो मान लिया।

इस प्रकार मतवाद जड़ता की ओर जाता दृष्टिगत होने लगा। विहारों का इतना फैलाव होता गया कि उसे अनुशासन में बनाए रखना समस्या बनता गया।

सिद्धार्थ के सामने ही अस्त होती संध्या के आन्तरिक तमस की परछाइयाँ घिरने लगीं। अनेक प्रश्न उठते और बुलबुले की भाँति तत्काल या यदा-कदा अनेक बार उठ कर फूट जाते। अपने निर्णयों (विनय) को सूर्यास्त के बाद के असहाय उजाले में सिमटता पाते।

तब वह स्मरण की धूप-छाँव में पाँव पसार कर निहारने लगे। पहले कपिलवस्तु में वातायन से निहार रही यशोधरा की ओर एक पल देखा। उसकी बड़ी-बड़ी आँखों में पक्षी दल में से बिछड़े उस अकेले पक्षी को देखा जो दल से बिछड़ कर हवा में पंख फड़फड़ाना बंद कर उसके साथ अपने को छोड़कर बहता लुढ़कता जा रहा था। फिर भी उसने पंख नहीं खोले थे और न गिरने की यह परवाह की थी कि वहाँ कहाँ गिरेगा और उसके आघात से उस पर क्या गुज़रेगी। दूसरे पल दो पल वयोवृद्ध शुद्धोधन पर दृष्टि टिक कर मौन रह गई।

एक बार पुनः यशोधरा का मधुर स्वर उनके कानों में पड़ा। वह कह रही थी, ''राहुल, वह हैं तुम्हारे पिता।''

साश्चर्य राहुल ने बाल बुद्धि से सिद्धार्थ को देखा, फिर अपनी माँ की ओर देखा तो प्रश्न किया, ''आप भी कषाय वस्त्र धारण किए हुए हैं।''

''राहुल वस्त्र चाहे कषाय पहनो या पीत अथवा गैरिक, वस्त्र पहनने से कुछ नहीं होता।''

''क्यों माँ?''

''वस्त्र तन ढकने के लिए होते हैं, मन नहीं,'' यशोधरा ने उत्तर दिया।

''मन के लिए कौन-से वस्त्र होते हैं, माँ?''

यशोधरा ने कहा, ''उसके लिए वस्त्र की आवश्यकता नहीं पड़ती।''

''क्यों, माँ?''

''क्योंकि मन अदृश्य रहता है। उसका तन नहीं होता है।''

''क्यों, माँ?''

''तू थोड़ा बड़ा हो जाएगा तो स्वयं जान जाएगा कि मन क्या है?'' यशोधरा ने उसे चुप कर दिया यह कह कर, ''तू पिताजी से मिलना चाहे तो मिल आ।''

सिद्धार्थ के कानों पर कुछ स्वर आहट कर उठे। एक बार फिर यशोधरा पर दृष्टि जा ठहरी। वह शांत भाव से बनी रही। देखी-न देखी स्थिति स्थिर बनी रही।

यह दृश्य मिट गया। सिद्धार्थ आम्रपाली की बाड़ी से पावा आ गए। इस समय उनका शरीर निर्बल हो गया था। वहाँ रहते हुए वह यह अनुभव करने लगे कि उनका

समय पूरा हो गया है। मृत्यु निकट है। फिर भी अंतिम बार वह वैशाली गया, बलिग्राम, जम्बूग्राम, हस्तिग्राम, भृगुग्राम आदि होकर पावा आ गए। प्रातः टहलना कम हो गया। भिक्षाटन भी बंद हो गया।

पावा में चुंद लुहार के आम्रवन में ठहरे। वैशाली में सिद्धार्थ अस्वस्थ हुए थे। लगने लगा था कि वह अब स्वस्थ नहीं होंगे। लंबे समय तक बीमार रहे। धीरे-धीरे उनका स्वास्थ्य ठीक होने लगा। तब से आनंद उनका बहुत ध्यान रखने लगा। स्वस्थ होने पर वह मीठे चावल और मीठी खीर खाने लगे। एक रात वह कहने लगे, ''आनंद, भिक्षु संघ को कल इकट्ठा करो, मुझे कुछ स्मरण कराना है। यद्यपि वे बातें-सीखें मैं कई बार उन्हें बता चुका हूँ तथापि उसको स्मरण कराते रहना है। संघ में आने मात्र से उसकी अन्तर्वृत्तियों में एकदम परिवर्तन नहीं हो सकता। उसके लिए साधना चाहिए। व्रत बदल कर, विहार में बने रह कर और भिक्षाटन से काम नहीं चलेगा।''

''भदंत, इस समय आप यह चिंता छोड़िए। अभी-अभी स्वास्थ्य ठीक हुआ है। फिर भी कमज़ोरी कम नहीं हुई है। कृपया पूरी तरह स्वस्थ हो लीजिए,'' आनंद ने आग्रह किया।

कुछ समय सिद्धार्थ मौन साधे रहे, फिर कहने लगे, ''आनंद इस देह का क्या, वह और कितना साथ देगी। उसे जाना है। अब वह और स्वस्थ नहीं होगी। मुझे स्पष्ट दृग्गोचर होने लगा है। कल तू सबको इकट्ठा कर प्रसाद लेने से पहले। फिर मुझे और तुझे भी चुंद के घर जाना है।''

''छोड़िए, भदंत्त, यह जाना-आना।''

''आदर सहित उसने प्रसाद के लिए निमंत्रण दिया है। हमने इसका निमंत्रण स्वीकार भी किया है। उसका मन भी रखना है, आनंद। वह एक लुहार का मन है, हमें यह स्मरण रखना चाहिए। इन लोगों के श्रद्धाभाव को कभी नहीं ठुकराना है। छोटा जितना होगा, उसका मन उतना ही बड़ा होगा। वह प्रेम से भरा होगा।'' सिद्धार्थ सोचते हुए रुक-रुक कर बोलते जा रहे थे।

दोपहर पूर्व सिद्धार्थ ने संघ से बातें करते हुए कहा, ''चाहे अधिक सुना हो लेकिन स्मरण कम रहा हो, चिंता नहीं। पहले निरंतर अपने को प्रशिक्षित करते रहो, जितना सहजता से परंतु दृढ़ संकल्प से कर सको। कभी यह सोचकर संतुष्ट मत हो जाना कि जो कर लिया वह पर्याप्त है आगे कुछ नहीं करना। कारण तुम्हें अपने कार्य-व्यवहार, जीवनचर्या आदि से जन-मन को अपनी साधना शैली से जोड़कर उनकी विकास यात्रा को प्रफुल्ल बनाए रखना है। यह जीवन प्रारंभ से अंत तक संयुक्त रहने की पाठशाला है, भिक्षुओ। फ़सल को देखो कि वह एक दाने को कितने स्वस्थ दानों में बदल कर प्रसन्नता से लहलहाने देती है। वह भी बिना सुने-बोले और बिना प्रशिक्षण पाए। फिर तुम तो सात्विक जीवन के प्रति संकल्प लेकर उतरे हो। ज्ञानी-ध्यानी भी हो। इस कारण तुम्हें उस एक दाने को स्मरण रखना है जो एक के स्थान पर अनेक

दाने हर्षित होकर देता है। वह तो फ़सल है, जिसे तुम उगाते हो। तुम तो उससे व्यापक, धनी, सुवासित और संस्कारित सामाजिक-धार्मिक फ़सल को बोने वाले चेतन प्राणी हो-अपने जीवन को सार्थक करो।''

सिद्धार्थ वहाँ से सीधे चुंद लुहार के घर पहुँचे। चुंद अत्यंत प्रसन्न होकर बार-बार उनके सामने हाथ जोड़ता और सिर झुका कर प्रणत हो रहा था। सिद्धार्थ ने आनंद को संकेत से समझाया कि ना कुछ समझ जाने वाले ही सब कुछ होते हैं। उनमें हर समय हृदय की धड़कन प्रसन्नता से सक्रिय रहती है।

सिद्धार्थ ने आस्वाद से मीठे चावल, मीठी रोटी और सूखा सूअर का मांस सेवन किया। यद्यपि सूखा सूअर का मांस वे नहीं लेते थे तथापि उसका मन रखने के लिए उसे ले लिया क्योंकि उसमें भी उसकी श्रद्धा भक्ति थी।

लौट आए पर सूखा सूअर का मांस वह हजम नहीं कर पाए फलतः अतिसार ग्रस्त हो गए। सिद्धार्थ समझ रहे थे कि ऐसे सूअर का मांस था जो न तरुण था और न प्रौढ़। वह सूअर के कोमल बच्चे का मांस था।

सिद्धार्थ वहाँ से कुशीनगर आए। कुशीनगर में मल्लों के शानवन में जा ठहरे। कुशीनगर कपिलवस्तु से कोई चालीस कोस उत्तर दिशा में, अति सुंदर, बीच में पोखर, ऊँचे-ऊँचे जामुन, पीपल, इमली, ताड़ आदि के वृक्ष। वह देर तक शानवन का अवलोकन करते रहे—सुगंधित पुष्पों को छूकर उनकी तरंग में लहराती समीर बह रही थी किसी शीत छोटी नदी के मंद-मंद प्रवाह सी। शान्त स्थान, चौरस धरणि, कोमल घास से सजी।

आज सिद्धार्थ का चित्त प्रसन्न था। शांत था। शून्य को ऐसे अवलोक रहा था जैसे श्वास-प्रश्वास को वह एकान्त में निहारा करते थे। सांस का आना। सांस का जाना। प्रायः ऐसे क्षणों में वह अनुभव करने लगते थे कि दो वृक्षों की डालियों के मध्य डाले गए झूले पर सिंह मुद्रा में लेटे हुए झूलने का आनंद ले रहे हैं।

सिद्धार्थ देह छोड़ रहे हैं। देह की रुग्णता, जरा और मृत्यु का हेतु है। अब वह मोक्ष पाने जा रहे हैं। अब उनका पुनर्जन्म नहीं होगा। जन्म-मरण के चक्कर से मुक्त होने जा रहे है। क्या पाएँगे तब वह? कहाँ जाएँगे वह। न वहाँ नरक होगा और न स्वर्ग। फिर क्या होगा? उसकी उन्हें अनुभूति नहीं होगी। तब मोक्ष?

सिद्धार्थ का चित्त प्रमुदित हुआ और वह उनसे पूछने लगा, ''हे दिशा दृष्टि के शाश्वत, अजन्मा तीर्थ के प्रतीक, तुम किस निःस्वनता शून्य निःस्वनता की ओर बढ़ने जा रहे हो? कौन बनेगा तुम्हारा हमराही?''

''कोई नहीं। न मेरा होना रहेगा और न अनहोना। परंतु धर्मपथ पर चलने की अवश्य प्रेरणा पाता रहेगा और उस पर स्वेच्छा से चलता हुआ अपना आचार्य स्वयं अनुभव कर आनंदित होने लगेगा। तब मेरी आवश्यकता नहीं होगी। मैंने मैं से मुक्ति

पाकर जो पाया था, वह सब में बाँट दिया है और यह भी स्पष्ट करता रहा हूँ कि सबको अर्थात् जो इस राह पर चल पड़ेगा उसको स्वयं अपना दीपक अपने आप बनना होगा। मेरे पीछे इस सम्बोधि के केंद्र में प्रदाता, मुखिया कोई नहीं है। हर एक स्वतंत्र है मेरे अनुशासन-विनम्र बिन्दुओं के आवृत से।...शून्य का अस्तित्व सदा शून्य ही रहता है। प्रत्येक में शून्य होने की क्षमता उसी प्रकार है जैसे प्रत्येक कर्म करते रहने की।...पा गए न अपने स्व-प्रश्नों के एक शब्द में उत्तर कि शून्य भी शून्य नहीं है।''

आनंद देख रहा था कि वह झूले में लेटे हुए हैं सिंह मुद्रा में आँखें बंद किए और उनके अधर का खुलते व बंद होते रहना यह संकेत दे रहा है कि वह किसी से संवाद कर रहे हैं।

इसी समय वह आनंद को संकेत से अपने पास बुला कर कहने लगे, ''मैं यह देह छोड़ने वाला हूँ। तुम मौन रख कर देखते रहना कि देह छोड़ना कितना आनंद देने वाला क्षण है, जब नश्वर नष्ट हो रहा है और जन्म लेने की क्रिया स्थाई विराम पा रही है।''

''भदंत...ना...भदंत, आप ऐसा नहीं कहें।...आप नहीं...नहीं प्रभुः...आप नहीं जाएँगे। आप चले गए तो मैं...''।...कह कर आनंद रोने लगा।

''आनंद आँसू पोंछ ले।...माना कि तू आज तक दीक्षा देने से वंचित रहा है। चिंता क्यों? तुझे भी मुक्त होना है। तू हर दृष्टि से संपूर्ण है। तेरा आचरण विशुद्ध है। तू मायामोह की सीमा लाँघ चुका है। तेरे चित्त में सौम्य शांति का निवास है। तू भी मुक्ति पाएगा। अर्हन्त श्रेष्ठी पा सकेगा।...अपना चित्त छोटा मत कर।'' सिद्धार्थ ने सामने की ओर संकेत देते हुए वाणी संयम के धैर्य से मधुर स्वर में कहा, ''मैंने कहा था कि ऐसे समय महाकाश्यप मेरे पास होगा। पीछे मुड़ कर देख वह आ रहा है। अभी उसे चरण-चंदन को अन्तस् वंदना करना शेष है। वह जानता था कि मैं कहाँ मिलूँगा। अस्तित्व छोड़कर जाते समय में, क्योंकि तब मैं का तमस सदैव-सदैव के लिए शमन-शान्त-शून्य हो रहा होऊँगा। वह दृश्य अन्तः पटल पर अदृश्य होता हुआ क्या अनुभूत करा रहा होगा। प्रज्ञाओं से भी मुक्ति कैसे भाषित हो रही होगी। उसे आने दे। देखना उसका मुख-मण्डल खिल रहा होगा अन्तस् सूर्य की अदृश्य किरणों से।''

जैसे ही महाकाश्यप सिद्धार्थ के पास आकर चरण-चंदन के सुवास की वंदना करने लगा, वैसे ही बिन मेघों के अदृश्य चपला कौंधी और अन्तस् गरजना की मुद्रा बन स्वतः शब्दातीत हो गई। उसे लगा जैसे आकाश समस्त इन्द्रधनुषों के साथ वंदना करने लगा है, धरणि महक उठी है अपनी समस्त सुषमा-सौष्ठव की अंतरंग को एक साथ लेकर और पर्वत पर हिम शिलाएँ फूट पड़ी हैं गंगावतरण की कोटिशः धाराओं में।

''भगवन्, शून्य का ताण्डव-शून्यावतार में स्वतः लास्य कर उठा है निर्ध्वनि होकर। क्या यह सच है?''

''तुझे अनुभव होने लगा है कि विलोम द्वन्द्व-अन्तर्द्वन्द्व से परे जो है, वह न सच

है और न असच। वहाँ तक शब्द नहीं पहुँच सका है। कैसे पहुँचे जब वहाँ ध्वनि भी निर्ध्वनि हैं। तब कैसे उसका प्राकट्य हो?''

''वह देखो, भगवन् बिन काली घटा देखे मोर पूरे अपने पंख फैलाकर नाच रहा है और मोरनी उसे नाचता देख आत्म-मुग्ध हुए जा रही है।'' इतना कह कर महाकाश्यप को स्मरण हो आया वह दृश्य का अदृश्यालोक। वह कहने लगा, ''प्रभु, माँ के पास मैं था। यदा-कदा जाता रहता था क्योंकि कपिलवस्तु से मेरा लगाव हो चला। तब प्रभु, आप राजगृह में थे और मुझ में कपिलवस्तु जाने की इच्छा प्रकट होने लगी। आपकी आज्ञा पाकर मैं वहाँ गया था।...आश्चर्य, प्रभु, माता (यशोधरा) अपने भवन में नितांत अकेली ज़मीन पर आ लेटी थीं। दासी से मेरा नाम सुनकर कहा, ''उसे आने दो।''

''मैंने उन्हें नमन किया। वह सिंहनी मुद्रा में ही लेटी हुई थीं।...तब...उजाला पाख चल रहा था। न नमोवीथी थी और न नमोरज।''

''आप ज़मीन पर, माते।''

''हाँ, काश्यप यह धरती सबकी माता है—मेरी भी।'' यशोधरा ने कहा।

''पर क्यों, माता?''

''यह पूछ कर आते, काश्यप।''

''माते...।'' महाकाश्यप ने चौंक कर कहा और घूर कर देखा, ''प्रभु।...मैंने पाया, प्रभु, माता का चेहरा आपका आकार ले रहा है।''

''चौंको मत, काश्यप। मैं अठहत्तर वर्ष की हो चुकी हूँ।'' वह पीत चीवर में थीं। उनके सिर के बालों में जहाँ-तहाँ सफ़ेदी उतर आई थी। देह स्वस्थ लग रही थी। आँखों में अन्यतम चंद्रमा स्वर्णिम हो कर चमक रहा था।...वह साक्षात् तेजस्विनी लग रही थीं।

''तो क्या हुआ, माते?''

''उनका संदेश है।''

''प्रभु का माता को।''

''वह तू जाने, पुत्र।'' यशोधरा ने कुछ रुककर पूछा, ''तू संध्या ढलने तक यहीं है न।''

''हाँ, माते, कुछ विशेष काम है।''

यशोधरा के अरुण अधर हिलकर बुलबुले की तरह अदृश्य होने पर भी अपनी तरंग का रंग छोड़ना नहीं भूले। वह सहज होकर बोली, ''तूने, पता नहीं कभी एक ही समय में जीवित और मृत व्यक्ति को देखा है।''

सोचते हुए महाकाश्यप ने चहुँकने के भाव को अन्तर्लीन कर कहा, ''नहीं, माते।''

''कभी देखना...परंतु एक शर्त है, यह बात अपने प्रभु को नहीं बताना जब तक वह कुशीनगर के मल्लों के शानवन में झूले पर सिंह मुद्रा में न लेटे मिलें।... समझ रहा है, यह माँ को बेटे को दिया वचन जानना।'' यशोधरा के स्वर तनिक धीमे पड़ गए।

महाकाश्यप कहने लगा, ''ऐसा ही होगा, माते, आप निश्‍चिंत रहें।''

यशोधरा शांत भाव से लेटी रहीं। कोई उत्तर नहीं आया उनकी ओर से। तभी राजवैद्य पधारे। दासी पूछने आई। मैंने ही कह दिया, ''अंदर भेज दो।''

वैद्यराज ने झुक कर नाड़ी देखी। फिर आँखों में झाँका। पलकें बंद कर धीरे से कहा, ''माता, गोलोकवासी हो चुकी हैं।''

''थोड़ी देर पहले तो वह मुझसे बात कर रही थीं।''

राजवैद्य ने कहा, ''आप बाहर जाएँ और दासी को अंदर भेज दें।''

''मैं बाहर तो आ गया, भगवन् परंतु माता के कथन की पुष्टि नहीं कर पाया। मैंने किसी जीवित व्यक्ति को तत्काल मरते नहीं देखा। माता को देखने का अवसर मिला था परंतु उसका लाभ नहीं ले पाया।''

सिद्धार्थ के अरुणाधरों पर हल्की-सी लहर उठी परंतु बीच से लौट गई। वह कहने लगे, ''महाकाश्यप, तुम्हारी यह इच्छा भी शीघ्र पूर्ण होगी।''

अब तक आनंद लौट आया। उसके साथ शिष्य थे। सिद्धार्थ उन सबको देखकर धीरे-धीरे कहने लगे, ''आयुष्मानो, स्मरण रहे, जरा, रोग और मृत्यु स्वाभाविक प्रक्रिया है। इससे कोई नहीं बच सकता। मुझे देख रहे हो। लेकिन नेत्र, श्रोत्र, प्राण, जिह्वा का संयम मनुष्य के हाथ में है। ये ही निरग्रंथ हैं। प्रियाप्रिय से बचो। उससे ग्रंथि नहीं होगी।...मानव स्वतंत्र है अन्य जीवों की तरह। कोई किसी का आचार्य नहीं है। सब अपने-अपने शिष्य हैं और अपने-अपने आचार्य। स्वयं अपने दीपक बनो सूर्य की तरह प्रकाशित हो और प्रकाश दो।...मैं भी न किसी का आचार्य हूँ और न मेरा कोई शिष्य।...आचार्य शिष्य भाव परस्पर संबोधन का हेतु हैं।'' सिद्धार्थ कुछ क्षण के लिए ठहरे।

प्रभंजन चल पड़ा। उसकी सुगंध सिद्धार्थ के मन में रच-बस रही थी। उनकी आँखों में दिव्यता की चपला सी झलक सब देख रहे थे। वह कहने लगे, ''वह समय आ गया है, जब तुम माता के कथन की पुष्टि कर सकते हो। वह तेजस्विनी थीं, तपस्विनी ऐसी थीं कि मेरी तपस्या उसका ही व्रत था। हम दो भिन्न नहीं, एक थे। अंतर इतना सा रहा कि उसका जाना हुआ और मुझे आने का निमंत्रण मिला।''

''सिद्धार्थ पुनः मौन होकर सबको देख रहे थे। सब एक ही धरातल के प्राणी हैं। समान हैं। सबरस हैं। सब संप्रभु हैं। प्रभु भाव का लोप सर्वोन्मुखी दृष्टि का बहिर-आंतरिक ऐसा समन्वय है, जिसके लिए प्रत्येक जन उस की सामूहिक चेत का

अनुभव करना चाहता है।...आओ, आज हम इन क्षणों में शरण गमन का स्मरण कर हृदयस्थ भावों का मौन प्रवाहित हो लेने दें। पहले मन-ही-मन सब दोहराएँ—सत्यं शरणं गच्छामि। धीरे-धीरे हम सब में गूँज उठी अन्तर्ध्वनि की वह सर्वध्वनि का संगीत बन जाए। मेरे साथ सब गाएँ—''

*बुद्धं शरणं गच्छामि।*
*धर्मं शरणं गच्छामि।*
*संघ शरणं गच्छामि।*
*सत्यं शरणं गच्छामि।*

सिद्धार्थ का समधुर कंठ संपूर्ण शानवन में अनुगूँज उठा। गूँजता रहा।

महाकाश्यप की दृष्टि सिद्धार्थ पर थी। वह उनमें होने वाले अगोचर बदलाव पर दृष्टि जमाए था। सिद्धार्थ का प्रभामण्डल आलौकिक होता जा रहा था। अनेक प्रभुत्वकालीन सूर्य का आलोक तमतमा उठा। उनके चित्त से चंद्र रश्मियों की शांत-स्निग्ध ज्योति प्रकट होने लगीं। ज्योति का महाज्योति से अंतर्मिलन होने लगा। नयनों में करुणा जीवंत हो उठी। वह बोले, ''मुझमें कुकत्था तथा हिरण्यवती नदी का मंथर प्रवाह संगीत सुनाने लगा है।...आनंद अब तुम्हें आत्मनिर्भर रहना है। कोई किसी का आचार्य नहीं होता। सब अपने-अपने आचार्य हैं।''

''यहाँ, काश्यप, इधर आओ, मेरे पास। मैं तुम्हें एक उत्तरदायित्व सौंप रहा हूँ और वह यह है कि जब तक मुझे तत्त्वबोध प्राप्त नहीं था, बोधितत्त्व था, तत्त्वबोध के बाद मैं बुद्ध हो गया। बुद्ध सर्वोच्च स्तर है। जिसे भी तत्त्वबोध होगा, वह बुद्ध की शरण में आ जाएगा। बुद्ध की शरण में जो पहुँचेगा, वह बुद्ध हो जाएगा।...यहाँ मेरी शरण में आने से कोई बुद्ध नहीं हो जाएगा।...मैं स्वयं सत्य की शरण में आया हूँ।'' कहते-कहते सिद्धार्थ की साँस भर आई।

''पानी, प्रभु।''

सिद्धार्थ कुछ नहीं बोले। उनके अधर काँप रहे थे। उनके नथुने फूलने लगे। कुछ देर बाद सिद्धार्थ ने कहा, ''काश्यप, तुम यह स्पष्ट कर देना।''

''जैसी आज्ञा, प्रभु।''

''बहुत दिनों बाद अचानक, रात के समय पुरवैया चल पड़ी है। लगता है कहीं से भीग कर आ रही है।...स्मरण रहे, आनंद, दृश्य-अदृश्य, सत्य-असत्य से परे जो है, वह शब्द सीमा से परे है—मात्र गूँगे का गुड़।...काश्यप, इन्द्रिय निर्बंध होकर दौड़ें नहीं। मन निःस्तब्ध रहे। न उन्हें दबाया जाए और न बाँधा जाए। फिर भी वे शांत, संयम और विनय में रहें, तब आगे बढ़ने के आनंद-अनुभव...आवागमन शून्य होकर जो प्राप्त कर सकोगे, ये शब्दालीन होंगे।...निर्वाण...मोक्ष आदि को समझ पाना...अनुभव करना असाधारण से भी असाधारण...कुछ ठीक से समझाया नहीं जा सकता।'' अचानक सिद्धार्थ पीड़ाग्रस्त होने लगे। उनकी साँस तेज़ी से चलने लगी।

वह मूर्च्छित से होने लगे। तब आनंद ने आगे बढ़ कर पानी उनके मुँह में डाला।

"कष्ट हो रहा है।"

गरदन हिलाकर संकेत दिया कि नहीं। गहरी चुप्पी। धीरे-धीरे आँखें खोलीं। होंठों पर जीभ फेरी।...समय आ गया है।...जो कहा...समझाया...उपदेश किया...वह अंतिम नहीं है।...उसे खूँटी से बाँध कर नहीं बैठ जाना। बाँधना सड़ाँध देने लगता है।...चाहे पानी हो, जीवन हो, विचार हों...वे निर्बंध रहें। रूढ़ न हो।...अंतिम सत्य...। एकदम चुप होकर देखते रह गए अपलक नयनों से।

वैद्यराज आ चुके थे। उन्हें देख वह क्षण भर मौन रह गए। गहरी साँस ली। बहुत धीरे से कहा, "...क...छु...ना...ही...।" और इसी के बाद आँखें फेर लीं। गरदन एक ओर झुकी रह गई। वैद्यराज ने सिद्धार्थ की नब्ज़ टटोली। पलकें उठाईं। गिराई मूँदीं। कान लगा हृदय की धड़कन जानी। वह बहुत धीरे बोले, "प्राण पखेरू उड़ गया है। त्रिशरण का उच्चारण करो अति मंथर ध्वनि में।"

बुद्धं शरणं...धर्मं शरणं...सत्यं शरणं...की ध्वनि अति मंथर गति से उठती रही। बाद में सत्यं शरणं गच्छामि गूँज उठी रह-रह कर।

वैद्यराज बोले, "सत्यं शरणं गच्छामि...।"...कुछ रुक कर बोले, "सत्य सत्य से जा मिला है।...तत्त्व में तत्त्व जा समाया है। रात निःस्तब्ध है। पवन स्थिर है। पल्लव मौन हैं। वन-उपवन चुप्पी साधे हैं।" शानवन नयन खोले अवाक् था।

अब मल्लों के अधिनायक आगे आए। उनकी दाह क्रिया मल्लों ने अत्यंत सम्मान, पूर्ण श्रद्धा भक्ति से की। गाँव उमड़ पड़ा था। ज्वाला ज्योति बन जगमगा रही थी। सूनी आँखों, भरे मन से अंदर-ही-अंदर जन-मन तड़प उठा था। अस्थियाँ मल्लों के दुर्ग में सुरक्षित रखवा दी गई थीं।

आनंद अपने आँसू नहीं रोक सका। महाकाश्यप मौन साधे चुपचाप चल पड़ा। एक युग अवसन्न बना आँखें मलता रह गया। दिशाएँ संबोध खोकर अन्तर्मुखी सी रह गई थीं। पटाक्षेप हो गया। नितांत निःशब्दता से कीर्तन की धुन सुनते हुए—सत्यं शरणं गच्छामि।

❑❑❑